BASTEI
LÜBBE

FILM- und FERNSEH-BÜCHER aus dem
BASTEI-LÜBBE-Taschenbuchprogramm:

13 001 Feuerkind
13 006 Ghostbusters
13 035 Cujo
13 039 Zurück in die Zukunft
13 043 Trucks
13 084 Top Gun
13 088 Katzenauge
13 121 Carrie
13 194 Angeklagt
13 219 Stirb langsam
13 242 Ghostbusters I
13 244 Karate Kid III
13 246 Abyss
13 248 Zurück in die Zukunft II
13 285 Die totale Erinnerung – Total Recall
13 309 Zurück in die Zukunft III
13 310 Robocop II
13 312 Flatliners
13 346 Geschichten aus der Schattenwelt
13 348 Der mit dem Wolf tanzt
13 378 Backdraft – Männer, die durchs Feuer gehen
13 382 Terminator 2 Tag der Abrechnung
13 412 Wer erschoß John F. Kennedy
13 444 Basic Instinct
13 446 Universal Soldier
13 448 City of Joy
13 449 Dracula
13 450 Der Bergdoktor Bd. 1
13 451 Die Stars von Beverly Hills, 90210
13 452 Columbo – Drei Romane
13 483 Der Bergdoktor Bd. 2
13 496 Columbo Drei weitere Romane
13 497 Die Stars von Melrose Place
13 535 Last Action Hero
13 541 The Age of Innocence Die Zeit der Unschuld
13 542 Jurassic Park
13 544 Karen McCoy – die Katze
13 547 Demolition Man
13 584 True Romance
13 585 Wild Palms
13 586 Cat Walk – und morgen sind wir Rock-Stars
13 587 Der erste Auftritt
13 588 Blink
13 589 Geronimo
13 590 Cat Walk – Nicht um jeden Preis
13 593 High Crusade
13 634 Malice – Eine Intrige
13 636 Flucht aus Absolom
13 638 True Lies
13 639 Shadow und der Fluch des Khan
13 640 Die Gerichts-Reporterin
13 641 Die Sieger
13 642 The Mask
13 643 Frankenstein – oder der moderne Prometheus
13 645 Tödliche Absichten
13 685 Junior
13 686 Tim Burton's – The Night Before Christmas
13 687 Dr. Stefan Frank Der Arzt, dem die Frauen vertrauen
13 694 Stargate
13 697 Der Bergdoktor Bd. 3

DEAN DEVLIN &
ROLAND EMMERICH

STARGATE™

ROMAN ZUM FILM

Ins Deutsche übertragen
von Martin Eisele

BASTEI
LÜBBE

BASTEI-LÜBBE-TASCHENBUCH
Band 13 694

Erste Auflage:
März 1995
Zweite Auflage:
April 1995

Deutsche Lizenzausgabe 1995
by Bastei-Verlag Gustav H. Lübbe
GmbH & Co., Bergisch Gladbach
Originaltitel: STARGATE™
Lektorat: Stefan Bauer
Titelbild: Photographs© 1994
Le Studio Canal + (U.S).
All rights reserved
Umschlaggestaltung:
Quadro Grafik, Bensberg
Satz: KCS GmbH,
Buchholz/Hamburg
Druck und Verarbeitung:
Brodard & Taupin,
La Flèche, Frankreich
Printed in France

ISBN 3-404-13694-2

Der Preis dieses Bandes
versteht sich einschließlich der
gesetzlichen Mehrwertsteuer.

Special thanks to our
mischievous aud often mercurial Poltergeist,
Steven Molstad

ERSTES KAPITEL

8000 vor Christus

Alles, was jetzt noch fehlte, war das Auge des Tieres, und wenn dies vollbracht war, würde es ihn sehen, würde es leben. Die Tierjagd war in Orange und Schwarz gemalt, Hufe und Hörner waren mit Kreide in den Fels geritzt. Das Bild war schlicht, doch es fing die Panik der Gazelle ein – den Terror des Gejagtwerdens: das Maul in einem Schreien geöffnet, der Rumpf in wilder Flucht herumgeworfen, die Läufe in rasendem Galopp, als gebe es doch noch ein Entkommen.

Der Junge hatte seine dunkle Haut mit Streifen und sonderbaren Symbolen bemalt, und er hatte hierzu dieselbe Farbe verwendet wie zur Beschwörung der Gazelle. Im trüben Halblicht der Höhle tauchte er das hohle Ende des langen Stocks in eine Schale mit Farbe, dann trat er wieder an die Felswand heran. Er sah empor, in ein anderes Auge, ein weißes, menschliches Auge, gemalt wie ein heiliges Bildwerk, hoch oben, nahe der Höhlendecke. Und er begann die Jagd, er sprach den Namen des Tieres aus, an das er sich heranpirschen würde: »Khet.«

Es war ein Zeichen, und der Alte Mann, der bisher am Schlund der Höhle gestanden hatte, kauerte sich auf dem scharfkantigen Geröllboden nieder und begann zu singen. Der Alte Mann war in Tierhäute gekleidet, und sein Bart war lang; er war der Anführer seines Clans und Lehrmeister des Jungen. Sein Singsang war das Lied der Jäger, langsam und rhythmisch und in der Sprache der Gazelle; war das Lied, das der Stamm während der Jagd ununterbrochen murmelnd auf den Lippen trug. Der Junge setzte den ausgehöhlten Stock auf jene Stelle, an der die Augenhöhle des Tieres freigelassen war, brachte die Lippen an das andere Ende, blies die Farbe hinaus und schuf das Auge des Tieres. Im Banne des sanften Gesangs des Alten Mannes fühlte der Junge das Tier langsam zum Leben erwachen. Bald würden er und die Gazelle einander sehen.

Der Jäger durfte sich nicht schneller bewegen als die steinernen Wälle der Höhle, die ihn umschlossen, andernfalls riskierte er, das Tier zu warnen und jenen Teil der Jagd, der in diesen Momenten draußen im Tal stattfand, zunichte zu machen. Der Junge hatte das Gefühl, völlig erstarrt zu stehen, und doch glaubte er, unter der beständigen Macht seiner Konzentration vorzurücken; er kam seiner Beute *nahe*. Dieselbe Kunst praktizierten die Jäger draußen im Ödland. Die besten von ihnen wurden Jene-die-sich-bewegen-und-nicht-gesehen-werden genannt, und sie gehörten zu den Angesehensten des Stammes. Das weiße, entkörperlichte Auge, dargebracht gleich einem heiligen Bildwerk hoch über der Gazelle, war ihr Symbol. Doch selbst jene Jäger waren verwundert und eingeschüchtert von der unglaublichen Geduld dieses zehnjährigen Jungen, die andauerte, solange die Jagd andauerte, und von seiner Befähigung, den Geist der Tiere zu kontrollieren. Es war nur eine weitere ungewöhnliche Wesensart dieses außergewöhnlichen Kindes, ein weiterer Grund, es zu fürchten.

Äußerlich schien der Junge wie in einem Starrkrampf gefangen, stehend besinnungslos. Da war keinerlei Anzeichen des intensiv geführten Geist-Kampfes. Das gemalte Tier verharrte unverändert an der Grenze zur Flucht. Es spürte den Jungen kommen, spürte ihn so nahe – nahe genug, um ihn berühren zu können. Und der Junge vermochte jede Regung des Tieres zu spüren, jeden Gedanken, doch er verriet sich nicht, er verharrte absolut still. Die Jäger des Stammes verbrachten ihr gesamtes Leben damit zu lernen, wie man Furcht und Aufregung vor den beschlichenen Tieren verbarg. Doch dem Jungen war diese *Magie* angeboren, er beherrschte sie draußen im Ödland wie oben in der Höhle, und die Menschen raunten davon, daß er ohne Herz zur Welt gekommen sein müsse. Tatsächlich hatte der Junge selten auch nur das geringste Gefühl offenbart: keinen Zorn, keine Angst, keine Liebe.

Jetzt war er bis auf Armweite an die Gazelle herangekrochen, und er hörte den Alten Mann langsam immer weiter singen, immer weiter; und der Gesang weitete sich aus zu einem halluzinatorischen Summen. Unaufhaltsam und sehr, sehr langsam hob der Junge seine sehnigen dunklen Arme über den Kopf. In der einen Hand hielt er einen Faustkeil, in der anderen einen schweren Schlagstein. Dann geschah es, ohne jedwedes vorher sichtbare Zeichen, daß der Alte Mann und der Junge plötzlich zur gleichen Zeit den Namen des Tieres ausriefen: »Khet!« In einem blitzartigen Angriff rammte der Junge den Faustkeil gegen den Fels, und der Schlagstein krachte darauf nieder, und die Spitze des Faustkeils riß eine klaffende Wunde in die bemalte Wand, und die Wunde verlief genau ins Herz der Gazelle.

Im gleichen Moment erhob sich der Alte Mann und trat in die Höhle, um das Werk des Jungen zu inspizieren. Er konnte sehen, daß die Jagd im Ödland erfolgreich sein würde. Zufrieden und aufgeregt sah er in die ungewöhnlichen Augen des Jungen, eine Mischung aus Braun und Bernsteingelb, dann hob er den Stock in einer Ehrenbezeigung über seinen Kopf und sprach den Namen des Jungen aus: »Ra!«

Am Schlund der Höhle saß der Junge in der Sonne und beobachtete den Alten Mann, wie er dem felsigen Pfad bergabwärts folgte; dann spähte er hinaus über das Ödland, dorthin, wo der Stamm sein Lager aufgeschlagen hatte. Ein Mittagsfeuer war entfacht worden, und er sah der Rauchfahne zu: Sie erhob sich in der Brise, wurde zerwirbelt und verging. Bald darauf waren in der Ferne die Hornsignale der Jäger zu hören, und er blickte den Kindern nach, die aus dem Lager hinausliefen, um die zurückkehrenden Halbgötter zu begrüßen. Als jene auf dem Dünenkamm auftauchten, sah der Junge, daß sie zwei Gazellen erlegt hatten, sie baumelten mit zusammengebundenen Läufen an langen Stangen, die die Männer auf ihren Schultern trugen.

Als der Alte Mann erspähte, was sie dem Lager brachten, erhob er seinen Stock über den Kopf und rief ihnen seine Lobpreisung entgegen. Die Jäger erwiderten diese Geste, und dann wandten sich alle Menschen des Stammes um und blickten empor zu der Höhle, die in die Flanke des Hügels führte. Wie ein einziges Lebewesen grüßten sie den eigenartigen kindhaften Jäger mit den Bernsteinaugen.

Der Junge erwiderte ihr Zeichen kühl.

In dieser Nacht, nachdem der Stamm sein Festmahl gehalten hatte, versammelten sich die Jäger um das Mittelfeuer und begannen ihren Tanz. Sie trugen geschnitzte hölzerne Masken, unheimliche Helme, gräßlich bemalt, auf daß sie den Tieren ihrer Welt ähnlich sahen: dem Flußpferd, dem Schakal, dem Stier, dem Adler, der Gazelle.

Wie immer hielt sich der Junge fern von den anderen. Er fand einen großen, von Wind und Wetter glattgeschliffenen Felsen weit genug abseits vom Feuer, und dort ließ er sich nieder und beobachtete das Ritual leidenschaftslos. Ihm fiel auf, wie sehr jeder erschrak, der sich einer der Tiermasken gegenüber sah. So oft einer der Tänzer aus dem Feuerkreis herauswirbelte und über die Zuschauer herzufallen drohte, stürzten sie alle, nicht nur die Kinder, in blinder Panik davon und kreischten in wahrhaftiger Furcht.

Später durchbrach der Schakal-Tänzer ihren Ring und sandte sie abermals schreiend in alle Himmelsrichtungen, und der Schakal tanzte weiter, tanzte hinaus und zu jenem Felsen, auf dem der Junge kauerte, und hatte ganz offensichtlich vor, ihn in die Feier mit einzubeziehen, indem er auch ihm einen gewaltigen Schrecken einjagte. Der Tänzer schüttelte den riesenhaften Schädel und stieß eine Reihe grunzender Laute aus, doch nichts von alldem ließ den Jungen auch nur mit einer Wimper zucken. Der Mann starrte durch das klaffende Maskenmaul geradewegs in die Augen des Jungen, und im gleichen Zeitbruchteil war es der erwachsene Jäger, der von eisiger Angst getroffen wurde und zurücktaumelte und sich stolpernd nur mühsam wieder in den Kreis der Tänzer einreihte. Obgleich sie alle Zeugen dieses Vorfalls waren, erachtete ihn kein einziger als besonders eigenartig. Nach und nach waren viele Menschen des Stammes zu dem Jungen gegangen und hatten sich darum bemüht, ihn zu *holen*, ihn teilhaben zu lassen an dem gemeinsamen Leben der Gemeinschaft. Viele von ihnen waren von dieser Begegnung in Angst und Schrecken zurückgekehrt.

Was den Jungen betraf, so empfand er keine wie auch immer geartete Gehässigkeit gegenüber diesen Wesen. Gelegentlich verspürte er so etwas wie eine Regung der Dankbarkeit, obgleich er wußte, daß sie mehr als einmal darüber zu Rate gesessen hatten, ihn zu töten, auf daß die Mütter beruhigt wären. Er betrachtete sie als eine einfachere Spezies, und obgleich er nicht wußte, wohin sein Weg führte, so wußte er doch, daß er auserkoren war, einer jener seltenen Menschen zu werden, denen der Stamm von Zeit zu Zeit immer wieder begegnen würde, Einzelmenschen, die weitab von jeder Gruppe lebten.

Während die Hitze und die Stimme ihres Feuertanzes andauerte, ereignete sich etwas Geheimnisvolles – unbemerkt von allen anderen Menschen des Stammes. Der Mond stand rund und veränderlich gelb und in den Horizont hinein ersterbend am Firmament. In einer ruhigeren Nacht hätte gewiß jemand im Lager die ungeheuerliche dreieckige Erscheinung erspäht, die durch den Himmel glitt; und auch den gespenstischen, scharf umrissenen Schatten, den sie auf die Oberfläche des vollen Mondes warf. So aber entschwand die Erscheinung; entschwand in den dunklen Nachthimmel hinein und tilgte für Zeitbruchteile das Mondlicht aus.

Nur der Junge spürte *das Störende*, fuhr mit einem Ruck herum und starrte in das Dunkel; doch der Schatten war bereits verschwunden.

Stunden später, als Ruhe eingekehrt war im Lager, kreuzte derselbe stille Schatten die Bahn des Mondes erneut. Das Etwas schwebte über dem Lager, beobachtete, wartete. Nur eine Rotte Schakale, stets vor allen Jägern auf der Hut, bemerkte es; die Tiere bellten es an und stoben in wilder Flucht davon . . .

. . . und die Augen des Jungen öffneten sich und blickten starr auf den Vogelschädel-Fetisch, der gleich einem Windspiel an ledernen Riemen vom Einlaß seines Wohnzeltes baumelte. Der Geruch der Tierhaut, die rund um eine Reihe von Stangen ausgebreitet war, in der Nacht Schutz bot vor den Geistern und während der langen, heißen Stunden des Nachmittags Schatten zauberte, schien aufdringlicher als je zuvor. Ein ungewöhnlicher Windhauch raschelte durch das Lager und erstarb jäh. Neugierig geworden, setzte sich der Junge auf. Bald darauf fauchte ein weiterer Luftstoß heran, und dieses Mal erstarb er nicht mehr, sondern wandelte sich in einen beständigen Wind, in ein Stürmchen, das immer mehr an Stärke gewann. Binnen weniger Zeitbruchteile war es zu einem *richtigen* Sturm angewachsen und weckte jeden im Lager auf. Und dieser Sturm wurde immer noch gewaltiger, noch tosender, und die ersten Zeltstangen des Lagers zerbarsten und wurden davongerissen, und weitere folgten. Nun war auch der Alte Mann auf den Füßen und mühte sich durch das Lager, brüllte über den Sturm hinweg und befahl ihnen allen, in den Eingeweiden des Berges Schutz zu suchen.

Ein blendendes Licht flammte in der Höhe auf.

Ein rechteckiges Leuchten, so strahlend hell wie die Sonne, senkte sich genau nördlich des Lagers auf das Ödland herab, und das Toben und Winseln des Sturmes, die hochgepeitschten Schleier aus Sand und Staub, konnten ihm nichts anhaben. Als es sich langsam seinen Weg auf das Lager zubahnte, stürzten die Menschen des Stammes zu Tode verängstigt blindlings davon. Nur der Alte Mann, eine achtungsgebietende Persönlichkeit auch jetzt, verharrte unnachgiebig und wies all jene, die er noch finden konnte, fort von dem Licht, hin zu der Höhle des Berges.

Die erste Regung des Jungen war es, dem Alten Mann Folge zu leisten und mit den andern zu fliehen, doch dann, jählings wißbegierig, wandte er sich ganz ruhig um und ging geradewegs auf das Licht zu.

Es war, als habe er keinen eigenen Willen mehr. Der Alte Mann brüllte ihm nach, kreischte, er solle sich retten und in der Höhle verkriechen, doch der Junge ging weiter, durch das Inferno aus Wind und flackerndem Licht, über die Grenzen des Lagers hinaus. Er wurde unentrinnbar angezogen, wurde flüsternd gerufen von einer unwiderstehlichen Macht. Er starrte direkt in das blendend weiße Licht hinein, das aus der Höhe auf ihn herniederbrannte, und als er nahe genug war, als er eine Hand hob und in das Licht hineingriff, da spürte er eine Berührung an seinen Fingern. *Sanft und warm.* Die strahlende Wesenheit wand sich um ihn herum, verschlang ihn in ihrem Leuchten, sickerte durch alle Poren seiner Haut und tauchte in ihn ein – und in seine Seele. Er empfand etwas, vielleicht zum allerersten Mal in seinem Leben; er empfand etwas, das er weder zu verbergen noch zu kontrollieren vermochte: Es war *Aufregung.* Jene Aufregung, die einherging mit einem Gefühl von Erlösung. Jene Aufregung, die nur natürlich ist, wenn sich ein vorherbestimmtes Schicksal erfüllt.

ZWEITES KAPITEL

Kairo, 1928

In den baufälligen Randbezirken von Kairo schallte das Nachmittagsgebet des Muezzin vom Minarett der Jebba-al-Sa'laam-Moschee hinweg über die Dachfirste einer Stadt, die sich in den zurückliegenden beiden Jahrhunderten nur wenig verändert hatte.

Ein frisch polierter 1924er Rolls-Royce Imperial Touring Sedan, Eigentum des ägyptischen Museums für Altertümer, sauste an den letzten Gebäuden vorbei und fuhr auf die Schnellstraße und in südlicher Richtung nach Gizeh – hinaus in den festgebackenen Sand und den Staub und die flirrende Weite der Wüste. Gelegentlich wich der Fahrer Lastwagen voller Arbeiter oder voller landwirtschaftlicher Erzeugnisse aus.

Taylors Botschaft, so willkommen sie war, hätte zu keinem ungünstigeren Moment eintreffen können. Professor Langford lehnte sich in den Polstern des schweren Automobils zurück und ließ die jüngsten Geschehnisse ein weiteres Mal vor seinem inneren Auge Revue passieren: Er hatte die *Audienz*, die ihm vom ägyptischen Innenminister schließlich doch noch gewährt worden war, einigermaßen in Anstand und Würde absolviert, als das Ganze eskalierte: Seine Exzellenz erging sich weiter und weiter über das wechselnde politische Klima und daß es ein entsetzliches persönliches Risiko für ihn bedeutete, Langfords von den Briten geförderte Ausgrabungsgenehmigung abermals zu verlängern. Langford, ein Schwede, hielt sich bereits lange genug in diesem Lande auf, um auch das Nichtausgesprochene aus den Worten des Ministers herauszuhören: Der niederträchtige Geselle wollte *Cash* sehen, und zwar so ausreichend, wie es das *gewaltige Grabungspersonalrisiko* erforderlich machte, welches er gegebenenfalls einzugehen gedachte.

Langford war längst ein Meister in arabischen Verhandlungstaktiken geworden, und so ließ er seinen Gegenangriff auf dem Fuße folgen. Er vergewisserte sich, daß er zorniger agierte, als er tatsächlich war, und lamentierte über die *Unsummen*, die er bisher ausgegeben hatte, und die Arbeitsplätze, die er immerhin geschaffen hatte. Um es anschaulich genug zu gestalten, erhob er sich zudem, hieb die Faust auf des Ministers gigantischen Zedernholz-Schreibtisch und erinnerte seinen feisten, schnauzbärtigen Freund sodann an sämtliche Behinderungen und gebrochene Versprechungen, die er zu erdulden gehabt hatte in diesem frustrierendsten aller Länder.

Im gleichen Moment war das gewaltige Portal des Arbeitsraumes geöffnet und die per Boten überbrachte Briefsendung an Langford ausgehändigt worden. Die handgeschriebene Eilbotschaft beendete die Zusammenkunft schlagartig.

> Langford,
> sitzen Sie? Wir haben was! Möglicherweise ein Grabmal. Zu früh für Genaueres. Die Ausgrabung geht weiter. Mächtig aufregend. Ich empfehle Ihnen, schaffen Sie Ihren aristokratischen Hintern hierher – SOFORT! Und bringen Sie keinen von diesen Dummköpfen vom Ministerium mit! Lassen Sie uns die ganze Sache so lange wie möglich geheimhalten.
>
> Taylor

Langford katzbuckelte vor der undiplomatischen Ausdrucksweise seines Partners und faltete den Brief zusammen. Taylor hatte es versäumt, seine Notiz zu versiegeln, und so war klar, daß sie, bevor sie ihn erreicht hatte, von mindestens zehn Augenpaaren gelesen worden war und der Minister, den er nun höflich anlächelte, den Inhalt binnen weiterer zehn Minuten kennen würde. Er hatte sich zu beeilen. Angesichts der Windeseile, mit der sich in Kairo Gerüchte verbreiteten, mochte es durchaus möglich sein, daß er sich bereits am Abend mit einem

Souvenirladen am Rande der Grabungsstätte würde abfinden müssen, wenn er nicht schnell genug war. Er entschuldigte sich, eilte aus dem Arbeitsraum des Ministers und die Stufen hinab und erblickte den Fahrer, der damit beauftragt gewesen war, ihn im Anschluß an das Gespräch nach Hause zu chauffieren. In seinem gebrochenen Arabisch erläuterte er dem *Eingeborenen* die neue Route und stellte für zügiges Fahren ein ganz beträchtliches Trinkgeld in Aussicht.

Binnen weniger Minuten waren sie vor dem protzigen Shepperds Hotel vorgefahren, hatten seine überaus intelligente, neunjährige Tochter Catherine abgeholt und rasten alsbald durch die mit Menschenmassen überfüllte Downtown in Richtung Zoologische Gärten. Auch hier hatten sie überall wogenden Fußgängerfluten auszuweichen.

Langford grub seine Finger in die Samt-Armlehnen des Automobils und atmete erst wieder normal, als sie wohlbehalten aus der Stadt heraus waren und sich auf der gen Süden führenden Schnellstraße befanden.

Catherine, trotz ihres zarten Alters sowie der niedlichen Zöpfchen eine *echte* Draufgängerin, hatte jene Trennscheibe, die das Abteil des Chauffeurs von dem der Fahrgäste abteilte, zur Seite geschoben, sich hindurchgelehnt und übte sich nun mit dem Bediensteten in arabischer *Konversation.* Außerdem quiekte sie bei jeder Beinahe-Kollision.

Sie war erst vor zwölf Wochen in Kairo angekommen; er hatte sie zu sich gerufen, als eine wichtige Entdeckung stets wahrscheinlicher wurde, und – davon abgesehen – hatte er sie vermißt. Catherine war ein erstaunliches Kind in jeder Hinsicht, doch am verblüffendsten erschien ihm immer wieder ihre rasende Aufnahme- und Lernfähigkeit. So war es kaum verwunderlich, daß sie in den zurückliegenden Wochen bereits so etwas wie eine Expertin in Sachen Hieroglyphen geworden war; außerdem hatte sie nahezu täglich das Ägyptische Museum besucht – beinahe hätte er es mit *heimgesucht* umschrieben – und das Personal mit Hunderten von Fragen genervt und bezaubert zugleich. Mit ihren zu Zöpfchen geflochtenen Haaren und den dicken Brillengläsern schien sie dazu bestimmt, ein matronenhafter Bücherwurm zu werden. Und in der Tat:

Sobald sie auf der Schnellstraße ganz undramatisch dahinflogen, setzte sie sich gemütlich zurück und schlug ein dickes Buch mit dem Titel ›DAS ALTE ÄGYPTEN‹ auf.

Und Professor C.P. Langford, Mitglied der Egypt Exploration Society und des British Royal Museum, kauerte neben ihr im Fond der Limousine, unterdrückte seine Aufregung mit der ganzen Strenge seiner viktorianischen Erziehung und repräsentierte, gekleidet, wie er war – Wickelgamaschen, khakifarbene Reithose und Geländejacke –, Inch für Inch den typischen Gentleman-Archäologen. Dabei würde er in derartiger Garderobe normalerweise selbstverständlich niemals eine aktuelle praktische wissenschaftliche Tätigkeit aufnehmen, und er wünschte sich sehnlichst, sich umkleiden zu können, bevor Taylor und die anderen ihn *so* zu Gesicht bekämen. Er hatte sich allein deshalb so herausgeputzt, um die ägyptischen Offiziellen zu beeindrucken.

Langford und Taylor waren sich 1920 in Luxor begegnet, beide hatten sie Ägypten damals zum ersten Male bereist: Langford, der aristokratische Familien-Mensch aus dem feudalen London, und Taylor, der ruppige und verkrachte Student der University of Pennsylvania, der von den Schule abgegangen war und als Freiwilliger im Weltkrieg gekämpft hatte. Nach dem Waffenstillstand hatte letzterer nach Hause telegrafiert und gebeten, man möge ihm Geld schicken, und in der Folge war er eine geraume Zeit damit befaßt gewesen, Griechenland und Palästina zu bereisen, bis es ihn schließlich nach Ägypten verschlug.

In Luxor hatte Langford standesgemäß in dem verschwenderisch ausgestatteten Winter Palace residiert. Taylor, eingeengt durch ein etwas bescheideneres Budget, kam stets zur Mittagszeit dorthin und gab vor, ein Gast des Hauses zu sein – verfügte man hier doch über Toiletten mit Wasserspülung sowie die *International Herald Tribune.* Die beiden Männer verbrachten zahlreiche Nachmittage damit, das *Beban el Malook** zu erkunden, wobei Taylor eindeutig den Großteil des Gespräches bestritt. Doch erst ihr gemeinsamer Besuch im Grabmal des Ti, weiter nördlich, begründete ihre Partnerschaft.

* Das Tal der Könige

Dieses Grabmal erhob sich nicht weit entfernt von den Großen Pyramiden, geradezu in der Nachbarschaft der berühmten Stufenpyramide; es war das einzige Monument von bemerkenswertem Umfang, das *nicht* zu Ehren einer königlichen hohen Persönlichkeit errichtet worden war. Als Aufseher der Pyramiden, Schriftgelehrter des Gerichts, Leitender Astronom und als besonderer Ratgeber einer ganzen Reihe von Pharaonen mochte Ti bekannt sein, doch jenseits all dessen war er gefürchtet als *Herr der Geheimnisse.*

Sie verbrachten eine ganze Woche damit, die Grabkammer zu erkunden und über die vielen hervorragend erhaltenen Reliefs und Friese zu debattieren, welche die Begräbnis-Stätte schmückten. Als Langford dem Aufseher ein wenig *Bakschisch* zusteckte, gewährte ihnen dieser sogar Zugang zu einer wenig bekannten Kollektion von Papyrus-Fragmenten, ausgegraben von Mariette, jenem Franzosen, der vor fünfundvierzig Jahren auch dieses Grabmal entdeckt hatte. Ausgehend von jenen Fragmenten, die bereits zu jenen Zeiten, da Ti sie in seine Obhut nahm, uralt gewesen waren, entwickelten die beiden Männer ihre gegenwärtige Theorie: daß noch etwas begraben liegen mußte auf halbem Wege zwischen der Stufenpyramide und einer der Großen Pyramiden von Gizeh – möglicherweise der Cheops-Pyramide. Die Papyri verwiesen auf eine *Geißel* oder *Pestilenz* oder einen *Dämon,* der gestohlen und *fortgeschafft* worden war. Die Fingerzeige waren spärlich und die Aussichten auf einen Erfolg miserabel. Hätten die ehrbaren Bürger von Stockholm – noch immer in den Bann geschlagen durch die Tut-ench-Amun-Funde der jüngsten Vergangenheit – auch nur im entferntesten geahnt, was für ein unerhört aussichtsloses Unternehmen diese Ausgrabung war, sie wären wohl niemals dem Wahnsinn anheim gefallen, sie tatsächlich zu finanzieren.

Doch sie hatten sie finanziert. Als Langford im März letzten Jahres nach Kairo zurückgekehrt war, hatte er Bürgschaften über nahezu eine Million schwedische Kronen mitgebracht. Nach nur sechs Wochen harter wissenschaftlicher Geländearbeiten entdeckten sie schließlich eine kleine Grabkammer. Langford, eindeutig die *diplomatische Hälfte* des Teams, eilte sogleich in die Stadt und suchte sämtliche ausländischen Zeitungskorrespondenten auf sowie verschiedene Regierungsbeamte, um Zeugen beizubringen für die Öffnung des Grabmals. Sogar Howard Carter, der berühmteste Archäologe der Welt, nahm sich Zeit und reiste von Luxor an, wo er im dritten Jahr mit dem Katalogisieren der Inhalte von Tut-ench-Amuns kleiner Grabkammer befaßt war. So geschah es an einem schönen Morgen im Mai, daß der Zugang dieser *neuen* Entdeckung freigeräumt wurde und Langford und Taylor durch die Öffnung krochen. Langford bedauerte keine Sekunde lang, daß es niemals eine Tonbandaufnahme ihrer damaligen Konversation gegeben hatte.

Jedenfalls: Als sie wieder auftauchten, grinsend und verlegen, trugen sie das einzige *Artefakt* von Interesse bei sich: eine mumifizierte Katze, die noch immer in ihrem roh gezimmerten hölzernen Sarg lag. Die internationale Presse hatte ihren großen Tag. Lange polemische Artikel wurden veröffentlicht – über *Kitte-katz-Amun* und so weiter. Es war eine demütigende Erfahrung für Langford, der sich selbst bereits in greifbarer Nähe des bleibenden Ruhmes ob seiner Beiträge zur Wissenschaft gesehen hatte.

Während sie nun in dem großen Automobil in südlicher Richtung dahinflogen, mit der grünen Borte des Nils auf der einen und der unermeßlich weiten Sahara auf der anderen Seite, gelang es Langford nur mühselig, dem Drange zu widerstehen, abermals die eigene Unsterblichkeit ins Auge zu fassen. Man wußte nie, was man finden mochte. Doch dann kamen die Großen Pyramiden in Sicht, die einzigen verbliebenen Wunder der alten Welt, und der Gentleman-Archäologe gewann rasch seinen Blick für das richtige Verhältnis der Dinge zurück. Die überwältigende Größe dieser Bauwerke auf dem Gizeh-Plateau – die Pyramiden von Mykerinos und Chephren und, ganz besonders jene des Cheops – ließen Langford über sich selbst schmunzeln. Wie armselig unbedeutend sein kleines Projekt doch einherkam in den Schatten, die von diesen erhabenen, zeitlosen Monumenten geworfen wurden. Doch das war, bevor er sah, was er gefunden hatte.

Noch bevor die Räder des Automobils völlig zum Stillstand kamen, knirschten Langfords Schuhsohlen bereits durch das Geröll. Mit Catherine, die hinter ihm einherflatterte wie ein kleiner Vogel, erklomm er den Rand eines Treibsand- und Stein-Plateaus, das viele Tausende von Jahren alt war. Doch dieses Plateau hatte sich verändert; es wurde ausgeweidet von Hunderten arabischen Hilfsarbeitern, die in den vergangenen Monaten eingestellt worden waren und unermüdlich im Gleichklang schaufelten. Nun präsentierte es sich als ein kleines, schüsselförmiges Tal und war verschandelt mit Ausgrabungsgerätschaften und – mittels zahlloser Geometer-Pflöcke – unterteilt in genau vermessene Parzellen. Beinahe dreihundert Arbeiter, Fellachen, schufteten an diesem Tage. Die große Mehrzahl von ihnen waren Einheimische und mit den traditionellen Haiks – langen, weißen Baumwollgewändern – angetan sowie mit behelfsmäßigen Turbanen.

Die hauptsächliche Aktivität fand am gegenüberliegenden Ende des Geländes statt. Gewaltige Staubfinger schraubten sich dort in die Brise empor, wo die Fellachen den Aushub aus Sand und losgebrochenem Felsgestein abluden. Sobald diese Männer ihre Körbe geleert hatten, wandten sie sich um und eilten in eine ungewöhnlich große *heiße Grube* zurück. Mehrere hölzerne Flaschenzüge waren am Abgrund dieser Grube in Stellung gebracht, und armdicke Taue verliefen über die entsprechenden Rollen. Sie hatten alle Vorkehrungen getroffen, etwas aus dem Erdreich zu heben. Etwas Schweres.

»Daddy, der Schatz liegt da drüben!« informierte Catherine ihn auf Schwedisch und zeigte zu den Flaschenzügen und der Menge der Arbeiter hin.

»Zuerst will ich Ed Taylor sprechen.« Langford erblickte seinen Partner, wie er gemeinsam mit einer Gruppe anderer Männer außerhalb des *Office-Zeltes* über einen Arbeitstisch gebeugt stand. Sie schienen etwas zu studieren.

Eingedenk der Tatsache, daß er den Ruf hatte, ein Meister im Erzählen völlig unlustiger Witz zu sein, hatte Langford während der letzten Minuten wahrhaft ausgiebig an einer passenden *wirklich* witzigen Bemerkung gefeilt. Sobald er nun in Rufweite der Gruppe kam, versuchte er sein Glück.

»Ed, wenn wir einen Tierfriedhof gefunden haben, dann gebe ich es auf.«

Wie er befürchtet hatte: Niemand lachte. In der Tat reagierte niemand auch nur mit der schwächsten Andeutung eines höflichen, stillvergnügten In-sich-Hineinlachens. Doch was Langford letzten Endes wahrhaftig einen Schlag versetzte und ihn äußerst sonderbar anmutete, war die Tatsache, daß die Männer nicht einmal seine lächerliche *Gentleman-Forschungsreisender-Aufmachung* bemerkten. Die intensive Konzentration der Gruppe verriet Langford, daß dies kein gewöhnlicher Fund war. Sowohl er als auch Catherine fanden sich dann auch unverzüglich in das Geschehen verwickelt.

»Die Schriftzeichen hier können wir nicht entziffern. Sehen Sie.«

Taylor machte Langford Platz, so daß er sich zu ihnen gesellen und auf das große Blatt Papier hinabsehen konnte, das auf dem Tisch ausgebreitet lag. Es war mit einer Reihe merkwürdiger Symbole bedeckt – Holzkohlearbeiten, abgenommen von einer steinernen Oberfläche, in die Schriftzeichen eingeritzt waren. Es kostete Langford einige Sekunden, bis er verstand, warum die Umstehenden so verblüfft waren. Doch zu jedermanns Überraschung sprach Catherine es als erste aus.

»Das sind keine richtigen Hieroglyphen«, sagte sie auf Englisch.

»Jedenfalls nicht die Sorte, die wir gewohnt sind.«

»Taylor«, sagte Langford sehr nasal und plötzlich äußerst nervös. »Woher stammen diese Schriftzeichen?«

»Ich werd's Ihnen zeigen.« Und sein Partner stapfte voran Richtung Grabungsstätte. Dreißig Yards von der Grube entfernt, die mehr denn je mit Unmengen von Arbeitern bevölkert war, die sich allesamt gegenseitig Instruktionen zuzubrüllen schienen, stoppte Taylor vor etwas, das wie eine gigantische steinerne Tischplatte aussah. Die massive Platte mochte drei Fuß breit und zwanzig lang sein, und sie war von genau dem gleichen fahlen Grau wie das Geröll, in das sie eingebettet war.

»Es ist ein Schlußstein«, erläuterte Taylor. »Der größte, den ich je gesehen habe. Wenn man etwas unter einem Stein dieser

Größe beerdigt, dann will man sichergehen, daß es auch beerdigt bleibt.«

Langford stelzte aufgeregt um den Stein herum, inspizierte seine mit eingemeißelten Symbolen übersäte Oberfläche. Dies hier war in der Tat ein Weltklasse-Fund. Nicht nur, daß der Stein durch seine schiere Größe beeindruckte; die wunderbar bearbeitete Oberseite war zudem ein leuchtendes Beispiel für altägyptische Steinmetz-Kunst. Das Antlitz des Monolithen war systematisch gestaltet: Gleich einer Zielscheibe gab es da eine Reihe konzentrischer Ringe. Der äußerste Ring enthielt neununddreißig Zeichen, und sie entstammten allesamt jener geheimnisvollen Schrift, die Taylor ihm bereits präsentiert hatte. Innerhalb des nächsten Ringes waren Symbole angebracht, die eine eindeutige Verwandtschaft mit herkömmlichen altägyptischen Schriftzeichen aufwiesen. Es schien sich hierbei um eine extrem frühe, extrem primitive Version der späteren Hieroglyphen zu handeln. Hierauf folgte ein Ring mit seltsam gewölbten Linien, welche die Oberfläche des Steins in unterschiedlichen Richtungen überquerten. Einige der Punkte, an denen sich diese Linien kreuzten, waren besonders markiert, andere wiederum nicht. Insgesamt sah dies alles aus wie eine altertümliche Erscheinungsform von Geometrie. Doch es war die Gravur im Zentrum des Steines, die das Ganze als Meisterwerk kennzeichnete.

Langford mühte sich auf den Stein hinauf, um eine bessere Sicht auf das Mittelstück zu haben. Über einen Hintergrund aus präzise geschnittenen, sich wölbenden geometrischen Linien waren symmetrische Gravuren von der Gottheit Nut angebracht. Sie krümmte ihren Rücken, um den Himmel emporzuhalten, sie säugte die Kinder der Erde an ihrer Brust, während jene unter ihr dahinsegelten im Nachen von einer Million Jahre. Inmitten dieser wunderbaren Bildnisse befand sich – im exakten Zentrum des Steines – eine längliche Kartusche klassischen Stils. Die Einfassung, die normalerweise um einen geheiligten Namen oder Begriff herum verlief, enthielt hier sechs der fremdartigen Hieroglyphen des äußersten Ringes. Langford fragte sich, ob diese Symbole den Namen eines vorzeitlichen Pharaos ergaben? Oder mochte es eine Art *Botschaft* sein?

»Sehr kurios«, murmelte er – und dies in seiner Eigenschaft als Persönlichkeit, die ihr Studium der altägyptischen Schrift mit Auszeichnung abgeschlossen hatte. Er schüttelte mehrmals den Kopf und kehrte an die Peripherie des äußersten Ringes zurück; dann studierte er noch einmal sehr, sehr eingehend den zweiten Ring und wandte sich schließlich an Taylor und die anderen.

»Dieser innere Ring ist zumindest ansatzweise leserlich ... Dies hier könnte das Symbol sein für *Jahre ... tausend Jahre ... Himmel, die Sterne ...* etwas in dieser Art ... *lebt Ra, Sonnengott.* Doch was um alles in der Welt soll man mit diesen äußeren Zeichen anfangen?«

Als Langford sich vorbeugte, um die Zeichen *noch* genauer in Augenschein zu nehmen, stellte er sich die gleiche Frage abermals. Taylor und die anderen hatten den ganzen Nachmittag Zeit gehabt, hierüber nachzugrübeln. *Haben wir eine bislang noch unentdeckt gebliebene Sprache gefunden? Und wenn, wer waren ihre Schöpfer?*

»Was sind das da drüben für Dinger?« rief Catherine und stöberte bereits in der fein säuberlich ausgelegten Sammlung *nebensächlicher Funde* – jeder einzelne etikettiert, verpackt und katalogisiert.

Taylor erklärte es ihr: »Das sind kleine Stücke von Werkzeugen und Gefäßen und Gebrauchsgegenständen, die die Arbeiter verwendet haben, als dieser Stein eingegraben wurde. Aber schau dir mal das hier an«, sagte er und hielt ein goldenes Medaillon empor, in das bossiert ein Udjat eingearbeitet war – ein Symbol, halb Vogel-und halb Menschenauge. Er reichte es Catherine. »Es war in ein Stück Tuch eingeschlagen und im Zentrum des Steines hinterlegt.«

»Dann hast du ja doch etwas Hübsches gefunden«, sagte Catherine verblüfft.

»Das Auge des Ra«, murmelte Langford und stieg von dem Schlußstein herab, um sich die Gestaltung des Medaillons näher zu besehen. Er drehte es wie einen kostbaren Schmetterling auf Catherines Handfläche um.

»Dieses Motiv ist sehr, sehr selten auf einem Schmuckstück zu finden«, brummte er schließlich, wieder an Taylor gewandt. »Möglicherweise gehörte es einem Priester.«

Catherine hielt den kleinen Schatz ins Licht empor und bewunderte ihn, während die Männer in ihrer Unterhaltung fortfuhren. Dann öffnete sie den Verschluß ihrer Halskette und fädelte das Medaillon kurzerhand darauf.

»Taylor, wenn dies ein Schlußstein ist, was haben Sie *darunter* begaben gefunden?«

In diesem Augenblick gellte in der Grube ein Schrei. Zweihundert Arbeiter nahmen die gewaltigen Taue der Flaschenzüge auf und stemmten sich Schritt für Schritt voran. Langford wollte näher herangehen, doch Taylor ergriff ihn am Ärmel und führte ihn auf einen kleinen Hügel ganz in der Nähe.

»Vertrauen Sie mir, wir haben den besten Platz.«

Jeder in dem staubigen Tal, vom gebildetsten Wissenschaftler bis zum ärmsten Tagelöhner, begriff plötzlich, daß sie einem einzigartigen, äußerst bemerkenswerten Ereignis beiwohnten: der Hebung des ungeheuerlichsten archäologischen Fundes, den die Erde je gesehen hatte. Weitere Kommandorufe gellten in rhythmischer Folge, und die Fellachen gehorchten und zogen und zerrten verbissen, und die Taue strafften sich und hoben einen gigantischen Quarzring von mehr als fünfzehn Fuß im Durchmesser empor aus seiner jahrhundertelangen Schlafstatt. Er war vollkommen rund und von der schimmernden Farbe von Perlen; er war ein überdimensionales, akribisch gearbeitetes Juwel. Die gesamte Oberfläche war bearbeitet und reich verziert mit ineinander verschlungenen Details, so komplex wie eine elektronische Schalttafel, so wunderschön wie das Amulett eines Sultans.

»Das ist einer von Gottes Armreifen«, plapperte Catherine aufgeregt zu ihrem Vater empor.

In all den Jahrzehnten seiner Nachforschungen und wissenschaftlichen Untersuchungen hatte Langford niemals etwas Derartiges erblickt. Obgleich er bei längerem Hinstarren eine vage Ähnlichkeit mit bestimmten Funden der 1. Dynastie zu erkennen meinte, schien es doch unmöglich, daß das altehrwürdige Ägypten etwas derlei technisch Fortgeschrittenes hervorgebracht haben konnte. In regelmäßigen Abständen waren sieben faustgroße Quarzjuwelen in dem Ring plaziert, und jedes dieser Juwelen war umgeben von einer goldenen Einfassung, die an eine Replik des gestreiften Pharaonen-Kopfschmuckes – oder an Nemes – denken ließ, wie jene auf Tutench-Amuns berühmter Totenmaske. Entlang dem inneren Rand des Ringes waren die gleichen nicht zu entziffernden Hieroglyphen wie auf dem Abschlußstein zu erkennen.

Sobald die Arbeiter den Ring in einem Neunzig-Grad-Winkel aufgerichtet hatten, machten sie sich eilends daran, ihn mit einer Reihe von gepolsterten Pfosten abzustützen.

Der immer noch sprachlose Langford fühlte sich von Taylor einige Schritte weit nach rechts bugsiert. Die Sonne verschwand jenseits des Ringes, und nun stellte Langford – noch verwunderter – fest, daß dieser aus einem halb *durchscheinenden* Material gefertigt war.

»Aus was ist er gemacht?« hauchte Langford. Taylor zuckte die Schultern. »Ist mir zu hoch. Das Ding ist härter als Stahl, aber da gibt's weder Spuren von Oxidation noch von Korrosion. Eine Art Quarz, aber keine, die ich identifizieren kann.«

Langford wandte sich wieder dem Ring zu und stand einen Moment lang ganz still – bis er plötzlich einen gewaltigen Freudenschrei ausstieß: »Wir haben es geschafft!«

Catherine beobachtete, wie ihr normalerweise so steifer und förmlicher Vater seinen verdutzten amerikanischen Partner Taylor in einer Bärenumklammerung in die Arme riß, und dann brach der Bann endgültig, und die beiden wirbelten in einem ungestümen, von wilden Schreien begleiteten Freudentanz umher.

In diesem Moment passierte etwas in der Grube.

Die Fellachen schrien und deuteten auf eine Stelle am Boden, und dann ließen sie ihre Arbeitswerkzeuge fallen und stürzten davon, noch bevor die Stützbalken sicher verankert waren. Der ungeheuerliche Ring wankte gefährlich; für Sekunden schien es, als wolle er kippen und die Menge unter sich zermalmen. Taylor rannte bereits zu der Grube hin und brüllte auf Arabisch Befehle.

Langford befahl Catherine genauso streng wie hastig: »Du rührst dich nicht vom Fleck!«

Das tat sie denn auch, und zwar genau so lange, wie sie dies gerade noch aushalten konnte, also etwa fünf Sekunden –

dann jagte sie hinter ihm her, um ihre eigenen Nachforschungen anzustellen. Die Situation in der Grube wandelte sich binnen weniger Sekundenbruchteile vollends in heilloses Durcheinander. Während einige Menschen hineinsprangen und die Taue ergriffen, kämpften die meisten darum, schleunigst hinauszugelangen. Jeder, so wollte es scheinen, schrie aus Leibeskräften.

Gleich darauf sah Catherine, was die Aufregung ausgelöst hatte. Ein Teil des Grundgesteins war zerborsten – dort, wo einer der Stützbalken verankert worden war; ein tiefer Spalt führte ins Erdinnere hinab. Sie beobachtete aufmerksam, wie Taylor und ihr Vater die Bemühungen anführten, den Balken zu sichern. Doch ganz gleich, was dort am Grunde des aufgesplitterten Hohlraums auch ruhte – es scheuchte sämtliche Araber in panischem Entsetzen auf und davon, sobald sie seiner angesichtig wurden.

Catherine hielt es nicht länger aus; sie *mußte* es sehen. Sie rannte zur gegenüberliegenden Seite der Grube und schlitterte über einen der Hänge hinab. Ihr Vater und die anderen Männer arbeiteten, von Staubfahnen zu bloßen Schemen gemacht, unmittelbar neben dem mysteriösen Hohlraum. Catherine kletterte kurzentschlossen durch den Ring und erreichte die in der Mitte der Grube versammelten Menschenmassen. Sie rempelte sich ihren Weg an den Männern vorbei und spähte hinab in das Loch.

»Fossilien!«

»Catherine!«

Sie hörte den Zorn in der Stimme ihres Vaters – und konnte ihren Blick doch nicht losreißen von den verrückt ineinander verschlungenen Gestalten, die das Erdreich hier freigegeben hatte. Sie lagen teilweise noch im Gestein begraben, die Knochen zersplittert, als seien sie mit großer Wucht zertrümmert worden; und da war eine sehr menschlich aussehende Hand; und gleich daneben, abgeflacht und scheinbar ohne scharf umrissene Ecken und Kanten, lag das, was wie ein großer Exoskelett-Schädel aussah . . . und eindeutig nichtmenschlich war. Das Schlimmste aber war dieses schwarz schimmernde, mandelförmige Auge, das noch aus dem Schädel herausglotzte. Es hätte genausogut morsches Muskelgewebe sein können, das im Laufe der Zeit versteinert war. Und diese Gestalt mochte überhaupt nur eine Statue sein und das Auge nur ein Onyx-Splitter, der in diese Statue eingesetzt worden war. Aber vielleicht hatten die Fellachen ja doch recht: Immer und immer wieder kreischten sie ein arabisches Wort, das sie kannte; das Wort für *Teufel.*

Catherine war wie hypnotisiert von diesem bruchstückhaften Ausblick in die Hölle, und dann fühlte sie sich emporgerissen und durch die Luft gewirbelt. Sie schwebte auf den Rand der Grube zu. Dort wurde sie unsanft abgesetzt – und dann bedachte ihr Herr Vater sie mit einem sehr langen, sehr gestrengen Blick, der ganz eindeutig besagte, daß seine Geduld beendet war; ohne ein direktes Wort an sie zu richten, befahl er einem seiner Assistenten, einem rundlichen jungen Mann aus Liverpool, ein wachsames Auge auf sie zu halten.

Mehrere Minuten lang saß Catherine einfach nur da und sah den Männern zu, wie sie sich damit abmühten, den Ring in seiner aufrecht stehenden Position zu befestigen, sah dem letzten Licht des Nachmittags zu, wie es sich in einen violetten Abend hinein vertiefte. Dann hob sie den Blick und starrte den Ring direkt an, dieses eigenartige Wüsten-Juwel, und dann gab sie sich ein unwiderrufliches Versprechen: Sie würde das Rätsel um die Herkunft dieses Ringes lösen – ganz gleich, wie lange es dauern, ganz gleich, wie schwer es auch werden mochte.

Nachdem ihr Entschluß so weit gediehen war, machte sie sich mit der beeindruckenden Selbstverständlichkeit eines Kindes unverzüglich an die Arbeit. Sie wandte sich ihrem tonnenförmigen Adjutanten zu und verkündete ihm:

»Ich geh' zurück zum Wagen.«

Catherine wußte, daß ihm in diesem Fall keine Wahl blieb, und tatsächlich hörte sie ihn hinter sich hertrotten, als sie zum Automobil ging. Sie ließ sich demonstrativ gelassen im Fond nieder und machte sich daran, ihre Ausgabe von DAS ALTE ÄGYPTEN durchzublättern. Alsbald fand sie, wonach sie gesucht hatte: ein Bildnis von Anubis, jener schakalköpfigen Gottheit, dem Schützer der Totenstädte und Richter der Verstorbenen.

»Schau dir das an«, entfuhr es ihr, und sie hielt ihrem Adjutanten das dicke Buch aufgeschlagen vor die Nase. »Dieses kaputte Ding da unten ist Anubis. Wir müssen los und es meinem Vater zeigen.«

Ihr Begleiter, der lediglich einen kurzen Blick auf das Ungeheuerliche hatte erhaschen können, bevor er als Babysitter *zwangsverpflichtet* worden war, nahm das Buch mit spitzen Fingern und legte es draußen auf die Motorhaube.

Und in diesem Moment, gerade als er auf die Seite hinabblinzelte, fuhr ein weiteres von einem Chauffeur gesteuertes Automobil vor, und heraus stieg der ägyptische Staatssekretär des Ministeriums für Altertümer höchstpersönlich; ganz zweifellos war er nur *ganz zufällig* vorbeigekommen, um einen reinen *Routinebesuch* abzustatten.

Der geckenhaft gekleidete schnauzbärtige Bürokrat stolzierte, umgeben von seinem Gefolge von Schmeichlern, heran und lüftete seinen Hut.

»Guten Abend, Miss Langford. Darf ich fragen, ob es heute irgendwelche interessanten Vorkommnisse gegeben hat?«

DRITTES KAPITEL

Los Angeles, Gegenwart

Klatschnaß vom Scheitel bis zu den Sohlen, einen übervollen Bücher-Sack über der Schulter und in einem ziemlich deprimierenden Selbstgespräch versunken, stapfte Daniel Jackson durch Gower und weiter nach Norden, Richtung Sunset Boulevard. Er hatte ein scharf geschnittenes, recht gut aussehendes Gesicht und sandfarbene Haare. Er war knapp über dreißig Jahre alt; und er hatte seinen Regenschirm zu Hause vergessen und nicht genügend Geld für den Bus. Seine Schuhe sahen aus wie bereits x-mal weitervererbte Erbstücke, und so blieb es zu guter Letzt dem Kashmir-Trenchcoat überlassen, ihm doch noch einen Hauch von Ehrbarkeit zu verleihen. Wie er so dahinmarschierte, murmelnd und mit der freien Hand gestikulierend, schien er sich gegen eine ganze Horde unsichtbarer Feinde zu verteidigen.

Tatsächlich konnte sich Daniel zwei oder drei Gedanken darüber machen, ob er dieses Mal nicht doch die allerletzte Grenze überschritten hatte. Das, was als der ganz große Tag der Erneuerung geplant gewesen war – der Tag seiner Wiederaufnahme in den Schoß der akademischen *Gemeinde* – hatte statt dessen irgendwie ganz andere Formen angenommen und sich schließlich als etwas entpuppt, das eine ziemlich verdächtige Ähnlichkeit mit dem Tag seiner *Beerdigung* hatte.

Auf dem Sunset wandte er sich nach Westen, betrat ein kleines Lebensmittelgeschäft an der Ecke und hoffte inbrünstig, daß Mr. Arzumanian ihn noch eine weitere Flasche Wein anschreiben ließ. Um bei seinem hübschen kleinen Gleichnis zu bleiben: Wenn das heute schon der Tag seiner Beerdigung war, dann mußte man noch einiges für die *Konservierung* tun – ha-ha!

»Mr. Dan, mein Freund, was ist passiert?« platzte Arzumanian heraus, ein stämmiger Bursche und gewohnheitsmäßig enthusiastisch.

»Amen ench shat ahavor ar. Nrank char hasskanum yes enchkar khalatse em«, faßte Daniel den ganzen Alptraum in fließendem Armenisch zusammen. »Und jetzt hoffe ich, daß ich noch eine Flasche Wein von dir kriege, aber ich sag' dir gleich, ich habe keine Ahnung, wann ich das Ding bezahlen kann.«

»Ich hab' Idee. Yes kpokhem«, freute sich Arzumanian und schlug ihm einen *Deal* vor. Er brauchte dringend jemanden, der zwischen ihm und einem seiner Lieferanten, der nur Griechisch sprach, als Dolmetscher fungierte. Daniel, zum Beispiel. Ganz begeistert von der eigenen Idee, wollte Arzumanian augenblicklich telefonieren – doch als er den Gram auf Daniels Gesicht erblickte, schlug er sichtlich widerwillig vor, das Ganze auf den nächsten Tag zu verschieben.

Daniel nickte, komplettierte sein *Outfit*, indem er die Flasche in die Manteltasche steckte, trat wieder in den Regen hinaus, marschierte zu seinem trauten Heim zurück und fragte sich, wie es so weit hatte kommen können. War er nicht der gleiche Bursche, der an der High-School das Begabtenstipendium gewonnen hatte – für seine Übertragungen der phönizischen Poesie –, und der schon mit sechzehn an der UCLA angenommen worden war? Das Wunderkind, das gleich drei Hauptfächer belegt hatte: Sprachen, Philologie und Geschichte des Altertums? Hatte er sich seine vielversprechende Karriere wirklich durch die Finger gleiten lassen, nur um jetzt als verspotteter, total abgebrannter, von allen Freunden verlassener, einsamer, arbeitsloser und sehr nasser Ex-Professor zu enden? Oh, er erinnerte sich noch verdammt gut an diese beunruhigende Statistik, die besagte, daß ein ziemlich hoher Prozentsatz des unter dem Typus *Junges Genie* erfaßten Personenkreises ziemlich früh dem Irrsinn anheim fiel. Daniel war klar, daß er auf einem ziemlich üblen Trip war.

Er tappte durch die Pfützen auf dem Parkplatz von *Tkenchenkos Reifen,* einer schäbigen Reparaturwerkstatt in einem langsam zerfallenden Backsteingebäude. Er erspähte den Besitzer, Vladimir Tkenchenko, unter einem Lexus, den er auf der Hebebühne stehen hatte; Tkenchenko schüttelte voller Abscheu den kahlen Schädel und spuckte aus. Daniel dachte an seinen Grundkurs in Sachen *Angewandte Diplomatie im Alltag* und übersah den Gruß.

Er lebte in den umgebauten Büroräumen über der Werkstatt, und er war mit seinen Mietzahlungen mehrere Monate im Rückstand. Tkenchenko hatte ihm inzwischen mit einer Räumungsklage gedroht. Keine gute Basis für eine Freundschaft. Sollte sich sein Glück nicht mächtig schnell eines Besseren besinnen, dann würde er so ziemlich jeden anrufen und um Asyl bitten müssen, den er kannte; oder zumindest um einen Boden, auf dem er für einige Nächte sein Lager aufschlagen konnte.

Doch bis es soweit war, konnte er sich genausogut *großartig* fühlen. Er marschierte geradewegs an Vladimir vorbei und in den Shop hinein und an die schmuddelige Ladentheke.

»Irgendwelche Post für mich?«

Hinter der Theke saß das hübscheste Mädchen, das Daniel kannte, und lachte ins Telefon – Svetlana. Als sie sah, wer sie da ansprach, wich schlagartig alle Freude aus ihrem Gesicht. So muß es sein, wenn man Lepra hat, dachte Daniel und verkniff sich jedes weitere Selbstmitleid. Ohne ihr Gespräch zu unterbrechen, stand Svetlana auf, schnappte sich die beiden Briefe in seinem Abholfach und knallte sie auf die Theke.

Noch vor wenigen Monaten war eine Menge ganz anders gewesen zwischen ihnen; er hatte noch genügend vom Geld seines Stipendiums gehabt, und sie hatten gescherzt und geflirtet und waren mehr als einmal zusammen in das Thai-Lokal an der Ecke essen gegangen. Doch gerade als ihre Beziehung so richtig in Fahrt gekommen war, war es mit seiner Kreditwürdigkeit vorbei gewesen, und er war zum *problematischen Mieter* mutiert.

Kismet, dachte er und inspizierte die Briefe dieses Tages. Eine *Letzte Mahnung* der Telefongesellschaft und eine weitere *Dieses-Kind-wird-vermißt*-Karte, die sich Daniel genau einprägte, nur für den Fall. Trotzdem war nicht zu leugnen, daß er jetzt *noch* ernüchterter war als zuvor. Er verließ die Werkstatt und setzte sich draußen im Nieselregen auf einen Stapel abgefahrener Reifen und starrte ins Nichts. Auf der gegenüberliegenden Straßenseite hielt ein dreckstarrender Obdachloser einer Katze einen Vortrag – daß sie nicht in Abfällen wühlen sollte, weil das unter ihrer Würde war –, und nur zehn Fuß weiter bewachte ein *tough* aussehender Chauffeur eine auf Hochglanz polierte Limousine.

Was für eine irre Stadt!

Und als hätte das noch gefehlt, spielte ihm der boshafte kleine Filmprojektor in seinem Verstand plötzlich ganz unverlangt die katastrophale Tagung und den unglückseligen Vortrag ein weiteres Mal vor, den er während dieser Tagung am Nachmittag vor den angesehensten Archäologen der Nation gehalten hatte. Die meisten von ihnen kannten ihn dem Namen nach und hielten ihn für ein wenig verrückt, ein Opfer zu vieler Science-Fiction-Romane. Unglücklicherweise hatten die heutigen Ereignisse ihre Meinung zweifellos nur noch bekräftigt.

Die Artikel, die er im Verlauf des letzten Jahres publiziert hatte, waren von der akademischen Öffentlichkeit ohnehin nur mit allumfassendem Hohn aufgenommen worden. Oh, natürlich schätzten sie seine Forschungsmethoden und die tiefere Bedeutung seiner Informationen hoch; den Schluß allerdings, den er aufgrund seiner Beweismittel zog, mußte *man* – Originalton – trotzdem als *recht individuell* werten.

Er brachte ihr Weltbild ins Wanken, und sie revanchierten sich in den Fachzeitschriften mit grimmigen Attacken.

›Er ignoriert Fakten, die seit langem bekannt sind!‹ war ein typischer Kommentar. Andere waren schlimmer, da sie jenseits aller Kritik in persönliche Haßtiraden verfielen. Einer der übleren Schreibtischtäter, der seine Artikel nur mit *MaHo* zeichnete, hatte gegeifert: ›Jackson ist – diese Materie betreffend – entweder irregeleitet und inkompetent, oder aber er engagiert sich ganz wissentlich in solch verbrecherischer Art und Weise.‹ Oder, noch eine kleine Kostprobe, dieser andere Aufsatz, den er sich ausgeschnitten und an die Küchenwand geheftet hatte: ›Das ist genau die Sorte Archäologie, die wir im National Enquirer zu finden erwarten. Jacksons Arbeit darf keinen Platz einnehmen in der Welt der respektablen Wissenschaft.‹

Daniel war sich vollkommen darüber im klaren, wie unkonventionell seine Schlußfolgerungen waren. Aus genau diesem Grund hatte er anfangs sehr, sehr vorsichtig formuliert und nur eine ziemlich verwässerte Version dessen, was er wirklich glaubte, publiziert. Aber er war davon überzeugt, daß seine Theorien im Einklang standen mit den Fakten, und zwar weit schlüssiger als die bisher *gültigen* altehrwürdigen Erläuterungen zur frühen ägyptischen Zivilisation.

Als er an diesem Morgen den gigantischen Scottish Rite Temple am Wilshire Boulevard betrat, hatte er gewußt, daß er einer sehr skeptischen Zuhörerschaft gegenüberstehen würde. Aber er hatte keine Ahnung gehabt, daß sie derart feindselig und so vollkommen beleidigend sein würde.

Nur Dr. Ajami war ein Trost gewesen – anfangs. Sie kannten und mochten sich aus der Zeit, als Daniel noch an der Columbia gelehrt hatte – Ajami war damals sein Fakultätsleiter gewesen. Jetzt war er extra seinetwegen zu dieser Tagung angereist. Als sich die Mitglieder des Organisationskomitees geschlossen weigerten, Daniel vorzustellen, trat Ajami auf das Podium hinaus und feuerte eine gewaltige Lobeshymne ab:

... bereits mit zwanzig Jahren hat er sein Studium in mehreren Fächern abgeschlossen, er spricht elf verschiedene Sprachen, und ich erwarte ohne jeden Zweifel, daß sich seine Dissertation zur frühen Entwicklung der Hieroglyphen zu einem Standardwerk entwickelt. Darüber hinaus hat er mehrere zukunftsweisende Artikel über vergleichende Linguistik der afro-asiatischen Sprachengruppe verfaßt und desgleichen natürlich über die Entwicklung der ägyptischen Sprache von der Früh- oder Thinitenzeit bis zum Alten Reich – und dies wird auch sein heutiges Thema sein. Bitte heißen Sie einen der vielversprechendsten jungen Gelehrten der Archäologie willkommen – Daniel Jackson!

Daniel, der während dieser Vorstellung zum Podium ging, überhörte geflissentlich die Konversation zweier betagter Professoren; er kannte sie – echte Dinosaurier der amerikanischen Archäologie.

»Ah, ein weiteres *Wunderkind*«, polterte der untersetzte Professor Rauschenberg.

»Ich nenne Socken mein eigen«, gluckste der hoch aufgeschossene Dr. Tubman, »die älter sind als dieses Kind.«

Sie bedachten Daniel mit einer flüchtigen skeptischen Musterung, als er an ihnen vorbeiging. Sobald sie annehmen konnten, er sei außer Hörweite, fuhren sie fort:

»Nicht ganz zu vergleichen mit Sir Allen Gardiner«, kicherte der eine.

»Doch wollen wir hoffen, daß er kein neuer Wallace Budge ist!« lachte der andere schallend.

Daniel konnte das Ganze absolut nicht lustig finden, doch er verstand zumindest die obskure Pointe. Budge war ein verrückter, tumber außerordentlicher Professor und vor allem dafür bekannt, daß er seine Kollegen in große Hörsäle zu pferchen und mit einer Lawine von Details einzuschläfern pflegte, die niemanden interessierten.

Äußerst ermutigend! Daniel stellte sich hinter das Rednerpult, und die Luft ringsum vibrierte vor Spannung. Er war ein unberechenbarer Gelehrter; etwas, das sein Stand nicht gewohnt war. Er besah sich die Decke gerade lange genug, daß sich jeder wundern konnte, was er da trieb, dann wandte er sich unvermittelt um und schoß eine Frage an Professor Rauschenberg ab:

»Sir, was für einen Wagen fahren Sie?«

Der Oldtimer antwortete verwirrt genug: »Einen Ford.«

»Ein Modell T?« Dieses Mal erntete Daniels Frage bereits erste Lacher.

»Ich bin nicht *ganz* so alt. Ich fahre einen Escort.«

»Ah, ja.« Daniel kratzte sich am Kinn. »Servolenkung und Bremskraftverstärker?« erkundigte er sich.

»Nicht zu vergessen: die automatischen Fensterheber«, trumpfte der alte Knabe auf und versuchte mitzuspielen.

»Also, gesetzt den unwahrscheinlichen Fall, daß noch heute nachmittag ein bisher untätiger Vulkan in Santa Monica ausbricht und wir alle in hundert Jahren von *Wunderkind*-Archäologen exhumiert werden, so könnte man doch behaupten, daß diese Grünschnäbel absolut keine Chance haben, Sie und Ihren Wagen fälschlicherweise auf die Anfänge dieses Jahrhunderts zu datieren – richtig?«

»Worauf wollen Sie hinaus?« fragte Rauschenbergs Begleiter, Dr. Tubman. Tatsächlich hatte *keiner* im Auditorium die leiseste Ahnung, was Daniel vorhatte.

»Henry Ford hat ganz bescheiden angefangen, fast primitiv – mit der guten alten Tin Lizzy, dem Modell A. Dann entwickelte er sein Produkt langsam weiter, bis es technisch so ausgereift war, wie wir es heute kennen und lieben.

Was mich zu der zentralen Frage über die alten Ägypter führt: Warum hat sich ihre Kultur nicht *weiterentwickelt?* Ich glaube, weil *alles*, ihre Kunst, Wissenschaft, Mathematik, ihre komplette Technologie, selbst die Taktiken ihrer Kriegsführung, von Anfang an *da* war!« Er ließ ihnen eine Sekunde Zeit, um das zu verdauen, dann setzte er seine Attacke fort:

»Was ich hier und heute darlegen will, ist, daß die Ägypter der Frühzeit – also jener Zeitperiode vor dem Alten Reich – all diese Künste und Wissenschaften auf irgendeine Art und Weise *geerbt* haben. Denn bald darauf, nach einer lächerlich kurzen *Einarbeitungsphase*, erleben wir bereits die volle Blüte dessen, was wir heute das alte Ägypten nennen.«

Irgend jemand in der Zuhörerschaft lachte gackernd.

Daniel peitschte sie weiter.

»Ihre Schrift, zum Beispiel. Das Hieroglyphen-System der ersten beiden Dynastien ist, wie aller Welt bekannt sein dürfte, nur sehr schwer zu interpretieren. Die Gelehrten verkaufen uns das Ganze unisono als noch nicht perfekt durchdachte Version der wesentlich komplexeren Schriftzeichen, die wir später, zur Zeit des Alten Reichs, vorfinden. ABER – und das habe ich in einer Reihe von Artikeln darzulegen versucht – Tatsache ist und bleibt, daß auch diese frühe Sprache gleich als vollständiges System vorhanden ist – als eine Kombination aus phonetischen und ideographischen Elementen. Was nichts anderes bedeutet, als daß diese Leute imstande waren, sich in Rekordzeit, praktisch innerhalb einiger weniger Generationen, von der primitiven Höhlenmalerei zu lösen und zu einem komplizierten Schriftsystem zur Beschreibung ihrer Welt und ihrer selbst zu finden.«

Daniel hielt inne und beobachtete gelassen, wie die erste kleine Gruppe von Wissenschaftlern zum Ausgang strömte. Er spielte kurz mit dem Gedanken, ihnen noch ein ganz besonderes Argument mit auf den Weg zu geben: daß das alte Schriftsystem sogar weit eleganter gewesen war als die spätere Hieroglyphenschrift. Aber da er der einzige war, der sie fließend lesen konnte, wußte er, daß sie das nicht als *echte* Argumente akzeptieren würden; genausogut hätte er versuchen können, den Wänden den kleinen Salto vorwärts beizubringen. Also wechselte er das Thema.

»Nehmen wir ein anderes Beispiel. Das Thema der heutigen Tagung ist die Cheops-Pyramide ...«

Dr. Ajami hüstelte dezent, um Daniels Aufmerksamkeit zu erlangen, dann nickte er und drückte damit demonstrativ aus: *Das ist wahrhaftig das Thema. Bitte bleiben Sie ihm verhaftet.*

»... und genau die gleiche Argumentation läßt sich auch auf sie anwenden. Die meisten Wissenschaftler sind davon überzeugt, daß dieses Meisterwerk des Ingenieurswesens das Resultat einer generationenlangen Praxis sein muß. Analog zu dieser Theorie werden Djosers Stufenmastaba in Saqqara, die sogenannte *flache Pyramide,* und die großen Grabmale in Abydos als ein *in Schwung kommen* angesehen, als Lernübungen, die schließlich zu der unendlich komplexeren und präziseren Cheops-Pyramide führten.

Wie viele von Ihnen wissen: Ich gehöre nicht zu den Befürwortern dieser Theorie. So, wie ich die Dinge sehe, muß die Cheops-Pyramide zuerst dagewesen sein, und danach erst folgten die erwähnten unbedeutenderen Bauwerke. Die angeblichen Beweise, die die herkömmliche Reihenfolge der Errichtung stützen, sind nichts anderes als Aussagen und Niederschriften, die Hunderte von Jahren nach dem eigentlichen Geschehen gemacht wurden. Die spärlichen echten Beweismittel, die wir haben, deuten aber meiner Ansicht nach viel eher darauf hin, daß die Menschen, die am Nil lebten, langsam *vergaßen,* wie diese Monumente zu errichten waren, daß sie es mit jeder neuen Generation schlechter und schlechter hinbekamen.«

Weitere Tagungsteilnehmer erhoben sich und marschierten hinaus. Andere kicherten vernehmlich. Und Daniel machte weiter. Er hatte keine andere Wahl.

»Unglücklicherweise ergaben die zahlreichen Versuche, anhand von Carbon C-14-Tests das Alter der Pyramiden genauer zu bestimmen, nur wenig schlüssige Resultate. Es existieren genügend widersprüchliche Daten, um *jeden* denkbaren theoretischen Standpunkt zu untermauern.

Aber stellen Sie sich selbst eine Frage: Alle unbedeutenderen Pyramiden sind in ganz beträchtlichem Maße mit Inschriften versehen, mit den Namen der Pharaonen, die ihren Bau angeordnet haben. Die Mastaba in der Nachbarschaft der Pyramiden sind buchstäblich begraben unter der Masse der Kartuschen, die die Namen und Titel ihrer Besitzer verkünden; der Verzeichnisse von Opfern, Konstruktionsdaten, der Götter, die sie verehrten, der Musikinstrumente, die gespielt wurden, und so weiter. Bezeichnenderweise finden wir auch gemalte Geschichten in diesen Grabstätten, in deren Verlauf die vielen gottgleichen Qualitäten jener Person gerühmt werden, die hier begraben liegt. Die Pharaonen waren die größten Egoisten der Weltgeschichte. Und trotzdem weist die größte Pyramide von allen, die Cheops-Pyramide, kein einziges Schriftzeichen oder was auch immer auf. Nicht eine Markierung, nirgends, weder innen noch außen! Ergibt das einen Sinn?«

Ein imposanter älterer Gentleman, Professor Romney vom University College Berkeley, erhob sich und unterbrach:

»Das ist eine interessante Theorie, Professor Jackson, aber eine, die den meisten von uns vertraut ist.«

Jemand in der Menge begann die Titelmelodie von *Twilight Zone* zu summen. Was einerseits dafür sorgte, daß erneut Gelächter laut wurde, und andererseits nicht wenig Verwirrung stiftete.

Romney, ein großer, hagerer Mann, ließ sich nicht ablenken. Er starrte Daniel an und fuhr fort:

»Sie deuten an, daß diese Pyramide nicht für einen Pharao erbaut wurde, weil es keinerlei Namensinschriften gibt. Doch was ist mit Vyses Entdeckung? Mit der Inschrift des Steinhauers im Innern dieser Entlastungskammer? Das *war* Cheops' Name, und die Kammer war seit ihrer Erbauung versiegelt.«

Daniel verdrehte die Augen. »Oh, kommen Sie! Diese *Entdeckung* war ein Witz, ein Riesenschwindel, und zwar von Vyse höchstpersönlich.«

Vor dieser konservativen Meute war das nicht nur das Allerfalscheste, was man sagen konnte, es war auch die falscheste Art, es zu sagen. Das Auditorium reagierte mit zornigem, ungestümem Durcheinanderschreien. Einige Hitzköpfe begannen zu buhen. Und eine weitere Gruppe von Professoren verließ fluchtartig den Saal.

Professor Romney übertönte den Tumult: »Das ist zu einfach, Dr. Jackson. Hätten Sie Ihre Hausaufgaben gemacht, dann könnten Sie gewiß darauf verzichten, die gute Reputation Verstorbener zu diffamieren, um ihre Ideen zu untermauern«, donnerte er.

Bis zu diesem Punkt hatte sich Daniel ein gewisses ironisches Amusement darüber bewahrt, *wie* schlecht die Dinge liefen. Innerhalb einer einzigen Zehntelsekunde änderte sich das, und an Stelle des Amusements trat eine frostige, tödliche Direktheit.

»Bevor Vyse nach Ägypten aufgebrochen ist«, begann er, »hat er damit geprahlt, daß er eine wichtige Entdeckung machen und damit weltberühmt werden würde. Mit dem Geld seines Vaters heuerte er ein Eliteteam von Experten an und reiste mit ihnen zu den Pyramiden von Gizeh. Aber auch nach mehreren sehr kostspieligen Monaten hatten sie absolut *nichts* vorzuweisen – sehr zu ihrem Leidwesen. Also hat Vyse die meisten von ihnen gefeuert und in Südamerika, in der Bergwerks-Company seines Vaters, eine Bande von Goldgräbern rekrutiert und einfliegen lassen. Weniger als drei Wochen später haben diese *Spezialisten* dann das *entdeckt,* was Forscher, Grabräuber und Wissenschaftler in vierzig Jahrhunderten nicht hatten finden können: den geheimen Raum, der *seit seiner Erbauung versiegelt war.* In dieser ansonsten leeren Kammer fand sich das Ding, das Vyses Reputation ausmacht: die lange gesuchte Kartusche mit Cheops' Namen. Es gibt sie sogar gleich dreimal, auf drei Wänden dieser Kammer, aber, seltsam, seltsam, nicht auf der Wand, die Vyse mit Vorschlaghämmern hat einreißen lassen, um überhaupt einen Zutritt zu erhalten. Cheops' Name ist in einer roten Farbe geschrieben, die nirgendwo sonst im alten Ägypten vorkommt. Er ist erstaunlicherweise bestens erhalten, und, unglaublich, er ist *falsch* geschrieben.«

»Nun, was will man von einem ungebildeten Steinhauer anderes erwarten?« fragte Romney.

Daniel verließ das Rednerpult und schritt auf der Bühne auf und ab – ein hungriger Zirkustiger. Dann ging er zu einer Tafel und schrieb mit überraschender Schnelligkeit eine Reihe von Hieroglyphen darauf.

»Das hier ist das Symbol, von dem Vyse behauptet, daß er es in der Entlastungskammer entdeckt hat. Nun wissen wir alle, vorausgesetzt, wir haben unsere HAUSAUFGABEN gemacht«, – er bedachte Romney mit einem vernichtenden Blick – »daß Vyse eine 1906 in Amsterdam bei Heynis Books publizierte Ausgabe von Wilkensons *Materia Hieroglyphica* bei sich führte. Emsige Gelehrte wie Sie, Professor, werden es nicht versäumt haben, festzustellen, daß die Herausgeber der nachfolgenden Auflage eine Loseblatt-Apologie beigelegt haben, in der die Fehler der Ausgabe von 1906 peinlichst genau aufgelistet waren. Diese Liste enthält auch die Hieroglyphenschreibweise des Namens CHEOPS. Aufgrund eines Satzfehlers war der erste

Konsonant des Namens falsch geschrieben. Es hätte so aussehen müssen . . .«

Daniel zeichnete eine nahezu identische Reihe von Symbolen senkrecht auf die Tafel.

»Was für ein außerordentlich seltsamer Zufall, daß die Kartusche, die Vyse entdeckt hat, auf genau die gleiche Art und Weise falsch beschriftet ist! Außerdem: Hätte ein Steinbrecher den Namen des Pharaos falsch geschrieben, noch dazu in einer Entlastungskammer über der Grabkammer, so wäre er augenblicklich getötet worden, und die Wand hätte man eingerissen und neu hochgezogen.«

Daniel unterbrach sich und bedachte den Professor mit einem weiteren sezierenden Blick. »Aber ich bin sicher, Sie wußten das alles bereits, denn Sie sehen mir wie ein Mann aus, der seine Hausaufgaben ganz penibel macht.«

Er hatte den Satz kaum ausgesprochen, als Professor Romney auch schon von dannen stürmte. Bevor er allerdings das Portal des Saales hinter sich zuknallte, fuhr er noch einmal herum und feuerte eine letzte boshafte Bemerkung ab:

»Sie klingen wie ein schlechter Showmaster, der diesen Däniken-Unsinn à la *Die Götter kamen von den Sternen* verkaufen will!« Das rief weiteres Gelächter hervor, und sogar hier und da Applaus, doch Daniel *spürte* auch, daß er eine Menge Zuhörer zurückerobert hatte. Einige der wichtigsten Persönlichkeiten waren nach wie vor anwesend, und jetzt blieb nur zu hoffen, daß sie bereit waren, zuzuhören.

»Wenn wir uns jetzt wieder unserem Thema widmen könnten. Vielleicht liegen die wirklichen Ursprünge dieser Zivilisation in den Wadis der westlichen Sahara begraben –«

»Professor, wenn Sie kurz gestatten würden?« In den hinteren Sitzreihen des Saales stand eine Frau; sie schien etwa sechzig Jahre alt zu sein, trug ein elegantes, teures Kleid, und übergroße Brillengläser maskierten ihr Gesicht.

»Lassen Sie mich zuerst festhalten«, sagte sie mit einem leichten Akzent, »daß Ihre Auslegung der Fakten wirklich eindrucksvoll ist. Ich habe nur eine einzige Frage: Wer, glauben *Sie*, hat die Pyramiden gebaut?«

Und das war genau die Frage, die Daniel fürchtete wie der

Teufel das Weihwasser. Ganz gleich, was er antwortete – ab jetzt war ihm eine Menge Spott ganz unweigerlich sicher. Er hatte es oft genug erlebt: Wenn es an die Substanz der ägyptischen Geschichte ging, benahm sich die akademische Öffentlichkeit wie eine Horde religiöser Fanatiker. Es war, als seien alle früher akzeptierten Theorien auf alle Zeiten heilig gesprochen und dementsprechend unantastbar, in Stein gemeißelt von Gott dem Allmächtigen höchstpersönlich. Stellte man auch nur das Geringste in Frage, wurde man als Ketzer verdammt. *Scheiß drauf. Wenn schon Ketzer, dann aber richtig.* Daniel hatte gehofft, eine Schmähschrift aller – oder doch vieler – Kollegen in der Zuhörerschaft anregen zu können –, und daß daraufhin eine nochmalige Überprüfung dieser Periode initiiert wurde, dieses Mal eine ohne Scheuklappen und in dem Bewußtsein, daß es da noch jede Menge unbeantwortete Fragen gab hinsichtlich der Ursprünge der ägyptischen Kultur. Aber in dem Moment, in dem diese Frage gestellt wurde, wußte er, daß es jetzt nur mehr eine Angelegenheit weniger Minuten war, bis sich dieses Symposium auflösen und er um eine weitere demütigende Erfahrung reicher sein würde.

Widerwillig stotterte Daniel seine Antwort heraus:

»Das ... äh ... ist genau der Punkt«, sagte er. »Ich habe keine Ahnung, wer sie gebaut hat ... oder warum?«

Ein einziger kollektiver Laut des Unmuts erhob sich in dem Saal. Die modisch gekleidete ältere Dame nickte energisch, als stelle diese Antwort sie absolut zufrieden, dann wandte sie sich um und ging.

Ein Mann mit einem gewaltigen Bart stand auf, zupfte sein eng sitzendes T-Shirt zurecht und brüllte ihm in einer lächerlichen Imitation von britischem Akzent *seinen* Vorschlag zu: »Wie wär's mit den verlorenen Leuten von Atlantis?«

Ein anderer rief:

»Oder vielleicht die Marsianer?«

»Das habe ich nicht gesagt!« verteidigte sich Daniel und ging zum Rednerpult zurück.

»Nein, aber Sie waren dicht dran!« entgegnete der bärtige Kauz.

»Sie haben das Wesentliche absolut nicht kapiert«, murmelte

Daniel in seine Notizen. Die Atmosphäre innerhalb des Saales war in etwa so intellektuell wie in einer Schul-Cafeteria während einer Massenabfütterung. Mehr als die Hälfte der Zuhörer war gegangen, und immer mehr Menschen standen auf. Daniel blätterte in dem Stapel seiner Unterlagen und fand den Bericht, den er gesucht hatte; ohne aufzusehen, nahezu tonlos, las er, über die Mikrophone gebeugt, vor:

»Neue geologische Erkenntnisse datieren die Sphinx zurück in eine wesentlich frühere Periode. Angesichts dieser Tatsache ist es unumgänglich, alles, was wir bisher über die Ursprünge der ägyptischen Kultur als gegeben akzeptiert haben, neu zu sichten und neu zu bewerten. Kurzum: Wir müssen noch einmal von vorn beginnen . . .«

Als sich auch hinter der letzten Gruppe lachender Teilnehmer das Portal schloß, kam Dr. Ajami, der bisher sehr geduldig und still gewesen war, zu Daniel. Und Ajami sah ziemlich verärgert aus.

»Ich bin sehr enttäuscht von Ihnen, Daniel. Ich dachte, wir hätten uns darauf verständigt, daß Sie diesen Nonsens hier und heute *nicht* erörtern. Ich bin das Risiko eingegangen, Sie hier zu präsentieren, ich wollte Ihnen einen Gefallen tun, aber nun steht zu befürchten, daß Sie Ihrer Karriere den Todesstoß versetzt haben. Auf Wiedersehen.« Dann folgte Ajami den anderen ins Foyer hinaus.

Daniels Hände begannen zu zittern, sein Gesicht glühte unter der Demütigung; er starrte über das nicht mehr vorhandene Auditorium hinweg, dann klappte er sein Notizbuch zu und beugte sich noch einmal zu den Mikrophonen vor.

»Noch irgendwelche Fragen?«

Und als Daniel nun im Regen saß und zusah, wie die Druckerschwärze seiner Telefonrechnung zu zerlaufen begann, dachte er wieder an die alte Lady im Auditorium. Wie gerne er ein wenig mit ihr geplaudert hätte; am besten bei einem gemütlichen Täßchen Tee . . . und wie zauberhaft es dann gewesen wäre, sie ganz, ganz langsam zu erwürgen. Sie war in diesen Saal gesaust, gerade als sich das Blatt zu seinen Gunsten gewendet hatte, und sie hatte ihm diese verdammte Frage gestellt und genau gewußt, was sie damit anrichtete.

Zu guter Letzt stand er auf, schleppte sich die Treppe hinauf und tappte zu seinem *Appartement.* Und dort erwartete ihn bereits die nächste unliebsame Überraschung: Die Wohnungstür stand weit offen.

»Einbrecher!« flüsterte er.

Normalerweise wäre er davongerannt und hätte sie davonschleppen lassen, was immer sie davonschleppen wollten – aber nicht heute.

Er stellte die Weinflasche ab und huschte tropfnaß in seine Wohnung und erspähte den Regenschirm, den er direkt neben die Tür gelehnt hatte, damit er ihn nicht mitzunehmen vergaß. *Besser spät als nie.* Er warf sämtliche Theorien zum Pazifismus über Bord, schnappte sich die provisorische Waffe und pirschte den kleinen Flur entlang. *Sollen Sie nur kommen. Ich bin gewappnet.*

Er drückte sich um die Ecke und konnte einen von ihnen sehen: Er durchwühlte seinen Schreibtisch. Daniel stürzte sich vor und in das Zimmer hinein – den Schirm in *en-garde*-Haltung . . . und fand sich Auge in Auge der älteren Lady gegenüber. Sie blickte ihn einen Moment lang an, dann widmete sie sich nonchalant wieder ihrem bisherigen Tun: Sie blätterte demonstrativ in den Papieren, die sich auf seinem reichlich chaotisch organisierten Schreibtisch stapelten.

»Kommen Sie herein«, sagte sie mit diesem Hauch eines Akzents. Ihre Stimme war gelassen, professionell. »Ihre Putzfrau muß dieses Jahr freigenommen haben«, stellte sie mit einem sparsamen Lächeln fest.

Zum zweiten Mal an diesem Tag verwirrte sie ihn bis zur Sprachlosigkeit. Er riß sich zusammen, lockerte den tödlichen Griff um den Schirm und formulierte mit einiger Mühe seine Frage:

»Öh . . . Ist da irgendwas . . . Äh . . . Was zur Hölle treiben Sie in meinem Appartement?«

»Sieh an, das hier ist ein wirklich schönes Stück«, lobte sie und nahm die in Würde gealterte Skulptur einer Ägypterin behutsam von dem Regal über seinem Schreibtisch. Es war eine

Marmor-Büste, das ätherisch wirkende und sehr schöne Gesicht einer jungen Frau; selbst Spuren der ursprünglichen Bemalung waren noch vorhanden. »Ich würde sagen: 14. Jahrhundert vor Christus, möglicherweise aus dem Gebiet um Edfu.« Sie ließ ihren Blick sehr bezeichnend auf der Second- und Third-Hand-Einrichtung verweilen und fragte dann genüßlich: »Wie, um alles in der Welt, haben Sie es fertiggebracht, sich dieses Stück leisten zu können?«

»Bitte, seien Sie sehr vorsichtig damit«, krächzte Daniel nervös. Er verspürte nicht die geringste Lust, mit ihr darüber zu diskutieren, wie dieser Schatz in seinen Besitz gelangt war. Davon abgesehen, war es auch sein *einziger* wirklicher Besitz. Und wiederum *davon* abgesehen, bedeutete ihm diese Büste eine ganze Menge mehr, als man in Dollars ausdrücken konnte.

Seine Besucherin schien zu spüren, wie beunruhigt er war, und setzte die Büste vorsichtig auf das dafür vorgesehene Regal zurück.

Zu guter Letzt konnte Daniel ihren Akzent schließlich doch noch zuordnen. Es war Schwedisch, allerdings so schwach, daß man davon ausgehen konnte, daß sie den Großteil ihres Lebens in den Staaten verbracht hatte. Alles an dieser Frau vermittelte einen Eindruck von Kraft und Macht und absolutem Selbstvertrauen. Nur die Brillengläser, die so dick waren wie der Boden einer Colaflasche und ihre Augen so groß wie Halbdollar-Münzen erscheinen ließen, störten diesen Eindruck ein wenig. Durch diese Brillengläser hindurch starrte sie Daniel nun an.

»Ich bin gekommen, um Ihnen einen Job anzubieten.«

»Einen Job?« Seine Gedanken überschlugen sich. »Was für einen Job?«

Sie schlenderte zu einem gerahmten Schnappschuß an der Wand und wechselte erneut das Thema. »Ihre Eltern?«

»Meine Pflegeeltern.«

»Oh, richtig. Ihre leiblichen Eltern kamen bei diesem Flugzeugabsturz ums Leben . . . warten Sie, welches Jahr war es . . . '73?«

»Ah, ja, nun, lassen Sie mich überlegen«, säuselte Daniel in einer ziemlich wüsten Imitation der alten Lady. »Oh, ja, ich glaube, es geschah '73. Ein exzellenter Jahrgang für eine hübsche kleine Feuerbestattung, meinen Sie nicht auch?«

Er sah ihr an, daß sie ihren Fehler bedauerte.

Schließlich entschuldigte sie sich. Aber ganz so einfach wollte er sie nicht davonkommen lassen.

»Nein, wirklich, wenn's Ihnen Spaß macht, lassen Sie uns ruhig ein wenig darüber plaudern, wie meine Eltern gestorben sind, kein Problem.«

Als sie nichts darauf erwiderte und ihn nur ansah, wandte er sich ab und zwängte sich an ihr vorbei in seine enge Küche, um sich etwas zu trinken zu holen. Er starrte in seinen ziemlich leeren Kühlschrank, bis die Frau fortfuhr:

»Ich heiße Catherine Langford, und ich bin im Besitz einiger sehr früher Hieroglyphen. Ich hätte gerne, daß Sie sich damit beschäftigen.«

»Seit wann interessiert sich das Militär für Hieroglyphen?«

Catherine täuschte Verwunderung vor. »Das Militär? Wie kommen Sie darauf, daß diese Angelegenheit irgend etwas mit dem Militär zu tun haben könnte?«

Es war nur ein Schuß ins Blaue gewesen. Daniel *kannte* Vladimir Tkenchenko, seinen argwöhnischen Hauswirt: Ohne die hübsche kleine Ermutigung durch eine Art Abzeichen oder irgendwelche Ausweispapiere hätte er seine Besucherin niemals die Wohnung betreten lassen. Und dieser Chauffeur auf der anderen Straßenseite, der zweifellos zu ihr gehörte, protzte ein bißchen zu sehr mit seinem militärischen Bürstenhaarschnitt, eine kuriose Sache in den Straßen von Hollywood. Und die Art, wie sie seiner Frage auswich, beantwortete ohnehin *alles.*

»Ich denke«, brummte er, »ich bin zu alt, um vor allem einfach davonzulaufen und in die Army einzutreten.«

Catherine war entzückt, wie blitzartig seine Auffassungsgabe funktionierte. »Sehr eindrucksvoll, Doktor. Sehen Sie, ich wünschte, ich könnte Ihnen gleich jetzt alles erklären, aber da gibt es eine gewisse Anzahl von Geheimhaltungsvorschriften im Zusammenhang mit diesem Projekt.«

»Okay, vielleicht können Sie ja wenigstens so viel enthüllen: Warum sollte ich einen Job annehmen, von dem ich nichts weiß?«

Sie hatte ihre Antwort schon parat; natürlich.

»Sie haben keine Familie und keine Freunde hier in der Stadt. Ihr Hauswirt war so indiskret, mir gegenüber anzumerken, daß er Räumungsklage gegen Sie eingereicht hat, weil Sie mit Ihren Mietzahlungen ganz gehörig im Rückstand sind, und auf Ihrem Schreibtisch stapeln sich die unbezahlten Rechnungen. Nun, es will mir scheinen, als bräuchte der junge Dr. Jackson sehr wohl einen Job. Und nach Ihrer heutigen Rede würde ich nicht zu Hause herumsitzen und darauf warten, daß das Telefon klingelt.«

Daniel hatte keine Ahnung, was er darauf antworten sollte.

Das waren einige verdammt plausible Gründe, um jeden wie auch immer gearteten Job anzunehmen.

»Aber es gibt *noch* einen Grund, warum Sie für mich arbeiten sollten, Daniel – den besten überhaupt.«

Diese Frau hatte Nerven wie Stahlseile.

»Und was mag das wohl für einer sein?« fragte er betont gleichmütig.

»Ich biete Ihnen die Chance, beweisen zu können, daß Ihre Theorien stimmen.«

Sie öffnete ihre elegante kleine Handtasche, entnahm ihr einen Packen alter Schwarz-Weiß-Fotografien und reichte sie ihm. Er stierte sie an. Die Aufnahmen boten flüchtige Eindrücke jenes großen Schlußsteins, den die Langford-Expedition nahe Gizeh entdeckt hatte. Es gab keinerlei Anzeichen von dem ungeheuerlichen Ring, den sie ebenfalls gefunden hatten, oder von den Fossilien.

Als Daniel die Fotos durchblätterte, lockerten sich alle Muskeln seines Gesichts. Der Ausdruck, den Catherine jetzt sah, verriet ihr, daß sie soeben das neueste Mitglied ihres Teams eingestellt hatte.

»Genug!« Sie schnappte sich die verblaßten Aufnahmen, steckte sie wieder ein und händigte ihm im Gegenzug ein Kuvert aus.

»Was ist das?«

»Ihre Reisepapiere«, erklärte Catherine und machte bereits Anstalten zu gehen.

Daniel tappte hinter ihr her, fitzelte den Umschlag auf,

spähte hinein, sah das Flug-Ticket, und hüstelte. »Denver? Sehen Sie, sicher können Sie sich vorstellen, daß ich nicht gerade scharf auf's Fliegen bin.«

»Kommen Sie endlich darüber hinweg«, sagte sie ungerührt und zog – ein honigsüßes Lächeln auf dem Gesicht – die Tür hinter sich ins Schloß.

VIERTES KAPITEL

Yuma, Arizona

Der nicht gekennzeichnete Sedan rollte im Leerlauf vor das unauffällige kleine Haus in den Randbezirken von Yuma, Arizona. Obwohl es fast Winter war, verwandelte die Mittagssonne die Straße in einen Backofen und zwang die Leute, die hier lebten, den Tag in ihren von Klimaanlagen gekühlten Puppenstübchen zu verbringen. Selbst den Kötern, die mit hängender Zunge im Schatten herumlümmelten, war es zu heiß, um loszulaufen und zu kläffen. An diesem Tag machte wieder einmal jener berühmte alte Witz die Runde: derjenige über den Burschen aus Yuma, der stirbt und in die Hölle kommt und dann zuerst noch einmal schnell nach Hause geht, um sich seine Decke zu holen.

Die Wagentüren öffneten sich mit einem Klicken; zwei durch Patent bestallte Offiziere des nahe gelegenen Marine-Korps-Flugplatzes stiegen aus und verfluchten die Hitze. Die frisch gestärkten Uniformen signalisierten weithin, daß die beiden Männer in nichtoffizieller Mission unterwegs waren.

Während der erste Soldat die Verandastufen hinaufstieg und an die Tür klopfte, inspizierte der andere – der eine dicke, schwarze Aktenmappe unter den Arm geklemmt trug – die Garage. Da waren Erinnerungen an glücklichere Zeiten: eine rostige Halterung für ein Basketball-Netz über dem offenen Garagentor, in Reih und Glied abgestellte Fahrräder.

Die Haustür wurde geöffnet, doch die Türkette war nach wie vor arretiert. Durch den Spalt lugte eine attraktive, etwa vierzigjährige Frau auf die beiden Männer hinaus. Sie hatte gewußt, daß dieser Moment kommen würde, sie hatte die letzten beiden Jahre damit verbracht, sich vor diesem Moment zu fürchten – und ihn gleichzeitig herbeizusehnen. Jetzt waren sie gekommen, und sie haßte sie. Es bedeutete, daß sie den Kampf um das Leben ihres Mannes verloren hatte.

»Mrs. O'Neil?« wandte sich der erste Offizier an sie.

Die Tür krachte ins Schloß.

Die Offiziere starrten einander an und machten bereits Anstalten, erneut zu klopfen, als die Tür wieder aufschwang.

Sarah O'Neil, noch immer im Morgenmantel, die Haare vom Schlaf zerzaust, musterte die Männer kalt. Sie war lange genug Lehrerin, um sehr genau zu wissen, wie man Jungs – ganz gleich, wie alt oder wie harmlos sie sein mochten – mitten in der Bewegung erstarren ließ. Doch gleich darauf zerschmolz ihre grimmige Miene, und dann war da nur noch diese große, schmerzhafte Traurigkeit in ihren Augen.

»Schuhe abtreten!« sagte sie, dann verschwand sie in der Küche. Die Soldaten gehorchten und betraten das Haus. Das Wohnzimmer war nahezu ganz in Weiß gehalten und ein Hort der Sauberkeit und Ordnung. Unglücklicherweise befand sich die Person, nach der die Männer Ausschau hielten, nicht hier.

»Mrs. O'Neil, ist Ihr Mann zu Hause?« erkundigte sich der erste Offizier.

Aus der Küche war ein gewaltiger Schlag zu hören; als sei etwas auf einem Hackblock *zerteilt* worden. »Ja, ist er«, sagte Sarah O'Neil gleich darauf.

Nach einigen weiteren unbehaglichen Sekunden fragte der Offizier: »Ma'am, glauben Sie, daß wir ihn sprechen könnten?«

»Sie können's versuchen. Letzte Tür, am Ende des Korridors«, erwiderte sie und fuhr weiter mit Ihrer Beschäftigung fort.

Die Männer durchquerten das Wohnzimmer, passierten einen Kaminsims voller sorgfältig arrangierter Fotos; alle gerahmt. Der jüngere Offizier nahm eines von ihnen auf: ein Dutzend Leute bei einer Pool-Party im Garten – sie schnitten dem Fotografen Grimassen. Der Kontrast zu diesem völlig *leblosen* Haus war gespenstisch. Der Soldat stellte den Rahmen behutsam zurück und ging weiter.

Am Ende des Korridors stand eine Tür offen, die in ein weiteres ordentliches Zimmer führte. Das hier mußte einem Teenager gehören, einem Jungen, nach den Sport-Trophäen und dem großen Roller-Skates-Poster zu urteilen. Und hier fanden die Offiziere den Mann, den sie suchten.

Er war unrasiert, barfuß, und, abgesehen von den Jeans, nackt; er saß in einem Lehnstuhl und starrte durch das Fenster auf den Hinterhof hinaus. Seine Haare waren fettig, und sie hingen ihm bis auf die Schultern hinab. Noch vor ein paar Sekunden hatte er eine Pistole umklammert, hatte sie von einer Hand in die andere gewechselt, hatte sie auf seinen Kopf gerichtet und gewünscht, den Abzug durchreißen zu können. In dem Augenblick, da er ihre Stimmen im Wohnzimmer gehört hatte, hatte er sich vorgebeugt und die Waffe in die oberste Schublade des Schreibtisches gelegt.

Der jüngere Offizier betrat den Raum und ließ ein affektiertes Grinsen aufblitzen, bevor er seine Beherrschung wiederfand. Während der Fahrt vom Stützpunkt hierher hatte sein Partner mindestens ein Dutzend Geschichten über O'Neil zum Besten gegeben; wie tödlich und mörderisch geschickt er gewesen war – vor all diesem Ärger –, und was für ein großartiger, *eiskalter* Soldat er gewesen war . . . bla-bla-bla. Und jetzt *das.* Ein langhaariger, aus der Form geratener triefäugiger Dandy, der aussah, als sei er auf einem gottverdammten *Trip.* Was mochte das bloß für ein als *geheim* klassifiziertes militärisches Kommunique sein, das diesem ausgebrannten Wrack von einem Mann zu übergeben war?

Der Offizier mit der Aktenmappe trat zackig vor.

»Entschuldigen Sie, Colonel O'Neil. Wir kommen von General Wests Büro.«

Nach langen Minuten wandte der Mann in dem Lehnstuhl den Kopf und sah sie an. Seine Augen waren so leblos; er schien kaum zu begreifen, wer das Zimmer betreten hatte.

Der ältere Offizier hielt es für angebracht, seinen Spruch noch einmal aufzusagen. »General West schickt uns, Sir.«

Mit einer bedächtigen, nichtssagenden Geste bedeutete O'Neil ihnen, sich zu setzen und fortzufahren.

Sarah ging in die Diele und bemerkte, daß sie die Tür nicht geschlossen hatten. Sie nahm einen tiefen Atemzug, trat an den Einbauschrank und gab vor, nach etwas zu suchen. Sie hörte ihren Mann reden.

». . . Jahre alt, und ihr seid euch nicht einmal sicher, ob diese *Bedrohung* noch existiert?«

»Wie ich bereits sagte, Sir: Alles, was wir darüber wissen, steht in diesen Papieren.«

O'Neil ärgerte sich zunehmend über diese beiden Kerle. Sie gehörten dem gleichen Büro an, das ihn damals beim ersten lächerlichen Anlaß außer Dienst gestellt hatte.

»Macht ihr Leute euch eigentlich keine Sorgen mehr darüber, ob ich *stabil* genug bin? Oder habt ihr meine Entlassungspapiere nicht gelesen?«

Der ältere Offizier zögerte kurz, bevor er sich dazu durchrang, seine Karten auf den Tisch zu legen. Er beugte sich vor, um zu verdeutlichen, wie ernst es ihm war. O'Neil ließ ihn keine Sekunde aus den Augen. Er spürte die kurz aufflackernde Verunsicherung des Mannes, es war, als könne er seine Gedanken lesen: *Es gibt keine Garantie, niemand weiß, wie er DARAUF reagieren wird.*

»Ich denke«, sagte der Offizier schließlich bedächtig, »Sie haben mich nicht richtig verstanden, Sir. Wir wollen Sie bei diesem Projekt nicht *trotz* Ihrer momentanen Verfassung dabeihaben. Wir wollen Sie *gerade deswegen.*«

Das raubte O'Neil den Atem. Er konnte kaum fassen, was für eine ungeheuerliche Arroganz dazugehörte, in sein Haus zu kommen, genau zu wissen, in welchem Zustand er war und ihm trotzdem – beinahe völlig gefühllos – zu eröffnen, daß man vorhatte, sich genau diese seine Schwäche zunutze zu machen. Er war wie betäubt.

Er sah zur Tür, und draußen, im Korridor, entdeckte er Sarah; sie gab sich alle Mühe, so zu tun, als habe sie nicht gelauscht.

Aber natürlich hatte sie genau das getan, und plötzlich fürchtete sie sich sehr. Sie wandte den Kopf gerade weit genug, um mit ihrem Mann einen kurzen Blick wechseln zu können. Doch so schnell sie auch war, der jüngere Offizier war schneller; er war bereits auf den Füßen und stieß die Tür mit einem harten Tritt zu.

Plötzlich schien alles gleichzeitig auf Sarah einzustürzen.

Sie war sich jetzt sicher, daß die beiden Männer gekommen waren, um Jack eine Art Kamikaze-Unternehmen anzubieten. Sie wußte, je gefährlicher diese Mission war, desto eher würde er zusagen. Und eingedenk seiner Kunstfertigkeit im Arrangieren von *Unfällen* war klar: Sie würde ihn niemals wiedersehen.

Sie malte sich das letzte schreckliche Kapitel ihrer Ehe aus; sie sah sich zu Hause sitzen und darauf warten, daß das Telefon klingelte, und sie wußte, wenn es klingelte, würde ihr irgendein junger, unbedeutender Offizier mit besänftigender Stimme beibringen, daß Jack getötet worden war.

Sie schloß den Wandschrank, ging ins Wohnzimmer zurück, verweilte am Kaminsims und richtete die Fotos gerade. Sie setzte sich auf die Couch, blickte sich ganz ruhig in dem großen Raum um und erlaubte sich zum ersten Mal die Frage, ob nicht alles besser werden würde, wenn er ging. Sie wußte, das war es, was er wollte. Sie hatte dem Schicksal, oder wie auch immer man diesen Wahnsinn nennen mochte, einen guten Kampf geliefert, sie hatte versucht, ihn zu retten, aber vielleicht war es jetzt wirklich an der Zeit, sich geschlagen zu geben und loszulassen.

Der vertraute dumpfe Schmerz stieg aus ihrer Brust empor, ieses Gefühl, als müsse ihr Herz noch einmal zerbrechen.

Zwanzig Minuten später verabschiedeten sich die Offiziere und gingen zu ihrem Wagen zurück. Sarah spähte ihnen durch die Küchenvorhänge hindurch nach; sie bemerkte, daß sie die Aktenmappe nicht mehr bei sich trugen, die sie vorhin mit hereingebracht hatten.

Als sie davongefahren waren, ging sie durch das Wohnzimmer in den hinteren Teil des Hauses. Sie hörte das Rauschen der Dusche.

Sie öffnete die Schlafzimmertür und sah etwas, das ihr unverzüglich die Tränen in die Augen trieb: Die ordentlich gebügelte Uniform ihrer Mannes lag quer über der Tagesdecke. Daneben entdeckte sie die schwarze Aktenmappe, die die Männer ihm ausgehändigt hatten.

FÜNFTES KAPITEL

Creek Mountain: Das Geheimnis

Daniel kurvte den sich dahinwindenden zweispurigen Highway tief in den Colorado Rockies entlang; er war noch nie ein guter Fahrer gewesen, und hier fühlte er sich ohnehin bei jeder neuen Kehre veranlaßt, seiner Straßenkarte fragende Blicke zuzuwerfen. Und als sei dies an sich noch nicht gefährlich genug, mußte er auch noch ununterbrochen niesen. Hinter seiner rechten Schulter lag der Rücksitz unter einem Berg weicher Papiertaschentücher begraben.

Dann, zu guter Letzt, nach vier vollen Tagen auf der Straße (und das für eine Reise, die eigentlich nur sechsunddreißig Stunden hätte dauern sollen), erspähte er das Schild:

CREEK MOUNTAIN
U.S. REGIERUNG
SICHERHEITSZONE

Er nahm die nächste Abfahrt und fand sich mit dem dampfenden und zischenden Angeberwagen, einem schwarzen 68er Dogde Charger mit 8-Spur-Kassettendeck, in dem er ununterbrochen ein Band mit Elvis' *Greatest Hits* hatte laufen lassen, auf einer abschüssigen, baumgesäumten Zufahrtsstraße wieder. Als er weit voraus die Soldaten hinter dem Tor erblickte, war er so erleichtert, daß er sich auf die Hupe lehnte und winkte.

Der Schlagbaum wurde nach oben gehievt, und Daniel sah sich einigen nicht sonderlich amüsierten Marines gegenüber; sie hatten die rechte Hand verdächtig nahe am Halfter. Ein weiterer

Mann trat aus dem Wachhäuschen und näherte sich dem Wagen.

»Ich bin Daniel Jackson!« rief er den Marines entgegen, als müßten sie ihn alle erwarten. »Ich hab' nicht gedacht, daß ich's schaffe.«

Möglicherweise war es wirklich besser, kein Risiko einzugehen; möglicherweise wurde man hier oben *sicherheitshalber* in Notwehr erschossen und *dann erst* mit irgendwelchen Fragen zur Person konfrontiert.

»Ihre Ausweispapiere?«

Daniel grabschte ungestüm nach etwas auf dem Sitz neben sich, schneuzte sich darin und schleuderte es über die Schulter. Die Marines waren sehr blaß geworden und rammten die halb gezogenen Waffen in ihre Halfter zurück. *Dacht' ich's mir doch.* Daniel lächelte ihnen freundlich zu, händigte dem Wachposten, der mittlerweile neben dem Dodge Aufstellung bezogen hatte, den ganzen Stapel Papiere aus, den Catherine Langford ihm überlassen hatte, und wartete geduldig, bis der Mann alles sorgfältig studiert hatte. Und schneuzte sich wieder.

»Sie haben da eine böse Erkältung erwischt, Doktor Jackson«, bemerkte der Soldat und warf dem Chaos im Innern des Wagens einen bedeutungsschwangeren Blick zu.

»Mhhh-mh. Eine Allergie«, klagte Jackson sein Leid. »Passiert mir immer, wenn ich reise.«

Als sie das Tor hinter dem Schlagbalken öffneten und ihn durchwinkten, fuhr Daniel wie auf rohen Eiern den letzten Hügel empor und dann in eine Waldlichtung hinaus. Er war verblüfft. Er hatte eine Million Nissenhütten vorzufinden erwartet, und Jeeps und schwere Artillerie, all das, was er mit dem Wort *Militärstützpunkt* in Verbindung brachte. Statt dessen entdeckte er gerade mal zwei Dutzend zivile Fahrzeuge, die ganz in der Nähe eines gewaltigen Tunneleingangs geparkt waren. Der einzige Hinweis darauf, daß es sich tatsächlich um eine militärische Einrichtung handelte, war eine Gruppe Marines, die auf einem von hohen Pinien umgebenen Truppenplatz mit großer Ernsthaftigkeit so etwas wie Aerobic betrieben.

Daniel fand einen Parkplatz neben den anderen Wagen und drehte den Zündschlüssel. Der Motor tuckerte unbeeindruckt weiter; auch dann noch, als Daniel bereits aus dem Wagen stieg und den Kofferraum öffnete. Schließlich erstarb das *Putt-putt-putt* doch noch, und zwar mit einer lauten Fehlzündung.

Der massige Soldat, der den Übungs-Drill befehligt hatte, kam zu Daniel herübergejoggt.

Daniel mühte sich trotzdem weiter damit ab, seinen enorm großen Bücher-Sack aus dem Kofferraum zu zerren.

»Daniel Jackson?« erkundigte sich der schweißüberströmte Soldat, und bevor Daniel antworten konnte, wurde seine Hand auch schon von einer riesigen, muskulösen Pranke umfaßt und eifrig geschüttelt.

»Ich bin Kawalsky, Lieutenant-Colonel Adam Kawalsky. Wo haben Sie gesteckt? Dr. Langford dachte schon, Sie hätten Ihre Meinung geändert.«

Daniel fühlte nur die Erschöpfung der langen Fahrt und murmelte dementsprechend undeutlich: »Ich hab' beschlossen, zu fahren, statt zu fliegen. Hat ein wenig ... äh.. länger gedauert, als ich angenommen habe.« Der Soldat nickte begeistert; der Mann war riesengroß, triefte vor Schweiß und war für Daniels Geschmack eindeutig *zu* freundlich. Um irgend etwas zu sagen, sagte Daniel: »Dann ist das hier also ein Army-Stützpunkt?«

»Ich bin nicht befugt, das zu erörtern«, zitierte der Soldat die für solche Fragen vorgesehene Standard-Antwort.

Daniel mußte lächeln. »Nein, ernsthaft. Ist das hier so etwas wie ein Camp für Army-Wissenschaftler, eine Denkfabrik oder so?«

»Ich weiß nicht, welche Sicherheits-Einstufung Sie haben, *Sir,* und solange ich das nicht weiß, bin ich nicht befugt, dieses Thema zu erörtern.«

Daniel bedachte Lieutenant-Colonel Kawalsky mit einem Wie-auch-immer-Blick, dann widmete er sich wieder seinem Vorhaben, die Bücher aus dem Kofferraum zu befreien; jetzt mit dem zusätzlichen Problem, daß es einen Zuschauer gab.

»Soll ich Ihnen mit dem Zeug helfen?« bot Kawalsky nach einem kurzen unschlüssigen Lippenspitzen an und trat näher.

Daniel warnte ihn. »Vorsichtig. Das sind Bücher, und sie sind wirklich ...«

Kawalsky hob den Tragesack mit einer Hand heraus und schmetterte mit der anderen den Kofferraumdeckel zu.

»... schwer«, beendete Daniel seinen Satz. Er war beileibe kein Schwächling; aber die Leichtigkeit, mit der Kawalsky imstande war, diese literarische Last zu heben, war verdammt alarmierend. Er folgte dem Lieutenant-Colonel zum Tunneleingang und dachte: Das muß einer der stärksten Männer der Welt sein. Vielleicht sollte ich es auch mit Aerobic versuchen.

Sie passierten ein gigantisches, massives Stahltor und gelangten in eine dunkle, weit gewölbte Halle. Daniels Augen gewöhnten sich nur zaudernd an das Zwielicht, aber dann sah er, wie groß diese Halle wirklich war. Abgesehen von einem ebenmäßigen Betonboden gab es noch eine kleine, triste Wellblech-Baracke und, unmittelbar daneben, ein Wachhäuschen. Kawalsky gab dem dort stehenden Soldaten im Vorbeigehen ein Zeichen, und die Türen der kleinen Baracke schwangen automatisch auf.

Daniel ließ Kawalsky den Vortritt, dann folgte er ihm in die Baracke hinein.

»Wir nennen dieses Ding hier alle die Telefon-Zelle«, erklärte Kawalsky. »Wie in *Maxwell Smart.*«

Daniel hatte keine Ahnung, was er damit meinte; auch dann nicht, als der Raum um sie herum erzitterte und nach unten sank. Es war definitiv ein *Fahrstuhl.* Einer, der in recht flottem Tempo in die Tiefe raste. Daniel hüstelte hinter einer dezent vorgehaltenen Hand. Es kam ihm so vor, als würden die einzelnen Stockwerke ziemlich weit auseinander liegen. Er beobachtete mit zunehmender Unruhe die vorbeihuschenden Anzeigen: *5. UG ... 6. UG ... 7. UG ...*

Kawalsky, der daran offensichtlich gewöhnt war, bot ihm einen Kaugummi-Streifen an. »Kompensiert Ihren Ohrendruck.«

Daniel nahm den Kaugummi und malmte nervös darauf herum.

13. UG, 14. UG, 15. UG ...

»Ähm, welcher Stock genau war noch mal unser Ziel?«

Kawalsky erwiderte mit steinerner Miene: »Das ist eine als geheim klassifizierte Information, Sir.«

Dieses Mal sollte es ein Witz sein, aber Daniel fand ihn nicht besonders lustig.

einundzwanzig, zweiundzwanzig, dreiundzwanzig ...

Dreiundzwanzig Stockwerke unter der Erdoberfläche!

Daniel setzte an, etwas zu sagen, doch im gleichen Moment kam der Fahrstuhl mit einem sanften Ruck vor der Anzeige *UG 28* zum Stillstand. Die Türen öffneten sich und gaben den Blick in eine Eingangshalle frei, die so steril war, daß sie genausogut zu einem Hospital hätte gehören können. Daniel folgte dem Lieutenant im grellen Schein von Neonröhren einen langen, labyrinthischen Korridor entlang und vorbei an geschlossenen Bürotüren tiefer und tiefer in eine nüchterne unterirdische Welt, bis Kawalsky plötzlich stoppte und an einer der Türen anklopfte.

»Dr. Meyers, sind Sie da drin, Sir?«

Die Tür wurde aufgerissen, und in dem Türspalt erschien das Gesicht eines Mannes in mittleren Jahren; er hatte einen glänzenden Schädel und hervorquellende Augen, und er schielte Daniel durch seine Bifokal-Brille hindurch an, bevor er hervorhaspelte: »Sie müssen das *Greenhorn* sein.« Er trat in den Korridor hinaus und behielt den mürrischen Ausdruck auf dem Gesicht konsequent bei. »Jackson, habe ich recht? Ich bin Dr. Gary Meyers, Doktor der Philosophie, eine Leihgabe von Harvard.«

Dr. Meyers pompöses Gehabe sorgte dafür, daß es leicht fiel, ihn nicht zu mögen, und Daniel gab sich alle Mühe, dieser Neigung konsequent zu widerstehen. Er hatte von Meyers gehört, natürlich: An einer Institution wie Harvard als Professor tätig zu sein, bedeutete, daß man an einflußreichen Schaltstellen der Macht saß, bedeutete, daß jeder Artikel in den angesehendsten Fach-Journalen publiziert wurde, kurzum: daß man sich ganz allgemein an den zahlreichen Vorteilen erfreuen konnte, die es mit sich brachte, Teil des akademischen Establishments zu sein. Einerseits konnte Meyers ihm völlig gleichgültig sein. Er war nur ein weiterer dieser elitären Elfenbeinturm-Professoren, die seit Jahren keinen einzigen eigenen Gedanken mehr gedacht hatten. Andererseits war ihm überaus bewußt, daß er ohne den Beistand derartiger *Herrschaften* niemals an das große Geld und die nötige personelle Rückendeckung herankommen würde, die die eigene Karriere erst so richtig in Fahrt brachten. Und davon abgesehen, sehnte er sich nach einer gewissen Anerkennung durch jene erlauchten Zirkel; auch wenn er das natürlich niemals zugeben würde.

»Wo zur Hölle bin ich?« verlagerte Daniel Jackson das Gespräch in harmlosere Bereiche.

»In einem gottverfluchten Raketensilo. Sie wissen schon, die Missiles mit den Nuklear-Sprengköpfen«, erklang die schneidende Stimme einer Frau hinter ihm.

»Dr. Shore.« Kawalsky drehte sich auf den Absätzen herum, »solange Dr. Jackson über keine ordentliche Sicherheits-Einstufung verfügt, sind wir nicht befu –«

»Oh, Kawalsky, du Über-Testikel, halt die Klappe«, schnappte sie und vollbrachte es dabei sogar, das Ganze wie einen Flirt klingen zu lassen. Offenbar war sie aus ihrem Büro auf der gegenüberliegenden Seite des Korridors gekommen; sie war knapp vierzig, klein, gut gebaut, aggressiv sexy – und genau die Art Geschöpf, das man am allerwenigsten in einem unterirdischen Militärbunker arbeitend vorzufinden erwartete. Sie tänzelte raubtierhaft geradewegs auf Daniel zu, und er lächelte und schluckte abwechselnd; und mochte ihren gedehnten Texas-Slang bereits jetzt.

»Keine Sorge, Darlin'. Dieser ganze Bau wurde komplett renoviert, aber technisch ist es trotzdem eine Militäreinrichtung, und deshalb haben diese Quatschköpfe hier auch allen Grund, so zu tun, als gehöre das Ganze ihnen.«

Daniel lächelte noch breiter und nickte. Er wußte, er mochte auch die Frau, die diesen Texas-Slang kultiviert hatte.

»Wie auch immer: Hi! Ich bin Barbara Shore, die Alibi-Astrophysikerin im Team.« Ihr Lidschatten paßte perfekt zu dem Dunkelblau ihres knapp sitzenden Overalls, und der Overall wiederum rief eine Menge Assoziationen hervor – unter anderem diejenige, daß sie soeben von einer Bowling-Bahn hierher entführt worden sein mußte. Sie gaben sich die Hand und wechselten ein paar freundliche Bemerkungen, dann wandte sie sich wieder Kawalsky zu.

»Lieutenant, zeigen wir diesem netten Burschen sein neues

Büro. Und du bist nett zu ihm, oder du kannst dir deinen Rücken selber schrubben.« Der giftige Tonfall war nur Show. Es war klar, daß sie den großen Soldaten mochte.

Kawalsky unterdrückte ein Schmunzeln, deutete ein Salutieren an und führte die kleine Gruppe zu einer Tür mit der Aufschrift *28-42*. Er stieß die Tür auf und sagte: »Ihr neuer Wirkungsbereich.«

Daniel hatte das Gefühl, in den Raum *hineinzuschlingern*. Er traute seinen Augen nicht; jedenfalls nicht richtig. Dieses ›-Büro‹ war fast so groß wie ein mittleres Lagerhaus. Die Wände waren mehr als zwanzig Fuß hoch und tapeziert mit Holzkohleabrieben und ins Riesenhafte vergrößerten Fotoabzügen von Hieroglyphen. Auf dem langen Arbeitstisch war ein Computer-Equipment ausgebreitet und angeschlossen, das jedem Hacker die Freudentränen in die Augen getrieben hätte. Auf zwei kleineren Tischen waren mehrere Artefakte plaziert, und die Bücherregale quollen über mit sämtlichen verfügbaren Büchern zum Thema Hieroglyphen-Interpretation; und da gab es auch Fotokopien von allem, was Daniel zu diesem Thema publiziert hatte – und sogar einen tragbaren Ghettoblaster, eine Kaffeemaschine und einen kleinen Eisschrank.

Aber es war die Wand direkt gegenüber dem Arbeitstisch, die Daniels Aufmerksamkeit einfing und bannte. Etwas Rundes war an dieser Wand angebracht; etwas Großes, das vom Boden bis zur Decke reichte und mit einem fallschirmgroßen Tuch abgehängt war. Daniel nahm an, daß das die steinerne Platte war, der Schlußstein, den Catherine ihm mittels ihrer Fotografien als Köder präsentiert hatte. Er zog das Tuch herunter und enthüllte den Schatz, der vor so vielen Jahren bei Gizeh entdeckt worden war.

Das war der Augenblick, für den er diese ganze elende Fahrt von L.A. hierher auf sich genommen hatte, und er enttäuschte ihn nicht. Staunend und entzückt stand er da und starrte den uralten Stein an.

Catherine Langford mußte den Raum völlig unbemerkt betreten und den anderen zugenickt haben. Daniel bemerkte sie erst, als sie ihn ansprach.

»Freut mich, daß Sie bei uns sind.«

Daniel blinzelte sie an. Seine Lippen bewegten sich, und er wollte etwas sagen, aber er brachte keinen Ton heraus. Er starrte wieder auf den gigantischen Monolithen, und erst jetzt gelang ihm eine Art Krächzen; und die einzig naheliegende Frage:

»Wo haben Sie dieses Ding gefunden?«

»Auf dem Gizeh-Plateau, 1928«, erwiderte sie und trat hinter ihn. »Sehen Sie die beiden Ringe mit den Hieroglyphen-Schriftzeichen? Dank Dr. Meyers Unterstützung waren wir in der Lage, die innere Zeile zu übersetzen – es ist eine extrem frühe Form von Hieroglyphenschrift. Aber die äußere hat uns unsere Grenzen aufgezeigt. Wie Sie sehen können, sind diese Symbole einzigartig. Es gibt nicht einen vergleichbaren Fund auf dieser Welt.« Catherine ließ ihre Worte einwirken, und dann hielt sie ihm den ganzen Köder vor die Nase.

»Obwohl wir diese Zeichen einer ganzen Reihe von Experten vorgelegt haben – inklusive einiger jener Spezialisten, die kürzlich während Ihres Vortrages im Scottish Rite Temple den Saal verlassen haben – war keiner imstande, sie auch nur annähernd zu deuten. Wir sind streng logisch vorgegangen: Eingedenk Champollions und des Steins von Rosetta, gingen wir anfangs davon aus, daß die beiden Schriftarten parallele Übersetzungen ein und desselben Textes darstellen, doch wenn das der Fall ist, so ist es uns bisher nicht gelungen, auch nur die geringste Ähnlichkeit zu entdecken. Und daß das Ganze im Kreis und ohne erkennbare Interpunktion geschrieben ist, hilft uns auch nicht weiter.«

Während Dr. Meyers sich in einer langatmigen Erklärung der verschiedenen Decodier-Programme erging, die unter seiner Leitung angewandt worden waren, wanderte Daniels Aufmerksamkeit zu der fahrbaren Tafel neben dem Stein und der darauf geschriebenen Übersetzung. Eine Weile hörte er Meyers noch mit einem Ohr zu, dann unterbrach er:

»Das ist komplett falsch.«

Er ging an die Tafel, wischte das Wort *Zeit* aus und ersetzte es durch das Wort *Jahre.*

»Was erlauben Sie sich!« stieß Meyers kurzatmig hervor und holte tief Luft, um seine Übersetzung in Schutz zu nehmen.

Catherine Langford wischte diesen Protest sowie seinen um Beistand heischenden Blick mit einer knappen Geste beiseite und bedeutete ihm, sich zurückzuhalten. Meyers gehorchte; natürlich.

Daniel hatte das Geplänkel kaum wahrgenommen, er hatte sich innerhalb weniger Sekunden in die Materie eingefunden; angesichts dieser Hieroglyphen fühlte er sich ganz einfach nur *wohl.* Im Lauf der letzten drei Jahre hatte er diese tote Sprache – Vorläuferin jenes Schriftsystems, das von den Pharaonen verwandt wurde – praktisch fließend zu lesen gelernt; obwohl zahlreiche Symbole die gleiche Bedeutung hatten, war die Grammatik radikal anders. Es mochte kaum mehr als zehn Leute auf der ganzen Welt geben, die diese frühen Symbole lesen konnten, und Daniel ging – irrtümlich, wie sich später herausstellen sollte – davon aus, daß Dr. Meyers zu diesem Kreis gehörte. Während er schrieb, sprach er halb über die Schulter an seinen bedeutenden Kollegen gewandt:

»Sie haben Budge verwendet, stimmt's? Warum werden solche Bücher bloß nachgedruckt?« Daniel wischte aus und schrieb neu – und alles mit unglaublicher Schnelligkeit; er fiel in einen hypnotisierenden Rhythmus, fing nicht nur den buchstäblichen Sinn, sondern die ganze ungeheuerliche Bedeutung der Schriftzeichen ein. Dann unterbrach er sich verwundert.

»Nun, das ist kurios«, sagte er, halb zu sich selbst. »Dem Wort *qebeh* folgt ein adverbiales *sedjemen-ef* mit abgetrenntem Subjekt.« Er drehte sich langsam zu Meyers um und fragte: »In seinem Sarkophag?« Daniel machte ein zerknirschtes Gesicht, als bereite ihm dieser Mangel an übersetzerischem Zartgefühl körperliche Schmerzen.

»Ich denke nicht«, beantwortete er sich die eigene Frage. »Ich denke, *versiegelt und begraben* ist ein wenig zutreffender.«

Und Daniel machte weiter, und die anderen Menschen im Raum starrten sich fassungslos an. Sie alle waren Zeuge von Dr. Meyers wochenlanger, angestrengter Übersetzertätigkeit geworden; sie alle *kannten* seine Doktorwürden und akademischen Auszeichnungen, die fein säuberlich gerahmt und in Reih und Glied an seinen Bürowänden hingen. Daniels Schnelligkeit war unglaublich. Innerhalb weniger Minuten war er fertig und trat von der Tafel zurück. Er ging zu dem Stein und präsentierte seinen Zuhörern eine Wort-für-Wort- (oder Glyph-für-Glyph-) Übersetzung der alten Botschaft.

»Hier beginnend, heißt es: EINE MILLION JAHRE IN DEN HIMMELN IST RA, SONNENGOTT, VERSIEGELT UND BEGRABEN FÜR ALLE ZEITEN LIEGT SEIN . . .« Er trat wieder an die Tafel und benutzte den Schwamm wie das Schwert des Zorro, um auch das letzte Wort der Meyerschen Übersetzung auszutilgen. ». . . TOR ZUM HIMMEL ist falsch . . . Die korrekte Übersetzung lautet: STERNENTOR.« Dann las er die Botschaft noch einmal vor.

Und jetzt erst spürte er, daß sie ihn alle ob dieser ehrfurchtgebietenden Offenbarung von Sachkenntnis anstarrten. Dr. Shore ging auf Zehenspitzen zu Meyers, flüsterte ihm etwas ins Ohr und tätschelte seinen Hintern.

»Okay.« Daniel gedachte den momentanen Schwung zu nutzen. »Würde mir jetzt bitte jemand erklären, warum die Militärs eine Astrophysikerin und einen Archäologen in einem ehemaligen Raketensilo fünftausend Jahre alte ägyptische Steintafeln entziffern lassen?«

»In meinem Bericht steht etwas von *zehntausend* Jahren.«

Hinter ihnen, in der Türöffnung, stand in gefaßter Wachsamkeit ein wie aus dem Ei gepellter Offizier – ein Colonel, wie Daniel flüchtig annahm, da der Bursche fast die gleichen Abzeichen trug wie Kawalsky. Der Mann war glattrasiert, sein Haarschnitt war militärisch kurz. Es war nur ein Gefühl, aber es schien, als habe er sich erst vor kurzem einer solch kompletten und radikalen Veränderung unterzogen. Da war dieser Ausdruck in seinen Augen – als sei er nicht mehr länger jemand, der von seinen alten Geistern beherrscht wurde; als sei sein Selbstbewußtsein, seine Befehlsgewalt ganz *neu.*

Kawalsky hatte das *Silver-Eagle*-Abzeichen an der Uniform des Offiziers erspäht und salutierte in Hab-Acht-Stellung: »Sir!«

»Rühren!«

Der Mann öffnete seine schwarze Aktenmappe, zog ein Dokument heraus und reichte es Kawalsky. An dem *Silver-Eagle*-Mann war vordergründig nicht die geringste Ungewöhnlichkeit festzustellen, trotzdem schien sich Kawalsky plötzlich vor ihm zu fürchten. Verglichen mit den Wissenschaftlern im Raum stand dieser Mann für eine unvereinbare Gegensätzlichkeit. Er wirkte gleichzeitig so ruhig wie der Tod und doch völlig angespannt und bereit, jederzeit zuzuschlagen. Die Stimmung in dem Raum veränderte sich, noch bevor Kawalsky das Dokument zurückgab; veränderte sich in absolute Schwärze; so mußte es sein, wenn man in einem Osternest eine Schlange entdeckte.

»Miss Langford, mein Name ist O'Neil, Colonel Jack O'Neil. General Wests Büro schickt mich. Ab jetzt werde ich übernehmen.«

Sie war ganz offenkundig nicht sicher, was sie davon zu halten hatte; sie sah Kawalsky an, der langsam von dem Dokument aufblickte, noch verblüffter war als alle anderen und dann langsam nickte.

Daniel hatte nach den Worten *zehntausend Jahren* nur noch selektiv zugehört und kaum die Hälfte von dem verstanden, was gesprochen wurde; er wußte nur, daß dieser Offizier O'Neil hieß, und er wußte, das etwas Entscheidendes vorging, und als Catherine und die anderen den Colonel mit Fragen bestürmten, unterbrach er sie alle.

»Moment, Moment! Zehntausend Jahre? Tut mir leid, aber das ist unmöglich. Die ägyptische Kultur existiert doch nicht seit –«

»In der Tat« – Dr. Meyers sah seine Chance, etwas darzulegen, das Daniel noch nicht wußte – »sind die Schall- und C-14-Tests nach der Radiocarbonmethode recht überzeugend.« Er zeigte zu den Tischen hinüber, auf denen die *nebensächlichen Funde* der Langford-Expedition angeordnet waren, eine Sammlung von Gerätschaftsfragmenten und Tonscherben. »Diese Artefakte, gefunden in assoziierenden und übergelagerten Schichten, wurden auf die gleiche Epoche getestet. Doch sie stammen definitiv –« und nun wurde seine Stimme ausgesprochen hinterhältig – »aus der Entwicklungslinie Paläolithikum oder Neolithikum. Wahrscheinlich gibt es eine gewisse Verwandtschaft mit der Natuf-Gruppe in Vorderasien, und damit dürfte bewiesen sein, daß sie *wirklich* so alt sind.«

Hol alle Informationen aus ihm raus! Daniel starrte Meyers an, machte einen anderen Annäherungsvorschlag. »Aber wir haben es mit einem Schlußstein zu tun. Darunter muß eine Grabkammer gewesen sein . . .«

»Etwas viel Interessanteres als ein Haufen Knochen, Darlin'«, setzte Shore an.

O'Neil trat zwischen sie und Daniel und schnitt ihr das Wort ab. »Entschuldigen Sie, Dr. Shore, aber diese Information wurde als *geheim* eingestuft.«

»Oh, kommen Sie, Colonel«, gurrte die Astrophysikerin, »er gehört zum Team.«

O'Neil starrte sie nur an; genauso mußte eine Dreschmaschine ein Weizenfeld anstarren. Als sie sah, daß hier auch ein kleiner Flirt nicht weiterhalf, appellierte sie an ihren Boß: »Catherine, was, zur Hölle, geht hier vor?«

Catherine Langford bedeutete ihnen, Ruhe zu bewahren. In all diesen Jahren hatte sie so viele Klippen umschifft und so viele größere Rückschläge überstanden, daß sie fest entschlossen war, auch diese Hürde zu nehmen – und zwar im Sturm. Sie hatte zu lange für dieses Projekt gelebt. Und davon abgesehen, hatte sie die Fertigkeit entwickelt, Kompromisse zu schließen und dennoch exakt das zu erreichen, was sie wollte.

Trotzdem hatte sie ein schlechtes Gefühl, was O'Neil und die Art und Weise betraf, wie General West ihn ohne jede Vorwarnung hierher geschickt hatte. Es mußte etwas damit zu tun haben, daß Daniel ins Spiel gebracht worden war.

»Ab sofort«, gab O'Neil bekannt, »geht ohne meine schriftliche Genehmigung keine einzige Information mehr an nicht-militärisches Personal.«

Daniel, das *nicht-militärische Personal* in Person, fragte den Colonel, ob er Witze machte. »Ich bin gerade den ganzen Weg von L. A. hierher gefahren. Können Sie mir sagen, was ich hier soll, wenn . . .«

O'Neil bremste ihn aus, sanft wie eine Rasierklinge: »Sie sind ein Übersetzer, also übersetzen Sie.« Dann wandte er sich an Kawalsky: »Lieutenant, ich wünsche, daß sämtliche Informationen, die nicht unmittelbar mit dieser Steintafel zu tun haben, unverzüglich aus diesem Arbeitsraum entfernt und in mein

Büro geschafft werden. Bis dies soweit ist, sind Sie das einzige autorisierte Individuum in diesem Raum.« Damit drehte er sich um und ging nahezu phantomhaft lautlos hinaus.

Kawalsky rief ihm sichtlich unsicher hinterher: »Ihr Büro, Sir?«

»Und ich brauche ein Büro«, bestimmte O'Neil, der bereits draußen im Korridor war.

»Jawoll, Sir!«

»Wer war dieser maskierte Mann?« Dr. Shore vergewisserte sich, daß sie es laut genug sagte; sie wollte, daß O'Neil es hörte.

Catherine Langford war ebenfalls bereits in Bewegung. Sie eilte hinter O'Neil her, und es war ihr völlig gleichgültig, daß Kawalsky und der Rest ihres Wissenschaftler-Teams wie vor den Kopf geschlagen zurückblieben.

Was Kawalsky betraf, so hoffte dieser inbrünstig, daß sich die *Leute,* die Wissenschaftler, kooperativ verhalten und den Befehlen seines Vorgesetzten Folge leisten würden, denn er verspürte absolut keine Lust, Gewalt gegen sie anzuwenden. Davon abgesehen, hatte er seinen ganz persönlichen Schock noch lange nicht verwunden.

Dieser Jackson gab immer noch vor, etwas mißverstanden zu haben und plapperte auf ihn ein: »Ihr Leute könnt das nicht ernst meinen, ihr könnt mich doch nicht einfach von allen Informationen fernhalten! Ich meine, wenn ich eine Chance haben soll, herauszufinden, was dieser Stein bedeutet, dann *brauche* ich Informationen. Ich glaub' das einfach nicht. Zur Hölle, was tu' ich eigentlich hier?«

Kawalsky gefiel diese Situation genausowenig. Was also sollte er noch sagen? Er war keiner von diesen Wissenschaftlern, er haßte es, viele Worte zu machen. Sie hatten O'Neils Befehle gehört, und der Mann hatte sich wahrhaftig klar und deutlich ausgedrückt. Innerlich brach für Kawalsky beinahe eine Welt zusammen. *Klar und deutlich, oh, ja.* Ab jetzt war O'Neil derjenige, der hier die Befehle gab. Kawalsky verfluchte ihn; und bei dieser Gelegenheit verfluchte er auch West, der ihm das Kommando über dieses Projekt nach fast drei Jahren einfach *weggenommen* hatte – gerade jetzt, als sie *Resultate* vorzuweisen hatten. Und zusätzliches Salz in der Wunde war dieser O'Neil-Typ. Gott, sie hatten ihn aus dem *Ruhestand* zurückgeholt und ihm dann *seinen* Job gegeben.

Kawalsky war wie in Trance.

Er sprach auch wie in Trance.

»Ihre Quartiere befinden sich direkt am Ende des Korridors. Wenn Sie irgend etwas brauchen, dann zaudern Sie nicht, zu fragen.«

»Er hört mir überhaupt nicht zu«, fing dieser Jackson schon wieder an. »Er hört mir einfach nicht zu. Ich denke, ich werde durchdrehen. Mein Leben war auch ohne diesen hochgespielten Militär-Bullshit schon ein riesengroßer Schlamassel, aber das hier ist die Krone. Verdammt: *Wie soll ich dieses Ding ohne jede Information knacken?«*

Kawalsky war es nicht gewöhnt, angeschrien zu werden. Er gehörte zu der Sorte Männer, die alles mit gleicher Münze zurückgaben. Und das hier war der falsche Moment, um über seinen Schatten zu springen.

»Ich habe meine Befehle«, sagte er monoton. Er deutete Richtung Tür, und seine Miene gab Jackson und den anderen jeden nur erdenklichen Ansporn, *wegzutreten.*

Jackson starrte ihn fassungslos an. »Befolgen Sie wirklich jeden Befehl? Jeden?«

»Um die Wahrheit zu sagen: Ja.«

»Colonel, nur eine Minute!« Catherine Langford hatte ihn beinahe eingeholt. Er hörte ihre hastigen Schritte im Korridor hinter sich, er witterte ihren Zorn. »Ich denke, Sie schulden mir eine Erklärung. General West hat mir persönlich garantiert, daß ich völlige Handlungsfreiheit habe.«

»Pläne ändern sich«, knurrte O'Neil und zuckte die Schultern.

»Offensichtlich«, erwiderte Catherine Langford geduldig. »Aber ich würde es zu schätzen wissen, wenn Sie mir einige nähere Angaben machen könnten.«

O'Neil versuchte sie aufs Glatteis zu führen. »So, wie ich das verstanden habe, hatten die Jungs im Hauptquartier das Gefühl, daß die Dinge ein wenig zu locker gehandhabt werden hier oben. Und jetzt haben Sie *noch* einen Zivilisten angeschleppt.«

»Colonel O'Neil«, ihr Ton machte klar, daß sie ihm diese Geschichte nicht abkaufte, »Jackson ist ausdrücklich genehmigt worden.«

Er schwieg; plötzlich wollte er sie nicht mehr belügen.

Sie spürte es und sagte es ihm auf den Kopf zu. »Es hat nicht das geringste mit ihm zu tun, nicht wahr? Also – was soll das Ganze? Warum haben die Sie geschickt?«

O'Neil dachte an all die Antworten, die er ihr hätte geben können; und er dachte an General West, der Jacksons Akte gelesen und angenommen hatte, daß dies wohl der glücklichste Griff war, den sie je getan hatten; und der dann entschieden hatte, daß es an der Zeit war, die schweren Geschütze aufzufahren.

Irgend etwas in Catherine Langfords Blick sorgte dafür, daß O'Neil beschloß, ihr die Wahrheit zu sagen:

»Ich bin hier für den Fall, daß Sie Erfolg haben.«

SECHSTES KAPITEL

›Bingo!‹

Kawalsky balancierte auf beiden Händen ein großes Tablett mit einer warmen Mahlzeit aus der Kantine, tastete sich mit der rechten Stiefelspitze zum Türknauf hoch und versuchte ihn zu bewegen. Es kostete ihn einige Verrenkungen, die Tür aufzubekommen. Aus dem Innern des Raumes toste ihm Verdis *Aida* entgegen; Daniel hatte seinen Ghettoblaster auf volle Lautstärke gestellt. Kawalsky verzog das Gesicht, taumelte rückwärts und ohne das geringste zu verschütten in den Raum hinein und kickte die Tür hinter sich zu. Gleichzeitig wußte er, daß er ein kleines Problem hatte.

Sämtliche Lichter waren gelöscht; es war pechschwarz in dem Raum.

Kawalsky atmete tief durch. In den letzten zwölf Tagen hatte es Daniel geschafft, dieses riesengroße Büro in eine Müllkippe zu verwandeln. Je frustrierter er geworden war, weil es ihm nicht gelang, den äußeren Ring der Hieroglyphen zu übersetzen, desto schlimmer hatte der Raum ausgesehen. Kawalsky, der sich noch immer gewaltig darauf konzentrierte, Daniels Mahlzeit vor dem Absturz zu bewahren, war stinksauer – er hatte verdammt noch mal Besseres zu tun, als in diesem Chaos herumzustolpern.

»Jackson! Hey, Jackson – das *Dinner!* Mach das Licht an, Mann!«

Die Musik verging mitten im Crescendo. Gleich darauf flackerten die Neonröhren auf. Dort, wo der Schlußstein an der Wand emporragte, hatten die Marines der Einsatzbereitschaft ein fahrbares Gerüst für Jackson errichtet, so daß er das Ungeheuer ganz aus der Nähe studieren konnte. Er mußte irgendwo da oben stecken. Und da war tatsächlich Jacksons Hand zu sehen – sie hielt eine Fernbedienung.

»Morgen, Lieutenant«, krächzte er.

»Es ist fast acht Uhr abends«, grollte Kawalsky. In den letzten Tagen war er auch zu der Auffassung gelangt, daß Jackson beinahe so schlimm war wie die Pest am Arsch. Mit mehr als nur ein wenig Empörung fragte er: »Warum räumen Sie diesen Saustall nicht ein wenig auf?«

»Das ist eine geheime Information.«

»Ahhh, lassen Sie's gut sein, Professor.« Kawalsky fegte einen Wust Kartoffel-Chips-Tüten und Schokoriegel-Papier beiseite und schuf Platz für das Tablett. Er informierte Jackson, daß er in die Stadt fahren werde, und erkundigte sich, ob er etwas brauchte.

Auf den obersten Brettern des Gerüsts wurde es lebendig; Jackson wälzte sich auf den Bauch und ließ den Kopf über den Abgrund hängen. »Yeah! Könnten Sie mir einen Tip besorgen? Und vielleicht noch irgendeinen Zusammenhang? Nein, ernsthaft, Kawalsky, geben Sie mir zehn Minuten mit dem gottverdammten Hausmeister. Ich bin sicher, der weiß mehr über das, was unter diesem Schlußstein war, als ich.«

Kawalsky seufzte ein Geht-das-schon-wieder-los-Seufzen. »Das mag schon stimmen«, formulierte er ziemlich gestelzt, weil er wußte, *daß* es stimmte, »aber das Wartungspersonal verfügt bloß über eine Unbedenklichkeitsbescheinigung.«

»Sehen Sie, Lieutenant«, Daniels Tonfall wurde ein wenig hämisch. »Ihr Leute wollt von mir, daß ich dieses Puzzle für euch zusammenkriege. Ihr wollt, daß ich das, was auf diesem Stein geschrieben steht, dechiffriere, und das, was auf diesem Stein geschrieben steht, ist eine Geheimschrift, die vor mir noch keine verdammte Menschenseele dechiffriert hat. Und ihr wollt mir nicht mal genügend Informationen geben, damit ich meinem Job tun kann!«

Kawalsky wechselte entschlossen das Thema. »Hatten Sie Probleme mit dem Essen da?« fragte, hob den Schweinefraß vom Mittag hoch und schnupperte daran.

»Wie wär's damit?« Daniel hatte eine weitere brillante Idee. »Was, wenn irgend jemand völlig anonym eine nicht autorisierte Kopie eines Berichts unter meiner Tür durchschieben würde? Die würden niemals erfahren, wer es war. Die würden niemals auch nur ahnen, daß ich so etwas erhalten habe. Dann könnte ich dieses Ding ausknobeln, und wir alle könnten glücklich und zufrieden nach Hause fahren.«

»Jackson, tun Sie mir einen großen Gefallen und lassen Sie mich in Ruhe. Sie wissen, ich habe die strengsten Befehle.«

Daniel fletschte die Zähne. Er hatte versagt, schon wieder, er hatte nicht die kleinste Delle in diese Panzerstahlplatte hauen können, die sie diesem Riesenbaby nach seinen Berechnungen unmittelbar hinter der Stirn implantiert hatten. Für Daniel war dieser militärische Geist ein unergründliches Mysterium – genau wie der äußere Ring der Hieroglyphen. Und beide brachten ihn auf die Palme.

Er setzte sich auf dem Gerüst auf. »Dann ignorieren Sie diese blöden Befehle doch einfach!«

Befehle *ignorieren?*

Kawalskys Wangenmuskeln malmten. Wäre dieser Jackson ein gewöhnlicher Soldat gewesen, dann hätte er ihn spätestens jetzt aber verdammt *am Arsch* gepackt und dafür gesorgt, daß er ins Militärgefängnis wanderte – und zwar für mindestens dreißig Tage... und in Einzelhaft. Aber dieser Kerl war ein Zivilist, und Kawalsky ging davon aus, daß er damit leben mußte. Das einzige, was ihn wirklich ankotzte an der ganzen Sache, war keine militärische Sache; es war eine menschliche. Kawalsky war sich völlig im klaren darüber, daß sie beide im Grunde nicht nur Welten trennten, sondern daß sie außerdem auch unter ziemlich schwierigen Begleitumständen miteinander klarzukommen und zu arbeiten hatten. Und da *er* dies erkannt hatte, war er bestrebt, sich in einer Art und Weise zu verhalten, die ihrer Unterschiedlichkeit gerecht wurde. Pech war, daß dieser Jackson weit weniger beherrscht war als er und ihn dermaßen herablassend behandelte; es war fast dasselbe wie mit diesem Raum: Je größer Jacksons Frust wurde, desto unausstehlicher wurde er.

Kawalsky kannte seine Grenzen. Er wußte, daß er kein Gehirnakrobat war. Aber er war auch kein Idiot, und er schätzte es überhaupt nicht, wenn er wie ein solcher behandelt wurde.

Der große Soldat schüttelte voller Empörung den Kopf. »Es muß hart sein, immer der größte Klugscheißer weit und breit sein zu müssen.«

Dann stahl er die Pommes frites von Jacksons Tablett und stapfte zur Tür.

Kaum hatte sich die Tür geschlossen, kletterte Daniel von dem Gerüst hinunter. Er hatte beschlossen, daß heute die Nacht der Nächte war. Bisher hatten sie ihn noch kein einziges Mal in diesem Raum eingeschlossen, in dem sich die größte Ansammlung von Dechiffrier-Spielzeug der Welt sowie das interessanteste archäologische Rätsel seiner Generation befand – das war die eine Sache; die andere war, daß sie ihm entscheidend wichtige und zur Lösung dieses Rätsels dringend benötigte Informationen vorenthielten. Wie auch immer: Es reichte. Er griff sich die leere Kaffeekanne, verließ sein ›Büro‹ und marschierte den Korridor entlang.

Die Nachtwache war bereits auf Posten – es war Higgens. Er sah nur kurz von seinem Schreibtisch auf.

»Wie steht's, Doc?«

»Wie's hängt, Higgens.«

Daniel täuschte ein Gähnen vor und schlurfte an ihm vorbei Richtung Trinkwasser-Spender. Doch sobald er die nächste Korridorbiegung hinter sich gebracht hatte, stürmte er los. Er rannte den Korridor hinab – zu Colonel O'Neils Büro. Dort angekommen, zerrte er eine Nagelschere aus einer Tasche seines zerknitterten blauen *Oxford-Button-down*-Jacketts und fummelte an dem elektronischen Schließmechanismus herum, der die Bürotür sicherte. Er brach das Gehäuse auf, klappte die Nagelfeile aus und tippte mit der Spitze ganz behutsam den Umschalt-Mechanismus an. Der Kurzschluß war nur ein kleines elektrisches Aufflackern; dann war das komplizierte Ding geknackt. Daniels Herz hämmerte wie ein Schlagwerk, aber er griff nach dem Türknauf, öffnete die Tür und huschte in den dahinterliegenden Raum. Okay. Soweit, so gut; er hatte es getan. Mutwillige Beschädigung von Regierungseigentum. Jetzt gab es kein Zurück mehr. Er drückte die Tür hinter sich ins Schloß.

Das Büro wirkte so gemütlich wie das des stellvertretenden Schulleiters an seiner Junior High. Da stand ein ungepolsterter stählerner Stuhl hinter einem zweckmäßigen stählernen Schreibtisch. Auf dem Schreibtisch stand O'Neils Computer; er war in Betrieb; nur die Bildschirmhelligkeit war heruntergedreht und zauberte psychedelische Muster an die Wände. Daniel öffnete die hohen Aktenschränke in der Ecke, aber außer einigen örtlichen Telefonbüchern waren sie vollkommen leer. Neben den Aktenschränken gab es, in die Wand eingelassen, einen schweren Kombinations-Safe. Daniel verzog das Gesicht: Die Nagelschere war kein ebenbürtiger Gegner, nicht für dieses Ding. Also ging er zu dem Schreibtisch und ließ sich dahinter nieder. Ein hastiges Durchsuchen erbrachte so gut wie nichts. Auf dem Schreibtisch war einer dieser unzerbrechlichen Rahmen mit einem Bild von O'Neil mit Frau und Sohn aufgestellt, in der Schublade lag penibel geordnetes Büromaterial, und im untersten Fach verstaubte eine Bibel, die vermutlich mit dem Schreibtisch geliefert worden war. Hatte O'Neil seinen Einbruch vorhergesehen und systematisch alle Unterlagen aus seinem Büro entfernt? Oder war er innerlich genauso ungemütlich und hohl, wie er mit anderen umsprang?

Und damit war Daniel bei seiner letzten Hoffnung angelangt und tippte die Leertaste des Computers, holte das Haupt-Menü auf den Schirm. Er tippte das Wort *Frage* ein, und der Computer präsentierte ihm eine Auswahlliste. Daniel ließ den Cursor nach unten wandern, auf PERSONAL, klickte die entsprechende Datei an und hackte SUCHE: O'NEIL, JACK COLONEL in die Tastatur. Auf dem Bildschirm leuchteten die Worte BITTE WARTEN auf.

Der Computer in Daniels Büro war ein Prototyp des 586ers, während O'Neils kleiner Freund hier möglicherweise schon bei *Familie Feuerstein* herumgestanden hatte. Während Daniel wartete, suchte er ungeduldig forschend die Wände nach eventuellen Hinweisen ab. Da hing eine Karte der Vereinigten Staaten. Daneben eine Sternenkarte der nördlichen und südlichen Hemisphäre. Und daneben wiederum eine Tabelle des metrischen Maß- und Gewichtssystems.

Insgesamt konnte man festhalten, daß dies so ziemlich das langweiligste Büro war, in das er jemals den Fuß gesetzt hatte.

Ungefähr zur gleichen Zeit bemerkte er den Wachposten – oder zumindest seine Silhouette, die über die geriffelte Scheibe aus mattiertem Glas geisterte.

Higgens stoppte vor dem beschädigten Schließmechanismus, und Daniel hielt den Atem an. Nach einer halben Minute tappte der Wachposten weiter, Richtung Waschräume. Daniel schätzte, daß er zwei Minuten hatte, bis er wieder zurückkam.

Er starrte wieder auf den Bildschirm.

Dort flimmerte:

O'NEIL, J. COLONEL
IN DEN RUHESTAND VERSETZT: ZWEI JAHRE
RÜCKBERUFUNG IN DEN AKTIVEN DIENST:
EIN MONAT

Seltsam. Was war an diesem Schlußstein wichtig genug, um O'Neil aus dem Ruhestand zu holen? Und warum ausgerechnet O'Neil? Was qualifizierte ihn für diesen Job? Was hatte den Ausschlag gegeben in der Denk-Fabrik in General Wests Büro? Der Computer war keine Hilfe mehr. Auf jede Frage kam nur noch die ständig gleiche Antwort: GEHEIM – ZUGRIFF VERWEIGERT. Daniel wußte, für einen Verstand wie den seinen, der unter dem Zustrom von Daten aufblühte, waren das so ziemlich die frustrierendsten Worte, die es gab. Zuletzt ließ er sich gegen die harte Lehne des Stuhls zurückfallen und gab es auf. *Morgen werden sie in dieses Büro kommen, und wenn alles gut geht, werden sie mich* nur *feuern. Das Schlimmste, was passieren könnte . . .*

Oh, sie konnten ihm eine *ganze Menge* legalen Ärger machen, und er haßte es, *daran* zu denken. Doch ganz gleich, was die Air Force oder die Marines mit ihm anstellen würden, eines stand immer fest: Daß der Gesundheitszustand seiner Reputation unter seinesgleichen nicht mehr nur kritisch sein würde . . . Er konnte sie getrost dem Leichenbeschauer überstellen.

Daniel zog leise die Tür auf; er spähte hinaus. Die Luft war rein, doch er rührte sich nicht. Etwas stimmte nicht. Er schloß die Tür wieder und ging zu der Wand hinüber. Was stellte O'Neil mit einer Sternenkarte an . . .? Warum interessierte er sich für *Sternbilder?*

. . . eine Million Jahre in den Himmeln . . .

Er starrte eine weitere lange Minute auf das Schaubild, und sein Verstand kam ächzend auf Touren, und dann raste er wie eine überhitzte Maschinerie, bis die Ideenproduktion mit einem gewaltigen KRACHEN abgeschlossen war. Es raubte ihm buchstäblich die Luft. Er mußte es tun. Er hatte keine Ahnung, was er sonst tun sollte. Er griff hoch, fetzte die Karte von den Reißnägeln und verließ das Büro fluchtartig. Er hatte bereits den halben Weg zu seinem Computer zurückgelegt, bevor die Tür hinter ihm zufiel und das Licht aus dem Korridor aussperrte, das sich noch einmal auf der leeren Kaffeekanne spiegelte.

Der grelle, weiße Schein des Computer-Scanners flutete über O'Neils Karte auf dem hastig leergeräumten Teilabschnitt seines Arbeitstisches, digitalisierte sie und las sie in den Computer ein. Daniel kaute geräuschvoll auf einem Schokoriegel der Marke 5th Avenue herum, ohne sich dessen richtig bewußt zu sein; er arbeitete wie ein sechsarmiger Dämon; er war die pure Konzentration. Er kauerte über der Tastatur, sonderte einige der bedeutendsten Sternbilder aus, dann ging er in den Vergleichsmodus und zauberte sie eines nach dem anderen auf den Bildschirm und stellte sie den mysteriösen Hieroglyphen gegenüber, die er längst auf Diskette hatte. Er konzentrierte seine Suche auf das Sternbild des Orion, weil dies sowohl von der nördlichen wie auch von der südlichen Hemisphäre aus zu sehen war. Zwei Symbole des Schlußsteins wiesen immerhin eine gewisse Ähnlichkeit auf . . . aber das Ganze war noch keine Havanna wert. Daniel lehnte sich zurück und starrte seine wunderschöne 1.400-vor-Christus-Statuette an, die er auf dem Computer plaziert hatte; seine einzige Zeugin.

»Sind wir auf der richtigen Spur?«

Sie gab keine Antwort – jedenfalls keine, die er hätte hören können; aber plötzlich ruckte er vor, tippte neue Parameter ein, die es ihm erlaubten, die Konstellationen wie dreidimensionale Objekte zu drehen. Beinahe augenblicklich fiel ihm die große Ähnlichkeit zwischen dem Sternbild des Orion und einem der mysteriösen Symbole des äußeren Ringes auf. Das gleiche Symbol war auch auf der elliptischen Kartusche im Zentrum des Steines abgebildet. Trotzdem . . . Die Übereinstimmung war nicht perfekt. Die kleineren Sterne zweiter Größe, die gemeinsam mit der Beteigeuze den *Gürtel des Orion* oder *Jakobsstab* bildeten, fehlten. Und Rigel stand nicht in der herkömmlichen Weise zu Sirius.

Diese Formulierung: *in der herkömmlichen Weise.*

Daniel fuhr hoch, ging durch den Raum und an das Bücherregal und tat etwas, was er seit Jahren nicht mehr getan hatte. Er konsultierte das Werk von Professor Budge. Er schlug die Appendixes auf und fand die Karte der Sternbilder, und sie *war* anders als seine Karte – O'Neils Karte. Und jetzt lächelte Daniel. Er ging an seinen Arbeitstisch zurück, setzte sich. Er blickte noch einmal auf den Bildschirm, dann wieder in das Buch und schließlich in die schwarzen Augen seiner ägyptischen Gefährtin.

»Bingo!«

SIEBTES KAPITEL

Das siebte Symbol

Kurz nachdem ein frostiger Morgen heraufgedämmert war, passierte eine Cadillac-Limousine von der Lowry Air Force Base in Denver den Checkpoint und hielt nur Augenblicke später mit einem sanften Nachfedern vor dem Eingang des Tunnels, den das Army Ingenieurs-Corps in den Berg getrieben hatte. Mehrere hochrangige Offiziere, die eilig aus allen Teilen des Landes zusammengetrommelt worden waren, stiegen aus dem Wagen und schritten über den Asphalt. Im Zentrum der Gruppe, den andern jedoch einen Schritt voraus, rieb sich ein finster dreinblickender, ungefähr fünfzigjähriger Soldat kurz übers Gesicht, tastete sich in einer nur halb bewußten Geste über die mit Orden schwer behängte Brust seines maßgeschneiderten blauen Uniform-Jacketts und verbannte dann jede menschliche Regung aus seinem Gebaren. General West war respektiert und gefürchtet von allen, die unter ihm dienten – und berühmt für drei Dinge: dafür, daß er auch unter Druck stets die richtigen Entscheidungen traf; dafür, daß er von übermenschlichen Wutanfällen heimgesucht wurde, wenn seine Befehle nicht auf das Exakteste ausgeführt wurden; und dafür, daß er der verdammt beste Pokerspieler sämtlicher Abteilungen der Streitkräfte war.

Die Gruppe verschwand in den Schatten zwischen den gigantischen, massiven Stahltoren – die erste Verteidigungslinie des Silos – und tauchte ein in die kühle Finsternis der Eingeweide des Berges; die harten Sohlen ihrer Schuhe verursachten auf dem Beton Geräusche wie Pferdehufe. Die Offiziere traten in den bereitstehenden Fahrstuhl und machten sich auf die lange Reise in die Tiefe.

Als die Tore im 28. Untergeschoß auseinanderschwangen, wurden sie bereits von O'Neil erwartet.

»Jack O'Neil, wo zur Hölle hast du gesteckt, Soldat?«

O'Neil schüttelte ihm die Hand und sagte: »Hab's mir gutgehen lassen.«

West nickte und wußte, daß er log. Damals, als es mit

O'Neils Problemen losgegangen war, hatte er sämtliche Army-Unterlagen gelesen, auf denen O'Neils Name aufgetaucht war, und ganz besonders hatte er sich für die Rapporte des Veteranen Hospitals interessiert – die Rapporte über O'Neils Gesundheitszustand. Zwei Jahre lang hatte West auf den richtigen Zeitpunkt gewartet, um ihn wieder einzusetzen. Dies hier war die perfekte Mission.

»Was macht Sarah?« erkundigte er sich. »Meine Leute sagten, sie habe ein wenig nervös reagiert.«

O'Neil wich professionell aus: »Manche Tage sind besser als andere, aber sie kommt schon wieder in Ordnung.« Und spätestens jetzt wußte der General, daß O'Neil absolut keine Illusionen darüber hegte, warum sie ihn zurückberufen hatten. Vielleicht hatte man es ihm auch gesagt. Es war gleichgültig. Sie brauchten ihn, und sie brauchten ihn genau so, *wie er war.*

Die Gruppe setzte ihren Weg in den Konferenzraum fort, und West raunte dem Colonel kaum hörbar zu: »Da gibt es noch ein paar Einzelheiten, die ich in dem Bericht nicht erwähnen konnte.«

Lieutenant Kawalsky stieß – ganz widerwilliger Adjutant – die Türflügel des Konferenzraumes auf. Als Daniel den Raum etrat, drohten ihm seine Karten-, Bücher- und Ausdruck-Stapel bereits aus den Armen zu rutschen, und als Draufgabe erwartete ihn auch noch eine recht unschöne Überraschung.

»Gottverdammt!« murmelte er halb zu sich selbst. Der berüchtigte General West hatte ihn zu sich beordert, und er hatte mit einem Gespräch unter vier Augen gerechnet, das Ganze bei Doughnuts und Kaffee. Das schien bedrohlich genug. Und jetzt war dieser Raum gerammelt voll mit militärischem Personal und Angehörigen des wissenschaftlichen Stabes, und alle waren sie herausgeputzt bis an die Kiemen. Daniel trug die gleichen Kleider, in denen er vor dreißig Minuten aufgewacht war. Triefäugig spähte er in die Runde und erkannte ein paar Gesichter: die Doktoren Meyers und Shore waren da, einige der Techniker, mit denen ihm aus Sicherheitsgründen nicht zu sprechen gestattet gewesen war, und, natürlich, O'Neil.

Der Raum unterschied sich von allen anderen des Silos. Er war schlicht, aber geschmackvoll eingerichtet und wurde von einem großen, kreisrunden Mahagoni-Tisch beherrscht, der seinerseits wieder von zwei Dutzend Stühlen mit ladestockgeraden Rückenlehnen umgeben war. Daniel fragte sich, wie sie diesen Tisch – er war eindeutig größer als der Fahrstuhl – hier heruntergebracht hatten. Irgendwo hatten sie sogar ein elegantes Blumen-Arrangement aufgetrieben, und das Küchenpersonal hatte ein ansehnliches Buffet gezaubert – mit erlesenen Köstlichkeiten, die sich in hohem Maße von dem Fraß unterschieden, in dem er in den letzten zwei Wochen herumgestochert hatte. Die gesamte Szenerie wirkte prahlerisch und elegant zugleich, als sei er in eine Cocktail-Party im Offiziersclub von West Point hineingestolpert.

Das war nicht gut. Wenn diese Leute auch nur annähernd wie die Archäologen waren, die er in L.A. getroffen hatte, dann würden sie recht schnell zu der Meinung kommen, daß seine Theorie über die Schlußsteine nur ein weiterer unwissenschaftlicher Hokuspokus war. Was es wirklich schlimm machte, war die Tatsache, daß sie alle wußten, was unter dem Stein begraben gewesen war, während er gerade mal einen Schuß ins Blaue abgab.

Er erblickte Catherine, die, umgeben von einer Gruppe uniformierter Soldaten, Hof hielt. Sie winkte ihm zu, dann pflügte sie ihm – einen der Männer im Schlepptau – entgegen.

»Daniel! Ich freue mich, Sie zu sehen. Hier ist jemand, den ich Ihnen gerne vorstellen würde. Daniel Jackson – General West.«

Daniel, noch immer in einen schweißtreibenden Kampf gegen die Tücken zahlloser über- und untereinanderrutschender Arbeitsmaterialien verwickelt, tat sein Bestes, um noch eine Hand freizubekommen und dem älteren Mann entgegenzustrecken.

»Hi«, sagte Daniel.

»Erfreut, Sie kennenzulernen, Professor.« West vermittelte den Eindruck eines Mannes, der stets wußte, was er als nächstes sagen würde. »Ich habe einige Ihrer Artikel gelesen, bevor ich meine Zustimmung gab, Sie hier teilnehmen zu lassen.« Und er scheute sich nicht, mit Schmeicheleien zu arbeiten.

»Oh, tatsächlich?« Daniel war überrascht und skeptisch zugleich. »Und was halten Sie davon? Von den Artikeln?«

Er wußte, es schwang ein scharfer, herausfordernder Ton in dieser Frage mit, als wolle er den General auf die Probe stellen – ob er das Ganze auch *verstanden* hätte. In Catherine Langfords Augen flackerte es kurz auf: Das Letzte, das sie wollte, war ein Konflikt zwischen ihnen. Sie versuchte noch, das Thema zu wechseln. Doch West bedeutete ihr mit einem Wink, daß er die Frage beantworten wollte. Er schaute Daniel ein paar Sekunden lang starr in die Augen, eine typische Pokerspieler-Angewohnheit, und dann bellte er gutmütig-derb:

»Ich habe nur eine Kritik, mein Junge. Lassen Sie's mich in militärischen Denkkategorien formulieren: Sie sind so verdammt damit beschäftigt, Ihre Flanken zu decken, daß Sie keinen Saft mehr in den Knochen haben, um Ihr Angriffsziel weiterhin konsequent zu attackieren. Die ganze Zeit schreiben Sie Artikel und schielen dabei über die Schulter zurück, fragen sich, was all diese anderen Akademiker wohl gerade von Ihnen denken.«

»Nun, die wissenschaftliche Methode meiner –«

»Drauf geschissen, auf die wissenschaftliche Methode, mein Sohn! Es gibt nur zwei Möglichkeiten: Entweder, du hast nicht genügend Saft in den Eiern, um die konventionelle Sicht der Dinge über den Haufen zu werfen. Oder –« er legte eine kleine, dramatische Pause ein – »die konventionelle Sicht der Dinge ist richtig, und du hast bloß einen Sprung in der Schüssel. Finden wir raus, welche der Alternativen zutrifft.«

Daniel rang sich ein schiefes Lächeln ab.

Der General wandte sich an Catherine und entschuldigte sich für seine Ausdrucksweise, dann brüllte er der Menge zu:

»Okay, Leute, wir haben einen weiten Weg hinter uns, um das hier zu hören. Setzen wir uns, und lassen wir uns überraschen von dem, was dieser junge Mann uns zu sagen hat.«

Daniel nickte wie an Schnüren gezogen, stakste an die Stirnseite des Raumes und stellte sich vor eine schwarze, wandgroße

Tafel. Er blickte in die Runde, lächelte sie alle an, als sei dies der erste Morgen eines neuen Semesters.

»Jederzeit, wenn Sie soweit sind«, sagte West scharf. »Oh, alles klar. Okay, ich habe ein paar Unterlagen mitgebracht, ein paar Verteiler. Ich wußte nicht, daß so viele Leute kommen würden ... Also werden Sie sich das Ganze teilen müssen.«

West nahm eine der zusammengerollten Fotokopien, ohne Daniel aus den Augen zu lassen.

Als Stille einkehrte, fing Daniel an. »Okay, das, was wir hier sehen, ist ganz offensichtlich das Foto eines Schlußsteines. Hier, auf diesem äußeren Ring, erkennen wir die Symbole, von denen wir angenommen haben, es seien zu übersetzende Worte. Ähm, könnten Sie das Ding glattstreichen?« Daniel entrollte die große Sternenkarte, die er vor zwei Nächten *rekrutiert* hatte, und breitete sie auf dem Tisch aus. Während er das tat, warf er O'Neil einen verstohlenen Blick zu – und erhielt keinerlei Reaktion. Er umkreiste eines der Sternbilder und fuhr fort:

»Das hier ist das Sternbild des Orion«, erklärte er. »Und obwohl es geringfügig anders wirkt, entspricht es doch diesem Symbol auf den Tafeln, dem Schlußstein. Diese Zeichen sind keine Fragmente einer unbekannten Sprache. Es sind ... oder besser, es *ist* ein Verzeichnis der Stellung der Planeten zueinander.«

»Entschuldigen Sie, Professor«, begann der verdrießliche Dr. Meyers. »Aber könnte dieses Symbol nicht genausogut für das Sternbild Bootes stehen?«

»Oder für Kepheus oder sogar Puppis?« fragte Dr. Shore. »Sie haben doch alle mehr oder weniger eine ähnliche Form.«

Daniel lächelte breiter. Er kramte in seinem Unterlagenstapel, fand Budges dickes Buch, und noch während er darin blätterte, erläuterte er es ihnen:

»Natürlich sind die Sterne auf dieser Karte hier nach dem griechisch-römischen System zu Sternbildern geordnet. Nun wurden jedoch die Aufschriebe, die wir verstehen wollen, sehr viel früher auf diesem Stein angebracht ... und demzufolge muß ihnen die Astronomie der alten Ägypter zugrundeliegen.« Er hielt ihnen das Buch aufgeschlagen entgegen. »Dieses ältere

Ordnungssystem faßt die Sterne in einer geringfügig einfacheren Art und Weise zusammen. Sehen Sie sich die Beteigeuze an, den hellsten Stern im Orion – und wie sie auf dieser alten Karte verzeichnet ist«, forderte er sie auf und tippte auf das Buch. »Wie Sie sehen können, ist sie identisch mit diesem Symbol auf dem Ring.« Sie saßen alle nahe genug, um auch die kleinere Karte einsehen zu können – und zustimmen zu müssen: die beiden Formen waren exakte Ebenbilder.

»Nun, wenn ich richtig liege«, fuhr Daniel fort, »dann bringt die Kartusche, die in die Mitte des zentralen Schlußsteins eingesetzt ist, ein System in all diese Sternbilder-Symbole ... dann bringt sie sie in eine einzigartige, genau festgelegte Reihenfolge. Und daraus ergibt sich eine Art *Adresse.*«

»Eine Adresse?« frage Catherine. »Sie meinen – Koordinaten?«

»Exakt. Dieses Mittelstück ist der Schlüssel.« Er nahm einen schwarzen Markierungsstift aus seiner Jackentasche und zeichnete die Symbole der Kartusche untereinander auf die Tafel. Als er sich wieder umdrehte, stellte er zufrieden fest, daß selbst Colonel O'Neil gespannt vorgebeugt dasaß.

»Die Kartusche ist in Wirklichkeit eine Karte. Sie gibt uns die sieben Bezugspunkte, die notwendig sind, um den Kurs zu einem vorgegebenen Reiseziel festzulegen.«

»Sieben Punkte?« wiederholte Dr. Shore.

Daniel zeichnete einen dreidimensionalen Kubus auf die Tafel und markierte jede Seite mit einem Punkt.

»Ja. Um in einem beliebigen dreidimensionalen Raum einen Zielort auffinden zu können, benötigen wir zwei Punkte, um die exakte Länge bestimmen zu können, zwei weitere für die Breite und noch zwei für die Tiefe.« Um es ihnen zu verdeutlichen, verband er die einzelnen Punkte auf jeder Seite mit energischen Strichen und versah den Kubus so mit drei sich überschneidenden Linien. »Die Kartusche bezeichnet uns diese Punkte.«

General West stellte die naheliegende Frage: »Sie haben sechs Punkte, aber Sie sagten, wir brauchen sieben.«

»Genau, und diese sechs Symbole bestimmen haargenau den Zielort. Doch um einen Kurs auf eine gewünschte Position festzulegen, benötigen wir außerdem noch einen Koordinatennullpunkt.«

»Ich hasse es, das hier vorzubringen«, kicherte der allzeit lästige Dr. Meyers und war offensichtlich sehr befriedigt, genau das tun zu können, »aber ich sehe nur sechs Symbole in dieser Kartusche. Wo ist das siebte?«

Daniel konnte es kaum glauben, daß von allen Anwesenden ausgerechnet Meyers das siebte Zeichen nicht entdeckte, und gleichzeitig raunte ihm eine leise, theatralisch-böse Stimme zu: *Oh, wie einfach es jetzt wäre, den elenden Pedanten zu demütigen und in den Staub zu treten ...* Statt dessen nahm er ihn in Schutz und machte ein Spiel daraus.

»Was uns mein hochgeschätzter Kollege sagen will, ist, daß es dem Laien so erscheinen mag, als gebe es da nur sechs Symbole. Es erfordert schon bestens ausgebildete Ägyptologen wie uns, um auch das siebte Zeichen zu erkennen. Denn der Koordinatennullpunkt liegt natürlich *nicht* im Innern der Kartusche, wie man das möglicherweise erwarten könnte, sondern hier unten, *darunter.«* Daniel vervollständigte seine Skizze; er umgab die Symbole der Sternbilder mit einer schwungvoll gezeichneten Ellipse und brachte zwei weitere schräg zum untersten Rand der Kartusche führende Striche an, so daß sie an ein auf den Kopf gestelltes Y erinnerten. Die fertige Zeichnung schließlich sah aus wie ein großer, auf zwei Beinen installierter ovaler Spiegel.

»Dieses Symbol hier unten ist der Koordinatennullpunkt. Es ist die bildhafte Darstellung des Ortes, an dem der Stein gefunden worden ist.« Daniel zeichnete die Glypte auf die Tafel. »Sie sehen, es gibt zwei ... äh ... zwei von diesen lustigen kleinen Burschen auf jeder Seite der Pyramide, und über jedem erkennen wir einen Sonnenstrahl. Das ist eine alte Hieroglyphe für ERDE. Der Sonnenstrahl repräsentiert den Gott Ra.«

Daniel sah auf, erwartete irgendwelche Kommentare, Fragen – irgend etwas. War abermals eine Zuhörerschaft dabei, sich voller Entrüstung auf ihn zu stürzen? Aber sie starrten alle nur auf seine Zeichnung und versuchten die Konsequenzen dessen zu erfassen, was er ihnen gerade eröffnet hatte. Und da sie im Gegensatz zu ihm wußten, *was* unter dem Schlußstein gefunden worden war, wußten sie auch, wie der nächste logische Schritt aussehen mußte.

Wie anzunehmen gewesen war, ergriff Catherine Langford als erste das Wort.

»Er hat es geschafft«, sagte sie ganz feierlich und schlug beide Fäuste heftig auf den Tisch.

»Geschafft – was?« fragte Daniel.

Dr. Meyers hatte nach wie vor seine Zweifel. »Auf der Maschinerie gibt es kein einziges vergleichbares Symbol«, erinnerte er die Anwesenden.

»Vielleicht gibt es ja ein hieroglyphisches Äquivalent oder eine andere Art bildlicher Darstellung.«

Das Brausen in Daniels Ohren nahm zu. *Was hast du da gerade gehört, Daniel Jackson?* »Maschinerie?« frage er beinahe im Plauderton, allerdings mit Lippen, die wie taub waren. »Was für eine Maschinerie?«

Dr. Shore zuckte zusammen, und sie hatte allen Grund dazu. Sie hatte den Befehl mißachtet, ihm keinerlei Informationen zukommen zu lassen. Sie starrte Kawalsky an, der sie seinerseits mit einem ziemlich unfreundlichen Blick bedachte, einem, der in etwa besagte: ein Mann, ein Wort – eine Frau, ein Wörterbuch.

Catherine Langford erhob sich. Sie blickte zuerst Colonel O'Neil an, dann General West. »Ich denke, Sie werden es ihm zeigen müssen. Er ist der einzige, der es für uns identifizieren kann.«

West spähte zu O'Neil hinüber und gab vor, darüber nachzudenken. Tatsächlich aber hatte er seine Entscheidung zweifellos bereits während der kleinen Plauderei mit ihm vor einigen Minuten getroffen.

»Zeigen Sie's ihm.«

O'Neil nickte Kawalsky zu, und Kawalsky nickte ebenfalls und marschierte zu der gegenüberliegenden Wand des Raumes – klappte dort die Wandtäfelung zurück und enthüllte einen Schaltkasten. Er drückte eine Taste, und jetzt glitt die gesamte Wand beiseite und gab den Blick auf eine Art Erkerfenster frei; und durch dieses Erkerfenster konnte man auf eine tiefer gelegene *noch* gigantischere Halle hinabsehen.

Daniel hatte die Reihe der Blickkontakte mit jenem staunenden Interesse mitverfolgt, das den wahren Forscher auszeichnet. Doch die ganze Geheimniskrämerei seiner *Kollegen* war in dem Moment hinfällig, als er an diesem Fenster stand und plötzlich nicht einmal mehr wußte, wie er überhaupt an das Fenster gekommen war. Er starrte auf die Halle hinab und auf das, was *in* dieser Halle war. Lächerlicherweise flackerte anfangs nur ein gewisses Begreifen darüber in ihm auf, *wie* monströs riesengroß ein Raketensilo war, ganz gleich, ob umgebaut oder nicht. Dieser ganze Irrgarten aus Büros und Korridoren und Kantine und Waschräumen und-und-und war ihm so weiträumig vorgekommen – und war doch nur ein kleiner Bruchteil dessen, was hier unten an Platz zur Verfügung stand.

Die gesamte Halle war mit etwa einer Million hochentwickelter technischer Gerätschaften vollgestopft; und sie alle signalisierten ihm: *Hier läuft eine High-Tech-Operation der Priorität Alpha-Eins, Junge!* Und im Zentrum dieser stählernen Landschaft aus Computern und Kabeln und Sensoren und Gangways ragte dieser gigantische Ring empor, und er war größer als alles, was auf den wenigen Schwarz-Weiß-Fotos der Langford abgebildet gewesen war – und Daniel begriff: Das hier war der *wahre* Fund.

Und Catherine Langford kannte ihn seit über sechzig Jahren! Sie war dabeigewesen, als er seinem staubigen Grab im Herzen des Nirgendwo entrissen worden war.

Und jetzt war er hier und schien zentraler Bestandteil einer einzigen unendlichen glitzernden Maschinerie zu sein.

»Was zur Hölle *ist* das?« krächzte Daniel.

»Das ist Ihr SternenTor«, antwortete Catherine Langford.

Daniel fühlte, wie seine Gedanken ›weiß‹ wurden, wie sie sich unter dieser ungeheuerlichen Information verflüssigten und gleich einer Sturzflut über ihn hereinbrachen und ihn betäubten. Der massive Ring war mehr als dreimal so groß wie er, und er ragte in der Mitte einer erhoben gebauten stählernen Plattform auf. Eine weite Rampe führte empor und an den Schlund des Ringes. Jetzt, da er gesäubert und auf Hochglanz poliert war, stand unzweifelhaft fest, daß er nicht aus Metall gefertigt war. Das Material erinnerte vielmehr an einen Opal;

es war halb durchscheinend, und dennoch krümmte es das einfallende Licht ringsum in mehrere Farben gleichzeitig.

»Und dieses Ding haben Sie in Ägypten gefunden?« Daniel konnte es nicht glauben. Er wollte noch mehr Fragen stellen, etwa dreieinhalb Millionen, um genau zu sein, doch General Wests heiseres Kommandobellen kam ihm zuvor.

»Bringen Sie ihn nach unten. Mal sehen, ob er dieses *siebte Symbol* findet.«

O'Neil hatte sich bereits erhoben, doch West fügte – jetzt beinahe flüsternd – hinzu:

»Nicht Sie, Colonel. Wir müssen reden.«

Letzten Endes blieb es Catherine Langford überlassen, den Fremdenführer zu spielen. Auf ihr Kopfnicken hin folgte Daniel ihr und einem Dutzend gespannter militärischer Beobachter einen weiteren Korridor entlang und über eine enge Wendeltreppe nach unten in eine Art ›Gewächshaus‹. Die Handvoll Techniker, die hier in einem Rund-um-die-Uhr-Schichtdienst das gesamte High-Tech-Spielzeugland überwachten, reagierte mit einiger Nervosität, als die große Sightseeing-Truppe invasionsartig in ihren friedlichen Arbeitsbereich einfiel.

Der abgedunkelte Raum schlug Daniel vollends in seinen Bann; er war eine verkleinerte Wiedergabe des Kontrollzentrums in Houston, man mußte ganz einfach an Countdowns für irgendwelche Raketenstarts denken oder an das *Apollo*-Programm und die Mondlandung. Und es mußte einem dämmern, worauf dieses Projekt abzielte. Daniel dämmerte es. Daniel räusperte sich.

Der Großteil der Beobachter hatte sich bereits vor dem dicken Plexiglasfenster des Kontrollzentrums versammelt. Daniel wollte zu ihnen hinübergehen, doch Catherine Langford zog ihn mit sich zu einem Video-Bildschirm, auf dem der Ring in Nahaufnahme zu sehen war. Die Kamera draußen in dem Silo war auf eine Sektion des Ringes gerichtet, in deren kristalline Oberfläche das Symbol des Sternbilds Scorpius eingraviert war.

Die Kamera brachte Daniel nahe genug heran.

Die Gravuren überzogen die gesamte Konstruktion, und die Steinmetz-Arbeit war so unglaublich detailliert, daß er sich nach längerem Hinsehen in ihren labyrinthischen Windungen zu verlieren glaubte. Und plötzlich wußte er es. Es waren *zwei* Ringe – ein äußerer, unbeweglicher und ein innerer, der zu bewegen sein mußte. Das ganze Gebilde ließ ihn an ein gigantisches Steuerrad denken, oder, noch besser, an ein ins Unermeßliche vergrößertes Safe-Kombinationsschloß in Ringform. Er *muß* beweglich sein, dachte er noch einmal und besah sich bereits die sieben dreieckigen Ummantelungen, die in den äußeren Rand des Ringes eingelassen waren. Sie bestanden eindeutig aus purem, getriebenem Gold, und jede von ihnen beherbergte einen großen, exakt behauenen Quarz.

Im grünlichen Schein des Monitors wirkte Catherine Langford plötzlich schmal und griesgrämig. Sie bedeutete Daniel, sich ebenfalls zu setzen, dann erläuterte sie es ihm:

»Obwohl wir nicht erkannt haben, daß die Symbole auf dem Schlußstein Sternbilder darstellen, wußten wir doch, daß sie identisch sind mit denen, die Sie hier so wunderschön herausgearbeitet auf dieser Apparatur sehen können – auf dem SternenTor. Unser Problem war, daß wir nichts von dem siebten Symbol wußten. Nun, wir wollen sehen, ob Sie es finden können. – Mitch!« Noch bevor Daniel das Gehörte auch nur halb verarbeitet hatte, gab sie einem der Techniker – einem Burschen mit Schlafzimmerblick, der etwa in Daniels Alter war – ihre Anweisungen. Sein Namensschild wies ihn als *Spez. Op. Tech. Storey, M.* aus.

»Kein Problem, verpassen wir dem Rad einen kleinen Schubs«, sagte Spez. Op. Tech. Storey, M. und tippte eine lange Reihe von Befehlen in seinen Computer. Gleich darauf verschwand das Scorpius-Symbol in einer langsamen Drehbewegung vom Schirm und wurde von Norma ersetzt; dann von Serpens Caput.

Daniel war zu dem großen Beobachtungsfenster hinübergegangen. Er starrte angespannt durch das Plexiglas. Und er sah, wie der innere Ring des SternenTors sich in dem größeren, unbeweglichen äußeren Ring drehte. Am Fundament der Apparatur war ein spezielles Gerät installiert – ein Motor, nahm Daniel an. Von diesem Gerät ausgehend, ragte eine Art Klammer empor, deren Ende mit Gummirädern versehen waren.

Diese Gummiräder drehten sich und bewegten den Ring. Und mit ihm die Symbole der Sternbilder. Daniel hastete an den Bildschirm zurück. Libra tauchte auf, dann Bootes, Virgo, Crater.

Langsam wie gebannt, kamen nun auch die anderen Beobachter heran, um zu sehen, was geschah. Daniel überraschte sie alle, als er plötzlich laut »Stop!« brüllte.

Er beugte sich vor und betrachtete das Bild auf dem Schirm mehrere Sekunden lang. Ein Dreieck, auf dessen Spitze ein Oval thronte. Langsam zog er seinen schwarzen Marker-Stift und zeichnete dann – sehr zum Entsetzen von Spez. Op. Tech. Storey – das Symbol von der Kartusche direkt über das auf dem Schirm. Sie waren eindeutig identisch; sie unterschieden sich nur in einigen Details, so daß man sie leicht übersehen konnte, wenn man nicht wußte, auf was man zu achten hatte.

»Es ist die Erde!« schrie Dr. Shore.

»Thalatta!« kiekste Meyers theatralisch.*

»Heureka!« übersetzte es Daniel.

»Es war die ganze Zeit direkt vor unserer Nase.« Storey bedachte sämtliche Anwesenden mit einem Anheben der Augenbraue und signalisierte so, daß er ganz gehörig verwirrt war.

Wie auch immer – für Catherine Langford schien plötzlich alles völlig klar. Sie eilte zu einem der Telefone im rückwärtigen Teil des Kontrollzentrums, riß den Hörer hoch und informierte West. Als sie zu der Gruppe zurückkehrte, erteilte sie den einen Befehl, auf den sie ihr ganzes Leben hingearbeitet hatte.

»Machen wir einen Test.«

So schlicht diese Worte waren – sie wirkten wie eine magische Beschwörung, sie verwandelten das Kontrollzentrum in ein Tollhaus lautstarker Hektik. Ein uniformierter Soldat hielt sich an der Klemmhalterung mit seinen Notizen fest und brüllte Verhaltensmaßregeln, Techniker stürzten zu ihren Plätzen und schrien sich quer durch den Raum aktuelle Daten zu, eine Reihe

* Nach ›Thalatta, thalatta!‹ – Jubel griechischer Söldner 401 vor Christus beim Anblick des Meeres – Xenophon – sprichwörtlich: ›Wir sind am Ziel!‹ (A.d.Ü.)

roßer Drucker erwachte explosionsartig zu einem ratternden Leben und spie Datenverzeichnisse aus.

»Okay, Mitch, starten wir unsere kleine Probefahrt!« sagte Catherine Langford und schob ihren Sessel neben den von Techniker Storey. Sie nickte zu Dr. Shore hinüber, die ihr eine erste Reihe numerischer Koordinaten zurief.

Storey schaffte es irgendwie, die Zahlen korrekt im Gedächtnis zu behalten und hackte im Zweifingersystem auf die Tastatur ein; dann hieb er auf ENTER. Das bewegliche innere Rad des SternenTores begann sich zu drehen, bis das Symbol für TAURUS im oberen Bereich einrastete. Daniel knirschte mit den Zähnen. Es war *tatsächlich* wie bei einem übergroßen Zahlenschloß: der Ring registrierte die Bewegung mit einem vernehmlichen KLICK. Die Ummantelung des zuoberst stehenden Quarz-Juwels teilte sich in zwei Zickzackleisten; die beiden auseinandergleitenden Hälften waren wie ein gewaltiges Schott, und dieses Schott gab einen Weg frei zum Zentrum des Ringes ... Gleichzeitig setzte sich der erste faustgroße Quarz in Bewegung.

»Erster Kontakt geschlossen!« rief Storey aus.

Das Rad drehte sich in umgekehrter Richtung, bis das zweite Zeichen der Kartusche, SERPENS CAPUT, im oberen Bereich einrastete. Dieses Mal tat sich ein Schott am Fundament des SternenTores auf; die Zickzackleisten der beiden Schotthälften ruckten mit eruptiver Macht auseinander. Gleichzeitig erfüllte ein niedrig-frequentes Summen den Raum. Es schwoll zu gewaltiger Intensität an, als sich der Öffnungsvorgang fortsetzte. Fast wie in Zeitlupe begann alles in dem Raum sanft zu vibrieren.

»Kontakt drei geschlossen!« warnte Storey alle Anwesenden. Dann zischte er Daniel zu: »Tun Sie mir einen Gefallen und schnappen Sie sich diese Kaffeetasse.« Er hatte nicht eine Sekunde lang den Blick gehoben oder sein Adler-Suchsystem-Tippen unterbrochen. Daniel griff hinüber und nahm den Becher, der wie von einem unheiligen Eigenleben beseelt über den Tisch hoppelte.

»Gracias.«

»De Nada.«

»Kontakt Nummer fünf ist geschlossen!«

Nachdem die *Adreßdaten* Stück für Stück an die Oberseite des SternenTores gerückt (und dort eingerastet) waren, verwandelte sich das Summen der Maschine in ein durch Mark und Bein gehendes Winseln; es schien, als werde die Luft in dem Raum zähflüssig . . . als gefriere alles ein. Daniels Lippen formten lautlos die Namen der Sternenbilder; er rief sie auf wie Studenten in einem imaginären, völlig verrückten Seminar: Serpens Caput, Capricornus, Monocerus, Sagittarius, Orion und, gleich darauf, das siebte Symbol – *die Erde.*

Als das sechste Symbol – für das Sternenbild des Orion – einrastete, wandte sich Catherine Langford zu ihm um und raunte ihm zu: »So weit wie dieses Mal sind wir noch nie gekommen, und wir werden niemals in der Lage sein, weiter zu kommen.« Die Spannung in dem Raum war ungeheuerlich; es schien als atme etwas Daniel direkt ins Gesicht, ein Monstrum aus Kälte und Ewigkeit, und es schien, als wolle es ihn spüren lassen, daß dies die Wahrheit war. Alle in dem Kontrollzentrum hielten den Atem an, warteten darauf, daß das siebte Symbol nach oben glitt.

»Woher wußten Sie, was es ist?« fragte Daniel.

»Der Ring selbst hat mich darauf gebracht. Diese quarz-ähnliche Substanz, aus der er gemacht ist. Auf der Erde hat man niemals auch nur etwas annähernd Vergleichbares gefunden. Sie hat ganz außergewöhnliche Eigenschaften . . .« Doch bevor Catherine Langford weitersprechen konnte, gellte Storeys Schrei durch den Raum.

»Nummer sieben ist zu!«

Sobald das siebte Zeichen an Ort und Stelle stand und der innere Ring eingerastet war, verebbte das Vibrieren und wurde statt dessen von einem dumpfen Brummen ersetzt. Es klang fast wie der tiefstmögliche Ton einer alten Orgel.

Daniel starrte Catherine Langford an, und er sprach seine Frage nicht aus; er wußte, sie hatte sie längst in seinen Augen gelesen: *Haben Sie* gewußt, *daß das passieren wird?*

Sie hatte keine Gelegenheit mehr, ihm zu antworten. Ein zweiter Ton, höher als der erste, wurde auf der imaginären Orgel angeschlagen und dröhnte in den Raum herein und füllte ihn zum Bersten aus. Und plötzlich verspürte Daniel recht intensive Nervosität. Dieser Lärm konnte eine ganze Menge zu bedeuten haben; und nichts Gutes!

»Schschsch . . .« Die Finger an den Lippen, die Augen geschlossen, flüsterte Catherine Langford: »Hören Sie zu!«

Daniel hatte einige Ideen, die ihm wesentlich vernünftiger erschienen, zum Beispiel: *Hau ab, Daniel, und beeil dich damit!* Und gleichzeitig erklang der dritte Ton, und ein vierter, jeder in einer geringfügig höheren Frequenz, und das Seltsame daran war, daß sie sich allesamt voneinander unterschieden und dennoch in verblüffender Vollkommenheit zusammenpaßten. Dann verstand er. Und in dem Moment, in dem der siebte und letzte Ton erklang, lächelte er. Der Ring hatte einen einzigen, in sich harmonierenden Ton geschaffen, weit komplexer, als es Daniel, ein Liebhaber klassischer Musik, jemals für möglich gehalten hätte. Es war keine Musik, aber es war wunderschön.

Und dann geschah alles gleichzeitig. Aus den Quarz-Gemmen an der Front des SternenTores brachen sieben Kaskaden aus purem Licht und wölbten sich empor – hingeworfen wie geisterhafte wäßrige Pinselstriche zu einer Zaubermelodie. Ein Knistern wie von kosmischen Energien wurde laut; etwas, das an Laserstrahlen denken ließ. Aber die Lichtströme waren völlig anders, waren unendlich fremdartigen physikalischen Gesetzen unterworfen, und sie erhoben sich immer noch weiter und strömten dann dem Zentrum des Ringes zu – sieben ungeheuerliche, gebändigte Sturzbäche aus flüssigem Licht. Und sie erwachten zu immer größerem Leben, schienen Gestalt anzunehmen, wurden zu den Tentakeln einer monströsen Lebensform . . . zu strahlenden, glitzernden, funkensprühenden Tentakeln, die anfangs wie in wildem Zorn umherpeitschten und eine immer dünner werdende Luft zerteilten . . . und sich gleich darauf übergangslos in einem willkürlichen, wirbelnden Tanz beruhigten.

»*Tres* cool«, keuchte Storey.

Daniel und Catherine Langford starrten ihn nur kurz an – unfähig zu mehr als dieser kurzen, sprachlosen Übereinkunft.

Die Licht-Tentakel vereinigten sich in einem wirbelnden

Gespinst, und dieses Gespinst breitete sich rasend schnell immer weiter aus, veränderte sich, blieb gleich, veränderte sich, wurde zu einer strömenden, schimmernden und *irgendwie* massiven Fläche, und dann überspannte es das Zentrum des Ringes . . . eine hauchdünne Quecksilber-Membrane . . . etwas Zerbrechliches, Ineinanderfließendes und dennoch ungeheuer Mächtiges.

Die sanfte Schönheit dieses Anblicks und die immer weiter andauernde Harmonie des Sieben-Tones sandte ein Tohuwabohu der Euphorie durch Daniel und durch alle anderen Menschen innerhalb des Kontrollzentrums. So, wie die sieben Töne des Ringes zu einem Ton geworden waren, schien es, als seien auch sie alle zu *einem* Wesen geworden, und sie wandten sich – zeitlupenhaft, wie es Daniel vorkam – um, wandten sich einander zu, lächelten sich an; bestätigten sich gegenseitig in ihrem kollektiven Fühlen.

Doch schon in der nächsten Sekunde wechselte die Stimmung dramatisch. Die Fata Morgana gewann an Masse, wurde zu einem dämonischen dunklen Glühen und schwappte wie eine nur mehr mühsam gehaltene haushohe Springflut vor und zurück . . .

. . . und explodierte in den Raum heraus; verwandelte sich wieder – diesesmal in eine Windhose, in einen Spiraltunnel, und nachtschwarze Energien krallten nach den Menschen in dem Kontrollzentrum und ließen sie schreiend zurücktaumeln und zu Boden stürzen und sich winden und die Flucht ergreifen. Irgend jemand begann zu schreien: »Stellt es ab! Stellt es um Gottes willen ab!« Doch es blieb nicht einmal der Hauch einer Chance, um reagieren zu können. So urplötzlich, wie die Energien herangebrodelt waren, waren sie verschwunden. Daniel verstand es nicht; er stemmte sich auf die Ellbogen hoch und sah – halb geblendet – gerade noch, wie dieser Wahnsinn aus Licht und Schwärze durch den Ring *gesaugt* wurde und auf der rückwärtigen Seite des Monolithen hinausschoß – wie sich der SCHLUND auftat, wie die Illusion eines Tunnels aus brodelndem Licht entstand – oder eines brüllenden, kreisrunden Kataraktes, dessen Wasser aus flüssigem Licht direkt in die Hölle hinabstürzten – mit etwa zweihundert Millionen Meilen pro

Stunde. Und diese *Illusion* verschwand nicht. Sie war da, auf der anderen Seite des Ringes, sie wies auf die Wand des Silos, und sie führte an einen Ort, der unendlich viel weiter entfernt war als die Hölle.

Spätestens ab diesem Zeitpunkt lief jeder einzelne verdammte Computer des Kontrollzentrums heiß und kreischte seine ganz persönliche Version des Wahnsinns heraus, Lichter pulsierten, Ausdrucke wanden sich in den Auffangkörben, und die Techniker hatten alle Hände voll zu tun, mit den Dateneingaben nachzukommen.

Catherine Langford rief den Leuten am Beobachtungsfenster etwas zu, fragte, ob die Soldaten unten, am SternenTor, unverletzt seien. Sie bekam das Okay-Zeichen – Gott sein Dank!

Daniel hatte sich aufgerappelt und schlingerte – drei Ziele gleichzeitig im Sinn – durch den Raum. Es grenzte an ein Wunder, daß er auf den Füßen blieb, daß er über keines der wirr liegenden Kabel stolperte.

»Es justiert sich selbst!« brüllte einer der Techniker.

Dr. Shore eilte zu ihm. Der Mann tippte hektisch auf seinen Bildschirm, auf die schematische Darstellung des Universums, auf den pulsierenden blauen Punkt, der die Erde darstellte. Ein kleines rotes Laser-Fadenkreuz entfernte sich von der Erde, wanderte über den Bildschirm davon, quer durch die Galaxis, und stoppte erst ganz am Rand des Monitors. Shore, die die Augen weit aufgerissen hatte, rief nach Catherine Langford.

»Wir haben *Kontakt«*, stieß sie atemlos hervor. »Eine andere Galaxis, irgendwo am Ende des Universums . . . Du liebe Güte! Es hat Masse. Es könnte ein Mond sein, irgend etwas in der Art, vielleicht ein großer Asteroid.«

Daniel kratzte sich am Kopf. Genaugenommen verspürte er das verrückte Bedürfnis – den Zwang! – sich *überall* zu kratzen; und zwar möglichst gleichzeitig. Irgendwo am Ende des Universum – das klang mächtig nach Wahnsinn . . . oder danach, daß ein Traum Wirklichkeit wurde. Und zwar genau jetzt!

Auch Catherine Langford wirkte mittlerweile ein klein wenig nervös – obwohl sie den Moment eindeutig genoß.

Das Telefon klingelte. Storey schnappte sich den Hörer und

vertippte sich dennoch kein einziges Mal. Wests Stimme war selbst in fünf Yards Entfernung noch deutlich zu erkennen. Der Ausdruck auf Storeys Gesicht veränderte sich – jetzt war da blanke Ungläubigkeit. »Sie wollen – *WAS?!*« kiekste er fassungslos und fing sich sofort wieder. »Jawoll, Sir. Jawoll, Sir – sofort, Sir!« rasselte er in professionellem Tonfall herunter.

»Was ist?« fragte Catherine Langford über den allgemeinen Lärm hinweg.

»Sie wollen eine Sonde durchschicken«, erklärte Storey, und seine Augen waren noch immer vor Skepsis geweitet.

»Eine Sonde?«

Catherine Langford schien wie aus einer Trance zu erwachen – und nichts zu verstehen. Dafür verstand Daniel um so besser. Er verzog das Gesicht und beobachtete Catherine Langford, wie sie zum Telefon gehen wollte und am Beobachtungsfenster stehenblieb.

Er ging zu ihr. In der großen Halle unten tauchten Soldaten auf und schoben ein unhandliches Stahlmonstrum mit einem langen mechanischen Greifarm herein – eine mobile analytische Laboratoriums-Sonde. Sie plazierten die M.A.L.S. oder *Ahorn-Einheit,* wie sie auch genannt wurde, am Fuß der Rampe, die zu dem SternenTor hinaufführte, und Daniels Gehirn ratterte ein paar grundlegende Daten herunter: *Entworfen von Cal-Tech in Los Angeles, drei Jahre Bauzeit, ein paar Millionen Dollars Kosten.* Und trotzdem wurde man den Eindruck nicht los, als sei Santa's Schlitten für das 21. Jahrhundert komplett neu konstruiert worden – mit Miniatur-Videokameras, Vorrichtungen für atmosphärische Tests, einem automatisierten chemischen Labor und papierdünnen Radar-Schüsseln, um auch jede noch so minimale Radiostrahlung einzufangen.

Während die Sonde vollends einsatzbereit gemacht wurde, stürmten acht oder neun bewaffnete Marines herein und bezogen, die MPis im Anschlag, rund um das SternenTor Posten. *Und nun, meine Herrschaften, kann der 3. Weltkrieg beginnen.* Daniel sprach es nicht aus. Wen, um alles in der Welt, erwarteten sie? Khomeinis Geist? Darth Vader? – Ein weiteres schrilles Beispiel für militärische Paranoia, dachte er.

Das Telefon klingelte wieder. Dieses Mal war Dr. Meyers bereit, sich sogleich darauf zu stürzen.

»Hier spricht Dr. Gary Meyers. Ja, General. Jawoll, Sir, wir sind imstande, das Ganze zu überwachen ... Jawoll, auch wenn etwas durch das Tor geschickt wird. Jawoll, Sir, es sollte möglich sein, diese Art von ... äh ... Transmission aufzuzeichnen, jawoll!«

Meyers legte auf, hastete zu einem der Computer-Terminals und begann auf den dort sitzenden Techniker einzureden. Die Augen der meisten Anwesenden im Raum waren jedoch nach wie vor auf Catherine Langford gerichtet; alle warteten auf ihre Instruktionen. Man sah ihr an, daß sie sich gewaltig darüber ärgerte, hinsichtlich der Sonde im unklaren belassen worden zu sein. Sie warf einen Blick in die Runde, dann rief sie enthusiastisch: »Schicken wir sie durch und sehen wir, was passiert.«

Die Techniker unten im Silo hakten die *Ahorn-Einheit* an eine Schleppkette, wie man sie auf Rummelplätzen verwendete, um die Reihe der Waggons auf den höchsten Punkt der Achterbahn zu ziehen. Als die Männer damit fertig waren, wandten sie sich um und blickten zu dem Konferenzraum hinauf. Daniel hätte jede Wette gehalten, daß dort General West am Fenster stand und den Einsatz der Sonde mit einem Nicken genehmigte.

Die Techniker entfernten sich von der Rampe. Die Schleppkette ruckte an und straffte sich. Die Sonde rollte wie ein Panzer auf den tobenden Lichtsturm zu, und Daniel murmelte, halb an Catherine Langford gewandt:

»Was, wenn sie nur in die Wand kracht?«

»Wir werden es erleben.«

Daniel wich mehrere Schritte von dem Beobachtungsfenster zurück; nur für den Fall der Fälle. Die Sonde rasselte die Rampe empor und tauchte in das Energiefeld ein; ein Rauschen wie von einer furchtbaren Brandung wurde laut. Die ersten Atome der Maschine wurden deutlich sichtbar in den Tunnel hineingerissen, der Rumpf löste sich auf und verging in einer Explosion aus gleißender Helligkeit; blendend weißes Licht tobte völlig lautlos aus dem Ring heraus und verbrannte jeden noch so geringen Schatten.

Verglichen mit der Einstands-Show war das hier gar nichts.

Als Daniel sich wieder umdrehte und die Augen aufriß, war die Sonde ganz einfach verschwunden.

Die hochrangigen Militärs aus dem Konferenzraum fanden sich nach und nach im Kontrollzentrum ein und brachen in Jubel aus – bis sie begriffen, daß der Test noch nicht beendet war.

Daniel sah Catherine Langford auffordernd an.

Sie antwortete mit einem vielsagenden Wackeln der Augenbrauen, dann führte sie es ein wenig deutlicher aus: »Es wird spannend, nicht wahr?«

»Was passiert?« Daniel nickte zu den Technikern hinüber, die wie gebannt vor ihren Monitoren saßen.

»Wir warten, ob die Sonde uns Daten übermittelt«, klärte Meyers ihn auf.

Eine Minute verging, und nichts geschah. Die nächste Frage stellte Daniel in einem dezenten Wispern: »Wie lange habt ihr Leute an diesem Ding herumgespielt?«

»Mein Vater hat es in der Nähe von Gizeh entdeckt. Damals war ich noch ein Kind. Die ägyptische Regierung hat es erst '74 freigegeben. Danach mußten wir es von den Briten loseisen, und dann dauerte es noch eine Ewigkeit, bis wir unsere Finanzierung stehen hatten.«

»Und dann war da plötzlich das freundliche Pentagon«, sagte Daniel noch boshafter als ursprünglich beabsichtigt.

Offensichtlich traf er damit einen bloßliegenden Nerv. Catherine Langford schnappte zurück: »Ich bin seit meinem neunten Lebensjahr in dieses Projekt involviert. Es hat mich mehr als fünfzig Jahre gekostet, ausreichend Geld aufzutreiben. Und ohne Geld wäre dieses ganze Projekt eine Totgeburt gewesen. Was hätten Sie getan?«

Dr. Shore stieß einen Schrei aus, und damit war Daniel einer Antwort enthoben. Er nahm sich fest vor, in Zukunft wieder ein wenig besser von seinem Schicksal zu denken.

»Es kommt etwas rein!«

Und dann waren die Techniker an der Reihe, loszubrüllen. Alle starrten Dr. Shore an, die den Zustrom von Daten aus dem Abgrund des Tores überwachte. Zehn Sekunden, zwanzig Sekunden . . . und das Signal wurde bereits schwächer. »Wir verlieren sie! Wir sind auf dreißig Prozent herunter . . . fünf Prozent . . . und Ende!« Shore fluchte und teilte dann mit sachlicher Stimme mit, daß das Signal erloschen war; gleichzeitig drehte sich der innere Ring des SternenTores um die eigene Achse und rastete wieder ein.

Catherine Langford war bereits zu den Technikern hinübergeeilt, die sich um Shores Arbeitsplatz versammelt hatten. Daniel wandte sich verschwörerisch an Storey. »Was ist passiert?«

»Die Sonde. Sie hat uns Datenmaterial herübergeschickt . . . Aber es ist digital chiffriert und komprimiert. Dauert ein paar Minuten, das Ganze auszupacken und zu decodieren und dann nachzusehen, ob wir *überhaupt* etwas bekommen haben, das es wert ist, drauf anzustoßen.«

Dennoch füllte sich der Raum mit einer nahezu greifbaren Vorfreude. Meyers und die anderen um die Computer versammelten Techniker arbeiteten schnell und präzise wie Maschinen; Schweiß sammelte sich auf ihren Gesichtern, um Mundwinkel zuckte es, manche murmelten unverständliches Zeug, Meyers biß sich wie ein kleiner Junge auf die Zungenspitze, dann kam sein großer Auftritt.

»Wir haben es!« verkündete er.

Alle in dem Raum spielten verrückt; alle brüllten gleichzeitig los, klatschten Beifall, rissen die Arme hoch, fielen sich um den Hals. *Sie waren im Besitz von signifikanten, detaillierten Daten über einen Ort am anderen Ende des Universums!* Es war *ihr Baby,* sie alle hatten es in diesem weit verzweigten unterirdischen Tunnel ausgebrütet, doch der wirklich aufregende Teil des Ganzen begann – vom wissenschaftlichen Standpunkt her gesehen – genau jetzt. Leute, die sich noch vor kurzem völlig fremd gewesen waren, tauschten in bester Streetball-Tradition *High-Fives*-Handschläge. Daniel sah Meyers auf sich zufliegen, völlig aufgelöst vor Freude und dementsprechend wohl fest entschlossen, ihn zu umarmen – doch er besann sich in letzter Sekunde und entschied sich für einen Händedruck.

»Glückwunsch! Wirklich! Sie haben eine ganz wunderbare Arbeit geleistet.« Und einen Moment später pflanzte Dr. Shore ein halbes Dutzend Küßchen auf Daniels Wange und hauchte: »Du bist ein gottverdammtes Genie, das bist du!«

Daniel lächelte und erwiderte alle Komplimente. Er konnte sich nicht erinnern, eine Gruppe von Doktoren der Philosophie jemals auch nur annähernd so glücklich erlebt zu haben. Dann erspähte er mitten im Gewühl der Feiernden Catherine Langford und zog sie beiseite.

»Sie sind fest entschlossen, durch dieses Ding zu gehen, richtig?«

»Ja. Exakt darum geht es hier.«

Sie hatte diese Worte kaum ausgesprochen, als die Soldaten den Raum stürmten und rings um die Zentraleinheit des Computers herum Stellung bezogen. Zwei von ihnen sammelten die herausnehmbaren Festplatten sowie alle greifbaren Notizbücher ein. Ein anderer beschied den Anwesenden: »Sämtliche Informationen, die soeben von der *Ahorn-Einheit* übermittelt wurden, sind hiermit beschlagnahmt.«

Anfangs bemerkten die Leute kaum, was geschah; zu groß war die Freude, zu gewaltig bereits die Partystimmung. Und als sie es bemerkten, begriffen sie kaum, was die Soldaten hier zu suchen hatten. Dann allerdings wurde auch dem Begriffsstutzigsten klar, daß die harten Burschen nicht geschickt worden waren, um die Champagner-Flaschen aufzumachen. Dr. Meyers marschierte zu ihnen hinüber und warf sich in die Brust. »Was geht hier vor? Was soll das bedeuten?«

Das Telefonklingeln riß ihn herum. Die Stimmung der improvisierten Party verging in einer Reihe verärgerter Debatten. Catherine Langford, die das Telefon noch vor Meyers erreicht und den Hörer abgenommen hatte, brüllte aus Leibeskräften »RUHE! – ALLE!« Dann widmete sie sich wieder ihrem Gespräch mit General West und sah dabei so eifrig aus wie ein sechzehnjähriges Mädchen vor seiner ersten Verabredung zu einem College-Ball. Daniel lehnte sich gegen die Wand, verschränkte die Arme vor der Brust und hörte ihr zu, wie sie in zwanzig Sekunden etwa zehn Mal »Ich verstehe!« sagte. Er stellte auch fest, daß sich ihre Miene in diesen zwanzig Sekunden ganz erheblich verdüsterte, und zwar analog zu ihren ›Ich verstehe!‹-Kommentaren. Alle anderen im Raum waren jetzt still und betroffen. Catherine Langford legte auf und drehte sich um.

»Der General sagt, daß er sehr zufrieden ist und wir alle stolz sein sollen auf die Arbeit, die wir hier geleistet haben. Und dann hat er noch gesagt, daß wir alle gefeuert sind. Und daß er und seine Männer ab jetzt übernehmen.«

ACHTES KAPITEL

Military Intelligence

Daniel Jacksons masochistische Ader war nur äußerst schwach ausgeprägt; außerdem war er stinksauer. Demgemäß war er bereits unterwegs, als der kollektive Aufschrei laut wurde und sich zu einem wüsten Durcheinanderbrüllen steigerte. Er jagte die Wendeltreppe hoch und hetzte den sterilen weißen Korridor entlang, und während er dies tat, gaukelte ihm sein Unterbewußtsein einige recht drastische Foltermethoden für General West vor. Doch bevor er diese auch nur ansatzweise in die Tat umsetzen konnte, rannte er in O'Neil hinein, der soeben den Konferenzraum verließ.

»Was zur Hölle glauben Sie, was Sie da tun?« fauchte Daniel und war bereit, jede daraus entstehende Konsequenz zu tragen. Auch ein paar Fausthiebe oder eine standrechtliche Erschießung. »Das versteht die Army also unter Loyalität? Ihr pfercht diese Leute monatelang unter der Erde zusammen, und sobald es spannend wird, feuert ihr sie!«

Der Colonel schien kaum zu hören, was er gesagt hatte. Davon abgesehen, war seine Körpersprache ziemlich eindeutig: Nach dem Treffen mit General West hatte er den Kopf voller Gedanken, und außerdem war ihm der wissenschaftliche Mitarbeiterstab so oder so herzlich gleichgültig. Alles, was er in diesem Moment wollte, war, in sein Büro zurückzukommen und über morgen nachzudenken.

»Doktor Jackson«, sagte O'Neil und versuchte es ganz ruhig klingen zu lassen. »Ich danke Ihnen für das, was Sie zu dieser

Mission beigetragen haben. Wenn es mehr zu berichten gibt, werden wir Sie kontaktieren.«

»Sie sagten ›Mission‹. Wann werden Sie durch das Tor gehen?«

O'Neil schoß einen Blick auf ihn ab, der, derb übersetzt, etwa *verpiß dich!* besagte, und grollte dann: »Alle relevanten Informationen werden Ihnen zu gegebener Zeit zugänglich gemacht werden. Vertrauen Sie uns.«

»Und wer trifft diese Entscheidung – das Pentagon?«

»Military Intelligence.«

»Military Intelligence – das ist doch ein Widerspruch in sich.«

»Sie haben ja keine Ahnung, wie recht Sie haben.«

Und damit ließ O'Neil ihn stehen.

»Glauben Sie wirklich, daß Sie diese Sache verschweigen können?« rief Daniel ihm hinterher. »Jede Wette, daß sich die wissenschaftliche Öffentlichkeit mächtig dafür interessiert.«

Das war etwas, das O'Neil nicht ignorieren konnte. Er wirbelte herum und kam zu Daniel zurück – jetzt sehr, sehr wachsam. Da war etwas unglaublich Bedrohliches an dem Mann. Plötzlich war Daniels Kehle wie ausgetrocknet. Er schluckte.

»Okay, Professor – wer wird's ihnen erzählen? Die komplette Mannschaft hat eine Verschwiegenheits-Erklärung unterschrieben; alle, bis auf Sie.« O'Neil kam noch näher heran, so nahe, daß er Daniel fast auf die Zehen trat; dann erkundigte er sich in spöttischer Liebenswürdigkeit: »Werden Sie also derjenige sein, der plaudert, Professor Jackson?«

Innerlich war Daniel nahe daran, sich in die Hosen zu pinkeln. Aber er zwang sich, seine Maskerade gut genug aufrecht zu erhalten; äußerlich wirkte er völlig ruhig – obwohl einem an O'Neil eine ganze Menge sagte, daß er einen allein mit den Augenbrauen auf acht verschiedene Arten töten konnte. Und nicht nur konnte. Daß er es, unter den richtigen Umständen, auch definitiv *tun* würde.

Daniel machte ihm trotzdem klar, daß er sich nicht einschüchtern ließ. »Wenn es sein muß: natürlich.«

»Dann nur zu!« O'Neils Stimme war voller Verachtung. »Aber tun Sie sich selbst einen Gefallen. Wenn Sie morgen in dem Bus sitzen, der Sie nach Hause bringt, und mal eine Pause einlegen und für eine Weile nicht mehr dieses beschissene Schokoriegel-Dreckszeug in sich hineinstopfen, dann greifen Sie mal zur letzten Ausgabe des *National Enquirers* und lesen Sie diese Story von dem Weltraum-Alien-Baby, das mit dem Kopf eines Frosches und dem Körper eines Menschen geboren ist. Und wenn Sie das gelesen haben, dann fragen Sie sich mal, ob Sie das glauben.«

Daniel fragte sich das schon jetzt. Und dann stellte er sich ein paar andere, neue, Schlagzeilen vor, zum Beispiel: *U. S. Militärs halten altertümliche ägyptische Weltraum-Reise-Maschine in einem Berg in Colorado versteckt!* Es würde einige Schwierigkeiten bereiten, das zu beweisen. Noch bevor O'Neil ihm ein strahlendes Jack-Nicholson-Lächeln schenkte, war Daniel klar, daß es aussichtslos war. Niemand würde ihm glauben. Ganz besonders ihm nicht.

»Noch was, Professor?«

Daniel dachte nur einen Sekundenbruchteil nach – es war höchste Zeit, einen neuen Ton anzuschlagen. *Mist auch!* Aber es mußte sein. »Bitte, lassen Sie mich an dieser Mission teilnehmen. Ich habe fast mein ganzes Leben lang Sprachen studiert, das Alte Ägypten, Archäologie – und bei diesem Projekt dreht sich *alles* um Sprachen und das alte Ägypten und Archäologie.«

»Ich weiß das zu schätzen«, erwiderte O'Neil. »Aber die Entscheidung ist schon gefallen.«

Daniel starrte ihn an. Wenn auch ein solches Plädoyer nichts half, dann blieb nur noch eines: Frechheit. »Ich habe meine Reputation verspielt und mein ganzes Leben dieser Sache verschrieben. Und Sie, Colonel – welcher Sache haben Sie IHR Leben verschrieben?«

O'Neil setzte zu einer Antwort an, doch dann hatte er sich wieder unter Kontrolle. Daniel sah sich mit einem eisigen, niederschmetternden Blick bedacht.

»Packen Sie Ihren Krempel zusammen und verschwinden Sie.«

»Moment, Jack. Ich denke, wir werden ihn brauchen.«

Sowohl O'Neil als auch Daniel fuhren herum. In der offenen

Tür des Konferenzraumes stand General West. Er winkte sie zu sich in den Raum hinein.

Als Kawalsky zwei Minuten später hineinplatzte, saßen Daniel und Colonel O'Neil einträchtig nebeneinander in der Dunkelheit und starrten auf einen Fernsehbildschirm. Der General präsentierte ihnen die dechiffrierten Bilder, die die Sonde ihnen von der anderen Seite des Tores übermittelt hatte. Ein 360-Grad-Kameraschwenk zeigte einen Innenraum und eine immense steinerne Wand, die diesen Raum begrenzte . . . und einen strahlend hellen Ring – ein weiteres SternenTor.

»Einfrieren und vergrößern!« kommandierte General West.

Der Assistent des Generals, Lieutenant Anderman, ein Spezialist in Sachen Kommunikationstechnik, bediente den Disk-Player, vergrößerte das digitalisierte Bild und zoomte dann auf die Details des Ringes. Fasziniert stand Daniel auf und ging zum Bildschirm.

»Diese Markierungen . . . sie sind anders.«

»Deshalb wollte ich, daß Sie sie sehen«, sagte der General.

Lieutenant Anderman referierte über weitere Einzelheiten. »Die Auswertungen haben ergeben, daß es dort drüben eine Atmosphäre gibt und daß sie mit der unseren identisch ist. Luftdruck, Temperatur und, am wichtigsten, Sauerstoff – alles.«

West kam zu ihnen, stellte sich vor den Bildschirm und wandte sich direkt an Daniel.

»Wir planen eine kurze Erkundungs-Mission. Nichts Übertriebenes. Ein kleiner Trupp inspiziert das Areal im Umkreis von einer Viertelmeile, sammelt so viele Informationen wie möglich und bringt sie mit zurück.«

Anderman führte es weiter aus: »Sobald Sie auf der anderen Seite angekommen sind, werden Sie die Zeichen auf diesem Tor dechiffrieren und alles Wesentliche an uns durchgeben. Wie ein Fax-Gerät.«

»Der Knackpunkt ist allerdings folgender«, knurrte West und starrte Daniel in die Augen, »ich schicke meine Leute nur dann da hinüber, wenn ich mir sicher sein kann, daß ich sie auch wieder zurückbringen kann. Die Frage ist, kann ich sie wieder zurückbringen? Und: Können Sie mir dabei helfen?«

Daniel hatte einen anderen Vorschlag. »Warum versuchen wir nicht, den Kontakt von unserer Seite aus wiederherzustellen?«

»Weil«, erklärte O'Neil, »der Silo komplett evakuiert und versiegelt wird, sobald unser Team durch das Tor geht. Schließlich haben wir keine Ahnung, was möglicherweise von der anderen Seite *zu uns* herüberkommt.«

Damit war die Katze aus dem Sack, und Daniel verstand jetzt nicht nur, warum die Soldaten das SternenTor so theatralisch eingekesselt hatten, sondern auch, warum diese gesamte Operation in einer solch tristen Gegend durchgeführt wurde.

Daniel spähte an die Decke hoch. Jede Faser seines Körpers bedrängte ihn, ›ja‹ zu sagen, dem General alles zu versprechen, was er hören wollte, und noch viel mehr; verdammt, er *wollte* an diesen Ort gelangen, den er als Standbild auf dem Schirm zum Greifen nahe vor sich hatte. Es erschien ihm plötzlich so, als sei sein ganzes bisheriges Leben nur eine Vorbereitung auf exakt den Moment gewesen, da er zu dieser gefährlichen Reise in eine unbekannte und vergessene Welt aufbrach. Wenn er diese Reise nicht antrat, dann ergab sein gesamter Lebenslauf keinen Sinn. Aber wie war das mit den anderen? Er schaute zu O'Neil hinüber und zu dem gutmütigen Kawalsky. Durfte er ihr Leben riskieren, nur um seine Neugier zu befriedigen? Seine Zeit war gekommen, aber plötzlich waren die Einsätze zu real, zu hoch.

Er sah wieder auf General West, der die Augenbrauen fragend anhob.

»Ich kann es schaffen«, sagte Daniel entschlossen.

»Sind Sie sicher?«

»Absolut.«

West nickte, schaute sie alle der Reihe nach an, registrierte ihr stillschweigendes Einverständnis und traf seine Entscheidung. »Fein. Sie sind im Team. Einsatzbeginn morgen um Null-Sechshundert.«

O'Neil saß reglos und in tiefer Konzentration versunken auf dem metallenen Klappstuhl. Eine trübe Vierzig-Watt-Glühbirne baumelte über seinem Kopf von der Decke. Er starrte auf die neun Fuß lange und genauso breite, von einem Kalkstein-Sockel eingefaßte Parzelle vor sich am Boden; auf das Erdreich darin und auf das Geröll; und, vor allem, auf das, was darin eingebettet lag und bereits die Leute der Langford-Expedition in schiere Panik versetzt hatte.

Er hatte die Akten lange genug studiert, er hatte ein Dutzend Mal und mehr gelesen, daß diese Funde direkt unter dem SternenTor gemacht worden waren. Die beiden versteinerten menschlichen Körper waren vor über zehntausend Jahren in den Fels *eingeschmolzen*, waren in Nullzeit in knorrige Steinskulpturen verwandelt worden. Die muskulösen Körper waren nahezu vollkommen erhalten. Es gab nur wenige nennenswerte Beschädigungen – dort, wo die großen Zepter, die sie gehalten hatten, losgebrochen worden waren. Mehrere kleinere Abschabungen deuteten außerdem darauf hin, daß Genforscher DNA-Proben entnommen hatten. Aber letzten Endes waren es die beiden ineinander geschmolzenen metallischen Schädel, die seine Aufmerksamkeit Stunde um Stunde gefangenhielten.

Seit er diesen Silo das erste Mal betreten und das Kommando übernommen hatte, hatte er unzählige Stunden in diesem abgedunkelten Raum verbracht und auf die makabren Artefakte gestarrt. Es war die einzige Möglichkeit, sich auf das vorzubereiten, was möglicherweise noch immer auf der anderen Seite des SternenTores lauern mochte. Das Ganze erschien ihm wie ein monströser Spiegel, etwas, das sein eigenes Leben reflektierte und die Art, auf die er sterben würde. Er spürte es in jedem einzelnen Knochen, daß sie noch immer da waren, daß er diesen Kriegern gegenüberstehen würde . . . diesen Wesen, die so weit fortgeschritten und doch so primitiv waren. Weniger als vierundzwanzig Stunden verblieben, bis er sein Team durch dieses Tor auf die andere Seite führen würde.

Es war keine gute Mission. Die Sonde hatte es geschafft, aber es gab keinerlei Garantien, daß auch Menschen diese Reise überleben konnten. Selbst wenn sie auf keine feindlichen Mächte stießen, waren die Chancen für eine Rückkehr aus diesem *Ding* miserabel – gelinde gesagt. Und seine Chancen waren noch miserabler. West hatte ihn mit etwas betraut, das einem Selbstmordkommando verdammt nahekam; und er selbst hatte ohnehin keine Sekunde lang vorgehabt, wieder zurückzukommen. Noch bevor Wests Leute sein Haus in Yuma verlassen hatten, war ihm klar gewesen, daß das hier seine Bestimmung war.

In den zurückliegenden zweiundzwanzig Monaten hatte O'Neil sich nichts sehnlicher gewünscht, als zu sterben. Er war zu einem lebenden Zombie verkommen: erschöpft und gebrochen und leer in jeder Hinsicht. Mehr als einmal hatte er seine Pistole geladen, sich das Ding an den Schädel gehalten und den Daumen um den Abzug gezwängt. Aber er hatte es nicht getan; er hatte es nicht fertiggebracht, weil es möglicherweise auch Sarah umgebracht hätte – und weil seine religiösen Überzeugungen einen Suizid einfach nicht gestatteten.

O'Neil verzog den Mund zu einem sichelschmalen Lächeln. Bei einem Mann, der sein ganzes Leben in den Dienst der Gewalt gestellt hatte, war eine derartige Ablehnung wahrhaft ironisch. Das schwarze Schaf einer guten Familie, dachte er. Mit einem viel zu großen Durcheinander und viel zuviel Wildheit im Herzen. Als er achtzehn war, brachten sie ihn bereits zum dritten Mal vor Gericht. Ein milder Richter stellte ihn vor die Wahl: Entweder als Freiwilliger in die Army oder ein Jahr im Washington State Jugendgefängnis.

O'Neil entschied sich für das Marine Corps und erwies sich vom allerersten Tag an als außerordentlich disziplinierter und talentierter Soldat. Nach nur zwanzig Wochen bewarb er sich um einen Wechsel an die Marine-Corps-Fachakademie Quantico, VA, und hier insbesondere um eine Ausbildung für Kampfeinsätze. Er wurde angenommen und in den letzten Feinheiten unterrichtet: Infiltrieren feindlichen Territoriums, Überleben in der Wildnis, politischer Mord, Herstellung und Zündung von Sprengsätzen, und wie man aus ganz normalen, öffentlich zugänglichen Materialien chemische Waffen zusammenmixt. Er stieg rasch auf, er wurde in die Elite-Truppe *Jump Two* befördert. Alles lief großartig, bis er sich auf die ›Hausanrufe‹ einließ – in aller Regel politische Morde, die niemals in die Schlagzeilen gerieten. Das war die Zeit, in der er zwei wichtige Dinge über sich selbst herausfand: Er war – erstens – ein ziemlich talentierter Killer, der sich – zweitens – abgrundtief genau dafür haßte; und dies um so mehr, wenn er wußte, daß seine Opfer eigentlich unschuldig waren. Er hatte sich trotzdem niemals beschwert, hatte niemals einen Job abgelehnt. Er hatte sein Gewissen begraben und gelernt, Scotch zu trinken. Damals hatte er es aufgegeben, auch nur mehr das Geringste zu empfinden, und sie hatten ihm dafür den Spitznamen *Voodoo* verliehen; weil er nur mehr dann zu leben schien, wenn *Jump Two* in Aktion trat. Sieben Jahre lang sank alles, was jemals lebendig in ihm gewesen war, tiefer und tiefer in sein Unterbewußtsein. Äußerlich war er der furchteinflößende Krieger, der anstelle von Worten Taten sprechen ließ. Innerlich war er *nicht mehr vorhanden*. Und dann traf er Sarah.

Sie hatte erst vor kurzem an einem kleinen Jesuiten-College ihren Abschluß gemacht und im Stützpunkt einen Job als Lehrerin ergattert. Gemeinsame Freunde stellten sie einander vor, und irgendwie führte eines zum anderen, obwohl niemand so richtig verstand, was diese erfrischend lebendige junge Frau an dem einzelgängerischen, wortkargen Corporal fand. Sie fand ihn faszinierend, und sie brachte ihn zum Lachen. Bald darauf sahen sie sich jeden Tag, und zwei Jahre später sagte sie ihm, daß sie schwanger sei. Er drehte durch, er beschuldigte sie, das Ganze absichtlich inszeniert zu haben, ihn unter Druck setzen zu wollen, damit er sie heiratete.

Sarah packte ihre Koffer und fuhr zu ihren Eltern nach Boston. Und nur zehn Minuten, nachdem sie gegangen war, wurde O'Neil mit einiger Beunruhigung klar, daß sie ihm bereits fehlte; daß er sie viel zu sehr liebte, um sie einfach abhaken zu können.

Drei Tage später tauchte er mitten in einem Blizzard vor dem Haus ihrer Eltern auf und wartete den ganzen Tag in seinem alten Ford, bis sie endlich herauskam und mit ihm redete. Sie saßen sechs Stunden lang in seinem Wagen, und die Scheiben ringsum beschlugen völlig. Sie stritten sich wie zwei Katzen um ein und dasselbe Revier, bis sie schließlich gegen 4 Uhr 30 morgens zusammen ins Haus gingen und Sarahs Eltern weckten.

O'Neil stellte sich vor, und dann bat er um die Hand ihrer Tochter. In den ganzen dreizehn Jahren seit ihrer Hochzeit hatte er die Versprechen, die er ihr in dieser eisigen Nacht gegeben hatte, kein einziges Mal gebrochen.

Selbst an jenem letzten Tag in Yuma erinnerte er sich an die Verantwortung, die er damals übernommen hatte. Er war bereits halb in der Türöffnung, und da war Sarahs fast hysterisches Weinen, ihr letzter Versuch, doch noch irgendwie zu ihm durchzudringen; und er konnte immer und immer wieder nur eines denken – daß er versprochen hatte, sie zu lieben und zu ehren, solange er lebte ... aber nur, *solange* er lebte. Soweit es ihn betraf, waren diese Tage vorbei.

Dieser Moment hatte eine Ewigkeit gedauert und war doch in wenigen Sekundenbruchteilen vorbei gewesen; er hatte versucht etwas zu sagen, irgend etwas, das nach Abschied klang, doch so sehr er es auch gewollt hatte, die Worte waren ihm im Hals steckengeblieben. Schließlich hatte er sich einfach umgedreht und war gegangen.

Als West ihn in dem nur schwach erhellten, gekühlten Raum fand, saß O'Neil bereits eine halbe Stunde lang dort und starrte auf die zerschmetterten Körper. Er hatte sich die Theorie zurechtgelegt, daß die beiden Kreaturen noch versucht haben mußten, durch das Tor zu entkommen – kurz bevor es begraben worden war.

Er sah nicht auf, als er die Sicherheitstür aufgleiten hörte. Es war nicht nötig; er wußte, daß West kommen würde, um nach ihm zu sehen.

»Unsere Leute sind davon überzeugt, daß es diese ... Wesen auch heute noch gibt«, murmelte West und ging an den Kalkstein-Sockel hinüber.

»Ich dachte, ich sollte das hier allein durchziehen«, sagte O'Neil schließlich.

»Und das werden Sie auch«, versicherte West. »Sobald das Team seine Erkundung abgeschlossen hat und zurückgekehrt ist, sind Sie auf sich gestellt.«

O'Neil kannte seine Befehle, und er hatte sie akzeptiert, aber das hielt ihn nicht davon ab, West gegenüber eine eigene Meinung zu vertreten. »Je mehr Leute wir durchschicken, desto größer sind die Risiken, daß irgend etwas schiefgeht. Dieser Jackson könnte ein Problem werden. Er ist ein Klugscheißer. Wenn er unseren Plan durchschaut, dann wird er ihn verdammt nicht gutheißen.«

»Es ist Ihr Job, sicherzustellen, daß er ihn nicht durchschaut.«

Sie starrten beide auf die ineinander verschlungenen Gestalten, bis O'Neil sagte: »General, Sie haben da einen Durchgang in eine Welt geöffnet, von der wir nicht das geringste wissen.«

Den ganzen Nachmittag über und fast bis in den Abend hinein glichen die sterilen Korridore des Büro-Komplexes innerhalb des Silos einem Studentenwohnheim am Tag nach den letzten Examen. Alle Türen standen offen. Kisten voller Bücher und Koffer voller persönlicher Habseligkeiten verstopften die Hallen, in denen sich die abreisenden Mitarbeiter des Projektes voneinander verabschiedeten. Einige führten verärgerte Diskussionen über die Möglichkeiten, doch noch weiterbeschäftigt zu werden, aber die meisten waren einfach nur traurig, gerade jetzt gehen zu müssen, und verunsichert, was ihnen die Zukunft bringen mochte. Daniel ging davon aus, daß sich kaum einer von ihnen Gedanken darüber machte, weshalb ausgerechnet er nicht packte und auch keinerlei Anstalten machte, den letzten Bus zum Denver Airport zu erwischen; er war ohnehin nur durch eine *Wild Card* und viel zu spät in dieses Spiel hineingeraten. Dann, nachdem Shore und Meyers vorbeigekommen waren, um sich zu verabschieden, schloß er die Tür und sah zu, daß er fertig wurde.

Er zwängte sich in den olivgrünen Kampfanzug, den Kawalsky ihm beinahe feierlich überbracht hatte. Als er gerade den letzten Knopf schloß, wurde die Tür geöffnet.

Es war Catherine Langford. Sie sah müde aus. »Ich dachte, Sie reisen nicht gerne«, sagte sie mit einem matten Lächeln.

»Das hab' ich überwunden.« Es tat gut, sie zu sehen. Er hatte ein ziemlich schlechtes Gewissen ihr gegenüber gehabt: *Was wird sie denken, wenn sie hört, daß ausgerechnet ich an dieser Mission teilnehme?* Er kannte sie noch nicht lange genug, aber er mochte sie, und er hielt eine Menge von ihr; er hätte sie um nichts in der Welt hintergangen.

Sie ließ sich auf den erstbesten Stuhl sinken und gab vor, froh zu sein, die Beine ausstrecken zu können. »Hören Sie«, begann sie in ihrem liebenswürdigen Akzent. »Wir gehen davon aus, daß der Durchgang durch den Ring nicht ganz unproblematisch verläuft ... Im Instrumentarium der Sonde dürften einige Linsen kaputtgegangen sein. Es ist nur eine Vorsichtsmaßnahme ... aber ich habe ein paar der miserabel bezahlten Kerle im Air-Force-Academy-Metallwarenladen überredet, Ihnen ein Spezial-Futteral für Ihre Brille anzufertigen. Und zwar aus Blei. Man wird es Ihnen gegen sechs Uhr vorbeibringen.« Die Vorstellung, ohne Brille auch nur einen Schritt tun zu müssen, machte Daniel, gelinde gesagt, recht nervös. Seine Vorstellungskraft tat das übrige und gaukelte ihm vor, wie er blindlings über eine völlig fremde Welt stolperte. Es war keine erbauliche Vision; überhaupt nicht.

»Danke, das war wirklich ... ähm ... aufmerksam.«

»Richtig. Und ich werde Ihnen sogar noch etwas zu essen einpacken.«

Daniel lächelte. »Ich habe über das nachgedacht, was ich Ihnen da unten, im Kontrollzentrum, gesagt habe. Sie wissen schon, das mit dem Geld und den Militärs. Sehen Sie, es tut mir leid, wenn ich Sie ...«

»Das ist jetzt nicht wichtig«, unterbrach Catherine Langford. »Ganz im Gegensatz zu dem hier.« Sie erhob sich, durchquerte den Raum, kam zu ihm und sah ihm ernst in die Augen. »Als ich den Ring das erste Mal sah, damals in Ägypten, als ich sah, wie sie ihn aus dem Sand und dem Staub herausgezogen haben, da wußte ich, daß etwas in dieser Art geschehen würde – daß es der Beginn einer Entwicklung war, an deren Ende eine unglaubliche Reise angetreten werden würde. Und natürlich ging ich davon aus, daß ich diejenige sein würde, die diese Reise antritt. Aber ich bin nur mehr eine alte Frau, und deshalb werden Sie für mich gehen.«

Daniel machte Anstalten, etwas zu sagen, doch Catherine

Langford schüttelte nur den Kopf. »Ich bin glücklich, Daniel. Es ist gut so, wie es ist. Wenn *ich* schon nicht gehen kann, dann will ich wenigstens, daß *Sie* dabei sind.«

Sie löste das Medaillon, das sie ständig an einer Kette um den Hals trug. »Es wurde mit dem SternenTor gefunden«, sagte sie. »Und es hat mir immer Glück gebracht.«

Daniel nahm die uralte Gold-Scheibe, drehte und wendete sie und besah sich die Gravuren. »Es ist das Auge des Ra – ein äußerst seltenes und wertvolles Stück. Ich kann das nicht annehmen.«

Catherine streckte die Hand aus und streichelte über seine Wange. »Bringen Sie's mir zurück«, sagte sie und wandte sich zum Gehen.

»Warten Sie einen Moment.« Mit drei, vier großen Schritten war Daniel an seinem Computer und nahm die Statuette seiner ägyptischen Gefährtin an sich. »Sie hatten recht, sie stammt aus dem 14. Jahrhundert vor Christus. Passen Sie für mich darauf auf.«

Catherine tippte mit einem behutsamen Finger gegen die Nasenspitze der Ägypterin, lächelte, nickte und ging. Erst, als sie bereits halb im Korridor draußen war, rief sie ihm noch zu: »Bon Voyage!«

Daniel mußte niesen.

NEUNTES KAPITEL

Die Evakuierung

Die Männer des Einsatzkommandos, das von allen nur *Reise-Gruppe* genannt wurde, waren angewiesen, sich Punkt 5 Uhr 45 vor dem Silo zu versammeln. Kawalsky, der für den abschließenden Equipment-Check verantwortlich und außerdem damit beauftragt war, allerletzte Instruktionen auszugeben, traf zeitig genug ein – und stellte zu seiner großen Überraschung fest, daß er dennoch nicht der erste war. Daniel hatte es sich in der Eingangshalle so bequem wie möglich gemacht und las in einem Buch. Er war viel zu nervös gewesen, um schlafen zu können, und so hatte er den Großteil der Nacht damit zugebracht, über den ältesten bekannten Hieroglyphen und Materialien aus der Zeit vor der Ersten Dynastie zu brüten und sich soviel wie nur irgend möglich einzuprägen. Das Chaos auf dem Boden rings um ihn herum sprach eine deutliche Sprache. Kawalsky bedachte es mit einem mißbilligenden Gesichtsausdruck.

»Jackson, wo glauben Sie, daß Sie sind? In einer Bibliothek? Mann, räumen Sie diesen Scheiß weg!«

Daniel blinzelte auf das Durcheinander an wissenschaftlicher Fachliteratur hinab; es schien in der Tat so, als würde er, ganz gleich, wohin er ging, ein wenig Unordnung verursachen. Nachdem er diese Feststellung getroffen hatte, blinzelte er Kawalsky an. Der Hüne war so nervös wie ein Aufschlagzünder und erwartete ganz offensichtlich, daß seinen Befehlen Folge geleistet wurde. Was Daniel betraf, so hatte er ein grundlegend gestörtes Verhältnis zu Befehl und Gehorsam; um genau zu sein: Er verspürte nicht das geringste Bedürfnis, irgendwelche Befehle auch nur zu hören, und schon gar nicht von diesem aufgeblasenen Army-Testosteron-Riesenbaby, das vermutlich nicht einmal ansatzweise kapierte, wie entscheidend wichtig diese Hieroglyphen sein konnten. Er stierte den Lieutenant aus Augen heraus an, die angeschwollen waren von einer langen Nacht der Hodophobie – gemeinhin besser bekannt als Reisephobie – und schneuzte sich in aller Ruhe. Kawalskys Siedepunkt stieg in schwindelnde Höhen – aber er beherrschte sich und war eindeutig fest entschlossen, sich auf keine Diskussion einzulassen. Er warf Daniel einen großen Umschlag in den Schoß und zog von dannen, um den nächsten Auftrag zu erledigen.

Der Umschlag enthielt das Blei-Futteral, das seine Brillengläser vor den Vibrationen des Ringes schützen sollte, sowie eine Notiz von Catherine: »Habe ich nicht versprochen, Ihnen einen Lunch einzupacken?« Tatsächlich fanden sich ganz unten auch noch fünf 5th-Avenue-Jumbo-Schokoriegel.

Zwei weitere Soldaten erstatteten bei Kawalsky Meldung: Feretti und Brown. Daniel kannte sie flüchtig, da sie am Tag seiner Ankunft unter den Männern gewesen waren, die am Tor Wache gehalten hatten. Feretti machte seinem Namen alle Ehre; er war ein ruheloser Mann mit buschigen Augenbrauen und schien ständig auf der Flucht. Unmöglich, ihn sich sitzend vorzustellen. Er war hyperaktiv, kramte unablässig in seinen Taschen, blickte sich in alle Richtungen um, beobachtete und registrierte alles. Und er schien bestens mit Brown befreundet, obwohl der nicht unterschiedlicher hätte sein können. Er war ein besonnener, hoch aufgeschossener, sich langsam bewegender Bursche mit breitem Mississippi-Akzent, einer, der über jeden von Ferettis tumben Witzen lachte. Und er schien nicht gerade für diese Art von Mission geschaffen zu sein. So sehr Daniel auch zu erraten versuchte, was er war – er wußte, daß er keine Chance hatte. Brown konnte alles mögliche sein – ein hochspezialisierter Meteorologe, Physiker, ein dynamischer Blues-Gitarrist oder, wie er, ein ehemaliger Berkeley-Student. Tatsache war, er würde über keinen von ihnen sonderlich viel erfahren, und zwar im Wesentlichen deshalb, weil sie ihre Reihen konsequent geschlossen hatten und angewiesen waren, ihm die kalte Schulter zu zeigen. Die Gerüchte, die innerhalb des Stützpunktes kursierten, besagten unter anderem, daß er ein großkotziges Zivilisten-Arschloch mit einflußreichen politischen Kontakten war, die er rigoros ausgenutzt hatte, um sich über Wests und O'Neils Kopf hinweg ins Spiel und letzten Endes auch in ihr Team zu mogeln. Kein Soldat, der etwas auf sich hielt, würde sich mit ihm verbrüdern. Der unausgesprochene Sinn des Ganzen bestand selbstverständlich darin, ihm das Leben so schwer wie möglich zu machen.

Daniel zog die Nase hoch und widmete sich wieder seinem Buch.

Punkt 5 Uhr 45 und 45 Sekunden stapfte O'Neil um die Ecke. Er erregte zusätzliche Aufmerksamkeit, da er ein schwarzes Barett trug. Sechs Soldaten bezogen Aufstellung in Reih und Glied, nahmen zackig Haltung an und salutierten. Daniel schlurfte nicht sehr beeindruckt ans Ende der Reihe und gab sich vage Mühe, so auszusehen, als gehöre er ebenfalls dazu.

O'Neil, so fröhlich wie ein kompletter Leichenzug, stellte der kleinen Gruppe nur eine einzige Frage:

»Will irgendwer noch etwas sagen, bevor wir gehen?«

Niemand meldete sich. Der Colonel schritt die Reihe ab, sah seinen Männern ins Gesicht, und dann –

»HAAAA-TSCHIII!«

Sie durchlöcherten ihn mit ihren Blicken. Und er putzte sich die Nase, versteckte sich hinter dem Toilettenpapier, das er sich im Offiziers-Waschraum ausgeliehen hatte.

»Also gut. Gehen wir.«

Im Gegensatz zum Vortag waren heute nur zwei Männer im Kontrollzentrum anwesend – Storey und ein weiterer Techniker. Der Rest des wissenschaftlichen Stabes war entweder schon evakuiert worden oder bereitete seine Abreise vor. General West hatte nicht gescherzt; so, wie es aussah, würde der Silo komplett unter Verschluß sein, wenn das Einsatzkommando durch das SternenTor trat.

Mit einem Nicken signalisierte O'Neil, daß sie bereit waren. Im Kontrollzentrum zog Storey eines der Mikrophone für die Außenlautsprecher zu sich heran und besorgte für die Männer draußen im Silo die Ansage.

»Start-Sequenz wird eingeleitet.«

Als die ›Reise-Gruppe‹ vorbeimarschierte, sah Storey sich den letzten Mann in der Reihe besonders genau an – diesen Jackson. Einerseits war der Techniker (wie die meisten des wissenschaftlichen Stabes) froh, daß zu guter Letzt wenigstens einer von ihnen dabei war, aber andererseits verfluchte er die Tatsache, daß es ausgerechnet dieser Bursche war, der erst im letzten Moment auf den bereits fahrenden Zug aufgesprungen war und den er (wie die meisten der gesamten Belegschaft) für einen lästigen, arroganten kleinen Scheißer hielt. Demzufolge gab er Jackson nur mit sehr gemischten Gefühlen das Daumen-nach-oben-Zeichen, als er den Silo betrat.

Die Männer versammelten sich am Fuß der Rampe, die zum Zentrum des Ringes emporführte.

»Kameras an. Daueraufzeichnung«, hallte Storeys Stimme aus den Außenlautsprechern des Silos.

Daniel leckte sich die Lippen, versuchte zu schlucken und stellte fest, daß sein Mund völlig ausgetrocknet war. Die böse kleine Stimme in seinem Hinterkopf raunte: *Hey, Jackson, bist du das wirklich? Stehst du wirklich in diesem Raketensilo und blinzelst zu diesem TOR hinauf – oder tust du nur so? Ich meine, es war nur eine Frage, mein Junge.* Oh, sicher, er wußte, die Sonde war heil auf der anderen Seite angekommen, aber er war schließlich kein Stahlschrank. Was, wenn irgend etwas schiefging? Was, wenn das SternenTor Menschen nicht wieder zusammenfügen konnte? Oder nur ihren Körper, nicht jedoch ihre Persönlichkeit, ihren Charakter?

Aus seinem Blickwinkel sah der Ring wesentlich gewaltiger aus – und viel, viel gefährlicher. Die ganze Gruppe stand wie versteinert und stumm davor, während die Techniker einige letzte Computer-Eingaben vornahmen. Dann benannte Storey die Koordinaten, und eine Stimme dröhnte über die Lautsprecher und hallte durch den gigantischen Raum. »Links 11.329 . . .« Der Ring bewegte sich, das entsprechende Segment drehte sich nach oben und rastete ein und zeigte TAURUS an. »Rechts 148.002.« Jetzt wanderte SERPENS CAPUT nach oben und an die Register-Klemme. Bis jetzt verlief alles planmäßig. Kein Grund, nervös zu werden, sagte sich Daniel; der unschöne Fehler bestand darin, daß er bereits nervös *war!* Dann erklangen die unheimlichen Harmonien und vereinigten sich zu einem Sieben-Ton, und jetzt war er nicht mehr nur nervös – jetzt hob sich sein kompletter Mageninhalt ganz-ganz langsam und schwebte bis in seine Kehle empor. Die einzelnen Lichtstrahlen rieselten aus den Quarz-Gemmen und wurden machtvoller, vereinigten sich und bildeten das gespinsthafte, schimmernde Energiefeld. Als das siebte Symbol nach oben gedreht wurde und der grollende Klang aus den Tiefen des Ringes alles in dem Silo erzittern ließ, wichen die Männer des Einsatzkommandos unwillkürlich zurück. Das quecksilberhafte Energiefeld verdickte sich, begann zu wabern und sprühte über die Ränder des Ring-Zentrums hinaus – und verwandelte sich in eine tobende Springflut, die den gesamten Raum austilgte. Daniel schrie auf.

Sekundenlang sah er das *Etwas* gegen alle Gesetze der Gravitation über sich und den anderen schweben, dann wurde es mit jäher Gewalt zurück- und in das Ring-Zentrum hineingesaugt. Am Ende entstand der geisterhafte Tunnel aus Licht, das Brodeln des Wasserfalls, dessen Fluten davonstürzten und die Wand des Silos durchbrachen, ohne sie wirklich zu zerstören.

Techniker schoben einen Elektrokarren voller Ausrüstungsgegenstände an die Rampe. O'Neil zeigte auf Kawalsky und einen anderen Soldaten. Die beiden Männer zerrten den Karren die Rampe hinauf – bis dicht an das klaffende Maul des Ringes heran. Das Tosen des Licht-Tunnels wurde lauter.

Einer der Techniker eilte zu O'Neil, deutete auf die Ausrüstung und sagte etwas. Sosehr Daniel auch mitzuhören versuchte, das Inferno des Tores übertönte alles. O'Neil nickte und schüttelte dem Mann die Hand. Die Techniker stürzten zu den Sicherheits-Schleusen und verließen den Silo. Die schweren Schotte schlossen sich donnernd.

»Einleitung finale Sequenz!« kündigte Storey über Lautsprecher an. »Glückliche Reise!« fügte er noch hinzu, bevor er abschaltete und ebenfalls zum Aufzug hetzte.

O'Neil drehte sich um und sah zu dem großen Erkerfenster des Konferenzraumes empor. Daniel folgte seinem Blick. West stand am Fenster und nahm einen Telefonhörer ab.

»Finale Evakuierung«, sagte West, starrte durch das Erkerfenster in den Silo hinab und bezeugte den Männern des Einsatzkommandos eine schlichte militärische Ehrenbezeigung. Die Panzerung des Fensters glitt bereits zu und sperrte sie aus. Er legte den Hörer auf die Gabel, wandte sich ab und ging zum Ausgang.

Alle starrten sie jetzt O'Neil an, und er nickte ihnen zu und gab mit einem Hochrecken des Daumens den Einsatzbefehl: »Los!«

Der wissenschaftliche Offizier Brown hob die Hand mit der Fernbedienung und schickte den Elektrokarren samt Ausrüstung in das Energiefeld hinein. Der vordere Bereich flammte auf, verwandelte sich in ein Feuerwerk blasser Flammen und verflüchtigte sich in einem Ausstoß puren Lichts. Die immense Schnelligkeit, mit der das schwere Vehikel durch den Ring gerissen und aufgelöst wurde, jagte eine Schockwelle der Angst durch Daniel Jackson, und er wußte – spürte – daß es den anderen keinen Deut besser erging; sie alle waren bereit, die Reise anzutreten, und sie alle hatten erbärmliche Angst ... vor dieser Höllenapparatur, vor der Reise selbst; und ganz besonders vor dem Wahnsinn, der sie ermutigte, es dennoch zu wagen.

Sie alle, nur einer nicht: O'Neil warf seinen Soldaten einen knappen Blick zu, dann ging er gelassen geradewegs in den weißglühenden Schlund tobender, brodelnder Energien hinein.

Für einen Sekundenbruchteil schien er zu erstarren, dann wurde seine Vorwärtsbewegung millionenfach beschleunigt, und dann war er verschwunden.

Kawalsky winkte den nächsten nach vorn – Rogalla. Der Soldat war nervös, und die letzten zehn Fuß auf den Abgrund zu mußten mörderisch sein. Der Mann schwitzte, sein Gesicht schien sich bereits jetzt aufzulösen; er schob sich seitlich an das Inferno aus Licht und Ewigkeit heran, und Daniel merkte, daß er selbst ebenfalls in Panik geriet und nicht mehr richtig atmete, sondern hyperventilierte – kurze, rasend schnelle Atemzüge; viel zu schnell; viel zuviel Sauerstoff; und trotzdem das Gefühl, keine Luft in die Lungen zu bekommen, ersticken zu müssen. Er sah Trugbilder. Es war, als löse sich Rogalla zur Hälfte auf, als werde ein Teil von ihm bereits durch die halbe Galaxis davongerissen, während der andere Teil noch hier in diesem elenden Silo verharrte. Aber dann rastete die Wirklichkeit wieder ein, packten unermeßliche Energien zu und umhüllten Rogalla ganz und rissen ihn davon.

Einer nach dem anderen wurde nun von Kawalsky aufgerufen, einer nach dem anderen stapfte die Rampe empor und auf den Ring zu. Feretti verging in einem nebelhaften Auflodern, dann Eric Brown. Daniel schloß die Augen, und als er sie behutsam wieder öffnete, war außer ihm nur noch Kawalsky da. Der Lieutenant bedeutete ihm, daß er als letzter gehen würde. Aber Daniel rührte sich nicht; er war wie festgefroren.

»Nur keine Eile!« polterte Kawalsky sarkastisch, lief locker die Rampe empor und warf sich in das glühende Zentrum des Ringes. Für einen winzigen Moment schwebte er dort, war er aufgespießt auf den schimmernden Splittern purer Energie; dann wurde auch er verschluckt.

Daniel räusperte sich und tappte los. *Ein guter Schluß ziert alles – ha-ha!* Irgend jemand hatte Softeis in seine Knie eingelagert. Er ging zügiger, bis er nur mehr Zentimeter von den Lichtturbulenzen entfernt stehenblieb.

Dumpfe, hohle, krachende Geräusche erfüllten den Silo, und Daniel schloß die Augen und *sah* die gigantischen, massiven Stahltore hoch oben, in einer anderen Welt, sah, wie sie sich schlossen und die Welt der normalen, ahnungslosen Sterblichen aussperrten, und hörte die Echos, die sich über die gewaltigen Mauern bis hier herunter fortpflanzten. Er hatte schätzungsweise eine Million Gedanken gleichzeitig im Kopf. Nun war er das einzige lebende Wesen in diesem ungeheuerlichen steinernen Bau; ein junger Pharao, der im Innern seiner ganz persönlichen Pyramide eingeschlossen war.

Daniel ließ die Augen geschlossen und tastete sich langsam vorwärts . . . und über den Abgrund hinaus.

ZEHNTES KAPITEL

Die andere Seite des Tores

Kurz nach seinem zwölften Geburtstag wurde Daniel von seinem Ziehvater dazu überredet, sich beim örtlichen Football-Team zu bewerben; es war eine der miserabelsten Ideen, die der Mann je gehabt hatte. Das Resultat war entsprechend: Bereits nach der ersten Übungs-Stunde, unmittelbar nach dem sogenannten Spießrutenlauf, hängte Daniel seine Football-Karriere an den Nagel. Er hatte von Anfang an gewußt, daß es eine üble Sache war. Er mußte zwischen zwei Reihen größerer Jungs entlangrennen, und diese größeren Jungs mußten sich – angetan mit riesengroßen Schutzpolsterungen – auf ihn werfen. Als der Coach das Ganze abpfiff, stand Daniel auf und fragte ihn: »Wer macht so was bloß freiwillig?« Aber der Coach, ein großes, rotes, schreiendes Gesicht, überzeugte ihn immerhin noch davon, daß er im Grunde wirklich *dazugehören* wollte, und daß er den selbstquälerischen Drill *lieben* würde, weil er es war, der ihn seinem Ziel näherbrachte. Daniel trat ein zweites Mal an, und seine Team-Kameraden stürmten in einer riesigen Staubwolke heran und taten ihren Teil des Ganzen. Er überstand das Training grün und blau geschlagen, aber um eine Erfahrung reicher: *Trau keinem über zwölf!*

Was dieses Ereignis heute erinnernswert machte, war die Tatsache, daß es vermutlich die einzige physikalische Erfahrung war, die ihn auf die wohl ungleich rauhere Erfahrung vorbereitete, die er nun zu machen im Begriff stand – den Sprung durch das SternenTor.

Der Abgrund war da und lag bereits hinter ihm. Grelles Licht brannte durch die geschlossenen Lider in seine Augen hinein und ließ sie tränen, und dann sah er die Silowand auf sich zurasen: Etwas Gigantisches, etwas wie ein auf ihn herabstürzendes Haus. Alles ging viel zu schnell, es blieb keine Zeit, um zu reagieren. Als sein Herzschlag vor lauter Panik aussetzte, lag die Erdatmosphäre bereits hinter ihm, und er beschleunigte weiter und raste durch eine pechschwarze stille Finsternis, wirbelte ohne jede Kontrolle davon, schmetterte blindlings durch Fetzen interstellarer Schwärze, die ihrerseits immer noch mehr beschleunigten. Für Sekunden oder Ewigkeiten glaubte er, nur mehr dahinzuschweben, aber gleich darauf war er sehr geneigt, das Ganze für einen elenden Trick zu halten; er war in einer Zentrifuge gefangen, in etwas ungeheuer Schnellem, etwas, das ihn bis ans Ende aller Zeiten Hals über Kopf herumschleudern würde. Keine Gravitation, keine Kontrolle über nichts, kein Gespür mehr für oben oder unten; nur diese jähen Ausblicke – wie in einem Zeitraffer – auf kreisende, wabernde, strömende Tunnelwände.

Er schoß weiter, glaubte eine Gruppierung neuer Sterne zu sehen – da war ein langgezogener Lichtschweif; und seine eigenen, in die Länge gezogenen Beine, meilenweit vor ihm – bis sie zurückschnalzten, bis sein Kopf nach hinten ruckte, bis er abstürzte und – Gesicht voran – auf einen riesigen Planeten zusegelte. Sein Schrei wurde niemals laut. Er schlug auf, versank und sauste auf der anderen Seite wieder hinaus, fand sich wieder im elektrischen Flammenkreis der Tunnelwände, wirbelte durch ein Vakuum aus Licht und kreischendem Lärm. Und war am Ziel.

Er kam stückweise an. Die Spitze seines rechten Stiefels war zuerst da. Dann materialisierte sich seine linke Hand. Gleich darauf seine Nasenspitze und sein grimassenhaftes Gesicht. Es war, als sehe er sich selbst. Es war, als schwebten seine Einzelteile in den Lichterfluten des SternenTores . . . und dann kam der Rest, dann kamen weitere Moleküle und füllten die Lücken auf.

Der Ring spie ihn aus wie ein unliebsames Gepäckstück, schleuderte ihn, eingehüllt in eine frostige Aura, auf einen harten Boden hinab. Später, als Daniel wieder klarer denken konnte, stellte er die Vermutung an, daß diese Kälte eine Begleiterscheinung der molekularen Rekonstruktion sein mußte. Mikrowellen erhitzten Gegenstände durch Beschleunigung der Molekularbewegungen – das SternenTor zeitigte einen gegenteiligen Effekt; es kühlte seine ›Ladung‹ ab, also mußten die Moleküle im Augenblick der Rekonstruktion völlig erstarrt sein. *Der Abbremsvorgang.* Für weniger als eine Hundertstel Sekunde mußte er – oder das, was er innerhalb dieser Lichterflut gewesen war – ohne jegliche Beschleunigung verharrt haben. Und jetzt war er ein menschlicher Eisklotz . . . ein *stürzender* menschlicher Eisklotz. *Willkommen, Erdling.*

Frierend und völlig desorientiert, war es Daniel unmöglich, seinen Sturz auch nur im geringsten zu beeinflussen. Er taumelte aus dem Ring heraus und schlug äußerst schmerzhaft auf – allerdings nicht ganz so schmerzhaft, wie es der Fall gewesen wäre, wenn er das Tor als erster durchschritten hätte. Das Einsatzkommando lag in einem ziemlich wüsten Durcheinander auf den Stufen am Fundament des SternenTores. Auf den ersten umnebelten Blick sah es so aus, als hätte der Elektrokarren eine Handvoll menschlicher Mikadostäbchen verstreut. Es dauerte noch zwei, drei Minuten, bis der erste von ihnen – Kawalsky, der Hüne – imstande war, die Benommenheit abzuschütteln und sich aufzusetzen.

Der Lieutenant spähte mit einem bemerkenswerten Silberblick im Raum umher – und schließlich auf das, was wie das Resultat eines Massakers aussah. Daniel verspürte das dringende Bedürfnis, sich irgendwie bemerkbar zu machen, doch es gelang ihm nicht. Er kam sich vor wie ein reichlich unterkühltes Neugeborenes. Und das war nicht die einzige Unannehmlichkeit: Unmittelbar vor seinem Gesicht war eine Pfütze Erbrochenes.

Er konnte noch immer nicht atmen; jedenfalls nicht richtig, und plötzlich war es ausgerechnet die Angst, die ihm gewaltig einheizte. Sein erster Impuls war, irgendwie um sich zu krallen, sich wieder in den Lichtstrahl hineinzuziehen und so irgendwie zur Erde zurückzugelangen, in ihre Sauerstoffatmosphäre, bevor er hier erstickte. Ungefähr zur gleichen Zeit spürte er, wie sich muskulöse Arme um ihn legten, und er wehrte sich verzweifelt.

»Jackson, he, sind Sie okay?«

Es war Kawalsky. Er bugsierte ihn in eine sitzende Stellung und zog ihm die Arme über den Kopf. Daniel saugte röchelnd die neue Luft in sich hinein. Als der erste kühle Atemzug seine Lungen füllte, war das wie ein Schlag, und der damit verbundene Schmerz sorgte dafür, daß er die Augen endgültig öffnete und offen ließ und hustete.

Als Kawalsky zufrieden feststellte, daß er in Ordnung war, machte er sich daran, nach den anderen zu sehen. Daniel verzog das Gesicht. Das Kältegefühl schien immer noch tiefer in seine Haut hineinzusickern. Er schauderte. So mußte es sein, wenn man mit schätzungsweise zweieinhalb Milliarden gleichzeitig ausgeführter Nadelstiche gefoltert wurde.

Dann erinnerte er sich daran, wer er war und vor allem, wo er war, und schirmte mit der Hand das grelle Licht ab, das immer noch aus diesem zweiten, mit dem auf der Erde nahezu identischen SternenTor herausströmte. Er erkannte die exakt umrissenen Silhouetten der anderen in verschiedenen Stadien des Wieder-zu-sich-kommens.

Die Reise durch das Tor war anders als erwartet verlaufen.

Nicht, daß er angenommen hätte, eine Art ekstatische *Beamen-Sie-mich-rauf-Scotty*-Erfahrung machen zu dürfen, aber er hatte auch nicht damit gerechnet, daß ihm dermaßen die Eingeweide aus dem Leib herausgeprügelt wurden.

»Alle okay?« fragte Kawalsky.

Sie waren alle benommen und desorientiert, aber sie brummten ihre Zustimmung. Nur der Scherzkeks der Gruppe, Lieutenant Feretti, witzelte sarkastisch: »Hey, das ging viel zu schnell – machen wir's noch mal!«

Es tat weh zu lachen. Einer nach dem anderen setzten sie sich auf; wer konnte, versuchte auf die Füße zu kommen. Noch immer vor Kälte hustend und fröstelnd, versammelten sie sich an dem Elektrokarren. O'Neil setzte an, seine Instruktionen herunterzubeten. Der innere Ring des SternenTores drehte sich, schwang herum und stoppte unvermittelt mit einem Klicken; das Tor schaltete sich ab, die Helligkeit erlosch; schlagartig war der Raum in tiefe Schwärze getaucht.

O'Neils Stimme durchschnitt die Dunkelheit. »Also gut, Ladies, gehn wir an die Arbeit! Phase eins. Nur das Wesentliche.«

Ein scharfes, reißendes Geräusch verriet, daß er eine Packung aufbrach; gleich darauf flammte ein Zündholz auf. eine Fackel erwachte zischelnd zum Leben und schleuderte orange-weiße Helligkeit in den Raum. Mit choreographischer Präzision ging das Team daran, die Ausrüstung abzuladen, die für den ersten Erkundungsgang benötigt wurde. Kawalsky entzündete eine zweite Fackel und hielt sie hoch. Daniel beobachtete, wie Freeman fachmännisch eine Spezial-Videokamera zusammensetzte und Brown eine Mini-Radarschüssel auf ein rucksackgroßes Aggregat montierte. *Genügend Spielzeug für die Sammlung weiterer wissenschaftlicher Daten.* Während die Soldaten ihre Vorbereitungen fortsetzten, verließ Daniel den dunstigen Lichtkreis und ging auf die nächstgelegene Wand zu. *Indiana Jones junior auf der Jagd nach den entscheidenden Hinweisen.* Er begann die vorlaute Stimme in seinem Hinterkopf zu hassen.

Der Raum war ein langgezogener, schwarzer Marmorsarg. Daniel bewegte sich ganz behutsam vorwärts, bis er die Wand erreicht hatte, dann ließ er seine Hände über die glatte Oberfläche gleiten. Die großen Steinquader waren wunderbar geschnitten und perfekt gesetzt – und es gab nicht die geringste Spur von Schriftzeichen darauf. Daniel tastete sich tiefer in die Schatten hinein und kam sich mehr und mehr wie ein Blinder vor, der auf leeren Wänden nach einer Braille-Schrift sucht.

Hinter ihm, fast schon wieder in einer anderen Welt, legten die Männer des Einsatzkommandos ihre Ausrüstung an, waren bereit, loszulegen. Feretti, Porro und Reilly knipsten starke Handscheinwerfer an und suchten den Raum ab. Balkendicke Lichtstrahlen zerteilten die Finsternis. Die Männer versammelten sich in der großen Vorhalle – dem einzigen Aus- oder Eingang dieses Raumes. O'Neil stieß seine Fackel vor und spähte um die Ecke in den dahinter liegenden Raum. Es war ein kurzer, steinerner Korridor.

Alles schien in Ordnung zu sein, und so gab er Freeman das Zeichen, den starken Scheinwerfer auf seiner Kamera einzuschalten. Seine Befehle kamen so präzise wie jahrelang einstudierte Peitschenhiebe.

»Feretti, Sie sichern nach vorne. Erstes Team – los!«

Daniel ließ von der Wand ab und beobachtete ihre Show voller Staunen. Feretti riß sein Gewehr in Hüftanschlag hoch und huschte in den dunklen Korridor hinaus; Brown und ein weiterer Soldat folgten.

»Kawalsky, Sie und Freeman bilden die Nachhut. Reilly, Sie und ich – LOS!« Sie stürmten ebenfalls hinaus. Die Echos ihrer Schritte klangen wie fernes Geschützfeuer.

Kawalsky sah sich wild um, als habe er etwas verloren. Mit einem unterdrückten Fluch zischelte er: »Jackson, verdammt, komm schon!«

Damit war seine Erkundungstour vorerst beendet. Daniel atmete tief durch und trottete hinter Kawalsky her.

Nach wenigen Metern öffnete sich der Korridor in etwas, das eine gewaltige Ähnlichkeit mit der Apsis einer Kathedrale aufwies. Etwa zur gleichen Zeit hatte Daniel zu Freeman aufgeschlossen. Da war etwas ... etwas Wichtiges ... *unter* ihnen.

Daniel reagierte, ohne nachzudenken, er griff zu und packte Freemans Kamera und ruckte sie abwärts. Der Lichtstrahl flutete über den Boden. Daniel schloß nur ganz kurz die Augen. Er und Freeman standen auf der Kante einer rund zwölf Fuß durchmessenden, metallischen Scheibe – sie schien aus Kupfer zu bestehen, und sie war äußerst sorgfältig in den Boden eingesetzt. Daniel bemerkte Freemans Starren erst jetzt, zuckte die Achseln, gab ihm seine Kamera zurück und ging weiter. Nach zwei Schritten hatte er noch einen Einfall und packte die Kamera erneut. Dieses Mal leuchtete er direkt nach oben. Tatsächlich gab es an der Decke eine völlig identische Scheibe, und zwar direkt über der anderen. Daniel starrte sie an, bis Freeman, der nicht noch weiter zurückfallen wollte, sich losmachte und weiterstapfte; mit der Kamera. Spätestens jetzt war Daniel ziemlich sicher, daß die beiden sich gegenüberliegenden Scheiben nicht aus Kupfer bestanden.

Die Soldaten setzten ihren Weg durch den dunklen Korridor wachsam fort, jeder von ihnen war bereit, beim geringsten Anzeichen von Gefahr zu reagieren. Nichts geschah. Sie erreichten eine Art Große Galerie: ein unermeßlich weiter Gang, ausgestaltet in einer monumentalen Architektur, eine Räumlichkeit, in der die Schwärze wie etwas Lebendiges, Atmendes kauerte und nur widerwillig vor ihnen zurückzuweichen schien. Das titanische Mauerwerk war mit polierten Blendsteinen verschalt. Daniel verrenkte sich fast den Hals; das alles kam ihm so vertraut vor. Entlang den Wänden ragten nun gewaltige ornamentale Säulen bis an die steinerne Decke empor. Der Boden stieg kaum merklich an. Und obgleich selbst O'Neil von dieser Umgebung beeindruckt schien, ließ er sich doch keine Sekunde lang von seinem primären Ziel ablenken – nämlich einen Ausgang zu finden. Er führte sie tiefer und tiefer in dieses in Stein eingefaßte Herz der Dunkelheit voran, bis es keinen mehr in dem kleinen Team gab, der sich angesichts der ihn umgebenden Unermeßlichkeit nicht zwergenhaft klein vorgekommen wäre.

Irgendwann rissen die Scheinwerferstrahlen die undeutlichen Konturen einer Rampe aus der Schwärze, die steil zu einer weiteren Kammer hinabführte. Da Daniel mit keiner anderen Aufgabe betraut war, als sich einfach nur umzusehen, tat er genau das. Während seine bis an die Zähne bewaffneten Gefährten in bester *Miami-Vice*-Manier weiter vorrückten, kam er sich wie in ein archäologisches Nirwana versetzt vor. Gleichzeitig wurde er das unheimliche Gefühl nicht mehr los, daß er diesen Ort kannte. Es war kein déjà-vu. Es war mehr. Und beängstigender – doch das Begreifen entzog sich ihm wie eine Fata Morgana.

Feretti erreichte die nach unten führende Rampe als erster und kauerte sich hastig nieder. Die anderen Mitglieder des Teams taten es ihm in einer Kettenreaktion gleich. Bevor Daniel wußte, wie ihm geschah, erlosch Freemans Kamera-Scheinwerfer, und Freeman selbst lag flach auf dem Boden. Alle starrten nun auf Feretti, der sich gerade weit genug aufrichtete, um auf die unter ihm liegende Kammer hinabspähen zu können. Ohne sich umzudrehen, gab er das Vorrücken-Zeichen. Daniel setzte sich in Bewegung und kam auch fast einen Schritt weit, bis er von Freeman am Fußknöchel gepackt und aufgehalten wurde.

»Nicht du, Holzkopf! Runter mit dir!«

Es sind seltsame militärische Rituale, Daniel, faßte es die boshafte Stimme in seinem Hinterkopf mit stoischer Gelassenheit zusammen. Er entschied sich, nicht den Helden zu markieren.

O'Neil hetzte zu Feretti, und Feretti verschwand, von O'Neil gedeckt, auf der nach unten führenden Rampe. Gleich darauf kam das Signal an das Team, aufzuschließen. Daniel drängelte sich an Freeman vorbei und ging voran. Als er O'Neil und die anderen erreichte, sah er, daß Feretti unten bereits weit in den nächsten Raum – eine Art gewaltige, grabähnliche Eingangshalle – vorgedrungen war. Helligkeit . . . *Sonnenlicht* flutete ihm entgegen, umgab ihn wie eine Aureole und versah die Vielzahl steinerner Säulen ringsum mit scharfen Konturen.

Daniel und die anderen Männer des Einsatzkommandos beobachteten schweigend ihren Kameraden. Feretti arbeitete sich geschmeidig und nahezu lautlos vor, nutzte die Deckung der Säulen, bis er offenbar sah, woher das Licht kam. Er wandte sich halb um und reckte den Daumen hoch. O'Neil reagierte ohne jedes Zögern und schickte zwei weitere Männer los.

Sie sicherten die Rampe von unten, während das restliche Team hinabhetzte.

Die Anspannung schien von den Männern abzufallen, es war, als kehre ein kleiner Teil Normalität und Realität zu ihnen allen zurück. Sie versammelten sich in der Eingangshalle, O'Neil besprach sich mit Brown, der bereits erste atmosphärische Messungen vorgenommen hatte, und Daniel stellte sich, um eine möglichst harmlose Miene bemüht, in Hörweite.

»... gleiche Verhältnisse wie hier drinnen. Strahlung, elektromagnetische und andere Werte sind normal.«

O'Neil lauschte dem Bericht, dann schob er behutsam den Kopf um die Ecke und inspizierte den letzten vor ihnen liegenden Korridor. Er schien zufrieden mit dem, was er sah, zog sich zurück, wandte sich um und zeigte auf Feretti und Brown.

Die Männer verschwanden wie Spukgestalten in dem Korridor. Ihre Schritte wurden zu verwehenden Echos. Zeit verging. O'Neil zählte lautlos auf drei, reckte Daumen, Zeige- und schließlich Mittelfinger hoch und gab mit einem Kopfrucken das Kommando zum Abmarsch. Paarweise huschten sie hinaus in den letzten Korridor, und weiter über das auf dem Boden ausgebreitete Tageslicht hinweg. Es war, als seien sie alle nur noch eine Person, und diese Person schien wie eine Maschine zu funktionieren, schien Befehle erahnen und ohne jeden Zeitverlust ausführen zu können. Und – sie dachte vor allem keine Sekunde lang an den möglicherweise unmittelbar bevorstehenden Tod. Es war ein gutes Gefühl, fand Daniel. Zum ersten Mal war er froh, Teil dieser Militär-Show zu sein. Sie wurden nicht aufgehalten. Sie wurden nicht angegriffen – noch immer nicht.

Es schien eine weitere Ewigkeit zu dauern, bis sie das Ende dieses Korridors erreichten und linker Hand das große Portal in Sichtweite kam. Das Tageslicht schien jetzt zum Greifen nahe und – O'Neil riß eine Hand in die Luft und stoppte sie alle. Mit einer weiteren Geste orderte er wieder zwei Männer nach vorn, einen links, den anderen rechts des Portals. Daniel schätzte die Länge der steinernen Schwelle auf etwa zwanzig Fuß. Er hörte sein eigenes gepreßtes Atmen. Er sah winzige Staubteilchen in der Luft schweben. Die Marines gaben das Alles-klar-Zeichen. O'Neil glitt geduckt vor, die MPi im Hüftanschlag, und spähte hinaus, sichtete das Areal auch nach oben. Dann erst gab er ihnen einen Wink und führte sie in diese neue Welt hinaus ... und in die Sonne.

Sie fanden sich auf einem weiten, steinernen Pier wieder, der in einen Ozean aus Sand hineinragte. Daniel blinzelte gegen die Helligkeit an und starrte ungläubig auf diese unendliche Weite aus leblosen braunen Sanddünen, die sich unter einem intensiv blauen Himmel in alle Richtungen erstreckten. Unterhalb der steinernen Plattform, etwa vierzig Meter entfernt, ragten, halb begraben im lockeren Sand, zwei Obelisken empor. Daniel warf seinen Gefährten einen raschen, prüfenden Blick zu – sie waren kaum weniger geschockt vom Anblick dieser unfruchtbaren braunen Welt. Von einem beständig wehenden heißen Wind abgesehen, existierte keinerlei Bewegung. Es war geisterhaft still. Und es gab nicht das geringste Anzeichen von Leben auf diesem sandigen Zwilling der Erde.

Plötzlich hatte Daniel einige Mühe damit, auf den Füßen zu bleiben und weiterzugehen. Noch bevor er richtig draußen war, im Sonnenlicht, in der Gluthitze, ahnte er – wußte er –, wie der steinerne Koloß aussehen würde, in dessen Tiefen sie angekommen waren. Er wankte weiter, und während die anderen noch immer wie hypnotisiert waren vom Anblick dieser öden neuen Welt, drehte er sich um, legte den Kopf in den Nacken und riskierte einen ersten Blick. Es war nicht ganz so, wie er erwartet hatte. Das Portal wirkte – im Verhältnis zu den Ausmaßen des gesamten Bauwerkes – winzig. Links und rechts davon erhoben sich steinerne Pylone, mächtige Ecktürme, die hoch über den Eingang emporragten. In ihre Mauern waren schmale Schlitze eingelassen, eine Art Schießscharten, die früher im Falle eines Angriffs sehr nützlich gewesen sein mochten; heute säuselte nur mehr der Wind darin. Die Pylone erinnerten in ihrer Bauweise ganz außerordentlich an diejenigen, die auf der Erde bei den alten Tempeln von Luxor oder Karnak gefunden worden waren. Langsam, aber sicher ergab jetzt alles einen Sinn.

O'Neil schüttelte die Betäubung als erster ab. »Halten und

sichern Sie Ihre Positionen rings um diesen Eingang. Ich seh' mir genauer an, wo wir hier gelandet sind.«

»Warten Sie, ich komme mit.« Daniel hatte die Worte ausgesprochen, noch bevor er sich richtig überlegt hatte, auf was er sich damit in dieser Hitze einließ. Aber letzten Endes war alles besser, als einfach nur hier herumzustehen und diesen Eingang zu sichern.

O'Neil war bereits unterwegs und trabte, begleitet von zwei Marines, die sanft geneigte Rampe hinab. Daniel räusperte sich, stellte fest, daß er auch von den anderen keine Antwort zu erwarten hatte, wischte sich die erste Million Schweißtropfen von der Stirn und rannte ebenfalls los. Je höher die Dünen ringsum anstiegen, desto höher stiegen ganz offensichtlich auch die Temperaturen.

Kawalsky, um einiges größer als einsachtzig, und Feretti, um einiges kleiner, erreichten das untere Ende der Rampe zuerst und warfen sich im Schutz der Obelisken in Verteidigungsstellung. Daniel schloß zu ihnen auf und besah sich die Marmor-Säulen; sie waren gut vierzig Fuß hoch und mit Pyramidenspitzen versehen – und sie waren anders als alle, die er auf der Erde zu Gesicht bekommen hatte. *Vor allem aber waren sie nicht mit Hieroglyphen beschriftet.* Daniel stand verklärt lächelnd davor und konnte kaum fassen, daß sich hier, unmittelbar vor seinen Augen, alle seine Theorien als richtig erwiesen.

Er umrundete die Zwillingstürme, strich mit der Hand über ihre glatten, heißen Steinflanken und registrierte irgendwann, daß O'Neil bereits weitergezogen war und den ersten Dünenkamm erstürmt hatte. Kawalsky und Feretti bewachten stoisch den Aufgang der Rampe. Daniel nickte ihnen zu und stapfte unter O'Neils Blicken den nächstgelegenen Abhang hinauf. Oben angekommen, wandte er sich um und blickte zurück. Er wußte nicht mehr, was genau er sich erhofft hatte – das Bauwerk in einer Art überirdischer Klarheit sehen zu können; alle seine Hypothesen noch weiter erhärtet zu bekommen . . .?

Was er sah, ließ ihn einen winzigen Ächzlaut ausstoßen; was er sah, ließ ihn trotz der Backofenhitze blaß werden und frieren und an seinem Verstand zweifeln. Es war *viel größer*, als er es sich jemals hätte vorstellen können. Es war nicht nur das größte ägyptische Bauwerk, das er jemals außerhalb Ägyptens gesehen hatte, es war ... *unfaßbar!* Aus dieser Entfernung sah er nämlich auch, daß das, was er bisher für ein kolossales Bauwerk gehalten hatte, in Wirklichkeit lediglich der Eingang oder Vorbau zu einem *wirklich* kolossalen Bauwerk war. Einem, das berühmter war als alle anderen Bauwerke der menschlichen Geschichte zusammen.

ES WAR EINE PYRAMIDE.

Aber diese Pyramide war so monströs, so phänomenal gigantisch, daß es aussah, als erhebe sie sich unmittelbar vor ihm, als werde sie immer noch größer und größer – ein Gigant aus Stein, der den gesamten Horizont ausfüllte und den Himmel noch dazu, und der jederzeit auf ihn herabstürzen und ihn unter sich begraben konnte. Sie mußte zwei- oder dreimal so groß sein wie die Großen Pyramiden von Gizeh. Und sie wies keinerlei Anzeichen von Verwitterung oder gar Verfall auf. Die glatten Blendsteine waren ausnahmslos unversehrt und schienen im heißen Licht der Sonnen zu gleißen und –

Der Sonnen ...?

Daniel verlagerte seinen Blick noch ein wenig höher und seufzte, jetzt nur noch mühsam beherrscht. An dem elektrisch-blauen Himmel jenseits der Pyramide stand wirklich nicht nur eine Sonne. *Es sind drei, Daniel. Drei ausgewachsene Sonnen.* Es sah seltsam und gleichermaßen phantastisch aus. Und es war völlig unmöglich. Es konnte nicht sein; im Einflußbereich dreier Sonnen konnte es keine Welt geben ... zumindest nicht lange! Und wenn doch, dann sprach das sämtlichen Naturgesetzen und allem, was er jemals von Schwerkraft und Planetenrotation und so weiter gehört hatte, Hohn. Daniel spuckte aus. Der Sand zu seinen Füßen sah ziemlich real aus.

Daniel nickte sehr ernsthaft und beschloß, dieses Rätsel vorerst lieber zurückzustellen. Es war kein gutes Gefühl, zu wissen, daß man sich auf einer Welt befand, die eigentlich gar nicht existieren konnte. Er starrte wieder auf die Pyramide. Und dann wußte er, warum ihm alles so vertraut vorgekommen war. Es war tatsächlich die Cheops-Pyramide, nur viel, viel größer und vollkommener. Oder anders, besser, ausgedrückt: Es war das

Bauwerk, das einst die alten Ägypter auf der Erde nachzubilden versucht hatten, als sie die Cheops-Pyramide gebaut hatten. In einer Stichflamme triumphaler Belustigung begriff er, daß er tatsächlich die ganze Zeit über recht gehabt hatte. Und jetzt gab es kein Halten mehr für ihn.

»ICH WUSSTE ES!«

Er brüllte sich fast die Lungen aus dem Leib und wirbelte in einem improvisierten Siegestanz herum und war sich die ganze Zeit über O'Neils kalten Blick bewußt. Es war ihm absolut gleichgültig. Er lachte wie von Sinnen und tollte im Sand herum und gab ein verrücktes improvisiertes Schattenboxen zum besten – das um so verrückter wirkte, da es hier oben weit und breit keinen Schatten gab. Und natürlich brüllte er immer noch: »Ich wußte es!« – etwa fünfundzwanzig Mal.

O'Neil ließ ihn einfach stehen und stapfte hangabwärts, in seinen ganz eigenen Gedanken und Plänen gefangen.

ELFTES KAPITEL

Eine harmlose kleine Lüge

Er saß zwischen zwei Dünen im Schatten und beobachtete den Wissenschaftlichen Offizier Brown, wie er eine verzinkte und geeichte Meßstange nach der anderen tief in den Boden hämmerte und Proben in numerierte Glasbehälter einsammelte, wobei er ein endloses undeutliches Bla-bla aus Fakten und Nummern auf Band sprach. Die Obelisken waren etwa fünfhundert Yards entfernt, dennoch schien die Pyramide weiterhin direkt über ihnen aufzuragen; ein uralter, gigantischer, mysteriöser Schemen.

Und so, wie es aussah, war dieses ... Ding absolut nicht bereit, seine Geheimnisse preiszugeben. Daniel war fest davon überzeugt gewesen, daß es irgendwelche Informationen oder doch zumindest Schriftzeichen geben und daß man beides nur finden mußte. Dem entsprechend war er mit einem recht großen Vorrat guter Vorsätze und Zuversicht in die Pyramide zurückgekehrt und hatte sich sehr lange und sehr eingehend umgesehen. Und nichts gefunden. Die in den drehbaren inneren Ring des SternenTores gemeißelten Sternbilder waren die einzigen Glypten, die es zu entdecken gegeben hatte. Das absolute Fehlen von Markierungen hatte ihn in Panik versetzt, aber auch verwirrt. Während er Brown und dessen gründlichem Vorgehen zusah, dachte er angestrengt darüber nach, was nun als nächstes zu tun sein würde.

Ganz in der Nähe hatte O'Neil ein vom Sand nahezu überschwemmtes Felsplateau natürlichen Ursprungs entdeckt und entschieden, daß es ein guter Aussichtspunkt war. Auch jetzt stand er wieder am Rand des steinernen Simses, den Feldstecher an den Augen, und suchte die endlose Wüstenlandschaft ab. Kawalsky und Porro stapften schwerfällig die weite Sandflanke des Hügels empor und schlossen zu ihm auf. Die Männer waren schweißüberströmt.

»Colonel, wir haben das Land im Umkreis von einer Viertelmeile vermessen. Nichts zu vermelden. Es ist nur ein riesiger Sandkasten.«

Daniel verstand jedes Wort.

»In Ordnung, gute Arbeit«, sagte O'Neil. »Packen Sie alles zusammen, dann Rückzug in die Pyramide. Ich will euch Jungs in spätestens einer Stunde wieder durch das Tor haben. Ich werde die Ausrüstungsgegenstände markieren, die zurückzulassen sind.«

O'Neil sah zu Daniel hinüber und setzte sich in Bewegung.

Kawalsky schien sich offenbar nicht ganz sicher, ob er richtig gehört hatte. Er rief dem Colonel hinterher. »Sir, was meinen Sie damit – *Ich will euch Jungs wieder durch das Tor haben?* Haben Sie etwa vor, noch eine Weile hierzubleiben?« Er hatte es wirklich für einen Witz gehalten, doch nun dämmerte ihm sichtlich, daß O'Neil nicht der Typ Mann war, der Witze machte. Anstelle einer Antwort ging O'Neil ungerührt weiter auf Daniel zu.

»Sir? Sir – Sie *werden* doch mit uns zurückgehen, nicht wahr?«

O'Neil tat, als höre er ihn gar nicht mehr, doch als er ihn erreicht hatte, rief er seinen in den umliegenden Dünen verstreuten Leuten zu: »Wir packen ein! Es ist Zeit, zurückzugehen!«

»Zurückzugehen?« Daniel wackelte mit den Augenbrauen, sah zu O'Neil hoch und fragte sich noch immer, wie er es ihm beibringen sollte. *Tut mir leid, Sir, aber wir werden wohl noch eine kleine Weile hierbleiben müssen.* Nur etwa eine Million Jahre, Sir, es sei denn, es geschieht doch noch ein Wunder und –

Er gestattete sich nicht, den Gedanken zu Ende zu denken. Sie waren nicht gestrandet ... zumindest konnte man das zu diesem Zeitpunkt noch nicht mit definitiver Gewißheit behaupten. Tatsache war nur, daß er noch nicht genügend Informationen hatte. Er spürte O'Neils Blick, erwiderte ihn kurz – zu kurz – und sah dann über die Dünen hinweg und gab vor, die Pyramide zu studieren.

»Schluß jetzt mit der Gafferei«, sagte O'Neil leise und beinahe drohend. »Verschwinden Sie in die Pyramide. Tun Sie Ihren Job mit diesem SternenTor.«

Kawalsky, Reilly und Feretti näherten sich. Daniel bedachte sie mit einem etwas gehetzten Blick, dann verdrehte er die Augen und versuchte es ein letztes Mal mit einer ›Umschreibung‹. »Ich brauche mehr Zeit. Wir müssen uns noch ein wenig umsehen. Es gibt bestimmt noch andere Bauwerke hier, andere Spuren einer Zivilisation. Wenn es mir gelingt –«

»Hübscher Versuch, Jackson. Aber es ist vorbei. Der Trip ist zu Ende. Sie wissen, weshalb wir Sie mitgenommen haben. Sie marschieren jetzt in diese Pyramide, schalten dieses Scheiß-SternenTor ein und befördern die Jungs und sich selbst nach Hause.«

Die anderen Männer waren da und umringten O'Neil und ihn. Daniel sah sich endgültig mit der unschönen Aufgabe konfrontiert, ihnen allen gleichzeitig die schlechten Nachrichten mitzuteilen.

»Ihr habt's nicht kapiert«, sagte er. »Dieses Ding sieht zwar aus wie der perfekte große Zwillingsbruder der Cheops-Pyramide, ist es aber nicht. Jedenfalls«, schränkte er mit einem vielsagenden Augenzwinkern ein, »nicht ganz. Etwas Wesentliches ... nun ... fehlt.«

»Was zur Hölle redest du da?« brauste Feretti auf, und sein Gesicht verzerrte sich ziemlich unschön.

Daniel gestand sich ein, daß er ihre Auffassungsgabe in Sachen Ägyptologie eindeutig überschätzt hatte.

Also setzte er es ihnen in ganz kleinen Häppchen auseinander. »Ich rede davon, daß wir dieses SternenTor hier nicht einfach nur einschalten und dann abreisen können. Wir werden keine Hieroglyphen und keine Sternbilder in dieser Pyramide finden, keine Schriftzeichen, nichts. Ich habe schon überall nachgesehen.«

»Und das heißt –?« krächzte Kawalsky und tat einen bedrohlich wirkenden Schritt auf ihn zu.

»Sehen Sie, die Koordinaten dieser Welt hier waren auf einer gewaltig großen Steinplatte verzeichnet – die wir auf der Erde zurückgelassen haben – richtig?« Er versuchte, seine Stimme ermutigend klingen zu lassen. »Also muß es hier etwas Ähnliches geben. Alles, was wir nun zu tun haben, ist, unsere Suche ein wenig auszuweiten und es zu finden.«

Kawalskys bulliges Gesicht lief rot an, dann schnellte er vor und riß Daniel hoch. »Deine verdammte einzige Aufgabe war es, diesen verfickten Ring anzukurbeln und uns wieder nach Hause zu bringen! – Also: Kannst du das, oder nicht?«

»Nein, kann ich nicht«, würgte er heraus.

O'Neil legte eine Einhalt gebietende Hand auf Kawalskys Brust und schüttelte den Kopf. Er wirkte so eisig ruhig wie immer.

»Kann ich nicht – oder will ich nicht?« fragte er fast flüsternd.

»Du hast gesagt, daß du's kannst!« grollte Kawalsky.

»Ich bin davon ausgegangen, daß ich genügend Informationen zur Verfü . . .«

»Sie sind davon *ausgegangen . . . ?*« Jetzt sickerte auch O'Neils Zorn tropfenweise durch seine Alabastermaske aus Gelassenheit und Kraft und Unnahbarkeit.

Und Kawalsky drehte durch. Er schob den Colonel wie eine Pappfigur beiseite, packte Daniels T-Shirt und zerrte ihn zu sich heran. »Wir hatten einen Deal, Jackson, und der sah verdammt nicht *so* aus!«

»Lieutenant!« O'Neils ruhige Stimme ließ Kawalsky erstarren, doch sie veranlaßte ihn keinesfalls, seinen Griff zu lockern.

»Hey, das ist toll, das ist ein echter Spaß«, plapperte jetzt auch noch Feretti los. »Das heißt also . . . korrigieren Sie mich, wenn ich falsch liege . . . daß wir hier festsitzen. Hey, das ist sensationell.«

Daniel beachtete ihn kaum. Kawalsky war momentan buchstäblich das größere Problem – er hielt ihn immer noch so dicht an sich herangezerrt, daß er, falls er müde wurde, seine Stirn mühelos gegen die Riesenbrust des Lieutenants legen konnte. Und Kawalskys Augen versprühten entschieden zuviel Haß und Abscheu. »Hör zu, du verlogener Hurensohn –« Daniel fühlte sich vom Boden weggehoben. »Du sorgst dafür, daß dieses Ding funktioniert, oder ich breche dir den Hals.« Offenbar verspürte Kawalsky bereits jetzt mächtig große Lust, genau das zu tun, und deshalb stieß er ihn wohl ›sicherheitshalber‹ rücklings in den Sand.

»Das reicht!« bestimmte O'Neil so unparteiisch wie möglich. »Wir schlagen hier oben unser Basiscamp auf. Kawalsky, Sie sorgen dafür, daß unsere Ausrüstung hier herausgeschafft wird.«

»Ein Basiscamp? Hier draußen?« keuchte Kawalsky ungläubig. »Ziel unserer Mission war es, diese Viertelmeilen-Perimetrie vorzunehmen und dann zurückzukehren. Was für einen Nutzen soll es schon –«

O'Neil beendete seine Tirade. »Das reicht, Lieutenant! Ich befehlige diese Mission.«

Es schien, als sei dies die falsche Art, das Falsche zum falschen Mann zu sagen – und das auch noch zur falschen Zeit. Kawalsky fuhr mit der Schnelligkeit einer angreifenden Klapperschlange zu O'Neil herum. Für einen Moment sah es aus, als wolle er sich auf ihn stürzen.

Daniel wußte im gleichen Sekundenbruchteil Bescheid; es war, als könne er in einer verblüffenden Hellsichtigkeit Kawalskys Gedanken und Gefühle lesen. Niemand brauchte Kawalsky daran zu erinnern, wer hier die Befehle erteilte. Man hatte ihm das Kommando abgenommen und O'Neil übertragen; man hatte ihn wie einen kleinen Jungen behandelt. Das war ein verdammt wunder Punkt. Oh, er hatte es mit bewundernswerter Beherrschung vollbracht, seinen Ärger zu unterdrücken, ihn tief unter seiner Professionalität zu begraben. Aber für ihn stand fest: das gesamte Projekt war genau in der Sekunde zum Teufel gegangen, in der O'Neil übernommen hatte. Und jetzt waren sie hier; gestrandet auf dieser Welt, in dieser Hölle von einer Wüste, mit Wasservorräten für – großzügig geschätzt – höchstens drei Tage. Der Erfolg der Mission schien O'Neil ohnehin niemals sonderlich wichtig gewesen zu sein, und das mochte Kawalsky ganz zwangsläufig auf den Verdacht bringen, daß der Colonel möglicherweise ein paar geheime Tagesordnungspunkte abhakte, irgend etwas, das er mit General West zusammen ausgeheckt hatte. Kawalsky hatte allen Grund, O'Neil zu hassen.

Daniel rappelte sich in der Sekunde auf die Füße, als Kawalsky den ersten Schritt auf O'Neil zu machte, und sagte: »Hört doch auf!«

Keiner von ihnen hörte auf ihn. O'Neil starrte Kawalsky völlig ausdruckslos entgegen und machte keinerlei Anstalten, sich zu verteidigen – im Gegenteil; es war, als ermutige er den Koloß, ihn anzugreifen. Und gleich darauf tat Kawalsky genau das, was O'Neil bereits vorhergesehen zu haben schien: Er befolgte seine Befehle.

»Feretti! Freeman! Reilly! Porro! – Zurück in dieses Scheiß-Ding!« Er wandte sich mit einem Ruck ab und lief locker den Dünenhang hinab.

O'Neil stand geschlagene sechzig Sekunden lang nur da und starrte Daniel an, bevor er endlich sagte: »Sie haben meine Leute und sich selbst in eine verdammt böse Situation gebracht. Zeit, sich zu revanchieren. Sie begleiten die Männer und sind ihnen beim Abladen und beim Transport der Ausrüstung hierher behilflich.«

Es gelang Daniel nur sehr mühsam, seine Nervosität zu überspielen. Er hielt es nicht für eine gute Idee, Kawalsky gerade jetzt in das Labyrinth und die Finsternis der Pyramide hinein zu folgen; andererseits mochte das nicht annähernd so unheimlich sein wie hier draußen, in der Wüste, O'Neil ertragen zu müssen. Und so machte sich Daniel ebenfalls auf den langen, beschwerlichen Weg zurück ins dunkle Herz der Pyramide.

Eine Stunde später waren die Soldaten damit beschäftigt, das Lager zu errichten; sie schlugen lange Zelt-Haken in den felsigen Untergrund des Plateaus, packten zusätzliche Kommunikations-Gerätschaften aus und stapelten die leeren Kisten und Kästen zu einem schattenspendenden Wall aufeinander. Keiner von ihnen brachte das Gespräch auf den begrenzten Proviant-Vorrat oder gar auf Wasser, aber sie alle dachten an nichts anderes.

Was Daniel betraf, so mühte er sich momentan nicht nur mit einigen verrückt machenden Visionen von sprudelndem Quellwasser ab, sondern vor allem mit der unbestritten größten Kiste, die auf dem Elektrokarren zu finden gewesen war. Er zweifelte keine Sekunde lang daran, daß Kawalsky ihm dieses Ding in voller Absicht zugeteilt hatte, und warf ihm einen giftdurchtränkten Blick zu, doch das nützte auch nichts. Es war eine langwierige und schweißtreibende Schufterei, die riesige Kiste durch den zerfließenden Sand zu zerren und schließlich die steile Dünenflanke hinaufzubugsieren. Etwa auf halbem Weg war er fest entschlossen, sich nicht mehr von der Stelle zu rühren, sondern einfach hier stehen zu bleiben, bis irgend jemand vorbeikam und ihn abholte. Um die Zeit zu nutzen, dachte er außer an sprudelnde Quellen jetzt auch noch an liebreizende Nixen, die sich darin tummelten; und natürlich schöpfte er tief Luft und lauschte einer Unterhaltung der Soldaten irgendwo über ihm.

»Ich glaube das einfach nicht! Wir sind hier buchstäblich ausgesetzt – wie herrenlose Köter!« Feretti hatte noch immer den Blues.

»Halt endlich die Luft an, alter Schwätzer«, brummte Freeman. »Sei nicht immer so negativ.«

»Hör mal, wenn das hier nicht verdammt negativ ist, dann –«

»Du solltest auf Freeman hören«, unterbrach Reilly. »Wenn wir nicht zurückkommen, dann wird West das Tor von der Erde her wieder öffnen.«

Feretti stöhnte theatralisch – und als er sprach, war ein zunehmend aggressiver Unterton in seiner Stimme. »Schau, Schwachkopf, frag dich mal, wie du hierher gekommen bist. War das ein normaler Highway? Nein, war es nicht. Diese unheimliche Energiekanone bläst dich mit zirka fünfzig Milliarden Meilen pro Stunde durch das halbe Universum, und während sie das tut, bist du in deine Einzelteile zerlegt, bist du eine verfickte Null-Masse, ein interstellarer Wichsfleck, sozusagen – okay? Jetzt denk mal nach: Es ist eine Einbahnstraße. *Wie viele Richtungen stehen dir da für deine große Reise wohl offen?* Eine. Eine Richtung. Und der Silo zu Hause ist leerer als eine Kirche am Zahltag ... Selbst wenn diese Wissenschaftler-Freaks zurückkommen würden, und selbst wenn sie diesen gottverdammten galaktischen Müll wieder anwerfen würden – was, glaubst du wohl, würde geschehen? Sollen wir gegen die Strömung nach Hause *paddeln?*«

Daniel Jackson sah den Wissenschaftlichen Offizier Brown am Dünenkamm oben auftauchen – eine hochgewachsene, hagere Silhouette. Er richtete eine Parabolantenne aus und faßte die Situation zusammen, ohne seine Tätigkeit zu unterbrechen: »Feretti hat recht. Das SternenTor befördert seine ›Waren‹ nur in eine Richtung. Wir stecken bis zum Hals in der Scheiße.«

In den Schatten des SternenTor-Raumes wuchtete O'Neil die letzte Kiste von dem Elektrokarren herunter, setzte sie ab, huschte zu dem Durchgang und spähte hinaus. Der lange, von Fackeln erhellte Korridor war leer. Niemand kam. O'Neil kehrte an den Elektrokarren zurück, kniete sich nieder, griff in seine Tasche und brachte ein seltsam geformtes Werkzeug zum Vorschein. Dann beugte er sich über die Ladefläche und machte sich an die Arbeit. Keine zehn Sekunden später hörte er die Schritte, und dann füllte auch schon Kawalskys muskelstarrende Gestalt den Durchgang aus.

»Sir! Das Basis-Camp ist betriebsbereit, Sir!«

O'Neil reagierte ohne jede Schrecksekunde. Er ließ das Werkzeug in der flachen Hand verschwinden und wandte dem

Lieutenant das Gesicht zu – die Miene so gleichgültig wie immer. Er nickte in vager Billigung.

Kawalsky druckste herum, dann brachte er es schließlich doch noch heraus: »Sir, ich möchte mich außerdem dafür entschuldigen, daß ich da draußen die Beherrschung verloren habe.«

O'Neils Hand glitt in die Tasche und wieder heraus – unbemerkt.

»Ich denke«, tastete sich Kawalsky umständlich an sein eigentliches Thema heran, »es lag auch an dieser ... Stimmung.«

»Stimmung?« wiederholte O'Neil beinahe verächtlich.

»Als würde etwas vorgehen ... heimlich ... direkt vor unseren Augen, und doch unsichtbar. – Unsichtbar für uns, nicht für Sie.«

»Ach, tatsächlich?« sagte O'Neil und gab damit zu verstehen, daß es nicht Kawalskys Job war, alles zu wissen.

Aber der Lieutenant blieb unbeirrt beim Thema. »Selbst wenn das SternenTor von dieser Seite her bedient werden könnte – Sie wären nicht mit uns zurückgekommen, habe ich recht.« Er ließ es nicht einmal ansatzweise wie eine Frage klingen. »Sir – was geht hier vor?«

O'Neil kämpfte das vage Hochflackern von Ärger nieder und blieb äußerlich völlig ungerührt. »Ich akzeptiere Ihre Entschuldigung«, sagte er kategorisch. »Die Kiste da geht auch noch raus ins Camp.«

Kawalsky rührte sich nicht, erwartete eine menschlichere, rationalere Antwort. O'Neil sah ihn nicht einmal mehr an; *konnte* ihn nicht mehr ansehen, da er befürchtete, daß ihm der Lieutenant genau in diesem Moment bis in die tiefsten Tiefen seiner Seele sehen konnte. »Ich habe Sie wegtreten lassen, Soldat.«

Kawalsky beugte sich vor, nahm die letzte Kiste auf und versuchte seinen Zorn und seine Entrüstung zu verbergen. O'Neils starrer Blick folgte jeder Bewegung des Hünen. Er wußte Bescheid: Kawalsky hatte ihm seine Stärke demonstrieren wollen, hatte ihm vorgeführt, wie mühelos er mit der Kiste umzugehen imstande war; es war eine kaum verschleierte Drohung, aber nicht mehr. *Wenn ich will, kann ich dich mit bloßen Händen ausweiden, O'Neil.* Er ließ ihn in dem Glauben. Kawalsky setzte sich die Kiste auf die Schulter und stapfte hinaus.

O'Neil hatte ihn bereits in der darauffolgenden Sekunde vergessen und widmete sich wieder seiner Arbeit. Er beugte sich erneut über die Ladefläche des Elektrokarrens, rammte das seltsam geformte Werkzeug in einen Spalt zwischen den Brettern der Ladefläche und drehte es mit einem heftigen Ruck herum. Das kleine Geheimfach schnappte auf. O'Neil griff hinein und beförderte ein Paar schwerer Stahlzylinder zutage. Ab jetzt sperrte er jedes Denken und Fühlen aus; ab jetzt gab es nur noch seine Befehle und das, was er tun mußte, um diese Befehle auszuführen. Er setzte die beiden schimmernden Behältnisse an den markierten Stellen zusammen und drückte, bis sie mit einem scharfen Klicken einrasteten. Am unteren Ende des Gerätes glitt eine Öffnung auf, nicht mehr als fünf Zentimeter im Quadrat. Sie enthielt den kleinen, quadratischen, orangefarbenen Schlüssel. Er nahm ihn an sich und schloß die Öffnung. Dann legte er den Mechanismus sehr behutsam in das Geheimfach zurück und verschloß es ebenfalls wieder.

Er stand auf, überzeugte sich davon, daß ihn niemand beobachtete, und steckte den Schlüssel in einen in den Hosenbund seines Kampfanzuges geschnittenen Schlitz. Er wich einen Schritt von dem Karren zurück und wischte sich den Schweiß vom Gesicht. Er verspürte leichte, jedoch bohrende Kopfschmerzen und nur ein ganz fernes Bedürfnis nach einem sehr, sehr großen Schluck aus seiner Lieblingsflasche. Es war nicht wichtig. Das ganz große Zittern blieb auch jetzt aus. Er war und blieb tot, er tat nur noch so, als lebe er. *Der richtige Mann für den richtigen Job.* Nach einem letzten Blick auf seine geballten Fäuste drehte er sich mit einem Ruck herum. Plötzlich erschien es ihm wichtig, so schnell wie möglich zu seinen Leuten und in die Helligkeit des Tages zurückzukommen.

Mit einer letzten Kraftanstrengung stieß Daniel die Kiste über den Rand des Felsplateaus, das O'Neil zum Lagerplatz erkoren hatte. Er war völlig erschöpft. In seinem Körper schmerzten Muskeln, von deren Existenz er bisher nicht einmal etwas geahnt hatte. Mit einem großen Ächzen der Erleichterung ließ er sich vornüber in den Sand fallen.

Wenn die Marines beeindruckt waren, so zeigten sie es nicht. Im Gegenteil. Eigentlich ignorierten sie ihn konsequent und befaßten sich nur noch intensiver mit den ihnen zugewiesenen Aufgaben. Als Daniel sich wieder hochstemmte, sah er aus wie mit Sand paniert – und genauso fühlte er sich auch. Genau das, was er brauchte. Als er sich aufsetzte, schien der Kampfanzug dann auch mindestens eine Tonne mehr zu wiegen. *Ab jetzt werden sie dich ›Sandmännchen‹ nennen, Daniel Jackson.* Er ignorierte das leise, böse Raunen in seinem Hinterkopf, wischte sich über das sandige, schweißtriefende Gesicht und stellte gleich darauf fest, daß er noch ein paar Probleme hatte. Ein paar größere. Sein Rücken fühlte sich an, als habe eine ganze Horde Kosaken Kasatschok darauf getanzt, und in seinem Nacken und auf den Armen prickelten die ersten zaghaften Schmerzausläufer eines üblen Sonnenbrandes los. Er fragte sich, wie das war, wenn man einen Hitzschlag bekam, und woran man merkte, daß es soweit war. Und dann fiel ihm auch noch ein, daß er sich auf einer anderen Welt befand, und seine Reisephobie schlug zu. Er mußte elfmal in schneller Folge niesen.

Danach handelte er. Er bugsierte die rechteckige Kiste herum, stellte sie aufrecht und warf sich in den so geschaffenen Schatten. Er machte sich daran, das ihm zugeteilte Marschgepäck zu durchwühlen. Zahnstocher, antiseptisch wirkende Tabletten für eventuelle Wasserfunde, eine Zwei-Unzen-Decke, Nähzeug, Kompaß, mit Vitaminen angereichertes Trockenobst, eine Sonnenbrille, Pfefferminz-Bonbons gegen Mundgeruch, zwei Messer, Signal-Raketen, Zyanid-Kapseln, eine Hängematte, Bindfaden, Isolierband, Verbandszeug, Erste-Hilfe-Ausrüstung – alles war da, nur das nicht, wonach er suchte. »Ich glaube das einfach nicht. Jede Menge nutzloser Krimskrams – aber keine Sonnencreme.«

So weit, so gut. Noch immer spähte keiner der anderen in seine Richtung. Daniel versuchte es wieder. »Feretti, Porro, hat einer von euch einen Sun-Blocker mitgebracht? Hey, ich brate hier draußen!«

»Du sollst da draußen nicht braten, Jackson, sondern deine Kiste hier 'rüber schaffen. Mach schon!« Ferettis Stimme klang nur ein ganz wenig gereizt und ungeduldig.

Daniel wischte sich so viel Sand wie möglich aus dem Gesicht, mühte sich hoch, umrundete die Kiste und beugte sich vor, um seine Kuli-Arbeit wieder aufzunehmen. Sein Rücken fühlte sich schrecklich an; mindestens wie der des sprichwörtlichen Pudels in der Mikrowelle. Daniel verzog schmerzhaft das Gesicht, richtete sich ganz vorsichtig auf und beschloß, das Ganze auf zwei Touren zu verteilen. Er öffnete den Verschluß und klappte den Deckel nach oben. Als er sah, was er da durch die Wüste schleppte, sprang er mit einem Schrei zurück.

In der Kiste lagen, fein säuberlich gestapelt, mindestens zwei Dutzend halbautomatische Sturmgewehre.

»Jesus! Plant ihr Jungs hier irgendwo einen Krieg?«

»Dank dir haben wir ja Zeit genug, einen zu führen«, zischte Feretti. Er hatte eindeutig lange genug auf kleiner Flamme geköchelt; jetzt war er nur noch stinksauer, und Daniel wurde schlagartig klar, daß jedes Wort, jede noch so winzige Geste seinerseits ihn nur noch wütender machen würde.

Er versuchte es trotzdem.

»He, Mann! Ich meine, nur weil ihr Marines seid, braucht ihr doch nicht gleich an so was zu den-«

Feretti stapfte mit einer gefährlichen Entschlossenheit los. »Du hast recht, Arschgesicht. Wir könnten wirklich etwas Sinnvolles tun. Zum Beispiel ein wenig lesen. Oder ein bißchen parlieren. Oder dich zum Teufel jagen.«

Daniel starrte ihn mit entsetzt geweiteten Augen an.

»Also, ich –«

Es war klar, daß Feretti weder ›lesen‹ noch ›parlieren‹ wollte. Er hatte sich für den dritten Punkt seiner kleinen Beschäftigungsliste entschieden. Sein Gesicht war dunkelrot angelaufen und drückte eine ganze Menge Aggressionen aus. In den Augen des Mannes glitzerte beginnender Wahnsinn.

Daniel ahnte Ferettis nächste Bewegung mehr, als daß er sie tatsächlich sah. Zuerst hielt er sie noch für den Beginn eines mörderischen Fausthiebes. Aber Feretti packte nur mit einer Hand seinen Vierzig-Pfund-Büchersack und ruckte ihn in einem exakten Halbkreis hoch und durch die Luft. Bevor Daniel auch nur an ein Ausweichmanöver denken konnte, raste das klobige Geschoß bereits heran, traf und sandte ihn ziemlich ungraziös rücklings von dem Dünenkamm.

Er landete zehn Meter tiefer in einem spektakulären Durcheinander von Armen und Beinen und hochpuffendem Sand und Staub und wirbelnden Büchern. Als er sich fluchend und spuckend aufsetzte, kullerte sein halbleerer Rucksack immer noch weiter nach unten und blieb erst am Fuß des Abhangs liegen. So, wie es aussah, würde er noch ein klein wenig Arbeit investieren müssen, bis er mit seinen Gefährten, den Marines, auskam.

Es gab Menschen, für die wäre BSE ein klarer Fortschritt.

Daniel blinzelte böse zu Feretti hinauf, spuckte ein letztes Mal aus und stand auf. Feretti wandte sich bereits wieder ab und seiner Arbeit zu. Daniel nickte resigniert. Es war, als gebe es nur noch ihn und seine Bücher und dazwischen jede Menge rutschenden, rieselnden, zerfließenden Sand. Er atmete tief durch – und bedauerte das im gleichen Moment, da die Gluthitze wie eine Messerklinge in seine Lungen hineinfuhr –, dann machte er sich erneut auf den langen, heißen Weg hangabwärts und sammelte seine Bücher ein.

Es dauerte sehr, sehr lange. Die letzten Schritte und Handgriffe kamen ihm dann auch nur mehr wie Karikaturen normaler Bewegungen vor; der Sand und der strahlend blaue Himmel zitterten hinter Hitzeschleiern, und direkt in seinem Kopf schien irgend jemand eine unter Volldampf ratternde Dampfmaschine installiert zu haben und –

Er hatte sich nach dem letzten Buch gebückt und versuchte es in den Untiefen des Sandes zu ergreifen, ohne den Rücken noch mehr krümmen zu müssen. Er bekam es tatsächlich zu fassen und stopfte es in seinen Rucksack – und dann ließ er plötzlich alles fallen.

Etwas war hier gewesen.

Da waren Spuren. Tiefe, bereits wieder zerfließende Mulden. *Hufabdrücke*.

Plötzlich fielen Erschöpfung, Schmerzen, selbst die Angst vor einem drohenden Hitzschlag wie Federwölkchen von ihm ab. Dicht über den Sand gebeugt, ging Daniel näher an die Spuren heran. Die Abdrücke waren frisch und so tief in den nachrieselnden Sand eingegraben, daß es nur eine Erklärung dafür geben konnte: »Ein Tier. Ein sehr schweres Tier.«

Daniel richtete sich auf, folgte den Spuren mit den Blicken bis zu der Stelle, an der sie hinter der nächsten Düne verschwanden. Sein Gehirn ratterte ununterbrochen den gleichen Satz herunter: Es ist keine Fata Morgana. Es ist keine Fata Morgana.

Sein erster Impuls war, die anderen zu rufen und ihnen zu zeigen, was er entdeckt hatte. Aber er rief sie nicht. Er war sich plötzlich ziemlich sicher, daß sie diese günstige Gelegenheit nur wieder dazu nutzen würden, ihm einen weiteren kleinen ›Streich‹ zu spielen. Er spähte zu dem Plateau hinauf, Feretti und Co. waren außer Sicht. Nach einem kurzen Zögern beschloß Daniel, allein nachzusehen, was hinter dieser nächsten Düne war. Er verschränkte die Finger hinter dem Rücken, gab sich alle Mühe, absolut harmlos auszusehen, und folgte der Doppelreihe tiefer Abdrücke. Er folgte ihnen um den nächsten Dünenhang herum, und um noch einen. Die Spuren führten ihn tiefer und tiefer in einen Irrgarten aus hohen, sandigen Kegelbergen und schließlich an das Fundament eines steilen, etwa sieben Meter hohen Walls aus zerrieselndem Sand. Es kostete Daniel mehrere Versuche, bis er die Krone dieser Mauer schließlich auf allen vieren krabbelnd erreichte und den Ausblick genießen konnte.

Das war der Moment, in dem er sah, was er verfolgt hatte.

Er vergeudete mindestens drei Sekunden damit, einfach nur dazustehen und zu starren. Vielleicht rettete ihm das das Leben.

Weniger als einen Steinwurf entfernt, hob ein gewaltiges, grotesk aussehendes zotteliges Tier den Schädel und musterte ihn. Der Feuerhauch der Wüste trug das Seine dazu bei, es noch unwirklicher erscheinen zu lassen, als es ohnehin schon war. Die Angst kam erst jetzt, unter diesem trägen und doch sehr, sehr wachsamen Blick, und sie packte zu wie ein ungeheuerliches Gebiß. Plötzlich schwitzte er nicht mehr. Plötzlich war ihm eiskalt. Aber er wich dem Blick des Wesens . . . des Ungeheuers nicht aus. Um die Wahrheit zu sagen: Er hätte ihm gar nicht ausweichen können, selbst wenn er gewollt hätte. Es war ein magischer erster Blickkontakt mit einem absolut fremdartigen Lebewesen... Nun, jedenfalls für ihn. Das Monstrum schien dies anders zu sehen; es stieß ein kurzes, gelangweiltes Schnauben aus, senkte den Schädel wieder und wühlte hingebungsvoll im Sand.

Daniel atmete aus. Das zweite, ein wenig abseits stehende Monstrum bemerkte er erst jetzt. *Zwei*, dachte er überflüssigerweise. Es sind also zwei.

Und es waren Giganten. Größer als jeder irdische Elefant. Eine entsetzliche Kreuzung aus Mastodon, Kamel und Wasserbüffel. Mit absurd dürren Beinen, die für diesen ansonsten massigen – und schweren – Körper völlig untauglich schienen. Staubschleier flatterten unter den wühlenden Schnauzen empor. Daniel spähte noch immer mit zusammengekniffenen Augen auf sie hinab und ratterte in Gedanken noch einmal alles Festhaltenswerte herunter; er war nur mehr der professionelle, Fakten sammelnde Wissenschaftler. *Es müssen Säugetiere sein. Und sie sind hungrig. Oder durstig.* Wie zur Bestätigung verdoppelten die Wesen Ihre Anstrengungen und begannen mit beiden Vorderläufen zu graben.

Daniel sah ihnen zu, wie sie gewaltige Sand- und Staubmassen emporwirbelten.

»Wo steckt Jackson?« erkundigte sich Kawalsky, noch bevor er den Dünenkamm erklommen und das Basis-Lager erreicht hatte.

Alle redeten durcheinander. Und alle starrten sie Feretti an.

»Professor Jackson ist mit allen seinen Büchern da 'runtergeflogen«, erläuterte Feretti und zeigte auf einen Punkt jenseits des steinernen Plateaus. Die Art und Weise, wie er das sagte, brachte ihm einen ziemlichen Lacher der Männer ein, nur Kawalsky war nicht im mindesten amüsiert. Er rannte hastig an den Klippenrand hinüber und spähte in die Tiefe. Am Ende des weiten, sandigen Abhangs lag Jacksons Büchersack – und sonst gar nichts.

Verbissen ernsthaft wandte sich Kawalsky wieder Feretti zu. Dieses Mal bekam er eine präzise – und ehrliche – Antwort zu hören. Im nächsten Moment bellte er eine Reihe von Befehlen. Er versetzte das Camp in Alarmzustand und stellte einen Suchtrupp zusammen. Er wies Brown und Porro an, sich ihre Gewehre, Feldflaschen und Feldtelefone zu schnappen und ihm zu folgen. Sie waren gerade im Begriff aufzubrechen, als O'Neil zu ihnen stieß.

Kawalsky erstattete Bericht, und O'Neil hörte schweigend zu. Dann wiederholte der Colonel seine Befehle Wort für Wort – mit zwei Ausnahmen: Porro würde nicht mitkommen. Und der Anführer des Suchtrupps würde nicht Kawalsky sondern O'Neil heißen.

Als Daniel das metallische Glitzern in dem zotteligen Fell im Kieferbereich des Mastodon-Kamel-Wasserbüffels bemerkte, hielt er es zuerst für einen ersten vertraulichen Wink des Schicksals: *Jetzt ist es soweit. Du drehst durch. Es war doch ein wenig zu heiß hier draußen!* Er sah genauer hin. Das Glitzern blieb. Plötzlich zerbarst der friedliche Moment. Es war eine Sache, einem Tier bei geeigneten Nahrungsbeschaffungsmaßnahmen zuzusehen, eine völlig andere war es, plötzlich festzustellen, daß –

Er konnte es nicht glauben; es wäre *zu* phantastisch. Es wäre ein Wunder. Und die Rettung. Daniel war bereits unterwegs. Er ging geradewegs auf die Kreatur zu, holte einen *Fifth-Avenue*-Schokoriegel aus seiner Tasche, riß das Papier mit den Zähnen auf und genehmigte sich einen großen Bissen. *Schokolade beruhigt die Nerven, nicht wahr?* Das Ungeheuer hatte ihn bemerkt und hob den Schädel. Daniel redete sich ein, daß dies eine völlig normale Reaktion war. Sein Gefühl war dennoch anderer Meinung. Dieses Monstrum sah ziemlich bedrohlich aus.

Daniel wurde langsamer und blieb schließlich stehen. Er fragte sich, ob er wirklich noch wußte, was er tat, oder bereits im Fieberwahn herumschlingerte. Seine Stirn fühlte sich tatsächlich heiß an; sehr heiß sogar. Wenn er die Augen schloß und wieder öffnete, war da im ersten Moment nur ein tollwütiges Flimmern. Schweißperlen rannen ihm übers Gesicht. Seine Lippen kamen ihm vor wie stundenlang im würzigen Rauch eines kleinen Feuers gedörrt. Aber der metallische Reflex war noch immer zu sehen, und das konnte nur eines bedeuten . . . er ging vorsichtig weiter, bewegte sich so behutsam wie noch nie zuvor in seinem Leben, um das Ungeheuer nicht zu erschrecken. *Nicht zu reizen*, korrigierte die kleine Besserwisser-Stimme in seinem Hinterkopf ziemlich schrill. *Es wird nämlich nicht davonlaufen. Es wird dich niedertrampeln.*

Das Ungeheuer wackelte mit dem Schädel und stieß ein unwilliges Schnauben aus. Schlagartig war Daniel von einer Wolke pestilenzartigen Gestanks umhüllt. Er blieb stocksteif stehen, zauberte ein beruhigendes Lächeln auf sein Gesicht, murmelte: »Nur die Ruhe, alter Junge . . .« und hatte einige Mühe damit, sich nicht auf der Stelle zu übergeben. Seine Augen begannen zu tränen. Aber er war nahe genug an den *alten Jungen* herangekommen, um deutlich genug zu sehen, daß er einen ledernen Sattel mit Steigbügeln trug. Und eine Art Halfter und Zaumzeug. Und daß ein Paar lange Zügel von diesem Zaumzeug herabhingen und bei jeder Bewegung über den Sand schleiften.

Es war, als müßte seine Brust jeden Moment zerspringen. Daniel holte tief Luft, atmete die Hitze und den Gestank ein und bemerkte es kaum. Er stand vor dem unumstößlichen Beweis, *daß sie nicht allein waren!* Das hier bedeutete, daß es intelligentes Leben gab auf dieser sandigen Welt, eine Spezies, die immerhin in der Lage war, Werkzeuge herzustellen und diese Ungeheuer zu zähmen und abzurichten. Seine Pulsfrequenz erhöhte sich ganz beträchtlich. Aber er rückte noch weiter vor.

Je näher er kam, desto weniger hatte er das Gefühl, sich überhaupt zu bewegen. Das Tier schien viel größer zu sein, als es vor einer Minute noch gewesen war; zweieinhalb Meter bis zum Schulterblatt – mindestens. Und viel häßlicher. Auf den ersten Blick war es ihm – unter anderem – wie ein wesentlich größerer Cousin des Ovibos Moschatus vorgekommen, des gehörnten Moschusochsen, der früher einmal in der nordamerikanischen Tundra heimisch gewesen war. Jetzt, da er es in näheren Augenschein nehmen konnte, erschien es ihm eher wie das Resultat einer frühzeitlichen, nicht ganz erfolgreich verlaufenen Kreuzung mehrerer Rassen. Es konnte genausogut von den Mammuts des Pleistozäns abstammen, von den pferdeähnlichen Hippotraginae-Antilopen oder von dem ausgestorbenen Wollnashorn. Oder möglicherweise von allen dreien. Es hatte einen hohen, buckligen Rücken und ein dichtes Fell mit langen, schmutzigen Zotteln; und einen Schädel wie ein Baumstumpf. Die Haut rings um die beidseits dieses Schädels sitzenden, vorgewölbten, wäßrigen Augen wirkte blasig und ölig. Die nach oben gewandten Nüstern waren ungewöhnlich groß und sehr, sehr feucht. Es schien friedlich zu sein.

Wie zur Bestätigung grunzte es Daniel genau in diesem Moment an. Eine Menge Speichel troff von den Zotteln unterhalb des riesigen Mauls. Der Gestank ließ Daniel beinahe tot umfallen. Vermutlich würde er niemals wieder normale Gerüche wahrnehmen können.

Er war gleichermaßen abgestoßen und fasziniert.

Sein Rücken tat noch immer scheußlich weh, aber er bemerkte es kaum; er verschwendete auch keinen Gedanken mehr daran, daß ihm eventuell sehr rasch sehr viele neue Schmerzen zugefügt werden konnten – und zwar von seinem ziemlich großen, ziemlich intensiv riechenden Gegenüber.

Dieses Zaumzeug war aus dünnen Lederstreifen und geschmeidigen Ranken geflochten; das Tier mußte tatsächlich zahm sein. Und davon abgesehen wirkte es viel zu langsam und schwerfällig, um im Falle eines Wettlaufs ein gefährlicher Gegner zu sein. Zumindest ging er davon aus.

Er war ein Stadtmensch durch und durch, und genaugenommen konnte er diese Situation gar nicht korrekt einschätzen. Und er wußte das auch. Er wollte es nur nicht wahrhaben. Er wollte nicht daran denken, daß er im Grunde keine Ahnung hatte, wie man mit richtigen, lebendigen, großen Tieren umging, oder daß selbst die älteste verhutzelte Milchkuh einen erwachsenen Mann noch mühelos zu Tode trampeln konnte. Wie die meisten Leute war er vielmehr davon überzeugt, daß es einen geheimnisvollen Bund gab zwischen ihm und allen Tieren und Babys. Und daß nur Menschen über neun dies für kindisch halten konnten.

Daniel hielt seinen Schokoriegel auf Armeslänge vor sich und pirschte näher.

Er kam noch genau zweieinhalb Schritte weit, dann blieb er wie festgenagelt stehen. Seine Augen weiteten sich. Ein rotes X huschte über die schweißnasse Stirnpartie des Ungeheuers. Daniel begriff schnell genug, daß das nicht etwa ein Trick des ›alten Jungen‹ war, sondern das Resultat einer hochmodernen Laser-Ziel-Vorrichtung. Er fuhr mit einem Ruck herum, suchte die Wüste ab und erblickte Kawalsky: Er war ziemlich nahe, auf einem Dünenkamm rechter Hand, und er hielt sein Gewehr im Anschlag, zielte auf den Giganten. Jetzt tauchten auch O'Neil und Brown, eingehüllt in Staubschleier, rechts und links neben ihm auf.

Daniel riß beide Hände in einer kapitulierenden Geste über den Kopf und brüllte: »Nicht schießen! – Das Tier ist absolut zahm!«

Es blieb keine Zeit, abzuwarten, wie Kawalsky und die anderen reagierten. Weil der ›alte Junge‹ schneller reagierte.

Mit einem jämmerlichen Schnauben knickte er die Vorderläufe ein und ließ sich ungelenk zu Boden sinken. *Es war die Handbewegung, ganz klar. So was hast du im Zirkus schon mal gesehen, richtig?* Es war nur eine rhetorische Frage gewesen, und noch dazu eine, die er nur gedacht hatte, aber er nickte hektisch. Er war absolut begeistert. Das Tier war zahm! Es war abgerichtet. Es reagierte auf Kommandos.

»Es gehorcht mir!« brüllte Daniel zu Kawalsky hinauf. »Nicht schießen!« Er gab sich große Mühe, wie ein Mann zu klingen, der genau wußte, wovon er sprach. Daniel wandte sich wieder dem Ungeheuer zu. Es sah so bedrohlich aus wie eine Kuh auf Rollerskates, wie es da mit untergeschlagenen Läufen im Sand ruhte und der Dinge harrte, die da kommen mochten. Kawalsky schien noch immer nicht überzeugt. Das rote Laser-X verharrte weiterhin auf der oberen Stirnhälfte.

»Nicht füttern!« warnte O'Neil. Also hatte er den Schokoriegel bemerkt.

»Es trägt Zaumzeug«, rief Daniel zurück. »Nicht schießen.«

Er kannte Kawalsky nicht gut genug und glaubte den Schuß bereits hören zu können, ein berstendes Krachen, mit Echos, die wie rollender Donner klangen, und dachte nur immer wieder: Völlig sinnlos, so sinnlos. Aber Kawalsky hatte nicht geschossen, noch immer nicht. Daniel wischte sich über das schweißnasse, sonnenverbrannte Gesicht und war bereits wieder unterwegs. Er mußte es ihnen beweisen. Er mußte ihnen zeigen, daß das Tier harmlos war. Sie durften es nicht töten. Das Ungeheuer blinzelte ihn träge an. *Kawalsky, bitte. Nicht! Nicht schießen!*

»Seht einfach nur zu!« brüllte er, ohne den Blick von den Augen des Tieres abzuwenden. »Kein Grund, nervös zu werden.«

Es genügt, daß ich es bereits bin.

Sehr sogar.

Die letzten drei, vier Schritte zu dem geduldig wartenden und blinzelnden Monstrum kamen ihm endlos vor. Es war, als geschehe alles nur noch in Zeitlupe; es war ein entrückter Moment, völlig irreal. Er hielt den Schokoriegel noch immer demonstrativ vor sich, beugte sich langsam vor – und dann waren die beiden wulstigen, feuchten Lippen auch schon da und schlossen sich um den Schokoriegel . . . und um seine ganze Hand. Das malmende Knirschen mächtiger Kieferbacken und das etwas armseligere Zersplittern seiner Fingerknochen blieb jedoch aus. Noch. Da war nur ein sanftes Saugen. Und sehr, sehr viel Speichel. Heißer Speichel. Daniel schloß die Augen und hielt den Schokoriegel nur noch mit Daumen und Zeigefinger. *Sicherheitshalber. Nur, um nicht doch noch etwas zu riskieren.*

Rings um ihn herum schien das ewige Rieseln des Sandes lauter zu werden. Überhaupt hatte er das Gefühl, alles plötzlich sehr überdeutlich wahrzunehmen.

Eine kraftvolle Zunge von der Größe eines Höhlenaals tastete über seine Hand. Bemerkte den Schokoriegel. Verharrte. Packte zu. Noch mehr heißer Speichel.

Mit einem Ruck und begleitet von einem leisen, kieksenden Laut, riß Daniel seine Hand aus der weichen Umklammerung frei – und drehte sich sofort um und präsentierte den Marines ein weiteres breites, beruhigendes Lächeln. Sie kamen bereits näher, die Waffen immer noch im Anschlag.

Das Ungeheuer verspeiste den Schokoriegel samt Verpackung und grunzte genüßlich.

Daniel streckte die Hand aus und streichelte seinen neuen pelzigen Freund demonstrativ. Der Körpergeruch des Tieres war überwältigend – buchstäblich ungeheuerlich –, doch seine Friedfertigkeit stand dem eindeutig in nichts nach.

»Du bist ein guter alter Junge, hab' ich recht?« schmeichelte er dem gewaltigen Oger in einem hohen Sing-Sang, den er normalerweise nur freundlichen Schoßtierchen gegenüber verwendete. Ununterbrochen kraulend und tätschelnd, nahm Daniel eine rasche Untersuchung der Zügel und des Sattels vor. Sie waren aus Tierhäuten gefertigt; die Beschläge bestanden aus recht mangelhaft gefertigtem Eisen. Wer immer sie hergestellt hatte – seine Fachkenntnis war eindeutig besser als sein Handwerkszeug.

»Na, wem gehörst du, Mister?« fragte Daniel und kraulte das Tier hinter dem fleischigen, feuchten Ohr.

Das war eindeutig ein Fehler.

Plötzlich war das Monstrum überhaupt nicht mehr langsam und schwerfällig, sondern taumelte hoch und stand und schüttelte sich unwillig – und preschte Hals über Kopf los. Daniel fand gerade noch Zeit, sich mit einem grotesken Hüpfer in Sicherheit zu bringen – und mußte, sobald er gelandet war, voller Entsetzen feststellen, daß er keinesfalls in Sicherheit war. Unglücklicherweise war er genau im Zentrum einer Schlinge gelandet ... *Es sind die Zügel, Daniel, um Gottes willen, du mußt –*

Es war zu spät. Das Monstrum beschleunigte, und dementsprechend strafften sich die Zügel ... und verhedderten sich um Daniels Stiefel. Im nächsten Moment wurde er von den Füßen gerissen, krachte rücklings in den Sand und wurde in halsbrecherischem Tempo über einen äußerst unebenen Wüstenboden geschleift. Daniel schrie – und schluckte die erste Tonne Sand. Es war besser, den Mund zu schließen und nur ganz leise zu wimmern und zu winseln. Er überschlug sich, wirbelte in weitem Bogen herum und brüllte dann doch wieder, unter anderem halb tollwütige Kommandos, wie: »Bleib stehen, verdammt! Nicht, du irres Vieh, ich werde Kawalsky befehlen, dich zu erschießen, ich werde dich roh fressen – und ich werde es genießen, Stop! Verdammt –«

Alles ging viel zu schnell. Kawalsky feuerte nicht, und dann war das Tier auch schon zwischen zwei, drei hohen Dünen unterwegs und in Deckung – jedenfalls, soweit Daniel das – Füße voraus – feststellen konnte. Staubwolken schlugen ihm entgegen; nebelhaft sah er rasend schnell wirbelnde Hufe. Sandkörner prasselten auf ihn ein, und er versuchte verzweifelt, die Arme hochzureißen und die Augen abzuschirmen. Es gelang ihm nicht. Das Monstrum schlug Haken wie ein aufgescheuchter Hase, und dementsprechend schlenkerte und schleuderte er hinterher wie eine Blechbüchse, die irgend jemand an der Stoßstange seines Autos befestigt hatte. Weit hinter sich hörte er Schreie und Fluchen. Er nahm an, daß O'Neil, Kawalsky und Brown die Verfolgung aufgenommen hatten – doch die Entfernung zu ihnen vergrößerte sich schnell.

So mußte sich ein Frosch fühlen, kurz bevor er die Froschschenkel verlor. Er hatte das Gefühl, als müsse sein Bein jeden Moment reißen. Oder länger und länger werden. Rasende Schmerzen explodierten in seinem Fußknöchel, es war, als ziehe sich die Schlinge immer noch mehr zu . . . Und er wurde weitergeschleift, er schlingerte, Füße voraus, mit mindestens fünfundvierzig Meilen die Stunde über diesen hautabschürfenden verdammten Waschbrettboden. Er krachte in Dünenflanken, überschlug sich, krachte in Sandverwehungen, wirbelte weiter, wurde schneller, schneller, bis er oben und unten, links und rechts kaum mehr auseinanderzuhalten imstande war, bis da nur noch gelb und weiß und braun in einem irrsinnigen stroboskopartigen Flackern durcheinanderrasten.

Vielleicht hatte er das Bewußtsein verloren. Er wußte es nicht. Sand-und Staubfontänen explodierten immer noch ringsum, stiegen in spektakulären Fontänen auf und regneten weit hinter ihm wieder zu Boden.

Irgendwann bekam er mit, daß das Gelände flacher wurde. Sein Kampfanzug hatte sich wie ein Ballon mit schwerem Sand gefüllt und nun gelang es ihm zumindest, die rasende Fahrt ein wenig dadurch zu kontrollieren, daß er beide Arme ausgestreckt hielt. Er kam sich wie ein menschlicher Katamaran vor. Noch immer schleuderten die galoppierenden Hufe ganze Salven von Sand in sein Gesicht, aber er versuchte sich dessen ungeachtet in eine halbwegs sitzende Stellung aufzurichten, versuchte an seinen gefangenen Fuß heranzukommen. Kurz wirbelte Catherines Medaillon direkt vor seinen Augen, und er empfand eine entsetzliche Angst davor, es verlieren zu können.

Und dann sah er – nur mehr ein knappes Dutzend Meter voraus – diese gigantische weiße Mauer aus Sand. Er riß beide Arme hoch und bereitete sich auf den letzten großen Aufprall vor. Auf den Innenflächen seiner Lider waberten schreckliche Visionen von zerschmetterten Fliegenkadavern. Er nahm an, daß er in wenigen Momenten genauso aussehen würde.

In der allerletzten Sekunde geschah das Wunder doch noch. Irgendwie gelang es dem verrückten Vieh, dem Hindernis haarscharf auszuweichen; das nächste, was Daniel mitbekam, war, daß es in einem bizarren Winkel von der Mauer wegschlingerte.

Und daß er deshalb trotzdem noch ein kleines Problem hatte.

Die Fliehkraft schmetterte ihn mit der Wucht und der Präzision einer ungeheuerlichen stählernen Maschinerie geradewegs auf den riesengroßen Sandbuckel zu. Ein mörderischer Schlag traf ihn, pflanzte sich bis in die allerletzten Nervenenden fort. Aber der Aufprall tötete ihn nicht. Sich überschlagend, sauste er die Schräge empor – ein bizarrer Skateboard-Fahrer auf einer noch bizarreren Rampe. Plötzlich war das Zerren an seinem Fußknöchel verschwunden; die Zügel schleiften locker über den Sand. Die Kette mit dem Udjat-Auge des Sonnengottes Ra wischte über seine Nase und über seinen Kopf. Daniel warf sich – immer noch mit ungeheurer Wucht bergauf schleudernd – verzweifelt herum, griff danach und –

– die Zügel strafften sich wieder, er wurde mit einem Ruck in eine neue Richtung gefetzt, wischte über den Kamm des riesigen Sandberges hinaus und hob ab und flog. Der Aufprall war härter als alle anderen zusammen. Er schrammte, das Gesicht nach unten, über den heißen Grund, und seine Nase füllte sich gleich einer Schöpfkelle mit Sand. Er war nicht zerschmettert worden, aber er würde ersticken, jedenfalls, wenn er nicht vorher daran starb, daß er mehr Sand schluckte, als einem normal funktionierenden Verdauungstrakt lieb sein konnte.

Und dann begriff er, daß sein letzter Salto bereits Sekunden zurücklag, daß er nur noch in gemächlichen Abständen ruckweise vorwärtsgezerrt wurde. Die Bestie trottete noch ein paar Meter weiter und blieb dann endgültig stehen, als sei nichts geschehen. Daniel richtete sich halb auf und starrte – fassungslos, daß es ihn noch in einem Stück gab – an sich hinab. Der Kampfanzug war dick mit Sand ausgepolstert. Er sah aus wie ein überdimensional fetter Zirkus-Clown, und genauso fühlte er sich auch. Mit einem Ächzen ließ er sich zurückfallen. Er mußte mehrmals niesen. Er wälzte sich auf die rechte Seite, spuckte Sand aus. Viel Sand. Dann starrte er auf seine geballte Faust und entdeckte, daß er die Kette mit dem Medaillon tatsächlich mit einem Finger aus der Luft gepflückt hatte. Er hatte das Gefühl, nie wieder richtig hören zu können. Der Sand schien überall zu sein, schien alles zu verstopfen: Mund, Ohren, Augen, Nase. Ein dumpfes Dröhnen war in seinem Kopf. Irgendwo schien eine Blaskapelle entsetzlich laut und entsetzlich falsch zu spielen.

Er schielte mißtrauisch zu den Zügeln hinab und zu seinem Fuß, der immer noch darin verheddert war. *Besser, du verlierst keine Zeit mehr.*

Mit schmerzverzerrtem Gesicht rollte er herum, setzte sich auf und befreite sich. Wie durch ein weiteres Wunder schien nichts gebrochen zu sein.

Mit einem dankbaren Laut ließ er sich wieder nach hinten fallen.

Er rührte sich nicht, bis er O'Neil, Brown und Kawalsky über den Dünenkamm keuchen hörte . . . und bis dieser Schatten über ihn fiel, groß wie ein Berg. Als er blinzelte, war der Mastodon-Kamel-Wasserbüffel-Yak bereits da und begann ihm das Gesicht zu lecken.

O'Neil brüllte etwas. Kawalsky riß das Gewehr hoch.

»Ich . . . ich hab' alles unter Kontrolle!« krächzte Daniel und versetzte dem verrückten ›Ding‹ einen Klaps auf die glibberigen Nüstern.

Es schien ihm zu gefallen.

Er grunzte wohlig und rieb die Schnauze nur noch heftiger an seinem Gesicht.

Daniel wehrte sich mit Händen und Füßen.

O'Neil beachtete ihn kaum. Kalt wie eh und je senkte er sein Gewehr, ging an ihm vorbei zu der Kante eines nahe gelegenen Felssimses. Dahinter klaffte ein gigantischer Abgrund. Daniels Erleichterung schlug um in schiere Panik, als er begriff, daß er allerhöchstens fünf Meter von diesem Abgrund entfernt lag. Plötzlich war er auch stinksauer. Er warf dem Yak – oder was immer es war – einen vernichtenden Blick zu, stieß die zärtlich pulsierende feuchte Schnauze von sich und richtete sich hastig auf.

Brown und Kawalsky hatten sich bereits zu O'Neil gesellt.

Etwas an ihrer Körperhaltung stimmte nicht.

»Seht ihr Gespenster oder was –?« brummte er und hinkte zu ihnen. Dicht gefolgt von dem *›alten Jungen‹*.

Und dann sah er es mit eigenen Augen.

Dann starrte er genau wie O'Neil, Kawalsky und Brown in diese tiefe Schlucht hinab und auf die spektakulären Klippen. Auf die unzähligen Reihen gigantischer Holz- und Strickleitern, die an den Felswänden lehnten oder daran befestigt waren; auf die schmalen Pfade, die in die Wände gehauen waren; auf die Stolleneingänge, die darin klafften.

Und auf das Wimmeln Tausender und Abertausender menschlicher Wesen auf diesen Leitern und Pfaden.

ZWÖLFTES KAPITEL

›So viel zum Thema Kommunikation‹

Wenn es da irgendwo ein Gefühl der Überraschung in ihm gab, so gestattete er ihm nicht, an die Oberfläche seines Bewußtseins zu gelangen. O'Neil hielt noch immer den Feldstecher an die Augen und beobachtete das Treiben der zerlumpten, schmutzigen, in große Wolken puderfeinen Staubs gehüllten Menschen in der Tiefe und auf den Felsen. Er beobachtete sie mit jener kalten Sorgfalt, die ihn Herr der Situation bleiben ließ. Es waren so viele! *Zehntausende!*

Sie arbeiteten eindeutig organisiert – eingeteilt in große Bataillone zu zweihundert oder mehr Personen. Selbst dort, wo sich die Schlucht in ein weites Tal verwandelte, erblickte er endlos lange, unermüdlich in Bewegung befindliche Menschenreihen. Das ganze Terrain summte vor Aktivität; Fetzen einer fremden Sprache wehten zu ihm herauf, dann und wann ein befehlendes Schreien; es war so intensiv, daß er den Schweiß und die Erschöpfung der Leute förmlich wittern konnte. Er riß sich zusammen, folgte mit seinen Blicken Dutzenden Gruppen ausgemergelter Arbeiter, wie sie die himmelhohen Leitern emporeilten und, oben angelangt, über die schmalen, in die strahlend hellen Kalksteinwände geschlagenen Simse zu den Stollen ausschwärmten. O'Neil folgte Dutzenden weiterer Gruppen, wie sie abwärts kletterten. Beobachtete andere, die weit unten, auf der tiefsten Sohle dieses Bergwerks, im milchigen Schlamm des Grundwassers schufteten. Es war eine Szenerie scheußlichen Elends.

In der erstickenden Hitze des Nachmittags ließ er seine Blicke weiterschweifen. An mehreren Punkten an der Peripherie der stadionähnlichen Mulde bemerkte er schwerwiegende Einstürze; Stellen, an denen das weiche Kalkgestein nachgegeben hatte und in großen, alles begrabenden Lawinen talwärts gerast war.

O'Neil entdeckte auch Kinder – viele Kinder, kaum älter als sieben oder acht, und sie alle arbeiteten Seite an Seite mit den Männern. Ihre Hauptaufgabe schien darin zu bestehen, die prall gefüllten Säcke mit der Ausbeute aus der tiefen Grube über das Netzwerk aus schmalen Felspfaden emporzubefördern. Aus dieser Entfernung wirkten die Simse und Pfade an der Felswand wie ein Gewirr aus Venen und die Kinder darauf wie ein endloses Strömen zahlloser Blutkörperchen.

Der selbstmörderischste Weg in diesen von Menschenhand geschaffenen Canyon führte jedoch eindeutig über die handgeflochtenen und mit dürren Sprossen verknoteten Strickleitern. Hunderte davon baumelten zwischen den verschiedenen

Abbau-Ebenen, doch knapp eine halbe Meile entfernt erreichten zwei Dutzend von ihnen eine spektakuläre Länge: An den steilen Felszacken am oberen Rand der Schlucht entlang befestigt, führten sie über hundert Meter tief geradewegs bis auf die Grubensohle hinab. Die Taue waren unterschiedlich dick und die Sprossen oftmals gebrochen; aber niemanden schien diese gefährliche Schlampigkeit zu kümmern. Im Gegenteil: Es herrschte ein ständiges Kommen und Gehen; schwer beladene Kinder kletterten mühselig daran empor, andere hangelten sich – die geleerten Beutel wie Umhänge über den Schultern – mit atemberaubender Geschwindigkeit in die Tiefe; nur zu oft schlenkerten die Strickleitern unter dem Gewicht von bis zu fünfzig Kindern gleichzeitig.

O'Neil spuckte aus, justierte den Feldstecher nach, besah sich die unter den gigantischen, von ihnen selbst aufgewirbelten Staubwolken schuftenden Menschen genauer. Sie waren dunkelhäutig, aber die Staubschicht auf Gesicht und Körper ließ sie eher wie Geister erscheinen. Einige arbeiteten mit nacktem Oberkörper, die meisten jedoch trugen talarähnliche Gewänder aus festem Stoff, die sie vom Kopf bis zu den Knöcheln verhüllten. Eingedenk der hier herrschenden Backofentemperaturen hielt er diese Garderobe für eine ziemlich bizarre Übertreibung. Die Kapuzen oder Turbane, die sie auf dem Kopf trugen – ähnlich den Beduinen in Syrien und Jordanien – machten es vollends zu einem Wahnsinn.

Das gesamte Bergwerk – wenn man diese gigantische Grube denn so bezeichnen wollte – erstreckte sich zweieinhalb Meilen weit in die Felsen hinein. Aus O'Neils Sicht waren die Arbeiter wie allgegenwärtige Ameisenschwärme. Und die Staubwolken schienen immer noch dichter zu werden, sie schraubten sich empor und empor, bis sie wie Geisterfinger selbst nach ihm und seinen Leuten griffen und ihnen allen das Atmen erschwerten.

Er setzte den Feldstecher ab, registrierte mit einem feinen Instinkt die Stimmung seiner Leute; sie waren alle sprachlos, fassungslos. Sie hatten geglaubt, auf alles vorbereitet zu sein. Drei Meter große Aliens mit angeschwollenen pinkfarbenen Schädeln hätten sie nicht halb so sehr aus der Ruhe gebracht wie die Wesen, mit denen sie nun tatsächlich konfrontiert waren ... *Menschen*. Eine Schockwelle des Begreifens durchraste sie, das jähe Wissen darum, daß sie mit ihnen verwandt waren. Nicht einmal er selbst konnte sich diesem völlig irrsinnigen ›Gag‹ völlig verschließen. Doch er behielt sich einwandfrei unter Kontrolle. Nichts drang nach außen. Nachdem er zweifelsfrei sicher war, daß die Arbeiter nicht bewaffnet waren, ließ er den Feldstecher sinken und reichte ihn an Brown weiter, der bereits mehr als erpicht darauf war, es mit eigenen Augen sehen zu können.

Nachdem Daniel die ersten Eindrücke und Wahrnehmungen an sich hatte vorbeihuschen sehen wie irre Reflexionen eines Alptraums, ratterte sein Verstand jetzt auf Hochtouren. *Menschliche Wesen – hier, auf einer Welt am anderen Ende des bekannten Universums? Wann ist es zum Kontakt gekommen ... und wie? Sind diese Menschen Nachkommen von Erdenmenschen ...? Oder, viel beunruhigender: Sind wir Nachkommen von ihnen?* Und dann dachte er nur noch an das SternenTor und daran, daß sich für jede Antwort, die er jetzt fand, tausend neue Fragen ergeben würden ... mußten.

Und dann veränderte sich die Situation schlagartig.

Irgend jemand in einer annähernd hundert Mann starken Gruppe von Arbeitern, die in der Tiefe unter ihnen eine langgezogene steinerne Verwerfung abbauten, sah auf und bekam Blickkontakt mit ihm. Sein Schrei veranlaßte Hunderte von Köpfen, herumzufahren. Zahllose Augenpaare richteten sich auf sie. Das geschäftige Treiben in der Schlucht kam in einer einzigen, beängstigenden Kettenreaktion zum Stillstand; Abertausende von Menschen starrten zu ihnen herauf. Warteten.

Kawalsky und Brown entsicherten ihre Gewehre und zogen sich bereits zu den Dünen zurück, um bessere Verteidigungsstellungen zu haben. O'Neil signalisierte ihnen *Waffen runter!* und beobachtete ungerührt weiter; eine Stahlfeder, Sekundenbruchteile vor einer alles vernichtenden Reaktion.

»Sie sind nur neugierig«, flüsterte Daniel. »Verdammt, wir müssen ihnen wie Gespenster aus der Wüste vorkommen.«

Eine knappe Geste O'Neils ließ ihn verstummen. Daniel

starrte ihn mit geweiteten Augen an. »Wenn Sie feuern lassen –«

Da war keine Feindseligkeit in der anwachsenden Menschenmenge unter ihnen; allerdings auch keinerlei Zeichen eines Willkommensgrußes.

»Wir treten den Rückzug an«, keuchte Kawalsky. Dann korrigierte er sich: »Sollen wir den Rückzug antreten, Sir?«

»Was würde das schon bringen?« schnappte O'Neil nach kurzem Nachdenken. »Wir können unseren Nachbarn genausogut hallo sagen.« Er setzte sich in Bewegung.

»Was zur Hölle macht er denn jetzt?« stöhnte Brown.

»Aufschließen, Leute«, ordnete Kawalsky an und stapfte hinter O'Neil her zu dem nächstgelegenen Felsenpfad, der nach unten führte.

Zwanzigtausend Augen beobachteten sie, als sie hintereinander die steilen Windungen hinabgingen. Einige starrten wie gelähmt von den Felswänden herüber, ließen ihre Werkzeuge fallen. Und im Tal unten strömten immer noch mehr Menschen zusammen und spähten zu ihnen herauf. *Sieht so aus, als wären wir ihre erste Begegnung der dritten Art.* Es war ein gespenstischer Gedanke.

Später hätte Daniel nicht mehr sagen können, wie lange sie für den Weg nach unten gebraucht hatten, sondern nur mehr, daß es eine Höllentortur gewesen war. Der krawattenschmale Sims war mehr als nur einmal vor seinen Augen verschwommen, und er hatte alle Hände voll mit seinen rebellierenden Magennerven zu tun gehabt – und damit, den linken Fuß immer wieder vor den rechten zu setzen, um hinter O'Neil, der noch immer die Führung innehatte, herzutrotten und sich an der Felswand abzustützen und nicht zur anderen Seite und zum Abgrund hinüberzusehen und insgesamt ganz einfach das Gleichgewicht zu behalten. Der Pfad war trügerisch. Kleineres Gestein brach unter ihren Stiefelsohlen weg und kullerte in die Tiefe. Verrückterweise schien es mit jedem Schritt immer noch heißer zu werden – bis ein Punkt kam, an dem Daniel glaubte, von der Schlucht und den Schatten der hohen Felsen verschluckt zu werden.

O'Neil dagegen ließ die größer werdende Menschenansammlung keine Sekunde lang aus den Augen. Es gab noch immer keinerlei Anzeichen von Feindseligkeit. Die Leute schienen friedlich zu sein. Und neugierig. Nervös machte ihn lediglich ihre Art, diese Neugierde zu zelebrieren: Hunderte, Tausende von ihnen irrten scheinbar ziellos umher; es war, als seien sie durch ihr Auftauchen gewaltsam aus einem verrückten, kollektiven Traum gerissen worden und wüßten noch nicht so richtig, was nun zu tun war. Es war etwas Unheimliches an diesem Verhalten, und der dunkle Instinkt des professionellen Killers warnte ihn. Doch schon wenige Minuten später beruhigte er sich selbst, daß er sich das Ganze möglicherweise nur eingebildet hatte.

Die letzten Meter.

O'Neil bedachte die Menge mit seinem kältesten Starren, legte es darauf an, sie einzuschüchtern, auf Distanz zu halten. Es war nicht nötig. Als sie unten waren, gab es nur noch einen Schritt zu tun: den Kontakt mit ihnen herzustellen.

»Jackson, hierher!« Er winkte den Ägyptologen zu sich. »Reden Sie mit ihnen.«

»Was? Wie?«

»Sie sind das Sprachgenie, hab' ich recht?«

Daniel zögerte nur kurz, dann zwängte er sich an O'Neil vorbei und ging unter den aufmerksamen Blicken der gesamten Bevölkerung dieses obskuren Bergwerkes langsam bis ans Ende des Pfades hinab. Die Bedeutung dieses Augenblicks war ihm mehr als bewußt, und er hätte seinen linken Arm dafür gegeben, einen angemessenen Begrüßungssatz parat zu haben; irgend etwas in der Art von: *Doktor Livingstone, nehme ich an?* Oder: *Dies ist ein kleiner Schritt für mich, aber ein großer für die Menschheit.* – Aber plötzlich ging alles viel zu schnell; plötzlich war es, als laufe dieser verrückte Film zehnmal schneller als normal. Plötzlich stand er der Menge auf Armlänge gegenüber – *unmöglich einen klaren Gedanken zu fassen* –, und die Menge starrte ihn erwartungsvoll an. Er näherte sich einem der Bergleute, einem abgemagerten Burschen mit vorstehenden Zähnen . . . und dann sprach er seine historischen ersten Worte:

»Ähm . . . Hallo!«

Der Mann wandte sich halb um und lachte seine Nachbarn verkrampft an. Er war mehr als nur ein wenig nervös, auf diese Art und Weise erwählt worden zu sein.

»Ich bin DAN-iel«, sagte er. Und wiederholte es, begleitet von einer weit ausholenden Geste auf sich selbst. »Daniel.«

Keine Reaktion.

»Und du? Äh . . . Sie?«

Der Mann starrte ihn verständnislos an.

Daniel versuchte es mit einer formellen japanischen Verbeugung. Dieses Mal hatte er mehr Erfolg: Mehrere ihm gegenüberstehende Männer erwiderten die Geste linkisch. Es war ein Anfang.

»Essalat imana«, sagte Daniel sehr förmlich und verbeugte sich erneut. Die Bergleute hoben die Augenbrauen und sahen sich an. So, wie es aussah, sprachen sie Aramäisch nicht gerade fließend. Daniel schaltete in den zweiten Gang und versuchte es mit Altägyptisch, einer Sprache, die in den vergangenen eintausendsiebenhundert Jahren zumindest auf der Erde nicht mehr gesprochen worden war. Da auch niemand wußte, wie die verbalen Äquivalente der Hieroglyphen korrekt auszusprechen waren, blieb Daniel nur, es auf gut Glück zu versuchen.

»Neket sennefer ado ni«, verkündete er. Wir kommen in Frieden.

Die Bergleute starrten ihn an, höflich, neugierig, jedoch eindeutig verständnislos. Daniel versuchte es mit mehreren geringfügigen Variationen in der Betonung und Aussprache der Vokale, aber das Resultat blieb dasselbe. Entweder verstanden sie kein Altägyptisch, oder er konnte es nicht sprechen.

Also wandte er sich einigen weniger wahrscheinlichen Verständigungsmöglichkeiten zu. Er grüßte die Menge in der Bersprache und auf Althebräisch. Keine Reaktion. Blieben noch einige Dialekte. Es funktionierte nicht. Er besann sich darauf, daß die ägyptische Sprache – die älteste bekannte Sprache überhaupt – zu den hamitischen Sprachen gerechnet wurde. Altägyptisch sowie die Berbersprachen waren zwei Gruppen neben den semitischen, kuschitischen, tschado-hamitischen und hamito-nilotischen Sprachen. Er experimentierte mit Herleitungen.

Es war sinnlos. Es war eine intensiv frustrierende Erfahrung. Er hatte sein ganzes Leben damit verbracht, diese Sprachen zu studieren und mühsam einen Status erreicht, an dem er sie weit jenseits einer bloßen Zweckmäßigkeit fließend sprechen konnte. Und jetzt, da sich ihm die unglaubliche Gelegenheit bot, sie tatsächlich zu gebrauchen, mußte er feststellen, daß sie so gut wie nichts wert waren.

Daniel sah zu den beiden heißen Sonnen auf und spielte, während er seinen nächsten Zug abwog, zerstreut an dem Medaillon mit dem Udjat-Auge herum, das er wieder um den Hals trug. Einer der Männer in der Nähe löste sich aus seiner Erstarrung und kreischte schrill und hysterisch los. Sein Gesicht verzerrte sich in einer Grimasse schieren Terrors. Um es in General Wests ›Soldatenworten‹ auszudrücken: Der Mann war nahe daran, sich vor Angst in die Hosen zu scheißen.

»Naturru ya ya! Naturru ya ya!« schrie er immer wieder, während er zurücktaumelte und sich duckte, als befürchte er, Daniel könnte ihn jeden Moment auspeitschen. Auch die anderen schienen dieser Meinung zu sein, denn sie sanken wie ein einziges großes Lebewesen synchron und so schnell sie konnten in die Knie, verbeugten sich und preßten das Gesicht in einem Ausdruck kriecherischer Unterwürfigkeit in den hellen Sand. Innerhalb weniger Sekunden breiteten sich die Worte *Naturru ya ya* wie ein Lauffeuer aus und wurden immer eindringlicher und flehender wiederholt, bis sich auch die am weitesten entfernt stehenden Menschen zu Tausenden niederwarfen und das Gesicht in den Sand preßten. Daniel stolperte zurück.

»Was zur Hölle haben Sie ihnen gesagt?« erkundigte sich O'Neil.

»Nichts. Nur hallo.«

»Gottverdammt. Ich hab' Sie angewiesen, Sie sollen mit ihnen reden. *Kommunizieren!*«

»Wie denn?« Daniel zeigte auf die am Boden kauernden Massen.

»Herrgott, Jackson, reden Sie einfach mit ihnen.« Aufgebracht starrte O'Neil die Menge einen Moment lang an, dann trat er mit zwei raschen Schritten aufs Geratewohl vor und auf einen höchstens dreizehnjährigen Jungen zu. Er ergriff das Kind mit der Linken, zerrte es grob auf die Füße und bot ihm die Rechte zum Handschlag an. Als der Junge nur verständnislos abwechselnd auf seine Hand und in sein Gesicht blinzelte, packte O'Neil seine Rechte, schüttelte sie kraftvoll und sagte: »Hallo, Vereinigte Staaten von Amerika. Colonel Jack O'Neil.«

Der Junge sah aus, als sei er übergangslos in Leichenstarre verfallen. Er war so verängstigt und durcheinander, daß er nahe daran schien, zu schreien. Als O'Neil dies bemerkte, lockerte er seinen Griff, und der Junge stürzte davon.

»Soviel zum Thema Kommunikation«, kommentierte Daniel trocken.

»Colonel, Elf-Null-Null«, warnte Kawalsky und lenkte ihrer aller Aufmerksamkeit auf etwas, das sich ihnen vom anderen Ende des Tales her näherte. Verblüfft reckte Daniel den Hals; er hatte sich die ganze Zeit über nicht besonders wohl in seiner Haut gefühlt, aber das war nichts im Vergleich zu dem Gefühl, das ihn jetzt mit der Gewalt eines Meteoritenschauers heimsuchte.

Was ihnen da schaukelnd und erdbebengewaltig stampfend entgegenkam, war ein weiteres der Mastodon-ähnlichen Tiere, allerdings eines, das sorgfältig gepflegt und gestriegelt war. Man hatte ihm sogar silberne Ornamente und bunte Bänder in die langen Haarzotteln geflochten. Und auf dem buckligen Rücken trug es eine prachtvoll geschmückte, überdachte Sänfte, die Daniel unwillkürlich an Maharadschas und Elefanten und Tigerjagden denken ließ. Wer immer sich darin befand – er war hinter den Schleiern verborgen, mit denen die Fenster verhängt waren. Und das Ungeheuer näherte sich unaufhaltsam, teilte die schweigende Menge wie ein mächtiges Ruderboot, das durch Wasserlilien trieb.

Zu beiden Seiten des Tieres schritt eine kleine Eskorte – Männer und Frauen.

Und der Junge, dem O'Neil die Hand geschüttelt hatte, war auch bei ihnen; er sprach aufgeregt zu dem Hochsitz hinauf, bis einer der Schleier beiseite gefetzt wurde und der Passagier ärgerlich hinunterbrüllte und ihn vertrieb.

Selbst O'Neil schien es nicht für einen Angriff zu halten, wie Daniel mit einem mißtrauischen Seitenblick feststellte.

Kawalskys Zunge huschte über ausgetrocknete Lippen. Brown kniff die Augen zusammen; eine Reaktion, die alles mögliche bedeuten konnte.

Aber die Waffen der Marines blieben nach unten gerichtet.

Der Schatten des Ungeheuers fiel über sie. Hoch oben an der Sänfte schwang eine kleine Tür auf. Ein dürrer alter Mann kletterte mit überraschender Behendigkeit über die Flanke des Tieres herab. Anders als die Arbeiter ringsum trug er eine kostbar gewirkte, dunkelrote Robe. Sein Kopfschmuck glich dem der Beduinen im Mittleren Osten. Sein grauer Bart war sorgfältig gestutzt.

Er wirkte sehr feierlich und konzentriert, als er zu ihnen herüberschritt. Als Daniel die Augen des alten Mannes sah, das beinahe fanatische Aufblitzen, mit dem er seinen Blick erwiderte, wußte er, was jetzt kommen würde. Und dann kam es auch schon. Nur ein paar Zentimeter von ihm entfernt, fiel der alte Mann ohne jede Vorwarnung auf die Knie und rasselte eine Art Katechismus oder Anbetung herunter.

Daniel warf seinen Gefährten einen hilfesuchenden Blick zu. »Was macht er da?«

»Woher sollen wir das wissen, o heiliger Meister«, sagte Kawalsky mit einem affektierten Grinsen und deutete eine verunglückte Verbeugung an.

Daniel starrte die kauernden Menschen an. Etwas stimmte hier ganz und gar nicht.

Mit ihm.

Sie sahen etwas in ihm, das er nicht war.

Daniel beugte sich vor und hörte dem schmalen Mann zu, der noch immer seine lange Intonation herunterleierte. Es klang wie Berbersprache oder wie Omotisch. Eventuell sogar wie eine tschado-hamitische Sprache. Was auch immer – er erkannte sie nicht. Dann beendete er das Gebet so schnell, wie er es begonnen hatte. Der alte Mann richtete sich auf, und alle taten es ihm gleich. Er bedeutete den Frauen, vorzutreten. Zwei von ihnen gehorchten augenblicklich. Sie trugen große irdene Schalen mit Wasser.

Die jüngere der beiden Frauen kam zu Daniel und reichte ihm ein Stück sehr weiches Tuch. Dann hob sie die Schale etwas an, als wolle sie das Wasser ausschütten, und wartete auf seine Reaktion. *Es sind fremde Sitten und Gebräuche, Daniel Jackson, also überleg dir sehr genau, was du jetzt tust. Du könntest diese Leute gewaltig vor den Kopf stoßen.*

Letzten Endes entschied er sich für die harmloseste Geste von allen und hielt ihr das Tuch – sorgfältig mit beiden Händen umfaßt – wieder entgegen. Sie hob einen Finger und bewegte ihn hin und her – *nein, du mußt es behalten*. Als Daniel verstand, was von ihm erwartet wurde, war es bereits zu spät. Er sah auf, sah ihr in die Augen . . . unglaubliche Augen; magnetische Augen. Das Mädchen war wunderschön. So mußte es sein, wenn man auf dem elektrischen Stuhl saß und der Strom eingeschaltet und hochgefahren wurde. Es gelang ihm noch, sich überrascht zu räuspern – und dann gelang ihm für die Dauer einer ziemlich endlosen Sekunde überhaupt nichts mehr; der irreale Stromstoß schüttelte ihn immer noch durch, ließ ihn halluzinieren, gaukelte ihm die Vision vor, in einem grotesk trudelnden Flugzeug dahinzurasen und abzustürzen . . . Und dann war es vorbei, dann sah er sie wieder *richtig* vor sich stehen, sah ihr etwas verunsichertes Lächeln. Es war ein ungeheuer intensives Empfinden von Déjà-vu. Es war, als kenne er sie schon seit Ewigkeiten. Die Frage war, wie man von einer Sekunde auf die andere felsenfest davon überzeugt sein konnte, jemanden seit Ewigkeiten zu kennen, den man niemals zuvor gesehen hatte. Möglicherweise doch ein Hitzschlag. Zumindest ein Sonnenstich. Er mußte ziemlich seltsam ausgesehen haben, denn das Mädchen nahm das Tuch wieder an sich, tauchte es in das Wasser und wischte ihm dann über die Stirn. Die offenkundige Sanftheit dieser Bewegung, ihre Behutsamkeit, verblüfften ihn.

Sie stellte die Schale ab, nahm von der älteren Frau einen mit Wasser gefüllten Krug entgegen und bot ihn ebenfalls dar. Dieses Mal wußte er, was zu tun war. Ohne den Blick von ihren Augen zu lösen, wölbte er seine Hände, nahm das Geschenk des Wassers an, das sie ihm bot, und trank.

Sie mochte etwa zwanzig Jahre alt sein, und ihre Schönheit und Scheu machten ihn fassungslos, bezauberten ihn, sorgten dafür, daß ihn Schwindelanfälle heimsuchten. Leider bemerkte er deshalb ein wenig zu spät, daß sie bereits zu Kawalsky weitergegangen war. Sie wischte ihm ebenfalls über die Stirn, mit genau denselben zarten Bewegungen. Es war lediglich Teil einer Zeremonie. Er war hoch geflogen, und es war wunderschön gewesen; aber die Landung war ziemlich hart. Da war ein winziger Stich von einer Enttäuschung, die ihn traurig machte und –

Der alte Mann richtete erneut das Wort an ihn. Daniel riß sich zusammen und versuchte sich zu konzentrieren. Dann kam ihm eine Idee.

Er wickelte einen halb geschmolzenen *Fifth-Avenue*-Riegel aus der Verpackung und bot ihn dar. Der alte Mann verstand die Geste augenblicklich; allerdings hatte er ganz offenkundig einige Vorbehalte, was das Verspeisen dieser exotischen braunen Substanz betraf.

»Ich weiß, es sieht ein wenig seltsam aus ...«, sagte Daniel eindringlich und ignorierte O'Neils himmelwärts gewandten Blick. »Und was man nicht kennt, das sollte man auch nicht essen. Normalerweise ... Aber das hier ist nicht giftig. Ich meine, es sieht vielleicht so aus, ist es aber nicht.«

Vielleicht überzeugte sein Tonfall. Nach einem letzten kurzen Zögern ergriff der alte Mann den Schokoriegel und biß geziert davon ab. Seine besorgten Augen weiteten sich voller Konzentration, während er kaute. Dann, ganz unvermittelt, erstrahlte sein ganzes Gesicht unter einem breiten Lächeln.

»Bonniwae«, sagte er.

»Bonniwae«, wiederholte Daniel aufgekratzt. Die Kommunikation kam in Gang.

»Bonniwae«, sagte der alte Mann erneut in einer enthusiastischen Billigung des neuen Geschmacks.

»Verdammt, was hat das zu bedeuten?« brummte Kawalsky.

»Ich habe keine Ahnung«, erwiderte Daniel mit einem prickelnden Gefühl in der Herzgegend.

Der Mann in der roten Robe gestikulierte und winkte und bedeutete ihnen in dieser Zeichensprache, ihm irgendwohin jenseits der hohen Sandwälle des Bergwerkes zu folgen.

»Es ist eine Einladung«, übersetzte Daniel.

»Wohin?«

Er zuckte die Achseln. »Es liegt jedenfalls in dieser Richtung.«

Die Männer wandten sich O'Neil zu, warteten darauf, daß er seine Entscheidung traf. Der Colonel starrte den alten Mann an wie ein Falke; forschte nach dem geringsten Hinweis auf eine List. Daniel sah O'Neil an, dann wieder den alten Mann. Das Schweigen schien ihn zu verwirren. er wiederholte die Einladung mit deutlicheren, weiter ausladenden Gesten.

Daniel seufzte theatralisch, um die Peinlichkeit der Situation zu mildern.

»Colonel, worauf warten wir? Halten wir nicht Ausschau nach Anzeichen einer Zivilisation? Okay, sieht so aus, als hätten wir einen Treffer gelandet. Wir müssen Schriftzeichen finden ... Schriftzeichen, die es uns ermöglichen, das SternenTor umzupolen und wieder in Betrieb zu nehmen; die es uns ermöglichen, nach Hause zu kommen. Wir müssen mit ihnen gehen.«

O'Neil stand noch immer völlig reglos da, und sein Gesicht war noch immer so vielsagend wie eine Backsteinmauer. Er war nicht überzeugt.

»Ich glaube, er hat recht, Sir«, sagte Brown. »Dieses Bergwerk hier ... Die Anzeigenwerte sind ziemlich eindeutig. Das Quarz, das hier abgebaut wird, ist identisch mit dem des SternenTores.«

»Also gut. Es gibt keine Alternative«, entschied O'Neil. »Nehmen Sie Funkkontakt mit dem Basis-Camp auf. Sagen Sie ihnen, daß sie das Gelände sichern sollen, bis wir zurückkehren.«

Sie passierten die beiden hohen, den Ausgang aus der Grube markierenden Obelisken und verließen das Tal über einen weitgeschwungenen Serpentinenweg. Der alte Mann führte die zehntausend Menschen umfassende Prozession an, und in den treibenden Staubschleiern wirkte er wie eine mythische Gestalt, alterslos und unverwundbar. Schon bald schloß Daniel zu ihm auf, ging neben ihm her und musterte ihn so unauffällig wie möglich, studierte sein Verhalten, sein Gewand.

Sein Name war, wie Daniel inzwischen mitbekommen hatte, Kasuf, und es schien ihm nicht wenig Unbehagen zu bereiten, die Führung des Menschentrosses mit Daniel teilen zu müssen. Möglicherweise war es fester Bestandteil einer Zeremonie, daß er alleine an der Spitze seiner Landsleute einherschritt. Daß er den kleinen ›Frevel‹ gestattete, deutete nur um so nachdrücklicher darauf hin, daß er mehr über seine ›Gäste‹ erfahren wollte. Er war ganz zweifellos ein verschlagener alter Kauz, und obwohl er oft und viel lachte und katzbuckelte und sie wie Götter behandelte, spürte Daniel, daß er letzten Endes durchaus noch seine Zweifel hegte, ob sie auch tatsächlich Götter waren. Um es auf einen Nenner zu bringen: Kasuf wollte kein Risiko eingehen. Möglicherweise war er für das Bergwerk als eine Art Hohepriester zuständig... und verantwortlich. In einer solchen Position war Diplomatie das ganz große Zauberwort. Vielleicht kamen ihm ein paar Götter auch sehr gelegen – weil der Quarz-Abbau langsamer vonstatten ging, als – von wem auch immer – vorgeschrieben war; oder weil es schon lange nicht mehr geregnet hatte. Oder weil er sich ganz einfach eine erhoffte Chance nicht entgehen lassen wollte. So oder so – es konnte tausend plausible Beweggründe geben.

Und – nicht zu vergessen: Er hatte ihre Waffen gesehen und O'Neils Verhalten. Daniel hielt den alten Mann für klug genug, um zu wissen, daß sie in mehr als nur einer Hinsicht gefährlich waren und keinesfalls nur einen freundlichen kleinen Besuch abstatteten.

Daniel versuchte noch einige Male, eine kleine Unterhaltung in Gang zu bekommen, doch Kasuf hörte ihm nur geduldig zu. Und es wurde ziemlich offensichtlich, daß er ihn mehr und mehr für – gelinde ausgedrückt – sehr gesprächig hielt.

Daniel gab es auf. Mehrere Minuten lang ging er schweigend neben dem alten Mann her. Seine Erfolgsbilanz sah jämmerlich aus: Er hatte ein paar Namen in Erfahrung gebracht, und daß diese riesigen, zotteligen Lasttiere *Mastadges* genannt und von unverwechselbar aussehenden Jungen geführt wurden. Diese Jungen bezeichnete man mit einem Wort, das Daniel als ›Hüter‹ gedeutet hatte; nur so ergab es überhaupt einen Sinn. Sie waren sauberer und jünger als die Kinder im Bergwerk. Ihre Schädel waren – bis auf eine lange, scheußliche Haarlocke – kahlrasiert.

Der Anführer – oder Sprecher – der Hüter marschierte unmittelbar hinter Kasuf; es war derselbe Junge, dem O'Neil vorhin die Hand geschüttelt hatte.

Sein Name lautete Skaara. Er hatte ein fast mädchenhaftes, hübsches Gesicht, und er war dürr, aber er schritt sichtlich stolz aus, die Schultern zurückgedrückt, den Kopf erhoben. Daniel durchschaute ihn mit einem einzigen Blick: Er war noch immer ärgerlich auf sich selbst, weil er vor O'Neil davongelaufen war, und fest entschlossen, nie wieder vor irgend jemandem Angst zu zeigen.

Die Prozession schlängelte sich Meile um Meile hinaus in die Wüste, und Daniel verlor erneut jedes Zeitgefühl. Irgendwann jedoch wich der helle Quarz-Staub, der das Bergwerk und die Grube in weitem Umkreis stigmatisierte, und machte den natürlichen Farben dieser Welt Platz – sanften Brauntönen, wie sie sie auch in der Umgebung der Pyramide vorgefunden hatten. Daniel fragte sich, wie viele Jahrhunderte es gedauert haben mochte, bis diese unheimlichen weißen Dünen entstanden waren . . . Entstanden aus dem Leid unzähliger Menschen, aus ihrem Schweiß, ihrem Schuften in den gigantischen Felswänden der Quarz-Grube, ihrem unermüdlichen Auf- und Abwimmeln auf wackeligen, brüchigen Leitern.

Plötzlich hielt er es bei Kasuf nicht mehr aus. Er verabschiedete sich mit einem halbherzigen Winken und ging an der Menschenschlange entlang nach hinten, schluckte Staub und mischte sich unter die Bergleute, versuchte wieder und wieder, mit ihnen in Kontakt zu gelangen, stellte Fragen über Fragen. Und erreichte doch nur eines: daß er sie nervte und verunsicherte. Er bat sie dennoch unablässig weiter darum, ihm Dinge zu benennen, das Ziel, zu dem sie unterwegs waren; er brauchte Namen, Worte, Bezeichnungen. Er hoffte noch immer, auf einen definitiven linguistischen Hinweis zu stoßen, der es ihm ermöglichte, ihre – oder zumindest eine der ihren verwandte

– Sprache zu erkennen und somit eine Verständigungsmöglichkeit herzuleiten.

So war er kreuz und quer in der großen Prozession unterwegs und an allem interessiert, was um ihn herum zu sehen war und vorging, und jenseits dieser ›Beschäftigungstherapie‹ gab es allgegenwärtig stets zwei Dinge, die ihn beunruhigten: Seine Hodophobie machte sich wieder zunehmend bemerkbar (und dementsprechend stieg sein Verbrauch an Taschentüchern ganz gewaltig), und das Mädchen ging ihm nicht mehr aus dem Sinn.

Sie war nur wenige Schritte hinter ihm, und Daniel fand eine ganze Menge gleichbleibend guter Gründe dafür, sich immer wieder umdrehen zu müssen. Sooft sich ihre Blicke trafen, sahen sie beide nervös in eine andere Richtung. Es war kindisch, und er wußte es. Schließlich wandte er sich an den neben ihm gehenden Mann, einen reichlich nervösen Minenarbeiter, und war gerade im Begriff, ihm einige Fragen zu Ackerbau und Viehzucht zu stellen, auf die er definitiv keine Antwort bekommen würde, als er an einer sehr intimen Stelle berührt wurde.

Mit einem lächerlichen Kieksen wirbelte er herum – und wäre am liebsten im Wüstenboden versunken.

Hinter ihm trottete das liebestolle Mastadge-Monstrum, das ihn quer durch die Wüste geschleift hatte. Sobald es sich seiner Aufmerksamkeit gewiß war, versetzte es ihm einen zweiten, vertraulicheren Schubs, schloß näher zu ihm auf und begann seine Schnauze an ihm zu reiben.

Daniel versetzte ihm einen Klaps auf die Nüstern.

»Hau ab!«

Der Mastadge stieß ein Blöken aus. Ein sehr lautes Blöken. Das Blöken eines zehn Tonnen schweren Schafes. Daniel wurde blaß. Jeder, der Zeuge dieses Schauspiels wurde, hielt es zweifellos für sehr witzig. Die Menschen ringsum krümmten sich vor Lachen – und keiner lachte lauter als der seltsam zurechtgemachte jugendliche Hüter des Tieres. Er war kleiner als die anderen Jungen, und sein Schädel war seltsam geformt. Oberhalb seiner Cro-Magnon-Augenpartie schwoll sein Kopf an, als wolle etwas durch die Knochendecke bersten. Er hatte ein gewaltiges Pferdegebiß; jetzt, da er lachte, sahen seine Zähne wie Tomahawks aus, die der Reihe nach in ein langgezogenes rotes Ziel gefahren waren. Sein Name war Nabeh.

»Mastadge«, sagte der Junge mit einem ausgelassenen Grinsen.

Daniel nickte hektisch und erwehrte sich eines neuen Schmuseanfalls des hinter ihm einherstapfenden Ungeheuers.

Sie hießen also tatsächlich Mastadges – alle; obwohl es einen riesengroßen Unterschied gab zwischen Kasufs stattlichem Tier, das weit voraus einherparadierte, und der sabbernden, streng riechenden Monstrosität, die ihn ungerührt weiter belästigte.

Die Karawane zog in ein weites Tal hinab und vorbei an einer Reihe steiler Felsenklippen zu ihrer Rechten. Daniel verließ die Menschenschlange, blieb stehen und sah zurück, nahm den Anblick Tausender und Abertausender hinter ihm marschierender Menschen in sich auf; eine endlose, Staub und tausendfache Geräusche aufwirbelnde Prozession, ein gigantischer, scheinbar nicht enden wollender Bandwurm, der sich in weiten Windungen hangaufwärts und bis in die Dünen zurück und außer Sicht erstreckte.

Zwanzig Minuten später erreichten sie einen hangaufwärts gelegenen Durchgang in den Felsen, und Kasuf führte sie ohne jedes Zögern dort hinauf. Oben angekommen, stoppte er, rief Daniel zu sich und deutete über eine weite Ebene hinweg.

In der hitzeflirrenden Ferne erblickte Daniel die hohen Wälle einer gewaltigen, ehrfurchtgebietenden Festung, einer Stadt, die sich gleich einer Insel inmitten dieses endlosen Ozeans aus Sand erhob.

O'Neil und die anderen schlossen zu ihm auf, prägten sich die Szenerie ein.

Daniel versuchte es ihnen gleich zu tun und bemerkte das Mädchen in der vorbeiziehenden Menge. Für die Dauer eines einzelnen Herzschlages sahen sie sich geradewegs an, dann tauchte sie wieder in den Massen unter, und Daniel spürte nur mehr Kasufs Blick auf sich ruhen. Der alte Mann mußte ihn schon eine ganze Weile aufmerksam beobachtet haben.

»Rollen Sie Ihre Zunge wieder ein und schließen Sie den Mund«, blaffte O'Neil. Daniel erwiderte nichts darauf.

Der Colonel wandte sich seinen Leuten zu.

»Wir werden einer nach dem anderen in diese Stadt hineingehen, in Abständen von zehn Schritten. Brown, dann Kawalsky, dann Jackson, dann ich selbst. Wir werden die Augen offenhalten. Aber nicht der Mädchen wegen. Ist das klar, Jackson?«

»Ich bin nicht hier, um Besatzer zu spielen – *Sir.*«

Tief in O'Neils Augen glomm ein mörderischer Funke auf.

»Mit dieser Einstellung wirst du hier sterben, Junge.«

Daniel zuckte die Achseln. »Wer will schon ewig leben?« Er bemühte sich, es ganz locker zu sagen – doch es gelang ihm nicht; seine Stimme klang absolut nicht heldenhaft, sondern kratzig und wie erstickt. Und er mußte niesen. Natürlich.

Brown, Kawalsky, Jackson, O'Neil.

Er begann zu ahnen, daß das die Reihenfolge war, in der O'Neil sie im Falle eines Hinterhalts opfern würde.

Dieses Mal wartete der Colonel ihre Bestätigung nicht ab, sondern wandte sich um, nahm sein Gewehr in den Hüftanschlag, entsicherte es und ging an der Menschenschlange entlang zurück.

Als er außer Hörweite war, winkte Kawalsky Brown zu sich.

»Sobald du drinnen bist, sicherst du nach oben und nach vorn. Ich werde zwei Schritte hinter dir sein.«

Als sie nur mehr zweihundert Meter von der Stadt entfernt waren, reckte Kasuf beide Hände theatralisch in die Höhe. Eine der Frauen brachte ihm ein großes Tierhorn. Der alte Mann setzte es an seine Lippen und schickte der Stadt ein gewaltiges Trompetensignal entgegen. Daniel kniff die Augen zusammen und spähte im Näherkommen angestrengt zu den klobigen, gut hundert Fuß hohen steinernen Haupttürmen hin und zu dem äußeren Wall, der sich – mit achtzig Fuß Höhe nur wenig niedriger als die Türme – Hunderte von Metern weit in beide Richtungen erstreckte. Auf den Mauerkronen waren Bewegungen auszumachen. Zwischen den beiden Haupttürmen schwangen hohe Tore auf

Bevor O'Neil es verhindern konnte, hatte Kasuf bereits einige der Jungen ausgeschickt, um vor der Prozession her zu der Stadt zu eilen. Und auch die Prozession selbst schien schneller voranzustreben – ein unaufhaltsames Strömen und Wimmeln. Eine ungeheuerliche Aura aus Vorfreude und Hysterie ergriff die Menschen, peitschte sie an, ließ sie lauter schwatzen und intensiver gestikulieren. Und die Mauern der gewaltigen befestigten Stadt wuchsen höher und höher vor ihnen empor, titanische Bollwerke gegen jeden nur denkbaren Feind.

Die letzten vierzig, fünfzig Schritte inmitten des Infernos der ihn umgebenden Menschen ging Daniel in einer seltsamen Mischung aus Ehrfurcht und pulsierender Erwartung; es war, als habe auch ihn ein brodelnder Sog erfaßt. Weit voraus sah er Brown und Kawalsky.

Als Brown an den Toren ankam, strömte bereits eine neugierige Zuschauermenge zusammen. Wenn diese Leute tatsächlich einen Hinterhalt planten, so würde es bereits jetzt kein Entrinnen mehr geben. Es waren zu viele.

Brown verschwand, dann Kawalsky. Es fielen keine Schüsse. Es gab keinen von einem Kampf herrührenden Aufruhr, keine laut gebrüllte Warnung, zurückzubleiben.

Dann wurde auch Daniel von der gewaltigen Menschenflut an den ersten hohen Bauwerken vorbei in die engen Gassen und Straßen und den lärmenden Tumult der Stadt eingeschwemmt. Selbst die Luft schien erfüllt zu sein mit Menschen. Sie säumten die Gassen in dichten Pulks, drängten sich auf den schiefergrauen Dächern, in Fensteröffnungen, auf Balkonen sowie den Fußgängerbrücken, die allgegenwärtig die oberen Stockwerke der Gebäude miteinander verbanden und die unteren Bereiche der Stadt verdunkelten. Und sie alle konnten Waffen versteckt halten unter ihren langen Roben.

Daniel verwarf den Gedanken sofort wieder – er war fest entschlossen, sich nicht von O'Neils Militär-Paranoia anstecken zu lassen –, doch ein kaltes Gefühl im Nacken blieb. Ein weiterer Nies-Anfall suchte ihn heim und zog die Aufmerksamkeit der Leute auf sich. Einige von ihnen schienen es für eine Art Gruß zu halten und imitierten ihn freundlich lachend – eine ganz besondere Willkommensgeste. Und dann war auch sein schmutziger, streng riechender Freund, der Mastadge, wieder da und knuffte ihn mit seiner feuchten Schnauze in den Rücken – eine dezente Bitte um eine weitere kleine Schokoriegel-Spende. Daniel ignorierte das Monstrum. Nur wenige Schritte voraus sah er das Mädchen. Er ging schneller, bis er an ihrer Seite war und das Lärmen der Menschen ringsum nur noch gedämpft wahrnahm. Tief in ihm explodierte ununterbrochen ein Munitionsdepot nach dem anderen – zumindest kam es ihm so vor. Hitze flutete in sein Gesicht. Er nahm an, daß er sich ziemlich lächerlich machte und das Klischee vom zerstreuten, weltfremden Professor voll und ganz erfüllte. *Mist!* Noch während er verzweifelt darum rang, einen einigermaßen intelligenten Satz zu ihr zu sagen, war die Schnauze des Mastadges wieder da und rieb an seinem Hintern, stubste ihn vielsagend an.

»Das glaube ich einfach nicht!« stöhnte Daniel und fuhr herum. Und beeilte sich, den letzten *Fifth-Avenue*-Riegel aus seiner Tasche zu bekommen.

Mastadges waren wirklich sehr groß. Genaugenommen gigantisch groß. Selbst wenn sie noch so treuherzig blinzelten.

Daniel wedelte mit dem Schokoriegel vor den Nüstern des Ungeheuers herum.

»Laß mir was übrig! Wenigstens ein kleines bißchen.«

Für einen Sekundenbruchteil war Daniel der felsenfesten Überzeugung, daß ihn der Mastadge angrinste; dann waren die blitzschnellen fleischigen Lippen bereits wieder da und schnappten zu.

»Du sollst mir ein kleines bißchen übriglassen, hab' ich gesagt!«

Der Mastadge kaute glückselig.

»Dann hör jetzt wenigstens auf, mich zu belästigen – klar?«

»Ich hab' Ihnen gesagt, Sie sollen ihn nicht füttern.«

Daniel warf O'Neil einen vernichtenden Blick zu.

Die Bergleute vor und neben ihm hatten die Worte *kleines bißchen* aufgegriffen und wiederholten sie wie Kinder beim Sandkuchenbacken. Der ziemlich verdorben riechende Mastadge hatte einen neuen Namen.

Daniels Heimsuchung endete erst, als einer der Jungen das

Tier an den Zügeln nahm und zu nahe gelegenen Stallungen hinüberzerrte. Der lautstarke, röhrende Protest des Ungeheuers, ausgerechnet jetzt von seinem neuen Ernährer abgesondert zu werden, war noch eine ganze Weile zu hören.

Als Daniel aufschaute, war er sowohl erstaunt als auch beunruhigt. Diese Stadt hier war nichts für einen Klaustrophobiker. Die roh zusammengefügten Wände türmten sich über ihm empor und empor. Die schmalen Gassen und Straßen erschienen ihm schon bald wie ein Labyrinth. Überall waren Menschen, in jedem Winkel, an Fenstern, in Torwege gepreßt; und immer mehr eilten herbei, um sie voller Neugier anzustarren. Selbst Daniel war klar, daß sie alle spätestens ab jetzt vollständig der Gnade dieser Menschen – von denen sie so gut wie nichts wußten – ausgeliefert waren.

Als sie schließlich die Zitadelle der Stadt erreicht hatten, führte Kasuf sie auf einen großen, offenen Platz hinaus, wandte sich um und wartete auf sie. Menschenmassen verstopften alle Zugänge. Die umstehenden Gebäude waren aus großen, festgefügten Quadern kunstfertig errichtet. Doch am meisten überraschte es Daniel, daß hier auch knorriges, roséfarbenes Holz als Baumaterial Verwendung gefunden hatte. Die schmalen Verbindungsstege in den oberen Regionen der Stadt waren ihm bereits aufgefallen; aber hier gab es auch derb gezimmerte Treppenaufgänge an den Außenmauern der Gebäude und, dem Platz und den Straßen zugewandt, unzählige Wohnungstüren.

Um die Fenster herum und quer über Dach- und Säulengesimse verliefen kunstvoll in den Stein gemeißelte geometrische Verzierungen.

Aber so sehr Daniel auch danach Ausschau hielt: Nirgends gab es etwas, das auch nur annähernd wie eine Inschrift aussah.

Keine Hieroglyphen.

Dann blieb keine Zeit mehr, sich darum zu kümmern.

Kasuf erstieg gemessenen Schrittes ein kleines Podest im Zentrum des Platzes, winkte Daniel und den anderen des Teams, zu ihm zu kommen, und hob eine Art Bischofsstab. Schlagartig kehrte Stille ein. Kasuf nickte der Menge zu, wandte sich Daniel zu, verneigte sich und leierte erneut etwas herunter, das wie eine Lobpreisung klang. Nachdem er damit fertig war, hob er den Stab und zeigte zu einem gewaltigen, verhüllten Gegenstand empor, der mit dicken Tauen zwischen zwei Gehäusen aufgehängt war. Ein Mann auf einem Schaugerüst zerrte das große Tuch mit einem theatralischen Ruck beiseite, ließ es zu Boden flattern. – Und Daniels Augen weiteten sich.

Ein andächtiges Murmeln durchlief die Menge.

Es war eine große goldene Scheibe – etwa drei Meter im Durchmesser. Und darauf, heraldisch dargestellt, prangte das Udjat-Auge; dasselbe Bildnis wie auf Daniels Medaillon – jenem Medaillon, das die Langford-Expedition vor sechzig oder noch mehr Jahren auf der Erde – in Ägypten – gefunden hatte.

Die gesamte Stadtbevölkerung warf sich in einem Wogen menschlicher Leiber auf die Knie und verbeugte sich. Es war ein furchteinflößender Anblick, etwas Archaisches.

»Ich glaube, sie denken, wir sind Götter«, stammelte Daniel zu O'Neil hinüber.

»Und was glauben Sie, wie Sie auf die Idee gekommen sind?« Der Colonel sah zu der gigantischen Scheibe empor, dann auf das Medaillon auf Daniels Brust. Er umfaßte die antike Kostbarkeit mit einer blitzartigen Bewegung und zog Daniel einen halben Schritt näher, starrte ihn argwöhnisch und drohend an.

»Sie wissen viel mehr, als sie herauslassen«, flüsterte er. »Hab' ich recht?«

»Klar, ich war ja auch schon öfter hier. Ich spaziere hier andauernd herum. Verdammt, Colonel –«

»Was genau bedeutet dieses Symbol?«

»Es ist das Zeichen von Ra, dem ägyptischen Sonnengott.« In dem Moment, als er es aussprach, war es, als kralle eine Bestie in seiner Magengrube blindlings um sich. Ein saurer Geschmack füllte seinen Mund.

»Sieht so aus, als würden sie ihn verehren«, stellte O'Neil fest.

Daniel nickte bedächtig. »Sie müssen glauben, daß wir seine Gesandten sind.«

O'Neil löste seinen Griff um das Medaillon.

Kasuf hatte sich erhoben, hielt eine Ansprache, gestikulierte von Zeit zu Zeit zu ihnen herüber . . .

... und plötzlich erwachte Browns Funkgerät mit einem Knacken zum Leben.

Das Basis-Camp ...

Etwas ist passiert!

Sekundenlang überlagerte Ferettis hysterisches, von elektrostatischen Interferenzen zerhacktes Schreien alles, dann wurde die Geisterstimme bereits leiser. Brown fluchte, drehte die Lautstärke hoch.

»Verdammt, ich kann dich nicht verstehen. Feretti – hörst du mich ... ich versteh' dich nicht ...«

Das Inferno der Störungen und Überlagerungen wurde stärker; ein Gewitter tollwütiger Geräusche. Ferettis Kreischen verging darin.

Es kam rasend schnell und fast ohne Vorwarnung über sie. Ein dunkles Brodeln erhob sich über der Wüste, aus der heißen Brise wurde ein winselnder Sturmwind, der Sandkörner und Staub in ihre Gesichter peitschte und an ihren Kampfanzügen riß. Feretti hatte sofort reagiert und Porro Befehl gegeben, das Felsplateau auf der steilen Klippe zu räumen und in der Pyramide Schutz zu suchen.

Erst als er ebenfalls bereits unterwegs war, wußte er, daß er im Begriff war, den größten Fehler seines Lebens zu begehen. Er hatte das Kurzwellen-Funkgerät oben im Camp zurückgelassen. Und er hatte O'Neil nicht gewarnt. Ohne einen weiteren Gedanken zu verschwenden, kehrte er um und kämpfte sich über den sandigen Abhang wieder empor und zu den Felsen hinüber.

Der Sturm hatte an Intensität zugenommen und riß ihn beinahe von den Füßen. Die Finsternis brach wie eine riesige Brandungswoge über ihm zusammen, und dann schien es überhaupt nur mehr das Winseln und Reißen des Windes zu geben.

Feretti ließ sich auf die Knie nieder, rutschte umher, tastete blindlings nach dem Funkgerät. Als er es tatsächlich fand, war es schon halb in einer Sandverwehung begraben. Er riß sich die Jacke wie ein lächerliches winziges Zelt über den Kopf, beugte sich über das Gerät, schaltete es ein und schrie seine Warnung in das Mikrophon.

O'Neils Team meldete sich nicht.

Das Donnern über ihm nahm zu, wurde zu einem schrillen Jaulen. Der Sturm fetzte in immer wilderen Hieben an seiner Jacke und ließ sie wie einen Propeller knattern. Irgendwann verstand Feretti kaum mehr die eigene Stimme.

Höchste Zeit, zu verschwinden.

»Wir müssen das Basis-Camp aufgeben!« schrie er in das Mikro. »Wiederhole: Müssen das Basis-Camp aufgeben!«

Irgend etwas – oder jemand – krachte auf ihn, schleuderte ihn halb über das Funkgerät. Fluchend ruckte Feretti herum, riß seine Jacke beiseite und hielt sie fest – und sah Porro durch das Inferno aus Dunkelheit und Sand taumeln.

»Herrgott, Mann –«

». . . dich gesucht, dachte –«

Der Sturm fetzte ihm die Worte von den Lippen, knüppelte auf ihn ein, schleuderte ihm riesige Fontänen aus Sand und Staub entgegen.

»Hauen wir ab!« brüllte Feretti. »Müssen in die Pyramide . . . Zur Hölle mit dem Camp!«

Dieses Mal nahm er das Funkgerät mit.

»Kommen, Basis-Camp! Wir haben nicht verstanden!« rief Brown nachdrücklich in das Handy. »Basis-Camp – melden!«

Zu diesem Zeitpunkt konnte sich Brown bereits der Aufmerksamkeit aller sicher sein – ein Gott, der einen seltsamen metallischen Bügel über dem Kopf trug und mit sichtlicher Aufregung auf ein kleines, tragbares – seltsame Geräusche absonderndes – Etwas einbrüllte.

Welche Zeremonie Kasuf auch immer einzuleiten vorgehabt hatte – sie war zunichte gemacht.

Frustriert gab Brown es auf, sah hoch und zu O'Neil; bemerkte das tausendfache Gaffen noch immer nicht. »Es hat keinen Sinn, Colonel . . . Zu viele Störimpulse –«

Ein dumpfes, dröhnendes Hornsignal von den Brustwehren des äußeren Schutzwalles raste über sie hinweg. Daniel sah das jähe Entsetzen in Kasufs Augen; er hetzte zu O'Neil hinüber, ahnte plötzlich, daß etwas passieren würde . . . oder – was das Basis-Lager betraf – schon passiert war.

Ein zweites Hornsignal wurde laut, vermischte sich mit dem ersten, und gemeinsam wurden die Töne zu einem lang anhaltenden Grollen, das die ganze Stadt erbeben ließ. Erste Schreckensrufe wurden in der Zuschauermenge laut.

O'Neil traf eine blitzartige Entscheidung.

»Wir gehen zurück. *Jetzt!* Bewegt euch!«

Kawalsky und Brown reagierten ohne jede Schrecksekunde, noch bevor Jackson »Warum?« fragen konnte.

O'Neils erster Impuls war, Jackson einfach zurückzulassen, ihn auszusetzen, wie man früher einen Idioten ausgesetzt haben mochte. Vielleicht war es seine Art, ›im Geiste‹ Rache zu üben. Natürlich ließ er ihn nicht zurück. Im letzten möglichen Augenblick packte er Jackson am Kragen seines Kampfanzuges und zerrte ihn mit sich; runter von dem Podest. Tausende von Menschen verstopften die engen Straßen und Gassen. Es herrschten tumultartige Zustände. Hände reckten sich ihnen entgegen, er sah in aufgeregte Gesichter; Münder schwatzten wie rasend auf ihn ein, versuchten etwas zu erklären, das er bereits verstanden hatte. O'Neil übernahm die Führung, und es war, als gebe es tief in ihm eine zeitlupenhafte, lautlose Explosion.

Die ersten Hände packten ihn, zerrten an ihm.

Er stieß sie höflich, aber entschlossen beiseite. Er ging schneller und stellte mit einem raschen Blick nach links und rechts fest, daß Kawalsky und Brown da waren. Jackson taumelte irgendwo hinter ihnen herum. Das Reden der Leute steigerte sich zu einem Orkan. O'Neil beachtete sie nicht mehr. Sie mußten raus aus dieser Stadt. Etwas geschah. Etwas Bedrohliches.

Osten.

Er fand sich mit traumwandlerischer Sicherheit in dem labyrinthischen Gewirr zurecht. Er ließ die Zitadelle hinter sich, erreichte die Randbezirke der befestigten Stadt, sah weit voraus bereits die himmelhoch scheinenden äußeren Wälle jenseits der schiefergrauen Dächer der Gebäude aufragen. Der Himmel darüber sah wie ein Geschwür aus. Immer mehr Menschen strömten heran, hinter ihm, links, rechts. Redeten auf ihn ein. Griffen nach ihm. Er roch sie, *witterte* erste Ausdünstungen von Panik.

Dann bog er in die Straße ein, die geradewegs auf die Tore zwischen den Haupttürmen zuführte.

Noch mehr Hände.

Weit voraus stemmten sich Dutzende von Männern gegen die gewaltigen Torflügel und begannen sie zu schließen.

»NEIN!«

O'Neil rannte los. Jetzt nahm er keine Rücksichten mehr. Er riß das Gewehr nach vorn, ergriff es mit beiden Händen, hielt es wie einen Rammbock vor sich, stieß mit dem Kolben zu, zielte auf Kopf oder Hals eines jeden, der sich ihm in den Weg stellte.

Die Männer am Portal ignorierten ihn noch immer; verbarrikadierten die Torflügel mit dem ersten von drei schweren Querbalken.

Er war da, herrschte sie an: »Macht das Tor auf!« bedeutete ihnen mit wildem Gestikulieren, was er wollte.

Sie redeten alle gleichzeitig los, wedelten mit den Händen, zeigten zu den Mauern und auf etwas, das jenseits dieser Mauern - in der Wüste sein mußte. Sie würden nicht gehorchen. Sie waren nicht kooperativ.

»Kawalsky!«

»Sir!«

»Schaffen wir diesen Balken auch ohne die Bastarde?«

Kawalsky lächelte nur. O'Neil nickte, ruckte herum, sicherte, – den Finger am Abzug – nach hinten. *Eine Mauer aus menschlichen Körpern.* Entsetzte Augen. Wenn es sein mußte, würde er feuern. Wenn es sein mußte, würde er –

Die Menschen hatten Angst. Vor ihm. Kawalsky. Brown. Sie waren furchteinflößend größer als sie. Und muskulöser. Okay. Wenn sie nur ein bißchen Hirn im Schädel hatten, würden sie sich nicht mit ihnen anlegen.

Die letzten Schritte zum Portal. Rückwärts gehend.

Eine schnelle Bewegung links: Einer der Torwächter.

Der Mann packte ihn am Handgelenk. Versuchte es zumindest.

O'Neils Reaktion war nur ein schattenhaftes Huschen. Er hebelte den Arm des Mannes herum, riß ihn hoch, kugelte ihn aus dem Schultergelenk. Der Mann kreischte los. O'Neil hielt seinen Arm ungerührt weiterhin fest, stieß ihn vor sich her, schmetterte ihn, das Gesicht voran, gegen das Portal. Der Mann sank halb bewußtlos und wimmernd zu Boden.

O'Neil hielt das Gewehr bereits wieder im Anschlag, richtete es auf die Menge; war nur mehr eine präzise handelnde Mordmaschine.

Jackson drängelte sich durch die zuvorderst stehenden Menschen, rannte, die Arme ausgebreitet, auf ihn zu. Schrie.

»NEIN! – AUFHÖREN!«

O'Neil ruckte die Mündung des Gewehrs nach oben und feuerte über Jacksons Schädel weg.

Das Krachen der Schüsse erschreckte Jackson und die anderen Menschen gleichermaßen zu Tode. Sie standen wie gelähmt, starrten ihn an.

»Öffnen Sie das Tor, Kawalsky! Brown, helfen Sie ihm.«

Er behielt die Menschen im Auge. Sah den alten Mann kommen, begleitet von zwei der Stadt-Ältesten.

»Sha shay ti yu«, rief der Alte aus, trat vor ... und zögerte. Ein nervöses Irrlichtern war in seinen Augen. O'Neil starrte ihn ohne zu blinzeln an ... zehn Sekunden, zwanzig, dreißig ... warnte ihn nur mit diesem eisigen Blick, daß der nächste Schritt sein letzter sein würde. *O ja, soviel zum Thema Kommunikation.* Er registrierte die Geräusche hinter sich am Tor, hörte, wie der Querbalken angehoben wurde. *Nur ein paar Sekunden noch, dann –*

Die tödlichen Schüsse fielen nicht.

Daniel zweifelte keine Sekunde lang daran, daß O'Neil jeden erschießen würde, der auch nur die geringste Bewegung auf ihn oder seine beiden Männer am Portal zu machte. Er hatte keine Ahnung, was den Colonel zum Berserker hatte werden lassen. Er verstand es nicht. Sie hatten sich darum bemüht, ein Vertrauensverhältnis mit diesen Wüstenmenschen aufzubauen; sie hatten ihre Friedfertigkeit beteuert, hatten von ihrem guten Willen geredet; hatten ihre für diese Menschen unverständlichen Worte mit großartigen Gesten unterstrichen. Und jetzt führte er dies alles ad absurdum. Er verstand es wirklich nicht. Nur wegen dieser Hornsignale? dachte er noch. Und während der ganzen Zeit wußte er, es war ein selbstmörderischer Fehler, die Stadt zu verlassen, bevor sie sie genauestens erkundet hatten. Sie brauchten nach wie vor ein paar ›Navigationssymbole‹ für das SternenTor.

»Sha shay ti yu. Sha shay ti yu.«

Einer der Hüter-Jungen löste sich aus der Menge. Daniel erkannte ihn; es war Skaara, der Junge, dem O'Neil in der Grube die Hand geschüttelt hatte. O'Neil hob das Gewehr leicht an, zielte auf einen Punkt zwischen den Augen des Jungen.

»Sha shay ti yu«, sagte der Junge erneut – sehr sanft. Er breitete beide Hände aus, hielt sie vor sich. Und ging einfach weiter, sorgfältig darauf bedacht, keine rasche oder bedrohliche Bewegung zu machen ... oder Furcht zu zeigen. Es war, als sehe er in O'Neil nur einen seiner großen Schützlinge ... nur einen Mastadge. Er war daran gewöhnt, mit ihnen umzugehen, wußte, wie man sich ihnen – und überhaupt jedem verängstigten Tier – nähern mußte.

Daniel hielt die Luft an, ballte die Fäuste.

»Colonel ...«, sagte er bedächtig. »Wenn Sie den Jungen erschießen –«

O'Neil entsicherte das Gewehr. Der Junge war nur mehr drei Schritte entfernt. Zwei. Er wiederholte ununterbrochen seine Worte, dann deutete er zu den Wehrgängen auf den Stadtmauern hinauf.

»Die Hornsignale ...«, flüstert Daniel, als er verstand. »Es war eine Warnung ... an die ganze Stadt. Es war kein Angriffszeichen.«

O'Neil starrte an den dicken Mauern entlang hoch.

Ein Dutzend oder noch mehr Leute riefen und gestikulierten zu ihnen herab; bedeuteten ihm, zu ihnen zu kommen. Der Junge zeigte auf den Colonel, dann zu der Mauerkrone empor; dann schirmte er seine Augen ab, gab vor, in die Ferne zu spähen.

»Er will, daß Sie sich etwas ansehen«, übersetzte Daniel.

»Ich weiß, was er will.«

Bevor O'Neil dem Jungen folgte, wandte er sich an Kawalsky. »Wenn sie irgendwas versuchen, legen Sie sie um.«

Nach einem letzten Blick in die Runde folgte er Skaara zu einem der beiden Wachtürme, die das Portal flankierten. Hintereinander stiegen sie die Wendeltreppe empor.

Eine ganze Weile verging, bis Daniel sie oben auf der steinernen Brustwehr auftauchen sah. Dann verschwand O'Neil wieder außer Sicht.

So, wie Kawalsky aussah, gefiel ihm das gar nicht.

So, wie Kawalsky aussah, gefiel es ihm auch nicht, einige tausend Leute in Schach halten zu müssen.

Er begann zu schwitzen.

»Komm schon, komm schon«, murmelte er nervös. »Was ist da oben los? Was siehst du, verdammt?«

Gigantische, tiefhängende braune Wolken, so weit wie der Horizont, verdunkelten die Welt und rollten gleich einer Springflut auf die Mauern der Stadt zu. Der Wind veränderte sich; aus kleinen Luftschüben wurden bereits aggressive Peitschenhiebe.

O'Neil wechselte mit drei, vier Schritten wieder an die andere Seite der Brustwehr hinüber und brüllte zu seinen Leuten hinab:

»Ein Sandsturm kommt!«

Der Junge – Skaara – zeigte über die Mauern der Stadt hinaus und lehrte ihn das Wort für Sandsturm: »Sha shay ti yu.«

»Na, großartig«, sagte Daniel sarkastisch. »Ein absolut einleuchtender Grund, alle zu erschießen.« Er schloß kurz die Augen, nahm seine Brille ab und massierte mit Daumen und Zeigefinger die Nasenwurzel. Er war erleichtert, aber er war auch – immer noch und *immer mehr* – verärgert. Es war wie ein eisiges Prickeln tief in ihm, etwas, das beständig wuchs und irgendwann – bald – größer sein würde als er. O'Neil war wahnsinnig. Ein Psychopath. Und von einem noch größeren Psychopathen zum Leiter dieser Expedition bestimmt worden.

Sie würden hierbleiben müssen, bis der Sturm vorüber war. *Es ist eine Chance.*

Daniel öffnete die Augen wieder, rückte seine Brille zurecht, ging zu Kawalsky und Brown hinüber und drückte den Lauf ihrer Waffen nach unten.

»Rühr mich nicht an, Jackson«, flüsterte Kawalsky.

Daniel schenkte ihm nur ein böses kleines Lächeln.

»Du hast keine Ahnung. Von nichts.«

»Ich habe«, widersprach Kawalsky tonlos, »eine Ahnung davon, daß du tot umfällst, wenn ich diesen Abzug hier durchziehe.«

Daniel schüttelte den Kopf. »Trotzdem. Du wirst dumm sterben.«

Feretti begriff, daß es möglicherweise längst zu spät war, doch er versuchte es trotzdem, kämpfte sich, das stationäre Funkgerät fest an die Brust gedrückt, durch das Tohuwabohu aus Sturm und Sand, taumelte die lange Rampe empor, hatte nur noch den Schutz, den die Pyramide bieten würde, vor Augen. Die Sturmböen schleuderten Tonnen von Sand über die Welt, und ihr infernalisches Heulen ließ ihn zittern vor Angst. Sie waren gewaltig genug, um ihn in die Tiefe zu schleudern, und er würde es bis an sein Lebensende nicht begreifen, warum genau das noch immer nicht geschehen war; warum er immer noch weitergehen, immer noch sein Gleichgewicht halten konnte. Seine Augen tränten. Es war, als reibe ein Geist unablässig mit Schmirgelpapier darüber, ein Geist aus wirbelnden Staubschwaden, ein Geist, dessen Augen schwarz waren und riesengroß . . .

Feretti zerrte das T-Shirt hoch und vor die Nase, um wenigstens noch atmen zu können. Er wußte, er durfte keine derartigen Sachen denken, keine derartigen verrückten Sachen. Von Geistern. Nicht jetzt. Er mußte sich zusammenreißen. Es war ein Sturm, ein Sandsturm; nichts weiter. Er blinzelte, versuchte die Augen so gut es ging vor den heranprasselnden Sandkörnern zu schützen und wurde langsamer und immer langsamer. *Füße wie Blei. Schaffe es nicht.*

Die Angst, hier draußen zu sterben, trieb ihm Tränen in die Augen. *Sehe nichts mehr.*

Und dann stürzte er nach vorn – und durch den hohen Eingang der Pyramide; stürzte auf die Knie und verharrte sekundenlang, setzte das Funkgerät ab, wischte sich den Sand vom Gesicht. Atmete durch. Seine Augen tränten noch immer; sie waren entzündet wie nach hundert durchzechten Nächten. *Nein. Schlimmer.*

Er nahm kaum Notiz von den anderen.

Sobald er wieder einigermaßen klar denken konnte, schaltete er das Funkgerät ein.

»Mayday! Mayday! – Brown, hörst du mich?«

Er bekam keine Antwort.

Als auch Porro aus dem Sturm hereinstolperte, wußte er, was er falsch gemacht hatte. *Die Pyramidenwände. Sie verhindern den Funkkontakt.* Er riß das Funkgerät hoch, schleppte es durch den hereinfauchenden Staub bis an den Eingang zurück.

Nach einer weiteren Minute glaubte er, Browns Stimme durch das Krachen und Knattern der Interferenzen hören zu können, doch er war sich nicht sicher. Das Brüllen des Sturms war zu laut. Nur für den Fall, daß Brown ihn hören konnte, schrie er seine Warnung noch einmal in das Handy: Daß sie das Basis-Camp hatten aufgeben müssen; daß dieser gigantische Schlamassel sich direkt in ihre Richtung bewegte.

Er erhielt wieder keine Antwort. Nach mehreren Minuten gab er es auf. Er stationierte das Funkgerät – Lautstärke voll aufgedreht – unmittelbar neben dem großen Eingang und stülpte seinen Helm darüber, um es vor dem hereinwirbelnden Staub zu schützen.

Dann zog Feretti sich tiefer in den Schutz der Pyramide zurück. Weißer Sand knirschte zwischen seinen Zähnen.

Keiner von ihnen wußte, ob sich O'Neils Einsatz-Team tatsächlich unter dem Schutz dieser Tausenden von Menschen befand, von denen Brown vor einigen Stunden über Funk berichtet hatte, oder ob sie nicht längst irgendwo da draußen in der Wüste in großen Kochtöpfen ihrem Ende entgegenköchelten.

Aber sie alle spürten, daß ihre Chancen, diese Mission zu überleben, rasend schnell in weite Ferne rückten. Niemand sprach. Sie saßen in einem Halbkreis am Boden, das Gesicht dem Eingang zugewandt, und sahen dem dunklen Sturm zu, wie er immer noch mehr Sand und Staub in die große Halle schleuderte.

Irgendwann stand Freeman auf, ging zu dem Funkgerät hinüber, schaltete es ab und zog es mehrere Meter weit vom Eingang weg.

Feretti starrte ihn an.

»Du vergeudest nur die Batterien«, meinte Freeman. »Solange dieser Scheiß-Sturm da draußen ist, sind wir abgeschnitten. Wir sollten es später versuchen, wenn dieses ›Ding‹ weitergezogen ist.«

»Das ist übel, Mann, das ist sehr übel.« Feretti schüttelte den Kopf. »Ich war vor zwei Jahren in Saudi-Arabien, und ich habe NIEMALS so etwas erlebt. Nicht einmal annähernd.«

Er hätte sich am liebsten in den Hintern gebissen.

Er hatte dafür gesorgt, daß Jackson samt seinen verdammten Büchern diesen Abhang hinabgesegelt war. Es war nur ein kleiner Spaß gewesen, nichts Großartiges. Er hatte nur ein wenig die Selbstkontrolle verloren. *Alles wäre anders gekommen, wenn –*

Er glaubte es, weil er es glauben wollte.

Ohne Jackson war die statistische Wahrscheinlichkeit, daß sie überhaupt jemals wieder nach Hause kamen, gleich NULL. Eine große, fette Null. – Sie waren in einem Alptraum gefangen, waren hier lebendig begraben, und er war derjenige, der den Sarg auch noch zugenagelt hatte. *Phantastisch!*

Reilly, der große Pragmatiker, unterbrach die Stille.

»Ich kapier' das nicht. Warum polen wir dieses SternenTor nicht einfach selbst um? Ich meine, das kann doch nicht so schwer sein?«

»Hey, das ist die Idee.« Feretti verdrehte die Augen, dann erklärte er, warum es nicht funktionieren würde. »Das ist kein Kinderkreisel, den du einfach andersherum drehen oder, wie du das nennst, umpolen kannst. Dieses Ding muß man *justieren*. Und wenn du es nur ein klein wenig falsch justierst, kann es sein, daß wir irgendwo im Weltraum rematerialisieren, im Vakuum. Sehr lustig, wirklich. – Wir brauchen genaue Koordinaten. Hast du eine Ahnung, wie viele Millionen Kombinationen auf diesem elenden Ring möglich sind?«

»Wie viele?« erkundigte sich Freeman mit rauher Stimme.

Feretti dachte ernsthaft darüber nach, versuchte es annähernd abzuschätzen. Dann bemerkte er Freemans Grinsen.

»Phantastilliarden – was?« fragte Freeman.

»Phantastilliarden«, bestätigte Feretti gar nicht amüsiert.

Danach schwiegen sie wieder. Starrten auf das gewaltige Rechteck des Eingangs. Lauschten dem Toben des Sturms, dem Rieseln und Wispern des Sandes. Wie sie da kauerten, hätten sie genausogut Teil eines surrealistischen Spektakels sein können: ein bizarres Publikum, das in einer gigantischen Steinkammer auf den Auftritt der Akteure wartete.

Weit entfernt von dieser imaginären Bühne, jenseits des brüllenden Sturmes, erhob sich der Mond gleich einer mißgebildeten Perle über den Rand dieser Welt und verstrahlte sein helles Leuchten in die Violettönung des Abends. Ein dreieckiger Schatten glitt über den Himmel, verdunkelte den Mond und war bereits wieder verschwunden.

Hinter den undurchdringlichen Schleiern des wirbelnden Sandes verging zögernd das Licht der letzten Sonne.

Die Eingangshalle der Pyramide schien sich aufzulösen; die Formen des Funkgeräts, des Mauerwerks und der Säulen verschwammen mit den Schatten der Nacht. Es war, als habe sich etwas Großes, Unsichtbares aus dem Toben des Sandsturmes heraus zu ihnen geschlichen und das letzte Licht des Tages aufgesaugt.

Die Nacht kam.

Und mit ihr kamen die Geräusche.

Sie hörten sie alle gleichzeitig, rissen die Gewehre hoch, entsicherten sie. Das scharfe metallische Einrasten jagte Feretti einen eisigen Hauch über den Rücken. Aber die anderen Geräusche waren schlimmer.

Sie kamen vom Eingang, und sie waren unverkennbar. Metall auf Metall.

Feretti richtete sich ganz behutsam auf – und dann wußte er Bescheid. Es war sein Helm, der auf dem Funkgerät vibrierte. Im nächsten Moment begann ihre ganze Ausrüstung zu vibrieren. *Und der Boden der Pyramide.*

»Ein Erdbeben! Genau das, was uns noch gefehlt hat, ein gottverdammtes Erdbeben!«

»Das ist kein Erdbeben«, brüllte Freeman über das Klirren hinweg und zog sich tiefer in die Finsternis zwischen den Säulen zurück.

Das Beben wurde schlimmer.

Das pyramidenförmige Luftfahrzeug schwebte über dem Sturm und sank dann rasch tiefer. Gleißende Lichtstrahlen flammten an den Seiten auf und zerschnitten das dunkle Inferno.

Als existierten die Gewalten des Sturms überhaupt nicht, glitt das Gefährt präzise auf die hierfür vorgesehene Landeplattform der großen Pyramide zu. Lange mechanische Greifarme entfalteten sich, schlugen wie die Klauen eines Adlers durch die Luft, fanden mit traumwandlerischer Sicherheit ihre Ziele und verankerten das Dreiecksschiff unverrückbar auf der Spitze des großen steinernen Bauwerks.

Sobald der Landevorgang erfolgreich abgeschlossen war, begann die Transformation der gepanzerten äußeren Teile des titanischen Raumschiffs. Gewaltige Bereiche der Wandung öffneten sich, entfalteten sich wie ein High-tech-Origami. Aus dem Raumschiff wurde ein palastartiges Penthouse der Pyramide.

Noch bevor die langwierige und komplizierte Transformation abgeschlossen war, wechselte die Wesenheit in die Pyramide über.

In den Tiefen des Bauwerkes, dort, wo die völlig identischen Scheiben einander gegenüberliegend in Decke und Boden eingelassen waren, entstand ein blaues Leuchten, wuchs an zu flirrender Intensität.

Feretti glaubte einen eisigen Luftzug aus dem Herzen der Pyramide heranwehen zu spüren. Plötzlich wußte er mit absoluter Sicherheit, daß sie nicht mehr die einzigen Lebewesen in diesem Steinhaufen waren. Die anderen des Teams hatten es ebenfalls wahrgenommen. Ihre Nervosität stieg. Sie hielten die Gewehre im Anschlag, jeder in eine andere Richtung. Und sie flüsterten nur noch, als sie sich kurz berieten.

Etwas kam näher.

Kam durch die dunklen Korridore direkt auf sie zu.

Feretti ließ seinen Handscheinwerfer aufflammen und richtete den Lichtstrahl auf den Mahlstrom außerhalb des Eingangs. Das Tosen und Wirbeln aus Sturm und Staub und Sand war wie eine Mauer. Das Kreischen der Naturgewalten schien unablässig lauter und lauter zu werden. Die Sandverwehungen waren in Bewegung, zerflossen. Das Rieseln der winzigen Sandkörner war deutlich zu hören. Je länger er sich darauf konzentrierte, desto mehr klang es wie ein höhnisches Flüstern. *Essss issst zzzuuu ssspät.*

Feretti schüttelte den Kopf; gleichzeitig hörte er etwas hinter sich.

Er ruckte herum, riß das Gewehr hoch – da war ein Schatten ... und er beugte sich zu ihm herab ...

... eine schakalköpfige Kreatur.

DREIZEHNTES KAPITEL

Die Zeremonie

Hunderte von Menschen füllten den Innenhof, verstopften die Ausgänge, starrten und lachten, sobald sie sich ihrerseits beobachtet fühlten ... und ließen sich dennoch keine Bewegung der Götter entgehen.

»Ich denke, wir sollten uns hüten, irgendwas von dem, was sie uns anbieten, zu essen«, raunte Kawalsky verschwörerisch quer über den Tisch hinweg. Es wäre nicht nötig gewesen. Die Musikanten spielten laut genug, und außer seinen Gefährten verstand ihn ohnehin niemand.

Daniel ging davon aus, daß Kawalsky vor Hunger beinahe umkam und lediglich wissen wollte, ob sie es riskieren würden, von den möglicherweise vergifteten Speisen und Getränken etwas zu sich zu nehmen. Er spielte bedeutungsschwanger mit der gummiartigen, allzu großzügig gewürzten Scheibe Brot herum, lehnte sich über den Tisch und sagte unheilvoll: »Wenn wir nichts essen, könnten sie das als Beleidigung auffassen.«

Kawalsky nickte hastig. »Ah ja, verstehe.«

Daniel hob abwehrend beide Hände – *Keine Ursache!* – und widmete sich wieder ganz den auf ihn einstürzenden Bildern, Eindrücken, Geräuschen und Gerüchen. Eine stille Zufriedenheit erfüllte ihn gleich einer wohlgehüteten Glut.

Das Fest in dem großen Innenhof war bereits seit einer Stunde im Gange, und bisher war noch kein Essen serviert worden. Fackelschein spielte über die geheimnisvolle Scheibe und das Udjat-Auge, das sie aus der Höhe herab unablässig zu beobachten schien. Sie alle saßen mit gekreuzten Beinen an den langen, niedrigen Tischen, die in dem Hof – auf farbenprächtigen, wundervoll gewobenen Teppichen – aufgestellt worden waren. Inmitten des von den Tischen begrenzten Gevierts hatten die Musikanten Aufstellung bezogen, zupften ihre Saiteninstrumente und sangen etwas, das wie das ständig wiederholte gleiche Lied klang. Früher am Abend hatte Corporal Brown, zweifellos der beste Gitarrenspieler des Einsatzkommandos, die Menge mit ein paar Improvisationen auf einem ihrer Instrumente – einem klobigen Ding, das wie eine Zither aussah – erfreut. Hunderte von Leuten hatten ihm bereits zugejubelt, als er die ersten Versuche auf den drei Saiten absolvierte; dann hatte er Blues-Riffs zum Besten gegeben, und die Zuschauer hatten von Daniel und Kawalsky den Refrain aufgegriffen, hatten mit Fingerschnippen den Takt gehalten und zu tanzen begonnen – die Stimmung war *explodiert*.

Die momentane Darbietung der einheimischen Gruppe –

eine minimalistische, winselnde Musik, die Daniel an die von rhythmischem Klatschen begleiteten *Balee*-Gesänge jener nubischen Hochzeitszeremonie erinnerten, die er während seines Aufenthalts in Oberägypten hatte miterleben dürfen – begeisterte dagegen nur noch ihn.

Der Tisch, an dem er und seine Gefährten Platz genommen hatten, war für insgesamt zweiundzwanzig Menschen gedeckt; vier ›Götter‹ und achtzehn Einheimische – allesamt Männer. Soweit Daniel das beurteilen konnte, erschöpfte sich die Rolle der Frauen in dieser Gesellschaft darin, möglichst unauffällig zu servieren und sich dann rar zu machen. Kasuf war einer der achtzehn Einheimischen; alle waren sie betagt, bärtig und, trotz der Abendhitze, in jutesackähnliche und ungemütlich wirkende graue Roben mit schweren Kapuzen gekleidet. Es war offensichtlich, daß sie eine Art Ältestenrat darstellten und die Stadt regierten. Sie schienen eine gute Zeit zu haben.

Dann kam Bewegung in die Menschenmassen, und er war – rechtzeitig genug – abgelenkt. Eine Prozession von Frauen in schimmernden seidenen Gewändern trat in den hellen Lichtkreis der Fackeln. Besteck und alle Arten von Geschirr wurden auf den Tischen verteilt – Kochtöpfe und irdene Platten, Schüsseln und Teller – und sogleich mit Gemüse und appetitanregenden Vorspeisen behäuft; noch mehr Frauen traten hinzu und brachten roh gefertigte Zinnbecher und große Karaffen mit Wein, auf dessen Oberfläche Disteln schwammen. Und dann, ganz zuletzt, als Höhepunkt, der von den Anwesenden mit begeisterten kleinen Ausrufen begleitet wurde, wurden die beiden ein Meter langen, an Stangen befestigten Terrinen herbeigetragen und auf dem sich durchbiegenden Tisch abgesetzt. Kawalsky hob neugierig das Tuch an, das über die schwere Terrine vor ihm drapiert war und prallte – sobald er sah, was sich darin befand – in blankem Entsetzen zurück.

Es war etwas Riesengroßes; eine Eidechse – oder das, was auf dieser Welt und in dieser Größe einer Eidechse entsprach. Die krallenbewehrten Läufe, der Bauch und der grinsende Schädel ragten aus der dampfenden Brühe, als sei sie ganz friedlich gestorben, während sie ein kleines Bad genommen hatte. Aber sie hatte kein Bad genommen, jedenfalls nicht freiwillig, und erst recht nicht war sie friedlich gestorben: Man hatte sie am Stück gekocht – mit Haut, Augen, Schwanz und allem –, und nun lag sie rücklings, alle viere obszön von sich gereckt, in dieser Terrine. Ihre aschgraue Schuppenhaut erinnerte an die einer Wüstenschlange. Die Lippen des Tieres hatten sich während des Kochvorgangs zurückgezogen und entblößten ein leuchtend gelbes Zahnfleisch.

Daniel fielen unvermittelt mindestens drei Dutzend guter Gründe ein, die für eine vegetarische Ernährung sprachen.

»Okay, Jackson, schließlich wollen wir sie nicht vor den Kopf stoßen, hab' ich recht?« knurrte Kawalsky in einem verzweifelten Versuch, sarkastisch zu sein.

»Erbitte Erlaubnis zum Kotzen, Sir!« schnarrte Brown zackig – und nur mühsam beherrscht. »Die können doch nicht ernsthaft erwarten, daß wir das essen – oder?«

In einer völlig synchronen Bewegung wandten sie alle den Kopf und starrten ans Kopfende des Tisches. Kasuf und seine Mitregenten forderten sie mit enthusiastischem Winken auf, zuzulangen.

Daniel schenkte ihm sein begeistertstes Lächeln (genau wie die anderen des Teams) und starrte wieder auf das ekelhafte *Reptile du jour* (ebenfalls genau wie die anderen des Teams).

Kawalsky war es schließlich, der den Bann brach »Na, Jackson, wie wär's mit einem hübschen, großen, saftigen Schlegel?«

Daniel räusperte sich. »Es kann nicht schlimmer schmecken als das Essen zu Hause, im Silo.« Er nahm an, daß ihn das der Mut der Verzweiflung hatte sagen lassen. Er nahm des weiteren an, daß es wirklich genießbar war, und, da es in Kawalskys Reichweite stand, bald genug verschwunden sein würde.

»Es könnte giftig sein«, gab Erik Brown zu bedenken. »Wir sollten es nicht essen.«

»Er hat recht.« O'Neils Stimme hatte einen völlig geschäftsmäßigen Tonfall. »Und da wir es uns nicht leisten können, Jackson zu verlieren, werden Sie den Vorkoster spielen, Kawalsky.«

Kawalsky war eindeutig zu hungrig, um zu protestieren; so, wie es aussah, würde er sich später mit den Folgerungen auseinandersetzen, die sich geradezu zwangsläufig aus O'Neils Befehl ergaben. Jetzt griff er erst einmal nach dem großen Tranchiermesser, warf den Ältesten einen letzten fragenden Blick zu, bestätigte ihr heftig aufforderndes Nicken durch ein ebensolches und säbelte einen der fleischigen Hinterläufe des Reptils ab. Da er nervös war, entglitt ihm der Schlegel und versank mit einem beachtlichen Platschen in der Brühe. Gelächter wurde laut. Kawalsky hob den Kopf und sah sich mit einer Million Blicken konfrontiert; die halbe Stadt beobachtete ihn. Er zwang ein Lächeln auf sein Gesicht, fischte seine ›Beute‹ aus der Terrine und plazierte sie auf seinem Teller. Er schnitt eine dünne Scheibe ab, spießte sie mit der Gabel auf und hob sie an die Lippen. Er atmete tief aus; ließ das *Alien*-Fleisch in seinem Mund verschwinden; schob es auf der Zunge hin und her. Die Menschen begannen erneut zu lachen, dieses Mal über den Ausdruck auf dem Gesicht des Hünen. Er riskierte ein erstes Zubeißen und begann, als nichts passierte, zu kauen.

»Schmeckt wie Hühnchen.«

»Und es ist nicht giftig?« murmelte Brown skeptisch – und ziemlich grün im Gesicht. »Ich meine, kann man es essen?«

»Woher soll ich das wissen?« Er schnitt eine weitere Scheibe ab. »Frag sie mal, ob sie Salz haben?«

Kasuf beobachtete mit intensivem Interesse, wie Kawalsky kaute. Sein Starren, seine ganze Körperhaltung drückte aus, daß die Akzeptanz des Mahles für ihn eine Sache von Leben und Tod war.

Daniel beschloß, ihn zu beruhigen. *Niemand sollte während einer Feier so angespannt dasitzen müssen.* Er erinnerte sich sehr gut an das eine Wort, mit dem der alte Mann den Schokoriegel kommentiert hatte. *Bonniwae.* Sehr gut.

Daniel beugte sich ein wenig vor. »Schmeckt gut ... äh ... du weißt schon, es ist ... Bonniwae!«

»Bonniwae?« Kasuf stierte ihn entsetzt an.

Daniel räusperte sich frustriert, und die kleine, böse Flüsterstimme in seinem Kopf sorgte für den Rest. *Es war das falsche Wort zur falschen Zeit, Jackson. Du hast es vermasselt.* Vielleicht bedeutete es in seiner Sprache ›süß‹. Oder ›klebrig‹. Oder: *Du hast es geschafft, du hast mich mit diesem Zeug reingelegt.* Irgend etwas in der Art.

Er war ein Versager. Ein Blindgänger.

All seine Reisen, all die Sprach-Kurse, die er gegeben hatte, und er konnte diesem alten Mann nicht einmal die simple Bedeutung von ›köstlich‹ übermitteln. Kasuf redete ärgerlich auf die Frauen ein. Daniel versuchte es noch einmal.

»Nicht bonniwae . . . Äh . . . Schmeckt wie Hühnchen. Gack-gack-gack.« Er sprach es ganz langsam aus, sah ihn an, hypnotisierte ihn regelrecht. *Kapier's doch, Mann! Bitte!* Doch Kasuf hatte definitiv noch niemals in seinem Leben ein Hühnchen gesehen, und deshalb kapierte er gar nichts. Daniels Verstand arbeitete auf Hochtouren – das hier konnte gefährlich werden. Dann hatte er es. Er klemmte die Daumen unter die Achselhöhlen und wedelte mit den nun angewinkelten Armen – gab seine ganz persönliche Hühnchen-Imitation zum Besten. »Gock-gock-gock.«

Niemand hatte eine Ahnung, was er da tat – er sah es ihnen an. *Verdammt, verdammt!* Sie starrten ihn mit ausdruckslosen Gesichtern an. Jetzt war es an Kasuf, sich zu räuspern. Er schien eine Höllenangst davor zu haben, unhöflich zu ein. Er lächelte beruhigend. Und dann imitierte Kasuf, das normalerweise so würdevolle Stadtoberhaupt, Daniels Imitation, winkelte die Arme an, wie er es bei ihm gesehen hatte, wedelte damit – und:

»Gock-gock-gock-gock!«

»Gib's auf, Jackson, gegen den hast du keine Chance«, riet Kawalsky mit vollem Mund.

»Niemals«, erwiderte Daniel weit verbissener als beabsichtigt.

Es mußte einfach eine Möglichkeit der Kommunikation mit diesen Menschen geben! Er würde nicht aufgeben. Natürlich nicht. Er mußte diese Möglichkeit finden.

Fürs erste allerdings verfiel er jetzt in dumpf-brütendes Nachdenken.

Ringsumher dauerte das sorgfältig inszenierte Festmahl an. Nach Kawalsky war auch der sonst eher zurückhaltende Brown mutiger geworden. Gemeinsam kosteten sie begeistert die zahlreichen exotischen Speisen, die ihnen aufgetischt wurden. Sie scherzten und lachten mit den Ältesten am Tisch, ließen sich vorsagen, wie die jeweiligen Speisen hießen und verdrehten die

Worte dann in Comic-Sprache. Die braune, sämige Soße beispielsweise, die ein wenig wie Schweinefleisch-Teriyaki schmeckte, hieß *Mba hinjwui*. Schon bald darauf verballhornten sie sie lachend als *Mhhh Pinscherpfui*.

Daniel verdrehte die Augen.

Nur O'Neil blieb weiterhin so ungerührt wie ein Stein. Er beobachtete und dachte nach – und wartete; wie üblich. Er aß lediglich ein wenig von dem dunklen Brot. Das Wasser trank er erst, nachdem er die antiseptischen Tabletten darin aufgelöst hatte.

Daniel Jackson hatte sich an das andere Ende des Tisches gesetzt und mühte sich ab, Kasuf in ein Resultate zeitigendes Palaver zu verwickeln, doch ihre Sprachen waren so unterschiedlich, daß sie lediglich bei den einfachsten Begriffen mittels Handzeichen eine Verständigung fanden. In diesen Minuten fühlte O'Neil sich ihm nahe. Er konnte ihn verstehen, weil er wußte, wie es war, wenn man reden wollte und keine Worte und nicht einmal das gemeinsame *Vokabular* einer Zeichensprache dafür hatte.

Irgendwann hatte er den Einfall gehabt, es mit einer Art Pantomime zu versuchen. Es kostete ihn mehrere Minuten, das Ganze zu einer Frage nach dem Sinn des Bergwerkes werden zu lassen ... und dann war plötzlich das Mädchen wieder da.

Sie trug einen großen Korb und bot den Ältesten am gegenüber liegenden Ende des Tisches Brot an. Spätestens jetzt verlor Daniel endgültig den Faden dessen, was eine pantomimische Konversation hatte werden sollen.

Kasuf folgte seinen Blicken.

Es war ihm gleichgültig. Er bemerkte es gar nicht richtig.

Sie war strahlend schön. Sie trug ihre langen, schwarzen Haare jetzt offen, und sie ergossen sich wie eine Flut über ihre Schultern. Sie hatte ein weit geschnittenes blaues Tuch wie einen malaiischen Sarong um ihre Taille geschlungen. Ihre Bluse hatte die Farbe eines guten Apricot-Brandys. Sie war hauchdünn und ließ ihren Bauchnabel frei. Als das Mädchen näherkam, sah Daniel – ob er wollte oder nicht – wie hauchdünn (und durchsichtig) die Bluse war. Er spähte verlegen in eine andere Richtung... und wieder zu ihr hin; er versuchte sich auf ihre Schultern zu konzentrieren, mindestens. Er folgte jeder ihrer Bewegungen, ihrer Gesten, als sie die Reihe der Ältesten entlangging. Er begriff, daß er sich absurd benahm; doch er war völlig hingerissen von diesem Mädchen, das er nicht kannte und gar nicht kennen *konnte*. Sie strahlte etwas aus... etwas, das jenseits ihrer äußeren Schönheit war; etwas, das ihn zu ihr hinzog. Er beobachtete ihre Hände. Ihre dunklen Augen, das ›Timing‹ ihres Lächelns. Sie war elegant und erfahren, weit über ihr Alter hinaus, und jede ihrer Gesten verriet Intelligenz. Irgend etwas an ihr war so vertraut, so ›richtig‹.

Als er sie das erste Mal gesehen hatte, war sie ihm so furchtsam und zaghaft vorgekommen, doch inzwischen hatte er erkannt, daß dies lediglich eine Art dieser Menschen war, Höflichkeit auszudrücken – und sie waren unglaublich höflich. Jeder, den das Mädchen bediente, schien erpicht darauf zu sein, ein Gespräch anzufangen, gerade so, wie man das bei einer Lieblings-Enkelin tun würde. Die Tiefe ihrer Konzentration, wenn sie zuhörte, und das Blitzen in ihren Augen, wenn sie antwortete, verrieten Daniel zumindest soviel: daß sie sich absolut wohl fühlte unter den Herrschenden dieser Stadt; daß sie selbstbewußt war; und daß sie einen ausgeprägten Sinn für Humor besaß. Mehrere Male sagte sie Dinge, die ihre Gäste lachen ließen. Sie schien klug genug zu sein, um mit Menschen umgehen zu können; und warmherzig genug, um echte Freude dabei zu empfinden.

Er seufzte.

Etwa zwei Dutzend Tagträume zerplatzten wie Seifenblasen.

»Und da kommt sie auch schon, Romeo«, sagte Brown mit einem Grinsen auf dem Gesicht.

Daniel hegte den Verdacht, daß jeder, der nicht blind oder hirntot war, längst wußte, was mit ihm los war.

Es ist nicht leicht, das Gesicht zu wahren, wenn man es eigentlich gar nicht wahren will, nicht wahr?

»Ich – äh – habe noch ein wenig Hunger...«, murmelte er.

Brown ging gar nicht darauf ein.

»Wird schon nicht so schlimm werden. Ihr zwei könnt eure

Flitterwochen in der Pyramide verbringen. Nimm dir ein kleines Appartement hier in der Stadt. Such dir einen Job in der Mine. Vielleicht kannst du ihnen ein bißchen Nachhilfe in Griechisch und Latein geben und damit dein Gehalt aufbessern. Gründe eine kleine Familie.«

Der Wissenschaftliche Offizier amüsierte sich ohne Ende. Daniel hätte ihn am liebsten erwürgt, doch statt dessen wandte er sich ab, ertappt und befangen gleichermaßen, und gab vor, den Musikanten zuzuhören; schnippte den Takt mit Daumen und Mittelfinger und pfiff die Melodie mit.

Browns Geschwätz hatte ihn wie ein Dolchstoß mitten ins Herz getroffen. *Du befindest dich in einem anderen Teil des Universums, Daniel Jackson, du erkundest eine unbekannte Welt und feierst gerade mit ihren exotischen Bewohnern – schon vergessen? Du kannst also nicht davonlaufen. Du solltest der Wahrheit ins Auge sehen . . .*

Er war ein wirklichkeitsfremder, romantischer Idiot, wenn es um das andere Geschlecht ging.

Das nächste, das er bewußt wahrnahm, war, daß sie neben ihm kniete und ihm den Korb reichte. Sie hielt die Augen gesenkt, und sie schien ein ganz klein wenig zu lächeln. Er wählte etwas aus, das eine Menge Ähnlichkeit mit einer Erdbeere mit Haaren hatte. Seine Gedanken überschlugen sich. Bei den anderen war sie so lebhaft und herzlich gewesen, und bei ihm hielt sie die Augen strikt auf den Boden gerichtet. *Es ist nicht leicht, ein Gott zu sein, Daniel Jackson.* Traurig bedeutete er ihr, daß er seine Wahl getroffen hatte; daß sie zum Nächsten weitergehen konnte.

Gedankenverloren führte er die Beere an den Mund – und wurde aufgehalten. Es war ihre Hand. Sie umfaßte seine Hand, nahm die Beere. Rückte, immer noch auf den Knien, sehr nahe heran und zeigte ihm, daß man diese Frucht zuerst schälen mußte, bevor man sie essen konnte. Sie zupfte die kleinen Wurzeln aus, dann brach sie die pergamentene Schale auf, zog sie ab und entblößte das saftige grüne Innere.

Äußerlich blieb Daniel vollkommen ruhig. Er sah ihr mit angemessenem Interesse zu.

Innerlich kam er sich vor wie ein vollbesetztes Theater, das sich übergangslos in ein flammendes Inferno verwandelte. Äußerste, alles niedertrampelnde Panik überall.

Das Mädchen sah ihn an, wartete darauf, daß er die Frucht wieder an sich nahm. Er nahm sie nicht wieder an sich, und so tat sie etwas, das sie selbst mindestens so sehr überraschte wie ihn. Sie hob die Beere an seine Lippen . . . schob sie ihm ganz sanft in den Mund.

Es war zärtlicher, intimer, als ihnen beiden lieb war.

Einige der Anwesenden stimmten einen Chor aus *Ohhhs* und *Ahhhs* an. Daniel wandte sich der Menschenmenge zu. Hundert oder mehr neugierige Augenpaare waren auf ihn gerichtet, strahlten ihn an.

Das Mädchen huschte blitzartig davon.

Daniel starrte ihr sprachlos hinterher.

Kasuf sah zu einer Gruppe älterer Frauen hinüber. Sie besprachen sich untereinander, dann nickten sie ihm zu. Eine Entscheidung war getroffen worden.

»Sieht so aus, als würde deine Freundin Ärger bekommen«, kommentierte es Kawalsky lautstark von seinem Platz am anderen Ende des Tisches her – eine Bemerkung, die selbst von denen verstanden zu werden schien, die nicht Englisch sprachen.

O'Neil mischte sich ein.

»Sie sollten nicht soviel reden, Lieutenant, sondern Ihre Eidechse essen.«

Was Kawalsky augenblicklich tat.

»Jackson, kommen Sie her!«

Daniel stand auf und ging zu O'Neil; der Colonel saß halb in den Schatten, zündete sich eine Zigarette an.

»Sie sagten, dieses Ding sei ein ägyptisches Symbol, richtig?«

»Das Udjat-Auge, ja. Man nennt es das Auge des Ra«, erklärte Daniel. »Es gibt verschiedene Ausführungen des Motivs, aber in den Grabstätten in Hierakonpolis und Abydos sind –«

»Ja, ja, was auch immer. Sehen Sie, momentan interessiert mich nur eines: Wenn sie *ein* ägyptisches Symbol kennen . . .«

». . . dann kennen sie bestimmt auch andere!« führte Daniel den Gedanken zu Ende und verstand nicht, warum er nicht selbst darauf gekommen war. »Wir könnten *schriftlich* kommunizieren. Lassen Sie's mich versuchen.« Er stieß sich hoch und ging – die Aufmerksamkeit aller auf sich gerichtet – zu den Ältesten. Dort ließ er sich auf die Knie nieder, schlug die Teppiche zurück, strich über das festgestampfte Erdreich darunter und überlegte sich ein geeignetes Symbol-Wort.

Das erste, das ihm einfiel, kritzelte er hin: BANKETT.

Als er aufblickte, sahen die Ältesten aus, als würden sie an ihrem eigenen Essen ersticken. Kasuf taumelte hoch, schrie Daniel an. Daniel war völlig außer sich – fassungslos. Möglicherweise bedeutete das Zeichen, das er verwendet hatte, in ihrer Sprache etwas sehr Häßliches. Er wischte das Symbol aus und begann seinen ganz persönlichen historischen Satz niederzuschreiben. Es war der erste Satz, den er damals in Hieroglyphenschrift zu schreiben – und zu lesen – gelernt hatte; die erste Übung in *Gardiners Grammatik*:

Der Eine, der gekommen ist in Frieden und die Himmel durchquert, ist Ra.«

Daniel hatte die dreiundzwanzig Symbole dieses Satzes nicht einmal zur Hälfte vollendet, als Kasufs Sandalen darauf niederstampften. Der alte Mann führte sich wie tollwütig auf; die Augen abgewandt, tilgte er die Botschaft wie rasend mit den Füßen aus. Noch während er dies tat, kreischte er – an die Menge gewandt – Instruktionen; befahl den Menschen zu verschwinden und ließ – in Daniels Richtung – alle paar Sekunden ein nervöses Lächeln aufblitzen.

Daniel erfaßte die ganze Situation in einer blitzlichtartigen Klarheit; da war ein Gedankensturm:

Er fürchtet sich vor den Schriftzeichen ... Als sei es strikt verboten, etwas aufzuschreiben. Von den Göttern verboten. Und er, als Bewahrer der Seinen, ist dafür verantwortlich, daß das Gesetz befolgt wird. Wenn er uns tatsächlich für Abgesandte des Ra hält ... dann hat er ein echtes Problem. Dann muß er sich entscheiden: Gilt das Verbot jeglichen Schreibens auch für die Götter selbst? – Oder ist es nur eine Prüfung? Und was ist mit Thoth, dem ägyptischen Schutzherrn der Schreibkunst?

Der Sekundenbruchteil war vorbei. Kasuf zerrte ihn auf die

Füße, lächelte genauso panisch wie begütigend und ließ einen Sturzbach von Worten auf ihn niedergehen; dann bugsierte er ihn zu seinen Gefährten – und eilte in großen, sehr zielstrebigen Schritten durch die sich widerwillig auflösende Menge davon.

Daniel gesellte sich schulterzuckend zu O'Neil und den anderen.

»Wie kommt es, Jackson, daß jedesmal, wenn ich Ihnen sage, Sie sollen mit diesen Leuten kommunizieren, am Ende nur helle Aufregung herrscht? Was zur Hölle haben Sie geschrieben?«

»Nichts Schlimmes ... Das Symbol für FEST oder BANKETT. Es ist eine totale Überreaktion und ...«

»Wirklich eine ziemlich heftige Reaktion«, zog Kawalsky ein vorläufiges Resümee.

»Ich weiß, es ist ... als würden sie sich vor dem Schreiben fürchten.«

»Eher, als sei es ihnen nicht erlaubt, zu schreiben«, stellte es O'Neil richtig. »Diese Leute scheißen sich vor Angst ja beinahe in die Hosen.«

Kasuf kehrte zurück, umrundete in weitem Bogen die Stelle, an der er die krakeligen Schriftzeichen ausgetilgt hatte, warf sich vor Daniel auf die Knie und redete wie ein Maschinengewehr. Er schien sich zu entschuldigen, und Daniel kam sich mehr denn je wie in einem Irrenhaus vor.

Währenddessen näherte sich eine Gruppe junger Männer, um die Tische wegzutragen. Kawalsky schnappte sich hastig ein letztes Stück Rieseneidechsen-Braten. Kasuf beendete seine Ausführungen, richtete sich auf und zitierte die älteren Frauen herbei. Sie umringten Daniel, sprachen auf ihn ein, kicherten über ihre eigenen Scherze und berührten seine Kleider, seine Haare ... und zogen ihn mit sich.

»Soll ich?« fragte er O'Neil verunsichert. Und die lästige Großvater-Gedankenstimme in seinem Kopf raunte ihm bereits die Antwort zu: *Nein, du sollst nicht. Du solltest unnötige Risiken vermeiden. Du mußt diese Männer durch das SternenTor und nach Hause zurückbringen. Du trägst die Verantwortung ... Irgendwie, zumindest.*

Noch mehr Frauen strömten in den Innenhof und bedeuteten

O'Neil, Kawalsky und Brown, daß es auch für sie hoch an der Zeit war, zu den Schlafquartieren geleitet zu werden.

»Mach schon«, rief O'Neil ihm hinterher.

Es klang nicht unfreundlich.

Was allerdings nicht bedeutete, daß es freundlich klang. Es klang gleichgültig. Als habe der Colonel sich soeben endgültig in ein vorbestimmtes Schicksal ergeben. Vielleicht war ihm der Gedanke gekommen, daß es in einer Stadt, in der das Schreiben verboten war, auch keine Schriftzeichen geben konnte. Und somit auch keine Koordinaten-Symbole für das SternenTor.

Damit mußte ein gewisser Daniel Jackson zweifellos ziemlich wertlos für ihn geworden sein.

So, wie es aussah, stand Daniel ab sofort auf O'Neils imaginärer Liste der entbehrlichsten Personen an prominentester Stelle.

Feretti hätte am liebsten vor Wut und Schmerzen losgebrüllt, doch er tat es nicht; noch immer halb besinnungslos, begriff er gerade noch, daß er – Kopf nach unten – über einen marmornen Boden geschleift wurde und daß es ihm sehr, sehr schlecht ging. So mußte man sich fühlen, wenn man von der U-Bahn getroffen worden war. Er wußte, daß er die Augen öffnen wollte; daß er wach bleiben ... *am Leben* bleiben wollte.

Wer – oder was – auch immer ihn mitgenommen hatte, stoppte unvermittelt und ließ ihn los. Er stürzte. Nein, seine Beine stürzten. Schlugen schmerzhaft auf dem Boden auf. Feretti konzentrierte sich auf sein Atmen. Er konnte Blut in seinem Mund schmecken. Der Marmorboden kühlte sein Gesicht.

Irgendwann gelang es ihm tatsächlich, die Augen zu öffnen.

Er sah, wohin sie ihn gebracht hatten. Da war ein Sarkophag. Er stand in der Mitte des Raumes ... der Kammer ... Auf einem ein Meter zwanzig hohen steinernen Sockel. Er hatte noch niemals zuvor einen Sarkophag gesehen, aber als er dieses Ding sah, wußte er sofort und ohne jeden Zweifel, was es war. Er unterstellte, daß er für ihn war.

Dann begann sich das Ding zu bewegen ... zu verändern. Ein Teil der granitenen Wandung glitt weg; es war verrückt, doch er mußte ununterbrochen an Blumenblätter denken ... Blumenblätter einer sanften, mechanischen Lotos-Blüte.

Das Innere des Sarkophags hob sich; eine Art Plattform kam in Sicht.

Auf der Plattform lag ein menschlicher Körper. Er war in dunkle, feuchte Tücher eingeschlagen.

Die Gestalt *begann zu leben!*

Setzte sich auf. Zerrte die klammen Leichentücher von sich.

Feretti hörte ein jämmerliches Winseln und begriff, daß er das gewesen war. Er wollte sich herumwerfen, wollte davonkriechen, irgendwohin; in die Schatten an den Mauern. Aber es ging nicht. Es ging nicht.

Die Tücher flatterten wie Fledermausschwingen zu Boden, raschelten. Und Feretti starrte voller Grauen auf ein funkelndes, goldenes Antlitz, auf die *lebende* Totenmaske des Tut-anch-Amun. Teilweise menschlich, teilweise ... außerirdisch. Die schwarzen Augenhöhlen richteten sich für einen unerträglich langen Moment auf ihn, dann wandte sich das Etwas ab.

Feretti wußte, daß er diesen Anblick niemals wieder vergessen würde, daß er in alle Ewigkeit davon träumen würde ... selbst im Tod.

Der dunkle Bann zersplitterte. Feretti stieß ein Keuchen aus, wälzte sich herum, begann loszukriechen. Die Schmerzen waren wie eine Horde Ratten, und sie waren direkt in seinen Eingeweiden; sie begannen ihn von innen her zu zerfleischen.

Seltsam, er nahm alles völlig entrückt wahr.

Viel zu gelassen.

Er hörte die Explosionen seines Atems.

Kroch weiter. Weiter.

Dann hörte er die Bewegung hinter sich, und gleich darauf schmetterte etwas mit vernichtender Wucht auf seinen Schädel herab.

Nachdem die Frauen gegangen waren, ließ sich Daniel auf das gewaltig große Bett im Zentrum des Raumes fallen und stieß ein lautes Seufzen der Erleichterung aus.

»Ich rieche wie ein Yak«, sagte er zu den Wänden.

In der letzten halben Stunde war er von einer ganzen Horde enthusiastischer Matronen eingeseift, rasiert, entkleidet, gebadet, gepudert, gekämmt, manikürt, massiert, parfümiert und schließlich in eine lange weiße Robe gehüllt worden. Er wollte nicht mehr daran denken. Die Matratze fühlte sich wie mit Stacheldraht gefüllt an. Es war ihm gleichgültig. Es war okay. Es war gut, ausgestreckt dazuliegen und sich zu entspannen. Sein ganzer Körper war wund, zerkratzt, sonnenverbrannt. Er hatte ein wenig Schlaf dringend nötig.

Aber natürlich schlief er nicht.

Daniel ließ den Tag Revue passieren und spielte eine Weile mit dem Gedanken, sich noch eine Stunde hinzusetzen und alles aufzuschreiben. Er konnte es kaum glauben, daß er das SternenTor vor achtundvierzig Stunden zum ersten Mal gesehen hatte. *Achtundvierzig Stunden!* Sein Leben hatte in diesen achtundvierzig Stunden beschleunigt, als sei es über Nacht mit ein paar Trägerraketen versehen worden, und nun lag er hier in diesem Bett, im Gästequartier dieser Stadt, die genausogut im alten Ägypten existiert haben könnte.

Er war sich noch immer nicht ganz sicher, ob es ihn nicht doch irgendwie in den Traum – oder Alptraum – eines Archäologen verschlagen hatte. *Wenn, dann ist er verdammt real.* Die Kleider dieser Leute, ihre Gebräuche, ihre Architektur, ihre ganze Weltordnung – jedes auch noch so winzige Detail faszinierte ihn; es waren Puzzleteilchen. Alle seine Vorstellungen, seine Träume davon, wie das Leben am Nil in den Jahren 8000 bis 200 vor Christus beschaffen gewesen sein mochte, schienen zum Leben zu erwachen, sich zu verändern. Oder, ein wenig anders ausgedrückt: Sie wurden ziemlich exklusiv auf den aktuellen – oder der Wahrheit am nächsten kommenden – Stand gebracht.

Es war ein beinahe verrückt machendes Gefühl; etwas wie Schweben und Purzelbäume schlagen – und zwar gleichzeitig. Aber natürlich war es nicht perfekt. Noch nicht. Daniel wußte, es würde erst dann wirklich perfekt sein, wenn er den Code fand, der das SternenTor in der Pyramide aktivierte. *Die Symbole, die in Wirklichkeit Sternbilder sind. Die Koordinaten der Erde.* Er erinnerte sich an das Gespräch mit General West und an das Versprechen, das er gegeben hatte: das Einsatzkommando zurückbringen zu können. Er hatte eine ganze Weile nicht mehr daran gedacht – genaugenommen, seit sie an diesem unheimlichen Ort angekommen waren und die große, verlassene Pyramide in der Wüste gesehen hatten.

Eine Sekunde verging, und dann noch eine und noch eine, und Daniel hätte noch immer nicht sagen können, daß es ihm leid tat. Da war nur ein leises Unbehagen. Er war ein Mann, der sein Wort nicht leichtfertig gab. Nicht einmal einem Idioten wie General West. Morgen würde er sich auf seinen Job konzentrieren!

Er würde Nagada – so hatten die Frauen die Stadt genannt – verlassen müssen. Denn obwohl die hier lebenden Menschen gütig waren und über alle Maßen entgegenkommend, stand für ihn doch fest, daß sie ihm keine sonderlich große Hilfe bei seiner Suche nach den benötigten Hieroglyphen sein würden. Er hatte seine Erfahrungen gemacht; es reichte. Er hatte Kasufs Reaktion erlebt und, nach dem jähen Ende der Feier, die Reaktionen der Frauen, von denen er in diesen Raum geführt worden war.

Eine von ihnen hatte ihm eine auf Hochglanz polierte Silbertafel vor das Gesicht gehalten und ihm bedeutet, er möge sie als Spiegel verwenden. Er hatte sie als Schreibtafel verwendet; hatte etwas von ihrem weißen Puder darübergestäubt und dann die ersten Symbole gezeichnet . . .

. . . und sich gleich darauf gewünscht, niemals damit angefangen zu haben. Sie waren völlig außer sich gewesen; ihre Gesichter waren zu Zerrbildern geworden; sie hatten sich alle gleichzeitig auf ihn gestürzt und losgezetert, hatte ihm, die Augen abgewandt, den provisorischen Spiegel entrissen und den Puder davongepustet. Es hatte lange gedauert, bis sich ihre aggressive Aufregung wieder gelegt hatte, und jetzt, da er die genaue Abfolge der Ereignisse noch einmal aus einer gewissen Distanz heraus vor Augen hatte, wurde Daniel den Verdacht nicht los, daß die darauffolgende Massage vor allem aufgrund seines wiederholten ›Frevelns‹ so ruppig ausgefallen war.

Fazit: Die Leute hier wußten ganz genau, was Schriftzeichen waren – andernfalls würden sie nicht derart rasch und heftig darauf reagieren. Demnach dürfte O'Neil mit seiner Theorie – daß es ihnen verboten war, zu schreiben – richtig liegen.

Die Frage war, *wer* es ihnen verboten hatte. Andererseits war das nicht sein Problem. Noch nicht.

Eine andere Stadt, dachte er, nun bereits sehr schläfrig. Er mußte irgend jemanden dazu bringen, ihn in eine andere Stadt zu führen, in der die Leute sprechen, schreiben und selbständig denken durften.

Er schloß die Augen. Tief unten, in den Straßen, konnte er Musik hören und Stimmen und die Bewegungen zahlreicher Menschen.

Wenig später bemerkte er ein Wispern an der Tür seines Gemaches.

Daniel fuhr kerzengerade hoch und war schlagartig hellwach. Die Tür wurde behutsam aufgedrückt, eine Hand teilte den schweren Brokatvorhang, erlaubte jemandem, hereinzuhuschen.

Es war das Mädchen.

Sie kam auf ihn zu, den Blick gesenkt, in eine lange, weiße Robe gehüllt. Dieselbe Robe, die auch er trug. Daniels Herz hämmerte plötzlich direkt in seinem Hals. Er kam auf die Füße und wunderte sich noch immer darüber, was hier vor sich ging. Das Mädchen sah sehr nervös aus und unsicher. Aber sie kam näher, kam näher. Es war, als verdunkelte sich der Schein der Fackeln in ihrer Gegenwart, als würden die tanzenden Schemen immer heller.

Als sie den Raum zur Hälfte durchquert hatte, stoppte sie und löste die Schärpe, ließ die Robe zu Boden gleiten. Offenbarte sich ihm in ihrer ganzen Nacktheit; ihrer ganzen Verletzlichkeit.

Daniel schluckte.

VIERZEHNTES KAPITEL

Die Entdeckung

Alles in dieser altertümlichen Stadt war rauh, baufällig, verunstaltet. Und der Verputz dieser Schlafkammer war, wie Daniel nach einem intensiven Studium von mehreren Sekunden zweifelsfrei festgestellt hatte, am allerschlimmsten; im Blaken der unruhigen Flammen wirkten die Wände wie räudig; es waren große, schrundige, zum Teil makaber aufgeblähte Flächen. Und sie waren feucht und klamm. In aller Regel bekam man Rheuma, wenn man sich zu lange in derartigen Räumen aufhielt.

Als er seine Inspektion beendet hatte, stand das Mädchen noch immer da, und ihre Schönheit ließ den Raum noch elender erscheinen.

Gänsehaut überzog ihren ganzen Körper.

Sie stand da, die Robe zu ihren Knöcheln, und sie zitterte kaum merklich. Und sah ihn an. Keiner von ihnen wußte, was als nächstes zu tun war. Daniel war noch immer rot. Und – endlich – begriff er alles.

»Du mußt das nicht tun«, sagte er sanft, bückte sich, hob die Robe auf und hielt sie ihr auffordernd hin.

Das Mädchen nahm sie nicht. Sie hatte Angst. Der Ältestenrat der Stadt mußte bemerkt haben, wie sie sich angesehen hatten, und daraufhin war offensichtlich beschlossen worden, ihm ein kleines Geschenk zu machen. Plötzlich war Daniel fürchterlich verlegen. Er war so indiskret gewesen, und tolpatschig und ... *Verdammt!* Sie war durch seine Vernarrtheit in diese traumatische Situation geraten. Er wollte sich entschuldigen, wollte ihr sagen, daß es ihm leid tat, daß er ein Dummkopf war, aber er nahm an, daß sie das alles längst wußte. Er hätte sie gerne in die Arme genommen und beruhigt. Und er stellte sich vor, wie es sein würde, mit Kasufs dürrem Geierhals einen doppelten Knoten zu binden.

Er legte ihr die Robe um die Schultern, und zu seiner Überraschung wehrte sie sich dagegen. Er hob beruhigend die Hände, zeigte ihr, daß sie nicht in Gefahr war. Obwohl er wußte, daß sie ihn nicht verstehen konnte, versuchte er es zu erklären.

»Es . . . tut mir leid. Tut mir wirklich leid. Keine Sorge, du mußt das nicht tun. Ich meine, ich mag dich, glaub mir. Du bist wirklich schön, aber . . . verstehst du?«

Schließlich gestattete sie ihm, daß er sie in die Robe hüllte. Er zog sie leicht an sich, legte ihr einen Arm um die Schultern und begleitete sie sanft zur Tür. Er zog den Vorhang zurück, und plötzlich war es ihm wichtig, daß sie verstand, wie sehr er sie mochte; er legte ihr die Hand auf die Wange und lächelte zärtlich.

»Ich weiß nicht einmal deinen Namen.«

Dann öffnete er die Tür.

Etwa hundert Menschen, darunter die Stadt-Ältesten, hatten sich auf der Hängebrücke draußen versammelt und warteten auf das Ergebnis dessen, was Kasuf mit dem Besuch des Mädchens initiiert hatte. Eine noch größere Menschenmenge gaffte von den Balkonen des gegenüberliegenden Gebäudes herüber.

Gott!

»Sha'uri! – Kha shi ma nelay?« kreischte Kasuf, nachdem er seine erste Überraschung über ihre schnelle Wiederkehr verwunden hatte. »Kha shi?«

Das Mädchen versuchte es dem alten Mann zu erklären. Etwa zwei Sekunden lang hörte er sogar zu; dann verfärbte sich sein Gesicht zunehmend rot, und er unterbrach sie mit einer zornigen, drohenden Geste, schrie sie hysterisch an, bis sie den Kopf senkte und zu schluchzen begann. Daniel setzte sich in Bewegung, die Kühle der Nacht tat gut. *Schluß mit diesem Affentheater!*

Kasuf fuhr herum, wandte sich Daniel zu – übergangslos wieder die Demut und Liebenswürdigkeit in Person. Er verneigte sich wie ein Stehaufmännchen, entschuldigte sich mit einem stakkatohaften Wust unterwürfiger Worte und voller Angst, das Mädchen könnte den hochgeschätzten Gast nicht zufriedengestellt oder – noch schlimmer – gar verstimmt haben.

Daniel schenkte ihm und dem gesamten Auditorium sein breitestes, strahlendstes Lächeln, packte das Mädchen beim

Handgelenk, zog sie an sich und trat, sie fest im Arm haltend, blitzartig den Rückzug an.

Erst an der Tür drehte er sich noch einmal kurz um, rang nach Worten.

»Ähm, ich wollte noch sagen . . . also . . . Danke! Ja, das ist es. Vielen Dank. Ich könnte nicht zufriedener sein. Und glücklich.« Er wußte, diese Leute verstanden kein Wort von dem, was er da heraussprudelte, aber vielleicht sagte ihnen sein Tonfall mehr als alle Worte sagen konnten.

Die Menge starrte ihn verständnislos an.

Daniel schubste das Mädchen in den Raum zurück, verbeugte sich vor seinem Publikum. »Also dann – gute Nacht!«

Er schmetterte die Tür hinter sich ins Schloß, zog den Vorhang zu und atmete erleichtert durch. Das letzte, was er wollte, war, daß sie seinetwegen Ärger bekam. Er sah sie an.

»Tut mir leid.« Ein überraschter Ausdruck huschte über ihr Gesicht.

Eine Sekunde darauf streifte sie ihre Robe ein weiteres Mal ab.

»Nein, nein, das ist okay«, sagte er hastig und gestikulierte reichlich wild, um sie zu bremsen. Völlig verwirrt konnte sie in letzter Sekunde verhindern, daß die Robe fiel. Daniel nickte zufrieden, führte sie zum Bett und bedeutete ihr, sich zu setzen.

»Ganz einfach nur setzen«, erklärte er. »Völlig harmlos. Okay?«

Sie gehorchte.

Er durchquerte den Raum, bis die Distanz zwischen ihnen beruhigend genug war, dann setzte er sich und lehnte sich gegen die Wand. Sie sahen sich an. Daniel lächelte. Das Mädchen lächelte. Sie lächelten sich ziemlich lange an.

Es war verrückt.

Seit dem Moment, da er sie das erste Mal gesehen hatte, hatte er nichts so sehr gewollt, als ihr nahe zu sein, Zeit mit ihr zu verbringen, eine ruhige gute Zeit. Er hatte sich vorgestellt, wie es sein würde, mit ihr gemeinsam zu lernen, die sprachlichen und kulturellen Grenzen zwischen ihnen zu überwinden.

Jetzt war die Gelegenheit da. Und er wußte nicht, was er sagen sollte.

Kawalsky, Brown und O'Neil waren in Quartiere am anderen Ende des Gebäudes gebracht worden. Jedem von ihnen war eine separate Kammer zugeteilt, allerdings mit dem Verweis auf den angrenzenden, großen Gesellschaftsraum – den einzigen Raum mit Fenstern.

Dort hatten sie sich versammelt. Brown hatte dreißig Minuten lang an seiner Funker-Ausrüstung herumgespielt, hatte jeden Trick angewandt, den er kannte, um Feretti und die anderen im Basis-Camp zu erreichen. Es war ein glatter Schlag ins Wasser gewesen.

Kawalsky dachte sich seinen Teil und belauerte so unauffällig wie möglich O'Neil. Der Colonel wandte ihm den Rücken zu; er stand am Fenster und beobachtete den Sturm, wie er gegen die mächtigen Wälle der Stadt anrannte. Die Aura der Kälte, die ihn von Anfang an umgeben hatte, schien zuzunehmen, und, mehr noch, sich auszubreiten, während er gedankenabwesend an diesem kleinen orangefarbenen Schlüssel herumfingerte. Als die Tür des Gemeinschaftsraumes geöffnet und die Vorhänge beiseite geschlagen wurden, ließ er ihn blitzartig in seiner Tasche verschwinden.

Kawalsky dachte sich nichts dabei. Kawalsky zauberte seine .45er Magnum aus dem Halfter und fuhr herum.

Sie hatten Besuch bekommen. Es war der Junge, Skaara. So, wie es aussah, hatte er es sich zur Lebensaufgabe gemacht, überall dorthin zu gehen, wo O'Neil hinging. Dieses Bedürfnis, an O'Neil zu kleben, machte ihn zumindest in Kawalskys Augen zu einer statistisch nicht mehr zu berücksichtigenden Minorität. Den Leuten von Nagada war die gefährliche Unberechenbarkeit, die der Mann in dem schwarzen Barett wie einen dunklen Geruch verströmte, genausowenig verborgen geblieben wie ihm oder Brown, und sie hüteten sich, ihm allzu nahe zu kommen. Alle, bis auf dieses Kind, fürchteten sie ihn.

Kawalsky nahm an, daß es für den Jungen besser gewesen wäre, genauso zu empfinden. Es konnte nicht gut sein, einem

Mann wie O'Neil auf Schritt und Tritt hinterherzuhecheln, jede seiner Bewegungen zu studieren.

Schulterzuckend ließ Kawalsky die Waffe wieder verschwinden.

Der Junge lächelte, verzog sich wie ein kleiner Köter in eine Ecke, ließ sich an der Wand entlang zu Boden rutschen – machte klar, daß er keinen Ärger bedeutete. Kawalsky sah O'Neil an, der ihm mit einem Nicken signalisierte, daß es okay war.

Der Wicht konnte bleiben.

O'Neil hatte den Jungen schon während des Banketts bemerkt – wie er sich in den Schatten klein machte und zu ihm herüberstarrte. Und genau das tat er auch jetzt, und O'Neil spürte, daß er es nicht mehr lange ertragen würde, daß es zu viele Phantomschmerzen heraufbeschwor. Er verließ den Gesellschaftsraum, ohne noch ein Wort zu sagen, ging in seine private Kammer hinüber und setzte sich in einen der unbequemen Sessel. Es war das zweite Mal, daß er den Kleinen ›gewinnen‹ ließ.

Einige Minuten verstrichen, ohne daß etwas geschah, dann betrat der Junge den Raum und setzte sich ein paar Schritte entfernt.

O'Neil ignorierte das Kind, klopfte sich eine Zigarette aus der Packung und zündete sie an. Als die Flamme hochzuckte, kroch der Junge mit rasend scharrenden Füßen und Händen von ihm weg . . . und verharrte, atmete durch, gab vor, ganz gelassen zu sein, beobachtete weiter.

O'Neil rauchte in aller Ruhe. Der Junge schob sich vor, griff herüber und zog eine Zigarette aus der Packung, imitierte jede seiner Bewegungen, tat, als würde er ebenfalls rauchen.

»Feuerzeug.«

O'Neil sprach das Wort sehr deutlich aus, dann warf er ihm den Unterrichtsgegenstand zu. Der Junge fing ihn geschickt, ließ die Flamme ein paarmal fasziniert auflodern, bis er sie schließlich an das vordere Ende seiner Zigarette hielt. Nach einem knappen Seitenblick zu dem Jungen hin schnippte O'Neil die Asche von seiner Zigarettenspitze. Skaara tat dasselbe.

So saßen sie sich eine ganze Weile schweigend gegenüber.

Der Junge begann sich verdammt wichtig vorzukommen, und O'Neil fand, daß er sich das wahrhaftig verdient hatte. Er war ein mutiger kleiner Bastard; der einzige in dieser riesigen Stadt, der ständig bei ihnen herumhing. Und waren sie nicht Götter in den Augen dieser Menschen?

Die Großspurigkeit des Jungen amüsierte ihn so sehr, daß er nicht widerstehen konnte. O'Neil nahm einen langen Zug und inhalierte tief. Skaara absolvierte – ein wissendes Grinsen auf dem Gesicht – dasselbe Ritual. Dann füllte der heiße Rauch seine Lungen aus, und die Augen quollen ihm schier aus dem Kopf. Er sprang auf, rang nach Luft, hustete – alles gleichzeitig. Vornübergebeugt, tränenblind, würgend und keuchend taumelte er durch den Raum, krachte gegen das Bett und warf sich darauf.

»Schlimme Erfahrung für Hals und Nase«, sagte O'Neil trocken.

Kawalsky rief vom Gesellschaftsraum herüber: »Alles in Ordnung, Sir?«

Er gab ihm keine Antwort.

Skaara stemmte sich hoch, starrte die qualmende Zigarette in seiner Rechten an wie einen hinterhältigen Feind und warf sie zu Boden.

»Gute Idee«, lobte der Colonel und drückte zuerst seine Zigarette aus, und dann, nachdem er den Raum völlig lautlos durchquert hatte, die des Jungen.

Als er aufsah, erwartete ihn eine häßliche Überraschung.

Skaara hatte sich herumgeschlängelt und griff, die Augen immer noch voller Tränen, nach der am Kopfende des Betts liegenden Pistole. O'Neil wußte sofort Bescheid. Der Kleine hatte gesehen, wie er damit herumhantiert hatte und würde ihn auch darin nachahmen und ...

O'Neil schnellte vor.

»Nein! Nicht! Gefährlich!« Er landete katzengeschmeidig auf dem Jungen, nagelte seinen Arm auf das Bett, entwand ihm die Waffe, bevor sich ein Schuß lösen konnte. Skaara versuchte etwas zu sagen, doch O'Neil war völlig außer sich, wollte völlig außer sich sein; er riß den Jungen hoch, schlug ihm eisenhart auf die Hand. Hinter sich hörte – *spürte* – er Kawalsky und Brown in der Türöffnung auftauchen, und er wußte, sie würden in diesem Moment nur das sehen, was sie sehen wollten. Es konnte als verfängliche Situation ausgelegt werden.

Es war ihm gleichgültig. Er schüttelte den Jungen noch immer, hielt noch immer die Pistole in der anderen, freien Hand, wiederholte unablässig: »Nein, nein, nein, nein, nein!«

Dann ertrug er Skaaras Nähe und die Panik in seinen aufgerissenen Augen nicht mehr länger und stieß ihn von sich, ließ zu, daß er sich herumwarf und wie von einer Horde Teufel gehetzt zur Tür stürzte und verschwand.

Mit einem Wink scheuchte er Kawalsky und Brown ebenfalls aus dem Zimmer und war endlich wieder allein. Er ging in dem Raum auf und ab und ließ sich irgendwann doch wieder auf dem steinharten Bett nieder, das man ihm zugewiesen hatte.

Er wurde ganz ruhig. Kalt.

Er zerlegte die Pistole und reinigte sie, konzentrierte sich ausschließlich auf diese Tätigkeit. Er spürte, wie das Zittern seiner Hände nachließ.

Es war nur ein Spiel, nur ein Spiel.

Er hatte seit langer Zeit keine Spiele mehr gespielt. Und noch während ihm bewußt wurde, daß das die falschen Gedanken zur falschen Zeit waren, kamen bereits die Erinnerungen . . . die Erinnerungen an seinen Sohn.

Zu Hause. Auf der Erde.

Damals. In diesem anderen Leben.

Er hatte sich bereits zu verändern begonnen, noch bevor Jack Junior geboren worden war. Nicht nur, daß er sich glücklicher und lebendiger fühlte – er war auch zum erstenmal, seit er denken konnte, ganz versessen darauf, nach Hause zu kommen. Die Geburt war das lohnendste Erlebnis, das er jemals gehabt hatte. Damals war sein Enthusiasmus für *Jump Two* erloschen. Er hatte genug von Blutvergießen und Gewalt.

Der sechste Geburtstag seines Sohnes war der entscheidende Tag gewesen; er hatte hinter ihm gestanden, am Kopfende der kleinen Tafel, hatte ihm geholfen, seine Geschenke auszupacken, und ganz unvermittelt aufgeblickt und Sarah dabei ertappt, wie sie zu ihnen herüberlächelte. Ein intensives Gefühl von Dankbarkeit durchflutete ihn. Er begriff, daß er nicht mehr länger das zornige, unfertige Kind war, der Junge, der anderen Leuten weh tat, weil er es ganz einfach nicht anders gelernt hatte. Er war erwachsen geworden. Er hatte *Verantwortung* übernommen. Sarah hatte ihn verzaubert, und obwohl sie inzwischen schon lange verheiratet waren, verzauberte sie ihn noch immer, und ganz plötzlich verstand er, daß er dieser Frau sein Leben verdankte.

Am nächsten Morgen war er in das Büro seines Vorgesetzten gegangen und hatte darum ersucht, *Jump Two* verlassen zu dürfen. Sein Ersuchen war abgelehnt worden. Es war eine Menge geredet worden – er sei das Herz, der beste Soldat dieser Elite-Kampfeinheit . . . blablabla. Aber sein Entschluß war unumstößlich gewesen. Letzten Endes hatten sie – um ihn nicht ganz zu verlieren – nachgeben *müssen* und ihm eine Stelle als Ausbilder an der Marine Corps Akademie in Yuma zugewiesen. Sie hatten ihm prophezeit, daß Soldaten der Special Forces, noch dazu seines Kalibers, niemals wirklich aufhörten, Soldaten der Special Forces zu sein. Irgendwann würde er wieder dazugehören wollen. Irgendwann würde es wieder eine Mission für ihn geben.

Er hatte jahrelang nicht daran geglaubt; und nach seiner Entlassung schon gar nicht. Es hatte lange gedauert, aber sie hatten recht behalten. O ja.

J. J. war zwölf geworden, und irgendwann waren sie nicht mehr nur Sohn und Vater gewesen, sondern Freunde. Als Spieler/Coach-Duo wurden sie das beständigste Team der örtlichen Little League. Der Junge hatte seine Wildheit geerbt, und er, O'Neil, war in all diesen Jahren fest davon überzeugt gewesen, sie in die richtige Bahn lenken zu können; schließlich hatte auch er es geschafft, nicht wahr?

Jack schaffte es nicht. Er bekam mehr und mehr Ärger in der Schule. Er überquerte die Grenze zwischen ungestüm und gewalttätig. Sarah machte sich deshalb große Sorgen. Sie hatte oft versucht, es zur Sprache zu bringen, aber das Spieler/Coach-Duo hatte ihr keine Chance gegeben. Die Reihen waren fest geschlossen. Kein Durchkommen möglich. Sie hatten nur gelacht – *alles halb so wild, er ist wie ich, er wird die*

Kurve kriegen, kein Problem. Ein ganz privater kleiner Böser-Buben-Club, Frauen und Mütter müssen draußen bleiben.

Die Wahrheit war, daß er tatenlos zugesehen, daß er J.J.'s Rücksichtslosigkeit stets entschuldigt hatte.

Alles, was dann geschehen war, war allein seine Schuld.

O'Neil stöhnte laut genug, um Kawalskys Aufmerksamkeit zu erregen. Brown hatte es auch gehört.

»Sehen wir nach«, bestimmte Kawalsky.

Sie öffneten die Tür, schoben den Vorhang beiseite, sahen O'Neil, wie er, auf dem Bett sitzend, die Augen geschlossen, den Kopf rückwärts gegen die Wand schlug. Immer wieder; immer wieder. Er bemerkte sie nicht, und Kawalsky sorgte dafür, daß das auch so blieb. Er zog sich leise zurück.

»Bilde ich mir das nur ein, oder stimmt mit dem Kerl da wirklich was nicht?« flüsterte Brown und bemühte sich, seine Frage so harmlos wie möglich klingen zu lassen.

»Tu einfach, was er sagt«, brummte Kawalsky. »Es muß einen Grund geben, warum sie ihm vertrauen. Einen guten Grund.«

Brown starrte ihn fast eine Minute lang an. »Glaubst du das wirklich?«

Kawalsky antwortete nicht.

Irgendwann war es nur noch peinlich, dazusitzen und sich gegenseitig anzustarren. *Du mußt die Initiative ergreifen, Professor. Du bist erwachsen, vergiß das nicht!*

Daniel räusperte sich die Kehle frei, als gelte es, eine Horde randalierender Studenten zur Ordnung zu rufen. *Es ist nicht leicht, mit einem Engel zu reden. Schon gar nicht, wenn dieser Engel auf dem gleichen Bett sitzt.*

Er würde es logisch anfangen.

»Ich bin Daniel. Daniel.«

»Dan-durr?« fragte sie.

»Nein. Nicht Dan-durr. Daniel.« Er sprach es ganz langsam und sorgfältig aus und zeigte dabei auf sich. Sie lächelte zaghaft und nickte.

»Dan-yur.«

»Okay, meinetwegen: Dan-yur.«

Sie zeigte auf sich. »Sha'uri.«

»Sha'uri? Okay, Sha'uri. – Hallo.«

Nach einer weiteren peinlichen Pause machte Daniel weiter.

»Wir kommen von der Pyramide.« Er sah sie an. »Verstehst du? Pyramide?« Er zeichnete ein Dreieck in die Luft. »Py-ra-mi-de.« Sha'uri blickte ihn seltsam an. »Alles klar, es sieht dämlich aus. Es ist nicht dreidimensional. Du verstehst es nicht. Ich werd's riskieren und es richtig zeichnen.«

Er zog seinen Zeigefinger durch den Staub auf dem Boden, entwarf die Umrisse, dann sah er sie erwartungsvoll an. Sha'uri bedeckte ihre Augen mit beiden Händen.

»Ich weiß, ich weiß. Es ist nicht erlaubt.« Frustriert stand er auf und ging zur anderen Seite des Raumes hinüber, legte seine Stirn gegen die Wand und sprach weiter.

»Was ist mit euch Leuten? Ich meine, ich habe schon von Graphophobie gehört, aber das hier ist verrückt. Du wirst mir nicht helfen, hab' ich recht? Nicht helfen können. Also sollte ich es auf sich beruhen lassen, richtig?« Sha'uri mußte spüren, wie frustriert er war. Als er sich umwandte, sah er, daß sie zwischen den Fingern hindurch auf seine Zeichnung schielte. Dann, nach einem weiteren kurzen Zögern, beugte sie sich hinab und fügte etwas hinzu.

Daniel ging zu ihr zurück. Quer über die Pyramidenspitze hinweg hatte sie eine Linie gezeichnet und darüber einen Kreis. Es war dasselbe Zeichen, das er auf dem Schlußstein entdeckt hatte; das siebte Symbol, das den Code des SternenTores geknackt hatte.

»Das ist das Zeichen für *Erde*! Kennst du dieses Symbol?«

Sha'uri sah ihn an. Plötzlich wirkte sie sehr nervös. Daniel lächelte sie beruhigend an, versuchte ihr das Gefühl zu vermitteln, daß er sie beschützen würde; es gelang ihm nicht. Es gelang ihm nicht einmal, sich selbst zu beruhigen.

Er starrte sie forschend an, versuchte, sich in sie hineinzudenken. Sie hatte eines der grundlegenden Gesetze ihres Volkes gebrochen – sie hatte geschrieben. Möglicherweise wurde jede

Zuwiderhandlung mit dem Tode bestraft. Sie mußte entsetzliche Angst haben.

»Sie werden dir nichts tun«, sagte er eindringlich. »Sie werden es niemals erfahren.«

Es schien, als erwarte sie tatsächlich, jeden Moment tot umzufallen.

Aber sie fiel nicht tot um.

Vielleicht gab das den Ausschlag. Sie blickte ihn an, als sei sie gerade aus einem tiefen Schlaf erwacht, als sehe sie ihn plötzlich mit anderen Augen. Wenn sie ihn bisher für einen Gott oder für den Gesandten eines Gottes gehalten hatte, der gekommen war, um die Stadt in Versuchung zu führen . . . und wenn sie das jetzt nicht mehr tat, oder wenn er sie – wie auch immer, möglicherweise nur durch den Klang seiner Stimme – davon hatte überzeugen können, daß sie sicher war, dann war doch noch nicht alles verloren.

Er strich ihr über die Wange und bemerkte den eigenartigen Glanz in ihren Augen. Ihr Mund öffnete sich zu einem lautlosen Schrei; es war, als wolle sie ihn vor etwas warnen – vor etwas Ungeheuerlichem, alles Bedrohendem; als wolle sie ihm bedeuten, daß sie ihm erst helfen könne, wenn er verstand, *wie* gefährlich es war, zu lesen oder zu schreiben.

Sie stand auf und zog ihn mit sich.

In den labyrinthischen Korridoren und Gängen des Gästehauses kam es ihm vor, als folge er nur mehr einem Schemen. Daniel zog die Kapuze der Robe, die Sha'uri ihm gleich nach dem Verlassen seines Quartiers besorgt hatte, tiefer in die Stirn – fest entschlossen, sich nicht völlig verrückt zu machen. Sie verließen das Gebäude durch einen rückwärtigen Ausgang und tauchten in die Nacht ein. Kurz darauf flackerte vor ihm Helligkeit auf; eine Fackel wurde entzündet. Sha'uri leuchtete ihm den Weg. Seite an Seite huschten sie durch die sich windenden, menschenleeren Straßen und folgten dem Lichtschein, den die Fackel in die Dunkelheit brannte. Die Stadt schloß sich vollends wie ein unheiliges steinernes Monstrum um sie herum. So sehr Daniel sich auch anstrengte, sich markante Einzelheiten des

Weges einzuprägen, den sie da in fliegender Hast zurücklegten – es gelang ihm nicht.

Jedenfalls nicht gleich.

Als ihm eine ganze Wolke eines allzu bekannten pestilenzartigen Gestanks entgegenschlug, wußte er jedoch zumindest eines: *diese* Stelle würde er wiederfinden. Notfalls mit verbundenen Augen.

Sie näherten sich eindeutig Mastadges-Pferchen.

Daniel kniff die Augen zusammen und versuchte die Nacht mit einer Art Superblick zu durchdringen. Vor ihnen in der Dunkelheit – und glücklicherweise jenseits eines weitgeschwungenen Gatters – waren die Bewegungen großer Körper zu erahnen. Gedämpftes Schnauben wehte heran, als sie an dem Gehege entlangeilten. Es waren tatsächlich Mastadges. Der Gestank war jetzt allgegenwärtig, er ›parfümierte‹ die Nacht mit dem beißenden Aroma frischen Dungs. Gerade, als Daniel davon überzeugt war, daß seine Nasenschleimhaut jeden Moment anschwellen würde, zog ihn Sha'uri nach rechts, unter einem anmutigen Spitzbogen hindurch in einen feuchten Torweg. Ihre Schritte hallten weithin auf dem Pflaster. Noch immer begegnete ihnen niemand. Sha'uris Hand berührte ihn am Ärmel, zog ihn erneut mit – dieses Mal in ein pechschwarzes Atrium hinein. Das funkensprühende rote Flackern der Fackel wischte über die Vorderseiten mehrerer kreisförmig angeordneter Gebäude und erhellte gerade genug für Daniel, um ihn erkennen zu lassen, daß das hier früher wohl eine Art Marktplatz gewesen sein mußte. Nach dem auch hier vorherrschenden durchdringenden Gestank zu urteilen, fungierte das Ganze heute nur noch als – vornehm ausgedrückt – Komposthaufen. Daniels Augen begannen zu tränen.

Er tappte blindlings hinter Sha'uri her, die ihn tiefer in die schmutzstarrende Finsternis führte. Dann zeigte sie ihm unvermittelt eine steinerne Treppe, die weit unten vor einer massiv aussehenden Mauer endete, und schritt sie wachsam hinab. Daniel folgte ihr. Das kalte Kribbeln in seinem Nacken war wieder da. Was für ein Tor auch immer dort unten am Ende der Stufen gewesen sein mochte, es war schon vor sehr langer Zeit mit großen Quadersteinen zugemauert worden.

Etwa auf halbem Wege in die Tiefe drückte Sha'uri einem reichlich verblüfften Daniel die Fackel in die Hand, bückte sich und tastete in dem Spalt zwischen Stufen und Wand herum. Sie betätigte einen raffiniert verborgenen Schließmechanismus, stieß einen der Quadersteine nach innen und zeigte auf eine enge Öffnung, die gerade genug Platz bot, um – Kopf voran – hindurchschlüpfen zu können.

Eineinhalb Minuten und etliche panische Gedanken später stand er neben ihr in einer klammen, sehr weiten Finsternis ... und in einem ganzen Wald voller Balken, die den hölzernen Boden über ihnen abstützten. *Keller! Es ist nur ein Keller.* Um nicht zuviel über mögliche Gefahren nachdenken zu müssen, die hier unten drohen konnten, begann er, den Staub von seiner Robe zu klopfen. Es beruhigte ihn überhaupt nicht. Es war kühl hier unten und feucht. Er glaubte, einen ganzen Chor wispernder Stimmen zu hören. Enge, niedrige Korridore erstreckten sich in alle Richtungen.

Sha'uri nahm die Fackel wieder an sich und ging nach einer nur kurzen Orientierung in einen dieser Korridore hinein.

Sie schien sehr lange nicht mehr hier unten gewesen zu sein, vielleicht seit ihrer Kindheit, doch sie fand sich rasch wieder zurecht, und bald darauf erreichten sie eine weitere schmale Treppe. Diese hier mußte uralt sein: Die Stufen waren in den felsigen Grund hineingeschlagen worden und bröckelten an zahlreichen Stellen bereits ab. Es schien ziemlich riskant, sich ihnen anzuvertrauen, und Daniel schritt sie dementsprechend mit angehaltenem Atem hinab.

Nichts geschah.

Am Ende der Treppe schloß sich eine quadratische Kammer an. Mehrere Tunnel führten in die Dunkelheit davon. Sha'uri hielt die Fackel an die Wand zu ihrer Linken, und dann sah er es ohne jede Vorwarnung: Die Flammen züngelten über das Symbol hinweg, das die Erde benannte – die Sonne über der Pyramide; es war schmutzverkrustet und kaum mehr zu erkennen, dennoch gab es keinen Zweifel.

Fassungslos trat Daniel näher, streckte die Hand aus, berührte das Zeichen. Es war etwa zwei Zentimeter tief in die zuvor sehr sorgfältig geglättete steinerne Wand eingemeißelt worden. Und – es war das einzige Schriftzeichen in der Kammer. Daniel betrachtete es aufmerksam, nahm jede noch so unbedeutend scheinende Winzigkeit wahr: Ringsum bestanden die Wände aus grob gefugten, unebenen Steinen; nur dieses Areal, das als Untergrund für das Zeichen diente, war geglättet worden . . . Das *konnte* bedeuten . . .

Zuerst war es nur ein Verdacht, eine Ahnung. Daniel zögerte keine Sekunde mehr. Er begann, an dem herumzureiben, was er für Erdreich gehalten hatte, was in Wirklichkeit aber dicke, verkrustete Schichten jahrhundertealten Staubs waren; er wischte den Schmutz von der einzelnen Hieroglyphe, schabte und kratzte weiter, bis er fand, wonach er gesucht hatte . . . Da war ein waagrecht verlaufender Spalt; und noch einer, der sich senkrecht fortsetzte.

Der Spalt zwischen Tür und Türrahmen.

Das Zeichen war in der Mitte einer Tür angebracht!

Daniel kratzte soviel Schmutz wie er nur konnte aus dem Zwischenraum und zwängte seine Fingerspitzen hinein. Die Spannung war nun wie eine körperliche Präsenz, etwas, das durch seine Haut und sein Fleisch hindurch geradewegs sein Herz umfaßte und zudrückte, unbarmherzig zudrückte. Daniel schüttelte den Kopf, sah Schweißperlen davonsprühen und zog an der Tür, grub seine Finger noch tiefer in den Spalt, zerrte erneut, kräftiger jetzt, und während er dies tat, preßte er die Augen ganz dicht an die Öffnung, versuchte hineinzusehen in das, was dahinter lag, versuchte, es mit allen Sinnen zu erfassen. Die Tür bewegte sich einen halben Zentimeter weit. Sha'uri lehnte die Fackel gegen die Wand, kam zu ihm und unterstützte ihn mit einer Entschlossenheit, die der seinen in nichts mehr nachstand. Und dann . . .

. . . schwang die Tür auf.

Daniel ergriff die Fackel, stieß sie so heftig in den Durchgang, daß die Flammen mit einem Fauchen aufloderten.

»O – mein – Gott!«

Er konnte kaum glauben, was er da sah.

Es war ein schmaler Raum, fast nur ein Korridor; zwei Meter breit und annähernd zwanzig lang. Die Wände und die Decke – selbst der Boden – waren über und über mit ägyptischen

Hieroglyphen-Schriftzeichen bedeckt, mit jener seit langem vergangenen Sprache, die er flüssig lesen und schreiben konnte. Daniel hatte das Gefühl, vom Boden abzuheben, emporzuschweben wie ein Zeppelin. Er hatte Tränen in den Augen. Sein Herz schlug dreimal so schnell wie normalerweise. Daniel machte eine rasche Handbewegung, nur um der Handbewegung willen. Der Bann zerriß. Seine Sicht klärte sich, und wie um sicherzustellen, daß dies auch so blieb, nahm er kurz seine Brille ab und massierte die Lider. Als er die Augen wieder öffnete, war alles noch genauso wie zuvor.

Kein Traum, Professor. Wirklichkeit!

Es gab Portraits; auf die Wand gemalte Szenen; Inschriften mit Farbpasteneinlage – wie jene des Hemiunu auf der Erde, in der er als Oberster aller Arbeiten und Königssohn bezeichnet wird; es gab selbst Reliefs im klassischen frontalen Stil. Doch hauptsächlich war es Text, der an diesen Wänden angebracht worden war.

Daniel starrte die endlos langen und dicht gedrängten Reihen großer und kleiner und winzigster Hieroglyphen fassungslos und immer noch halb ungläubig an. Er mußte gestorben und irgendwie in den Ewigen Jagdgründen aller Ägyptologen gelandet sein. Sha'uri hatte ihn in einen üppigen Wald voller mysteriöser Zeichen geführt, an eine Art steinernes Palimpsest – offenbar das am dichtesten beschriebene und wieder beschriebene aller Zeiten. Es wirkte wie ein kompliziertes, spiralförmig gewundenes Puzzle, und trotz seiner durcheinander gewirbelten talmudischen Gestaltung war es doch mit religiöser Sorgfalt ausgeführt; es verlieh dem Raum die Qualität eines Schreins.

Nach einem kurzen Seitenblick zu Sha'uri befeuchtete Daniel seine Lippen und ging tiefer in den Raum hinein. Sie folgte ihm wie in Trance, und er verstand sie auch ohne Worte. In ihrer Welt gab es keine ersichtliche Notwendigkeit für Schriftzeichen. Es gab keine Bücher, keine Straßenschilder, nichts. Sie mochten Geschichten haben, jedoch nur mündlich überlieferte. War ein Lied oder eine Erzählung vergessen, war sie für immer verloren. Er spürte, daß sie völlig ahnungslos gewesen war, bis sie diesen Raum betreten hatte; sie hatte nicht gewußt, daß dieses Universum von Symbolen existierte. Und ganz gewiß konnte sie keine Vorstellung davon haben, wie äußerst komplex die Regeln für das Verstehen dieser Zeichen waren. Sie starrte abwechselnd auf die Wände und auf ihn; vielleicht hielt sie ihn in diesen Momenten, da er die Zeichen zu lesen begann, zum ersten Mal *wirklich* für einen Gott.

Er wußte es nicht. Er wußte nicht einmal, ob es ihn in diesem Augenblick überhaupt interessierte, dies zu wissen. Die Schriftzeichen schienen gleich einem Wasserfall auf ihn einzustürzen, alle zugleich. *Völlig unmöglich, dem hier zu widerstehen ...*

Er ging weiter, hielt die Fackel an die Wand, erkannte bereits einzelne Muster ... Geschichten. Jeder dieser Einträge erzählte eine Geschichte. Die frühesten waren lange historische Tableaus. Generationen von Historikern, die später gekommen waren, hatten sich auf den verbliebenen freien Stellen verbreitet. Der Großteil der Schriftzeichen war von rechts nach links zu lesen, doch einige verliefen auch in die entgegengesetzte Richtung, in senkrechten Kolumnen von der Decke bis zum Boden oder sogar in seltsam anmutenden, abwechselnd vor- und rückwärts geschriebenen Zeilen. Vor allem letztere hätte General West zweifellos damit kommentiert, daß sie aussahen, als sei ›eine Sau über einen Acker galoppiert‹, aber ihn erinnerte das alles hier – vor allem seiner Komplexität wegen – an die Schriftzeichen auf dem 1799 gefundenen legendären Stein von Rosetta. – Mit dem kleinen Unterschied, daß das hier, diese farbenfrohe Kakophonie unterschiedlichster Schriftarten, nicht nur eine einzelne steinerne Schrifttafel war, sondern ein semiotisches Schatzkästchen, eine ganze Ali-Baba-Höhle voller archäologischer Beutestücke.

Und es war die uralte Geschichte der Menschen dieser Welt.

Daniel grenzte das Urstück aller in dieser Höhle vereinten Geschichten ein. In verhältnismäßig großen Reliefs in die Wand eingebracht und dann mit Farbe ausgemalt, war diese erste Geschichte der Schlüssel zur Vergangenheit – und, nebenbei bemerkt, zu keiner sehr erhebenden. Das erste Bild des Zyklus stellte mehrere Schutzgötter dar – dieselben anthropomorphisierten Tier-Gottheiten, die schon im alten Ägypten verehrt worden waren. Sie rissen Kinder aus der verzweifelten Umarmung weinender Mütter, trieben sie durch die Wüste davon.

Anubis, der schakalköpfige Gott des Todes, schien das Wirken der anderen Gottheiten zu beaufsichtigen. Horus, der Falke, war genauso vorhanden wie Thoth, die Gottheit mit dem Ibiskopf, der Schutzherr der Schreibkunst und Magie, derjenige, der die Namen der Toten in der Unterwelt protokollierte.

Das Ganze mündete in der Darstellung einer Art Kampf oder Volksaufstand, und daraufhin wurden die Menschen in Ketten gelegt und – wie in einem kollektiven Traum – über der Wüste schwebend dargestellt. Als sie erwachten, stürzten sie zu Boden, und die Götter und deren Krieger mißhandelten sie und zwangen sie, ein Gebilde zu durchschreiten, das eindeutig das SternenTor war.

Daniel studierte die Hieroglyphen-Schriftzeichen, die diese Bilder umgaben. Die grammatikalischen Elemente waren eindeutig mit den Inschriften auf dem Schlußstein verwandt, doch die Symbole hier kamen ihm viel rudimentärer vor. Seit auf Anordnung des christlichen Eroberers Theodosius I. im Jahre 391 nach Christus die letzten Tempel geschlossen worden waren, hatte auf der Erde niemand mehr die Sprache der alten Ägypter gesprochen. Die Hieroglyphen waren hinter Tempelmauern vergessen worden, die Papyrus-Rollen lediglich mit Konsonanten beschrieben – anfangs konnten die Sprachwissenschaftler über die Vokal-Struktur nur spekulieren. Heute wußte man, daß – wie in den modernen semitischen Sprachen – der Wert des Wortes von einer unveränderlichen Folge von Konsonanten bestimmt wird; daß die Vokale lediglich die grammatischen Formen kennzeichnen. Jeder Sprachkundige konnte sie aus dem Kontext heraus problemlos eruieren.

Das ägyptische Schriftsystem, die Hieroglyphen, umfaßten rund achthundert bildliche Zeichen aus dem Bereich Menschen, Tiere, Natur, Handwerksgerätschaften, Jagd- und Kriegswaffen, Schmuck und Kronen. Begriffe wurden zunächst durch ihr Bild – die Sonne beispielsweise durch einen Kreis mit Punkt – dargestellt; sogenannte Ideogramme oder Bildzeichen. Aus ihnen entwickelten sich die Phonogramme oder Lautzeichen, die durch einen kleinen senkrechten Strich kenntlich gemacht wurden.

Da jedoch eine ideographische Schreibweise zur Fixierung

einer Sprache nicht ausreichte, hatten mehrere führende Ägyptologen – Daniel eingeschlossen – ein Aussprache-System entwickelt. Es basierte weitestgehend auf Vermutungen. Aber ... *Wer nicht wagt, der nicht gewinnt.*

Daniel hielt die Fackel höher, ging näher an die mit Glypten übersäte Wand heran und begann laut zu lesen. »Naadas yan tu yeewah. Suma'ehmay ra ma yedat.« Es war die Geschichte einer Wanderschaft durch eine Wüste; der Emigration eines Volkes.

Sha'uri ließ ihn keine Sekunde lang aus den Augen; lauschte aufmerksam, versuchte den Zusammenhang zwischen den gemalten Symbolen und dem, was er von sich gab, zu begreifen.

»Nandas sikma ti yu na'nay ashay«, fuhr Daniel fort.

Bis sie ihn unterbrach.

»Seekhma?«

Daniel ruckte den Kopf herum, starrte sie an. *Sie fängt gerade eine kleine Unterhaltung mit dir an, weißt du das?*

Er wußte es, doch er konnte es nicht glauben.

Vielleicht hatte das Wort einen ihr bekannten Klang, oder ...

Sie zeigte auf einen Punkt über seiner Schulter; auf eine Szene, in der eine Vielzahl von Menschen wie Tiere zusammengetrieben wurden. Viele der Gestalten waren deutlich als Kinder zu erkennen.

»Seekhma«, sagte sie wieder.

Kinder?

»Sikma?« fragte Daniel drängend und tippte auf die Hieroglyphe für *Kinder.* Sha'uri starrte das Symbol verständnislos an.

»Seekhma«, sagte sie und tippte auf das Bildnis; *auf die Kinder dieses Bildnisses.*

»JA!« brüllte Daniel. »Ja. Sikma, Kinder! Natürlich!«

Daniels Vermutung war die ganze Zeit über richtig gewesen. Sha'uri und ihre Leute sprachen einen altägyptischen Dialekt. Und durch einen puren Glücksfall waren sie nun über dieses Wort gestolpert – Seekhma –, das sich über die Jahrhunderte hinweg nur wenig verändert hatte.

Aufgeregt suchte Daniel ein weiteres Symbol aus – das für GOTT.

»Nefer?« Dieses Mal war das Schriftzeichen abstrakter. Die Glypte setzte sich aus einem Auge und zwei Federn zusammen. Sha'uri sah das Symbol an, verstand seine Bedeutung jedoch nicht sofort. »Nef-ear? Najfar?« versuchte es Daniel mit einigen Variationen in der Aussprache; dann zeigte er auf das Bildnis von Anubis und verschiedenen anderen Tier-Gottheiten, die die Menschen durch die Wüste trieben.

»Neyoum ifar!« rief Sha'uri aus, als habe sie soeben eine Scharade gelöst.

Ihre Aussprache war grundlegend anders, aber dieses Problem war zu lösen.

»Nay-youm-ee-far?« fragte Daniel. Er sprach das Wort mehrere Male aus, glich seinen Akzent dem ihren an, machte rasche Fortschritte. – Es tat es wirklich! Er verständigte sich in der untergegangenen Sprache der Pharaonen, einer Sprache, die er so viele Jahre lang *nur angeschaut* hatte.

Auch Sha'uri wiederholte das Wort immer wieder, sprach deutlich Silbe für Silbe, lehrte ihn, es so auszusprechen, wie sie es tat.

»Ja!« sagte er mit nur mühsam unterdrückter Begeisterung. »Bring mir bei, wie man spricht! Äh . . . Lehren . . . takera? Tekira? Sha'uri takera Daniel, okay?«

»Sha'uri tah-ki-yeer Dan-yur.«

Bingo!

Er starrte sie nur glücklich an, er war unfähig, etwas anderes zu tun; jubeln, zum Beispiel; einen etwa zehnstündigen Veitstanz aufzuführen; sie in die Arme zu reißen. Aber das Glücksgefühl, das ihn durchraste, war wie eine immer und immer wiederkehrende Brandung weißglühender Lava, und er spürte wie mit einem siebten Sinn, daß es ihr, wenn auch aus anderen Gründen, genauso erging. Sie sah so stolz aus. Vielleicht, weil sie zum erstenmal in ihrem Leben um Hilfe gebeten worden war? Von einem *Mann* um Hilfe gebeten worden war? Sie hatte ihn gelehrt, ihre Sprache zu sprechen, nein, mehr noch: Sie hatte den entscheidenden Schritt getan . . . *Das siebte Symbol. Das Zeichen der Erde.*

Was ihn betraf – er grinste über das ganze Gesicht, als sei er wirklich gestorben und mit dieser wunderschönen Frau als ganz persönlichem Schutzengel in den Himmel aufgefahren. *In die Ewigen Jagdgründe aller Ägyptologen*, wie gesagt. Und es war noch nicht einmal Mitternacht.

O'Neil stand an einem der Fenster des Gemeinschaftsraumes, starrte in die Dämmerung des Morgens hinaus und ignorierte das geschäftige Hantieren Browns neben sich. Der Uhr an seinem Handgelenk zufolge war es 20 Uhr 21, Rocky-Mountain-Zeit. Doch hinter den Festungswällen der Stadt war bereits der rostrote Gluthauch der ersten der drei Sonnen zu erahnen. Der Morgen kam.

Der Sturm war weitergezogen, und der dunkle Himmel wirkte äußerst klar.

Browns erbittertes Fluchen riß ihn in die Wirklichkeit zurück. Der Wissenschaftliche Offizier hatte das Funkgerät auf dem Fenstersims plaziert und versuchte noch immer, den Kontakt mit Feretti und den anderen wiederherzustellen. Er hatte eine kräftige, volltönende Stimme, und im Laufe zahlloser vergeblicher »Hallo, Feretti, kannst du mich hören? Basis-Camp, bitte kommen!«-Rufe und einer zunehmenden Besorgnis und Frustration war sie immer lauter geworden. Es schien ihm mittlerweile ziemlich gleichgültig zu sein, ob die Nachbarn nebenan noch schlafen konnten oder nicht.

O'Neil wandte sich ihm zu, warf ihm einen ernsten, fragenden Blick zu.

»Hat keinen Sinn, Sir. Ich kann sie nicht reinkriegen.«

»Was kriegen Sie denn rein? Immer noch diese Interferenzen?«

»Nein«, erwiderte er. »Nichts als . . . nun – ›tote Luft‹. Keine Reaktion, kein Signal, gar nichts. Nicht einmal mehr ein atmosphärisches Rauschen.«

»Colonel!« Der Ruf kam von draußen.

O'Neil durchquerte den Raum und trat auf eine der zahlreichen Hängebrücken hinaus, die die Gebäude miteinander verbanden. Weit unten, in den Schatten der Straße, konnte er die Silhouette seines Lieutenants ausmachen.

»Jackson ist nicht in seinem Raum«, rief Kawalsky zu ihm

herauf. »Ich habe überall nachgesehen, aber ich kann ihn nirgends finden.«

»Was schleppen Sie da mit sich herum?«

»Äh – seine Jacke, Sir!« antwortete Kawalsky – und wie es den Anschein hatte, ärgerte er sich ganz gewaltig darüber, daß er sie ›Seiner Königlichen Professorenschaft‹ hinterher tragen mußte.

O'Neil sah zum Horizont; schätzte ab, wieviel Zeit ihnen blieb. Der Nachthimmel dämmerte in einen purpurfarbenen Morgen hinüber. Es wäre gut gewesen, die Stadt *jetzt* zu verlassen und zu der Pyramide zurückzukehren, doch O'Neil entschied, daß sie genausogut warten konnten, bis der Tag richtig angebrochen war. Eine halbe Stunde, dachte er, und wir haben volle Sicht. *Und diese elende Hitze.*

Wenn er die Augen schloß, glaubte er zu wissen, warum Jackson sein Quartier verlassen hatte; glaubte er, ihn sehen zu können, wie er verklärten Blickes Wildblumen pflückte und sinnlose Gedichte über diesen Sonnenaufgang schrieb und ...

Er riß sich davon los. *Vorurteile.* Es bestand eine winzigkleine Wahrscheinlichkeit dafür, daß etwas sehr Gutes oder sehr Schlechtes passiert war. Der Prof war dann und wann zumindest für eine Überraschung gut. Plötzlich interessierte er sich sehr dafür, welche es dieses Mal war.

»Suchen wir ihn«, befahl er und dachte: Dreißig Minuten, keine Minute länger.

Zwei Minuten später war er bei Kawalsky unten.

»Wenn er die Stadt ohne uns verlassen hat«, knurrte Kawalsky, »dann hat er sich sicher eines von diesen Riesenviechern geholt.«

Es war einen Versuch wert.

Seite an Seite folgten sie ihrer Nase zu den Mastadges-Pferchen. Im Näherkommen sah O'Neil Skaara schon von weitem. Der Junge saß, umgeben von einer Handvoll anderer Kinder, auf dem Zaun.

Er hatte noch immer sein Feuerzeug, und offenbar war er der Meinung, daß dies genau das richtige Ding war, um ganz gehörig damit – und mit seiner Begegnung mit den *Aliens* – prahlen zu können. Er hockte auf diesem Gatter wie auf einem

Thron, plapperte auf seine Freunde ein und zündelte im Takt dazu mit dem Feuerzeug herum. Es mußte eine ziemlich abenteuerliche Geschichte sein, die er da zum besten gab, denn die anderen Kinder waren wie gebannt. Neben Skaara erkannte O'Neil den verrückt aussehenden kleinen *Hüter* mit dem großen Kopf und den Tomahawk-Zähnen: Er versuchte gerade, die Flamme des Feuerzeugs ›einzufangen‹, verbrannte sich gehörig die Finger und stieß ein Geheul aus, das verblüffend an das aus den Tom-und-Jerry-Filmen erinnerte. So, wie es aussah, war dieser Nabeh – obwohl älter und langsamer von Begriff als die anderen Jungen – Skaaras Freund.

Als die Kinder sie bemerkten, stießen sie sich ab, sprangen von dem Pferch-Gatter herunter und jagten wie von Furien gehetzt davon. Nur Skaara blieb, wo er war – obwohl er mindestens genausoviel Angst hatte wie die anderen. Und zu Recht, dachte O'Neil.

Er weiß aus erster Hand, wie unberechenbar und gewalttätig du sein kannst.

Skaara saß stocksteif auf dem Gatter und starrte ihm ohne mit der Wimper zu zucken entgegen.

»Sie warten hier«, wies O'Neil Kawalsky an.

Die letzten paar Schritte ging er allein zu dem Jungen hinüber. Er lehnte sich neben ihm gegen die Umzäunung des Pferchs und beobachtete die Mastadges, die in der Dämmerung wie riesengroße Wollknäuel auf Stelzen aussahen.

»Sieht so aus, als hätten sie eine Menge Energie loszuwerden«, sagte er schließlich, als Bewegung in die Tiere kam und einzelne von ihnen wie von einer Nadel gestochen losgaloppierten. Sekundenlang sah es nach einer Stampede aus, doch die Katastrophe blieb aus. O'Neil räusperte sich. Er wollte dem Jungen sagen, daß es ihm leid tat; daß er ihn nur deshalb geschlagen hatte, weil er ...

Angst um ihn gehabt hatte?

Er hatte seit Jahren um niemanden mehr Angst gehabt.

Er hatte überreagiert, nichts weiter, und er wußte, daß es letzten Endes eine Menge Gründe dafür gab. Es gab *immer* Gründe, wenn man ein paar derart dunkle Jahre hinter sich hatte wie er. Allerdings wußte O'Neil auch, daß er, selbst wenn er die Sprache des Jungen hätte sprechen können, nicht in der Lage gewesen wäre, es ihm auseinanderzusetzen. Wenn er zu tief in seine Gefühle hinabtauchte, würde er daran ersticken. Statt dessen stand er schweigend neben ihm und sah den Mastadges zu, wie sie in der kalten Morgendämmerung umhergaloppierten. Als er schließlich doch zu dem Jungen hinübersah, zündete Skaara sich eine imaginäre Zigarette an, nahm einen tiefen Zug und blies ihn ganz cool aus – eine kleine Dunstwolke in der frostigen Luft. Das Kind ließ ihn damit vom Haken, zeigte ihm, daß da keine bösen Gefühle waren.

»Ich suche Jackson«, sagte O'Neil zu dem Jungen – und natürlich verstand er ihn nicht. »Schau – Jackson.« Er hielt ihm die Jacke hin, aber da war nicht einmal ein Hauch von Begreifen. Die anderen Jungen kamen zurück, zogen ihren Kreis immer enger. O'Neil starrte sie an und fragte sich, wie er es anstellen konnte, daß sie ihn verstanden. Er versuchte es zu erklären, er sprach langsam und viel zu laut: »Wir... suchen... Jackson.« Er brachte Daumen und Zeigefinger zusammen, bildete kleine Kreise – die Jacksons Brille darstellen sollten – und hielt sie sich vor die Augen. Die Jungen imitierten ihn nur und amüsierten sich großartig.

»Nein. Ich meine...« O'Neil gab vor zu niesen und sich zu schneuzen.

»Ahh!« Plötzlich verstand Skaara und zeigte auf O'Neil. »Gock-gock-gock-gock?« Es war eine recht gute Imitation von Jacksons ›Hühnchen-Sprache‹, die er während des Banketts dargeboten hatte.

»Yeah, das ist richtig. Der Hühnchen-Mann. Wo ist der Hühnchen-Mann?« sagte O'Neil, zufrieden damit, daß er es zu guter Letzt doch noch geschafft hatte, mit diesen Kindern zu einer Verständigung zu kommen.

Skaara nahm ihm Jacksons Jacke aus der Hand, dann stieß er einen scharfen Kommandoruf aus, und im nächsten Moment trottete *Kleines bißchen*, das heruntergekommenste Exemplar der Mastadges-Herde, an das Gatter heran und grummelte wie der Motor eines Trucks, der dringend ein paar Liter Öl nötig hatte.

Skaara hielt die Jacke hoch und ließ den Mastadge daran

schnuppern. Das Monstrum erinnerte sich augenblicklich an seinen Gönner; rollte mit den Augen, schnaubte aufgeregt, bäumte sich auf den dürren und doch kräftigen Hinterläufen auf und ließ ein Brüllen hören, das die halbe Stadt aufweckte.

Skaara rief Nabeh etwas zu. Der Junge mit dem seltsamen Kopf öffnete das Gattertor, und das Riesenbaby walzte in einem furiosen Galopp heraus – auf der sabbernden Suche nach seinem guten alten Freund. Skaara winkte seinen Freunden, dann ihm und Kawalsky, und bedeutete ihnen, daß sie jetzt nur noch dem Mastadge folgen mußten.

»Cleverer Junge«, sagte O'Neil.

Eine wie nach zu vielen Rammstößen geborstene Pyramide schwebte am Himmel. Lichtstrahlen, so hell wie die der Sonne, schossen aus ihrer Grundfläche. Darunter war das verblassende Bildnis eines Kind-Königs angebracht; er war mit allen pharaonischen Insignien ausstaffiert, breitete die Arme aus, als bade er in dem Licht. Zu seinen Füßen knieten mehrere der tierköpfigen Gottheiten des alten Ägyptens und verneigten sich voller Demut und Flehen.

Daniel kratzte sich am Kinn, überlegte fieberhaft. Er war sich völlig sicher, daß mit diesem Bild hier unten alles seinen Anfang genommen hatte. Ganz gleich, welcher Historiker es für nötig befunden hatte, in diese Katakomben hinabzusteigen – er hatte mit dieser Geschichte begonnen, mit der unheimlichen Inthronisation dieses Kind-Königs. Er drehte sich zu Sha'uri um, und für einen Sekundenbruchteil tat sie ihm unendlich leid, wie sie da an der gegenüberliegenden Wand lehnte und sich verzweifelt bemühte, wach zu bleiben, ihn nicht im Stich zu lassen, ihm eine Hilfe zu sein. *Du bist ein Idiot, Jackson!*

Aber es mußte sein. Er mußte das hier tun. Das hier war keine Vergnügungsreise. Er trug Verantwortung.

Er wich ihrem Blick aus und fragte sie: »Barei bidi peesh? Shana? Sha'ana?«

»Chan'ada«, berichtigte sie seine Aussprache.

»Chan'ada sedma miznah... Nein: Miz-mir-mirnaz. Chan'ada sedma mirnaz, min?«

»Min«, bestätigte sie lächelnd.

»Sieht so aus, als hätten Sie gefunden, wonach Sie gesucht haben«, sagte eine Stimme aus der Dunkelheit heraus.

Sha'uri schnappte nach Luft, aber Jackson reagierte trotz seiner Überraschung nahezu übergangslos, wirbelte herum und stieß die Fackel in einer heftigen Bewegung in Richtung der Stimme.

O'Neil beugte sich in die enge Kammer mit der niedrigen Decke herein. Kawalsky war bei ihm und füllte den gesamten Korridor aus. »Ihr habt mich fast zu Tode erschreckt!« beschwerte sich Jackson und griff sich theatralisch an die Herzgegend. »Wie sind Sie hier heruntergekommen?«

O'Neil ging gar nicht darauf ein.

»Ich dachte, Sie sprechen ihre Sprache nicht?« stellte er lauernd fest, betrat die Kammer und warf dem Chaos aus Schriftzeichen und Bildnissen einen vielsagenden Blick zu.

»Es ist Altägyptisch«, erklärte Jackson. »Ihre Sprache hat sich, genau wie ihre Kultur, in den letzten paar tausend Jahren weiterentwickelt. Irgendwie logisch, nicht wahr? Aber sobald man die Vokale kennt und die Aspiration berücksichtigt ... also, die Hauchlaute ... oder deren Weglassung ... sowie, daß möglicherweise Anfangs- und Endkonsonanten in Vergessenheit geraten sind oder absichtlich unterschlagen werden ...«

»Sag's mir einfach so, daß ich es verstehe, Jackson.«

»Ich kenne ihre Sprache. Ich mußte nur lernen, wie man sie richtig *ausspricht*. Schließlich wird sie auf der Erde seit mehr als tausend Jahren nicht mehr gesprochen.«

Kawalsky ließ einen starken Handscheinwerfer aufflammen.

»Dieser Ort hier sieht nach einem ziemlich wilden Trip aus«, brummte er und drängte sich an O'Neil vorbei. »Kommt mir vor, als hätte irgendwer König Tuts Grabkammer mit einer Subway-Station verwechselt und ein paar Graffiti angebracht.«

O'Neil blieb beim Thema. »Was steht da, Jackson?«

Der Professor nickte aufgekratzt, er brannte darauf, zu erklären, was er erfahren hatte. Er strich mit den Fingerspitzen über die Orgie aus Hieroglyphen – ein Kind in einem Süßwaren-Laden.

»Es ist ... nun, es ist einfach unglaublich. Diese Wände hier erzählen die Geschichte der ursprünglichen Siedler dieses Planeten. Sie gelangten durch das SternenTor hierher ... vor einigen zehntausend Jahren. Wörtlich steht da ...« Daniel trat vor einen langen Zyklus von Bildern und Hieroglyphen, tastete über die Gravuren.

»Ein Reisender von fernen Sternen entkam einer sterbenden Welt und suchte nach einer Möglichkeit, sein eigenes Leben zu verlängern. Sein Körper war kränklich und ohne Kraft; trotz all seiner geistigen Fähigkeiten, trotz all seines Wissens, war es ihm nicht gegeben, das eigene Hinscheiden aufzuhalten.« Jackson unterbrach sich kurz, interpretierte es: »Offenbar war seine gesamte Spezies vom Aussterben bedroht, und so bereiste er die Galaxis und suchte nach einer ganz privaten Möglichkeit, dem Tod ein Schnippchen zu schlagen. Da, seht her ...«

Jackson eilte zu einem weiteren Bilderzyklus, plapperte weiter, und je länger O'Neil zuhörte, desto mehr verlor er sich in der Geschichte. Es war, als könne er *sehen*, was Jackson nur mit Worten beschwor. Nichts von alldem überraschte ihn wirklich; er sah lediglich seine schlimmsten Befürchtungen bestätigt. Es war eine Art Gottesurteil, und er hatte es vorhergesehen. *Sein Job begann genau jetzt.* Er lauschte angespannt.

»... das hier bedeutet: *Er kam zu einer Welt, reich an Leben.* Weiter unten wird es konkreter: *Er begegnete einer primitiven Rasse ... perfekt für seine Bedürfnisse.* Menschen! Eine Spezies, deren Angehörige er auf unbestimmte Zeit formen und unterstützen konnte. Vor allem dieser Begriff ›formen‹ dürfte in mehr als nur in des Wortes eigentlichem Sinne zu interpretieren sein. In etwa: Er formte sie in geistiger Hinsicht ... Oder: Er formte sie nach seinem Ebenbild. Es muß mehr dahinterstecken, weil es so bewußt abfällig formuliert ist. Als habe er die Menschen nur als ... etwas gesehen, mit dem er umgehen, das er *handhaben* konnte. Und genau das ist der Punkt. Sinngemäß steht hier: Und der Reisende erkannte, daß ihm in einem ihrer Leiber die Gnade eines neuen Lebens gegeben sein würde. Und dann fand er den Jungen.«

Eine Reihe düsterer Bildnisse schloß sich an; roh aus dem Fels herausgeschlagen, schwebte eine fliegende Pyramide über einem Menschen, der die Augen abschirmte vor dem strahlenden Licht. Ringsumher flohen andere Menschen in panischer Hast. Daniel zeigte auf die Gestalt unter der Pyramide.

»Der Reisende kam zu einer Art Dorf oder Ansiedlung. Die Menschen rannten voller Angst davon – *als die Nacht zum Tage wurde.* Nur ein Junge ging auf das Licht zu. *Wißbegierig und ohne Furcht.* Er ging in eine Falle. Ra nahm seinen Körper... *übernahm* ihn. Ein Parasit, der sich in einem Wirtskörper einnistet.«

Jackson warf O'Neil einen kurzen Blick zu, dann las er weiter: »In diese menschliche Gestalt transportiert, ernannte er sich selbst zum Herrscher aller Menschen. Der erste Pharao, Ra, der Sonnengott!«

Das war der Teil, auf den O'Neil gewartet hatte. Langsam ging er weiter in die Kammer hinein, betrachtete prüfend die Bilder, während Jackson weitersprach.

»Ra – oder *Reayew,* wie es die Leute dieser Welt aussprechen – trieb Tausende der Menschen jener Zeit zusammen und durch das SternenTor hierher auf diesen Planeten. Er befahl ihnen, in den Quarz-Minen zu arbeiten, denn dieses Quarz ist der Grundstock seiner ganzen Technologie. Und nur damit konnte er seine Unsterblichkeit wahrhaftig manifestieren.

Doch dann geschah etwas auf der Erde... es kam zu einer Rebellion, einem Aufstand. Nach Jahrhunderten der Tyrannei warteten die Menschen, bis Ra sich auf dieser Welt aufhielt, auf dieser Seite des Tores, dann erhoben sie sich, überwältigten Ra's Wächter und Kriegsgottheiten und begruben das SternenTor, *auf daß er niemals wiederkehre.* Und dann kam hier alles, wie es kommen mußte. Ra befürchtete, der Aufstand könnte sich auf dieser Welt wiederholen und ächtete alles Lesen und Schreiben. Die Menschen hier sollten sich nicht mehr an die Wahrheit erinnern. Diese Bilder hier sind die einzigen existierenden Aufzeichnungen, und keiner von ihnen kann sie lesen. Es ist unfaßbar!«

O'Neil bemerkte Jacksons Starren, wußte, daß dieser eine Reaktion von ihm erwartete, doch er sagte nichts; bewegte sich nicht. Er starrte nur voller Konzentration diese Wand an – und war zugleich unendlich weit weg.

Kawalskys Gebrüll zerriß das feine Gespinst.

»Jackson, ich denke, Sie kommen besser mal her.« Er hatte den Handscheinwerfer genommen und den hinteren Bereich der Kammer abgesucht und dort eine Nische entdeckt. »Sagen Sie mir, ob das hier . . . Ah! Verdammt, kommen Sie einfach her.«

O'Neil war bereits in Bewegung, drängte sich an dem Mädchen – Sha'uri – vorbei. Sekundenlang herrschte ein gefährliches Durcheinander an Bewegungen; Sha'uris Fackel fauchte dicht an seiner Nasenspitze vorbei. Er zuckte zurück und stieß sich den Schädel an der niedrigen Decke an.

Und Kawalsky befand sich immer noch etwa zehn Meter von der Gruppe entfernt – ein gedruckter Schemen im flackernden Zwielicht der Fackeln. Das hier war kein Ort für einen Klaustrophobiker.

Dann starrte O'Neil auf das hinab, was Kawalsky entdeckt hatte. Es war eine einzelne Säule, und wie die Wände dieser Kammer war auch sie mit geheiligten Schriftzeichen übersät . . . und inmitten dieser Schriftzeichen saß – wie ein Schrein – eine lotrechte Kartusche. Obwohl sie teilweise noch von Erdreich bedeckt war, fiel auch O'Neil sofort die Ähnlichkeit zu derjenigen im Zentrum des Schlußsteins auf. Jackson starrte auf das Heiligtum, starrte dann ihn an – und nickte, als könne er seine Gedanken lesen. Sie hatten gefunden, was sie benötigten, um das SternenTor bedienen zu können.

»Vielleicht haben sie bis zuletzt gehofft, daß das Tor zur Erde eines Tages wieder geöffnet werden könnte«, murmelte Jackson. Dann hielt er die Fackel ganz dicht an die Tafel heran und versuchte die Inschrift der Kartusche zu entziffern.

Seinem blassen Gesicht nach zu urteilen, erkannte er kein einziges Zeichen – wirklich sehr vielversprechend.

»Nur die Ruhe«, murmelte Jackson unruhig. »Sie müssen die Sternbilder so gezeichnet haben, wie man sie von ihrer Welt – von *dieser* Welt – aus sieht, und das bedeutet . . . Verdammt! Ich habe mein Notizbuch in meinem Zimmer zurückgelassen. Ich habe eine Liste aller Zeichen gemacht, die wir auf dem . . .«

»Ihre Jacke, *Sire*!« Kawalsky warf ihm völlig unfeierlich die Jacke zu und widmete sich im gleichen Moment bereits wieder seinen Ausgrabungsarbeiten am Sockel der Säule. Mit einem zufriedenen Knurren legte er weitere Symbole frei und säuberte sie. Jackson blätterte in seinen Notizen, dann hielt er inne. O'Neil sah ihm über die Schulter. Das oberste Symbol der Kartusche war in der Liste aufgeführt!

»Wir haben es«, verkündete Jackson. »Die Zeichen passen.«

»Problem. Großes Problem.« Kawalsky war ernst. Das Licht des Handscheinwerfers und das der Fackel vereinten sich auf dem großen Soldaten, dann bewegten sie sich abwärts zur Unterseite der Kartusche. Das letzte – das siebte – Symbol existierte nicht mehr; es war abgebrochen.

»Es *muß* hier irgendwo sein!«

Kawalsky ließ sich auf alle viere nieder und wühlte mit bloßen Händen in der Erde, schöpfte große Mengen naßkalten Drecks empor, schleuderte sie beiseite. Jackson bremste ihn hastig und übernahm. Er grub vorsichtig um das Fundament der Säule herum, dann entlang der Wand, bis er Stück für Stück die Fragmente gefunden hatte, die von dem siebten Symbol übrig geblieben waren.

Sie versuchten, sie zusammenzufügen.

Alles, was sie brauchten, war eine annähernd eindeutige Form, um dieses Symbol von den anderen Zeichen auf dem SternenTor unterscheiden zu können. – Nach zwanzig Minuten begriffen sie, daß es sinnlos war. Sie konnten das entscheidende letzte Symbol nicht rekonstruieren, und so war es letzten Endes auch gleichgültig, ob die Tafel vorsätzlich zerschlagen worden war, oder aber nur zerfallen war durch ihren langen Aufenthalt in der Erde dieses feuchten und kalten unterirdischen Verstecks.

Es war, als habe man sie alle mit einem gewaltigen Knüppel niedergestreckt, und ihn, Jackson, ganz besonders. So, wie es aussah, war ihre unglaubliche Glückssträhne bereits wieder beendet. Die Tunnelwand, vor der sie sich versammelt hatten, kam Daniel in diesem Moment wie für ihn ganz persönlich errichtet vor – ein deutlicher Fingerzeig des Schicksals: *Das Ende des Weges.* Ab jetzt gab es nur noch zwei Chancen, nach Hause zurückzukommen: eine dürftige und gar keine. Es dauerte lange, bis jemand sprach, und dann war es ausgerechnet O'Neil.

»Dieses siebte Zeichen dürfte der Koordinaten-Nullpunkt sein – richtig?« So, wie er es aussprach, war es keine Frage, sondern eine Feststellung. »Fragen Sie das Mädchen. Vielleicht kennt sie das Zeichen für diesen Planeten.«

Daniel sah Sha'uri an. Sie hatte beobachtet, wie die Dinge sich entwickelten, und offenbar erraten, was der Colonel fragte. Und sie schüttelte den Kopf.

Daniel stellte die Frage trotzdem. Das Resultat blieb dasselbe. Er wandte sich wieder O'Neil zu. »Keine guten Nachrichten. Sie kann nur ein einziges Wort schreiben . . . den Namen Ra's.«

O'Neil schien es kaum mehr zu hören.

»Wenn das so ist, müssen wir in die Pyramide zurück.« O'Neil stand auf und nahm Sha'uris Fackel. Als sich keiner der anderen rührte, machte er es unmißverständlich klar: »Wir brechen unverzüglich auf.«

Er war bereits an der Tür.

»Verstehen Sie denn nicht? Ohne dieses letzte Symbol kann ich das SternenTor nicht aktivieren«, brüllte Daniel hinter ihm her.

Aber O'Neil sah nicht einmal mehr zurück.

FÜNFZEHNTES KAPITEL

Die goldene Flugmaschine

Eine Mauer aus Sand drängte in die Stadt herein, als die Haupttore geöffnet wurden. O'Neil stapfte unbeeindruckt hindurch, führte seinen kleinen Trupp aus Nagada hinaus. Er schien fest entschlossen, zu der Pyramide zurückzukehren, als wüßte er exakt, was dann zu tun sei. Kawalsky zweifelte mehr denn je an der geistigen Gesundheit des Colonels und hatte es demgemäß auch nicht ganz so eilig wie dieser. Als er sich nach Jackson umwandte, sah er, daß der Idiot noch immer am Tor herumtrödelte, sich bereits zum fünften oder sechsten Mal von Sha'uri verabschiedete und ihr zweifellos das Märchen aufzutischen versuchte, daß er wiederkommen würde. Jackson war der Typ, der an solche Märchen glaubte. Jackson hatte *nichts* kapiert.

Kawalsky drehte sich um und brüllte: »Beeil dich, Jackson!«

»Vergessen Sie ihn. Er ist ab jetzt wertlos für uns.«

Kawalskys Reaktion erfolgte mit einiger Verzögerung. »Ich verstehe nicht, Sir.« – Er bekam keine Antwort mehr. Kawalsky sah zu Brown hinüber, und beide dachten sie zweifellos das gleiche: Regel Nummer eins: Das U. S. Marine Corps läßt keinen seiner Leute einfach zurück.

Nicht einmal dann, wenn der Betreffende ein ausgemachter Blödmann ist.

Schließlich riß Jackson sich los, rannte hinter der Truppe her und versuchte aufzuschließen. »Hey, wartet!« schrie er – ein wenig enttäuscht, wie Kawalsky fand. Vielleicht hatte er wirklich angenommen, daß ihn die Entdeckung dieser Kammer automatisch zu einem vollwertigen Mitglied des Teams machte.

Kawalsky blieb stehen und sah Jackson entgegen. Gleich darauf bemerkte er hinter ihm noch etwas.

»Colonel O'Neil, sieht so aus, als hätten wir ein paar Freunde gewonnen.« Skaara und seine Bande von *Hütern* preschten, abenteuerlich auf *Kleines bißchen* hängend, heran – und so, wie es aussah, waren sie fest entschlossen, sich freiwillig zu melden.

»Jackson!« bellte O'Neil. »Werden Sie diese Kinder los!«

O'Neil steigerte seine Marschgeschwindigkeit noch.

Brown hielt mit ihm Schritt.

Kawalsky kam sich ein wenig unentschlossen vor – und beobachtete deshalb erst einmal. Jackson blieb stehen und rief den Jungen etwas in ihrer Sprache zu.

Sie schienen ihn gut genug zu verstehen, stoppten den Sturmlauf des Mastadges, rutschten von seinem zotteligen Rücken und wirkten ein wenig unschlüssig. Sie folgten ihnen nicht mehr, aber sie kehrten auch nicht um.

Kawalsky nickte zufrieden. Jackson holte auf. Der Marsch durch die Wüste ging weiter. Ein paar Minuten später drehte er sich wieder um – und die Kinder waren immer noch da: Sie folgten ihnen in einem Abstand von ziemlich genau hundert Metern.

O'Neil mußte sie im gleichen Moment bemerkt haben.

»Gottverdammt, Jackson! Ich hab' dir gesagt, werd diese Kinder los!«

»Ich hab's versucht!« brüllte Jackson zurück.

»Sir!« Kawalsky sah sich veranlaßt, einzugreifen und einen Vorschlag zu unterbreiten. »Wir könnten wesentlich schneller vorankommen, wenn sie uns einen Ritt spendieren würden.«

O'Neil war völlig in seinen Gedanken verloren – und dann eskalierte das Ganze auch schon. Der Colonel zog seine Pistole, riß sie hoch, zielte und feuerte rasch hintereinander drei Schüsse ab.

»Was MACHEN Sie da?« rief Jackson. »AUFHÖREN!«

Aber der Professor war viel zu weit entfernt, um eingreifen zu können.

O'Neil feuerte noch dreimal, seine Kugeln ließen Sandfontänen hochspritzen und peitschten die Kinder in einen jähen, unbeholfenen Tanz. Die Jungen sprangen in alle Richtungen davon und versteckten sich hinter den Dünen.

Als das Echo der Schüsse verklang, starrten alle in zornigem Entsetzen auf O'Neil.

»Was machen Sie da?« kreischte Jackson. »Mann, Sie schießen auf KINDER? Was ist los mit Ihnen?« Der Professor rannte noch immer, jetzt allerdings wie ein Tollwütiger; seine Stimme überschlug sich vor Zorn. »Was, wenn Sie eines von ihnen TREFFEN?!«

Das fragte sich Kawalsky auch. Aber er hielt, genau wie Brown, den Mund – vielleicht war es besser so. Letzten Endes war O'Neil nach wie vor der Leiter dieser elenden Mission.

Außerdem hatte er sich bereits wieder herumgedreht und setzte den Marsch fort. Und lud, während er dies tat, seine Waffe nach.

Skaara reckte den Kopf über den Dünenkamm und beobachtete, wie die Männer langsam tiefer in das heiße Herz der Wüste vordrangen. Sein eigenes Herz fühlte sich an, als seien ihm plötzlich Läufe gewachsen, und diese Läufe trommelten in einem aberwitzigen Galopp von innen her gegen seine schmächtige Brust. Sein neuer Freund, der Mann mit der schwarzen Kopfbedeckung, hatte sein Vertrauen mißbraucht. Als Nabeh sich neben ihm in den Sand plumpsen ließ und ihn fragte, was sie nun tun sollten, wandte Skaara sich ab. Er wollte nicht, daß Nabeh seine Niedergeschlagenheit bemerkte.

O'Neil legte ein noch schärferes Tempo vor, befahl, daß sie ab jetzt zu marschieren hatten wie die Armeen von Rom vor zweitausend Jahren – fünfzig Schritte schneller Lauf, fünfzig Schritte normales Marschtempo, dann wieder fünfzig Schritte schneller Lauf und so weiter. Er bestimmte Brown zu demjenigen, der zu zählen hatte. Auf diese Art und Weise bewältigten sie den Zwei-Stunden-Marsch in knapp fünfunddreißig Minuten. Weitere zwanzig Minuten später blickte O'Neil auf und sah etwas, das ihm das Blut in den Adern gefrieren ließ.

»Was zur . . .«

Da waren plötzlich *zwei* Pyramiden – eine war direkt über die Spitze der anderen gestülpt; ein goldenes Etwas voller hieroglyphenähnlicher Symbole. Die goldenen Wälle dieser oberen Pyramide hatten sich horizontal geöffnet und offenbarten eine unmittelbar dahinter liegende komplexe Maschinerie. Die goldene Flugmaschine, die sich geradewegs auf die Spitze der normalen Pyramide ›gespießt‹ hatte, wirkte gleichzeitig sehr alt und sehr modern. Sie war – zumindest im unteren Bereich – hohl, da sie tadellos auf die Oberseite des Bauwerks paßte; ein bizarres goldenes Gehäuse. Von der darunter befindlichen Pyramide war nur mehr das untere Drittel sichtbar.

»Sieht so aus, als sei *jetzt* jemand zu Hause«, meinte Brown.

»Es ist ein Raumschiff«, sprudelte Jackson hervor und handelte sich damit skeptische Blicke von Kawalsky und Brown ein. »Okay, vielleicht nicht gerade ein Raumschiff«, trat er den Rückzug an, »aber irgendeine Art Flugmaschine. Sie haben es auf den Wänden dieser Geheimkammer verewigt . . .«

O'Neil nahm an, daß er damit ziemlich richtig lag. Doch was viel wesentlicher war: Dieses . . . Ding war vollautomatisiert, demnach konnte man es mit kleiner Besatzung steuern. Und es mußte einen Grund geben, warum es ausgerechnet jetzt ausgerechnet hierher gesteuert worden war.

Vermutlich kannte er ihn sogar.

Die Quarz-Mine.

Zu schleppender Abbau. Zu schlechte Abbau-Quoten.

Wie auch immer – es gab Gründe genug. O'Neil nahm seinen Rucksack ab und entnahm ihm den hochauflösenden Feldstecher. Das goldene Ding war nicht aus einem Stück gebaut; es bestand aus Teilen, die in sich beweglich waren. Unmittelbar nach der Landung mußte es sich zu seiner jetzigen Größe buchstäblich entfaltet haben. Er konnte es geradezu vor sich sehen; konnte sehen, wie sich große Abschnitte von dem Kernstück abtrennten und geisterhaft – mechanisch – nach unten tasteten und die Pyramide in dem Maße umhüllten, wie sie die gewaltigen Maschinenblöcke der Flugmaschine entblößten.

O'Neil konzentrierte sich wieder auf die Gegenwart, riß den Feldstecher an die Augen und suchte die Umgebung nach irgendwelchen Lebenszeichen der Fremden ab – doch da war nichts. *Nur Hitze. Sand. Staubschleier.* Und sein eigener Atem.

Auf der Klippe, dort, wo das Basis-Camp hätte sein sollen, bemerkte er einige halb von Sand begrabene Ausrüstungsgegenstände. Stoffetzen flatterten an einer einsamen Zeltstange.

Ohne irgend jemandem zu sagen, was er vorhatte, kramte O'Neil eine Handvoll Leuchtstäbe aus seinem Packen und steckte sie hinter seinen Gürtel.

»Sir?« war alles, was Kawalsky herausbrachte.

»Ich gehe rein«, informierte O'Neil ihn und überprüfte sein automatisches Gewehr.

Es ergab keinen Sinn. Es gab eine Million Möglichkeiten, diese Sache hier *richtig* anzupacken – zum Beispiel, indem man zuerst einmal so viele Informationen wie möglich sammelte oder mit Ferettis Team Funkkontakt herzustellen versuchte –, aber dieser Mann war schlicht und einfach verrückt. Kein Zweifel mehr. Er würde blindlings in diese Falle stürmen und . . .

O'Neil war bereits unterwegs, hetzte geduckt zu der Pyramide hinüber; ein menschlicher Torpedo. Kawalsky stieß einen verbitterten Fluch aus. Der Colonel schien ihn und die anderen völlig vergessen zu haben.

Kawalsky sah ihm nach und murmelte, halb an Jackson gewandt, der mindestens genauso überrascht war: »Was sollen wir tun? Hier herumstehen und Händchen halten? Ich sag' dir was, ich habe genug von diesem Arschloch. Aber ...« Der große Soldat schraubte den Verschluß seiner Feldflasche ab und nahm einen großen Schluck, während Brown und Jackson einen fragenden Blick miteinander wechselten und noch immer nicht so recht begriffen, was hier vorging. »Aber«, fuhr er dann fort, »ich denke, wir sollten ihn nicht allein da hineingehen lassen. – Was meint ihr?« Kawalsky sah Brown an, forderte seine Zustimmung ein.

»Also, ich bleibe jedenfalls nicht allein *hier draußen*«, sagte der Wissenschaftliche Offizier. Kawalsky verstand, was er damit ausdrücken wollte: *Ihn mit Jackson hier draußen zurückzulassen, ist für ihn gleichbedeutend mit* ganz allein *hier draußen zurückgelassen zu werden.* Kawalsky nahm sein Gewehr und drückte es Jackson in die Hand.

»Du weißt, wie man einen Abzug durchzieht?« fragte er.

Jackson zwang sich zu einem Lächeln. »Ich ... äh ... verstehe nicht ganz, was hier passiert«, sagte er.

»Willkommen in der Army, Freund!« stieß Kawalsky gepreßt hervor, setzte geduckt über den Dünenkamm hinweg und folgte den Spuren des Colonels.

O'Neil hatte das untere Ende der Rampe erreicht, drückte sich in den Schlagschatten eines der Obelisken und verschwendete eine ganze Minute damit, die Situation einzuschätzen. Außerhalb der Pyramide war alles still. Schweiß rann ihm in Sturzbächen über das Gesicht. Er wischte ihn weg, spähte zu dem unheimlichen dreieckigen Gebilde hinauf, das wie eine dieser Louisiana Bayou-Pfahlbauten auf der großen Pyramide brütete. Das, was Jackson darüber gesagt hatte – daß es ein Raumschiff sei –, erschien ihm absurd, aber es war besser als jede Erklärung, die ihm in den Sinn kam.

»Colonel, warten Sie einen Moment.« Kawalsky rannte im Zickzack auf den Obelisken zu, kam an, preßte sich ebenfalls in seinen Schutz. »Das ist alles völlig verrückt. – Ich meine, wir werden Ihnen da hinein folgen, aber Sie müssen uns sagen, was los ist. Es ist unser Job, Befehlen Folge zu leisten ... okay. Und Ihr Job ... Ihre *Pflicht* ... ist es, uns zu informieren.« Kawalsky gelang es tatsächlich, einen Tonfall irgendwo zwischen respektvoll und drohend, loyal und aufsässig zustande zu bringen.

»Sie wollen da nicht hineingehen, und das ist in Ordnung«, schnappte O'Neil. »Ich gehe, und das ist genauso in Ordnung. Weil es mein Job ist. Aber tun Sie mir einen Gefallen, bleiben Sie in Deckung und kommen Sie mir notfalls zu Hilfe.«

Geschwätz. Wenn er erst in der Pyramide war, würde es im Falle eines Falles keine Hilfe mehr geben können.

Er wollte den Lieutenant loswerden. Er starrte noch immer zu der oberen Pyramide hinauf, machte sich bereit zu gehen, als Kawalsky hinübergriff und ihn am Arm packte.

»Sie gehen da nicht allein hinein. Genausowenig, wie wir Jackson irgendwo allein zurücklassen. Marines können selbst auf sich aufpassen. Er nicht.«

O'Neil hörte gar nicht mehr zu; er wußte, es war soweit – er war vollkommen darauf konzentriert, was jetzt zu tun war: Erreich den Elektrokarren! Hol die Zylinder aus ihrem Versteck! Stell den Zünder ein! Und dann ... Countdown. – Um der Menschen auf der Erde willen durfte ihn nichts und niemand von diesem Ziel abbringen. Er hatte gehofft, seine Leute aus dieser Sache heraushalten, sie in der Wüste zurücklassen ... ihr Leben retten zu können. Aber nun war es zu spät. Er konnte es nicht riskieren, ihnen seine Mission auseinanderzusetzen – möglicherweise würden sie versuchen, ihn aufzuhalten.

Er würde sie opfern müssen.

O'Neil sah den Lieutenant ausdruckslos an. Schließlich sagte er ihm, was er zu sagen riskieren konnte. »Ich muß in den SternenTor-Raum. Ich brauche keine Hilfe, aber ich kann Ihnen auch nicht verbieten, mir zu folgen. Ich gehe so oder so.«

»Zwei Teams?« fragte Kawalsky – sichtlich zufrieden.

»Zwei Teams«, bestätigte O'Neil. »Lieutenant, Sie und Brown übernehmen die Nachhut!« O'Neil atmete mehrmals rasch ein, um sein Blut mit Sauerstoff anzureichern, dann stieß er sich ohne jede Ankündigung ab und stürmte los – die Rampe hinauf.

»Okay«, murmelte Kawalsky, »okay.«

Jackson und Brown lagen noch immer geduckt im Sand und starrten zu ihm herüber. Er winkte ihnen. Brown kam, Jackson rührte sich nicht.

»Verdammt, beweg dich!« brüllte Kawalsky und starrte ihn an, als sei er genauso verrückt geworden wie O'Neil. »LOS!«

Daniel gehorchte. Aber schon eine Sekunde darauf begann er sich zu fragen, was zur Hölle er da tat; und natürlich kannte er auch längst die Antwort: *Du rennst Hals über Kopf hinter diesem psychotischen Colonel her ... und in diese Pyramide hinein, die* jetzt *ganz bestimmt nicht mehr leer ist ... Deren Besitzer zurückgekommen ist.* Würde es dem smarten Daniel Jackson nicht wesentlich besser zu Gesichte stehen, ziemlich genau in die entgegengesetzte Richtung zu laufen?

Das Gewehr, das Kawalsky ihm ausgehändigt hatte, fühlte sich mehr und mehr wie ein lebender Aal in seinen Händen an. Es kostete ihn eine Menge Überwindung, das schwere Ding zu halten. Er *haßte* Waffen.

Doch er rannte nicht in die entgegengesetzte Richtung, und er warf das Gewehr auch nicht einfach weg. Er folgte O'Neil in die Schatten des hohen Eingangs hinein und bemerkte, daß ihm kotzübel war. Rechts neben dem Eingang sah er Ferettis Helm auf dem Funkgerät liegen. Er stoppte, starrte darauf hinab, schluckte und setzte sich wieder in Bewegung – hastete hinter O'Neil her. Er holte ihn erst an dem langen Säulengang ein. Der Colonel kauerte geduckt in der Schwärze.

»Still!« fauchte O'Neil.

Daniel schnappte nach Luft, und die Angst sorgte im Nu dafür, daß er dies in absoluter Stille tat. Er war viel zu panisch, um zu lauschen, also beobachtete er einfach nur O'Neil dabei.

»Gut«, hörte er ihn schließlich brummen.

Daniel nickte. Und O'Neil war verschwunden, hetzte, die

Deckung der Säulen nutzend, geschmeidig weiter. Daniel folgte ihm ohne nachzudenken.

Und so sah er den Schemen hinter sich nicht.

Noch nicht.

Skaara balancierte auf Nabehs Schultern und erhaschte durch die engen Fensteröffnungen einen letzten verwackelten Blick auf die beiden Gestalten von Kawalsky und Brown, ehe sie eins wurden mit der Finsternis der Pyramide.

Als die Männer verschwunden waren, sprang Skaara in den Sand hinab und führte die andern Jungen zum nächsten Mauerdurchbruch.

In den Tiefen der Pyramide verharrte O'Neil stocksteif in den Schatten zwischen zwei Säulen, sicherte nach vorn; es schien, als versuche er sich den Weg zu dem SternenTor in jeder Einzelheit ins Bewußtsein zurückzurufen. Daniel stand ein paar Schritte hinter ihm, mit dem Rücken an der Säule, die O'Neil gegenüber emporragte. Er wartete auf seine weiteren Instruktionen und spähte in die Richtung zurück, aus der sie gekommen waren.

Da war etwas.

Da bewegte sich etwas in den Schatten der höhlenartigen Halle.

Gerade, als Daniel etwas zu sagen versuchte, schnellte O'Neil hoch und glitt um die Ecke.

Daniel drückte sich an den Pfeiler und beobachtete die riesige Gestalt, wie sie näher kam. Es war, als lichteten sich die Schatten. Es war, als habe er plötzlich Clark Kents Röntgenblick. Er erkannte die Kreatur sofort. Es war Horus, der ägyptische Gott des Himmels – jene Gottheit, die im Lande der Toten zur Rechten des Ra saß und ihm dabei behilflich war, den Wert der menschlichen Seelen zu taxieren. Er sah genauso aus, wie ihn die alten Ägypter dargestellt hatten; er hatte den athletischen Körper eines Mannes und den enormen Schädel eines Falken. Seine Schultern, Unterarme und Schienbeine glänzten metallisch. *Es ist eine Art Rüstung, Daniel Jackson, und wenn er dich hier entdeckt, dann wird er dich töten.* Er rührte sich keinen Zentimeter. Er starrte auf das Monstrum. Noch zehn Schritte. Neun. Seine Hände waren wie metallene Klauen; sie hielten eine ein Meter fünfzig lange Waffe . . . eine Art Streitkeule. Daniel verhielt sich absolut still, bis der Schemen einen halben Meter von ihm entfernt in einen der anderen Korridore abbog und in den Schatten verschwand.

Weiter hinten beobachtete Brown, wie Kawalsky sich um eine der Säulen herumschlängelte. Zwei Herzschläge später wollte er ihm folgen und . . .

. . . etwas Schweres krachte auf seinen Schädel herab. Er taumelte und brach in die Knie. Da war ein Knirschen wie von zerberstendem Eis. Blut sammelte sich in seinem Mund. Brown versuchte verzweifelt, wieder auf die Füße zu kommen und zu fliehen. Es ging nicht. Erst jetzt sickerte so etwas wie Begreifen in seinen Verstand. Er ruckte halb herum – und sah die Explosion weißen Lichts auf sich zurasen, spürte im gleichen Moment, wie sie seine Schulter zerfetzte. Die Wucht des Treffers schmetterte ihn herum und gegen die Säule. Er versuchte sich noch daran festzuklammern – und rutschte benommen und blutend zu Boden.

Er hörte Kawalskys Stimme.

»Brown – melden! Wo bist du, Mann?«

Er hörte ihn, und er dachte noch, daß er ihm antworten mußte, ihn warnen mußte. Er hätte ihm gerne geantwortet . . . Kawalsky war okay. Doch er lag nur da und starrte in die Schatten der hohen Decke über sich. Es war, als stürzten sie alle gleichzeitig auf ihn herab . . . immer wieder, und jedesmal schienen sie ein klein wenig schwerer geworden zu sein.

Brown dachte: Es tut so weh. Ich darf nicht liegenbleiben, nicht einfach liegenbleiben.

Er wälzte sich herum, schleppte sich über den Boden, zwischen die Säulen; er kroch zurück, dorthin, woher er gekommen war, wo das Licht war.

Skaara hatte seinen Aussichtsposten auf Nabehs Schultern wieder eingenommen – und dieses Mal lohnte sich die Mühe. Er wurde Zeuge eines makabren Schauspiels. Er sah einen der Götter aus den Schatten herauskriechen, sah den Horus-Wächter gemächlich folgen und diese schreckliche Waffe heben – etwas, das an eine Lanze erinnerte oder an ein Zepter. Das obere Ende war flach und breit wie ein Kobra-Schädel und um einen großen Amethysten geschmiegt. Der Krieger hob die Waffe und schmetterte den Kolben in das Genick des Mannes.

Als O'Neil das schrille Winseln des ersten Schusses hörte, lag er bereits flach am Boden und schlängelte sich in Deckung. Er war fast am Ende der Eingangshalle, unmittelbar vor der Schräge der Großen Galerie; er kauerte sich zusammen, verhielt sich völlig still, wartete darauf, seinerseits ein Wort von hinten zu hören. Er hatte nicht die Absicht, seine Position dadurch zu verraten, daß er nach seinen Leuten rief.

Er konnte nicht mehr länger warten. Lautlos richtete er sich auf und lief den schmalen Korridor entlang, der in die Große Galerie führte. Dieses Mal kam er nicht mehr dazu, sich in Deckung zu werfen. Ein handgranatengroßer Lichtball irrlichterte durch die Finsternis auf ihn zu. O'Neil wich mit einem grotesken Hüpfer zur Seite hin aus, blieb in Bewegung, rannte geduckt weiter. Hinter ihm explodierte etwas mit verheerender Wucht an einer der Wände, scharfkantige Granitsplitter wirbelten durch die Luft.

Kawalsky ruckte aus seinem Schattenversteck hervor und feuerte blindlings in die Richtung, in der er die Helligkeit hatte aufflammen sehen. Das Krachen der Schüsse machte ihn beinahe taub, es war, als donnerten hundertfach verstärkte Echos auf ihn zurück. Im gleichen Sekundenbruchteil erfolgte der Angriff. Etwas Langes, Schweres wischte heran, schmetterte ihm das Sturmgewehr aus den Händen. Kawalsky sah der davonwirbelnden Waffe nicht einmal nach; er schnellte hoch, war bereit, sich zu stellen, und sah das schemenhafte Gleiten.

Dann war sein Angreifer auch schon da, ragte über ihm auf, schlug zu; es war, als verdichteten sich die Schatten zu einem körperlichen Wesen – einem gigantischen muskelstarrenden, mythischen Wesen mit Falkenkopf – dem Horus-Gott. Kawalskys Schock verpuffte, noch bevor er richtig entstanden war. Wie durch ein Wunder gelang es ihm, den Hieb mit einem Hochrucken des rechten Arms abzufangen und zurückzuweichen. Der große Falkenschädel schimmerte metallisch.

Kawalsky fand keine Zeit, weitere Eindrücke zu sammeln. Der Krieger riß seine lange, zepterähnliche Lanze hoch, rammte das untere Ende gegen Kawalskys Kinn, drosch ihn in ein rasendes Rückwärtsstolpern. Irgendwie gelang es Kawalsky trotzdem, sich an der Waffe festzuklammern, zu verhindern, daß sein Gegner zurücktrat und erneut zuschlug. Mit einem dumpfen Grunzen warf sich der Horus gegen ihn, umklammerte ihn. Kawalsky schlug ihm eine gedankenschnelle Rechts-Links-Kombination in den muskelstarrenden Bauch, schöpfte neue Hoffnung. Er war ein Nahkampf-Spezialist, und sein unheimliches Gegenüber schien, trotz aller Gewandtheit, kein ernsthafter Gegner für ihn zu sein.

Es war ein tödlicher Irrtum.

Der Falke hatte eine einzigartige Waffe – und er setzte sie gnadenlos ein. Mit einem brutalen Aufwärtsruck hebelte er sie aus Kawalskys Griff frei, ließ sie herumflirren, rammte ihm das klobige, schnabelförmige Ende in den Leib, drosch ihn zurück. Rasiermesserscharfe Kanten zerfetzten das T-Shirt des Marines von oben nach unten. Kawalsky verlor das Gleichgewicht, entging dem nächsten sirrenden Hieb nur noch durch puren Zufall, krachte im Dunkeln gegen eine Wand, stieß sich ab und verpaßte dem Horus einen Karatetritt in den Magen; sekundenlang hatte Kawalsky genügend Bewegungsfreiheit. Er warf sich nach vorn, packte das Zepter, rannte den Falken buchstäblich über den Haufen, überschlug sich und hebelte ihn über sich weg. Der Boden wackelte, als sie gleichzeitig aufschlugen. Kawalsky rollte geschmeidig ab, wand sich herum, entriß seinem Gegner die Waffe und kam in einer einzigen gleitenden Bewegung auf die Füße.

Jetzt . . .

Hinter ihm war ein schabendes Geräusch ...

Ein zweiter Schatten fiel über ihn, ein entsetzlicher Hieb erwischte ihn am Schädel und riß ihn von den Füßen. In dem wirren, wäßrigen Moment, bevor er das Bewußtsein verlor und während er bereits zusammenbrach, drehte sich Kawalsky noch halb um die eigene Achse und sah sich von ausdruckslosen Vogelaugen angestarrt.

Daniel hatte das Ganze mit angesehen. Er stand nur ein paar Schritte entfernt, versteinert vor Angst. Der Kampf war so schnell vorbei, wie er begonnen hatte, und Kawalsky, der stärkste Mann, dem er jemals begegnet war, war besiegt — besiegt von diesen unmöglichen und doch höchst vertrauten Kreaturen. In all den Jahren, in denen er Ägyptologie studiert hatte, war es ihm kein einziges Mal in den Sinn gekommen, daß es die alten Götter wirklich gegeben haben könnte.

Er schob sich noch ein paar Zentimeter tiefer in die Schatten zurück und lauschte dem eigenen ohrenbetäubend lauten Hämmern seines Herzens. Sobald Kawalsky zusammengebrochen war, hatten sich die Horus-Krieger getrennt und waren in das Dunkel dieses gespenstischen Ortes zurückgekehrt. Kawalsky, der wenigstens noch zu leben schien, hatten sie mit sich gezerrt. Daniels Verstand verzettelte sich in tausend verrückten Rettungsplänen, Adrenalin brauste durch seine Adern. Er nahm einen tiefen Atemzug, tastete sich an der eiskalten Wand entlang weiter, versuchte sich zu konzentrieren. *Kawalsky ... du mußt Kawalsky helfen ... Aber vielleicht warten sie nur darauf. Es ist eine Falle. Wie dieser ganze Steinhaufen hier.*

Verschwinde von hier. Hol O'Neil.

Und wenn das Ding zurückkommt ... benutz das Gewehr. Konzentrier dich: Ziel auf den Kopf ... Nein, auf den Bauch. Kawalsky hat ihn auch in den Bauch getreten ... Und dann zieh den Abzug durch.

Etwas war unmittelbar hinter ihm — er SPÜRTE es, er FÜHLTE es um die Rundung der Säule herumgleiten, und es kam viel zu schnell, als daß er noch hätte reagieren können. Es packte ihn.

Eine kräftige Hand schloß sich über seinem Mund, zerrte seinen Kopf nach hinten, entblößte seinen Hals. Daniels Augen wurden groß wie Silber-Dollars, quollen aus den Höhlen; er nahm an, daß er spätestens ab jetzt so gut wie tot war; diese Kreaturen würden ihm die Kehle durchschneiden; er glaubte den glühendheißen und doch eiskalten Stahl bereits spüren zu können ...

Dann hörte er das Wispern. »Ich brauche Ihre Hilfe.« O'Neils Lippen waren direkt an seinem Ohr. »Wir müssen das Sternen-Tor erreichen, und Sie geben mir Deckung, verstanden?«

Der Colonel wartete, bis er Jacksons Nicken spürte, dann lockerte er seinen Griff, beugte sich – Daniels Kopf wie einen Fußball unter den Arm geklemmt – vor und spähte um die Säule herum. Die Luft schien rein zu sein. Daniel fühlte sich wie eine Marionette hochgezogen, auf die Füße gestellt und hart gegen die Wand gestoßen.

O'Neil konnte sich seiner Aufmerksamkeit sicher sein.

Vielleicht aber auch nicht.

Daniel hatte das Gefühl, als müßte er jeden Augenblick durchdrehen, und wenn dies geschah, dann ...

»Hör mir zu, Jackson. Ganz ruhig, Junge. Es funktioniert so. Du folgst mir da hinein. Aber du behältst den Korridor hinter dir im Auge. Du schießt auf alles, was uns folgt. Okay, beweg dich! Schnell.«

Er griff nach unten und entsicherte Daniels Gewehr. Eine Sekunde später rannten sie los.

Tiefer in die Pyramide hinein. Aus der besserwisserischen Großvaterstimme in Daniels Hinterkopf wurde eine hysterische Großvaterstimme – ein langgezogenes, schrilles Protestkreischen.

O'Neil wollte in den SternenTor-Raum?

Phantastisch!

Gott, sie hatten kaum die Eingangshalle hinter sich gebracht. Sie waren noch Lichtjahre von dem SternenTor-Raum entfernt, und den Großteil dieser Lichtjahre würden sie ironischerweise in absoluter Finsternis zurücklegen müssen.

Er ist verrückt, Daniel Jackson. Du solltest abhauen. In die entgegengesetzte Richtung.

Er wurde langsamer, taumelte nur noch. Die einzige Alternative zu O'Neil waren die Horus-Wächter.

Das gab den Ausschlag. Er beschleunigte, schloß zu O'Neil auf und sicherte, rückwärtsgehend, in die Richtung, aus der sie gekommen waren.

Bald darauf umgab sie eine Dunkelheit, die schlimmer war als jede andere, die er bisher gekannt hatte.

O'Neil zündete im Laufen einen der Leuchtstäbe, schwenkte ihn unregelmäßig über dem Kopf, um ein schlechteres Ziel abzugeben. Sobald er sich orientiert hatte, schleuderte er den Stab wie einen Tomahawk weit von sich. Als sie die flackernde Lichtquelle wenig später passierten, beeilte sich selbst Jackson, so schnell wie möglich in die dahinter wartende, schützende Finsternis hineinzugelangen.

Sie passierten die Große Galerie.

Dann kam der Korridor mit den in Decke und Boden eingelassenen Scheiben. O'Neil zündete einen weiteren Leuchtstab, hielt ihn hoch, bis sie die Scheiben erreichten, dann schleuderte er ihn in hohem Bogen von sich und in den SternenTor-Raum hinein. Noch bevor der Leuchtstab den Boden berührte, war O'Neil ebenfalls in dem Raum, Gewehr voran. Er fuhr geduckt in einem präzisen Halbkreis herum und sicherte.

Der Raum war leer.

Sie hatten noch Zeit.

O'Neil rannte zu dem Elektrokarren hinüber, angelte im Laufen bereits den Haken aus einer Tasche seines Kampfanzugs.

Jackson betrat den Raum eine Sekunde später, versuchte in seiner Nähe zu bleiben, am Leben zu bleiben.

O'Neil fuhr mit einem Ruck herum, zischte: »Gehen Sie zurück an den Durchgang!«

»Colonel, ich hab' dieses Ding gesehen, das Kawal . . .«

O'Neil war bereits bei ihm, riß ihn hoch, richtete den Lauf seiner Pistole auf sein Gesicht. »Tu es, oder du bist ein toter Mann!«

Daniel schlingerte davon. Es war besser so. Es gehörte nur wenig Phantasie dazu, um zu wissen, daß O'Neil meinte, was er sagte. Es gab nichts mehr zu verlieren in diesem Spiel. Er kauerte sich rechts des hohen Durchgangs nieder, unmittelbar am Rande des Lichtkreises. Er richtete das Gewehr unsicher auf die Schatten der Großen Galerie und erwartete den Angriff der Horus-Götter. Der Weg zur Galerie war ihm diesmal viel kürzer vorgekommen als gestern bei ihrem Marsch ans Tageslicht.

Aus den Augenwinkeln heraus beobachtete er O'Neil.

»Was machen Sie da bloß?« Der Colonel hantierte an der Ladefläche des Elektrokarrens herum. »Komm schon, O'Neil, verschwinden wir von hier!«

Der Colonel ignorierte ihn und setzte seine Tätigkeit fort, bis er den Verschluß des Geheimfachs aufschnappen hörte. Er zog den Deckel hoch, fest entschlossen, den orangefarbenen Schlüssel zu benutzen und ...

Das Geheimfach war leer. Die Zylinder waren herausgenommen worden, ohne daß das störungssichere Alarmsystem angesprochen und den Sprengzünder ausgelöst hatte. O'Neil starrte ungläubig in die leere Kammer hinab. In diesem Augenblick begriff er, daß er es mit einem überlegenen Feind zu tun hatte.

Daniel starrte derweil mit klopfendem Herzen in den Korridor hinaus – und sah die Füße. Sie ragten ziemlich dicht vor seiner Nase empor. Zwei der großen Falken-Männer traten in den Durchgang, ihre Helme schimmerten im chemischen Feuer des Leuchtstabes. Sie stoppten, als sich eine dritte, noch größere Gestalt langsam aus der Dunkelheit löste, zwischen sie trat und ihre Waffe hob.

Daniel und O'Neil bemerkten ihn gleichzeitig. Es war Anubis, der schakalköpfige Gott der Toten.

»Nimm das Gewehr runter, Jackson. Es ist vorbei.«

Daniel gehorchte. Er war nicht einmal mehr nervös – er war nur noch leer. Anubis kam näher, und Daniel studierte ihn völlig losgelöst; ein verrückter Forscher, der ein Rieseninsekt inspizierte, das soeben wider jede Logik aus einem Marzipankartöffelchen geschlüpft war und so zu tun versuchte, als sei es ein fürchterlicher Feind. Anubis war eine ghulhafte Kreatur, Geifer schimmerte an den langen Schakal-Reißzähnen. Daniel nahm an, daß er sich spätestens jetzt vor Angst in die Hosen hätte machen müssen; aber da war keine Angst. Der Auftritt dieser Kreatur war nur ... lächerlich. Der schakalköpfige Krieger schritt weiter ins Licht hinein, und er tat dies so bombastisch und feierlich, daß es – zumindest für einen aufgeklärten Menschen des 20. Jahrhunderts – ganz einfach lächerlich wirken mußte. Es war, als habe ein völlig überforderter Drehbuchschreiber rasch noch ein Buch zu seinem Film heruntergetippt und sich dabei zu sehr auf die Beschreibung der großartigen Special-Effects konzentriert, statt auf die Handlung. Eine Stichflamme aus Zorn und Empörung puffte in Daniel empor. *Dieses ganze Kammerspiel ist lächerlich. Ich sollte nach Hause gehen.*

Er ging nicht nach Hause. Ein letzter Rest Selbsterhaltungstrieb raunte ihm zu, daß es besser war, das Ganze nicht zu übertreiben. Auch ein lächerlicher übermächtiger Feind konnte einen ziemlich rasch töten – nicht wahr? Denn genaugenommen war *er* derjenige, der in dieser zeitlupenhaften Inszenierung die Rolle des Insekts spielte.

Als Anubis an ihm vorbeistapfte, hatte sich Daniel bereits wieder gefangen; er starrte zu dem riesenhaften Monstrum empor, studierte die Fleisch und Eisen gewordene Inkarnation dessen, was er stets nur für einen Mythos gehalten hatte. Letzten Endes war es der Schädel des Kriegers, der ihn doch noch aus der Fassung brachte. Er wirkte anorganisch – als sei er aus einer Art Metall oder Quarz herausgemeißelt –, zugleich aber auch lebendig. Daniel nahm an, daß es ein aus einem biomorphischen Metall gefertigter Helm war. *Cyborgs ... Es könnten Cyborgs sein!*

Anubis durchquerte den Raum, bis er nur mehr einen Schritt von O'Neil entfernt war, dann streifte seine Handfläche über die Unterseite des langen, altertümlich wirkenden Streitkolbens. Etwas schnappte mit einem leisen Klicken auf; eine Art Trommel. Plötzlich hatte das verdammte Ding eine frappierende Ähnlichkeit mit einem bizarren Gewehr. Einem feuerbereiten Gewehr. Oder einer Impulskanone. – O'Neil zuckte mit keiner Wimper. Die beiden Krieger starrten sich sekundenlang an, fast, als würden sie sich als solche erkennen – dann gab Anubis den Horus-Wächtern ein Zeichen.

Es war, als seien die Bilder jener unterirdischen Kammer in den Katakomben von Nagada durch einen unheiligen Zauber zum Leben erwacht: Anubis, der Anführer der anderen Gottheiten, übte seine Autorität aus. Die Horus-Wächter traten vor, und jetzt zersplitterte der Zeitlupenbann. Gewaltige Klauenfinger packten zu wie Baggerschaufeln. Daniel und O'Neil wurden am Kragen ihrer Kampfanzüge hochgerissen und mitgezerrt. Sooft sie stolperten, was beide von ihnen taten, schleiften die Horus-Kreaturen sie mühelos über den Boden.

Sie entfernten sich von dem SternenTor und tauchten in die Finsternis des Korridors ein. Daniel hätte jede Wette gehalten, daß er ihr Ziel kannte: die beiden Scheiben.

Und er hätte tatsächlich gewonnen. Während er mühsam versuchte, trotz des eisernen Griffs an seinem Genick eine wenigstens einigermaßen würdige Haltung beizubehalten, schoben die Wächter ihn und O'Neil so beiläufig wie Gepäckstücke auf die große runde Bodenscheibe. Daniel sah den triumphierenden Funken in O'Neils Augen und hätte am liebsten laut aufgestöhnt. Er wußte nur zu gut, was das bedeutete. *Ärger. Großen Ärger.* Der Colonel war äußerst wachsam, er kooperierte lediglich, um Zeit zu gewinnen. Daniel seufzte und nahm sich vor, ebenfalls äußerst wachsam zu sein. Gleich darauf fiel ihm die seltsame Geste des Schakals auf: Er berührte die stählerne Unterarmmanschette seiner Rüstung, als wolle er einen Code eingeben.

Gegen seinen Willen – und ohne jeden Anflug von Humor – dachte Daniel: Wie war das? Beam uns rauf, Scotty?

Schlagartig wurde sein Hals zundertrocken. Tatsächlich gab es auf dem Armband der Kreatur eine Einfassung von der Form eines Skarabäus – und darin wiederum schimmerte ein milchiges Juwel. Eine Art Sensortaste? Die Hand des Schakals verweilte auf dieser Gemme ... und drückte sie. Eine blaue Lichtnadel flammte aus dem Rand der Bodenscheibe empor und traf ihr Pendant an der hohen Decke; der Strahl wanderte an der Peripherie der Scheiben entlang – und um die fünf Körper herum – und erschuf einen hauchzarten Schleier aus waberndem Licht. Der Kreis schloß sich, der Schleier verfestigte sich, wurde zu einer irisierenden Röhre; dann erhob sich ein strahlend weißes Licht aus der Bodenscheibe und schien sie emporzutragen. Daniel würgte. Es war ein sehr vertrautes Gefühl, ein juckendes Brennen und Prickeln überall in seinem Körper; das jähe Fehlen jeglicher Gravitation ... Es war das gleiche Gefühl, das er beim Durchschreiten des SternenTores empfunden hatte. O'Neil mußte es ebenfalls wiedererkannt haben – jedenfalls deutete Daniel sein Fluchen so. Die Scheiben basierten eindeutig auf denselben Technologien, die auch die Funktionen der gewaltigen Quarz-Ringe bestimmten.

Das höhersteigende weiße Licht schloß sich über ihnen – und dann fanden sie sich in einem anderen Raum wieder, auf einer identischen Scheibe.

Nahezu absolute Dunkelheit umgab sie. Da war eine gigantische Statue, ein mindestens drei Meter großes, aus einem einzigen schwarzglänzenden Block gearbeitetes Etwas, das sie alle überragte und dessen weit ausgebreitete Schwingen sie nahezu ganz umfaßten. Chnum, der Widder, der Schöpfer-Gott. Daniel fand gerade noch Zeit, seine Brille zurechtzurücken und den unangenehmen ›Empfangschef‹ in einer für alle Kurzsichtigen typischen Geste anzublinzeln, dann wurde er bereits weitergeschleift. Seine Augen gewöhnten sich an die Finsternis, nahmen weitere vage Einzelheiten wahr.

Er vermutete, daß sie sich nun direkt über dem Scheiben-Raum befanden, im Innern des seltsamen goldenen Gebildes, das sich über die oberen beiden Drittel der steinernen Pyramide gestülpt hatte. Die Horus-Wächter zwangen ihn und O'Neil einmal mehr, in grotesk gebückter Haltung voranzutappen. Sie bewegten sich über einen auf Hochglanz polierten Boden. Die Rüstungen der Kreaturen klirrten sanft in der Dunkelheit. Die Echos verrieten Daniel, daß der Raum, der sie umgab, groß genug war, um sich darin zu verlieren.

Der Klang einer großen Handglocke wehte aus der Dunkelheit vor ihnen heran. Einen Moment später war der ganze Raum erfüllt von einem dumpfen Grollen, vom Dröhnen mechanischer Kesselpauken. Schimmernde Lichtstrahlen durchschnitten aus verschiedenen Richtungen kommend den Raum, und gigantische Paneele, dreißig Meter lang und genauso hoch, glitten sanft wie ein Dutzend kleiner Erdbeben auseinander. Daniel beugte sich neugierig vor und korrigierte seinen ersten Eindruck: Keine Paneele. Teile der dicken Außenwände der Pyramide.

Sie standen in einem langen, rechteckigen Saal mit einer sehr hohen, von schlanken Säulen gestützten Decke; einer privaten kleinen Kathedrale. Riesenhafte Gesichter sahen von den Wänden auf sie herab. Der Boden war gefliest – ein kunstvoll gearbeitetes symmetrisches Mosaik.

Tageslicht flutete durch die sich öffnenden Außenwände herein und ließ den goldenen, mit Edelsteinen übersäten Thron in allen Regenbogenfarben erstrahlen. Der Thron stand auf einer Plattform am Ende einer weiten Treppenflucht. Direkt darüber hing eine gigantische Sonnenscheibe mit einem erhaben gearbeiteten Udjat – dem Auge des Ra. Sie war identisch mit derjenigen, die über dem Hauptplatz in Nagada hing – nur bestand diese hier aus massivem Gold. Auf halbem Wege zu dem Thron riß der Horus an Daniels Jackenkragen und zwang ihn zu Boden. O'Neil lieferte seinem Wärter ein kurzes Handgemenge, bis Daniel ihm zufauchte:

»Knien Sie endlich nieder!«

Widerwillig wandte O'Neil sich um und ließ sich langsam auf die Knie nieder – und während er dies tat, starrte er Anubis ununterbrochen herausfordernd an, sorgfältig darauf bedacht, den Bluff aufrechtzuerhalten, daß dies lediglich einen symbolischen Widerstand darstellte.

Sonnenlicht strömte nun aus allen Richtungen heran, badete den Raum in einen warmen, goldenen Schimmer, erklomm die Wände zu beiden Seiten des Thrones und erreichte schließlich auch das Udjat-Auge. Ein Doppelportal hinter dem Thron wurde aufgestoßen; ein weiterer, kleinerer Raum wurde sichtbar.

Kinder im Alter von sieben bis zwölf und Jugendliche und junge Männer bis etwa neunzehn Jahren traten – in einem dichten Gedränge – durch das Tor und auf die Thron-Plattform heraus. Sie waren allesamt barfuß; um die Hüften trugen sie sehr kurze Lendentücher, juwelenbesetzte jochähnliche Schmuckstücke glitzerten auf ihren Schultern und ihrer Brust. Sie erinnerten vor allem an altertümliche ägyptische Höflinge, die sich schützend um etwas oder jemanden in ihrer Mitte drängten.

Als die Kinder und Jugendlichen sich zurückzogen, wurde

sichtbar, was dieses Etwas war – eine erschreckend lebensechte Statue des höchsten Pharaos: Ra, des Sonnengottes.

Es war ein atemberaubendes Stück, zur Gänze aus Gold gefertigt, über und über mit Edelsteinen besetzt. Jedes auch noch so geringe Detail – der lange, geflochtene Bart, die beiden Schlangen, die sich um den Kopfschmuck wanden, die bemalten Augen – war mit obsessiver Kunstfertigkeit wiedergegeben. Die perfekt proportionierten Arme waren über der Brust gekreuzt; die Hände hielten Krummstab und Dreschflegel – die traditionellen Symbole des Königtums und der Regierungsgewalt.

Das unheimliche, ausdruckslose Gesicht hatte eine vage Ähnlichkeit mit der berühmten Totenmaske des Tut-anch-Amun.

Aber ein einziger Blick auf diese erschreckend lebensechte Skulptur genügte, um die Maske des Tut zu einem amateurhaften Nichts zu degradieren. Dieses weit bedrohlichere Götzenbild ließ das größte Artefakt Ägyptens nur mehr wie eine hoffnungslos sentimentale Karikatur erscheinen.

Daniel fragte sich, ob die Wächter ihm Gelegenheit geben würden, nahe genug heranzukommen, um es in näheren Augenschein zu nehmen – als es sich plötzlich bewegte. Vorsichtig und bedächtig tat das *Ding* einen ersten Schritt. Mit einem Keuchen schreckte Daniel aus seinem konzentrierten Starren auf.

Die Gestalt schritt in ernsthafter Grazie zu dem Thron; sie war gekleidet in der Art der alten Pharaonen. Die Schulterpartie war durch eine jochähnliche Rüstung aus purem Gold verbreitert und mit Einlegearbeiten aus rotem Jaspis und glänzend schwarzem Onyx verschönt. Um die Lenden war ein brokatmusterverziertes Tuch geschlungen, das bis zu den Knien reichte.

»Der Pharaonenkönig Ra«, flüsterte Daniel in einer Mischung aus Grauen und Entzücken.

Er und O'Neil wechselten einen kurzen Blick, dann starrten sie wieder auf die bizarre Kreatur, die in ermüdender Langsamkeit auf den Thron zuging. Ihre Haut schien – wie auch Anubis' Helm – sanft zu glühen, einen frostigen Glanz auszustrahlen. Daniel nahm an, daß sie aus derselben unidentifizierbaren Substanz gemacht war wie das SternenTor.

Als die Gestalt den herrlichen Thron erreichte – zwanzig Schritte von Daniel, O'Neil und den anderen entfernt –, ließ sie sich – plötzlich in einem völlig normalen Bewegungsablauf – darauf nieder, beugte sich vor und starrte sie forschend an. Eine Minute verging. Schließlich hob Ra desinteressiert eine Hand und schnippte mit Daumen und Mittelfinger zu Anubis hinüber. Sein Soldat reagierte unverzüglich; er griff hoch an seinen Hals, berührte eine kleine Taste mit dem Zeigefinger.

Der große Schakal-Kopf veränderte sich, bewegte sich, beginnend an der Schnauze. Der furchteinflößende Helm mußte aus einer Art ›intelligenten Metallegierung‹ bestehen; einem metallischen Halbleben, das imstande war, sich komplexe Kommandosequenzen zu merken und auszuführen. Der Schakalschädel veränderte sich, faltete sich Stück für Stück zusammen, ›schmolz‹ dahin ... und entblößte das darunter befindliche menschliche Gesicht.

Es war das hübsche, humorlose Antlitz eines Jünglings, der schon sehr, sehr lange jung war. Die Maske verschwand endgültig in dem dafür vorgesehenen dünnen, metallischen Joch, das den Hals des jungen Mannes umgab.

Daniel war fassungslos, und obwohl er den Blick keine Sekunde lang abwandte, wußte er, daß es O'Neil nicht besser erging. Keiner von ihnen hatte jemals eine Technologie gesehen, die auch nur annähernd so etwas zu leisten imstande war. Daniel starrte mehr als nur ein wenig nervös zu dem Pharao empor, und es war, als tauche er in die Augenhöhlen des Monstrums ein; etwas schien ihn zu umfangen, und das Schlagen seines Herzens beschleunigte sich, verwandelte sich in ein rasendes Hämmern – und war wieder normal. Ra wandte träge den Kopf zu den Kindern hin und nickte ihnen zu. Die kaum sichtbare Geste rief einen Wirbel hektischen Geflüsters hervor, das alsbald dazu führte, daß zwei Kinder, nicht mehr als zehn Jahre alt, ein großes Tablett herantrugen. Auf diesem Tablett lag, zerlegt in seine Einzelteile, das Gerät, das O'Neil in dem Geheimfach des Elektrokarrens vorzufinden erwartet hatte.

Die nervösen Jungen wagten sich überraschend nahe an

O'Neil heran, setzten das Ganze ab und hasteten in die Sicherheit ihrer Gruppe zurück. Daniel starrte forschend auf das elektronische Sammelsurium hinunter; er hatte keine Ahnung, um was es sich dabei handelte. Halb aus dem Mundwinkel heraus raunte er O'Neil eine Frage zu, ohne ernsthaft mit einer Antwort zu rechnen.

»Was ist das für ein Zeug?«

Er erhielt tatsächlich keine Antwort.

O'Neil erwiderte noch immer das Starren des Wesens aus Gold, ohne mit der Wimper zu zucken.

Daniel zog die Nase hoch, beugte sich vor, inspizierte den Trümmerhaufen. Da waren Aufschriften. *Sieht aus wie Instruktionen.* Im nächsten Moment begriff er, daß das Ganze Teil eines Etiketts war – einer Warnung. *Das internationale Atom-Symbol.* Er schluckte trocken. *Eine Bombe. Es ist eine Atombombe, Daniel Jackson.*

Es kostete ihn drei Versuche, bis er es aussprechen konnte.

»Das ist eine Bombe, hab' ich recht? Deshalb waren Sie so versessen darauf, in die Pyramide zu kommen! Was haben Sie eigentlich im Kopf ...?«

Nach dieser ersten Reaktion kam der Zorn. Eine Bombe? Es war unglaublich. Völliger Irrsinn. Absolut dämlich! Er hätte sich am liebsten in die Unterlippe gebissen – nein, er hätte am liebsten O'Neil gebissen; ein haushoher Wasserfall verrückter rachsüchtiger Gedanken drohte ihn fast zu zerschmettern – und schließlich verspürte er den eisigen Stich der Angst. Es war, als krieche etwas immer größer Werdendes durch seine Kehle und hinab in seinen Magen. Und dann, ganz plötzlich, begriff er, daß O'Neil und er selbst so gut wie tot waren.

Diese Erkenntnis peitschte seine Lebensgeister hoch.

Die nächsten fünf oder sechs Stunden vergeudete Daniel damit, in fieberhafter Eile nach einem Ausweg aus dieser verfahrenen Situation zu suchen. Die Großvaterstimme in seinem Hinterkopf kreischte ihm eine völlig unakzeptable Lösung zu: *ER ist schuld ... dieser O'Neil ...! Du hast nichts damit zu tun, sag es ihnen, verdammt, sag es ihnen endlich!*

Er holte tief Luft und – hielt den Mund.

Er hatte den Sprengsatz nicht hierher gebracht ... aber er war auch kein Denunziant.

Plötzlich verspürte er tief in sich eine große Ruhe. Ganz gleich, was auch geschah, seine Träume hatten sich erfüllt. Er hatte das uralte Rätsel der Pyramiden gelöst, er hatte – wenn auch nur sich selbst – bewiesen, daß seine Theorien über das alte Ägypten stichhaltig waren. Er hatte diese ungeheuerliche hyperastronomische Entfernung und eine ganze Menge Gefahren überwunden ... und er hatte einen Punkt erreicht, diesen einen, ganz besonderen Punkt, den er stets hatte erreichen wollen. Es war okay. Was immer passieren mochte, er war mit sich selbst im reinen.

Und natürlich wollte er verdammt noch mal trotzdem lebend aus diesem ganzen Schlamassel herauskommen!

Die goldene Kreatur beugte sich in ihrem Thron nach vorn. Die Gestalt begann sich zu verändern, die Haut verlor ihren goldenen Schimmer, die Helm-Maske faltete sich in sich selbst zusammen, verschwand hinter dem Schädel und offenbarte das wunderschöne, dunkelhäutige – menschliche –, von langen, geflochtenen Haaren umrahmte Gesicht eines Kind-Mannes. Er war nicht älter als zwanzig Jahre. Und ... er sah aus wie die personifizierte Unschuld.

Als das Gesicht des Jünglings, den die Krieger als ihren Gott verehrten, zum Vorschein kam, warfen sie sich allesamt zu Boden und neigten ihren Kopf – ganz so, wie es auch die Bergarbeiter getan hatten, als sie Daniels Medaillon entdeckt hatten.

O'Neil reagierte.

Er sprang Anubis an, rammte dem jungen Mann die Schulter heftig in die Seite, entriß ihm gleichzeitig die Waffe, schleuderte ihn zurück, blieb in Bewegung, kreiselte herum. Das kolbenartige Ende des langen Stabes, den er konsequent festhielt, sauste waagrecht auf Anubis zu, traf ihn mit einem dumpfen Laut am Hals und ließ ihn wie einen gefällten Baum zusammenbrechen. Es war, als könnte O'Neil zaubern. Er rannte los, und noch immer griff keiner der Horus-Wächter ein. O'Neils Hand strich über die Unterseite des Stabes; die Berührung ließ das Magazin – oder was auch immer – aufschnappen. Und dann flammte der Feuerstrahl auf. Plötzlich existierte die Schulter des neben

Daniel stehenden Horus' nicht mehr, es stank nach verbranntem Fleisch, Schreie gellten. Die riesenhafte Gestalt wirbelte über den glatten Boden. Eine rasende Abfolge unzähliger Eindrücke flutete durch Daniels Verstand – er wußte, es war höchste Zeit, sich in Deckung zu werfen, zu verschwinden, irgend etwas zu tun, doch es ging nicht. Er war wie festgefroren. Seine Knie waren wie mit Pudding gefüllt, seine Füße wie mit dem Boden verwachsen.

O'Neil kam genau zehn Meter weit.

Ra schnellte hoch. Die Kinder umringten ihn wie ein lebender Schutzschild. Tausendfaches Wimmern wurde laut, eine Aura aus Schweiß und Tränen hing in der Luft. O'Neil hatte den Impuls-Strahler im Anschlag, war bereit durchzuziehen – und sah den Ring entsetzt dreinblickender Kinder. Er stoppte, zögerte. Daniel biß die Zähne aufeinander, so daß er das Gefühl hatte, sie müßten zerbersten. *Er kann es nicht!* loderte es durch seinen Verstand. Bitte, mach, daß er es nicht kann . . . Nicht die Kinder!

O'Neil feuerte nicht.

Er fuhr mit einem Ruck herum, riß das Gewehr mit sich. Der zweite Horus zerrte seine Waffe soeben in einen verwackelten Anschlag hoch.

Er war ungeheuer schnell, viel schneller als O'Neil.

Daniel warf sich vor, schrie in der Sprache des Kriegers, er solle nicht feuern, und dann war es bereits zu spät, noch irgend etwas anderes zu tun . . .

Der Feuerstoß aus der Waffe des Horus-Wächters war da, traf ihn, zerfetzte seine Brust. Er begriff es nicht, er spürte nicht einmal mehr den Schmerz. Als Daniel Jackson den Boden berührte, war er bereits tot . . .

. . . und O'Neil hatte freie Schußbahn und zog durch. Ein grellroter Feuerstoß fauchte aus dem Lauf seiner Waffe, stieß den Horus in ein lächerliches Rückwärtstorkeln. In O'Neils Schädel war ein böses Sekundenticken. *Nicht mehr viel Zeit.*

Es war ihm gleichgültig, der Tod hatte schon lange keinen Schrecken mehr für ihn.

Vielleicht beging er deshalb einen zweiten verheerenden Fehler. Er machte einen Schritt auf Jackson zu, obwohl er längst wußte, daß er ihm nicht mehr helfen konnte; daß er *niemandem mehr helfen konnte*. Es war nur ein Sekundenbruchteil, er hatte das Gefühl, vollends wahnsinnig zu werden. Jacksons Brust war in einen blutigen Krater verwandelt. O'Neil schrie ... und dachte an die Menschen zu Hause, auf der Erde und ...

Er riß sich herum, hatte den Strahler im Anschlag, sah Ra und die Kinder davonhasten. Er mußte es tun, mußte sie erschießen, wenn er die Kreatur erledigen wollte ...

Es war zu spät. Anubis stürzte sich von hinten auf ihn und schlug zu. O'Neil hörte seine Rippen bersten, spürte Blut in einem riesigen Schwall in seinen Mund hochspritzen und stürzte.

Wie durch ein Wunder war er immer noch bei Bewußtsein.

Er rollte ab, stieß sich auf Hände und Knie hoch, war bereit, dem nächsten Angriff zu begegnen. Anubis kam, der Schakal-Helm war wieder aktiviert. Der Boden erzitterte unter seinen Schritten. Schemen ballten sich rings um das Monstrum zusammen. Kälte kam, stach wie mit winzigen Messern auf O'Neil ein.

Der Tritt des Schakals kam völlig ansatzlos, traf O'Neil am Schädel und schleuderte den Marine nach hinten.

Er schlug auf, wälzte sich herum und spuckte Blut.

Anubis folgte ihm gemächlich, jetzt völlig siegessicher. Hinter ihm kam der falkenköpfige Horus und richtete seinen Impuls-Strahler auf ihn. O'Neil schüttelte den Kopf, wischte sich über den Mund, versuchte noch einmal, auf die Füße zu kommen – und ließ sich dann einfach fallen.

Besser so.

Spiel toter Hund.

Ra durchbrach den schützenden Reigen der Kinder und gab Anubis einen raschen Wink. Der Schakal ging zu O'Neil, beugte sich über ihn, vergewisserte sich, daß er keine Gefahr mehr darstellte.

O'Neil gab vor, bewußtlos zu sein, und Anubis richtete sich auf und rammte ihm den Kolben seines Impuls-Gewehres ins

Gesicht. O'Neil verriet sich mit keinem Wimpernzucken; er war verzweifelt und voller Haß auf sich selbst, da er versagt hatte, und er wußte, sie beobachteten ihn, warteten auf eine Bewegung, auf ein Zeichen, daß er noch lebte. Anubis stieß ihm seine Stiefelspitze in die Seite, drehte ihn auf den Rücken, dann kniete er vorsichtig neben ihm nieder. Er legte ihm die Hand über die Nase, den Mund; verhinderte, daß er weiteratmen konnte. Dann wartete er.

Es kostete O'Neil seine ganze Willenskraft, durchzuhalten, stillzuliegen, *nicht* zu versuchen, die Waffe des Schakals an sich zu reißen. Das Sekundenticken war wieder da, direkt in seinem Schädel, und es war lauter als jemals zuvor. Er entspannte sich, dachte an den entscheidenden Moment – vorhin. Als die Kinder sich schützend um die Kreatur geschart hatten, hatte er gewußt, daß er nicht gewinnen konnte. *Zu lange. Unmöglich, noch länger durchzuhalten. Ich brauche . . .*

Luft!

Sein Körper gierte nach Sauerstoff, begann zu zucken. Sobald sie wußten, daß er noch immer atmete, zog Anubis seine Hand weg. O'Neil machte sich keine Illusionen. Ab jetzt konnte er nur mehr darauf hoffen, daß sie noch ein wenig Spaß mit ihm haben wollten. *Eine kleine Foltershow? Kein Problem, Sir. U. S. Marines geben niemals auf.* Solange er nicht tot war, hatte er auch eine Chance, seine Mission zu vollenden.

Er öffnete die Augen – und sah nichts als blutrote Schlieren. Sein Kopf fühlte sich an wie ein zertretener Kürbis, und die Schmerzen wurden in dem Maße schlimmer, in dem sich seine Sicht wieder klärte. Er wurde gepackt und über den Boden des Saales geschleift. Ein Horus-Krieger folgte Anubis – es war eine Sicherheitsmaßnahme. *Unmöglich, sie zu überwältigen.* Doch es bedeutete, daß sie ihn fürchteten, daß sie verwundbar waren.

Den Rest bekam O'Neil nur noch wie in einem rasend schnell durch den Projektor laufenden uralten Film mit:

Ra, bereits wieder umringt von seiner kindlichen Entourage, kam die Stufen herab und beugte sich über Jacksons Leichnam. Der Feuerstoß hatte seine Brust durchschlagen. Ra's Hand tastete über das zerfetzte Fleisch; schien etwas zu bemerken . . .

etwas, das ihn zutiefst verärgerte. Er ging in die Hocke, ergriff etwas, das Jackson um den Hals trug, starrte darauf.

Es war das Udjat-Auge.

Das Auge des Ra.

SECHZEHNTES KAPITEL

Der Zorn des Gottes

Feretti ruinierte seine metallene Gürtelschnalle. Seit einer halben Stunde konzentrierte er sich nur mehr darauf, der steinernen Wand ein paar Kratzer beizubringen – und seien es auch nur kleine Kratzer; ein armseliges Lebenszeichen für die Unglücklichen, die nach ihm mit dieser elenden nassen Gruft Bekanntschaft schließen durften.

Er ging davon aus, seinen Aufenthalt hier unten nicht zu überleben, und es überraschte ihn, daß er bei dem Gedanken daran nicht mehr als ein Gefühl der Leere empfand. *Der Mensch, die verrückte Krone der Schöpfung. Feretti, der Spaßvogel – live!*

Als er irgendwann das Geräusch hörte, zuckte er nicht einmal zusammen. Über ihm, in der hohen Decke, glitten die dicken Gitterstäbe zurück. In dem engen Durchlaß waren Bewegungen, und er erahnte sie mehr, als daß er sie tatsächlich sah. Feretti blinzelte ohne echtes Interesse hoch. Die anderen des Teams, die sich – wie er – ebenfalls noch auf den Füßen halten konnten, reagierten schon gar nicht mehr. Als nichts geschah, kniff Feretti die Augen zusammen, sah aufmerksamer hin – rechnete mit dem Schlimmsten. *Reg dich nicht auf, Mann, es gibt keine Möglichkeit, hier herauszukommen.*

In diesem Moment warfen sie O'Neil durch die Öffnung. Er mußte bewußtlos sein, sein Körper klatschte mit einem entsetzlich ›schlaffen‹ Laut in das Wasser, das die Kammer hoch genug füllte, um jedes Liegen unmöglich zu machen. Die Gefangenen mußten sitzen oder stehen; erholsamer Schlaf war unmöglich.

Das kalte Wasser riß O'Neil ins Bewußtsein zurück, und er

taumelte hoch, noch bevor er mehr wahrnahm als bloße Gespenster, die ihn umgaben und nach ihm griffen. Er stieß ein Keuchen aus; mit den Lebensgeistern waren auch die Schmerzen wiedergekehrt – es warf ihn beinahe um. Dann waren starke Arme da, die ihn von hinten umfaßten und hielten.

»Sir! Ich bin es, Kawalsky! Sind Sie okay?«

O'Neil hörte auf, um sich zu schlagen, er sperrte die Schmerzen aus, fand sich damit ab, wie man sich mit einer lästigen Warze abfand. *Was sind schon* körperliche *Schmerzen?* Im Lauf der letzten zwei Jahre hatte er Schmerzen kennengelernt, die tausendfach schlimmer waren, die einen in einem ewigen Kreislauf bei lebendigem Leibe auffraßen und ausspien und wieder auffraßen. Er wischte es beiseite. Seine Augen gewöhnten sich an die Dunkelheit. *Eine Kammer. Unterirdisch. Viel Wasser.*

Brown lag mit dem Gesicht nach unten in diesem Wasser. Porro trieb neben ihm, ebenfalls tot. »Was ist mit ihnen passiert?« wollte er wissen, aber niemand antwortete.

»Was ist mit Jackson?« fragten Freeman und Feretti gleichzeitig.

O'Neil kauerte sich nieder, starrte an die Decke hoch, fragte sich, wie sie aus diesem Loch herausgelangen konnten.

»Jackson ist tot«, sagte er schließlich.

Das Mastadge hatte sich abgesondert, es stand an einem Dünenhang und heulte die Mittagssonnen an. *Kleines bißchen ist verzweifelt. Kein gutes Omen, gar kein gutes Omen.* Skaara sicherte, wie seine Freunde, die anderen *Hüter*, in alle Richtungen nach Anzeichen von Gefahr. *Man muß sehr vorsichtig sein, hier draußen, am Ort der Götter.* Er gab sich alle Mühe, seine Gedanken sehr, sehr erwachsen klingen zu lassen, doch letzten Endes verriet ihn das Zittern seiner Hände doch.

Keine Angreifer. Sie waren sicher. Trotzdem. Skaara hob sein Gesicht der Sonne entgegen, dann sah er zu der weit geschwungenen sandigen Böschung hinüber, rief dem scheußlich klagenden Mastadge einen scharfen Befehl zu und fügte noch hinzu: »Sei still, haarige Freundin! Willst du, daß der Schakal-Gott kommt und dich in seinen Kochtopf steckt?« Er wußte, daß es nicht viel nützen würde, und widmete sich wieder seiner Schatzsuche.

Er und seine vier Freunde waren über das verlassene Lager des Gock-gock-gock-Mannes und seiner Jünger gestolpert und nun eifrig dabei, so viele Götterwerkzeuge wie möglich dem Sand zu entreißen. Sie hatten bereits eine große Kiste gefunden, in denen eine Menge jener Feuer-Krach-Werkzeuge gestapelt waren. Sehr mächtige Werkzeuge. Er hatte gesehen, was der düstere Mann – Ojniil – damit getan hatte. Sie würden sie auf jeden Fall mitnehmen. Andere Entdeckungen machten mehr Rätselraten nötig – diese Kiste, zum Beispiel. So viele Behältnisse darin. Wenn er sie schüttelte, hörte er ein leises Schwappen. Vielleicht Essen?

Dann grub Nabeh –wahrlich keine Intelligenzbestie – diese große, grüne Schale mit dem seltsamen Lederring an der Öffnung aus und zeigte sie kichernd in der Runde herum: »Verrücktes Ding, sagt euch Nabeh! Verrückte Götter!«

Er verstand erst, als Skaara ihm das Ding entwand und kommentarlos auf den Kopf setzte. Nabeh quiekte voller Entzücken und dankte ihm mit einem strahlenden Lachen, das natürlich, wie immer, lediglich ein schauriges Zur-Schau-Stellen seines zerklüfteten Gebisses war.

Ein lautes Geräusch entstand an der Pyramide und fing ihrer aller Aufmerksamkeit. Skaara lag bereits im Sand, bedeutete seinen Freunden, es ihm gleichzutun. Ein großer Teil der äußeren Wand des Götter-Schreins bewegte sich zur Seite hin, verschwand und entblößte eine gewaltig große Höhlenöffnung. Zwei Udajeet barsten daraus empor, glitten, dicht gefolgt von einem größeren Luftgefährt, einem Kampfgleiter, auf Feuerschwingen durch den Himmel ...

... und auf sie zu.

Skaara brauchte nicht mehr zu sehen.

»Udajeet! Aba na wali, yalla!« befahl er. Rabhi und Aksah, die beiden anderen Jungen, zögerten nicht und sprangen kopfüber über den Rand der Klippe – plumpsten weiter unten in den weichen Sand und kullerten den steilen Hang vollends hinab. Skaara war ebenfalls längst in Bewegung – sein nächster Schritt hätte auch ihn über den Abgrund und in Sicherheit getragen. Da bemerkte er Nabeh ... *Wirklich keine* Intelligenzbestie. Er stand noch immer auf dem Dünenkamm, erstarrt wie ein Hirsch beim Anblick eines ringsum heranrückenden Fackelringes. Skaara rannte zu ihm zurück, zerrte seinen älteren Freund mit sich, über den Felsenrand. Als ihr wirbelnder Sturz zu Ende war, war kaum noch genügend Zeit übrig, sich in den Sand zu wühlen. Die Udajeet und der Kampfgleiter kamen; es war, als zerberste der Himmel unter dem Donner der Luftfahrzeuge. Dann huschten die großen Schatten über ihn und Nabeh hinweg. Die Götter bemerkten sie nicht. Skaara blieb völlig reglos liegen und zwang Nabeh, ebenfalls stillzuhalten. Jeder, der unerlaubt in diese Tabu-Zone um die Pyramide vordrang, wurde mit öffentlicher Hinrichtung bestraft.

Sie suchen nicht uns.

Sie fliegen nach Nagada.

Skaara kam mit einem Ruck aus seinem sandigen Versteck hervor, starrte den Himmelsfahrzeugen hinterher. Er spürte, daß Böses über die Stadt kommen würde.

Sie brauchten länger als eine Stunde, um das Mastadge mit all den geborgenen Schätzen zu beladen und nach Nagada zurückzukehren. Schon lange, bevor sie die Haupttore erreichten, konnten sie sehen, daß Ra's Gesandte der Stadt eine verheerende Botschaft überbracht hatten. Ein Dutzend Rauchsäulen erhoben sich in der stillen Luft, breiteten sich aus und kamen in einer gewaltigen dunklen Wolke zusammen. Als Skaara und seine Freunde nur mehr einige wenige hundert Schritte von den Toren entfernt waren, erhob sich einer der Udajeets geradewegs hinter dem äußeren Wall, wendete und schwebte gemächlich in die Wüste heraus. Der andere folgte ihm; dann der Kampfgleiter. Skaara sah die Falkenschädel der Horus-Gottheiten hoch über sich in den Himmelsfahrzeugen, sah, wie sie zu ihm herabspähten. Der zuvorderst schwebende Udajeet ging tiefer, hielt genau auf sie zu. Skaara stieß einen Ruf aus, klammerte sich – wie seine Freunde – an der Flanke von *Kleines bißchen* fest und starrte dem Horus in der Kammer seines kleinen Luftschiffes entgegen. Er hatte von diesen mythischen Kreaturen gehört, und dann hatte er sie sogar gesehen – gemalt, auf den Wänden der unterirdischen Kammer. Sie lebten *wirklich*.

Der Gott schwebte über ihnen, erwiderte ihr Starren. *Er muß annehmen, daß wir aus der Mine zurückkommen. Er muß . . .*

Es war vorbei, noch während er sich Gedanken über einen geeigneten Adressaten für ein Bittgebet machte. Der Udajeet flog weiter, ließ ihn und seine Freunde leben.

Skaara sprang vom Rücken des Tieres und führte es an den Zügeln durch das große Portal, dessen Torflügel weit offen standen. Es war noch schlimmer, als sie alle befürchtet hatten. Ein Pandämonium stürzte von allen Straßen und Gassen und Plätzen auf sie ein, als sie sich ihren Weg zum Versammlungsplatz im Herzen der Zitadelle suchten. Ein allgegenwärtiges Wehklagen hüllte sie ein. Der Gestank von Qualm und Tränen und Tod war überall. Spätestens ab jetzt versuchte Skaara jedes Denken und Fühlen auszusperren. Er beobachtete nur noch, und selbst das war mehr, als ein Kind seines Alters auszuhalten vermochte. Er weinte nicht, noch immer nicht, doch etwas tief in ihm raunte, daß es besser wäre, wenn er weinen würde. Er ging weiter, und seine Beine waren wie Stelzen. Nach diesem Tag würde nichts mehr sein, wie es gewesen war. Gar nichts mehr. Und auch er selbst würde nicht mehr sein, wie er gewesen war. Dieser Geruch . . . Einige Feuer waren bereits gelöscht worden, doch zahlreiche andere fraßen sich völlig außer Kontrolle in gigantischem Lohen durch die Stadt. Skaara hörte das Schreien, spürte die hundertfachen Bewegungen der Menschen, ihr schlecht orientiertes Bemühen, die Flammen zu besiegen, und wußte in einer erschreckenden Hellsichtigkeit: All ihr Bemühen verursachte so viele neue Probleme, wie es löste.

Und dann sah er es: Ein ungeheuerlicher Strom von Flüchtlingen schwemmte ihn und seine Freunde mit sich. Das Schreien vervielfältigte sich zu einem Orkan aus Stimmen und Geräuschen. Menschen wurden niedergetrampelt. Überall lagen Verwundete, Sterbende, Tote. Und die Panik derer, die noch fliehen konnten, steigerte sich mehr und mehr.

Skaara bat Rabhi und Aksah, das Mastadge in einem weiten Umweg um den Stadtkern herum und zu den großen Pferchen zu führen. Er selbst und Nabeh tauchten in den Aufruhr ein, hielten sich dicht an den Hauswänden, so daß sie weder überrannt noch in die falsche Richtung gezwungen werden konnten. Schon bald war Skaara wie taub, das Kreischen und Weinen und Jammern wandelte sich in eine beständige, furchtbare Hintergrundmusik. Er wußte, sie kamen viel zu langsam voran, sie waren hilflose kleine Wesen in den großen, verstopften Arterien der Stadt.

Nabehs Elternhaus war eines der Gebäude, die immer noch brannten. Die Jungen drückten sich in einen Torweg direkt gegenüber und beobachteten die chaotischen Anstrengungen der Menschen, das Feuer zu bezwingen. Skaara sah weg, sah zu Boden und bemerkte, daß sie in einer Pfütze aus Blut standen. Hinter ihnen, gegen die Wand zusammengerollt, lag ein Junge, zwei oder drei Jahre älter als sie. Es war, als habe ihm eine blutgierige Bestie die Hüfte zerfleischt. Eines seiner Beine war völlig verkohlt, als habe er es zu lange über ein Feuer gehalten. Sie drehten den Jungen herum. Er war bewußtlos, er hatte die Schmerzen nicht mehr aushalten können. Nabeh schüttelte den Jungen, versuchte ihn aufzuwecken. Es war sinnlos. Ohne lange nachzudenken oder darüber zu diskutieren, entschlossen sie sich, ihn von hier fortzubringen. *Jemand muß ihm helfen. Schnell. Er stirbt.*

Skaara konnte nicht mehr denken. Er tat nur noch, was getan werden mußte in diesem Inferno. Nabeh war ihm behilflich, den Jungen hochzuhieven. *Muß ihn auf meinen Schultern tragen.* Irgendwie gelang es ihnen, ihn richtig zu plazieren. Sie rannten los. Menschen, die wie tot wirkten, hasteten umher, bildeten lange Ketten, reichten mit Wasser gefüllte Behältnisse weiter. *Augen wie Steine, Augen, die zuviel Grauen gesehen haben.* Skaara stolperte weiter, weiter an Gefallenen vorbei, an Verletzten, die selbst kriechend noch dem sicheren Verderben zu entkommen versuchten.

Irgendwie, irgendwann erreichten sie den Versammlungsplatz im Zentrum der Stadt – und alles wurde noch viel schlimmer. Sowohl er als auch Nabeh hatten schon tote Menschen gesehen – es gab oft Unfälle in der Mine –, doch niemals, niemals hatten sie etwas derart Schreckliches erlebt. Ra's Krieger hatten überall in der Stadt in einem wahllosen Blutrausch gewütet, doch hier hatten sie ihr furchtbarstes Werk vollbracht. Blut ergoß sich in Strömen über die Pflastersteine. Die zerschmetterten Körper der Opfer lagen in unnatürlich verdrehten Haltungen. Ein alter Mann schleppte die Leichname über den Platz, stapelte sie einen nach dem anderen an einer Wand, die den Kindern bei ihren Ballspielen normalerweise als Trefferbarriere diente. *Hier werden nie wieder Kinder spielen. Nie wieder.*

Als Skaara und Nabeh zu jenem Gebäude kamen, in dem der Wundarzt seine großen und kleinen Patienten behandelt hatte, sahen sie, daß es völlig ausgebrannt und verlassen war. Verzweifelt hielten sie Ausschau nach Hilfe. Es war, als sei das Ende der Welt gekommen. Kreischende, schluchzende Menschen stürzten in blindwütiger Panik umher, jeder einzelne von ihnen wie tollwütig darauf versessen, seinerseits Hilfe zu finden – bei der Suche nach den Kindern, nach Eltern oder dem Partner, und das in dem Bewußtsein, daß es nach diesem entsetzlichen Angriff gar keine Hoffnung mehr geben *konnte*, daß sie nur noch zerschmetterte, blutüberströmte Körper finden würden.

Jemand zerrte ihn herum, bedeutete ihm, Hilfe leisten zu wollen. Es war Sha'uri, seine Halbschwester. Sie preßte kurz eine Hand auf die rechte Wange; ihr ganzes Gesicht, ihre Robe, alles war blutverschmiert.

»Sha'uri, har an'dona?« fragte er sie. Doch sie wischte seine Besorgnis mit einer Handbewegung beiseite und zeigte auf den Jungen, den er noch immer auf seinem Rücken trug. Skaara ließ ihn behutsam zu Boden gleiten, und Sha'uri untersuchte ihn sofort. *So viel Blut überall.* Skaara konnte den Blick nicht von dem klaffenden Riß über ihrem rechten Auge abwenden. Er würde eine häßliche Narbe hinterlassen.

Es war, als habe sie seine Gedanken lesen können. Sie hob den Kopf, richtete sich auf, sah ihm unverwandt in die Augen; dann legte sie ihm den Arm um die Schultern, strich Nabeh mit ihrer anderen Hand übers Gesicht, führte sie beide weg von dem Jungen und zu der Wand und den dort aufgestapelten Toten und dem alten Mann hin. Als Skaara begriff, was sie da tat, riß er sich los, schrie sie in hysterischem Zorn an. Er und

Nabeh hatten den Jungen gefunden, und sie würden ihn retten, koste es, was es wolle; sie *mußten* ihn retten. Er packte sie am Arm, zerrte sie mit sich – zurück. *Nicht zu den Toten. Du mußt ihm helfen. Bitte!* Erst viel, viel später begriff er, daß er es nur gedacht und niemals laut ausgesprochen hatte. Sha'uris sanfte Stimme umfing ihn wie ein Traum. Er hörte sie, doch er verstand kaum die Bedeutung dessen, was sie ihm beizubringen versuchte.

»Er ist schon tot, kleiner Bruder. Wir können ihm nicht mehr helfen ... Bitte, mach es dir nicht so schwer. Bitte ... Wir müssen ihn zu den anderen bringen, und dann kommt ihr beide mit mir.«

Skaara nickte, dann schüttelte er den Kopf, drehte sich um die eigene Achse; ein menschliches Karussell. Wirbelnde, hastende, schreiende, klagende Menschen überall. Er konnte nicht glauben, was er ringsum sah. *Es ist nicht wahr, nicht wahr.* Und dann sah er, wie die Menschen von Nagada sich gegenseitig beistanden in ihrer Not. Es war ein Anblick, den er niemals mehr in seinem Leben vergessen würde; er bezog Trost daraus; er wischte sich den Schweiß aus dem Gesicht und sah Sha'uri an.

»Komm«, sagte sie.

Ohne auf seine Zustimmung zu warten, ging sie los.

Etwas war in ihren Augen gewesen, das ihm Angst machte. Aber sie war so stark; Skaara liebte sie in diesen Momenten noch mehr als sonst. Nabeh trottete ihr bereits hinterher. Als Skaara seine Halbschwester einholte, wandte sie ihm ihr Gesicht zu, ihre Stimme war nur ein Krächzen. »Wo ist Danyur? Sag mir, ist ihm etwas passiert?«

Skaara wußte nicht, was er ihr darauf erwidern sollte. Er konnte ihr keine Antwort geben. Es gab bereits zuviel Traurigkeit. Das Elend war so groß ...

Er sah hilflos weg, gab vor, ihre Fragen gar nicht gehört zu haben. Und dann hörte er wirklich nichts mehr. Am anderen Ende des Platzes ... Skaara starrte noch immer auf die gigantische Scheibe, die dort zwischen den hohen Gebäuden aufgehängt war. *Das Zeichen des Sonnengottes.* Und vor dieser Scheibe, an den Handgelenken aufgehängt, gekreuzigt, war

Kasuf. Skaara spürte ein entsetzliches Gefühl in sich; es war, als müsse er jeden Moment seinen ganzen Magen herauswürgen. Noch bevor Nabeh oder Sha'uri begriffen oder sahen, was er sah, rannte er bereits, so schnell er konnte, über den unebenen Boden. Eine Menschenmenge hatte sich unter der Sonnen-Scheibe eingefunden; Skaara hörte sie murmelnd beraten – wie dem geschundenen, blutenden alten Mann zu helfen sei, wie man ihn sicher herunterholen könne.

Dieses Mal übertrafen sich die Menschen von Nagada selbst in ihrer Geduld und Robustheit. Sie waren wie der Sand: stoisch, schwer zu beeindrucken und imstande, Tränen, die die Götter ihnen sandten, wie Regen in sich aufzunehmen. Skaara war vierzehn Monde alt, und er hatte geglaubt, die Schwelle zum Mann bereits überschritten zu haben, doch seinen Vater blutig geschlagen und gedemütigt zu sehen, trieb ihm die Tränen in die Augen. Er schrie, und es war, als würde dieser Schrei ewig andauern. Es war der mit aufgerissenem Mund ausgestoßene Schrei eines Säuglings. Und je länger er rannte und schrie, desto zorniger wurde er. Er wußte, die Menschen von Nagada hatten nichts Unrechtes getan.

»Warum?« stieß er heraus. »Warum haben die Götter uns das angetan?«

Irgend jemand rief ihm eine Art Antwort zu. »Die Besucher. Sie brachten dies hier über uns. Falsche Götter. Sie erschlichen unsere Lobpreisung und verärgerten den allmächtigen Ra.«

»Nein, das ist nicht wahr«, widersprach Skaara, und erst jetzt erkannte er einen der Stadt-Ältesten – Ma-Hoo, den größten Feigling überhaupt, einer, der weniger gewesen wäre als nichts, hätte er es nicht in langen, intriganten Jahren vollbracht, Speichellecker wie Louchind, Appal oder Thomman in entscheidende Rats-Positionen zu hieven.

»Es ist wahr«, bekräftigte Ma-Hoo, und Speichel sammelte sich in seinen Mundwinkeln. »Ra ist zu uns zurückgekommen. Wir haben ihn verärgert, denn wir haben die falschen Götter angebetet. Wir müssen bereuen und ihm noch gehorsamer dienen.«

Skaara war voller Zorn; er weigerte sich, zu glauben, daß sie selbst es gewesen waren, die diesen Unfall heraufbeschworen hatten. Sie hatten es nicht besser gewußt! Er wollte, daß Kasuf es ihm erklärte. Vielleicht konnte Kasuf alles aufklären.

Warum redeten sie so lange, wie sie ihn losschneiden sollten? Alle Fenster und Balkone rings um die Scheibe waren dicht bevölkert mit Leuten, die helfen wollten – und nur redeten und gestikulierten. Ein Netzwerk dicker Taue hielt die Scheibe, die bestimmt mehr als eine Tonne wog. Zwei Männer hatten versucht, sich an den am Boden befestigten unteren Seilen entlang hinaufzuhangeln. Durch ihr Gewicht spannten sich die Taue aus Ranken und Tiersehnen an, und die Sonnen-Scheibe begann heftig zu schwanken. Ein vielstimmiges Schreien wurde laut, daß sie umkehren sollten, daß sie zu schwer seien, daß sie sich und den alten Mann umbringen würden, wenn sie noch höher kletterten. Noch mehr Menschen strömten herbei. Als Ma-Hoo seine Getreuen um sich scharte und ihnen einen noch verrückteren Rettungsplan auseinanderzusetzen begann, in dem lange Stützbalken eine Rolle spielten, erhob sich heftige Kritik. Neues Debattieren schloß sich an. Eine andere Gruppe schleppte Leitern und weite Sprungtücher herbei. Skaara wandte sich ab. *Es dauerte schon viel zu lange.* Dieser Mob würde höchstens ein Komitee zur Rettung des Patriarchen gründen – und sonst gar nichts.

Skaara rannte los, drängelte sich durch die Menge, erreichte die Pferche, holte sich eines der Mastadges-Geschirre sowie ein Seil und hetzte atemlos zurück. Sein Vater hing noch immer vor der Sonnen-Scheibe. Das Diskutieren unter den Menschen dauerte an. Skaara stürzte in eines der an den großen Platz grenzenden Gebäude, jagte die Treppenstufen hinauf, fand die Luke auf Anhieb und trat auf die Schräge des Daches hinaus. Er bewegte sich mit traumwandlerischer Sicherheit, balancierte das unterschiedliche Gewicht des Geschirrs in der einen und des aufgerollten Seils in der anderen Hand aus, tastete sich zu jenen Dachgesimsen hinab, an denen die höchsten Taue verankert waren. Die letzten paar Schritte brachte er rutschend und schlitternd hinter sich und war froh, den Schwung rechtzeitig genug abbremsen zu können. Sein nackter rechter Fuß ertastete das Seil. Irgend jemand hatte ausgerechnet hier oben, am Dachrand, einen Schuh verloren. Skaara hütete sich, darüber nachzudenken. Es blieb keine Zeit mehr zum Denken. Er beschloß, den Schuh mitzunehmen. Dann richtete er sich auf, schob sich auf das Seil hinaus; ließ das Gebäude Schritt für Schritt hinter sich. Er nahm seinen ganzen Mut zusammen für das, was als nächstes kommen mußte.

Als die versammelten Retter tief unten auf seinen Hochseilakt aufmerksam wurden, gellten weitere Schreie – und dann brach schlagartig eine kosmische Stille herein. Skaara befolgte die Regel: Schau niemals nach unten. Er wußte, es war gefährlich, aber er war so zornig wie noch niemals in seinem ganzen Leben. Seine persönliche Sicherheit interessierte ihn nicht. Das Aufheulen der Menge hatte seiner Konzentration genausowenig anhaben können wie das nun vorherrschende Schweigen. *Ein Fuß. Dann der andere. Zu der Scheibe hin.* Die Querbalken der Mastadges-Pferche waren viel härter als dieses weit gespannte Tau, und Skaara konnte sich gar nicht mehr daran erinnern, wann er das letzte Mal von einem solchen Querbalken gefallen war. *Es war möglich! Bleib entspannt, bleib im Gleichgewicht, es ist nicht mehr weit, du bist beinahe da.*

Auf dem Boden eilte Sha'uri zu den Menschen, die das Sprungtuch ausbreiteten. Skaara hatte zwei Drittel seines Weges zu der Sonnen-Scheibe hinter sich; nur wenige Schritte noch, dann kam jener Punkt, an dem alle Seile zusammenliefen und die Scheibe hielten; jener Punkt, der von hier unten aussah wie das Zentrum eines gigantischen Spinnennetzes; jener Punkt, an dem er sich an dem über ihm verlaufenden Seil festhalten konnte.

Sha'uri konnte es nicht mehr mit ansehen. Sie spürte eine entsetzliche Angst um Skaara in ihrem Herzen und glaubte zu wissen, daß er es nicht schaffen würde . . .

. . . daß er in die Tiefe stürzen und sterben würde.

Skaara verankerte sein Bein zwischen dem Tau und der Scheibe. Sobald er spürte, daß er genügend Halt hatte, schwang er sich mit einem Ruck über den Rand der Scheibe und pendelte, nur noch von seinem Bein gehalten, kopfüber nach unten, so daß er seinem Vater von Angesicht zu Angesicht gegenüber*hing*.

»Du machst Sachen«, sagte Skaara übertrieben ironisch. »Läßt dich hier oben aufhängen.«

»Demütigung ist schlimmer als der Tod«, antwortete der alte Mann und wandte, da er unfähig war, ihm in die Augen zu sehen, das Gesicht ab.

Skaara hatte ihn noch niemals so sprechen hören, noch hatte er jemals Tränen in seinen Augen gesehen. Überwältigt, diesen Mann, den er bewunderte, so gebrochen zu erleben, konzentrierte Skaara sich auf die Aufgabe, ihm das Geschirr anzulegen. Der alte Mann tat sein Bestes, um ihm dabei behilflich zu sein. Obwohl Skaara noch nie mit dem Kopf nach unten hängend gearbeitet hatte, war er doch ein Experte mit diesen Geschirren, und wenig später zurrte er die Gurte sanft um die Körpermitte des alten Mannes. Dann knotete er das Seil um den Schuh und schleuderte ihn zu der Menge auf einer der Fußgängerbrücken hinüber.

»Ich schneide ihn jetzt los!« rief er ihnen zu. »Seid bereit.«

Zahllose Hände ergriffen das Seil, als Skaara einen Dolch mit langer, scharf geschliffener Klinge aus der Scheide zog und ihn den Leuten auf der Brücke zeigte. Der zuvorderst stehende Mann nickte. Skaara beugte sich wieder vor und informierte Kasuf.

»Du wirst eine kleine Weile herumschwingen, bis ich an dem zweiten Strick bin.«

Er zerschnitt das Seil, und Kasuf pendelte, nur noch an einem Handgelenk festgebunden, zur Seite. Zwei, drei Herzschläge später waren auch die Fesseln der anderen Hand zerschnitten, und Kasuf, der Sprecher des Ältestenrates der Stadt, schwang in weitem Bogen durch die Luft, bis ihn die Menge auf der Brücke in Sicherheit hievte und sogleich in eine der Wohnungen trug, um dort seine Wunden zu verarzten. Obwohl die Menschen begeistert waren, ihren Anführer gerettet zu sehen, vermieden sie es, ihm in die Augen zu blicken – waren bemüht, ihm die Verlegenheit zu ersparen.

Einer der Männer auf der Brücke warf Skaara das Seil zurück, und nach mehreren Versuchen bekam er es zu fassen. Er knotete eine Schlinge hinein, dann rief er ihnen zu, ihn hinabzulassen.

Als er noch dreißig Fuß vom Boden entfernt war, überraschte er sie alle ein weiteres Mal.

»Fangt mich auf!« schrie er. Dann ließ er sich fallen und stürzte in die Tiefe – geborgen in dem Wissen, daß Sha'uri, Nabeh und die anderen ihn in ihrem Sprungtuch auffangen würden.

Siebzehntes KAPITEL

›Es kann nur einen Ra geben‹

Der Sarkophag stand still und reglos im rückwärtigen Teil der Kammer ... dann begannen sich die Seitenwände des alten, polierten Behältnisses langsam zurückzuziehen und im Boden zu versinken. Sobald dies geschehen war, glitt der schmale Sockel empor; unter einem nassen Tuch, einem Leichentuch, zeichneten sich die Konturen einer völlig reglos liegenden menschlichen Gestalt ab. Eine Minute später begann der Körper auf dem Sockel plötzlich zu zucken und nach Luft zu schnappen, und dann ...

... setzte er sich auf und zerrte das Tuch von sich.

Es war Daniel, und er war wieder *lebendig!* Es kostete ihn einige Minuten, bis er wieder normal atmen konnte; es fühlte sich an, als hätten sein Zwerchfell und seine Lungen nach ihrem kleinen Urlaub bereits vergessen, wie das ging. Er ließ sich verwirrt zurückfallen, sah sich um, versuchte festzustellen, wo er war. *Nicht im Paradies – oh, nein.* So gut es ihm möglich war, sondierte er den unheimlichen leeren Raum. Er war überrascht, einen kleinen Jungen zu sehen, etwa sieben Jahre alt, der ganz offenbar geduldig auf sein Erwachen gewartet hatte.

Daniel mühte sich in eine sitzende Stellung hoch. Er hörte das Blut in seinen Adern rauschen; ihm war schwindlig. Es war, als krabbelten tausend winzige, haarige Wesen über die Bogengänge seines Innenohrs – und das aus keinem anderen Grund, als dem, seinen Gleichgewichtssinn weiterhin nachhaltig verrückt spielen zu lassen. Hustend und blinzelnd rutschte er von dem Tisch, der ihn unangenehm eindringlich an einen OP-Tisch erinnerte. Alles drehte sich um ihn. Er sah das Kind an. Es bedeutete ihm, mitzukommen, drehte sich um und verließ den Raum. Daniel war sich nicht ganz sicher, ob er ihm folgen sollte.

Der Junge führte ihn in den Thron-Saal, zurück an den Schauplatz seines unglückselig verlaufenen Interviews mit dem Kind-König Ra. *Ich muß sehr lange geschlafen haben.* Er fühlte sich hellwach und physisch stark. Er hatte sich sehr lange nicht mehr so stark gefühlt. Obgleich das Licht gedämpft war und er wußte, daß er keine Brille mehr trug, stellte er fest, daß er imstande war, alles um sich herum deutlich zu erkennen. Wie die anderen Kinder war auch der Junge vor ihm nahezu nackt. Er trug lediglich ein sehr kurzes Lendentuch, eine Art ägyptischen Kilt; und um seinen Hals schimmerte eine schwere Goldkette.

Eine Katze huschte vor ihnen über den Boden. Gleich darauf sah Daniel eine weitere Katze zusammengerollt auf den Stufen unterhalb des Thrones liegen. Er starrte sie an: Sie schien sich in keiner Weise von den Haustieren zu unterscheiden, mit denen er aufgewachsen war . . . und natürlich spürte sie seinen Blick. Sie blinzelte ihm träge zu und wandte den Kopf ab. Als Daniel sich wieder zu dem Jungen herumdrehte, war dieser verschwunden. Daniel tappte durch den Saal, bis er einen breiten Torgang erreichte.

Er spähte hindurch und entdeckte eine weitere phantastische Überraschung. Weite Bahnen aus reiner Seide hingen in der Dunkelheit von der niedrigen Decke herab und bauschten sich unter gewaltigen Dampfschwaden. Die Luft war heiß und feucht wie in einer Sauna.

Zu neugierig, um wirklich Angst zu empfinden, stieß Daniel das Gewebe beiseite und watete tiefer in den Dunst hinein.

Es war, als schwebe er durch einen Raum, in dem die Zeit keine Macht mehr hatte; weit vor ihm glomm ein milchiger Schein, und er hielt darauf zu, bis er die Quelle des Dampfes gefunden hatte – ein flaches, kreisrundes Badebecken. Die Dunstschwaden teilten sich und enthüllten für Sekunden den gesamten dekadenten Luxus seiner Umgebung.

Ra selbst ruhte, von seinen jungen Dienern umringt, völlig bewegungslos in dem kochend heißen Wasser – ein Gespenst in einer Gespenstersauna. Obwohl er in keiner Weise reagierte, wußte Daniel intuitiv, daß er seine Anwesenheit sehr wohl registriert hatte. Lautlos ging er weiter, bis er den Rand des Badebeckens erreichte.

Ra öffnete die Augen, starrte Daniel direkt an. Sie musterten sich gegenseitig für eine lange Zeit, bis sich eine Hand aus dem Wasser erhob; ein Sprühregen winzigster Tropfen regnete auf die Wasserfläche zurück. Mit einer gelassenen Geste verlangte Ra nach seiner Robe. Zwei der Kinder trugen sie herbei und bezogen nicht weit von Daniel entfernt Aufstellung.

Ra erhob sich sehr langsam und schritt mit katzenhafter Anmut durch das hüfthohe Wasser. Seine Haut war nicht mehr länger goldfarben, sondern hatte ihre natürliche Färbung angenommen – einen Braunton wie von gebrannten Mandeln.

Wenn die Geschichte stimmte, die auf den Wänden der unterirdischen Kammer erzählt wurde, dann war dieser nackte Junge, der da auf ihn zuwatete, annähernd zehntausend Jahre alt, und die Kreatur *in ihm* noch viel älter! Noch vor achtundvierzig Stunden hätte ein gewisser Daniel Jackson, der berühmt war für die ›unbekümmerte Kreativität‹ seiner akademischen Ideen, diesen Gedanken als absurd aus seinem Gehirn verbannt. Doch mittlerweile war er sehr bereit für solche Gedanken; um so mehr, da er den lebenden Beweis unmittelbar vor Augen hatte. Und so beobachtete er die rätselhafte Kreatur, wie sie durch heißes Wasser und treibende Nebelschwaden auf ihn zukam.

»Ich war tot, richtig?« sagte Daniel schließlich in der Sprache, die Sha'uri ihn gelehrt hatte.

Ra trat aus dem Becken, und die Kinder hüllten ihn in seine Robe. Ein schwaches Lächeln glitt über seine Lippen.

»Schlechte Aussprache, ich weiß«, murmelte Daniel. »Trotzdem – ich war . . .«

Ra nickte. »Der Grund, weshalb ich deine Rasse erwählte. Eure Körper, sie sind so leicht zu ›reparieren‹.« Und damit ignorierte er ihn bereits wieder, drehte sich um und ging ohne Hast aus dem Raum.

Daniel und die Kinder folgten ihm in einer seltsamen Prozession in den Thron-Saal, die Stufen empor und an dem Thron vorbei in sein privates Gemach.

Der Raum war überfüllt mit phantastischen Kunstwerken, wunderschönen Möbelstücken und Krimskrams aller Größe. Als sie an einem langen marmornen Tisch entlanggingen, streifte Ras Fingerspitze wie zufällig über einige ganz besondere Ausstellungsstücke ... *Beutestücke.*

Auf dem Tisch lagen – kunstvoll arrangiert – die Habseligkeiten seiner Gefährten. Gewehre, Pistolen, Funkgeräte, Reservemunition – und, ganz zuletzt, auch Daniels Bücher; eines war aufgeschlagen, als habe jemand darin gelesen. Das unheimlichste ›Artefakt‹, das hier zur Schau gestellt wurde, war jedoch zweifellos ein Kampfanzug, komplett, von den Rangabzeichen bis zu den Stiefelbändern. Am Ende des Tisches ruhte ein silbernes Tablett, und darauf befand sich ein Sammelsurium unzähliger Einzelteile. Was immer das gewesen war – *jetzt* war es fein säuberlich zerlegt. Als Daniel aufblickte, starrte Ra ihn amüsiert an.

Seine Stimme war gleichermaßen sanft und rauh. »Deine Leute haben Fortschritte gemacht, seit ich nicht mehr bei ihnen weile«, sagte er. »Deine Welt ist gefährlich geworden.« Sein Dialekt schien sich nur unwesentlich von dem Sha'uris zu unterscheiden – Daniel nahm an, daß es sich hierbei um eine prä-ägyptische ›vornehme‹ Palastsprache handelte. Er verstand nicht jedes Wort, doch er begriff, was Ra meinte.

»Ihr habt euch die Macht des Atoms unterworfen«, sagte er und deutete auf das silberne Tablett. »Es scheint, als hättet ihr damit einen neuen Gott gefunden für eure Gebete ... Doch ihr wißt nichts von *meiner* Macht. Jener Macht, die dem Quarz innewohnt.«

Die Implikationen, die sich aus dieser Behauptung ergaben, gefielen Daniel nicht; kein bißchen.

Wie spricht man einen Wahnsinnigen an, der sich für Gott hält?

Eine Schmarotzerkreatur, die nur in diesem menschlichen Wirtskörper überleben konnte und ...

»Was hast du vor?« fragte er und starrte das Wesen an.

»Ihr hättet das Tor nicht wieder öffnen sollen«, krächzte Ra. »Ihr habt meinen Frieden gestört – nach dieser langen Zeit; ihr habt euch für meine Gesandte ausgegeben. Ich werde euch bestrafen müssen . . . Auch für das, was damals geschehen ist. Es gibt viele Gründe, so viele Gründe. Bald – bald – werde ich eure Waffe zu eurer Welt zurücksenden, zusammen mit einem Geschenk . . . Mit einer ganzen Ladung des edlen Minerals dieses Planeten. Es wird die Zerstörungskraft eurer kleinen Waffe hundertfach verstärken.« Es war, als spreche er nur vom Wetter. Ein schiefes Grinsen verzog seine Lippen.

Er ist wahnsinnig.

Wahnsinniger noch als O'Neil und West zusammen.

»Warum?« fragte Daniel.

»Ich habe eure Kultur geschaffen, eure Sprache, eure Kunst, eure Regierungsform. Eure gesamte Zivilisation. – Und nun werde ich sie zerstören.«

So mußte sich ein Luftballon fühlen, aus dem alle Luft entwich. Daniel starrte die Kreatur an; Ra war so dicht an ihn herangetreten, daß er seinen Atem spüren konnte, und er wußte, so, wie er Ra's Atem spürte, spürte dieser sein Entsetzen – und genoß es. Sekundenlang kam es Daniel vor, als stürze er in die Augen dieses Wesens, tiefer und immer tiefer hinab in ein Dunkel, in dem sich seltsame, schleimige Bewegungen regten, in ein Grauen, das kein normaler Sterblicher ertragen konnte. Er riß sich los, taumelte zurück, und Ra nickte und schlurfte zu den hohen Ankleidespiegeln am anderen Ende des Raumes hinüber. Daniel folgte ihm, versuchte logisch zu denken; ein einziges wirklich stichhaltiges Argument dafür zu finden, daß sie in Frieden gekommen waren . . . irgend etwas, das diesen Wahnsinnigen von seinem Vorhaben abbringen konnte . . . und wußte im gleichen Moment, daß es besser war, sich ein paar *verrückte* Argumente einfallen zu lassen. *Verrückte Argumente für einen irren Gott.*

Und er wußte auch: So oder so, es würde nicht funktionieren.

Weil sie eben *nicht* in Frieden gekommen waren, wie die fein säuberlich zerlegte Bombe auf diesem Silbertablett bewies.

Weil . . .

Er gab es auf, darüber nachzudenken.

»Warum hast du mir mein Leben zurückgegeben?« *Vielleicht geht es auf diese Art und Weise.*

»Ich brauche dich. Du wirst ihren Glauben wiederherstellen, den Glauben dieser Menschen in die Macht ihres einen höchsten Gottes.«

»Den Glauben?«

»Eine frühe Entdeckung, die ich bei deiner Rasse gemacht habe«, wisperte er gespielt heimlichtuerisch. »Mythos, Glaube, Gewohnheit. Kontrolliere diese drei, und sie sichern dir mehr Macht als jede Waffe.« Ra hob die Arme, und seine jugendliche Eskorte streifte ihm die Tunika über den Kopf. »Mythos, Glaube, Gewohnheit«, wiederholte er. »Ein Schriftgelehrter wie du sollte sich diese Begriffe merken.«

Er setzte sich auf einen prächtigen Klappstuhl, der über und über mit mysteriösen heraldischen Symbolen versehen war, und die Kinder stülpten ihm Sandalen über die bloßen Füße und schnürten sie für ihn.

»Du wirst dich mir vor meinem Volk unterwerfen. Sie werden Zeuge deines Gehorsams sein, werden Zeuge sein, wenn du deine Gefährten tötest. Die Zeremonie wird morgen stattfinden in den letzten Sonnenstunden.«

Daniel versuchte, darüber zu lachen, doch es kam nur ein erstickter Laut über seine Lippen. *Er meint es ernst.* Daniel starrte den arroganten Kind-Mann an und gab sich keine Mühe mehr, seine Überzeugung, daß er ihn für wahnsinnig hielt, zu verbergen. »Und wenn ich nicht gehorche?« fragte er herausfordernd.

Völlig ruhig erläuterte Ra die Alternative: »Dann werde ich dich und alle, die dich geschaut haben, vernichten müssen.«

Ra stieß die Kinder, die ihn nach wie vor eifrig umschwärmten und mit Gold und Juwelen schmückten, beiseite und eilte die Stufen hinab. Erneut kam er gefährlich nahe an Daniel heran, atmete in Daniels Gesicht, starrte ihn an – brachte in einer blitzartigen Bewegung seine Hand hoch und zwischen ihre Gesichter.

Kalt, er ist so kalt, dachte Daniel. Ra zog den Finger weiter, und Daniel spürte die Kälte, die davon ausstrahlte, spürte den

Weg, den dieser Finger nahm ... spürte ihn über sein Gesicht gleiten, über seinen Hals ... seine Brust. Die Hand stoppte an dem Medaillon, das Daniel noch immer um den Hals trug. Ra sah es an, drehte die Scheibe, die sein Zeichen trug, schmiegte seine Finger darum; dann richtete er den Blick seiner bernsteingelben Augen wieder auf Daniels Augen. Und für einen kurzen Moment glühte ein unheimliches Licht in den Tiefen dieser Augen und gab den Blick frei auf das *Nichtmenschliche*, das sich dort eingenistet hatte, auf die Bestie, die dort unten residierte, sicher und geborgen innerhalb der Hülle dieses unsterblichen Kindes.

»Es kann nur *einen* Ra geben«, gurrte er – und zerriß die Kette, befreite sein Siegel vom Hals des verabscheuungswürdigen Usurpators.

Obgleich Skaara ihr noch immer verschwieg, was er und die anderen Jungen in der Pyramide gesehen hatten, spürte Sha'uri, daß Dan-yur etwas geschehen sein mußte. Er wäre zurückgekommen zu ihr, wenn er gekonnt hätte. Obwohl er sie zurückgewiesen hatte in jener Nacht, in der sie zu seiner Kammer eskortiert worden war, wußte sie, daß da ein Band zwischen ihnen war, eine Verbindung ... etwas, das keiner von ihnen geplant hatte ... und das stärker war, als daß sie es hätten kontrollieren – oder ihm gar widerstehen können. Gemeinsam hatten sie das geheime Museum gefunden, die vergessene Geschichte ihres Volkes. Diese durcheinandergewürfelte Niederschrift von Geschehnissen, die so viele Jahrtausende zurücklagen, hatte die gesamte Gegenwart verändert ... Sie hatte auch sie selbst verändert. Es war wichtig, dies alles schnellstmöglich auszuwerten. Und nichts von alldem wäre möglich gewesen ohne *ihn*. Sein Kommen hatte diese Welt und sie selbst anders werden lassen auf eine Art und Weise, die sie stets hoch schätzen würde.

Sie kehrte mit einer Kerze in die unterirdische Kammer zurück, die sie erst entzündete, nachdem sie sicher war, ganz allein zu sein. Sie rief sich Dan-yurs Erklärung der Hieroglyphen ins Gedächtnis zurück und las die vergessene Geschichte ihres Volkes wieder und immer wieder. Nun wußte sie, warum die Schrift zu einem Tabu erklärt worden war; sie war so mächtig. Ra hatte die Wahrheit über seine Ursprünge verbergen wollen; er war kein *Gott*; er war nicht in der Sonne geboren, und er hatte Tuat, das Land der Toten, nicht erobert. Er war lediglich eine Kreatur, die überleben wollte – um jeden Preis. Einen Preis, den Sha'uri nicht länger zu zahlen gewillt war.

ACHTZEHNTES KAPITEL

Am Anfang ...

Seine Rasse unterschied sich von der seiner menschlichen Wirtskörper so vollkommen wie eine Sonne vom Mond. Begriffe wie Gefühl, Sympathie, Liebe oder gar Güte hatten keinerlei Entsprechung in der Natur von Wesen seiner Art. Sie waren eine Rasse, die allein um des Überlebens und Eroberns willen existierte. Nach Tausenden von Jahren in dieser Existenz schien ihr Wissen unendlich groß, doch mangelte es ihnen an Weisheit. Letzten Endes mochte sie ihr niemals endendes Gieren nach Beute, Wissen, Kunst und Besitztümern in die Vernichtung geführt haben.

Als die Wesen seiner Welt in den letzten Atemzügen lagen, befand er sich Millionen von Lichtjahren von zu Hause entfernt auf der verzweifelten Suche nach einem Wirtskörper. Er war entschlossen, das Schicksal seiner Art nicht zu teilen. Er hatte jene Technologie vervollkommnet, die ihm den Transfer in andere Wesen erlaubte ... doch er mußte sorgfältig auswählen. Mit der Übernahme eines Wirts, so wußte er, würde er auch einen Großteil der in dessen Psyche überbetonten Charakterzüge absorbieren. Vielleicht wäre seine Wahl anders ausgefallen, hätte er damals alle geheimen Details aus dem Leben dieses Jungen namens Ra gekannt. Vielleicht aber auch nicht.

Ra's Kindheit erwies sich als exzellente Vorbereitung auf das Leben, das er zu führen hatte. Sie machte es ihm leicht, geradewegs in das blendende Licht und den heftigen Sturmwind hineinzugehen, die in jener Nacht vor hundert Jahrhunderten so unerwartet über die Wüste gekommen waren. Obgleich seine beiden Eltern noch lebten, war er praktisch als Waise aufgewachsen. Seine Mutter war geistesgestört, kaum imstande, auf sich selbst zu achten. Sein Vater war schlimmer; war voller Haß und Gewalt und verbrachte, da ihn der Stamm verstoßen hatte, oftmals Wochen damit, das Ödland zu durchstreifen. Von früher Kindheit an war der Junge vom gesamten Stamm großgezogen worden; er gehörte zu ihnen allen, doch zu niemandem im besonderen. Da er kein liebenswertes Kind war, kümmerte sich keiner von ihnen um seine Erziehung oder darum, ihm Geborgenheit zu geben. Während andere Kinder beschützt zwischen ihren Eltern schliefen, war Ra der einzige seines Alters mit einer eigenen Wohnstatt. Unter diesen Umständen wuchs er zu einem wilden Kind heran: Er war zurückhaltend und kalt; sein Vertrauen kam langsam, sein Angriff schnell. Und alles verschlechterte sich noch, als Ra älter wurde und seine Fähigkeiten sich unter der unwillkommenen Vormundschaft des alten Mannes, des Stammesführers, zu entfalten begannen. Er haßte es, abgesondert von den Jägern zu leben, gezwungen zu sein, seine Tage in den Höhlen zu verbringen und der Magie zu weihen. Er fühlte sich in jeder nur denkbaren Art und Weise allein und entwickelte zugleich eine zynische Verachtung für alle anderen Lebewesen. Als die furchterregenden Lichter über die Mitternachtshimmel kamen, hätte er nicht zu sagen vermocht, was ihn jenseits davon erwartete, doch er war bereit . . . er würde jedwedes Schicksal annehmen, das anders war als sein bisheriges.

Sein Haß auf seine Mitmenschen erwies sich als nützlich – es gab keine inneren Konflikte, als der Fremde den Jungen an seine neue Rolle – der Pharaonen-König zu sein – heranführte. Da war kein Empfinden von Schuld oder Mitleid, als die Menschen seines Stammes in harte Fron gezwungen wurden. Im Gegenteil, ein seltsames neues Gefühl der Zufriedenheit erwuchs in dem Jungen und entwickelte sich zu seinem stärksten Wesenszug . . . und als er den Körper des Jungen dann endlich übernahm, übernahm er auch diesen Wesenszug. Ra war nun ein Teil von ihm, und gemeinsam wurden sie der Sonnengott, wurden sie gefürchtet und verehrt von dieser primitiven menschlichen Rasse.

Der Pharaonen-König lernte rasch, wie diese zu beherrschen war. Es gab zwei wesentliche Aspekte seiner autodidaktischen Ausbildung. Der erste war, herauszufinden, wie ein Monopol an Macht zu gewinnen und beizubehalten war. Und wenn schon kein Monopol, so doch wenigstens die allgegenwärtige Möglichkeit, sämtliche Widersacher vernichten zu können. Seine Gefolgschaft aus Söldnern und Elitewächtern hatte zu begreifen, daß jeder einzelne von ihnen jederzeit bereit sein mußte, sich auf seinen Befehl hin selbst die Kehle durchzuschneiden; und er testete sie, er testete sie.

In kurzen Gefechten mit einigen der Sklavenvölkern lernte Ra, Krieg zu führen und mit vernichtender, gnadenloser Härte zurückzuschlagen. Vor allem hierin brachte er es zu einer ungewöhnlichen Meisterschaft.

Der zweite Aspekt betraf die Psychologie des Herrschens. Nachdem er sich beigebracht hatte, mit eiserner Hand zu regieren, lernte er, wie man sie mit einem Samthandschuh umhüllte. Während rohe Gewalt stets unverzügliche Resultate erbrachte, standen ihm mit *Mythos, Glaube und Gewohnheit* wesentlich gewaltigere Waffen zur Verfügung. Aufgrund dessen, was er von dem Jungen absorbiert hatte, verstand der Pharaonen-König die Ängste und Schwächen der Menschen und spielte skrupellos damit. Mit der Maske des Tut erschuf er ein neues Abbild seiner Selbst und machte es zu seiner einzigen öffentlichen Erscheinungsform. Nur seiner eigenen Elite-Gefolgschaft war es fortan vergönnt, in das wahre Gesicht des Ra zu schauen.

Seine Wächter hatten ebenfalls neu erschaffen zu werden. Wenn sie ihm erfolgreich dienen sollten, mußte allein schon ihr bloßer Anblick Angst hervorrufen unter den Menschen. Aus der Mythologie dieser primitiven Wesen lernte der Pharaonen-König, daß der Schakal einen ganz besonderen Platz innehatte in ihren Alpträumen. Sein oberster Wächter, des Königs Kriegsherr, so beschloß er, würde künftig nur mehr mit dem Kopf eines Schakals zu sehen und als *Anubis*, der schakalköpfige Fährmann, bekannt sein, jener, der die Seelen der Menschen in das Land der Toten übersetzte.

Auch der Rest seiner Garde sollte teilhaben an dieser Art von Illusionen – und so entstanden die Horus-Wachen mit ihren Falkenköpfen und die Thoth- und Ramses-Krieger. Er machte sie alle zu mythologischen Wesen. Ein kompliziertes mythologisches Netz, gesponnen von dem Meister selbst: Ra, dem Sonnengott.

Er wußte um die Macht der Mythologie, da er sie seit der Übernahme des Jungen am eigenen Leibe kennengelernt hatte. Zum ersten Mal in seiner Existenz hatte er nun Träume. Manchmal waren sie beunruhigend, manchmal angenehm. Es war eine seltsame neue Erfahrung. Eine, die er mochte – die er sehr mochte.

Eine Vision suchte ihn heim von einer unermeßlichen weiten unterirdischen Kammer mit prachtvoll bemalten Wänden. Unsichtbare Musikanten spielten eine berauschend liebliche Weise. In der Mitte des Raumes erschien eine enorm große Waage. Er sah sich selbst auf einer der Waagschalen sitzen. Dann strömten unvermittelt Tausende von Menschen in den Raum und stellten sich in langen Reihen auf, um ihr Gewicht mit dem seinen zu vergleichen. Es herrschte ein stillschweigendes Verstehen vor, daß die Waagschalen nicht das Gewicht des physikalischen Körpers anzeigen würden, sondern den Wert der Seele – das *Ka*. Einer nach dem anderen vertrauten sie sich der Waage an. Ra bemerkte, daß er das Gerät nach Gutdünken manipulieren konnte; und so neigte sich die Waagschale nur mehr bei jenen, denen er wohlgesonnen war. Die Menschen in der großen Halle erkannten seinen Betrug und stiegen nun in Massen auf die ihm gegenüberliegende Waagschale. Doch ganz gleich, wie viele es auch waren, die Waage zeigte stets an, daß der schlanke Junge schwerer war als sie.

Nun hatte Ra nicht nur seine eigene Mythologie begründet – im Laufe der Zeit begann er auch selbst daran zu glauben.

In den ersten Monaten nach seiner Ankunft auf der Erde wurden die Wüstenmenschen von starken und quälenden Träumen heimgesucht. In diesen Träumen brach die Sonne selbst auf und gebar der Welt einen lebenden Gott. Nacht um Nacht wiederholte sich dieses furchteinflößende Geschehen auf einem Felsplateau nicht weit von den Ufern eines großen Flusses. Es war dies ein Ort, den man später *Heliopolis* nennen würde.

Weit im Süden machten sich die Bergvölker der Nubier und die Hirten des Sudan, überwältigt von der Schönheit ihrer gemeinsamen Vision, gen Norden auf und folgten in ihrer Suche nach jenem im Traum gesehenen Land den Ufern des Nil. Andere kamen von Westen her, aus der Sahara. Selbst so weit im Norden, in Syrien und Palästina, packten die Menschen ihre Habseligkeiten und zogen los. Auf dem Rücken von Kamelen oder in den Staubwolken hinter ihren Ziegenherden kamen sie, und sie waren bereit, Gewürze zu opfern, Wurfspeere und Kinder. Sie hatten keine gemeinsame Sprache, sie teilten nichts als einen großen, brennenden Traum und die Sehnsucht, die er in ihre Herzen gepflanzt hatte, und so näherten sich alle dem selben Ort. Sie tauschten ihre Geschichten aus, indem sie Bilder in den Staub zeichneten und mit ihren Händen sprachen; sie berichteten sich über den langen Weg, den sie gekommen waren, und von den Gefahren, die sie überstanden hatten. Woge um Woge kamen sie an den Fuß jenes Plateaus, und keiner von ihnen wußte genau, warum sie gekommen waren. Doch als immer noch mehr neue Gruppen eintrafen und alle von demselben Traum zu berichten wußten, da offenbarte sich das Wunder.

Dieser jämmerliche frohlockende Pöbel organisierte sich in einer erbärmlichen, jedoch vor Leben wimmelnden Ansiedlung, die sich alsbald meilenweit über die Ufer des Flusses hinweg ausbreitete und schließlich zu einem ersten Metropolis des Planeten wurde . . . oder besser: zu einem *Theopolis,* da dies eine Stadt Gottes war.

So mächtig die flammenden Träume jedoch gewesen waren – sie hatten die Menschen nicht auf die überwältigende Majestät dessen vorbereitet, was sie noch erwartete. Als die Stadt schlief – die Reichen Seite an Seite mit den Ungewaschenen –, brach ein Schatten aus dem Mond hervor. Bald darauf erhob sich der Wind, und eine Flut aus Licht ergoß sich über die behelfsmäßige Stadt. Sie folgten dem Licht westlich der Stadt, rannten so schnell sie konnten und stritten – voller Sehnsucht, ihren Gott auf Erden willkommen heißen zu können – einer gegen den anderen um die bessere Position.

Sie stürzten Hals über Kopf, die Augen abgeschirmt, in das Licht. Und dann,im Zentrum des strahlenden Glanzes, in einer Helligkeit, die so intensiv war, daß sie jegliche Farbe verblassen ließ, fanden sie *ihn* . . . den Sonnengott Ra; sein ganzer Körper bestand aus unvergänglichem Gold, und es war, als verstärke er das Leuchten ringsumher noch. Er war umgeben von einer Reihe knieender Diener. Als diese sich erhoben, ergriff Angst von den Herzen der Menschen Besitz: Die Diener ihres Gottes hatten menschliche Körper, jedoch die gewaltigen Köpfe von Tieren . . . Es war eine ganze Menagerie von Tiergeistern, die diese Menschen alsbald nur zu gut kennenlernen sollten: Chnum, der Widder; Sobek, das Krokodil; Horus, der Falke; Apis, der Stier; Anubis, der Schakal; die Hathor-Kuh; und Ammit, das mischgestaltige Tier, das später nur mehr *die Fresserin* genannt werden würde. Sie bildeten ein beeindruckendes, ungeheuerliches Gefolge. Wie auf einen geheimen Befehl warfen sich die Menschen auf die Knie und verneigten sich, preßten das Gesicht in den Sand und das nasse Gras und weinten, überwältigt von dem Wunder. Die Macht dieses Moments brannte sich so tief und so unauslöschlich in die Vorstellung der Menschen ein, daß sie selbst Hunderte von Generationen später noch immer darin fortfuhren, die Ankunft eines erträumten Messias herbeizusehnen.

Und dies war nicht das einzige Vermächtnis, das Ra in der erst später niedergeschriebenen Geschichte der Erde hinterlassen hatte.

Die Gläubigen nannten ihn Ra-hotep-kan, Sonnengott, weil er aus dem Licht gekommen war, das so strahlend hell war wie die Sonne. Ra gestattete es, da es keinen Widerspruch darstellte zu dem Mythos, den er für sie geschaffen hatte. Er erzählte ihnen, daß er an einem Ort gewesen sei, den man Tuat nannte, das Land der Toten. Er habe Tuat erobert und die Tier-Gottheiten, die dort lebten, zu seinen Dienern gemacht. Er verlangte von den Menschen der elenden Stadt, daß sie sowohl ihr Leben als auch ihre Arbeit nur ihm allein zu weihen hatten. Denn wenn sie starben, so ließ er sie weiter wissen, würde sein Kriegsherr Anubis sie nach Tuat eskortieren, und dort werde ihre Seele, ihr *Ka*, gewogen werden in einem großen Wägeakt. Hatte der Verstorbene ein gottesfürchtiges und Ra wohlgefälliges Leben geführt, so würde er für immer im Land der Toten verweilen dürfen. Wenn nicht, so wartete Ammit, das mischgestaltige Tier, die Fresserin, bereits auf ihn.

Der Bau der großen Pyramide begann nahezu zur gleichen Zeit. Die Menschen waren bereitwillig und dankbar. Sie studierten und lernten und leisteten ihre Fron unter der Aufsicht der tierköpfigen Gottheiten, von welchen Thoth, der Ibis, der Gott der Schreibkunst und der Träume und Magie, der bemerkenswerteste war. Das Pyramidenprojekt war das bei weitem größte und komplexeste Bauwerk, das jemals auf diesem Planeten errichtet worden war, und es stellte eine alles verändernde Erfahrung für die Menschen dar, die damit befaßt waren.

Ra konnte sehen, wie sehr die Mischung aus Liebe und Angst sie motivierte. Diese ungebildeten, kaum zivilisierten Handlanger-Tiere lernten gemeinsam zu denken, gemeinsam zu arbeiten, Gestein abzubauen, mit Hammer und Meißel zu formen und die gewaltigen Lasten über den Sand zu schleppen; sie erbauten die Pyramide in weniger als der Hälfte der Zeit, die man Tausende von Jahren später für wesentlich kleinere Gebäude benötigen würde.

Als das Bauwerk nahezu fertig war, hieß Ra sie, einen gigantischen Ring aus Quarz aus seinem Raumschiff zu schleppen — das SternenTor. Und es wurde in der Pyramide installiert, in einem Raum, der speziell hierfür erbaut worden war. In jenen Tagen war die Mehrheit von Ra's Arbeitern bereits in der schmutzigen Stadt geboren; es waren Söhne und Töchter derjenigen, die einst als Pilger diesen heiligen Ort aufgesucht hatten. Diese zweite Generation hielt den Bau der Pyramide weniger für eine geheiligte Arbeit, sondern für das, was es tatsächlich war: eine unsägliche Plackerei. Sie waren Ra nicht mehr blindlings ergeben. Sie wollten eher jene Orte besuchen, von denen ihre Eltern herstammten, und mit jenen sprechen, die sich damals entschieden hatten, den Träumen *nicht* zu folgen. Man konnte nicht mehr mit Freuden bei der Arbeit sein, wenn man des Nachts Hunger litt; wenn man unter *solch* entsetzlichen Bedingungen in den Baracken der wuchernden Stadt zu hausen gezwungen war, während man tagsüber Zeuge wurde, mit welch unglaublichem Luxus der König sich umgab. Sie wollten mehr für sich.

Und was war ihre Belohnung nach der Fertigstellung dieses gigantischen Meisterwerkes?

Eine kleine Rebellengruppe hatte ein heimliches Protokollbuch geführt und darin detailliert die Wahrheit über Ra und seine Anfänge dargelegt. Jemand, der zur Elite-Entourage des Sonnengottes gehörte, hatte ihnen entsprechende Informationen zugespielt, und sie waren nicht bereit gewesen, ein solches Wissen in Vergessenheit geraten zu lassen.

In jener Nacht, da die Pyramide für fertiggestellt erklärt wurde, schritt Ra mit seinen Leibwächtern im Triumphzug durch die jubelnde, feiernde Stadt und sonderte Hunderte von Menschen aus, denen eine ›ganz besondere Ehre‹ widerfahren sollte. Sie wurden in die Pyramide gebracht und durch das SternenTor gesandt, und niemand hörte jemals wieder von ihnen.

Diese ›Zusammentriebe‹ wiederholten sich monatelang. Anfangs säumten die Glaubenseiferer die Straßen der Stadt und bettelten darum, erwählt zu werden. Viele dieser Freiwilligen waren bereits älter und wurden zugunsten Jüngerer, Stärkerer ignoriert. Jene, die in der Pyramide arbeiteten, raunten Gerüchte weiter, die ihnen zu Ohren gekommen waren; daß man die Auserwählten gezwungen habe, den gigantischen Ring in ein jenseits gelegenes Land zu durchschreiten und in fernen Wüsten neue Pyramiden zu errichten.

Ra ließ die von ihm selbst aufgestellten Gesetzmäßigkeiten der Mythologie völlig außer acht und ging mit größter Hast zu Werke. In den folgenden Wochen und Monaten begannen die Menschen seine häufig wiederkehrenden Ausflüge in die Stadt zu fürchten. Junge Menschen wurden heimlich verschleppt. Trotz ihrer Hingabe an ihren obersten Gott regte sich nun erster Groll und Widerstand; die sich wiederholenden Szenen von

Kindern, die ihren Familien entrissen wurden, sprachen eine zu deutliche Sprache. Zudem hielten sich beharrlich Gerüchte, daß es auf einer anderen Welt eine Rebellion gegen den Sonnengott gegeben habe. Es hieß, die Hathor-Kuh habe die Menschen einer ganzen Stadt abgeschlachtet und den Aufstand in Strömen von Blut getilgt.

Ra hielt sich nun häufig wochenlang fern der Stadt auf und war eifrig damit befaßt, neue Ansiedlungen zu gründen; sein Bedarf nach dem Quarz-Mineral wuchs beständig. Er benötigte es nicht nur, um seinen Sarkophag damit anzufüllen und sein unsterbliches Leben zu sichern, sondern in dem Maße, in dem sich sein Einfluß ausbreitete, auch für seine Günstlinge und für seine Technologie. So kam es, daß mehr und mehr Minen-Siedlungen eingerichtet wurden. Während seiner Abwesenheit von der Erde überließ er das zunehmend heikler werdende Problem der Disziplin seinen Wachen. Wann immer er zurückkehrte, wurden abermals Hunderte seiner gesündesten und kräftigsten Untertanen erwählt und in die Pyramide geleitet, wo sie für immer verschwanden. Die Unzufriedenheit wuchs, Widerstand begann sich zu organisieren.

Mehrere hundert Leute verschworen sich gegen den Sonnengott, doch es stand von Anfang an außer Frage, daß es *zu viele* waren. Ein Netzwerk aus Spionen trug Ra rechtzeitig genug jedes Vorhaben der Abtrünnigen zu. Doch der arrogante Despot zog es vor, die Bedrohung zu ignorieren. Überzeugt von seiner Unbesiegbarkeit, begab er sich erneut hinab in den Schmutz und Gestank der Stadt und zeigte auf jene, die er haben wollte. Wenn die Menschen sich in ihren Unterkünften verkrochen, ließ Ra sie herausschleifen. Zufall oder nicht – letzten Endes kamen die Krieger des Sonnengottes auch zu jener kleinen Lehmziegelhütte, hinter deren Mauern sich ein Dutzend Anführer der Verschwörung zusammengefunden hatten und über ihren Plänen saßen. Sie wurden alle hinausgetrieben und in einer Reihe aufgestellt. Keiner der Söldner schenkte den auf dem Tisch ausgebreiteten Plänen von den Räumlichkeiten der Pyramide auch nur die geringste Beachtung. Draußen wurde einer der Männer ausgewählt und durch das SternenTor an jenen Ort geschickt, an dem Nagada gegründet werden sollte.

Sobald von den Palast-Dienern die Botschaft kam, daß Ra die Erde verlassen hatte, drangen die Verschwörer in die Pyramide ein, töteten die wenigen Tier-Wächter und rissen das SternenTor nieder. Sie verbrachten Stunden mit dem Versuch, es mit Vorschlaghämmern zu zertrümmern; es war ihnen nicht einmal möglich, auch nur einen Kratzer darauf zu hinterlassen. So schleppten sie den ungeheuerlichen Ring hinaus in die Wüste und verscharrten ihn – zusammen mit Anubis' zerschmettertem Körper – unter den ersten schweren Steinen, die sie finden konnten. Monate später war der gewaltige Schlußstein gemeißelt und an Ort und Stelle transportiert. Das Tor und Anubis' Leichnam wurden ein für allemal begraben und versiegelt.

Seit jener Zeit hatte man Ra nicht mehr auf der Erde gesehen. Diejenigen, die das SternenTor begraben hatten, wurden von denen, die nach wie vor an ihrem Glauben festhielten, in verbitterte, tödliche Kämpfe verwickelt – bis es nur mehr Chaos gab an jenem Ort. Die einst so eng verbundene Völker-Gemeinschaft, die sich so spontan inmitten der Wüste zusammengefunden hatte, verschwand wie eine Luftspiegelung.

Kinder, so sagt man, hören selten auf ihre Eltern – doch sie versäumen es niemals, sie zu imitieren. Dasselbe traf zu auf die Herrscher, die nach Ra kamen. Obgleich er inbrünstig gehaßt und zuverlässig besiegt war, ahmten sie nahezu jeden Aspekt seiner Regentschaft nach – und hinterließen den folgenden Generationen das Abbild einer beispiellos sadistischen und wahnsinnigen politischen Herrschaft.

NEUNZEHNTES KAPITEL

Wissen ist Macht

Sha'uri war mehrere Stunden fort gewesen, als Skaara, Nabeh, Rabhi und Aksah in die Katakomben kamen und nach ihr sahen. Sie saß in der kleinen, mit Schriftzeichen übersäten Kammer, dem geheimen Museum, und ihre Augen waren voller Traurigkeit.

Sie hörte die *Hüter* kommen und wollte ihnen schon zurufen, sie alleine zu lassen, doch sobald sie den engen Tunnelraum betraten, wußte sie, was sie zu tun hatte. Sie wies sie an, sich um sie herum zu versammeln. Die Jungen hatten Angst, an diesem unheimlichen Ort entdeckt zu werden, und kamen nur zögernd näher. Als sie sie alle an Ort und Stelle hatte, begann sie ihnen die lange vergessene Geschichte ihres Volkes zu erzählen, und sie tat ihr bestes, sich an alles zu entsinnen, was Danyur sie gelehrt hatte über die geheime Geschichte, die an diesen Wänden geschrieben stand.

Als sie die Worte las und die Bilder erläuterte, wurde ihre Stimme beständig kräftiger und selbstsicherer. Obwohl sie die Geschichte bereits kannte, umfing sie dieses Mal etwas wie ein Zauberbann; sobald die Worte über ihre Lippen kamen, gewannen sie an Entschlossenheit. Diese Geschichte zu erzählen, war wie eine innere Reinigung. Sie sagte den Jungen, daß sie nicht länger bereit war, so wie bisher weiterzuleben. Etwas mußte geschehen!

In dieser Stunde wuchsen die Kinder zu Männern heran. Wissen ist Macht, und als sich die Geschichte vor den Jungen entfaltete, spürten auch sie die Kraft, die sie durchströmte.

Für Skaara bestätigte diese Geschichte nur, was er instinktiv längst gewußt hatte. Sie bestätigte all seinen Argwohn, beantwortete die Fragen, die er sich schon gestellt hatte, als er noch ganz klein gewesen war, und tilgte alle Zweifel, die wie Quälgeister gewesen waren. Und er wurde wütend. Wütend, weil so viele Menschen von Ra's Söldnern getötet worden waren. Wütend wegen all der Lügen. Wegen all der Generationen, die ihr Leben nicht in einem spirituellen Wirken für Gott, sondern als leichtgläubige Dummköpfe und Sklaven gelebt hatten.

Er schwor sich, daß er die Kreatur, die für all dies verantwortlich war, bekämpfen würde; selbst wenn es den Rest seines Lebens dauern sollte.

Die Vorbereitungen hatten die ganze Nacht angedauert. Jene, die verantwortlich waren für die Organisation des Ereignisses, hatten sich bereits kurz nach Morgengrauen eingefunden, der frühest zulässigen Stunde. Unter diesen ersten Ankömmlingen befand sich Kasuf; er war auf dem Rücken eines Mastadges zu der Pyramide hinausgeritten, dann überwachte er von seinem Stuhl nahe der Trommler die Vorbereitungen für die Zeremonie.

Als die dritte Sonne in den Himmel emporstieg und den offiziellen Beginn des Morgens markierte, hatten sich bereits mehrere tausend Einwohner von Nagada bei der Pyramide versammelt – dem gefürchteten und selten besuchten Palast ihres lebenden Gottes. Gleich einem Ozean menschlicher Leiber umspülten sie die lange, sanft ansteigende Rampe, dieselbe Rampe, über die das Quarz in den Schlund der Pyramide befördert wurde. Ein beständiger Strom von Nachzüglern ließ diesen Ozean weiterhin anschwellen: Immer mehr Menschen pilgerten über die Dünen herbei; eine elende Prozession, die sich erstreckte, so weit das Auge reichte.

Die Eingangshalle der Pyramide war festlich mit Girlanden und weiten, burgunderfarbenen Seidenbahnen geschmückt, die sich wie Kaskaden zehn Meter tief zu der Plattform hinab ergossen.

Als ein Teil des flatternden Gewebes beiseite gezogen wurde, verfiel die Menge jählings in ein angespanntes Schweigen. Trommelwirbel setzte ein und drohte selbst den Himmel erbeben zu lassen. Dann wurden die Frevler von Ras horusbehelmten Kriegern in das strahlende Sonnenlicht hinausgetrieben. Jeder dieser Krieger trug eine der langen, stabähnlichen Waffen. Die Frevler wurden die weite Rampe hinabgeführt.

Die Obelisken hätten genausogut in einer anderen Welt aufragen können, so unerreichbar fern erschienen sie ihm. O'Neil blinzelte in das Gleißen des Sonnentages hinaus und spürte Tränen auf seinen Wangen. Es war eine Augenreizung, keine sentimentale Anwandlung – obwohl er wußte, daß es eine Menge Gründe für letztere gegeben hätte; nur mehr vier Angehörige des Teams waren noch am Leben: Kawalsky, Feretti, Freeman und er selbst. Keine gute Bilanz. Halb blind setzte er einen Fuß vor den anderen, taumelte die Rampe mehr hinab, als daß er ging, und ahnte die Menschenmassen dort unten, jenseits der Plattform, mehr, als daß er sie richtig sah. Unter normalen Umständen hätten er und seine Soldaten ihre Chance binnen eines Augenzwinkerns genutzt und angegriffen. Es war ein unverschämtes Glück, daß man sie aus diesem Loch herausgeholt hatte, und ein noch größeres, daß sie jetzt tatsächlich im Freien waren... Er wußte, daß es höchste Zeit war, einen Fluchtversuch zu unternehmen. *Trotzdem...* Doch die Schläge und die Zeit, die sie in der Wasser-Gruft hatten zubringen müssen, waren nicht spurlos an ihnen vorübergegangen. Es war, als sei das Leben bereits aus ihnen gewichen. Und davon abgesehen: Es gab nichts, wohin sie hätten fliehen können; und selbst wenn, sie hätten einen solchen Ort niemals erreicht. Sie waren von allen Seiten eingeschlossen von den dicht gedrängt stehenden Menschen von Nagada. Sie hatten sich am Fuße der Rampe versammelt; so mußte eine Zusammenkunft von Zombies aussehen.

O'Neil fühlte sich auf eine aberwitzige Art lebendiger als diese Wesen – obgleich er schon viel länger Zombie war als sie; er bezog seine Kraft aus purem Zorn und dem Wissen um seine Bestimmung. Er würde sich erst verloren geben, wenn die Mission erfüllt war. Mit einem sichelschmalen Lächeln dachte er: *Und dann: Ruhe in Frieden.*

Als er das Aufstöhnen der Menge vernahm, wandte er sich halb um und sah, daß vier weitere Horus-Wächter in das helle Licht des Tages heraustraten und am oberen Ende der Rampe Aufstellung bezogen. O'Neil spuckte aus. Er kam sich vor, als habe er über Nacht fünfzehn Pfund Gewicht verloren; eingetauscht gegen ein um fünfzehn Jahre gealtertes Gesicht.

Einer der Horus-Wächter stieß ihn und die anderen auf die Plattform, die sich auf halber Höhe zu den Obelisken befand, schwang das klobige Ende seiner Waffe und schmetterte es Freeman in die Kniekehlen. Der Mann brach mit einem Schmerzenslaut zusammen.

»Alle niederknien!« brüllte O'Neil und ging selbst mit gutem Beispiel voran. Der Horus schien beinahe enttäuscht, als das gesamte Team seinem Kommando folgte. Der Gigant beugte sich herab, brachte seinen Monster-Schädel ganz dicht vor O'Neils Gesicht und starrte ihn kalt an . . . einschüchternder, als es jeder Drill-Sergeant fertiggebracht hätte. Und doch nicht einschüchternd genug für O'Neil.

Er blinzelte der Kreatur nur vielsagend zu.

Wie die meisten Pilger trug auch Sha'uri eine lange, helle Robe mit einer Kapuze, die sie tief in die Stirn gezogen hatte. Sie schlängelte sich durch die Menge, bis sie Blickkontakt mit Skaara und Nabeh hatte, die auf der anderen Seite der Rampe standen.

Skaara spähte immer wieder wie zufällig zu den beiden Horus-Kriegern hoch, die die Soldaten bewachten. Sobald er sicher war, daß die Gottheiten ihn nicht beachteten, tat er in einer pantomimischen Meisterleistung, als schneuze er sich. Sha'uri vermutete, daß dies so viel bedeuten sollte wie: *Wo ist Dan-yur?*

Sie hob unauffällig die Schultern, bedeutete ihm mit einem Lächeln, daß er sich keine Sorgen machen solle, doch in ihrem Herzen herrschte Panik; sie befürchtete, daß sein Fehlen nur eines bedeuten konnte . . .

Ein neuer Trommelwirbel wurde geschlagen. Die Aufmerksamkeit aller hob sich zu einem bemerkenswerten Anblick am Eingang der Pyramide. Einer von Ra's Kind-Dienern – ein etwa neun Jahre altes Mädchen – trat barfuß zwischen den burgunderfarbenen Stoffbahnen hervor. Die Nagadianer bestaunten es. Während sie von Kopf bis Fuß in derbe Gewänder gehüllt waren, schien dieses kleine Mädchen praktisch nackt zu sein. Das wenige, das sie trug, war jedoch unvorstellbar zart. Das Lendentuch schien vor Farben zu sprühen. Die Juwelen des Jochbein-Kolliers funkelten wie kleine Sonnen. Ihre langen, glatten Haare waren straff zurückgekämmt und baumelten als ordentliches Flechtwerk über ihren Rücken.

Das Mädchen eilte die Rampe hinab, hielt die Augen starr zu Boden gerichtet, konzentrierte sich ganz auf ihren Botengang. Es war ihre Aufgabe, den Trommlern von Nagada weitere

Anweisungen zu geben. Sie war in sehr jungen Jahren in den Pyramidenpalast gekommen, doch sie konnte sich nicht erinnern, jemals Menschen gesehen zu haben, die nicht innerhalb eben dieses Palastes lebten. Noch hatte sie dies jemals gewollt. Man hatte sie gelehrt, daß die Bergwerksarbeiter schmutzige Sklaven waren und Krankheiten übertrugen; daß sie im Vergleich zu jenen, die an der Seite des Ra lebten, minderwertig waren in jeder nur denkbaren Art und Weise. Der offensichtliche Kontrast zwischen ihrer eigenen Schönheit und den abgerissen aussehenden Menschen in dieser Menge bekräftigte diese Vorurteile.

Sie machte den Leiter der Trommler ausfindig und trug ihm auf, was er zu tun hatte. Im letzten Moment erst sah sie in seine Augen auf und erschrak über das, was sie sah. Nicht nur, daß der Mann nach allen Schönheitsidealen, die innerhalb des Palastes herrschten, abstoßend häßlich war – er war auch erstaunlich alt. Er mußte bereits über vierzig sein!

Obgleich sie und ihre Gefährten wußten, was es bedeutete, älter zu werden, hatte doch keiner von ihnen bisher jemanden getroffen, der älter war als Ra – und Ra war immerwährend zwanzig. Wenn die Palast-Kinder dieses Alter erreichten, wurden einige wenige von ihnen dazu erwählt, als Horus-Wächter zu dienen, und die besten Kämpfer unter ihnen hatten gar die Chance, Ras Fürsprecher und oberster Kriegsherr Anubis zu werden. Doch gab es nur eine – außerordentlich schwierige – Möglichkeit, diese unschätzbar ehrenvolle Position zu erringen ... indem man den gegenwärtigen Anubis tötete. Jene Kinder, die nicht zu Wächtern gemacht wurden, brachte man fort, doch keiner von ihnen wußte genau, wohin.

Das Mädchen wich rückwärtsgehend von dem entsetzlichen Mann mit der sonnengegerbten Haut zurück. Sie hatte zweimal miterlebt, wie eine Quarz-Karawane ihre Ladung angeliefert hatte; jedesmal aus der großen Höhe des Weltraumgefährts. Aus diesem Winkel hatten die Minenarbeiter nur wie dunkle Pünktchen ausgesehen, anonyme Arbeitsameisen.

In einem großen Blitz der Erkenntnis begriff sie, was es bedeutete, alt zu werden. Sie drehte sich um und eilte zurück zum oberen Ende der Rampe, wo ein weiteres Dutzend

Palast-Kinder bereits durch die seidenen Vorhänge in das Tageslicht hinausschielte.

Jetzt wurden die großen Trommeln geschlagen, und ihr dumpfes, die Welt erschütterndes Dröhnen erstickte selbst die lautesten Geräusche der Menschenmassen und riß endgültig jedermanns Aufmerksamkeit zum Eingang empor. Was folgte, war – in den Augen O'Neils – eine pathetische Szene, eine peinlich selbstverherrlichende, religiös-politisch verbrämte Manipulation. O'Neil spuckte zum zweiten Mal aus. Ra zelebrierte Ra. Schlimmer noch: Ra nötigte andere – selbst kleine Kinder –, ihn in einer Zeremonie zu zelebrieren, die so feinfühlig war wie das Halbzeit-*Entertainment* eines College-Football-Spiels. O'Neil fand den bombastischen, allzu überdramatisierten Auftritt widerwärtig. Kawalsky spuckte ebenfalls aus. In Ferettis und Freemans Gesichtern spiegelte sich Fassungslosigkeit und Abscheu. Das lange Wogen burgundfarbener Seidenbahnen wurde beiseitegezogen, und dahinter kam ein protziger, auf zwei Stangen ruhender, goldener Thron zum Vorschein; die vier am obersten Ende der Rampe postierten Horus-Wachen ergriffen diese Stangen und trugen Ras Richtstuhl gleich einer Sänfte in die Sonne hinaus.

Für die Dauer eines einzigen Pulsschlages geschah nichts; dann kam der fürchterliche schakalköpfige Krieger – Anubis – durch den Durchgang . . . und *zerrte Jackson neben sich her.*

O'Neils Augenbrauen hoben sich. Feretti, Kawalsky und Freeman stießen wie ein Mann den Atem aus. Sie waren mindestens fünfzig Meter weit weg – viel zu weit . . . trotzdem. Es war Jackson! So mußte es sein, wenn man einen Geist sah. *Er ist tot,* sagte O'Neil sich immer wieder selbst. *Ich habe diese verdammte Wunde gesehen, das zerfetzte Fleisch, das Blut . . . unmöglich,* das *zu überleben . . .* Jackson mußte ein Geist sein.

»Sie haben uns gesagt, er sei tot!« knurrte Kawalsky, und sein Tonfall machte klar, daß er ihm weniger traute als jemals zuvor.

O'Neil schwieg. Etwas war falsch an diesem Bild. Schrecklich falsch.

Er wußte, er *hatte* Jacksons Leiche gesehen.

Kein Mensch überlebte eine solche Verletzung!

Und da war noch etwas anderes. Jackson erschien ihm stärker, ›lebendiger‹ als zuvor. Er trug keine Brille mehr, dennoch schlingerte er nicht wie ein schielender Wurm in der Gegend herum.

Sie kamen die Rampe herab, und O'Neil registrierte jede noch so winzige Muskelregung in Jacksons Gesicht, und seine Gedanken überschlugen sich: *Er wirkt entspannt . . . erholt . . . ernsthafter . . . Es könnte ein Doppelgänger sein. Oder vielleicht eine Art Illusion, die Ra zu erschaffen imstande ist.*

Es war nur ein Verdacht; nur ein Verdacht.

Aber er schien sich zu bestätigen.

Jackson vermied jeden Blickkontakt mit ihm.

Als Dan-yur ins Freie trat, unterdrückte Sha'uri im letzten Moment den Impuls, ihm über den Rhythmus der Trommeln hinweg laut zuzurufen. Statt dessen blickte sie ein weiteres Mal ungeduldig über die Rampe hinweg und zu ihrem Bruder, nickte ihm zu. Sogleich drängelten sich Skaara und Nabeh durch die Menge davon, nahmen ihre Positionen ein. Sha'uri war bereits wo sie sein sollte.

Anubis hatte mit Dan-yur die Plattform erreicht und trat nun in deren Mitte, reckte seine muskelstarrenden Arme in die Luft und brachte die Trommeln und die Menge gleichermaßen zum Verstummen. Es war das Zeichen für Kasufs Auftritt.

Begleitet von zwei weiteren Mitgliedern des Ältestenrates erklomm er die Plattform nicht weit entfernt von jener Stelle, an der Dan-yurs Gefährten wie Opfertiere knieten. Der alte Priester litt offensichtlich Höllenqualen, sein übel zugerichtetes Gesicht verriet nicht wenig von den inneren Verletzungen, die man ihm beigebracht hatte. Sha'uri wußte, er hatte sich geängstigt vor diesem Tag; weitere Schläge würden seinem Leben ein Ende setzen. Doch noch viel mehr hatte er sich davor geängstigt, daß auch nur ein einziger seines Volkes an seiner statt geschlagen werden könnte.

Die Menge wartete in nahezu vollkommener Stille, bis Kasuf unvermittelt begann, mit voller Lungenkraft Ras Namen zu rufen. Sobald die Menschen den Namen ihres schrecklichen

Königs hörten, fielen sie auf die Knie und verbargen das Gesicht im Sand.

Daniel, normalerweise so wißbegierig und aufgeweckt, schien in Gedanken verloren. Es war, als entferne er sich von sich selbst, als beobachte er sich, wie ein völlig unbeteiligter Kameramann es tun würde. Dann war es vorbei. Er stand da, starrte über die Köpfe der Menschen hinweg auf die Wüste, als Anubis' unerwarteter Tritt ihm die Füße unter dem Leib wegfegte. *Alle müssen sich verneigen vor dem allmächtigen Ra.*

Aus dem Gedächtnis intonierte Kasuf ein kurzes, liturgisches Loblied für ihren Gott-König. Nachdem er das Lied beendet hatte, richtete er sich auf und rief den demütig im Sand Kauernden mit donnernder Stimme eine Frage zu, und die Menge antwortete in taub machender Lautstärke.

»Ra, sa'adam y'emallah nhet!«

Sie wiederholten es sieben Mal, und dann, als geschehe es völlig spontan, als füge sie sich einem öffentlichen Begehren, trat eine golden-funkelnde Gestalt aus den tiefen Schatten der Pyramide hervor. Ra, der Sonnenkönig zeigte sich seinen Untertanen; er bewegte sich langsam gleitend in das Sonnenlicht heraus; es war, als schwebe er über dem Boden – eine Gestalt, die durch einen Traum spazierte. Schließlich erreichte er seinen Thron, und sobald sich seine Kinddiener um ihn eingefunden hatten, setzte er sich geziert.

Daniel konnte noch immer kaum denken.

Wie ausgeschaltet.

Leer.

Einer nach dem anderen erhoben sich die Menschen in der Tiefe. Sie alle wußten, was als nächstes geschehen würde, und obgleich es sie wütend machte und entsetzte, gab es doch keinen unter ihnen, der seine Gefühle zu zeigen wagte. Selbst Skaara hütete sich, auch nur falsch zu atmen.

Anubis trat vor Ras Thron, ließ sich auf ein Knie nieder und streckte seine Waffe beidhändig vor – entbot sie seinem Herrn in einer zeremoniellen Geste, den Kopf tief geneigt. Ra dankte ihm mit einem ruckartigen Nicken; dann fest entschlossen, die Dramatik dieses Moments bis zum letzten auszukosten, hob er den Arm und zeigte theatralisch auf Dan-yur. Anubis verbeugte sich einmal mehr, bevor er sich aufrichtete und zu Dan-yur zurückging.

Während diese Scharade vorgenommen wurde, tat Skaara alles, um Dan-yurs Aufmerksamkeit einzufangen. Er konnte nicht einfach rufen. Anubis war zu nahe, und die anderen Horus-Wächter behielten die Menge sorgfältig im Auge. Skaara hustete, reckte den Kopf, gab vor zu niesen, sich zu schneuzen. Nichts brachte ihm den gewünschten Erfolg, es schien, als sei Dan-yur gar nicht richtig da; und es blieb nicht mehr viel Zeit.

Daniel starrte noch immer auf seine Schuhspitzen hinab, verloren in einem Gewirr fiebernder Gedanken. Es herrschte gewiß keine sonderlich große Liebe zwischen ihm und den Marines, die mit ihm hierhergekommen waren, doch er konnte sich einfach nicht vorstellen, sie zu töten. Trotzdem schien genau dies die einzig vernünftige Handlung zu sein ... jedenfalls unter den gegebenen Umständen. Daniel wußte, daß – ganz gleich, was er tat – die Soldaten so gut wie tot waren, und er selbst ebenfalls. Auf der anderen Seite – er konnte sich weigern, den Abzug durchzuziehen. Aber was das betraf, zweifelte er keine Sekunde lang daran, daß Ra sein Versprechen wahrmachen und alle töten würde, die ihn, Dan Jackson, *›geschaut hatten‹*.

Das Dilemma war doppelt schmerzlich, da er es selbst mitverschuldet hatte – bereits zu Hause, auf der Erde. Er hatte General West nur die halbe Wahrheit gesagt, als dieser ihn gefragt hatte, ob er die Männer zurückbringen könne. Die digitalisierten Bilder des zweiten SternenTores, die von der *Ahorn-Einheit* zur Erde zurückgeschickt worden waren, hatten ihm deutlich genug gezeigt: Es gab keine Kartusche in diesem anderen SternenTor-Raum, keine verläßliche Möglichkeit, die neuen Koordinaten für den Trip nach Hause zurück in Erfahrung zu bringen. Er war davon ausgegangen, daß West das Einsatzkommando auf alle Fälle in Marsch setzen würde – mit oder ohne Professor Daniel Jackson. Und er wollte unbedingt dabei sein. Er war bereit gewesen, sein Leben zu riskieren ... weil er seine Neugier hatte befriedigen wollen; und wie so oft in seinem Leben hatte er es völlig versäumt, an jene Konsequenzen zu denken, die für andere aus seinen Aktionen resultierten.

Dieses Mal würden Millionen von Menschen teuer für seinen Egoismus, seine anmaßende Neugier zu bezahlen haben. Wenn er tat, was Ra von ihm verlangte, konnte er wenigstens die hier versammelten Nagadianer retten – die er, nach Ras Auffassung *›vergiftet‹* hatte, da er ihnen zu glauben gestattet hatte, er sei ein Gesandter des Sonnengottes. – Sha'uri war eine von ihnen.

Daniel hob den Blick und sah zu O'Neil und dem armseligen Rest des Einsatzkommandos hinüber; sie starrten ihn an. In O'Neils Augen loderte ein wahnsinniges Feuer aus Nichtverstehen und Zorn und Haß; Daniel nahm an, daß er ihn längst für einen Verräter hielt, daß er irgendwelchen falschen Versprechungen des Ra erlegen war.

Und dann bemerkte Daniel – den nervös herumzappelnden Skaara!

Daniel schluckte. Die Hoffnungslosigkeit der Situation raubte ihm den Atem. *Du wirst es tun. Du wirst von zwei Übeln das kleinere wählen. Du wirst O'Neil töten. Und Feretti. Und Freeman. Und Kawalsky. Du wirst ihnen in den Kopf schießen. Es wird schnell gehen. Es –*

Mit einer übertriebenen Geste – ausladend genug, um selbst weit hinten in der Menge noch wahrgenommen zu werden – warf Anubis ihm das Impuls-Gewehr zu und deutete auf die Soldaten. Daniel war wie benommen, als er sich in Bewegung setzte; die Menschen standen wie Statuen, völlig still; er spürte die erste Hitze des Morgens; die Hand des Giganten schnürte ihm das Blut in seinem Arm ab, und die Sonne stach ununterbrochen aus allen Richtungen in seine Augen. Er dachte noch immer daran, daß es einen Ausweg geben mußte, einen Kompromiß, eine Alternative, irgend etwas, das er dem sadistischen Kind-Tyrannen anbieten konnte, das das Leben seiner Gefährten ebenso retten würde wie das dieser bedauernswerten Sklaven und der Menschen auf der Erde.

Anubis stoppte ihn. Jetzt stand er den Marines von Angesicht zu Angesicht gegenüber. Er konnte sehen, daß ihre Lippen sich bewegten, daß sie irgend etwas sagten. Er verstand die Worte nicht. Er spürte Anubis' Hand auf seiner Hand, spürte, daß er die Waffe feuerbereit machte und für ihn auf die Soldaten richtete. Der blendende Glanz dreier Sonnen ergoß sich aus allen

Richtungen auf sie herab, ihre Strahlen krallten wie Fingernägel in seine Augen.

Etwas reflektierte das Sonnenlicht noch zusätzlich – unten, in der Menschenmenge. Ein Schmuckstück oder vielleicht ein blankgescheuerter Knopf. Es lenkte ihn ab. Was für eine Ironie, daß eine solch armselige Störung in diesem Augenblick seine Aufmerksamkeit erregen konnte, da es um Menschenleben ging, um Tausende von Menschenleben. Wie auch immer – Daniel war wachgerüttelt aus seiner katatonischen Erstarrung, riß sich lange genug davon frei, um das lästige Flirren in näheren Augenschein zu nehmen.

Anubis war bereits wieder die Rampe hinauf unterwegs, überließ ihn der alleinigen Wacht der beiden Horus-Krieger.

Daniel starrte in die Menge hinab, und diesmal begriff er. Skaara hatte O'Neils Feuerzeug dazu verwendet, die Sonne in seine Augen zu reflektieren.

Er meint genau dich, Dummkopf!

Daniel kniff die Augen zusammen. Sobald Skaara sich seiner Aufmerksamkeit sicher war, öffnete er seinen weiten Umhang lange genug, um ihm zu zeigen, daß er darunter eines der Gewehre aus dem Basis-Camp verbarg. Dann dirigierte er Daniels Blick mit einem sanften Kopfrucken zur anderen Seite der Rampe hinüber. Daniel folgte Skaaras Blick, bis er Sha'uri sah. Sie lächelte angespannt zu ihm herauf, als ihm die Jungen um sie herum zeigten, daß sie ebenfalls bewaffnet waren.

Daniel nickte einmal, um zu zeigen, daß er verstanden hatte, und dann, ganz plötzlich, fiel die Erstarrung endgültig von ihm ab. Er nahm einen tiefen Atemzug, dann überließ er seinen Instinkten die Kontrolle. Er wandte sich der Menge zu, rief in gebrochenem, jedoch verständlichem Ägyptisch:

›Es kann nur einen Ra geben! Er befiehlt mir, diese Männer, meine Freunde, meine Brüder, zu töten. Ich will ihm gehorsam sein bis in den Tod!‹

Er spielte die Rolle seines Lebens; und er war entschlossen, sie richtig zu spielen. Er hob den Arm, zeigte theatralisch auf die Soldaten, und seine Stimme war wie Donnerhall, als er sich selbst und seine Kameraden des schlimmsten Verbrechens überhaupt anklagte: den Zorn des Sonnengottes heraufbeschworen zu haben durch ihr frevelndes Verhalten. Langsam hob er das Gewehr an die Schulter und richtete es auf O'Neil ...

... und dann schwang er in einer gleitenden Bewegung herum und dem weit über ihm liegenden Eingang der Pyramide zu. Er drückte die Augen zu und riß den Stecher durch. Ein blutroter Feuerstrahl brach aus dem Lauf und schlug weniger als einen Meter von Ra und dessen Gefolge in die Rampe und sandte eine Million Steinsplitter und Staub in die hitzeflirrende Luft.

Das fürchterliche Winseln, das den Schuß begleitet hatte, summte noch immer in O'Neils Ohren, als er bereits auf den Füßen war, dem Horus-Wächter die Handkante in den Magen schmetterte und ihn entwaffnete.

Aus den Augenwinkeln heraus sah er, daß Skaara ein Gewehr unter seinem Umhang hervorzog und emporriß, den Finger am Abzug. Das Resultat war vorhersehbar: Die Hölle brach los. Die entsetzte Menge zerstreute sich kreischend, drängelnd und stoßend in dreihundertsechzig Himmelsrichtungen.

O'Neil hatte, als er herumfederte und den zweiten Horus angreifen sah, den Impuls-Strahler bereits feuerbereit. Er schoß, ohne mit der Wimper zu zucken, und tötete den Falkenmenschen.

Freeman kippte sich Feretti über die Schulter und schleifte ihn an den Rand der Rampe, stieß ihn darüber und sprang hinterher. Er schaffte es nicht. Noch während er in der Luft war, feuerte Anubis vom Ende der Rampe herunter. Der Feuerstoß zerriß Freemans Schädel wie eine saftige Wassermelone; Knochensplitter und Gehirnmasse und Blut regneten auf die schreienden Menschenmassen hinab. Feretti entglitt seinen Armen. Kawalsky sprang ihm hinterher, schaffte es irgendwie.

Daniel und O'Neil – die letzten beiden auf der Rampe – sahen Freeman sterben. Es blieb keine Zeit, Trauer oder irgend etwas anderes zu empfinden. Sie jagten gleichzeitig los, setzten über die Begrenzung hinweg und sprangen in die Dünen hinab, ohne sich um die Gefahr zu kümmern. Feuerblumen entstanden rings um sie her, das Jaulen der Schüsse drohte ihr Trommelfell zu zerfetzen. Dann schlugen sie auf, und Wolken aus Staub und Sand hüllten sie ein.

Das letzte, was Daniel sah, war Anubis, der brüllend die Rampe herabstürmte und auf O'Neil anlegte – glücklich, daß er es sein würde, der den Fremden schließlich tötete.

Doch als er die Stelle erreichte, an der sie gesprungen waren – waren sie bereits verschwunden. Er hetzte die Rampe weiter hinab, davon überzeugt, sie irgendwo in dem Aufruhr zu erblicken. Er entdeckte sie nicht. Mit einem Fluch zog er ein mörderisch langes Messer aus der Scheide und sprang in den Sand hinab. Er suchte das Gelände mehrere Sekunden lang ab, bevor er erriet, was geschehen sein mußte.

In dem Moment, da die Fremdlinge den Boden berührt hatten, mußten sie in die dicken Kapuzen-Roben der Nagadianer gehüllt worden sein, so daß man sie nicht mehr unterscheiden konnte von jenen Tausenden und Abertausenden, die sich in diesem Moment auf einem panischen Rückzug in die Dünen befanden.

Anubis sah zum Himmel empor und signalisierte den *Udajeet*, den Gleitern, näher zu kommen. Als die beiden kleinen Luftschiffe herabstießen, packte der schakalköpfige Gott einen der entsetzten Nagadianer neben ihm. Er rammte dem Mann die lange Klinge ins Herz und fetzte seinem Opfer den weiten Umhang vom Leib. Er ließ den Leichnam zu Boden gleiten und warf sich den Umhang über die Schultern, zeigte den Gleiter-Piloten, nach was sie Ausschau zu halten hatten.

Die Gleiter-Piloten verstanden. Sie überflogen das Gedränge, überprüften so viele Individuen wie möglich. Aber es waren Tausende, und sie rannten ziellos in alle Richtungen.

Kawalsky, der noch immer seine mit Wasser vollgesogenen Stiefel trug, hätte eigentlich ein leichtes Ziel sein sollen. Nicht nur, daß er viel größer war als jeder Einwohner von Nagada, er trug auch den verwundeten Feretti auf den Armen. Nabeh, Rabhi und Aksah drängten den Soldaten über den Sand und in die Mitte einer Mastadges-Herde. Jackson und O'Neil waren bereits da, warteten nur noch darauf, auf *Kleines bißchen* aufsitzen zu können. Es waren zwölf Tiere; zwei, um die Soldaten in Sicherheit zu bringen, und zehn, um notfalls als Köder für die *Udajeets* zu agieren.

Rabhi und Aksah halfen, Feretti in den hin und her schaukelnden Sattel an der Flanke des Mastadges zu hieven, und sobald dies vollbracht war, kraulte Skaara *Kleines bißchen* hinter den hypersensiblen Ohren.

Er konnte gerade noch beiseite hechten. Die Tiere stoben in alle Richtungen davon.

Die Gleiter schossen im Tiefflug heran. Derjenige, der die Nachhut bildete, rammte beinahe den vor ihm fliegenden, als dieser unvermittelt abdrehte, um mehrere Mastadges zu verfolgen. Als die beiden Gleiter umkehrten und wieder in Formation heranrasten, waren die Tiere längst in alle Himmelsrichtungen verstreut. So sehr die Gleiter-Piloten den Horizont auch absuchten, sie konnten sie nirgendwo mehr sehen.

ZWANZIGSTES KAPITEL

Nirgendwo eine Zuflucht

Ra saß in seinem privaten Gemach, und seine Stimmung näherte sich mehr und mehr derjenigen, die in einem Korb voller Vipern vorherrschen mochte. Kaum imstande, sein Temperament zu zügeln, wartete er darauf, daß die Piloten mit dem verschlagenen Ungeziefer zurückkehrten, das durch das SternenTor in diese seine Welt gekommen war. Er zählte sich auf, in welcher Art und Weise er sie für ihren Frevel bezahlen lassen würde, als er eine Berührung an seinem Ärmel wahrnahm. Einer seiner Diener, ein zehn Jahre alter Junge, war herbeigekommen, um ihn darauf aufmerksam zu machen, daß die *Udajeet*-Piloten zurückgekehrt waren. Ohne jeden Grund schlug Ra dem Kind heftig übers Gesicht; die Wucht des Hiebes schleuderte es zu Boden. Sobald er sich auf diese Art Luft gemacht hatte, fühlte er sich viel besser, erleichtert.

Der unsterbliche junge König verließ sein Gemach und stieg

die Stufen zu seinem Thron hinauf, setzte sich in Szene für seine Besucher.

Die Piloten, zwei Horus-Wachen, traten eilig in den Saal, desaktivierten ihre Helme. Vor den Stufen zu seinem Thron knieten sie nieder. Anubis kam ebenfalls herbei, seine Rüstung war noch blutbesudelt; er bezog an Ras Seite Aufstellung, sah starr auf die beiden Krieger hinab, die mit leeren Händen zurückgekommen waren.

Ra konzentrierte seinen Blick auf die Soldaten und zischte kaum hörbar: »Wo sind sie?«

»Sie sind verschwunden.«

Geschmeidig glitt Anubis die Stufen hinunter und schleuderte jenen Söldner zu Boden, der die Frage beantwortet hatte. »Was meinst du damit – *verschwunden?*«

Der andere Söldner sprach. »Sie sind irgendwo dort draußen, irgendwo im Sand, und es kommt ein Sturm. Er wird sie töten.« Der Krieger war verzweifelt; er und sein Gefährte hatten wegen des auffrischenden Windes bereits mehrmals die Kontrolle über ihre kleinen Luftschiffe verloren gehabt und dennoch über jedes vernünftige Maß hinaus weiter nach den Flüchtigen gesucht. Die Rückkehr noch länger hinauszuzögern, hätte den sicheren Tod bedeutet. So waren sie überein gekommen, zurückzufliegen und auf Ras Wohlwollen zu vertrauen.

So zornig wie noch niemals zuvor, erhob sich Ra, durchquerte den Saal und trat an seine Schmuckkassette. Sobald er nahe genug war, öffnete sich die Kassette automatisch und offenbarte ihren Inhalt: ein münzgroßes Quarz-Juwel, das befestigt war an einem Geflecht reich verzierter schwarzer Drähte. Das seltsame Netzwerk umfing des Kind- Königs Hand wie ein eleganter, fingerloser Handschuh; das Quarz-Juwel war in seiner Handfläche verborgen. Ganz ruhig wandte er sich ab und schritt zu den vor Angst erstarrten Piloten zurück. Er bedeutete jenem, der zuerst gesprochen hatte, sich zu erheben.

Der Söldner gehorchte nervös. Er versuchte zu erklären, warum sie die Jagd abgebrochen hatten, doch Ra signalisierte ihm, daß nun alles gut sein, daß er stillschweigen solle. Er trat dem Mann von Angesicht zu Angesicht gegenüber, zeigte ihm ein beruhigendes Lächeln.

»Du hast es versucht«, sagte er und berührte die Wange des Mannes. »Ich weiß, du hast es versucht.« Er betrachtete das Gesicht des Piloten, betrachtete es für eine lange Zeit und, wie es schien, beinahe liebevoll. Dann riß er die Hand zurück und öffnete sie – offenbarte das Juwel. Der Horus prallte zurück – und hatte noch genau eine Sekunde, um zu begreifen, daß sein Leben zu Ende war. Das Juwel erwachte zu einem blitzenden Leben und schmetterte den Mann rücklings gegen eine Säule; gleich darauf schien er nur mehr eine Hülle zu sein; ein Luftballon, aus dem die Luft entwich.

Langsam ging Ra zu ihm hinüber, bereit, ihn vollends zu töten. Er beugte sich zu ihm hinab, streckte den Arm, senkte die Hand auf seinen Schädel. Der Horus wußte, sobald das Juwel ihn berührte, würde er sterben. Doch er war nur mehr halb bei Besinnung, unfähig, etwas andres zu tun, als dem Tod entgegenzusehen.

Ras Hand kam sanft auf seinem Kopf zu ruhen. Unverzüglich versteiften sich die Beine des Mannes, und sein ganzer Körper begann heftig zu zucken, als verabreiche man ihm eine Elektroschock-Lobotomie. Sein Kopf begann zu zittern, schneller und immer schneller – und dann sackte er nach vorn. Die Gesichtszüge des Mannes verzerrten sich entsetzlich. Der Schädel schien seine Festigkeit verloren zu haben, veränderte seine Form, schwoll an und zog sich wieder zusammen – ein dünner, mit Wasser gefüllter Beutel.

Das Juwel funktionierte nach denselben Prinzipien wie das SternenTor. Doch hier war das Quarz in einen weit unheilvolleren Dienst gestellt. Als Ra das Juwel an den Kopf den Mannes hielt, ordnete er dessen Molekularstruktur neu . . . tötete ihn von innen heraus.

So heiter, als gieße er Blumen in einem Garten, stand Ra über dem Mann, erstaunt über die Pein, die er selbst angesichts dieser hypnotisierenden Entfaltung grauenhafter Magie empfand. Als sein Opfer tot war, schloß er die Finger um die gefährliche Gemme und seufzte.

Ruhiger geworden, ging er zu dem anderen entsetzten Soldaten hinüber und strich ihm über das Gesicht. »Es sei dir eine Lektion. Ich dulde kein Versagen. Etwas nur zu *versuchen* IST

Versagen.« Er wandte sich ab und kehrte in sein Gemach zurück.

Heftiger werdende Windstöße erhoben sich über der Wüste und wandelten sich zum Hurrikan; Dunkelheit kam und sperrte das längst blasser gewordene Licht der drei Sonnen aus. Sand- und Staubschleier wogten; es war, als veränderten sich die Dünen jetzt unablässig, als seien sie zum Handlanger dieses mörderischen Sturms geworden. Der Mastadge kämpfte sich stoisch seinen Weg durch das Zwielicht und den prasselnden Sand, und O'Neil und Daniel klammerten sich an den haarigen Flanken des Tieres fest, versuchten weiterhin Schritt zu halten. Die Peitschenhiebe des Sturmes drohten ihnen die tief in die Gesichter gezogenen Kapuzen vom Kopf zu reißen. Die Luft war dick erfüllt mit Staub, ein wirbelndes Inferno.

Erschöpft stolperte Daniel und stürzte in den Sand. Der Mastadge hielt an, wandte den klobigen Schädel und heulte sogar noch lauter als der Wind O'Neil zerrte sich die Kapuze von den Augen, umrundete das Tier und fand Jackson bereits halb vom Sand begraben.

Der Mastadge kreischte weiterhin den Sturm an, während O'Neil mit Jackson den Dünenabhang hinaufstapfte – und trottete unvermittelt los, verschwand in den rasenden Nadelstichen dieser Nacht. O'Neils Gedanken überschlugen sich; er versuchte zusammen mit Jackson, das Tier zurückzurufen, bevor es außer Hörweite war, doch ohne Erfolg. Er verstand nicht, warum ihnen dieses Vieh ausgerechnet jetzt den Laufpaß gegeben hatte und sie beide diesem verfluchten Sturm überließ. Trotz ihrer Rufe – das Tier war weg.

O'Neil schleppte Daniel in den Schutz des Dünenkammes und ließ sich neben ihn fallen. Sie steckten ganz schön in der Scheiße. O'Neil zog seine Kapuze tiefer ins Gesicht und fühlte, wie sich der Sand um ihn sammelte und ihn langsam bei lebendigem Leibe begrub.

Eine halbe Stunde später kam *Kleines bißchen* zurück, heulte ihnen über den Sturm hinweg eine ungestüme Begrüßung zu. Als das Tier nahe genug herangekommen war, konnten die einsamen Männer in seinem Windschatten mehrere behelmte Gestalten ausmachen. Die zuvorderst Gehende verfiel in einen geduckten Trab, erreichte den Hang, krabbelte auf allen vieren zu ihnen herauf, riß sich den Helm vom Kopf und die Schutzmaske vom Gesicht und grinste sie an. Es war Nabeh, Skaaras Freund.

Und dann war auch Skaara selbst da – herausgeputzt in einer Uniform der United States Marines. Er zwinkerte O'Neil durch den fliegenden Sand zu und reckte den Daumen nach oben.

Mehrere Gestalten, von denen einige gestützt wurden, tasteten sich die felsige Böschung zum Eingang der Höhle empor. Als Kawalsky sah, wer es war, ließ er sein Gewehr sinken und stürzte zum Eingang, um zu helfen. O'Neil erreichte den Schutz der Höhle aus eigener Kraft und erfaßte die Situation mit einem Blick.

Annähernd ein Dutzend der Jungen sah ihm unternehmungslustig entgegen, angetan mit viel zu großen Tarnanzügen, die sie zweifellos im Basis-Camp aufgestöbert hatten. Er konnte nicht einmal darüber schmunzeln. *Niemand sollte in diesem Alter eine militärische Uniform tragen. Und erst recht kein Gewehr!*

Es war zu früh. Verdammt zu früh. *Das sind KINDER.*

An den Wänden lehnten zwei Dutzend Gewehre; daneben waren mehrere Kisten mit Munition aufgestapelt. Weiter hinten in der Höhle war ein provisorisches Hospital eingerichtet. Feretti hockte dort, den Arm in einer Schlinge.

»Sie haben's geschafft!« begrüßte Kawalsky O'Neil mit einem Brüllen. Nun waren alle überlebenden Mitglieder des Teams anwesend.

O'Neil klopfte dem großen Mann in einer soldatenhaften Begrüßung auf die Schulter, bevor er tiefer in die Höhle hineinging, um sie zu inspizieren. Er registrierte, daß Skaara und Nabeh ihm im Abstand von nur einem Schritt folgten – als wären sie nun seine persönlichen Leibwächter. O'Neil wandte sich um und betrachtete sie mit einem traurigen Blick.

»Was meinen Sie, Colonel?« dröhnte Kawalsky amüsiert. »Sie sind nicht unbedingt *Special Forces*, aber dafür wirklich scharf drauf, sich einzuschreiben.« Es war offensichtlich, daß Kawalsky mindestens genauso stolz war auf die ›Kleinen‹ und das, was sie an diesem Tag geleistet hatten, wie sie selbst.

»Nehmen Sie ihnen die Gewehre ab, Lieutenant, bevor sie sich verletzen.«

»Wie bitte, Sir?«

»Sie haben gehört, was ich gesagt habe. Sammeln Sie die Gewehre ein und schicken Sie die Kinder heim!«

Kawalsky mußte schwer an sich halten, um nicht zu explodieren. Er hatte genug davon, durch O'Neil in Situationen hineinmanövriert zu werden, die er nicht verstand, Situationen, die er genau so lange souverän unter Kontrolle hatte, bis O'Neil auftauchte und alles durcheinander brachte.

»Sie können nirgends hingehen.« Kawalsky blieb ruhig, mitteilsam. »Wenn Sie sich in der Stadt sehen lassen, werden sie hingerichtet, weil sie uns geholfen haben. Und davon abgesehen, Sir – ich glaube, wir können Ihre Hilfe gebrauchen.« Sein Tonfall ließ keinen Zweifel daran, daß er es genau so meinte, wie er es gesagt hatte.

»Für *was?*« fuhr O'Neil ihn plötzlich wütend an. »Um *was* zu tun, Lieutenant?«

O'Neils Ausbruch überraschte jeden der Anwesenden. Keiner wußte, was er darauf sagen sollte. Für Kawalsky war die Antwort klar. Das Team war auf Hilfe angewiesen; wie sonst sollten sie es schaffen, wieder an das SternenTor heran- und wohlbehalten zur Erde zurückzukommen? Es bestürzte ihn, daß sein Vorgesetzter das Ziel ihrer Mission ganz offensichtlich ›vergessen‹ hatte.

Daniel, der den Grund hierfür nur zu gut kannte, stützte sich auf einen Ellbogen und rief zu O'Neil hinüber: »Warum sagen Sie ihnen nicht einfach die Wahrheit? Erzählen Sie ihnen von der Bombe.«

Kawalsky starrte O'Neil an, als sei er, der Lieutenant, der neue Befehlshabende Offizier, und fragte ihn: »Von was redet er, Colonel O'Neil?«

»Meine Befehle waren einfach. Es war vorgesehen, daß ich

hierbleiben und mich nach irgendwelchen Anzeichen für eine mögliche Gefahr für die Erde umschaue. Wenn es eine solche Gefahr gegeben hätte, sollte ich das SternenTor in die Luft jagen. Okay, dreimal dürft ihr raten: Ich habe eine gefunden.« O'Neil drehte sich um und machte deutlich, daß die Beichte beendet war.

Kawalsky brauste entrüstet auf: »Warum war ich nicht eingeweiht?«

»Es war nicht unbedingt nötig.« O'Neil war ganz sachlich.

»Nicht unbedingt nötig? Glauben Sie nicht, daß das etwas ist, das ich verdammt gerne unbedingt gewußt hätte?«

»Normalerweise wären Sie jetzt schon gar nicht mehr hier. Keiner von euch. Ihr solltet alle mit Jackson durch das Tor zur Erde zurückkehren.«

Obwohl Kawalsky wußte, daß O'Neil recht hatte – es gefiel ihm nicht. Er war der Kommandeur dieser Operation gewesen, lange bevor O'Neil dahergekommen war, und diese Entscheidung war niemals mit ihm diskutiert worden. Er hatte immer verstanden, daß das Militär oftmals auf seltsame, unverständliche oder gar dumme Art und Weise geführt wurde, aber das hier überstieg alles. Das hier konnte er nicht verstehen. Es gab nichts mehr dazu zu sagen.

Genervt von der immerwährenden Dummheit des militärischen Verstandes, warf Daniel ein: »Und dieser, Ihr *großer* Plan sah vor, daß Sie mit einer Nuklear-Waffe hier zurückbleiben? Okay, jetzt ist *er* am Zug, und er wird dieses Scheiß-Ding durch das Tor schicken, und zwar mit einer ganzen Ladung dieses Quarz-Minerals, das sie hier abbauen. Wenn die Bombe auf der Erde hochgeht, dann wird auch dieses Quarz hochgehen, und *diese* Explosion wird hundertmal gewaltiger sein . . .«

»Das hat er Ihnen erzählt?« hakte O'Neil skeptisch nach.

»Yeah.«

»Okay.« O'Neil trat vor, war wieder Herr der Situation. »Ich werde die Bombe abfangen, bevor er Dummheiten damit anstellen kann.«

»Colonel, hören Sie mir zu«, verlangte Daniel nachdrücklich. »Es ist das andere Tor, das auf der Erde, das die Bedrohung darstellt. Denken Sie darüber nach. Solange dieses Tor aktiviert ist und funktioniert, hat er jederzeit freien Zutritt. *Dieses* Tor müssen wir schließen.«

O'Neil zischte zurück: »Sie haben absolut recht, aber Dank Ihnen haben wir, glaube ich, nicht eben die allerbesten Möglichkeiten, das zu tun, oder?« Er wandte sich ab, ging so nahe an den Höhleneingang heran, wie der tobende Sandsturm es erlaubte, und ließ sich nieder.

»Ich wußte es die ganze Zeit«, brach Feretti die Stille. »Das war ein Gott verdammtes Selbstmordkommando.«

Es dauerte mehr als eine Stunde, bis sie sich alle beruhigten und darauf besannen, daß sie auf der gleichen Seite standen. Jackson war die ganze Zeit über damit beschäftigt, wiederzugeben, was er in der Pyramide erfahren hatte; dann übersetzte er es für Sha'uri und die neuen ›Rekruten‹.

Als alles gesagt war, kam er zu O'Neil, der immer noch schweigend am Eingang der Höhle saß und unbeeindruckt den Sandsturm beobachtete.

»Dann haben Sie also die Tatsache akzeptiert, daß Sie niemals mehr nach Hause kommen werden?«

O'Neil fühlte sich so hohl wie an jenem Tag, an dem General Wests Männer sein Haus betreten hatten. Er reagierte nicht; er blickte nur starr geradeaus. Jackson versuchte es erneut.

»Gibt es niemanden, der sich um Sie sorgt? Haben Sie keine Familie?«

»Ich hatte eine Familie«, sagte O'Neil monoton. »Niemand sollte sein eigenes Kind überleben.«

Jackson wußte nicht, was er darauf erwidern sollte; natürlich nicht. O'Neil kannte die Akte des Professors, er wußte, daß auch er bereits eine Menge Schmerz in seinem Leben kennengelernt hatte: jener Flugzeugabsturz, der Tod seiner Eltern. Zweifellos hatte er damals mit einer langen Reihe von Dummköpfen zurechtkommen müssen, die ihm alle beteuert hatten: ›Sie sind glücklich dort, wo sie jetzt sind!‹ und: ›Vielleicht ist es so das Beste!‹ – Aber es war nicht das Beste, weder für die Eltern noch für das Kind, das nun ohne Eltern dastand.

Wie auch immer – O'Neil war Jackson dankbar dafür, daß er ihn nicht mit diesen Zuckerguß-Platitüden belästigte.

»Colonel, hören Sie zu«, sagte er statt dessen ruhig, aber eindringlich. »Ich will nicht sterben.«

O'Neil hörte ihm bereits kaum mehr zu.

»Ihre Soldaten wollen nicht sterben. Und diese Kinder helfen uns dabei, nicht zu sterben. Es ist eine Schande, daß Sie's so eilig damit haben.«

Diese Worte trafen O'Neil tief. Er blinzelte, machte Anstalten, etwas zu sagen oder zu tun, egal, was auch immer nötig war, um Jackson loszuwerden. Doch als er aufsah, war dieser bereits verschwunden.

Skaara kam und balancierte eine großzügig gefüllte Schüssel vor sich her.

O'Neil beobachtete ihn, wie er einige Tropfen der kräftigen Brühe verschüttete, obwohl er vor lauter Konzentration die Zungenspitze zwischen die Lippen geklemmt hatte. Während der heftigen Auseinandersetzung zwischen ihm und Kawalsky hatte der Junge mehrmals einen Kommentar in Ägyptisch abgegeben; O'Neil stellte sich vor, daß er dem großen Soldaten schlicht und einfach mitgeteilt hatte, er möge sich verpissen.

»Anasaar?« fragte Skaara und hielt ihm die Schale auffordernd hin.

O'Neil wandte das Gesicht ab, starrte in den Sturm hinaus und dachte noch immer an das, was Jackson ihm gesagt hatte. Skaara tat, als sei er verwirrt. Er schnupperte an dem, was in der Schüssel war – Eintopf – und entschied, daß es verdammt ordentlich roch für ein Höhlen-Menü. Er setzte sich, stellte die Schüssel vor ihn hin.

O'Neil ignorierte ihn. Skaara schob die Schüssel spielerisch ein bißchen weiter zu ihm her. Dann noch ein wenig weiter. Und noch einmal. Er lud ihn ein, zu essen. Es war die dämlichste Animation, die O'Neil seit langem gesehen hatte, und er winkte ab, bedeutete dem Kleinen, zu verschwinden oder wenigstens damit aufzuhören. Aber Skaara hatte ihn zweifellos längst durchschaut; er wußte, daß er diesen Kampf gewinnen würde. Er blieb beharrlich.

O'Neil sah ihn direkt an, wollte ihm zeigen, daß es ihm ernst war; daß er wirklich alleinsein wollte – und hatte vollends verloren: Der Junge gackerte wie ein Huhn und bewegte seine Arme in einer perfekten Imitation von Flügelschlagen. Jackson hatte ihm ein zu gutes Beispiel gegeben.

O'Neil gab auf. Es war zu komisch; er mußte lächeln. »Hühnchen, richtig?«

»Hühnschn!« wiederholte der Junge mit so viel Überschwang, daß O'Neil gar nicht umhin konnte zu lachen. In einer spontanen Offenbarung seiner Sympathie zerzauste er dem Jungen die Haare. Dann beugte er sich vor und nahm die Schüssel auf, akzeptierte das Geschenk, das der Junge ihm gebracht hatte.

Zwanzig Minuten später war die Schüssel leer, und der Colonel starrte wieder hinaus in den Sturm, und seine Gedanken waren auf der anderen Seite des Universums.

Er dachte zurück an diesen ganz besonderen Nachmittag in Yuma.

Ein klarer Tag im Frühsommer vor zwei Jahren . . . Er fuhr in die Einfahrt, holte tief Luft und brüllte übermütig, daß er da sei; er bekam keine Antwort. Er stieg aus, holte den Sportbeutel aus der Garage und warf ihn auf den Rücksitz des Kombis. Er stieg wieder ein und lehnte sich auf die Hupe; vergebens. Er wußte nicht, was den Jungen so lange aufhielt, doch was immer es war, es konnte unmöglich wichtiger sein als das allererste Spiel der Saison. Er stieg wieder aus, schlug die Autotür zu und ging zur Eingangstür. Sie war abgeschlossen. Er hatte die Schlüssel im Zündschloß stecken lassen. Als er zurückkehrte und die Vordertür aufschloß, ahnte er bereits, daß irgend etwas nicht in Ordnung war. In dem Moment, als er die Tür aufdrückte, wußte er es mit Sicherheit.

Er sah ins Wohnzimmer. Es war nicht aufgeräumt, aber das war nicht unbedingt etwas Besonderes.

»Sohn, bist du da? J.J.?«

Er ging zwei, drei Schritte weit ins Wohnzimmer hinein – und kehrte um; als er im Flur war, rannte er bereits. Er platzte in das Zimmer des Jungen. Sein Trikot hing über der Rückenlehne eines Stuhls. Er stürmte in das Schlafzimmer. Das Nachttischchen neben Sarahs Betthälfte war geöffnet, obwohl es stets verschlossen sein sollte. Und dann hörte er die Sirene und begriff alles. Für eine Minute stand er da wie eine Statue, starrte auf die offene Schublade, in der Sarah die Pistole aufbewahrte. Er wußte, sie war geladen. Und er wußte, wenn er nach dem Schlüssel tasten würde, der normalerweise mit Klebeband unter dem Bett befestigt war, dann würde er ihn dort nicht finden. Er hoffte noch immer, daß er sich irrte, daß das Winseln der Sirene sich in eine andere Richtung, einen anderen Teil der Nachbarschaft entfernen würde. Aber es kam näher.

Er sah in Sarahs Bad nach. Nichts – alles sauber. Er jagte zurück in den Flur, stürzte in die Küche, dann drehte er sich um und rannte zur rückwärtig gelegenen Veranda. Die Sirene war fast vor seiner Haustür, als er hinausblickte und zwei Kinder aus der Nachbarschaft im Hof stehen sah ... Sie beugten sich über seinen Sohn. Da war ein langer, nach unten verschmierter Blutfleck auf der Garagenwand. Die Pistole lag in der Nähe im Gras.

Er schaffte es kaum, die Tür zu öffnen und hinauszugehen, noch höre er J.J.s Freunde, wie sie ihm zu erklären versuchten, was geschehen war. Aber er erinnerte sich noch heute an den Anblick von J.J.s schlaffem Körper, wie er dort im Gras lag, halb angezogen für das Baseball-Spiel. Wie er dort lag, blutig und *entstellt*. Bevor die Sanitäter eintrafen und ihm sagten, was er bereits wußte, kauerte er sich neben seinem Sohn nieder und tat etwas, was er seit Jahren nicht mehr getan hatte. Er zog ihn an sich, wiegte ihn in seinen Armen ...

Eine Kugel mitten durch den Kopf.

... wiegte ihn vor und zurück.

Danach wollte sich Jack O'Neil Senior nicht mehr bewegen, nicht mehr sprechen; er wollte nicht einmal trauern um seinen Sohn. Alles, was er wollte, war, sich neben sein Kind zu legen und zu sterben. So fand ihn das Notarzt-Team einige Minuten später; und in diesem Zustand blieb er, und Sarah kümmerte sich um ihn und versuchte ihrerseits mit dem Verlust fertig zu werden. Es war derselbe Zustand – dieselbe Mischung aus Ekel vor sich selbst und Seelenqual –, in dem ihn zwei Jahre später General Wests Männer vorfanden.

Er wollte nur, daß es vorbei war.

Als Daniel in den weitläufigen hinteren Bereich der Höhle ging, wo Sha'uri ihr Kochfeuer unter einem natürlichen Entlüftungsschacht entzündet hatte, sah er etwas, das ihm wie ein ausgesprochen schlechtes Zeichen vorkam. Feretti und Kawalsky hatten konspirativ die Köpfe zusammengesteckt und hielten Kriegsrat. Sobald sie ihn bemerkten, verstummten sie und starrten ihn an, bis er an ihnen vorbeigegangen war.

Er versuchte, sich nichts anmerken zu lassen, als er die Notbehelfs-›Küche‹ erreichte. Die *Hüter*-Jungen saßen um das Feuer herum, hielten ihre Schüsseln und warteten auf ihr Essen.

»Ist es fertig?« fragte er Sha'uri, die eifrig in dem Feuer unter dem kleinen Topf herumstocherte. Sie nickte, und so nahm Daniel eine der Schüsseln, füllte sie mit Brühe und Fleisch und reichte sie dem ersten der verblüfften Jungen.

Sie starrten ihn alle an, als habe er sich soeben die Zunge aus der Nase gezogen.

»Was ist?« fragte er sie.

Eines der Kinder sagte etwas, und alle – einschließlich Sha'uri – brachen in Gelächter aus.

»Was?«

Die Jungen fuhren fort, ihre Scherze zu reißen – und sie plapperten zu schnell und zu zahlreich durcheinander, als daß er ihnen hätte folgen können. Jeder von ihnen überbot den anderen in zwerchfellerschütternden Späßchen, und Sha'uri zog es vor, zwei weitere Teller zu füllen und zu den Soldaten hinauszubringen. Daniel reichte es; er zog Nabeh zu sich heran, nahm ihn spielerisch in den Schwitzkasten und kitzelte ihn gnadenlos.

»Warum lachst du?« fragte er, mühsam um einen strengen Ton bemüht.

Doch das hatte nur zur Folge, daß sich die Jungen zurückwarfen und noch lauter lachten. Zu guter Letzt schnappte Nabeh verzweifelt nach Luft, wischte sich die Lachtränen weg und erklärte es ihm.

»Bani ne-ateru ani, hee na'a ani-ben.« Was soviel hieß wie: Diejenigen, die Ehegemahl sind, tun dies nicht, diese Art von Arbeit.

»Ehegemahl?« Daniels Nackenhärchen richteten sich auf.

»Ehgmall – Ehgmall!« krähten die Jungen und prusteten von neuem los.

Daniel gab es auf und schenkte Nabeh die Freiheit – gerade als Sha'uri in den Raum zurückkehrte. »Sha'uri –« Er wechselte wieder in die ägyptische Sprache. »Der verrückte Junge hier hat mich gerade deinen Ehegemahl genannt.«

Daniel hatte es federleicht hingeworfen, obwohl er eine Antwort wollte. Die Jungen hielten sich den Bauch, fügten ihrer gemeinschaftlichen ›Wörtersammlung‹ die Begriffe *›verrückter Junge‹* hinzu und zeigten auf Nabeh. Der griff den Spaß auf und boxte Daniel verschwörerisch gegen den Arm. Doch zu jedermanns Überraschung ergriff die junge Frau buchstäblich die Flucht und zog sich in einen nur schwach erhellten Bereich der Höhle zurück. Wie Menschen aller Galaxien sahen die Jungen und Daniel einander an und verstanden, daß sie etwas Falsches getan hatten – ohne genau zu wissen, was.

Nach einer angemessenen Pause stand Daniel auf und ging zu ihr hinüber.

Sie verkroch sich vollends im hintersten Teil der Höhle.

Er folgte ihr wieder.

»Was ist los?« fragte er. Er spürte, daß sie nicht wütend war, sondern sich irgendwie schämte.

Die Ohren der Jungen am Feuer schienen so groß wie Elefantenohren zu werden. Daniel hörte, wie Skaara sie wegscheuchte. Erst, als sie alle weg waren, sprach Sha'uri.

»Es tut mir so leid. Bitte, sei mir nicht böse, ich habe es ihnen nicht gesagt.«

»Ihnen was nicht gesagt?« fragte Daniel.

»Daß du mich nicht willst.«

Daniel war verwirrt, bis er begriff, daß sie diese Nacht in Nagada meinte; diese Nacht, in der die Leute der Stadt sie zu ihm gebracht hatten.

Sie hatte sich abgewandt von ihm, war genauso verlegen wie er. Daniel legte ihr behutsam den Arm um die Schultern, wollte sie beruhigen und trösten; es war, als sei sie niemals verletzlicher gewesen. Und dann saß er in der Dunkelheit neben ihr und spürte, wie sein Puls sich beschleunigte, seine Kehle völlig austrocknete. Er wünschte sich nichts sehnlicher, als sie zu küssen, doch zugleich war er sich schmerzhaft des ungeheuerlichen Abgrunds aus Raum und Zeit bewußt, der sie trennte, und daß sie sich unter normalen Umständen niemals begegnet wären, und daß sie – trotz déjà-vu – so wenig voneinander wußten, und ...

Er würde diese Welt hier bald wieder verlassen – oder aber bei diesem Versuch sterben. Trotz allem zog er sie näher zu sich heran, und als sie ihm ihr Gesicht zuwandte, begann er die Konturen dieses Gesichts mit den Fingerspitzen nachzuziehen. Es war dasselbe Gefühl von déjà-vu wie gestern – oder vorgestern? –, als er sie das erste Mal gesehen hatte, aber dieses Mal verstand er, warum. *Dieses Gesicht* ... Es war dasselbe Gesicht, das ihn nach Colorado begleitet hatte. Das Gesicht jener Statuette aus dem 14. Jahrhundert ... Es war, als habe Sha'uri Modell dafür gestanden. Daniel wollte es ihr erzählen, wollte ihr den erstaunlichen Zufall auseinandersetzen, wollte ihr überhaupt so viel sagen – doch ihre Lippen waren bereits so nahe, zu nahe, als daß noch Raum für Worte gewesen wäre, zu nahe, als daß er noch etwas anderes hätte tun können, als sie zu küssen.

Das erste, was Daniel sah, als er am nächsten Morgen erwachte, war das Gesicht der friedlich schlafenden Sha'uri – nur ein paar Zentimeter von seinem entfernt. Er dachte über alles nach, was in der vergangenen Nacht gesagt worden, was geschehen war, und konnte sich nicht helfen – er strahlte von einem Ohr zum anderen. Er rollte sich auf den Rücken, verschränkte die Hände hinter dem Kopf und lächelte die Decke an. Es vergingen noch mindestens weitere fünfzehn Sekunden, bis er bemerkte, daß er und Sha'uri nicht allein waren. Mit einem sehr unmännlichen, kieksenden Laut fuhr er herum und sah Nabeh – der ebenfalls nur ein paar Zentimeter entfernt selig schlief. Er trug noch immer seinen Helm, und sein Mund stand auf eine Art und Weise offen, die Daniels verklärten Gesichtsausdruck unverzüglich verschwinden ließ. Plötzlich hatte er es sehr eilig damit, sich aufzusetzen. Er ruckte hoch und sah die anderen Jungen. Alle! Sie hatten sich wie die Glieder einer in sich verschlungenen und verknoteten Kette um ihn und Sha'uri herumgekuschelt. *Sieht so aus, Daniel Jackson, als gäbe es auf dieser Welt eine Auffassung von Privatleben, die sich von deiner ein wenig unterscheidet.*

Nur Skaara war bereits wach. Er konnte ihn am Höhleneingang sehen, ganz in eine Arbeit vertieft. Rauch stieg auf von einem der erlöschenden Feuer und umwehte ihn. Daniel stieg vorsichtig über den Ring der träumenden Jungen hinweg und ging zu Skaara, um zu sehen, was er da tat.

Inspiriert von der bildhaft dargestellten Geschichte, die er in den Katakomben gesehen hatte, hatte Skaara sich offenbar dazu entschlossen, eine eigene Geschichte zu erzählen. Er saß auf einem Felsblock und kritzelte voller Hingabe ein Bild an die Wand.

Kawalsky – der erste, der aufgewacht war – hatte sich unmittelbar vor dem Höhlenausgang postiert. Er nickte Daniel ein *Guten Morgen* zu. Daniel erwiderte es mit einem Lächeln und setzte sich neben den Jungen, beobachtete ihn bei seiner Arbeit.

Skaara war eindeutig kein Rembrandt. Er verwendete einen porösen roten Stein, um die Geschichte der Rettungsaktion zu skizzieren, die er zu planen mitgeholfen hatte. Die wackelig gezeichnete Pyramide war armselig klein ausgefallen, dafür jedoch von gigantischen Strichmännchen umgeben, die allesamt Gewehre hielten und in die Luft schossen. Über der Pyramide schwebten die drei Sonnen dieser Welt und darüber wiederum die beiden Gleiter, die die gesamte Szenerie feindselig ausspionierten. Eine Gruppe ineinander verschlungener Schnörkel repräsentierte die auf der Plattform knienden Soldaten, und Ra – ein gewaltiges Stirnrunzeln quer über das Gesicht gepflastert – stand hoch über ihnen und hielt Gericht. Daniel – mit zu Berge stehenden Haaren und drei langen Zehen an jedem Fuß – hielt sein Gewehr im Anschlag und feuerte auf die Pyramide. Selbst Nabeh war abgebildet – mit einem Kopf so groß wie ein Dom und einem irren Grinsen im Gesicht.

Als Daniel sich zu Skaara gesellte, arbeitete dieser gerade an seinem eigenen Bildnis. Ganz aus seiner Sicht gemalt, wurde es die größte Gestalt auf der rauhen Felswand. Mit einer Hand führte sie an langen Zügeln ein Mastadges-Trio durch die Wüste. In der anderen, erhobenen Hand war ein Gewehr zu sehen und ein Schuß, der geradewegs eine der Sonnen traf. Die Art und Weise, in der Skaara sein eigenes Gesicht zeichnete, veränderte das gesamte Bild. Sein Mund war zu einem wilden Kriegsschrei geöffnet. Fasziniert beobachtete Daniel, wie Skaara sein Gesicht immer wieder zu einer Grimasse des Zorns verzerrte – und dann versuchte, diesen Ausdruck auf das Felsenbild zu übertragen.

Und dann war es Daniels Gesicht, das sich verzerrte. Plötzlich begriff er, was er da beobachtete und wie wichtig es war. Skaara *schrieb*; zum ersten Mal seit Jahrhunderten wurde die Geschichte seines Volkes wieder aufgezeichnet. Daniels Kinnlade sank herab – und dann war da nur noch Rührung; er war viel zu sehr Historiker, als daß es irgendeine andere Reaktion seinerseits hätte geben können; er fand es großartig, er war begeistert. Wo geschrieben wurde, war auch Kultur, war ein ernsthafter Versuch, aus den Lektionen der Geschichte zu lernen ... war *Hoffnung*. Das Lächeln kehrte auf sein Gesicht zurück. Er hatte das Glück, hier in dieser Höhle, auf einem fremden Planeten, sitzen zu dürfen ... und Zeuge des Heraufdämmerns eines neuen *alten Ägyptens* zu werden.

Es war einer von diesen perfekten Momenten; aber auch einer, der ein Gefühl der Verantwortung mit sich brachte. Ob Skaaras Talente als Historiker überhaupt gedeihen und den Rest seines Volkes mitreißen konnten, das stand noch in den Sternen. Sie hatten es immer noch mit Ra zu tun.

Und als Daniel dort in dem stärker werdenden Licht der Sonne saß, wurde sein Verstand plötzlich ›weiß‹. Er hatte mehrere Minuten lang auf Skaaras voluminöses Gemälde gestarrt – und plötzlich wußte er es und schrie es hinaus:

»Der Koordinatennullpunkt!«

Es wurde nur ein Krächzen.

Seine ersten Worte an diesem Morgen waren wie in seiner Kehle gefangen.

Kawalsky wandte sich um und sah Jackson völlig außer sich in der Asche des Feuers nach einem verkohlten Ast wühlen. »Jackson, was machst du da?«

»Der Koordinatennullpunkt!« Dieses Mal war das, was er sagte, deutlich genug; es hallte wie ein Weckruf durch die Höhle.

Jackson hatte gefunden, was er suchte, und eilte bereits an die Höhlenwand hinüber, benutzte das verkohlte Ende des Astes wie einen Schreibstift und malte damit einen Strich über die Pyramidenspitze, dann noch einen, der die drei Sonnen miteinander verband. Die Winkel verliefen parallel zueinander und waren kongruent. Das Ganze sah aus wie eine Zickzacklinie.

»Es ist das gleiche Symbol wie auf dem SternenTor zu Hause!« murmelte Jackson gleichzeitig.

»Was?« knurrte Kawalsky.

»Es ist das siebte Symbol, der Koordinatennullpunkt.« – Jene Angabe, die er gebraucht hatte, um sein Versprechen einlösen und sie alle auf die Erde zurückbringen zu können . . .

Kawalsky nickte begeistert und klopfte Skaara tröstend auf die Schultern – es mußte hart sein, wenn einem das erste Höhlenbild dermaßen verschandelt wurde.

Jackson brüllte noch immer.

»Ich hab's gefunden! Das ist es, drei Sonnen über einer Pyramide!«

Jetzt wachten vollends alle auf und starrten zu ihm herüber.

»Hier ist es – das siebte Symbol.. Wir gehen nach Hause!«

EINUNDZWANZIGSTES KAPITEL

Das trojanische Pferd

An Verlade-Tagen war es normalerweise Teil des Rituals, daß alle körperlich Gesunden Nagada verließen und zur Mine hinauszogen. Dort waren sie zwei oder drei Stunden lang mit leichter Arbeit befaßt; keiner mußte die elf Stockwerke hohen Leitern mehr als zweimal hinaufsteigen. Sobald die Lastkarren beladen waren, wurden sie von einer kleinen Abordnung zur Pyramide gebracht und durch das SternenTor geschickt. In den frühen Abendstunden, nach ihrer aller Rückkehr, war die Stadt dann bereit, das Tekfaalit-Fest zu begehen und damit das Ende des vierzigtägigen Arbeitszyklus zu feiern.

In Gebeten und Lobliedern dankte man Ra für alles, was er ihnen gegeben hatte, dann folgte die große Feier unter freiem Himmel. Zelebranten zogen von Haus zu Haus und boten Speis und Trank an und erhielten dasselbe. Dies war der einzige Tag des Monats, an dem der köstliche Tabaa getrunken wurde, ein süßer Schnaps, den man aus vergorenen Wüsten-Beeren gewann, und der, in ausreichender Menge genossen, ein ganz gehöriges Stadium an Trunkenheit erbrachte. Es war stets sichergestellt, daß die nötigen Mengen vorhanden waren. Zur Mitternacht befand sich die Hälfte der Bevölkerung im Vollrausch, und die Feierlichkeiten dauerten in aller Regel bis in den nächsten Morgen an.

Heute allerdings war es kein gewöhnliches *Tekfaalit*. Ra hatte das Leben dieser seiner menschlichen Schachfiguren seit Tausenden von Jahren bestimmt. Und obgleich er ungeduldig und grausam war, so wußte er doch um die Wirkung eines rücksichtsvollen Umgangs mit ihnen. Demgemäß hatte er dieses Mal nur knapp tausend von ihnen zur Arbeit in die Mine befohlen. Diese wenigen jedoch wurden von Ra's sadistischstem Aufseher ohne Pause angetrieben. Aber es war keine körperliche Angst vor der Wache, die sie gehorchen ließ und die Leitern hinauf und wieder hinab trieb – es war, weil sie an jene Mythen glaubten, die ihnen vom Tag ihrer Geburt an erzählt worden waren. Deshalb benötigte Ra auch nur diesen einen Wärter für so zahlreiche Arbeiter.

Der Horus-Gott trug seine Strahlen-Waffe an einem Riemen über der Schulter; er bevorzugte die Lederpeitsche. Er geißelte die schweißüberströmten Männer nahezu ununterbrochen, war wie rasend darauf bedacht, die Ausbeute an Quarz so schnell als möglich zu seinem Herrn zu bringen. Einige der älteren Arbeiter waren bereits unter den Strapazen zusammengebrochen – allerdings weit genug entfernt von den scharfen Augen des Aufsehers mit dem Falkenkopf.

Hoch über den Klippen waren bereits die Mastadges vor die vier großen Lastkarren gespannt worden. Jedes der zotteligen Tiere war gewissenhaft gewaschen und gestriegelt und – wie es die Zeremonie vorschrieb – reich mit Gebetstüchern und Glöckchen und Girlanden aus getrockneten Wüstenblumen geschmückt worden. Die klapprigen, hölzernen Karren hinter ihnen faßten annähernd eine Tonne Quarz, und da die Arbeiter unermüdlich eine Sackfüllung um die andere daraufschütteten, waren sie bereits nahezu fertig beladen. Traditionell behäufte man den ersten Karren nur mit den größten Brocken, die normalerweise kaum größer als Walnüsse waren. Der letzte Karren, der schwerste, war beladen mit Quarzsand.

In einem weiten Halbkreis erhob sich ein halbes Dutzend von Veredelungs-Zelten auf dem staubigen Boden der Mine. Diese Füllhorte wurden von einem kleinen Obelisken gekennzeichnet, der sich durch das Dach des größten Zeltes erhob. Dort wurde das Quarz gesiebt, nach Größe und Reinheit sortiert und dann gesäubert. Alles wurde bewahrt, bis hinab zum geringsten Granulat, aus dem später, mit anderen Arbeitsmaterialien vermengt, kostbare Metallegierungen hergestellt werden konnten.

Die Arbeiter füllten Sack um Sack mit dem Mineral und schleppten sie durch den heißen Sand zu den gigantischen Leitern, die sich wie ungeheuerliche gezackte Narben über die Felsen zogen. Bereits unter normalen Umständen bedeutete es eine gewaltige Anstrengung, diese Leitern hinaufzusteigen. In dieser Höllenhitze und mit den schweren Quarzsäcken auf dem Rücken war es nicht mehr nur ermüdend, sondern mörderisch gefährlich. Seit der großen Mehrheit der Nagadianer in einem Akt berechnender Rücksichtnahme befohlen worden war, umzukehren und in die Stadt zurückzugehen, waren jene, die bleiben und schuften mußten, gezwungen, den Weg über die Felsen hinauf unendlich oft anzutreten.

Irgendwann brach einer der Arbeiter ganz in der Nähe jener Stelle zusammen, an der sich der Horus-Wächter postiert hatte. Mehrere andere Arbeiter versuchten ihm beizustehen, ihn wieder auf die Füße zu bringen, doch bevor ihnen dies gelang, war der Falke bereits unterwegs und brüllte sie an, in ihrer Arbeit fortzufahren.

Sobald das muskelstarrende Halbwesen nahe genug war, schwang es die Peitsche; der Lederriemen züngelte über den Rücken des gestürzten Mannes, zerfetzte mühelos den groben Stoff seiner Robe. Der Mann versuchte sich jämmerlich hochzustemmen – und sackte bereits wieder zusammen. Dies erzürnte den Horus nur noch mehr. Der falkenköpfige Gott zog einen Dolch mit langer, sägeförmig gezackter Klinge blank – bereit, dem anderen eine grausige Lektion zu erteilen.

Doch in dem Augenblick, da er den Bergarbeiter auf den Rücken drehte, sah er in die Mündung eines Impuls-Strahlers – exakt jene Waffe, die Ra dem Usurpator ausgehändigt hatte, um seine Jünger zu töten. Der Horus starrte den auf so wundersame Weise erholten Arbeiter an . . .

. . . der kein geringerer war als Colonel Jack O'Neil von den U.S. Marines. Er erwiderte das Starren des Falken, entsicherte die Waffe und kam geschmeidig auf die Füße. Gleichzeitig zerrten mehrere der umstehenden ›Minenarbeiter‹ Gewehre unter den Roben hervor und richteten sie ebenfalls auf den Horus.

Dieser war hinreichend geschockt, um die Peitsche fallen zu lassen.

O'Neil gab Kawalsky einen Wink. Der Hüne war im nächsten Moment bereits hinter dem Dämon und nahm ihm den Impuls-Strahler ab.

Kasufs Stimme gellte vom oberen Rand der Klippen zu ihnen herab. Als O'Neil hochsah, wußte er, daß der eigentliche Ärger erst begann. Kasuf eilte in halsbrecherischem Tempo an den Schauplatz der Konfrontation. Als er verstand, was geschah, verfiel er in panisches Gestikulieren und Schreien. Hunderte von überraschten Minenarbeitern kamen zuerst zögernd, dann immer rascher herbei und versammelten sich um O'Neil und ihren Aufseher – offensichtlich unschlüssig, was sie tun sollten.

Was immer der alte Mann brüllte, es verfehlte seine Wirkung. O'Neil sah Sha'uri, Skaara und die anderen Amateure der Gruppe dem alten Mann entgegengehen; sie waren nervös, und O'Neil wußte nur zu gut, weshalb: Kasuf versuchte sie einzuschüchtern, in ihren Gehorsam zurückzuzwingen. Es mußte etwas geschehen – schnell.

»Jackson!« brüllte O'Neil. »Was sagt er?«

Der Professor lauschte dem Schwadronieren des alten Mannes, der nahe am Schlaganfall havarierte, dann übersetzte er es hastig. »Er prophezeit ihnen, daß wir ihnen allen Unglück bringen werden... Äh... ein Massaker... Daß Ra jeden abschlachten lassen wird, der ihm den Gehorsam verweigert. Und... jetzt beschwört er sie, nicht mit uns zu kooperieren... den Zorn der Götter nicht heraufzubeschwören.«

»Den Zorn der Götter nicht heraufzubeschwören, was?« O'Neil war bereits in Bewegung, riß den Horus zu sich heran, starrte ihm voller Verachtung in das goldene Falkengesicht. Die Aufmerksamkeit aller richtete sich auf ihn.

Okay... Jetzt...

O'Neil hoffte, daß er wußte, was er tat. Er drehte sich herum, wandte der schrecklichen Kreatur den Rücken zu. Wenn seine Leute nicht aufpaßten, war er möglicherweise in den nächsten vier Sekunden tot. Nichts geschah. Der Falke griff nicht an. O'Neil schüttelte in einer Geste des Nichtverstehens den Kopf, wandte sich an die Menschen von Nagada.

»Dieser Bursche ist kein Gott!«

Er wandte sich wieder um, richtete seine Waffe auf die Brust des Horus und zog den Stecher durch. Der Feuerstoß traf den Krieger in der Mitte der Brustpanzerung und schleuderte ihn zurück. Er landete mehrere Fuß entfernt in einer Staubwolke.

»Ngaaaaaahhh!!!«

Kasuf schrie, als sei er derjenige, der erschossen worden war. Der Schrei veränderte sich, wurde zu einer langgezogenen, wimmernden Klage, die weithin in dem von Menschenhand geschaffenen Tal zu hören war.

O'Neil, Kawalsky und Feretti hatten keine Ahnung, was sie zu erwarten hatten, und konzentrierten sich darauf, die Menge notfalls mit Waffengewalt in Schach zu halten.

Keiner der Arbeiter konnte fassen, was O'Neil soeben getan hatte. Erst vor wenigen Tagen hatten sie Ras Zorn zu spüren bekommen; hilflos in ihrer Stadt zusammengepfercht, hatten sie miterleben müssen, wie seine fürchterlichen Gottheiten mit

Feuer und Tod über sie gekommen und einen entsetzlichen Blutzoll eingefordert hatten für ein Verbrechen, das um so vieles geringer gewesen war als dieses. Und nun war ohne jede Warnung und direkt vor ihren Augen dieses gewalttätige Wunder, dieses unmögliche, unvorstellbare Verbrechen geschehen! Einige Minenarbeiter warfen sich auf die Knie und ergingen sich, Kasufs Beispiel folgend, in inbrünstigen Gebeten. Doch die meisten waren zu verblüfft, zu verwirrt, um reagieren zu können.

O'Neil war jetzt auf dem Kriegspfad. Er drehte sich auf den Absätzen herum und brüllte: »Okay, zu den Fuhrwerken! JETZT!« Er bahnte sich seinen Weg durch die Menge, führte seine Leute zu den Klippen.

Daniel wußte im gleichen Moment, daß irgend etwas nicht stimmte. Er blieb hinter den anderen zurück, sah in die Gesichter der erstaunten Leute. Sie erwiderten seinen Blick voller Angst, bis aufs äußerste verwirrt und geschockt. Sie verstanden nicht, was hier passiert war. Doch es war wichtig, daß sie es verstanden.

»Wartet!« rief er nach vorn. Er rannte zu dem Mensch-Monstrum zurück und berührte die Sensortaste am unteren Rand des Helmes. Die kunstvoll verzierten Metallplatten glitten lautlos zurück und verschwanden in dem goldenen Joch der Schulterpanzerung.

Unter der Maske kam ein normales menschliches Gesicht zum Vorschein; aus Ras furchteinflößendem Falken-Krieger wurde jener glatzköpfige junge Mann, der das Gemetzel von Nagada überwacht hatte. Abgesehen von seiner Rüstung und dem *Udjat*, dem Auge des Ra, das auf seine Schulter tätowiert war, hätte er nun zu jeder beliebigen Familie in der alten Stadt gehören können.

Daniel zerrte den schlaffen Körper in eine sitzende Stellung hoch und zeigte ihn den versammelten Minenarbeitern.

»Seht euch eure Götter an!« brüllte er auf Ägyptisch – und laut genug, um Kasufs Gejammer zu übertönen. »Er ist ein Mensch wie jeder andere!«

Danach war nichts mehr, wie es gewesen war; sowohl Kasufs als auch Daniels Stimme gingen unter in einem kollektiven Aufstöhnen, und dann erhob sich aufgeregtes Schwatzen wie eine Feuersbrunst und raste durch die Reihen der Arbeiter. Es war ein unglaublicher Moment. Daniel sah, wie die Schleier der Illusion hinweggefetzt wurden von den Augen dieser mit den Füßen getretenen Menschen. Mit einem sicheren Gespür für Showeffekte stieß Daniel den schlaffen Körper nach vorn in den Sand. Er hob das Impuls-Gewehr auf, das Kawalsky ihm gegeben hatte, und ging los, um sich O'Neil und den anderen anzuschließen.

Die Mehrzahl der Nagadianer stand nun entschlossen auf seiner Seite. Eine Schneise öffnete sich in den Menschenmassen; unzählige Hände wurden ihm entgegengereckt, eine Flut von Gratulationen und aufmunternden Worten stürzte auf ihn ein. Es erfüllte ihn mit neuem Mut – und Zuversicht; es war, als gehe er auf Wolken. Er hatte das Gefühl, daß er die Situation verdammt gut zurechtgebogen hatte.

Er sah seine wunderschöne Sha'uri – sie strahlte voller Stolz zu ihm herunter.

Im gleichen Sekundenbruchteil veränderte sich der Ausdruck auf ihrem Gesicht in einen des Grauens; ihr Blick flog zu einem Punkt hinter ihm. Dorthin, wo der Horus lag. Plötzliche Schreie aus der Menge warnten ihn zusätzlich vor drohender Gefahr.

O'Neils Schuß hatte nichts als die Rüstung getroffen; hatte den Mann betäubt; doch nun war er wieder auf den Füßen – und griff an. Alles ging so schnell wie in einem fürchterlichen Traum. Daniel wirbelte herum, sah die hochgerissene Spitzhacke in den Händen des Kriegers, handelte ohne nachzudenken und feuerte. Es war erst das zweite Mal in seinem Leben, daß er den Abzug einer Waffe betätigte, doch der Feuerstoß traf genau dort, wo er hätte treffen sollen – unterhalb des Brustpanzers –, und schlug in den ungeschützten Bauch des Kriegers. Der Treffer wirbelte ihn rückwärts durch die Luft und mit dem Kopf voran gegen einen Felsen. Der Aufprall war fürchterlich. Und der Laut, der diesen Aufprall begleitete, ließ selbst O'Neil und die anderen ›Profis‹ erschaudern. Wenn die Menge bisher wie betäubt gewesen war, so war sie nun im positiven Sinne bestürzt. Doch niemand war so bestürzt wie Daniel; er konnte nichts anderes tun, als dastehen und am ganzen Leibe zittern.

»Gar nicht so einfach, was?«

O'Neil kam zu ihm und nahm ihm die Waffe aus den zuckenden Händen.

Sobald O'Neil die Leiter hinter sich gebracht hatte, erteilte er Befehl, die Karawane in Bewegung zu setzen. Skaara gab das Kommando an die anderen *Hüter* weiter. Mit lautem Schnalzen und noch lauteren Rufen spornten sie die Mastadges an, sich ins Geschirr zu legen. Obwohl die Fuhrwerke hoch beladen waren mit dem schweren Quarz, zogen die gewaltigen Tiere sie mit überraschender Leichtigkeit. O'Neil hatte mit einem mühsamen Marsch durch die Wüste gerechnet – und stellte nun überrascht fest, daß er sich beeilen mußte, wollte er nicht den Anschluß an den letzten Karren verlieren.

Im Schatten der Obelisken sah Daniel den gereizten Kasuf, wie er Sha'uri am Ärmel ihrer dicken grauen Robe festhielt. Er schalt sie offensichtlich dafür aus, daß sie in dem, was er für einen Akt selbstmörderischen Wahnsinns hielt, Stellung bezogen hatte.

Kawalsky beeilte sich, um die Karawane noch einzuholen, doch Daniel zögerte, beobachtete die Szene mit gemischten Gefühlen. Sha'uri spielte eine wichtige Rolle in dem Plan, den sie zu entwerfen mitgeholfen hatte; das Team brauchte sie. Andererseits war das Ganze ziemlich gefährlich.– Die Wahrscheinlichkeit, daß sie alle getötet wurden, war so unverantwortlich hoch . . . Eine Tatsache, die die *Hüter*-Jungen gar nicht zu verstehen schienen. Daniel war bereit, das Risiko einzugehen – er wollte die Erde vor Ra beschützen. Doch was war mit den anderen? Warum sollte Sha'uri ihr Leben für das Wohl eines Planeten einsetzen, dessen Existenz sie sich noch vor einem Monat nicht einmal hätte vorstellen können?

Als Kasuf sie weiterhin anschrie, wurde das Mädchen sichtlich zornig. Zu blindem Gehorsam erzogen, insbesondere diesem Mann gegenüber, der nicht nur ihr Vater, sondern der oberste Sprecher des Ältestenrates und Patriarch ihres Volkes war, war es nur verständlich, daß sie sich anfangs wie erstarrt fühlte, als seien ihre Füße am Boden festgewachsen. Doch als sie den Kopf hob und Daniel erblickte, nahm sie all ihren Mut zusammen und versuchte zu erklären, warum sie zu der Pyramide gehen mußte, doch dies erzürnte ihren Vater noch mehr.

Schon lange bevor Sha'uri geboren worden war, hatte Kasuf bedingungslose Unterwürfigkeit vor Ra gepredigt, er hatte seine Herde stets so geführt, daß Konflikte vermieden wurden, die doch nur verloren werden konnten. Er war einer der wenigen, die um die ganze geheime Geschichte der alten Rebellionen wußten – und darum, wie entsetzlich sie alle geendet hatten. Die Menschen von Nagada mochten glauben, daß sie mit dem Strafgericht der Horus-Krieger Ras ganzen Zorn zu spüren bekommen hatten, doch der alte Mann wußte es besser. Er wußte um die gehässige, kaltherzige Rachsucht des Sonnen-Gottes. Für Kasuf war dies alles hier wie das Ende der Welt, als zersplittere der Himmel und breche auf ihn hernieder. In diesem Moment schien Sha'uri der einzige Teil der Welt, den zu kontrollieren er noch imstande war. Ausgerechnet ihm wollte sie erklären, wie man sich diesem unbarmherzigen Gott gegenüber zu verhalten hatte? – Er würde dieser ignoranten jungen Lady niemals zuhören, niemals. Sie wußte *nichts, gar nichts!*

»Sha'uri!«

Als sie Dan-yur ihren Namen rufen hörte, war ihre Entscheidung bereits gefallen, ein für allemal. Langsam und bedächtig machte sich sich aus Kasufs Griff frei. Letzten Endes war sie körperlich viel stärker als er. Kasuf taumelte zurück, vollends bestürzt über diesen Akt der Aufsässigkeit.

Ohne jeden Groll in der Stimme ließ Sha'uri ihn wissen, daß sie es für besser erachtete, aufrecht stehend zu sterben, denn auf den Knien rutschend zu leben. Es fiel ihr schwer, dies dem alten Mann zu sagen, den sie so sehr liebte – doch es mußte sein; genauso fühlte sie. Noch schwerer fiel es ihr, ihn damit einfach stehenzulassen und zu Daniel zu rennen. Doch dies mußte ebenfalls sein. Es war ihr Leben! Ihre Entscheidung.

Als sie ihn erreichte, verblaßte in Daniel das Gefühl, *in ihnen* allen gewesen zu sein, ihre Gefühle und Gedanken zu *kennen*. Er wußte nicht, was in Ras Pyramide, in diesem Sarkophag, mit ihm geschehen war, doch etwas war anders geworden ... Vielleicht war er nach seinem ersten Tod nur erwachsen geworden; vielleicht war dazu ein wenig *Magie* ins Spiel gekommen? Er schüttelte das feine Gespinst von sich und erinnerte sich an die Zauberworte, die Ra ihm so unbekümmert erläutert hatte: Mythos, Glaube, Gewohnheit.

Die Menschen in der Minengrube waren Zeuge einer Konfrontation mit den Göttern geworden – und des Todes einer dieser Gottheiten; sie hatten miterlebt, wie ein entscheidender Teil von Ras betrügerischem Regierungs-Mythos' als Fälschung bloßgestellt worden war. Diese neue Erfahrung hatte ihren Glauben ernsthaft erschüttert. Doch mit einem Blick zurück auf Kasuf erkannte Daniel, daß die Macht der Gewohnheit stets zuletzt sterben würde.

Ra lehnte sich auf die rechte Armlehne hinüber und starrte ausdruckslos aus dem großen Fenster seines Pyramiden- Himmelsgefährts und über die endlose leere Wüste hinweg. Er streichelte müßig die in seinen Arm geschmiegte schwarze Katze. Er hatte sie Hathor genannt, in Andenken an jene Göttin, die ihm einst dieses Lehnsgut gerettet hatte, indem sie es mit dem Blut der Aufständischen überschwemmte. Widersprüchliche Darstellungen dieser Geschichte hatten auch die Erde erreicht – wenige Jahre, bevor das SternenTor für alle Zeiten versiegelt und begraben worden war. Sie war von Schriftgelehrten auf Papyrusrollen aufgezeichnet, und von Steinmetzen in Stein gemeißelt worden; und so war es nicht verwunderlich, daß selbst dieser Jackson die blutige Wahrheit gut genug kannte – auch wenn er sie Zeit seines Lebens nur für eine weitere Episode der ägyptischen Mythologie gehalten haben mochte.

Der Kind-König strich über seinen kahlen Schädel; seine Haut zeigte ihre natürliche braune Färbung. Er genoß es, ganz er selbst zu sein – er war Ra, der Sonnen-Gott, Ra, der *goldene* König! Dann erblickte er die Karawane, die durch den eintönigen Ozean aus Sand herankroch, und war abgelenkt genug.

Er erhob sich und beobachtete sie für einige weitere Momente. Nichts unterschied diese Karawane von den zahllosen anderen, die er hatte kommen sehen. Dennoch – irgend etwas an dieser Szenerie rief ein winziges Lächeln auf seine Lippen. Er gestand sich selbst ein, daß es gut war, so, wie es war; der hellhäutige Mann mit den Gläsern vor den Augen war entwischt . . . das machte alles viel *interessanter*. Es bestand die Möglichkeit, daß er unter jenen war, die das Quarz zu liefern hatten; zweifelsfrei als einer der ihren verkleidet.

Ra wiegte sich ganz behutsam vor und zurück; es war, als schlafe er mit offenen Augen. Als er mehrere Minuten später aus diesem Tagtraum erwachte, hatte sich seine Stimmung vollkommen verändert. Er rief einen Befehl, und gleich darauf knieten zwei seiner Horus-Wächter vor ihm und erwarteten mit gesenktem Kopf weitere Anweisungen.

Er wies die beiden nahezu identisch aussehenden Söldner an, das Tablett mit der von den Eindringlingen erbeuteten Waffe in den SternenTor- Raum zu bringen und sodann die Anlieferung des Quarzes zu überwachen. Sobald die Quarz-Ladung durch das Tor geschickt war, sollte die Bombe ihr nachfolgen und explodieren.

Gleich einem Kellner-Paar auf einem wenig reizvollen Bankett marschierten die Falkenköpfigen durch den Thron-Saal und balancierten die große Platte mit der zerlegten nuklearen Sprengbombe vor sich her, gefolgt von Anubis und Ra selbst.

Auf der Transfer-Scheibe, geborgen in den schwarzen Armen von Chnum, verharrten sie reglos. Ra schaute auf Anubis und hob die Augenbrauen in einer kaum merklichen Andeutung; es war ein sadistisches Spiel, das Ra mit seinen Dienern spielte, sooft er zornig oder gelangweilt war . . . er genoß es, diesen Zwang auszuüben, sie erraten zu lassen, was er wünschte. Jedwede falsche Reaktion zog schmerzhafteste Bestrafung nach sich. In diesem Fall jedoch standen Anubis genügend Informationen zur Verfügung.

Der Schakal berührte das erhaben in den Skarabäus eingearbeitete Juwel und aktivierte die Transfer-Scheibe. Die Wand aus nebelhaftem blauen Licht schloß sich um die Horus-Krieger und ihre Fracht; unfaßbare Energien beförderten sie sanft in die Tiefen der Pyramide hinab.

Ab jetzt leitete Skaara die Operation. Während des langen Marsches durch die Wüste hatten es sich der Junge und O'Neil auf der Quarz-Ladung des letzten Karrens so bequem wie möglich gemacht und sich intensiv über eine mögliche Angriffsstrategie unterhalten; das Ganze hatte sich zu einer hitzigen Diskussion entwickelt, die die Sachkenntnis ihres Dolmetschers bei weitem überstieg. Nachdem Daniel Jackson ihnen ein an und für sich lächerliches Grundvokabular beigebracht hatte, konnte er nur mehr dabeisitzen und seinerseits sprachlos zuhören, wie die beiden eine Idee um die andere hervorsprudelten. Mit Gesten, Pantomime und fünfundzwanzig gemeinsamen Worten brüteten der Mann und der Junge über den Details des Planes; von Zeit zu Zeit warfen sie alles über den Haufen und präsentierten den anderen völlig neue Einfälle.

Lange bevor sie die Eingangsrampe der Pyramide erreichten, unterstellten sie, daß sie beobachtet wurden. Die gesamte Anlieferung und Verbringung der Ladung in die Pyramide hatte nach einem strengen Protokoll zu erfolgen. Die religiösen Menschen von Nagada waren – natürlich – voller Skrupel, diese Riten nicht zu praktizieren, selbst wenn die Pyramide verlassen war. Skaara hatte bereits an mehreren Quarz-Anlieferungen teilgenommen und, als Kasufs jüngster Sohn, gar schon eine Zeremonie geleitet. Doch dieses Mal würde alles unter den wachsamen Augen des Ra stattfinden, und er befand sich in Begleitung von Freunden, die nicht in das Brauchtum eingeführt waren. Die geringste falsche Geste – überhaupt alles Ungewöhnliche – konnte bereits Ras Verdacht erwecken.

Als sie am Fuße der langen Rampe versammelt waren, kniete Skaara zwischen den Obelisken nieder und hob mit kräftiger, klarer Stimme zu seinem Loblied an:

»Atema en-Re. Hallam a'ana t'yon shaknom, assar Atem Re.« *Ra, der von der Sonne kommt, wir bringen dankbar dar die Früchte unserer Arbeit, heiliger Sonnen-Gott Ra.*

Als er das Loblied beendet hatte, erhob er sich und warf Nabeh einen fragenden Blick zu. Sein exzentrischer Freund zuckte nur mit den Schultern, als wolle er damit ausdrücken: *Es war gut genug.*

Dann bemerkte Skaara etwas unter Nabehs Kaftan.

»Was ist das?«

»Was ist *was?*« Er versuchte sich ahnungslos zu geben – natürlich.

»Unter deinem Kaftan. Es ist der grüne Helm, hab ich recht?«

Eine Antwort darauf überforderte Nabeh eindeutig – also grinste er nervös. Alle hatten ihm gesagt, den Helm *nicht* mitzunehmen, aber er hatte ihn nicht in der Höhle zurücklassen wollen. Und jetzt war da ein Ton in Skaaras Stimme, der ihm sehr, sehr deutlich verriet, daß er einen mächtig großen Fehler begangen hatte.

Im nächsten Moment füllten sich Nabehs wahnsinnige Augen mit Angst, als er über Skaaras Schulter hinweg – zum Eingang der Pyramide emporsah. Drei Horus-Krieger traten auf die Plattform am oberen Ende der Rampe, und jeder hielt eine der tödlichen Waffenstäbe.

Innerlich wie erstarrt, vergeudete Skaara einen Herzschlag damit, sich vorzustellen, was mit ihnen allen geschehen mochte, wenn diese Wächter Nabehs heißgeliebten Schatz entdeckten. Da er nicht genau wußte, was er tun sollte, befahl er den Leuten der Anlieferungs-Karawane – alle trugen sie ihre Kapuzen tief ins Gesicht gezogen – sich niederzuknien und den Göttern ihren Respekt zu bezeugen.

Nach einer Zeit, die ihm angemessen genug erschien, erhob sich Skaara und schirrte Dan-yurs Mastadge *Kleines bißchen* aus, zog das Tier beiseite, drückte Nabeh die Zügel in die Hand und wisperte ihm ärgerlich zu:

»Wenn sie den Helm sehen, werden sie uns töten!«

Nabeh schien nicht einmal jetzt zu begreifen.

Dicke Taue hingen von den Seiten der Fuhrwerke herab. Auf Skaaras Wink hin traten die hierfür eingeteilten Kapuzenmänner an den ersten Karren, ergriffen die Seile und begannen das Gefährt die Rampe hinaufzuziehen.

Und während dies geschah, hob gänzlich unerwartet ein weiteres Problem seinen häßlichen, klumpigen Schädel. Dan-yurs Mastadge setzte zu einem eifersüchtigen Wehklagen an, das sich zusehends zu einem mißtönenden Jaulen steigerte. Nabeh redete dem entfesselten Ungeheuer gut zu, versuchte verzweifelt, es wieder zu beruhigen. Doch ganz gleich, was der Junge ihm androhte – das Tier weigerte sich störrisch, sein Geplärre einzustellen. Voller Angst, entdeckt zu werden, wagte es keiner der maskierten Arbeiter, sich nach dem Tier umzusehen – ein *sehr* kurioses Verhalten.

»Fa'al!« rief der Anführer der Falken-Götter und behielt die Arbeiter an dem vordersten Karren wachsam im Auge.

»Hassim ni kha'an souf!« Ohne jedes Zögern streckten alle Arbeiter die Hände geradewegs von sich.

Der falkenköpfige Krieger blieb mißtrauisch; er kam die Stufen der Rampe herab, starrte auf Nabeh, der noch immer in eine Nase-an-Nase-Diskussion mit dem aufsässigen *Kleines bißchen* vertieft war. Dann gelang es ihm endlich, das Tier zu beruhigen und von der Rampe abzuwenden – trotzdem zog er noch immer viel zuviel Aufmerksamkeit auf sich. Skaara zweifelte nicht mehr daran, daß der Horus seinen seltsamen Freund auffordern würde, sich umzudrehen ... Und dann war alles verloren.

Der Mensch-Falke kam einige weitere Meter die Rampe herab – doch schließlich wandte er seine Aufmerksamkeit wieder dem ersten Karren zu; und den sechs Arbeitern, die, den Kopf gesenkt, starr zu Boden blickten. Er inspizierte den Karren für einen Moment, dann winkte er sie voran – und vorbei an den anderen behelmten Wächtern.

Als sich der gepanzerte Söldner umdrehte und wieder die Rampe hinaufging, entrang sich ihnen ein großer Seufzer der Erleichterung. Skaara warf Kawalsky und Feretti einen raschen, verstohlenen Blick zu; die beiden standen barfuß neben dem letzten Fuhrwerk. Sie blinzelten ihm unter ihren juckenden Kapuzen zu.

Als der erste Karren in den Schatten der Eingangshalle verschwand, unternahm *Kleines bißchen* einen letzten Versuch, Dan-yur ihre Zuneigung zu beweisen. Dieses Mal war das Geplärr wahrhaft ohrenbetäubend.

Der Anführer der Horus-Wächter starrte erneut auf das Tier herab, bevor er den anderen beiden Kriegern einen Befehl zufauchte. Sie wandten sich unverzüglich um und zogen sich in die Pyramide zurück, während ihr augenscheinlicher Anführer jene studierte, die bei den Obelisken standen. Abermals zeigte keiner von ihnen eine Reaktion. Der Falkenköpfige nickte und folgte dem Karren in die Finsternis hinein.

Im Innern der Pyramide umringten die drei Horus-Krieger den Karren. Der Anführer rief einen Befehl, doch niemand rührte sich. Er trat auf einen der Arbeiter zu, zerrte die Kapuze mit einem Ruck zurück – und enthüllte das entsetzte Gesicht eines rothaarigen jungen *Hüters*. Der Horus schleuderte ihn zu Boden und wandte sich dem nächsten in der Reihe zu. Muskulöse Finger packten zu und rissen die Kapuze weg – und mit ihr ein Büschel Haare. Sha'uri stieß einen schmerzerfüllten Schrei aus. Die Falken waren überrascht genug.

Und dann ging alles blitzschnell. Die Quarz-Ladung schien zu explodieren. Daniel und O'Neil fuhren hoch wie Kastenteufel, rissen ihre Waffen in den Anschlag, feuerten. Flüssige Glut loderte auf, zerfetzte die Schwärze. Gleichzeitig peitschten die Schüsse konventioneller Waffen – die *Hüter* hatten ihre Gewehre unter ihren Roben hervorgerissen und ebenfalls angegriffen. Ein wüster Kugelhagel prasselte gegen die Wände der gigantischen Halle, Querschläger winselten in alle Richtungen davon. Unglücklicherweise hatten sowohl Daniel als auch O'Neil denselben Horus als Ziel auserkoren. Die Feuerfinger ihrer Impuls-Strahler zerfetzten den nicht gepanzerten Teil seines Körpers, schmetterten ihn in einem zuckenden Tanz in den Tod. Doch die beiden anderen Mensch-Falken verschwanden wie Schemen in den Tiefen der Pyramide.

Der rothaarige Junge unternahm einen verzweifelten Versuch, ins Freie zu kommen. Ein faustgroßer Meteor von einer der Impuls-Waffen orgelte durch die Schwärze, zertrümmerte ihm den Schädel in einem Feuerwerk aus Rot und Orange und Gelb und tötete ihn auf der Stelle. Daniel war ebenfalls in Bewegung, sprang in das Niemandsland zwischen Karren und Säulen und riß zwei, drei schießwütige *Hüter* mit sich in die Sicherheit hinter den schweren Quarz-Karren.

»LOS! Wir gehn rein!«

Kawalsky führte den Angriff an, hetzte die weite Rampe zum Eingang der Pyramide mit mächtigen, raumgreifenden Schritten empor – und sah gleichzeitig, daß er Lichtjahre zu spät kommen würde. Da war diese titanische steinerne Wand, die sich von oben herabsenkte und den Eingang zu verschließen drohte. Kawalsky war schnell, doch nicht schnell genug, um es bis ins Innere zu schaffen, bevor der monolithische Block den Eingang versiegelte. Als er begriff, daß er es niemals schaffen würde, verfiel er in ein lockeres Laufen und sah über die Schulter. Nabeh holte bereits auf; seine Beine wirbelten wie Dreschflegel, so schnell rannte er – und er hielt noch immer mit einer Hand den Helm auf seinem Kopf in Position. Kawalsky zögerte, so daß der Junge mit ihm gleichziehen konnte. Er griff zu ihm hinüber, schnappte sich den Helm von Nabehs Kopf und schleuderte ihn wie eine Frisbee-Scheibe Richtung Pyramiden-Eingang. Das steinerne Tor donnerte vollends herunter, und –

Treffer!

Der Helm verkeilte sich exakt im richtigen Moment unter der massiven Steinplatte. Obwohl er ein wenig eingedellt wurde, hielt er das Tor offen – wenige Zentimeter vom Boden entfernt.

»Brecht Holz von den Fuhrwerken. Wir hebeln das Tor wieder auf!« Kawalsky gestand sich selbst gegenüber ein, daß hier zweifellos der Wunsch der Vater des Gedankens war. Das Portal mußte mindestens drei oder vier Tonnen wiegen. Es war schon ein Wunder, daß der Helm nicht zerquetscht wurde. Doch Feretti zögerte nicht, zusammen mit ihm hinkend wieder hinabzurennen und große Planken von den Seiten des Fuhrwerks zu schlagen.

O'Neil war verschwunden. Noch vor einem Augenblick war er dagewesen und hatte auf die Horus-Krieger gefeuert, aber als Daniel wieder hinsah, war er weg. Alles war dunkel und unheimlich still geworden in der Eingangshalle. Eine neblige Helligkeit waberte zwischen den Säulen und verwandelte die

Kammer in ein Schachbrett aus Licht und Dunkelheit. Daniel fühlte sich einigermaßen sicher – was allerdings nicht viel heißen mochte, da er in Sachen Kriegsführung – gelinde ausgedrückt – keinesfalls bewandert war. Zumindest flogen ihm keine Kugeln oder Feuerstrahlen um die Ohren, und Sha'uri war an seiner Seite. Er ging davon aus, daß Ras Soldaten – jedenfalls die überlebenden – geflohen waren.

Erst nach einer ganzen Weile kam ihm in den Sinn, daß die Wächter diese Atempause auch genutzt haben konnten, um sich in neue, bessere Stellungen zu schleichen. Gleichzeitig begriff er, wie schutzlos und verwundbar sie in der Mitte dieses weiten Hallenganges waren. Lautlos lenkte er die Aufmerksamkeit seines pathetischen kleinen Bataillons auf sich und signalisierte: *Rückzug zu den Säulen da hinten!* Und das war präzise das, was Ras Krieger von ihm erwarteten.

Daniel und seine Truppe versammelten sich an der dunkelsten Stelle, die sie zwischen den Säulen finden konnten. Doch mit der Sicherheit der Wand kam die Gefahr des Lichts von den Fensteröffnungen. Sie waren nicht mehr länger unsichtbar. Sha'uri wisperte den Jungen Instruktionen zu, postierte sie zwischen den Säulen, übertrug ihnen Verantwortung – ein jeder von ihnen sollte einen ganz bestimmten Annäherungswinkel sichern. Als sie in Stellung waren, warteten sie mit angehaltenem Atem.

Wie Daniel vermutet hatte, waren die behelmten Krieger auf dem Vormarsch. Ein heller Lichtstrahl schimmerte durch den Spalt, der dank Nabehs Helm offengeblieben war. Einer der Horus-Wächter entdeckte den schmalen Sims, der, beginnend bei dem großen Tor, rings um den gesamten Raum verlief, und betrat ihn mit einem geschmeidigen Schritt. Lautlos näherte er sich jetzt – nur Zentimeter über dem Tageslicht – dem Zentrum des Raumes. Obwohl die Angreifer draußen den Bereich innerhalb des Tores wachsam beobachteten, hatte der Krieger den Heimvorteil auf seiner Seite; er ging völlig richtig in seiner Annahme, daß das blendende Licht ihn für jeden unsichtbar machen würde, der in diese Richtung sah.

Er erreichte das Ende des Simses und trat hinunter, tastete

sich seinen Weg durch die tintige Schwärze zu der ersten Säule und dann weiter in den Hallengang.

Er beugte sich vor und spähte in den Raum zwischen den Säulen und der Außenwand – und entdeckte die Eindringlinge. einer der jungen *Hüter* starrte geradewegs zu ihm her, doch die Finsternis hielt ihn verborgen. Von seinem Standort aus war Daniels Rücken ein großes, einladendes Ziel, nur knapp zwanzig Meter entfernt.

Sehr langsam legte der Horus seine Waffe an und zielte.

Vielleicht war es eine Art siebter Sinn, der Sha'uri veranlaßte, sich gerade jetzt umzudrehen. Ein winziges Schimmern brach sich auf einer Facette des in den Impuls-Strahler eingelassenen Quarz-Juwels. Ihr Schrei erschreckte jeden – selbst den Falken-Krieger. Er verriß die Waffe, und der Feuerball pfiff – sechs Zentimeter entfernt – über Daniels Kopf hinweg. Er feuerte erneut, dieses Mal ohne zu zielen, und stürmte blindlings los.

Ein Feuergewitter brach über Daniels Gruppe herein. Der Horus war ein Schemen im Irrlichtern der Schüsse – und er war rasend schnell. Er würde die Säule erreichen, hinter der sie sich in Deckung geworfen hatten und – eine Armeslänge entfernt, hinter der Säule, glaubte Daniel bereits, das Ende seines Lebens ›schmecken‹ zu können. Sha'uri hatte den letzten der Jungen hinter die nächste Säule gezerrt. Den Rücken gegen die steinerne Säule gepreßt, den Blick geradeaus, jeden Nerv seines Körpers bis zum Äußersten angespannt, wartete Daniel auf das erste Anzeichen einer Bewegung an einer der Ecken.

Der Horus glitt weiter; er wußte, seine Rüstung schützte ihn selbst vor dem machtvollen Impuls-Gewehr in den Händen des Hellhäutigen. In der Sekunde, bevor er sich nach vorn werfen wollte, loderte ein Feuerstrahl heran, traf ihn an der Rückseite seines Helmes und schleuderte ihn wie eine leere Mülltonne über den Boden und in die Schatten.

Daniel hörte den Schuß und das Stürzen des schweren Körpers, und er war so aufgedreht, so voller Adrenalin, daß er hyperventilierte. Einer der Jungen lugte um die Säule herum und fragte, ob er in Ordnung sei. Daniel antwortete nicht, sah den Jungen nicht einmal an. Er wußte, irgendwo da draußen schlich mindestens noch einer von diesen gepanzerten Mördern in der Dunkelheit herum.

Dann dachte er an die Transfer-Scheiben in dem pyramidenförmigen Raumschiff oben und draußen im Korridor.

Wenn Ra will, kann er eine Million Falken-Krieger hier herunterbeamen . . .

»Okay – auf drei!« Kawalsky sah die Jungen an. »Eins, zwei, drei – und los!«

Feretti und Kawalsky rammten die Schulter gegen die Balken, und die *Hüter* taten es ihnen gleich. Sie waren zu acht, und sie arbeiteten paarweise, stemmten das ungeheuerliche steinerne Tor Zentimeter um Zentimeter in die Höhe. Als es sechs Zentimeter über dem Helm schwebte, fühlte Kawalsky, wie das Gewicht plötzlich zunahm. Skaara hatte seinen Platz bei Nabeh verlassen und versuchte, sich unter dem Tor hindurchzuschlängeln.

»Nein! Noch nicht!« Der herkulische Kawalsky sah hinunter, sah Skaaras Kopf und Schultern unter dem Tor verschwinden. »Holt ihn da raus, verdammt« brüllte Kawalsky.

Als habe er dieses Kommando verstanden, warf sich Nabeh auf die Knie und griff unter das Tor . . . und beförderte einen Moment später seinen arg lädierten Helm zutage. Er teilte die gute Neuigkeit mit den anderen, zeigte Kawalsky den Helm.

»Tu ihn zurück! Wir brauchen ihn da unten!« Kawalsky gestikulierte mit dem Kinn. »Tu ihn zurück!«

Entweder verstand Nabeh nicht, was Kawalsky ihm klarzumachen versuchte, oder er gab dies nur vor. Er stülpte sich den Helm über den Kopf, nahm seinen Balken auf und stellte sich ungerührt darauf, als sei er es ganz allein, der das Tor offenhielt.

Skaara blinzelte in die Dunkelheit hinein, versuchte seine Gefährten zu entdecken. Er bemerkte eine Gestalt, die sich durch die Schatten bewegte. Skaara stieß einen durchdringenden Pfiff aus, ein Signal, das sie seit ihrer Kindheit benutzt hatten. Blitzschnell ruckte Sha'uri herum, erblickte Skaara unter dem Tor und begriff die sich bietende Gelegenheit. Sie eilte zu den verbliebenen *Hüter*-Jungen, wies sie an, zum Tor zurückzurennen. Als die Jungen sich umdrehten, um zu sehen, von was Sha'uri redete, erblickten sie einen besorgten Skaara, der ihnen wie rasend zuwinkte.

Nervös sahen sich die Jungen gegenseitig an: Wer würde zuerst gehen? Schließlich schluckte der erste Junge krampfhaft und sprang los, rannte so schnell er konnte zum Tor. Sobald er die ersten Schritte getan hatte, waren die anderen dicht hinter ihm, jagten dicht hinter ihm, jagten dem Tor zu wie eine Meute panischer Hasen. Noch bevor Sha'uri auf die Idee kommen konnte, sich ihnen anzuschließen, bemerkte sie, daß Daniel heftig an ihrem Arm zerrte. Er hatte eine der unheilvollen Gestalten zum Eingang huschen sehen. Doch die Kinder waren entkommen, bevor ihr Gegner sie erreichen konnte. Daniel und Sha'ri preßten sich gegen die Säule. Der Horus-Wächter drehte sich um und kehrte zurück. Seine Rüstung klirrte kaum hörbar.

Das Gewicht des ungeheuerlichen Tores schien noch anzuwachsen, und Kawalsky und Feretti spürten die Erschöpfung. Obgleich sie und die Jungen noch immer mit derselben Entschlossenheit zu Werke gingen, begann sich das Tor Zentimeter um Zentimeter zu senken. Skaara half dem letzten der *Hüter* unter dem Tor hindurch. Vor Kawalskys Augen loderte ein Feuerwerk aus Blitzen; er wußte – es ging nicht mehr, er würde diesen Brocken nicht mehr länger halten können. Sobald Skaara unter dem Tor hervor war, würde er den Befehl zum Rückzug geben und –

»Komm da raus!« grollte Kawalsky, doch Skaara hätte genausogut Meilen entfernt sein können.

»Ich kann es nicht mehr länger halten!« grunzte Feretti.

»Halt es trotzdem!«

»Kann . . . nicht. Es ist zu schwer . . .«

»Halt es!« Kawalskys Stimme war energisch; er spielte auf Zeit.

Daniel und Sha'uri hielten den Atem an, als der Horus- Wächter lauernd an ihnen vorbeimarschierte und bald darauf in der Dunkelheit des unermeßlich großen Raumes untertauchte. Für Sekunden mochten sie nun in Sicherheit sein. Daniel seufzte und legte den Arm um Sha'uri.

Unbemerkt von ihnen beiden, schob sich ein zweiter Horus von hinten an sie heran. Anders als die anderen Angreifer bewegte sich dieser Söldner mit größtmöglicher Geduld und sorgsam darauf bedacht, absolut geräuschlos zu sein. Er war bereits nahe genug, um einen guten Schuß plazieren zu können, doch dies genügte ihm nicht; er wollte unmittelbar hinter sie kommen, wollte, noch bevor er feuerte, sicher sein, daß er sie tötete.

Langsam hob er die Waffe und zielte auf Daniels blonden, zerzausten Haarschopf. Mit einer raschen Geste entlang der Unterseite seines Gewehres machte er es feuerbereit. – Daniel hörte das Geräusch und wirbelte herum – und sah nur noch das schreckliche Mündungsfeuer einer Impuls-Waffe . . .

. . . genau wie der Horus-Wächter; nur hatte dieser das Pech, daß es sich NICHT um das Mündungsfeuer *seiner* Impuls-Waffe handelte.

Die Feuer-Explosion traf ihn von hinten, schmetterte ihn von den Füßen und drosch ihn in die Schatten.

Als sich der Rauch verteilte, tauchte O'Neil auf, die Impuls-Waffe noch immer im Anschlag haltend. Es war das erste Mal, daß Daniel wirklich glücklich darüber war, den Soldaten zu sehen.

O'Neil legte einen Finger auf die Lippen, bedeutete ihm, still zu sein. Als O'Neil sie erreichte, gellte vom Tor her ein Schrei. Es war Skaara, der aus Leibeskräften brüllte.

O'Neil warf sich zu Boden, bevor der perfekt gezielte Feuerball, der aus der Finsternis heranfauchte, seinen Kopf explodieren lassen konnte.

Skaara hatte den Horus, der in der Nähe des Karrens im Hinterhalt lag, gerade noch rechtzeitig erspäht. Er hatte gewußt, daß O'Neil, der gefährlichste der Eindringlinge, kommen würde, um sie zu retten.

Daniel und Sha'uri warfen sich nach rechts, O'Neil rollte zur anderen Seite hinab. Die Feuerstöße verfehlten ihn, schlugen in die Wand hinter ihm und irrlichterten als bizarre Querschläger in das mächtige steinerne Tor über Skaara. Eine Sekunde später krachte es mit einem donnernden Laut auf ihn herab.

Der Junge ist tot!

Eine ganze Welt aus Zorn durchraste O'Neil bei diesem Gedanken, all der Ärger, den er niemals abzureagieren imstande gewesen war, als sein eigener Sohn so jämmerlich – so sinnlos – gestorben war. Jetzt würde er den Horus für den Tod beider Jungen bezahlen lassen. Er federte hoch, griff an und feuerte, was der Impuls-Strahler hergab; er würde diese Bestie töten oder bei dem Versuch, dies zu tun, selber sterben.

Der Falken-Krieger wartete – ungerührt wie Sumpfwasser –, bis er nahe genug war. Als O'Neil bis auf zwanzig Meter heran war, feuerte er.

Ganz gleich, ob Intuition oder pures Glück – O'Neil wußte, wann der Schuß erfolgen würde und tauchte darunter weg; ein winselnder weißer Feuerstoß zuckte ihm entgegen, fetzte über seinen Schädel hinweg – und verriet die Position des Feindes. O'Neil kam auf, rollte über Kopf und Schultern ab, schlitterte auf dem Bauch liegend über den Boden und zog den Abzug durch. Ein roter Feuerstrahl explodierte in der Schwärze des Raumes hinein und traf den Falken genau zwischen die Augen. Der Helm wurde nach hinten gedroschen und zerbarst in eine Million verglühender Splitter, der Rest des Körpers brach haltlos zusammen.

»Colonel – los!« Daniel rannte in das Licht. Sha'uri – jetzt mit einer Pistole bewaffnet, die ihr Feretti unter dem Tor hindurch zugekickt hatte – war einen Schritt hinter ihm.

Der Anblick der beiden erinnerte O'Neil daran, wo er war. Skaaras Tod zu rächen gehörte nicht zu seinem ›Job‹. Er versuchte, seine Gefühle hinunterzuwürgen, stieß sich hoch und lief bereits in Richtung des SternenTor-Raumes – dann kehrte er noch einmal um, suchte in den Schatten nach dem gefallenen Horus. Als er ihn fand, kniete er nieder, zog die Pistole aus dem

Gürtel-Halfter und gab fünf Schüsse auf die ungepanzerte Körpermitte des Mannes ab.

»Okay«, sagte er, als er ins Licht zurückkam. »Geh'n wir.«

Kawalsky sah wie ein verschwitzter und zorniger Kinderarzt aus. Er hielt den spindeldürren Skaara noch immer am Fußgelenk fest und hievte ihn daran hoch, bis er ihm ins Gesicht sehen konnte.

»TU - DAS - NIE - WIEDER.« Jedes einzelne Wort explodierte wie ein verbaler Feuerwerkskörper auf den Jungen hinab.

Der Impuls-Stoß hatte den Holzbalken zerschmettert, den Kawalsky als Hebel benutzt hatte. Ohne diese Hilfe war das Tor wie ein Gebirge heruntergekommen. Allerdings nicht, bevor er Skaara gepackt und ihn binnen eines Sekundenbruchteils ins Freie gerissen hatte.

Noch immer kopfüber vor Kawalsky hängend, deutete Skaara in die Luft und rief *Udajeet!*

Kawalsky ließ den Jungen einfach fallen – soviel Schmerz als Bestrafung mußte sein – und fuhr mit einem Ruck herum. Wie ein Paar kreisender Kondore – jedoch um ein vielfaches schneller – schossen die beiden Zwillings-Gleiter aus den höher gelegenen Bereichen der Pyramide ins Freie, wurden in einer weiten Kehre herumgezogen und griffen die schutzlos postierte Gruppe an.

»Auseinander! Verteilt euch!« Kawalsky begriff, daß das hier in einer Katastrophe enden würde. Während Feretti und die anderen davonstürzten, preßte er sich gegen das gewaltige Tor und winkte, um den Gleiter-Piloten ein besseres Ziel abzugeben. Er hatte immer gewußt, daß dieser Moment kommen würde; Kawalsky, der gutmütige Idiot auf dem Weg zum Märtyrer. Aber es war nötig. Wenn sie ihn mit genügend Zorn unter Feuer nahmen, dann würden sie nicht nur ihn töten, sondern auch eine Bresche in diese verdammte Barriere schießen. Am Rumpf der lautlosen Kampf-Jets blitzte es auf. Die ersten Feuerstöße irrlichterten über die Plattform – nahe genug im Ziel, um Kawalsky mit einem Inferno aus Gesteinssplittern und Staub zu überziehen, und trotzdem weit genug entfernt, um das

Tor völlig unversehrt zu belassen. Sie wußten, was er von ihnen erwartete.

Als die Gleiter abdrehten und gleich darauf in einem weiteren Angriff heransegelten, nutzte Kawalsky seine Chance und stürmte los. Er wußte, er würde die Obelisken nicht mehr rechtzeitig erreichen, doch es war einen Versuch wert – wie immer.

»Zwei weitere! In Deckung!« Feretti brüllte ihm seine Warnung aus einem lächerlich flachen Graben heraus zu, den er am Fuß der Rampenmauer entdeckt hatte.

Kawalsky hetzte die steinerne Schräge hinab, schaute über die Schulter zurück. Ein dritter und vierter Gleiter stieß von der gegenüberliegenden Seite des monströsen Bauwerks auf sie herab. Beide Piloten feuerten gleichzeitig. Die Zwillingsfeuerbälle kreischten auf ihn zu. Kawalsky schlug Haken und präsentierte ihnen aus vollem Lauf heraus einen Schwalbensprung in die Dünen – eine Zehntelsekunde, bevor ein großer Teil der Rampe in tausend Stücke gerissen wurde.

ZWEIUNDZWANZIGSTES KAPITEL

›Warte auf mich!‹

Wenn ihn ein Spiel amüsierte, war Ra ein meisterhafter Spieler. Er hatte oft gewonnen, nicht nur aufgrund seiner Erfahrung, sondern dank einer viel wichtigeren Befähigung: dem unbändigen Willen, alles zu kontrollieren und zu beherrschen. Ra war ein sehr schlechter Verlierer.

Während sich tief unter ihm der Sturm auf die Pyramide ausweitete, amüsierte sich der ewig junge Ra damit, zwei Spiele gleichzeitig zu spielen – und, davon war er überzeugt, beide zu gewinnen. Er hatte die Menagerie der Kinder in seinem Wohngemach um sich herum versammelt, auf daß sie Zeugnis ablegen konnten von seiner übermenschlichen Gelassenheit; er entspannte sich bei einem alten Brettspiel und befehligte gleichzeitig die Vernichtung der abtrünnigen Erdlinge.

Bolzengerade auf einem harten Holzstuhl sitzend, eine außergewöhnlich detaillierte Jagd-Szene auf die Arme tätowiert, schien er gänzlich aufzugehen im Kreise seiner Bewunderer. Das Spiel, das sie auf der Erde einst Schach der Pharaonen genannt hatten und das noch heute am Nil gespielt wurde, erforderte intensive Konzentration. Sein Gegner war ein hübscher dreizehnjähriger Junge und, wie alle in das Schiff verfrachteten Kinder, von Ra höchstpersönlich auserwählt worden. Er schätzte dieses Kind vor allen anderen ob seiner außergewöhnlichen körperlichen Schönheit; die Reinheit seiner Haut, seine geschmeidige Eleganz betörten ihn, – seine Intelligenz forderte ihn stets aufs neue heraus. Dieser Junge versprach, jener Freund und Gefährte zu werden, der er bisher niemals zu finden imstande gewesen war.

Der haushoch überlegene Spieler Ra setzte sein ›Handicap‹ bewußt höher, indem er nur dann auf die Spielfiguren – Pyramiden und Obelisken – hinabsah, wenn er selbst am Zuge war. Dies fügte dem gesamten Spiel eine zusätzliche psychologische Dimension hinzu, die Ra erfreute: Er mußte das Denken und Fühlen seines Gegners aufs genaueste kennen, wollte er dessen nächsten Zug vorhersehen.

Doch der eigentliche Nervenkitzel resultierte aus dem ›Handicap‹, das er sich in seinem kleinen Spiel mit den Erdlingen gesetzt hatte.

Voller Bedacht hatte er sich ein scheues, stotterndes Mädchen erwählt und ihm befohlen, sich auf den Fenstersims zu setzen und ihm laufend Bericht zu erstatten über das, was am Fuße der Pyramide geschah. Sobald sie darin nachließ, ihm alles Wichtige mitzuteilen – so hatte er ihr versprochen – würde er sie aus ebendiesem Fenster werfen. Das Mädchen war entsetzt, und so hatte sie noch mehr als sonst mit ihrer Behinderung zu kämpfen. Wie ein stotternder Papagei kämpfte sie gegen ihre Angst an, rang nach Worten und gab plappernd ihren Bericht von ihrem Aussichtspunkt an das Ohr ihres Herrn und Meisters weiter.

Soweit es Ra betraf, verwandelte diese Benachteiligung eine minderwertige kleine ›Aufräumarbeit‹ in eine raffinierte intellektuelle Herausforderung. Er gab sich nicht damit zufrieden, die Störenfriede nur zu töten, o nein, er gedachte, ihr Sterben gleich einem Musikstück zu inszenieren. Und er würde dies mit verbundenen Augen tun und mit einem auf den Rücken gefesselten Arm.

Als die Eindringlinge ihre Ankunft in der Eingangshalle durch eine ganze Reihe von Schüssen bekanntgaben, wartete Ra allerdings nicht mehr ab, bis das Mädchen ihre abgehackte Schilderung heraussprudelte. Jeder in diesem Raum konnte in der Wüstenstille den Widerhall der Schüsse so deutlich hören, als habe jemand in nächster Nähe gemächlich in die Hände geklatscht. Er rief Anubis herbei, den Eingang der Pyramide zu versiegeln.

Sodann zitierte er den Rest seiner Sicherheitsgarde zu sich – die letzten vier seiner Horus-Söldner – und befahl ihnen, sich in ihren *Udajeets* in die Lüfte zu erheben. Die Piloten sollten den plumpen Pöbel, der sich an den Obelisken versammelt hatte, zerschlagen und ihn mit aller zur Verfügung stehenden Feuerkraft vernichten. Zwei *Udajeets* wären hierzu bereits hinreichend imstande gewesen, doch wie immer trachtete Ra danach, mit aller verfügbaren Macht zuzuschlagen. Ohne ein Wort zu äußern, drehten sich die Soldaten um, aktivierten ihre Helme und verwandelten sich, während sie zu den Gleiter-Hangern eilten, in eine Schwadron bedrohlicher Falken-Gottheiten.

Ra war äußerst zufrieden mit sich, beugte sich vor und nahm mit seinem Obelisken die Pyramide des Jungen – ein Zug, der das Spiel sukzessive unter seine Kontrolle bringen würde. Doch zu seinem größten Ärger sah ihm weder sein Gegner noch irgendeines der anderen Kinder dabei zu, wie er gewann. Angelockt vom Bericht des Mädchens, hatten sie sich am Fenster versammelt, um mit eigenen Augen zu sehen, was in der Tiefe vor sich ging.

»So dient ihr mir also!« kreischte Ra und fegte mit einem Arm die Spielfiguren vom Feld. Er kam auf die Füße, als wolle er sich auf das ihm am nächsten stehende Kind stürzen – einen elf Jahre alten Jungen. Doch statt dessen wandte er sich Anubis zu.

»Du wirst die Bombe zusammensetzen und durch das Tor schicken – JETZT GLEICH! ordnete Ra an.

»Ich gehorche, Herr!« erwiderte Anubis, verbeugte sich und fügte theatralisch hinzu: »Oder ich werde sterben bei dem Versuch.«

Als sie den kurzen Gang mit den in die Decke und den Boden eingelassenen Quarz-Scheiben erreichten, hielt O'Neil seinen letzten Leuchtstab bereit und stoppte alarmiert. Fackeln waren in Wandhalterungen angebracht und entzündet worden. Nahe dem SternenTor lag auf einem Tisch, der bisher nicht dagewesen war, das silberne Tablett und darauf – deutlich zu erkennen – die zerlegte Bombe.

Jackson machte Anstalten, in den Raum hineinzutappen – er hatte es eilig, zum Tor hinüber zu kommen, doch O'Neil streckte den Arm aus und zwang ihn, abrupt stehenzubleiben. Nachdem sie ein solches Hindernisrennen hatten absolvieren müssen, um hierher zu gelangen, konnte O'Neil es nicht glauben, daß Ra ausgerechnet die Ziellinie unbewacht ließ.

Er schob sich auf das Tor zu, zündete den Leuchtstab und verbarg das zischende Ding hinter seinem Rücken. Als er nahe genug an den Durchgang herangekommen war, schleuderte er den Stab in hohem Bogen in den gegenüberliegenden Bereich des Raumes und setzte blitzschnell hinterher – auf jeden Hinterhalt vorbereitet.

Der Raum war leer.

»Okay, Jackson, heiz die Kessel an . . .«

Jackson hatte es nur zu eilig, ihm diesen Gefallen zu tun und hetzte zum Sternentor. Dort angekommen, gab er Sha'uris Hand frei, legte das Gewehr am Fundament des gewaltigen Quarz-Ringes ab und machte sich an die Arbeit.

Sha'uri hatte Zeit ihres Lebens von dem SternenTor gehört, doch nun sah sie es zum ersten Mal und war genauso überrascht von seiner finsteren Schönheit wie die Menschen auf der Erde, die seinen Zwilling erblickt hatten. Sie kam sich wie ein Eindringling vor, als würde sie heiligen Boden schänden. Sie erinnerte sich an alles, was sie in den Katakomben über Ra und diesen Ort in Erfahrung gebracht hatte, doch sie konnte ihre Schuldgefühle dennoch nicht zur Gänze unterdrücken.

Und als sei dies nicht verwirrend genug, wußte sie, daß ihr Schicksal sich in genau jenem Moment entscheiden würde, in dem der Ring zum Leben erwachte ... Sie konnte sich seinen Energien anvertrauen und mit Dan-yur in jene andere Welt hinüberwechseln ... oder hierbleiben und das Los akzeptieren, das Ras Kreaturen ihr zugedacht hatten.

Daniel zog derweil das Notizbuch aus der Tasche, in dem die sechs Symbole von der Kartusche in den Katakomben verzeichnet waren. Er riß die betreffende Seite heraus, dann strich er mit der rechten Hand über den beweglichen inneren Ring der Apparatur. Es gab nur ein Minimum an Widerstand. Er drehte das erste Symbol an Ort und Stelle. Der Ring gab ein scharfes Klicken von sich; gleich darauf öffnete sich einer der Verschlüsse im oberen Bereich des Ringes und enthüllte das darin befindliche Quarz-Juwel. Als er die zweite Konstellation nach oben drehte, spürte er Sha'uris Berührung an seinem Arm.

»Nani?« fragte er.

»Koner onio«, sagte sie. Als Daniel sie nicht gleich verstand, deutete sie auf den Tisch, an dem der Colonel die Bombe zusammensetzte. Daniel konnte es nicht glauben. Sie waren so dicht daran, all das hier zu einem Ende zu bringen – und O'Neil hatte nichts anderes im Sinn, als sie in die Luft zu jagen.

»Hey! Was machen Sie da?« brüllte er ihn an. »Ich dachte, wir sind uns einig, daß wir das SternenTor auf der Erde schließen müssen.«

O'Neil sah auf, doch er unterbrach seine Tätigkeit nicht. Er wußte, es war ein Wettlauf gegen die Zeit. Er wischte sich den Schweiß von der Stirn und fuhr fort, die schreckliche Apparatur zusammenzubauen. »Das genau ist es, was ich von dir erwarte, Jackson – daß du in den Silo zurückgehst und das Tor zerstörst.«

»Verdammt, ich dachte, wir kehren *zusammen* dorthin zurück und –«

»Kleine Änderung des Plans, Jackson!« Sein Ton machte deutlich, daß er nicht bereit war, darüber zu verhandeln. »Ich bleibe hier.«

»Sie bleiben – *was?* – Warum? Von was reden Sie?«

»Ich muß sicherstellen, daß dieses Ding hier hochgeht. Das

war mein Job, und ich tu meinen Job.« Und damit stieß O'Neil den orangefarbenen Schlüssel in die dafür vorgesehene Öffnung zwischen den beiden Bomben-Zylindern. Dann hämmerte er zusätzliche Instruktionen in das miniaturisierte Keyboard. Sobald er die ENTER-Taste antippte, begann auf dem Display eine rote Zahlenreihe zu blinken.

12:00 – 12:00 – 12:00

»Was ist mit Kawalsky und Feretti? Was ist mit *IHR?* sagte Daniel und zeigte auf Sha'uri.

»Nimm sie mit, wenn du willst, aber beweg deinen Arsch.« Er drückte die ENTER-Taste ein zweites Mal, und der Countdown lief. 11:59 – 11:58 – 11:57. Daniel war völlig außer sich. Er stand da und kapierte nicht, warum O'Neil das tat.

»Die Zeit läuft, Jackson.«

Daniel sah Sha'uri an, dann wieder O'Neil. Er wollte noch etwas sagen – als ein scharfes Klicken aus dem angrenzenden Raum sie alle erstarren ließ. Dann jagte ein zischendes, glühendheißes weißes Etwas in den Raum und traf Sha'uri zwischen den Schultern.

Daniel warf sich auf sein Gewehr, ruckte herum und feuerte in blindem Zorn. Drei rasend schnell aufeinander folgende Schüsse explodierten im Magen des Falken-Kriegers, rissen ihn beinahe komplett in zwei Hälften.

Daniel hetzte zu Sha'uri zurück, die am Boden lag, und barg sie in seinen Armen. Sie blutete fürchterlich. Sie war ohnmächtig. Er preßte seine Lippen auf ihre Stirn, flehte das Mädchen an, durchzuhalten, stark genug zu sein, lange genug zu leben, bis er sie durch das SternenTor bringen und sie medizinisch versorgen lassen konnte.

O'Neil kam zu ihm und sah nach Sha'uris Wunden. Er tastete nach ihrem Puls – doch da gab es keinen Puls mehr.

Sie war tot.

10:45 – 10:44 – 10:43 . . .

»Die haben uns, Mann, die haben uns am Arsch, und wir haben die Hosen bis zu den Knöcheln heruntergelassen, Mann, wir sind gottverdammte Idioten –«

»Reiß dich zusammen, Soldat!« knurrte Kawalsky.

Sie befanden sich in dem Spalt zwischen dem Sand und der Rampenmauer – einem Spalt, der viel zu flach war, um sicheren Schutz vor den Gleitern zu bieten. Der Lieutenant hob den Kopf und begutachtete den Schlamassel. Es sah so aus, als habe Feretti recht.

Der Luftangriff hatte sie völlig überrascht. Seine großartige Kampftruppe war links und rechts der Rampe verstreut und nur mehr ein Durcheinander fliehender, schreiender, in panischer Angst nach Deckung suchender Menschen. Sie hatten keine Funkgeräte, keine gemeinsame Sprache und – das schlimmste von allem – keinen Plan.

Die Gleiter kreuzten über ihnen im Tiefflug und nahmen das Areal unter Bordwaffenbeschuß. Jeder ihrer Anflüge wurde mit weniger Bodenfeuer begrüßt, und sie schienen sich im Gegenzug damit zufriedenzugeben, die Angreifer an Ort und Stelle festzunageln, anstatt sie auszuradieren. Vielleicht auch nicht. Einer der Gleiter raste aus dem Nichts heran und sandte ein Feuerwerk flirrender Lichtkugeln auf sie herab. Es traf die Rampe weniger als zehn Meter entfernt und blies so mühelos ein Loch in das Bauwerk, als bestünde es aus Styropor.

»Mann, wir sitzen hier herum wie Enten! Und diese Burschen wissen das.«

»Ganz cool, Feretti, ich hab' einen Plan«, murmelte Kawalsky gedankenabwesend.

»Einen PLAN?« Feretti glaubte, sich verhört zu haben. »Wir hocken hier wie auf dem Präsentierteller herum, befinden uns unter schwerem Sichtkontakt-Feuer, die Formation unserer glorreichen Truppe ist im Arsch, wir sind total ausgetrickst, und die nächsterreichbare Unterstützung ist verdammt weit weg. Was immer du im Schilde führst, Kawalsky – ich würd's mir zweimal überlegen, ob ich das Wort *Plan* dafür benutzen würde.«

Kawalsky versuchte, die Tirade zu ignorieren. Er spähte über die Kante der Rampe – dorthin, wo die Reihe der Quarz-Fuhrwerke noch immer zwischen den Obelisken stand.

»Okay – du willst sehen, was ich unter *Plan* verstehe? – Dann paß mal auf«, rief er, schnellte hoch und aus dem Graben hinaus. Mit gewaltigen Schritten jagte er über den Sand und wich den ersten blutroten Feuerstößen aus.

»Jackson – das Tor!« O'Neil legte eine Hand auf Daniels Schulter, schüttelte ihn freundschaftlich. »Wir haben keine Zeit. Wir müssen dich zurück in den Silo bringen. – Jackson?« O'Neil drang nicht zu ihm durch.

Sekundenlang sah er Jackson nur an, wie er am Boden kauerte und die Arme um Sha'uri geschlungen hatte. Er verstand, was es hieß, auf diese Art zu trauern, jemanden selbst dann noch festzuhalten, wenn man längst wußte, daß es vorbei war. Er hatte seinen Sohn mehr als zwei Jahre lang festgehalten. Doch Jackson konnte er diesen Luxus – diese Hölle – nicht gönnen. Er hebelte seinen Griff auf, löste einen Finger nach dem anderen, dann riß er Jackson auf die Füße, spie ihm dieselben hohlen Phrasen ins Gesicht, die er sich so oft hatte anhören müssen.

»Es ist vorbei, Jackson. Sie ist tot. Reiß dich zusammen ... komm schon ... fang an, wieder zu *denken!* Ich brauche dich, um diese ganze Scheiße über die Runden zu kriegen!«

Daniel stand unsicher vor dem Schlund des SternenTores, unfähig, sich zu erinnern, wer er war und was er hier zu suchen hatte.

»Sieht so aus, als würden wir Gesellschaft bekommen«, hörte er O'Neil sagen.

Ein knisternder Stachel aus quarz-blauem Licht schoß aus der Transfer-Scheibe draußen empor zur Decke und begann sich auszubreiten. Als Daniel sich umwandte und dies sah, konnte er nur noch eines denken – *der Sarkophag – der Sarkophag – der Sarkophag!* Dieses Ding hatte ihn ins Leben zurückgebracht, vielleicht vollbrachte es dieses Wunder mit Sha'uri ein zweites Mal!

O'Neil stand am Fuß der Stufen, die zu dem gewaltigen Ring emporführten. Daniel sprang ihn ohne jede Vorwarnung an, schleuderte ihn und den Tisch und das silberne Tablett und die Bombe zu Boden und war bereits wieder auf Händen und Füßen und zu Sha'uri unterwegs.

Als O'Neil seine Benommenheit abschüttelte, hochkam und lostaumelte, stand Jackson bereits – das Mädchen in den Armen haltend – hinter einem glitzernden Vorhang aus blauem Licht auf der Transfer-Scheibe. Er war sich der Gefahr bewußt; Sha'uris Beine baumelten gefährlich nahe an dem blauen Strahlenkreis. Dort, wo sich das Licht zu einem transparenten Zylinder vereinte, hing eine Falte von Sha'uris Robe über den Rand hinaus. Der Strahl glitt geradewegs durch den Stoff, durchtrennte ihn in einem sauberen Schnitt. O'Neil beobachtete, wie er zu Boden segelte.

»Jackson, was zur Hölle tust du? Die Bombe!«

Er begann bereits zu verschwinden. O'Neil umkreiste die Transfer- Scheibe wie ein Wolf, der Beute witterte, und dann hörte er Jacksons Stimme wie aus einem Traum zu sich herüberwehen.

»Warte . . . auf . . . mich . . .«

Dann war er weg – sein Körper löste sich in einem aufwärts zuckenden Lichtstrahl auf.

O'Neil drehte sich um und sah auf die Uhr: 10 Uhr 08.

Dann traf ihn der Schlag am Kopf. Im nächsten Moment saß er auf seinem Hintern. Er war benommen. Der ganze Raum schien zu kippen – und mit ihm dieser riesige Schemen . . .

O'Neil stieß sich beiseite – und brach zusammen. Er spürte, wie sich alle seine Nackenhärchen aufrichteten. Großartig! Er hatte gewußt, daß dieser Moment unweigerlich kommen würde. Er wälzte sich auf den Rücken. Seine Sicht klärte sich. Über ihm stand – bereit, ihn zu töten – der Zwillingsbruder jenes knorrigen Fossils, über dessen Überresten er in dem Silo meditiert hatte – stand der gewaltige, gepanzerte Krieger mit dem Schakalkopf . . .

Anubis!

Ras oberster Kriegsherr!

Kawalsky stemmte sich gegen das Fuhrwerk, doch dieses Gewicht war selbst für einen Mann seiner Stärke zuviel. Dann eilten die ersten beiden *Hüter* aus den Dünen herbei, um ihm zu helfen, und Kawalsky verdoppelte seine Anstrengungen, warf sich erneut gegen die Seite des Gefährts und verdeutlichte ihnen dadurch schneller als mit allen Worten seine Strategie.

Dann sprudelte er doch noch – wenn auch nur für sich selbst – heraus: »Zuerst kippen wir den Karren hier um. Dann den hier, und schließlich den. Wir kippen sie alle um, bauen uns ein kleines Fort – okay?«

»Oh-khaaaay!« stimmten sie ihm enthusiastisch zu.

Kawalsky starrte sie an. »Ihr habt kein Wort verstanden, hab' ich recht?«

Natürlich hatte er recht.

Dennoch hatten sie begriffen, was der große Mann ihnen zu sagen versucht hatte. Etwas sollte geschehen, und sie mußten ihm dabei helfen.

Sobald die Luft rein war, sprang Kawalsky auf, postierte die Jungen links und rechts von sich, und mit vereinten Kräften gelang es ihnen, das Fuhrwerk auf die Seite zu kippen, so daß es wie ein auf dem Rücken liegender Käfer aussah. Dann wandten sie sich dem nächsten zu.

Skaara und Feretti kamen gleichzeitig an, um zu helfen. Sie warfen die Quarz-Ladung ab, kippten das Fuhrwerk um und duckten sich darunter, um dem nächsten Sperrfeuer der Gleiter zu entgehen.

Auf Händen und Knien testete Kawalsky das Gewicht des Karrens, dann richtete er sich wie Atlas langsam auf und stemmte sein Ende des Vehikels in die Luft. Die anderen folgten seinem Beispiel und hoben den Karren über ihre Köpfe. Dann zogen sie sich zwischen die Obelisken zurück – ein gigantischer Wüsten-Tausendfüßler.

Nachdem der provisorische Bunker stand, rief Skaara die restlichen *Hüter* zu sich. Sie kamen aus allen Richtungen, huschten geduckt aus perfekt getarnten Verstecken im Sand, rannten im Zick- zack heran. Kawalsky und Feretti gaben ihnen Deckung. Die Gleiter kehrten zurück.

»Nabeh! Anda ni, anda ni!« brüllte Skaara.

Nabeh war noch immer auf der Rampe, fast hundert Meter entfernt. Nach weiteren Anfeuerungsrufen fiel er in einen o-beinigen Spurt und rannte, so schnell es ihm möglich war, die Rampe hinab. Er hatte die Hälfte des Weges geschafft, als die

Gleiter nahe genug waren. Einer der Piloten erblickte ihn und raste im Tiefflug auf ihn zu.

Skaara versuchte Nabeh zu warnen. »Khem eem, khem eem! – Spring herunter – spring herunter! Doch Nabeh hatte keine Chance; vorangetragen von der eigenen Begeisterung, setzte er seinen rasenden Lauf fort. Bevor ihn irgend jemand aufhalten konnte, kroch Skaara ins Freie, rannte los und signalisierte Nabeh, endlich von der ungeschützten Rampe zu verschwinden.

Seinem verrückten Freund blieb keine Zeit mehr, zu reagieren. Das kleine Flugzeug feuerte zweimal in rascher Folge. Vor Nabeh explodierte die Rampe in einem Inferno aus Splittern und Staub. Skaara fühlte eine Woge allgegenwärtiger Hitze auf den Wangen – dann trafen ihn die ersten heranfliegenden Gesteinstrümmer.

Der Wind trieb den Staub geradewegs zu den Rebellen. Als sich die Sicht schließlich klärte, gab es keine Spur von Nabeh – oder dem, was von ihm noch übrig war. Ihr einziger Hinweis war der unförmige grüne Helm, der aus dem Rauch herausgerollt kam.

Skaara schrie sich die Verzweiflung aus dem Leib – und fand sich plötzlich in einem stahlharten Griff. Kawalskys fleischige Hand hatte sich um sein Armgelenk geschlossen; der Hüne schleppte ihn wie eine Puppe zurück zu der Barrikade.

Dort angekommen, stopfte er Skaara unter die Karre und hielt ihn fest, bis er sich nicht mehr dagegen wehrte. Dann fragte er Feretti, wie er ihre Chancen sah. Es dauerte nur eine Sekunde, bis sie sich darin einig waren, daß sie keine hatten.

»Okay, dann also Trick siebzehn. Konzentrieren wir unsere Feuerkraft alle auf ein und dasselbe Ziel!« Kawalskys Stimme klang eindringlich; er riß den Granatwerfer hoch, den die *Hüter* im Basis-Lager gefunden hatten. »Das Baby hier sollte imstande sein, die Spielzeug-Jets auseinanderzunehmen.«

Feretti rollte sich auf den Rücken und wickelte drei Granaten aus seinem langen Wüsten-Kaftan.

Zwei Sekunden später waren sie bereit. Der erste der Gleiter schoß heran. Die ersten sorgfältig gezielten Schüsse blitzten auf. Kawalsky zeigte auf den Gleiter, und die Jungen verstanden.

»Jetzt!« brüllte Kawalsky. Zehn normale Gewehrläufe ruckten zeitgleich mit dem Lauf des Granatwerfers nach oben, fanden ihr Ziel – und bliesen ein Loch in die Luft. Die Granate jedoch traf den Jet am Heck. Der Treffer schien nur geringen Schaden anzurichten . . . Für einen Augenblick sah es so aus, als würde der *Udajeet* geradewegs in die Fuhrwerke hineinrasen, doch dann gelang es dem Piloten, den torpedoförmigen Gleiter hochzureißen und nur ein paar Meter entfernt über ihre Köpfe hinwegzusteuern. Ein gewaltiger Krach folgte; eine der Tragflächen streifte den Obelisken; der Gleiter wurde herumgeschleudert, wirbelte gleich einem Wurfstern in die Dünen hinaus und verging in einem Feuerball.

Daniel kam im Palast des Sonnen-Gottes an und fand sich der auf Hochglanz polierten Skulptur des Widder-Gottes Chnum gegenüber. Er drehte sich spähend um die eigene Achse – doch der Raum war vollkommen leer.

Er nahm Sha'uri auf und hetzte in den prachtvollen Thron-Saal. Die kolossalen, in die Säulen gemeißelten Steinfiguren schienen auf ihn herabzustarren, als er den Raum der Länge nach durchschritt. Die Echos seiner Schritte hallten von den Wänden wider. Dann bog er in den Durchgang ein, der zu jenem Raum führte, in dem der Sarkophag stand, der ihn – wie auch immer – ins Leben zurückgeholt hatte.

Er stand offen.

Er bettete Sha'uri auf die steinerne Liege im Zentrum der Apparatur. Die Maschinerie erwachte augenblicklich zum Leben. Daniel beobachtete, wie die Liege mit Sha'uri in der heilenden Grabstatt nach unten sank und die dicken Mauern des Deckels sich schlossen. Erst als Sha'uri verschwunden war, begriff Daniel, wie verrückt das Ganze war. Er hatte keine Ahnung, wie lange der Heilungsprozeß dauerte – oder ob die Maschine überhaupt angeschaltet werden mußte. Jetzt war er in Ras unmittelbarem Einflußbereich gefangen – ohne jede Chance, daraus zu entkommen. Als Sha'uri unten auf die

Transfer-Scheibe getreten war, hatte er nur ein paar vage Vorstellungen davon gehabt, mit Ra verhandeln zu müssen, ihn inständig um eine Abmachung zu bitten, einen Waffenstillstand, irgend etwas ... Jetzt, mit ein wenig mehr Zeit zum Nachdenken, begriff er, wie grotesk diese Vorstellungen gewesen waren.

Hinter dem goldenen Sarkophag versteckt, wagte er kaum an die Folgen dessen zu denken, was er getan hatte. Er sah auf seine Hand hinab; er hielt noch immer den Fetzen Papier mit den Koordinaten der Erde. Er hämmerte seinen Kopf rückwärts gegen den Sarkophag. Er hatte die Chance vertan, auf die Erde, in den Silo, zurückzugelangen und einen Deckel auf diese Büchse der Pandora zu knallen, bevor sie ihre Dämonen in die Colorado Mountains ergießen konnte.

Er begutachtete die Seite des Sarkophags, hoffte irgendeinen Fingerzeig zu finden. In langen, goldenen Gravuren wurde die Geschichte des Osiris erzählt. Von seinen Feinden in vierzehn Stücke zerrissen, hatte man seinen Körper über die Sümpfe des Nils verstreut. Seine Frau Isis suchte gemeinsam mit Nephthys in Papyrusbooten die Sümpfe ab und fand die Körperteile. Sie setzte sie wieder zusammen, dann bedeckte sie sie mit einem Tuch und mit Papier. Der letzte Teil der Gravur zeigte Osiris' Wiedergeburt.

Daniel sah auf – und in Ras golden schimmerndes Gesicht. Er stand völlig gelassen am Fuß der mysteriösen Grabstatt. Daniel wich bis ans Fußende des Sarkophags zurück; und noch vier, fünf Schritte weiter, in Richtung Tür. Ra unternahm keinen Versuch, ihn aufzuhalten. Kinder tauchten in dem Durchgang auf. Sie kamen aus Ras Gemach, eilten über die Stufen des Thrones hinab. Daniels erster Impuls war, loszurennen, doch dann fiel ihm O'Neil ein ... und die Bombe. Vor diesem Dämon gab es kein Versteck; keines, das er schnell genug erreichen konnte.

Ra trat zwischen Daniel und den Sarkophag; er tat verwirrt.

»Warum?« fragte er sanft. »Warum bist du hier?«

Daniel bewegte sich nicht, antwortete nicht.

»Deswegen?« Ra sah auf den Sarkophag, dann zurück zu Daniel. »Hast du ihm etwas anvertraut?«

Daniel stürmte los, warf sich mit vorgerissenen Händen auf Ra. Er war so schnell wie niemals zuvor in seinem Leben – und erreichte sein Ziel dennoch nicht. Ra hob lediglich die Hand und offenbarte ein seltsames Gespinst mit einem münzgroßen Juwel, eine Art Auge. Dann war es, als laufe Daniel gegen eine unsichtbare Wand; als schlage ein Unsichtbarer mit brutaler Gewalt auf ihn ein. Er taumelte zurück, spürte weitere Hiebe, brach zusammen, spuckte Blut, und es ging immer noch weiter; ein ungeheuerliches Gewicht lastete auf ihm, und noch mehr Schläge trümmerten auf ihn herab und ...

... dann lag er auf dem Rücken, und ein schreckliches Grinsen verzerrte sein Gesicht, verzerrte es immer mehr, ein Gefühl, an das er sich nur zu gut erinnerte ... *Das gleiche Gefühl wie während der Reise durch das SternenTor ...*

Ra lächelte und schlenderte zu der Maschine. Er strich mit einer Hand über den Deckel, bemerkte fasziniert die Angst und die Sorge in Daniels Gesicht. Der Sarg öffnete sich und offenbarte eine friedlich schlafende Sha'uri. Der Riß über ihrer Augenbraue, den sie im Verlauf den Angriffs auf Nagada davongetragen hatte, war nahezu verheilt.

»Hana'i hana'e«, wisperte Ra. Was soviel hieß wie: *sehr romantisch!* – Er griff in den Sarkophag und strich mit dem Rücken seiner goldenen Finger zärtlich über Gesicht und Körper des Mädchens.

»Sehr, sehr klug.« Er schien tatsächlich beeindruckt von Daniel. Dann setzte er hinzu: »So könnt ihr denn gemeinsam sterben.«

O'Neils Instinkte übernahmen. Noch bevor sein Gegner reagieren konnte, hatte er den ein Meter fünfzig langen Stab gegen Anubis' Helm gerammt und ihn zwei, drei Schritte zurückgetrieben. Im gleichen Sekundenbruchteil war O'Neil katzengeschmeidig wieder auf den Füßen, schmetterte den größeren Mann gegen die Wand des engen Torweges und warf sich auf den Impuls-Strahler. Doch Anubis' Griff war zu fest. Es war unmöglich, die Waffe auch nur einen Zentimeter weit von der Stelle zu bewegen; und dann krachte auch schon die Eisenfaust des Schakals auf O'Neils Wange herunter und schmetterte ihn zu Boden.

Noch bevor er richtig lag, war O'Neil bereits wieder in Bewegung, um dem Impuls-Stoß zu entgehen, der ohne jeden Zweifel kommen würde. Er rollte sich weg, wechselte unvermittelt die Richtung. Als habe er es gewußt, explodierte im nächsten Moment die Stelle, an der er normalerweise zu liegen gekommen wäre.

O'Neil war auf den Füßen, registrierte Anubis' Schatten aus den Augenwinkeln und reagierte; er riß sich hoch und – trotz der Enge des Korridors – herum in eine fließende Karatebewegung; seine Handflächen tippten kurz gegen die Wand – und der Tritt saß genau im Ziel! Anubis' Schädel wurde in den Nacken gerissen. Der Aufprall trieb den monströsen Gegner einen Schritt weit in den SternenTor-Raum zurück, doch er erledigte ihn nicht. O'Neil kam federleicht auf, beide Fäuste zur Deckung erhoben. Der Schakal hatte sein Gleichgewicht bereits wiedergefunden. Der Gewehrlauf ruckte abermals hoch.

Als O'Neil sah, was geschah, tat er das einzig Vernünftige: Er brachte die nächste Korridorbiegung zwischen sich und das Monstrum und tauchte in die Große Galerie ein. Der Feuerstoß des Schakals zertrümmerte das Mauerwerk des gewölbten Korridors und winselte als Irrlicht in die Finsternis davon. O'Neil rannte so schnell wie noch nie zuvor in seinem Leben.

Die Große Galerie war schwärzer als das Sekret des Tintenfisches, und der Colonel hoffte, daß dies als Tarnung genügte. Er rannte so weit wie er konnte in die Dunkelheit hinein, bevor er sich zu Boden warf. Anubis' Schatten tauchte bereits an der Biegung auf – und geisterte viel zu schnell heran.

O'Neil gab ihm genau fünfzehn Sekunden, um das Gefühl der Jagd zu genießen. Zehn Meter weit draußen in einem See aus Dunkelheit, geduckt, angespannt wie eine Stahlfeder, wartete er auf den Jäger, der – ohne dies zu wissen – längst zum Gejagten geworden war. O'Neil beobachtete völlig gefühllos, wie sich der klobige Schakal-Schädel ruckartig hin- und herbewegte und schließlich trotz der Finsternis genau in seine Richtung starrte. Anubis tat einige weitere Schritte, dann griff er an den Rand seines Helmes, nahm eine Einstellung daran vor und stapfte noch näher. Unmittelbar bevor auch Anubis von der Schwärze verschluckt wurde, sah O'Neil den Helm in dem Schulterjoch verschwinden.

Ein kaum wahrnehmbares Scharren von Schritten wurde laut; ein Klirren von Metall auf Metall. Dann war wieder alles still.

O'Neil zwang sich, seinen Atem unter Kontrolle zu halten; er horchte konzentriert in die Schwärze.

Gleich darauf – und viel näher – hörte er das Kratzen...

Als O'Neil begriff, was geschah, war es bereits zu spät. Der Lauf des Impuls-Strahlers fuhr gleich einer Sense von rechts nach links über den Boden und schmetterte gegen die Beine des Colonels.

O'Neil brachte sich mit einem grotesken Hüpfer in Sicherheit, wich weiter zurück, lauschte, wartete. Ohne Warnung traf ihn das klobige Ende des Stabes am Mund, trieb seine Lippen gegen die Zähne, ließ sie aufplatzen. O'Neil setzte seinen Rückzug in eine andere Richtung fort, bewegte beide Hände in rasend schnellen Kreisen durch die Luft, versuchte sich vor dem nächsten Hieb zu schützen, so gut es ging. Ein pfeifendes Geräusch ließ ihn den Kopf zurückreißen. Die Waffe sauste wie eine Axt mit titanischer Wucht an seinem Gesicht vorbei. Dann sah O'Neil Anubis' Körperumrisse – glitt vor, kreiselte herum und rammte ihm den Ellbogen gegen die Nase.

Der Impuls-Strahler schlitterte über den Boden. O'Neil hechtete in die Richtung, aus der das Geräusch gekommen war, tastete wie von Sinnen nach der Waffe – und *hatte* sie.

Im nächsten Moment fiel ein Gebirge auf ihn. Anubis meldete seine Besitzrechte mit einem zornigen Knurren und einer Serie von Nierenschlägen an. O'Neil rammte ihm die Stiefelspitze ins Gesicht, hatte Luft, stieß sich windend und schlagend nach hinten; nahm den Strahler mit. Begleitet von explosionsartigem, keuchendem Atem setzte der Schakal hinter ihm her. Jeder von ihnen wußte, daß derjenige, der sich diese Waffe eroberte, den anderen töten würde.

Anubis packte den Lauf der Waffe, zerrte daran wie ein Straßenköter an einem frischen Knochen.

O'Neil wurde herum- und hochgerissen, verpaßte dem Monstrum zwei, drei weitere Tritte – und kassierte genauso viele Schläge in Bauch und Gesicht. Er würde es nicht schaffen. *Nicht auf diese Art.*

Also entschied er, daß dieses Spiel hier zu gefährlich war – und zu zeitaufwendig. Er wartete den richtigen Augenblick ab und ließ die Waffe los. Der Schakal setzte sich völlig unmonströs auf sein Hinterteil.

O'Neil rannte bereits dem Licht des SternenTor-Raumes entgegen.

5:20 – 5:19 – 5:18 . . .

Eines der Flugzeuge raste fünfhundert Meter entfernt um die Pyramide herum und donnerte im Tiefflug heran. Kawalsky deutete auf ihr neues Ziel – und zählte von fünf an rückwärts – ziemlich langsam sogar.

Keiner von ihnen bemerkte die andere Maschine, die – ebenfalls im Tiefflug – aus der Wüste heranschoß. Auf das Kommando »LOS!« feuerten sie alle synchron. Die Jungen entfernten sich trotz Kawalskys kristallklarer Befehle mehrere Schritte weit von ihrer Deckung. Das erste Flugzeug drehte plötzlich ab und überließ sie offen und ungeschützt der unerwarteten Attacke seines Partners.

Weiße Impulsstrahlen flackerten heran und töteten fünf der Kinder augenblicklich. Ein weiterer Junge starb, als einer seiner Freunde wild um sich schießend herumkreiselte. Er mähte den unmittelbar vor ihm stehenden Jungen buchstäblich nieder. Als er begriff, was er getan hatte, brach der Junge in die Knie, während rings um ihn herum ein Inferno weiterer Feuerschläge tobbte. Feretti robte hinaus, erreichte das Kind und brachte es in Sicherheit. Der Junge schrie hysterisch – das hatte Kawalsky gerade noch gefehlt!

Ein paar Minuten später versuchten die Gleiter den gleichen Trick ein zweites Mal. Und mit zwei Ködern. Das zweite Luftschiff würde vermutlich wie zuvor aus der Wüste heraus angreifen, über die Fuhrwerke hinweg beschleunigen und abdrehen, um der Pyramide auszuweichen.

Die Situation unter den Karren war völlig chaotisch; die Jungen schrien, weinten, redeten wild durcheinander. Kawalsky hatte keine Chance, zu einem von seinen Amateur-Kämpfern durchzudringen. Als die Gleiter heranrasten, sprangen sie bereitwillig noch einmal in dieselbe Falle.

Unmöglich, sie aufzuhalten.

Kawalsky brüllte aus Leibeskräften.

Feretti war – außer ihm – der einzige, der verstand, was da vorging. Er wartete auf den ersten Gleiter, wartete, bis er abdrehte, um sich in Sicherheit zu bringen, dann stürzte er aus seiner Deckung unter dem Karren hervor und schickte ihm sein kleines Abschiedsgeschenk hinterher. Feuer und Rauch explodierten hinter dem Granatwerfer, als das Geschoß abzog...

... und sein Ziel verfehlte!

Der zweite Pilot konzentrierte sich ganz auf den unmöglichen Winkel, in dem er abzudrehen hatte, und feuerte keinen einzigen Schuß ab. Er zog seine Maschine in dem Moment über die Fuhrwerke hinweg, als Feretti ihre letzte Granate fliegen ließ. Das Projektil schlug in die Unterseite des Gleiters, zertrümmerte den Rumpf wie billiges Brillenglas.

»Zurück unter den Wagen! Runter mit euch!« Kawalsky trieb die Jungen in Sicherheit, bevor das verbleibende dritte Flugzeug heran war.

Der zerborstene Gleiter raste auf die Pyramide zu; wurde in letzter Sekunde in einen vertikalen Steigflug hochgezogen. Überlastete Antriebsmaschinerien winselten schrill. Beinahe hätte es der Pilot geschafft. Beinahe. Dann schmetterte der Gleiter gegen eine überstehende Kante des Raumschiffes, das sich über die Spitze der normalen Pyramide gestülpt hatte. Der Gleiter verging in einem gewaltigen Explosionsdonner und knisternden blauen Lichtentladungen.

Als die brennenden Trümmer an den Seiten der Pyramide entlang zu Boden regneten, sprangen die Jungen ein weiteres Mal hinaus, jubelten sich die Seele aus dem Leib und schossen auf den Feuerball, bis ihre Gewehre leer waren.

O'Neil warf sich inmitten des Durcheinanders aus erbeuteten Einzelteilen auf die Knie und suchte in fiebriger Hast den Boden ab. *Das Silbertablett . . . die Bombe . . . die Pistole . . .*

»Wo ist die Karte mit dem Zugriffs-Code?« murmelte er so heftig, daß es wie ein Fluch klang.

Er starrte zu der Bombe hinüber.

3:39 – 3:38 . . .

In dem Durchgang war das charakteristische Klicken eines Impuls- Gewehrs zu hören, das entsichert wurde. Es war völlig ungeschützt, es gab keine Deckung. Nicht einmal Zeit, sich herumzudrehen. Als der Schuß fiel, riß O'Neil das Silbertablett wie einen Schutzschild vor sich hoch. Die spiegelnde Oberfläche der Platte reflektierte die volle Wucht der Energiekugel, sandte sie dorthin zurück, woher sie gekommen war. O'Neil war auf den Füßen und schleuderte das Tablett wie ein Sägeblatt in Richtung Torbogen. Anubis wich ins Zwielicht des Korridors zurück – doch als er sich wieder vorbeugte, um einen zweiten Schuß abzufeuern, wurde er von O'Neils Stiefeln willkommen geheißen. Der Schakal brach in die Knie und kippte nach vorn. Er versuchte sich noch einmal hochzustemmen, doch zwei Knie landeten zwischen seinen Schulterblättern und rammten ihn wieder zu Boden. O'Neil kicherte vor Anspannung völlig verrückt und packte die Schnauze des Schakal- Helmes, riß sie mit einem Ruck zur Seite, versuchte, Anubis das Genick zu brechen – ohne zu begreifen, daß die Quarz-Struktur des Helmes dies verhinderte.

O'Neil sah das lange Gewehr unmittelbar neben sich und versuchte es. Ohne Anubis' Rücken freizugeben, beugte er sich vor und wischte das Gewehr in die Dunkelheit der Großen Galerie. Er mußte die Bombe entschärfen. Er würde sich später um diesen Gegner hier kümmern.

Phantomhaft schnell war O'Neil wieder weg. Anubis richtete sich wankend auf, rieb sich das Genick und ruckte herum, um sich dem Erdling zu stellen. Doch der war abermals im Sternen-Tor-Raum verschwunden.

Bevor Anubis ihm dorthin folgte, berührte er den Skarabäus, der auf dem Rücken seiner Handgelenks-Panzerung saß. Vier rasiermesserscharfe Klauen zuckten aus der Rüstung hervor, verwandelten seine Hand in eine mörderische Waffe. Wie sein Helm, waren auch diese Klingen aus pulverisiertem Quarz gefertigt und in einer gasförmigen Membran geborgen, bis sie benötigt wurden. Anubis drehte sein Handgelenks-Armband, richtete die Klauen aus, dann stapfte er in den SternenTor-Raum, wo der Erdling auf Händen und Knien umherkroch.

Beide Männer blickten auf, als sie die Explosion hörten.

Ra lockte Daniel mit katzenhafter Geduld dichter und dichter an den Sarkophag heran, versprach halblaut, beinahe sanft, Sha'uri kein Haar zu krümmen, wenn er nur ein ganz klein wenig näher kommen würde. Das Spiel wurde jählings unterbrochen durch die ohrenbetäubende Explosion, mit der der Gleiter in die Flanke des Mutterschiffes raste.

Jeder im Innern der Pyramide war völlig überrascht – doch niemand mehr als Ra. Er kauerte sich hinter dem Sarkophag nieder und begann loszukreischen, versuchte irgendwo einen Schutz zu finden. Dann durchlief ihn ein Ruck; es war, als kehre er in die Realität zurück – sein Kopf fuhr hoch. Er sah Daniel seltsam an. Sein Gesichtsausdruck schien um Sympathie zu betteln.

Daniel trat zwei, drei Schritte weit vor – dann rannte er, erreichte die gegenüberliegende Seite des Raumes. Doch Ra hatte keinerlei Interesse mehr an ihm, sah keine Bedrohung mehr in ihm.

Daniel sah den unheimlichen goldenen Mann die Stufen hinauflaufen und in den Torweg jenseits des Thrones eintauchen. Er nutzte die Gelegenheit, rannte zu dem goldenen Sarkophag, auf dessen steinerner Liege Sha'uri sich zu regen begann. Der Sarkophag hatte sein Wunder bereits vollbracht – sie war wieder ins Leben zurückgekehrt. Daniel riß das Mädchen in seine Arme, kämpfte sich durch die Kinder und hinaus in den Thron-Saal.

Von seinem Fenster aus konnte Ra sowohl das brennende Wrack des Gleiters als auch die winzigen Gestalten sehen, die dort unten, zwischen den Obelisken, jubelten. Schlagartig ging ihm auf, daß er gezwungen sein würde, wesentlich mehr Zeit in diesem einsamen, bedeutungslosen Winkel seines Imperiums zu verbringen, als ihm lieb war. Die *gesamte* Bevölkerung würde vom Antlitz dieser Welt hinweggetilgt und ersetzt werden müssen. Ra sah hinaus, über die Kämme und Täler der Dünen hinweg, und warum er diese Kolonie von Anfang an gehaßt hatte: Sie erinnerte ihn zu sehr an sein Zuhause.

Als er sich gewiß sein konnte, daß die Piloten nach wie vor seinen Befehlen Folge leisteten, wandte er sich mit neuer Zielstrebigkeit herum und ging, den Erdling Dan-yur zu töten.

›Kawalsky & Co.‹ hatten keine Munition mehr, und die Gleiterpiloten wußten dies. Sie kreisten wie Raubvögel über ihnen, forderten Bodenfeuer in jeder erdenklichen Form heraus. Doch der einzige Widerstand, der ihnen entgegenschlug, waren die zornigen Schreie der Jungen.

Die *Udajeet* schwebten in Tandem-Formation aus der Wüste heran und setzten sanft in dem unendlich weiten Amphitheater aus Sand, das die Pyramide umgab, auf. Gleich darauf schwangen die Luken auf, und zwei Horus-Krieger traten heraus. Sie nahmen ihre Impuls-Gewehre aus den Gleitern, dann marschierten sie wachsam auf die Obelisken zu.

O'Neil hörte die Schritte, wußte, Anubis war ihm in den Raum gefolgt, doch er arbeitete in fliegender Hast weiter, bewies Nerven aus Stahl – oder nur die alte selbstmörderische Verwegenheit; er hämmerte das Kommando für den Abbruch des Countdowns in die Tastatur, und dann erst fuhr er herum und sah Anubis' Todesklaue auf sich herabsausen.

Die Klingen schnitten tief, doch nicht in das Fleisch des Colonels. Sie gruben sich in die von Sir A. E. Wallis Budges verfaßte Aegypticus-Ausgabe von 1931. Anubis sah auf das zerfetzte Buch – seine Klauen hatten sich tief in die umständlich formulierten und tödlich langweiligen Kapitel hineingefressen. O'Neil gab ihm keine Zeit, den Unsinn auch noch zu lesen. Mit einem harten Ruck zwang er den Schakal herum, riß ihm einen Arm auf den Rücken und nach oben und hörte das Gelenk aus der

Gelenkpfanne brechen. Es genügte nicht. O'Neil beugte sich vor und wisperte in das Ohr des Schakals:

»Blöder Hund!«

Mit einem schmatzenden PLOP wurde auch der andere Arm aus seiner Gelenkpfanne gekugelt. Anubis heulte voller Schmerz und spürte den Stiefel des Erdlings in seinem Rücken. Der Schakal kreiselte herum, und O'Neil gab ihm eine knochenharte Karate-Faust zu ›fressen‹. Von diesem Moment an war er für O'Neil nur mehr ein Punchingball. Er trieb ihn mit einer Serie rascher, punktgenauer Schläge zurück, packte Anubis und würgte ihn, bis er – in einem völlig aussichtslosen Fluchtversuch – auf die Transfer-Scheibe taumelte.

Ein letztes Mal bäumte sich der Schakal auf, versuchte, seinen Gegner abzuschütteln, und riß ihn nach vorn; O'Neil rammte ihm sein Knie gegen die Kehle, verpaßte ihm zwei weitere Fausthiebe und nagelte ihn mit seinem ganzen Gewicht auf die Transfer-Scheibe. Der Körper des Monstrums lag nun halb auf der Scheibe, halb auf dem normalen Boden.

Über kurz oder lang ...

Die blauen Strahlen sind schärfer als jede Messerklinge ...

Daniel hatte sich Sha'uri über die Schulter geworfen und trug sie hinüber zu der Transfer-Scheibe des Palastes. Behutsam setzte er sie auf dem medaillonähnlichen Gebilde ab und suchte rasch, aber doch zielstrebig nach einer Möglichkeit, sie in Betrieb zu nehmen. Seine Finger tasteten über die unheilvolle Statue des Chnum, forschten nach einer getarnten Schalttafel, einem Knopf – irgend etwas. Frustriert wandte er sich an die Kinder, die ihm durch die Halle gefolgt waren und ganz offensichtlich neugierig darauf warteten, was dieser erstaunliche Besucher als nächstes tun würde.

»Helft uns!« sagte er eindringlich zu ihnen, die Augen in einem irrlichternden Grauen geweitet. Die Kinder sahen ihn nur an wie einen Zirkus-Clown und wichen weiter zurück. »Habt keine Angst!« Er trat von der Plattform herab, ging mit ausgebreiteten Händen auf sie zu, versuchte ihnen sein weltberühmtes ›Kindergesicht‹ zu präsentieren.

»Semmoun«, sagte er und deutete auf sich. »Semmoun – Freund.«

Die Kinder verstanden, was er ihnen zu sagen versuchte, und ein paar von ihnen kicherten nervös.

»Ya'ani!« Ras Schrei erfüllte den Saal. Unverzüglich flohen die Kinder in alle Richtungen.

»Die Zeit für Spiele ist vorbei«, flüsterte Ra und kam entschlossen näher.

Es war, als sei ein grausamer Götze aus einem lange vergessenen Traum zum Leben erwacht; Daniel starrte dem goldenen Pharao entgegen, starrte auf das grausame und unsterbliche Kind, hörte seine Sandalen lächerlich leise auf dem kalten Mosaikboden widerhallen – Schritte wie ein Sekundentakt –, und in Daniels Kopf war nur mehr ein letzter Gedanke: *Brauche Zeit... genügend Zeit, um wenigstens SIE hindurchzuschicken...*

Ra hatte die Transfer-Scheibe nahezu erreicht, als Daniel ihn mit einem verzweifelten Satz ansprang. Abermals öffnete Ra lediglich die Hand, und Daniel wurde zurückgeschmettert und stürzte neben Sha'uri auf die Transfer-Scheibe.

Er hatte nichts mehr zu verlieren, er stieß sich hoch, und irgendwie gelang es ihm, ein weiteres Mal auf die Füße zu kommen. Vor seinen Augen breitete sich die Farbenpracht eines ganzen Universums aus: blitzende, wabernde Rottöne, schwefelgelbe Pinselstriche auf schwarzem Samt, Violett- und Malvenfarben...

Plötzlich lag er wieder am Boden. Dieses Mal waren die Konsequenzen, die er zu tragen hatte, ernster. Ra peitschte mit der vollen paralysierenden Macht seiner tödlichen Waffe auf ihn ein, drosch ihn über den Boden, ließ ihn sich zusammenkrümmen und winseln wie einen Köter; sorgte dafür, daß die Arme und Beine des Mannes in aberwitziger Pein zuckten und zappelten... und dann...

... und dann legte er ihm die Hand auf den Kopf, zwang ihn, wie bei einer Kommunion zu knien und den Tod anstelle des Lebens entgegenzunehmen.

Gleich darauf begann Dan-yurs Gesicht anzuschwellen. Seine Gesichtshaut war wie die spiegelnde Oberfläche eines

Sees, und dann zeigte sich ein erstes Kräuseln darin. Jeder Knochen, jedes Organ seines Körpers schwoll an – und zog sich wieder zusammen, schwoll an und zog sich zusammen, schneller, immer schneller. Er bekam keine Luft mehr, verzog vor Schmerzen das Gesicht zu Grimassen, die nichts Menschliches mehr an sich hatten, und das Quarz-Juwel, eine schwächere Version des SternenTores, begann ihn von innen her zu zerbrechen, tief unten . . . *auf molekularer Ebene!*

Binnen weniger Sekunden würde Daniel zum zweiten Mal tot sein.

Anubis war noch immer auf der Transfer-Scheibe festgenagelt und versuchte noch einmal den Colonel von sich zu schleudern. In diesem Moment bemerkte O'Neil das Gerät am Handgelenk des Schakals und erinnerte sich, wie er damit die Transfer-Scheiben aktiviert hatte. Dies war seine Chance, das hier ein für allemal zu beenden.

»Meine Empfehlung an König Tut, Arschloch!«

Schneller, als man einer Bewegung mit den Blicken folgen konnte, riß er Anubis' Handgelenk hoch und ließ es mit großer Wucht quer auf die Scheibe krachen. Der Aufprall aktivierte das Gerät, das in der skarabäusförmigen Erhebung untergebracht war. Augenblicklich stachen die kalten, blauen Laserstacheln in die Luft – nur Zentimeter von Anubis' Kopf entfernt.

Als Anubis sah, wie sich der Strahl mit der Decken-Scheibe vereinte und sich rings um beide Scheiben herum ausbreitete, vergaß er sogar die Pein, die ihm die ausgekugelten Arme verursachten, und verwandelte sich vollends in eine tollwütige Bestie. Er wand sich, bäumte sich auf und kreischte vor Schmerzen, versuchte verzweifelt jenen Hebelgriff anzubringen, mit dem er den Erdling beiseite fegen konnte.

O'Neil erinnerte sich nur zu gut daran, wie mühelos Sha'uris Kaftan durchtrennt worden war, und hielt den Schakal unten – nur zur Hälfte auf der Scheibe. Er konzentrierte sich nur mehr auf diese Aufgabe und wartete, was geschehen würde, wenn das Schwert aus Licht seinen Kreis vollendete.

Als der blaue Strahl unmittelbar neben ihm in die Luft zuckte, reagierte Ra völlig entspannt und verringerte dadurch die Danyur zugedachte Tortur. Schließlich zog Ra seine Hand vollends zurück. Trotz ungeheuerlicher Schmerzen und einer Todesangst, die schlimmer war als alles, was er jemals kennengelernt hatte, erkannte Daniel noch immer, was geschah. – O'Neil. Er war auf der Transfer-Scheibe unten. Versuchte, ihm und Sha'uri den Weg in die Sicherheit zu zeigen.

Daniel kroch los, stieß sich mit allerletzter Kraft hoch, bereits mehr tot als lebendig, und packte Ras Handgelenk, hielt es fest.

Ra verstand nicht. – Warum sollte dieser Eindringling ein Interesse daran haben, seine Folter andauern zu lassen? Doch – es sei. Mit einem strahlenden Lächeln schmiegte er abermals dem blonden Mann die Hand mit dem Todesjuwel auf den Kopf . . . steigerte die Intensität, schmetterte mit unsichtbaren Feuerstürmen auf ihn ein, tat alles, ihn zu zwingen, den Griff zu lockern, aufzugeben . . .

Es war nutzlos. Dieser Erdling hielt ihn weiterhin fest. Schien die Schmerzen nicht zu spüren, obwohl er halb besinnungslos schrie und schrie und schrie.

Ra schwebte in größerer Gefahr, als er ahnte. Der Zylinder aus blauem Licht hatte sich bereits zu drei Vierteln aufgebaut. Als Daniel sah, wie nahe das blaue Flirren war, dachte er zum ersten Mal daran, daß er diesen Wahnsinn als Sieger überstehen würde . . . für einige wenige Minuten oder Sekunden . . . und griff nun auch noch mit der anderen Hand zu, festigte seinen Griff um Ras Handgelenk.

»Laß los!« befahl Ra vollkommen verwirrt.

Daniels Schmerzen ließen bereits nach. Als er sah, daß der Laserkreis nahezu geschlossen war, festigte er seinen Griff um Ras Arm ein letztes Mal. Dann klärte sich seine Sicht vollends, und er sah hoch und blinzelte dem Teufel geradewegs ins Gesicht. Da war noch etwas . . . *Unerledigtes . . .*

Die Sonnenscheibe, die Catherine ihm als Glücksbringer mitgegeben hatte.

Als Daniel sie sah, schoß seine rechte Hand vor, riß das Udjat-Auge von Ras Hals – und dann war der energetische blaue Kreis vollendet und versiegelt. Im nächsten Augenblick hielt er Ras Blut verspritzenden abgetrennten Arm in der Hand.

Draußen taumelte Ra zurück und umklammerte seinen Armstumpf, starrte darauf hinab, dann geradewegs in Daniels Gesicht.

Daniel und Sha'uri verschwanden bereits, und mit ihnen verschwand Ras Hand sowie ein Teil seines Unterarms. Der Strahl hatte ihn sauber durchtrennt. Ra stolperte davon; es sah aus, als schrie er wie von Sinnen, Pein raste durch den Armstumpf, den er noch immer ungläubig anstarrte.

Die Transfer-Scheibe nahm Daniel und Sha'uri mit sich und brachte im Gegenzug den soeben vom Rumpf abgetrennten Kopf von Ras einzigem fähigen Krieger – Anubis. Die Kiefermuskeln des Schakals zuckten noch immer, als wolle er Seinen Herrn einen letzten blutigen Gruß entbieten.

Ra brach zusammen und rief nach Hilfe. Er mußte unverzüglich den heilenden Schutz seines Sarkophags aufsuchen. Er wußte von seinen Experimenten, daß die Maschinerie sogar imstande war, ihm abgetrennte Gliedmaßen nachwachsen zu lassen.

Abermals rief er nach seinen Dienern. Doch die Kinder waren entweder geflohen oder hielten sich sorgfältig versteckt. Wütend über diese Gehorsamsverweigerung, taumelte Ra auf die Füße und barg den Armstumpf in den Falten seines goldenen Umhangs. Er torkelte zu dem Thron empor, und bei jedem Schritt stieß er neue Verwünschungen und Drohungen aus.

Er schwor allen, die sich ihm in diesem Moment verweigert hatten, gnadenlose Bestrafung.

DREIUNDZWANZIGSTES KAPITEL

Die höchste Macht

O'Neil erkannte die abgetrennte Hand sofort. Das Folterinstrument daran sprach Bände. Im nächsten Augenblick tauchten Sha'uri und Daniel auf – völlig entkräftet und grün und blau geschlagen.

O'Neil stürzte voller Panik zu der Bombe zurück.

03:15, und der Countdown lief.

Selbst wenn Jackson bei Bewußtsein gewesen wäre, hätte er mehr als nur drei Minuten dazu gebraucht, das SternenTor zu aktivieren. Er mußte den Countdown stoppen und Jackson aufwecken.

Seine Finger hämmerten wie eigenständige Lebewesen den Abbruch-Code in die Tasten des Keyboards. Als die letzte Zahl des Codes zu flackern begann, drückte O'Neil die ENTER-Taste – und atmete erleichtert auf.

Die Atempause war verfrüht. Der Countdown lief weiter.

03:05 – 03:04 – –

Geschockt fuhr O'Neil herum, versuchte sich zu erinnern. Was konnte er vergessen haben? Warum funktionierte der Abbruch nicht? Er versuchte es noch einmal, gab noch einmal den gesamten Code ein – und wieder klappte es nicht.

Jetzt kam doch noch so etwas wie Verzweiflung in ihm auf . . . und Zorn. Er strich über den orangefarbenen Schlüssel im oberen Bereich der Bombe, zerrte und rüttelte heftig an dem Gehäuse.

Die Bombe tickte weiter . . .

. . . tickte ihren letzten Countdown herunter . . .

Ohne Munition . . . Seine Leute weithin verstreut . . . und mit viel zu hohen Verlusten geschlagen – Kawalsky blieb keine Wahl. Ab jetzt mußten sie sich entweder mit Messern und Bajonetten verteidigen, oder aber –

Mit der Ausnahme von Skaara, der bis zum Ende kämpfen wollte, waren sie alle erschöpft.

Die Gleiter waren gelandet, und die beiden Horus-Wächter rückten vor. Kawalsky machte sich nichts vor: Der geringste Versuch, sie auszutricksen, würde sie alle vernichten.

»Wir müssen uns ergeben«, ächzte Kawalsky.

»Sag das noch mal!« knurrte Feretti.

»Solange wir hier draußen sind, werden wir jeden Kampf verlieren. Ergeben wir uns. Und beten wir, daß O'Neil noch am Leben ist.«

»Wenn O'Neil noch am Leben ist, dann ist er jetzt in Colorado.«

»Ich mach' mir keine so großen Sorgen um uns, Feretti. Es sind die Jungs. Wenn wir nicht zurückstecken, wird es für sie noch härter.«

Als Feretti zu den verwundeten Kindern hinübersah, begriff er, daß Kawalsky recht hatte.

Der Hüne warf sein leergeschossenes Gewehr neben den Granatwerfer und marschierte los – hinaus in den Sand und vorbei an den Obelisken, den Falken entgegen.

Skaara konnte kaum glauben, was er sah. Auch Feretti ließ seine Waffe fallen und folgte Kawalsky. Beide hoben die Arme.

Einer nach dem anderen folgten nun auch die *Hüter* ihrem Beispiel und entfernten sich, Arme erhoben, von der Barriere. So sehr Skaara sich auch bemühte, sie aufzuhalten – er konnte sie nicht überzeugen, mit ihm in den Tod zu gehen. Vielleicht war es wahrhaftig besser so. Schließlich, als der letzte Junge an ihm vorbeitrottete, gab auch Skaara auf, warf die Pistole fort und folgte widerwillig den anderen.

Sie entfernten sich mehrere Meter von den Barrikaden und ließen sich dann auf die Knie nieder. Kawalsky hoffte, daß diese Geste sie vor sofortiger Exekution bewahrte. Die Horus-Wächter waren über fünfzig Meter entfernt, als der zuvorderst gehende das Gehäuse seines Impuls- Strahlers aufschnappen ließ und die Waffe feuerbereit machte. In der Stille der Wüste klang dieses Geräusch viel näher. Die Falken nahmen ihre Waffen in den Hüftanschlag, waren bereit, das Team auf der Stelle hinzurichten. Kawalsky stand auf, trat vor, um den ersten Schuß abzufangen, doch schon in der darauffolgenden Sekunde erstarrten seine Füße und sein Herz gleichermaßen.

Er hörte den Klang von Trommeln. Der Soldat blickte sich fassungslos zu den Dünen um; nirgends gab es auch nur das geringste Anzeichen von Leben. Dennoch wurde der Rhythmus der Trommeln härter, lauter – wurde zum mächtigen Schlagen eines gigantischen Herzens. Es klang, als würden Tausende von Trommeln zugleich mit exzessiver Macht geschlagen.

Einer der Falken-Gottheiten drehte sich um und feuerte zweimal auf die Überlebenden und ihre Fuhrwerke. Kawalsky und seine Gefährten lagen im gleichen Sekundenbruchteil auf dem Bauch. Der Impuls-Stoß brodelte über sie hinweg. Als sie sich wieder aufrichteten, waren Hunderte von Nagadianern auf den Dünenhängen ringsum und sahen auf sie herab, und der Klang der Trommeln nahm noch immer beständig an Kraft und Wildheit zu.

Die beiden Horus-Krieger stoppten, starrten zu den neuen Störenfrieden empor, deren Zahl ganz beunruhigend anwuchs. Die Falkenschädel ruckten herum, als eine Gruppe von mindestens hundert weiteren Menschen über den nächstgelegenen Dünenkamm trat und einen menschlichen Wall zwischen den Piloten und ihren Flugzeugen bildete. Noch mehr kamen ... Hunderte und Aberhunderte ... und schlugen mit allem, was ihnen zur Verfügung stand – Pflastersteinen, Löffeln, Gabeln, irgendwelchen Werkzeugen – auf Kessel und Trommeln ein. Wieder andere schwangen drohend Minenwerkzeuge und Messer und Knüppel. Jetzt waren sie vollends auf jeder Düne im Umkreis zu sehen, und es waren nicht mehr Hunderte, es waren Tausende, und jeder einzelne trug seinen Teil zu dem gigantischen Trommel-Herzschlag bei. Ausgelassene junge Männer tanzten umher und lachten und schrien, fühlen zum ersten Mal in ihrem Leben die ENERGIE des Mobs. Wie ein übermächtiges Tier, das zu lange in Fesseln gehalten worden war, waren sie halb verrückt vor Energie – und bereit, binnen eines Augenblicks in einer alles vernichtenden Sturmflut loszutoben.

Plötzlich erschien Kasuf auf der höchsten Düne. Die Aufmerksamkeit aller richtete sich auf ihn, als er seine Arme hob. Kasufs Befehl, den Trommelschlag verstummen zu lassen, durchraste die Menge, und schon einige Sekunden später herrschte Stille. Kasuf trat vor die gigantische Menschenansammlung. Wenn er sie stoppen wollte, so würde er ein Wunder dazu brauchen. Er schritt den weiten Hang zur Hälfte hinab, dann wandte er sich abermals der Menge zu, bedeutete ihr, still zu sein.

Einer der Horus-Krieger nutzte den Moment, um die Angst vor Ra zu beschwören, und erging sich in einem Katechismus, den jeder einzelne hier nur zu gut kannte; er rief:

»Aten-Re, tiyi harukha khare na'aran sah, Henten-Re!« – *Ra, der Lord der Sonne, belohnt Ehrfurcht wie auch Respektlosigkeit stets mit einem Vielfachen – Ra, Herr des Gesetzes!*

Kasuf antwortete ihm, indem er seinen Stab hoch über den Kopf emporhielt und so laut er konnte ausrief: »Bani dharam Ka!«

Die höchste Macht!

Und augenblicklich setzten sich die Massen in Bewegung, strömten die Dünen hinab, sammelten sich in einer ungeheuerlichen menschlichen, brodelnden Flutwelle. Die Falken-Krieger feuerten mehrfach rasend schnell und gezielt in die Menge – doch *diesen* Ansturm konnte nichts mehr aufhalten. Ein lang anhaltender Kampfschrei erhob sich aus der Menge, etwas, das ihnen allen ein Quell der Kraft war, ein unheimliches Lied, das ihnen sagte, daß sie alle *ein* Wesen waren und ausschwärmten, um *einen* gemeinschaftlichen Traum zu verwirklichen. Sie kamen in überwältigenden Massen wie eine rachsüchtige See.

Ra eilte zu dem Sarkophag und warf sich auf die darin befindliche steinerne Liege. Unkontrolliert zitternd, griff er nach dem Leichentuch und bedeckte sich damit; der Deckel schloß sich bereits über ihm. Das sanfte Dröhnen der Maschine klang so beschwichtigend wie ein Schlaflied. Es raunte ihm zu, daß die garstige Pein in seinem Arm bald verklingen, daß er mit einem verheilten Armstumpf erwachen würde; und beizeiten würde ihm auch wieder eine Hand nachwachsen. Doch da war mehr. In dieser Maschine zu liegen, bedeutete ungestörtes Wohlbefinden – den sinnlichen Schlaf des Todes. Der Sarkophag, das war für ihn eine größtmögliche Annäherung an Liebe und Zuneigung. Er begab sich stets dann in seine Obhut, wenn sein chronisches Leiden, die Einsamkeit, gar zu sehr nach einer Behandlung schrie.

Ra hatte keine Angehörigen mehr und keine Verwandten. Er mißtraute jedem, außer den Kindern; doch ihre Bildung war so miserabel, daß sie im Grunde unmögliche Gefährten waren. Sie waren seine Kuscheltiere. Da war niemand, mit dem er hätte reden können. Er hatte seit Tausenden von Jahren nicht mehr argumentieren müssen, nicht einmal um Kleinigkeiten. Er hatte ihnen alles Schreiben untersagt und jedwedes organisierte Studium der Kultur vor der Sklaverei. Weniger als hundert Jahre unter seiner Herrschaft hatten ausgereicht, freie Wesen zu *seinen* Wesen zu machen. Er hatte sie einer Lobotomie unterworfen. Nur er war Herr über sein eigenes Schicksal, und die Welt um ihn herum war sein Spiegel. Und die Welt um ihn herum war öde. Es zeitigte Konsequenzen, so alt zu sein.

Unmittelbar bevor sich der Deckel des Sarkophags endgültig über ihm schloß und er gleich einem Säugling in den Mutterschoß zurückkehrte, hörte er den gigantischen Stimmenaufruhr aus der Tiefe zu sich heraufdringen.

Alarmiert erhob er sich aus seinem Sarkophag und eilte in sein privates Gemach zurück. Er begab sich zu dem großen Fenster und sah das grimmige Spektakel, das sich dort unten entfaltete. Als seine Soldaten von den Menschenmassen überrannt wurden, hatte Ra genug gesehen. Nun blieb ihm nur noch die Flucht.

Er trat an die Kontrollen und aktivierte die Instrumente. Der Antrieb erwachte sogleich mit dumpfem Stampfen zum Leben. In den gewaltigen Quarz-Ringen flackerte es in düsterem Rot; ein Sturm erhob sich aus den Düsen und fauchte an den Seiten der Pyramide entlang nach unten. Als sich die großen goldenen Sektionen des Raumschiffes rumpelnd schlossen, versammelten sich einige der Kinder in den Armen des Chnum, drängten sich auf der Transfer-Scheibe, wie sie es den Fremdling hatten tun sehen. Sie versuchten zu entkommen, bevor Ra seinen Schwur – sie alle zu bestrafen – in die Tat umsetzen konnte.

Wie eine Jahrhundertflut ergossen sich die Menschenströme von allen Seiten auf die Horus-Krieger hinab; und dann waren sie über ihnen und rissen sie in Stücke; der Angriff dauerte an, bis die Gottheiten nur mehr blutige Flecken auf den Händen der Menschen waren.

Ein berstendes Krachen über ihnen ließ die Menge für die Dauer eines Herzschlags verstummen. Dem Krachen folgte unverzüglich ein grollendes Donnern. Kawalsky wußte, was das zu bedeuten hatte – die Maschinen des Raumschiffes waren aktiviert worden. Die langen Klauen der stabilisierenden Landestützen lösten sich aus dem Grund, während sich die megalithischen Fensteröffnungen schlossen.

Ra ergriff die Flucht!

Die Nagadianer hatten gewonnen! Als sie dies begriffen, brachen sie in Jubelgeschrei aus. Es war der beinahe religiöse Aufschrei von Menschen, die gänzlich unerwartet zu Eroberern geworden waren. Unerwartet, weil sie hier und heute nicht in der Erwartung gekommen waren, den Sieg davonzutragen. Sie waren gekommen, um die Besucher und die *Hüter*-Jungen zu schützen, allesamt Helden ihrer Stadt.

Ein blindmachendes Tuch war ihnen von den Fremden von den Augen gerissen worden. Und die Gewohnheit der Leute, bedingungslosen Gehorsam zu leisten, war rasch in einem instinktiven Trachten nach Gerechtigkeit vergangen.

Daniels Gesicht war ein einziger purpurner und blauer Bluterguß. Ebenso seine Hände und Schultern und überhaupt jede Stelle seines Körpers, die die ganze Macht des Juwels zu spüren bekommen hatte. Blut strömte ihm aus Nase und Ohren und deutete auf innere Verletzungen. Doch alle anderen Lebenszeichen waren normal. Die Verletzungen schienen schlimmer auszusehen, als sie tatsächlich waren; Ras Juwel hatte nicht lange genug auf Jackson einwirken können, um ihn von innen her zu zerstören. Sobald er sich von der dunklen Magie des kleinen Medaillons hatte losreißen können, hatte der zerstörende Einfluß nachgelassen.

Das Donnern des abhebenden Raumschiffes weckte Daniel;

seine Lider hoben sich wie knarrende Rollos. Zuerst sah er alles wie durch einen blutigen Schleier. Er lächelte zu Sha'uri hinüber, die ebenfalls gerade zu sich kam. Sie sah fürchterlich aus. Sie erwiderte sein Lächeln, dankbar, daß sie beide am Leben waren.

Plötzlich rastete etwas in Daniels Gedächtnis ein. Wo war O'Neil? Die Bombe?

Daniel setzte sich auf und sah O'Neil über die Bombe gebeugt stehen und daran hantieren. Der Countdown lief aus.

00:41 – 00:40 - 00:39 . . .

Daniel sprang auf die Füße und trudelte zu O'Neil hinüber. Der Raum begann sehr heftig zu erzittern.

00:32 – 00:31 – 00:30 . . .

»Schalt sie ab! Er verschwindet! Wir haben gewonnen!« schrie Daniel.

»Das versuch' ich ja schon die ganze Zeit. Sie haben sie manipuliert. Sie läßt sich nicht abschalten!«

»Manipuliert? Wer?«

»*Military Intelligence*«, sagte O'Neil nur.

Es war eine traurige und häßliche Wahrheit. O'Neil wünschte, es wäre nur ein Scherz gewesen.

00:22 – 00:21 – 00:20 . . .

Die beiden Männer starrten auf die Bombe, waren wie betäubt. Dann sahen sie sich an und begannen gleichzeitig zu sprechen. Sie hatten beide die gleiche Idee.

In dem Augenblick, in dem das wuchtige Raumschiff von der Pyramide abhob, tobte die Menge voller Freude los. Die Leute waren wie im Delirium, völlig außer Rand und Band, tanzten, sprangen kopfüber in den Sand, sangen, verhöhnten das Schiff. Menschen umarmten sich, sprangen sich in Scheinangriffen an. Alles, um die ungestüme Freude auszudrücken, die sie erfüllte.

Der einzige, der sich nicht an dem Sieg erfreuen konnte, war Skaara. Er wußte, sie hatten gewonnen, doch der Preis, den sie hatten bezahlen müssen, war sehr, sehr hoch. Er hatte seinen Freund verloren: Nabeh.

Dann erblickte er durch das Gedränge der Menschen hindurch den Helm – er lag nahe dem unteren Ende der Rampe. Skaara entschied, daß er ihn als letztes Andenken haben mußte. Aggressiv drängte er sich durch die Menge, versuchte den Helm zu erreichen, bevor irgendein anderer ihn für sich beanspruchte.

Er war kaum zwei Schritt weit gekommen, als eine verbrannte Hand nach dem Helm griff. Skaara stieß sich näher, um eine bessere Sicht zu erhalten.

Das war – *Nabeh!*

Er war versengt und blutig, doch er lebte! Er hatte sich mit letzter Kraft vorangeschleppt, bis er seinen heißgeliebten Helm wieder in Händen hielt. Skaara rannte los, drückte die Leute beiseite, brüllte. Er riß seinen großen Freund an sich und schloß ihn in die Arme.

»Hast du mich gesehen, Skaara? Ich bin geflogen!«

Skaara lächelte durch Freudentränen hindurch.

»Ich hab' dich gesehen, Nabeh.«

Die anderen siegreichen *Hüter* erblickten Nabeh jetzt ebenfalls und eilten herbei, gefolgt von Kawalsky und Feretti.

Routiniert untersuchte Kawalsky Nabehs Verletzungen. Feretti sah ihm besorgt über die Schulter.

»Es ist nur halb so schlimm, wie es aussieht. Er wird wieder gesund werden.«

Skaara und Nabeh sahen zu Kawalsky auf – sie hatten kein Wort verstanden. Nun, vielleicht würden sie den Tonfall seiner Stimme begreifen.

»Du wirst wieder gesund werden. Du bist ein tapferer kleiner Kerl.«

Auch Kasuf erfreute sich an dem wilden Geschmack des Sieges, und so hatte er Skaara nahezu vergessen; dann erblickte er ihn bei Nabeh.

Kasuf eilte zu ihnen und sah, daß der junge Nabeh am Leben war. Also wandte er seine Aufmerksamkeit gänzlich Skaara zu, und sein ursprüngliches Vorhaben, sehr, sehr streng zu sein, schmolz dahin. Er zog den Jungen an sich und schloß ihn in die Arme, hob ihn hoch wie zu jenen Zeiten, da er noch ein Baby gewesen war, und wirbelte ihn in ausgelassener Fröhlichkeit herum.

Ras Kinder rannten aus allen Richtungen herbei. Das älteste Mädchen eilte zu dem Badesaal, in dem sich die jüngsten versteckt hielten. Sie sammelte sie rasch um sich und lief mit ihnen zu der Transfer-Scheibe. Die letzten Kinder sprangen just in dem Moment auf das Medaillon, als Ra aus seinem Gemach kam und gegen seinen Thron sackte; seine ehemals stolze Gestalt war schmerzerfüllt über den Armstumpf gekrümmt.

Er wußte, es war zu spät, den Transfer zu stoppen. Langsam richtete er sich auf und kam die Stufen herab und auf die Kinder zu. Tränen standen in seinen bernsteinfarbenen Augen.

»Ihr könnt mich nicht verlassen!« schrie er, und ein bösartiges Licht flackerte aus den Tiefen seiner Augen empor.

Es war halb Befehl, halb Flehen. Doch es war zu spät. Der Wall aus blauem Licht schloß sich gnadenlos; und die Kinder waren verschwunden.

An ihrer Stelle materialisierte O'Neils Bombe.

Die roten Zahlen des Countdowns blinkten auf den Zwillingszylindern, sandten Ra unverschämt die Nachricht seiner nahen Vernichtung. Er warf sich in einem vergeblichen Versuch, doch noch zu entkommen, herum – dann löste sich die Kreatur mit einem Ruck aus ihrem menschlichen Wirtskörper.

Ra brach leblos zusammen. Sobald er auf dem Boden aufschlug – jetzt ohne die Kreatur, die ihn so lange Jahrtausende am Leben erhalten hatte –, setzte der Alterungsprozeß ein. Haut, Knochen, Haare und Zähne verfielen rasend schnell zu Staub.

00:09 . . . 00:08 . . . 00:07 . . .

Von der menschlichen Hülle befreit, trachtete die Kreatur danach, an der Bombe vorbei und zu der Transfer-Scheibe zu gelangen. Fliehen, sie mußte fliehen, es gab keine andere Wahl! Wenn sie schnell genug war, konnte sie sich alsbald in einem anderen Wirtskörper einnisten, lange, bevor der eigene Körper sein Leben aushauchte.

Doch bevor die Kreatur sich auch nur einen Zentimeter weit bewegen konnte, tickte der Countdown seinem Ende entgegen . . .

Die Kreatur stieß ein letztes gespenstisches Heulen aus.

00:02 ... 00:01 ...

Und dann war es in einem einzigen gleißenden Blitzschlag vorbei. Die Kreatur verwandelte sich in etwas, das aussah wie *dunkles* Licht ... ihr ›Körper‹ wurde wie Glas ... und dann zerbarst sie in eine Million winziger Splitter.

Daniel, Sha'uri und O'Neil taumelten aus dem Pyramiden- Eingang und kamen gerade noch zurecht, um Ras Schiff außer Sicht verschwinden zu sehen.

»Er ist fort«, verkündete Daniel.

Das Raumschiff war bereits Meilen entfernt und beschleunigte noch immer, als der Timer der Bombe auf NULL sprang. Eine Eruption strahlend weißen Lichts flammte auf – ein Weltuntergang, der, wäre er näher erfolgt, sie alle geblendet hätte. Statt dessen wurden sie nach dem anfänglichen grellen Aufflammen des Schiffes Zeuge eines ganz besonderen Feuerwerks, wie man es auf der Erde noch nie zuvor gesehen hatte. Es wurde nicht nur durch die nukleare Kettenreaktion ausgelöst, sondern war auch ein Resultat der verglühenden Quarze. In weiten, brennenden, leuchtenden Bögen stürzten die Trümmer vom Himmel.

»Und er wird nicht zurückkommen«, fügte O'Neil hinzu. Als die Menschen erkannten, daß Sha'uri, Dan-yur und O'Neil wohlbehalten aus der Pyramide entkommen waren, fuhr ein weiterer Jubelschrei durch die Menge.

Hinter Daniel traten Ras nur leicht bekleidete Kinder ans Tageslicht – seine Sklaven. Sie folgten Dan-yur verstört zum Fuß der Rampe; sie sahen verzweifelt aus, wirkten wie entwurzelt zwischen den grobschlächtigen Menschen aus den Minen.

O'Neil wollte all jenen ein Zeichen setzen, die vorhatten, sich an den Kindern zu rächen. So trug er eines des jüngsten von ihnen im Arm, seine Pistole deutlich sichtbar in der anderen Hand.

Kasuf und sein Gefolge knieten nieder, um ein Gebet zu sprechen, doch Skaara rannte an seinem Vater vorbei und die

Rampe empor, bis er O'Neil und den anderen gegenüberstand. Mit einem breiten Grinsen auf dem Gesicht hob er die Hand in einem unverschämt dezenten militärischen Salut an die Augenbraue. Irgend etwas an dieser einfachen – vielleicht gar spöttisch gemeinten – Geste, rührte O'Neil bis ins Mark. Er starrte den Jungen sprachlos an. Und es war noch nicht vorbei. Einer nach dem anderen kamen nun alle *Hüter* auf die Rampe, stellten sich neben Skaara auf und salutierten ebenfalls.

Kawalsky und Feretti genossen es. Sie liebten diese Kinder für alles, was sie für sie getan hatten. Dann schlossen sie sich ihnen an und salutierten ebenfalls vor dem Colonel.

O'Neil hatte einen sehr großen Kloß im Hals. Ganz langsam hob auch er die Hand und erwiderte Skaaras Ehrenbezeigung.

Sha'uri drehte sich um, ergriff Daniels Hand und hob sie hoch in die Luft. Tausende brüllten ihm zu, Tausende von Fäusten flogen in einer Geste der Solidarität mit diesem blondhaarigen Mann empor, den sie einst als Gott gefürchtet hatten und nun als Mann und Freund respektierten.

Daniel küßte Sha'uri. Zum ersten Mal in seinem Leben empfand er ein Gefühl bedingungsloser Zugehörigkeit. Und daß er gebraucht wurde – und daß er alles für diese Menschen geben würde.

Die lärmende Menge jubelte ihm minutenlang zu, und dann gab es für sie kein Halten mehr: Sie eilten die Rampe herauf, ergriffen ihn und Sha'uri, nahmen sie auf die Schultern und trugen sie in einem Triumphmarsch davon. *So muß sich eine Boje im weiten Ozean fühlen, Daniel.*

Genauso kam er sich jedenfalls vor, als er inmitten dieser riesigen Menge in die Wüste hinaustrieb. Und dann erblickte er – mit sehr gemischten Gefühlen – ein ganz bestimmtes Mastadge ... *Kleines bißchen*. Es schien, als habe das Tier nur auf ihn gewartet, um dem Helden des Tages ebenfalls gratulieren zu können. Auf seine ganz *persönliche* Art und Weise.

Sha'uri sah den säuerlichen Ausdruck auf Daniels Gesicht, als er das räudigste Vieh zweier Planeten heranpreschen sah. Sha'uri rief den Menschen, die Dan-yur trugen, einige Anweisungen zu. Lachend und unter Beifallsrufen schleppten sie ihn geradewegs dem elenden, stinkenden, sabbernden, liebeskranken Ungeheuer entgegen.

Und dann gab es nur noch *Kleines bißchen* und seine lange, fleischige, schlabbrige, feuchte Zuge auf seinem Gesicht.

EPILOG

›Es brachte mir Glück‹

Daniel hielt eine Fackel in der einen und sein Notizbuch in der anderen Hand. Unter seiner Anweisung drehte Kawalsky den schweren inneren Ring des SternenTores, ließ die passenden Stern-Konstellationen in der vorgeschriebenen Reihenfolge nach oben gleiten. Sobald das letzte Symbol an seinem Platz und mit einem Klicken eingerastet war, erwachte die unheimliche Maschinerie zum Leben. Daniel ruckte die Fackel hoch, dann eilten die beiden Männer zu den anderen, die sie aus dem Korridor heraus beobachtet hatten.

Der relativ enge Korridor mit der Transfer-Scheibe sowie die daran anschließende gigantische, abschüssige Große Galerie waren dicht bevölkert mit Zuschauern. Fackeln, die sie aus Nagada mitgebracht hatten, beleuchteten die Szenerie.

Obwohl Daniel, Feretti, Kawalsky und O'Neil bereits wußten, was geschehen würde, spähten sie doch wie kleine Jungen um die Ecke, die sich in einen nicht jugendfreien Film gemogelt hatten. Der Film war phantastisch.

Das Licht sickerte aus den sieben Vertiefungen, veränderte sich, wurde zu einem gleißenden Tentakel, veränderte sich weiter, teilte sich, ergoß sich gegen alle Schwerkraftgesetze nach oben und füllte das Zentrum des Ringes, wurde zu der schimmernden weißen Wasserfläche einer aufgewühlten See.

Doch dieses Mal war es nicht das Licht, das sie alle verzauberte; es war die Musik. Sie hatten sie bereits einmal gehört, zu Hause, in dem sterilen Silo, Meilen unter der Erde, geborgen hinter Sicherheitsglas und Computern und Astbesttoren. Dieses Mal saßen sie in weißem Fackelschein und waren umgeben von den steinernen Kathedralenwänden der Pyramide – und sie verstanden, daß die Musik des Ringes mehr war als bloß irgendeine Klangfrequenz. Es war eine langsam variierende Melodie, eine Melodie beständig zunehmender

Intensität, eine Zwölf-Ton- Rhapsodie. Hier, am natürlichen Standort des SternenTores, war die Musik des Ringes wahrhaft furchteinflößend.

Als die Melodie ihre größte Macht erreichte und der Lichtozean über die Ränder des Tores herausbrodelte, zog Daniel Sha'uri in die Sicherheit jenseits des Torbogens. Gleich darauf war der Moment gekommen, auf den die Amerikaner gewartet hatten: jene jähe und heftige Eruption von Energie. Flüssiges Licht peitschte in den Raum wie die alles ergreifende Hand eines Gottes. Selbst die Menschen weit hinten in der Galerie keuchten und wichen vor der entsetzlichen Macht dieser mysteriösen Maschine zurück. Als sie wenig später die Hände und Arme von den Augen nahmen, war das Licht bereits in den Ring zurückgesaugt worden, und unfaßliche Energien rissen die normale Umgebung auseinander – genauso mußte es einem Luftsack hundert Meter von einer Atomexplosion entfernt ergehen. Ein kreisrunder Tunnel aus purer Energie führte von dem Ring des SternenTores geradewegs zu der zehn Meter entfernten gewaltigen steinernen Pyramidenwand – und durch sie hindurch.

Die Amerikaner standen auf und betraten den Raum. Es war Zeit zu gehen. Skaara drängelte sich durch die Menge bis zu O'Neil durch, hob die Hand . . . und anders als bei seiner ersten Begegnung mit Colonel O'Neil lief er dieses Mal nicht schreiend davon, als dieser seine Hand ergriff und schüttelte. Um genau zu sein: Skaara würde nie wieder vor irgend jemandem – oder vor irgend etwas – schreiend davonlaufen.

Als O'Neil ihm die Hand schüttelte, wußte er das. Und er wußte, daß auch er davongelaufen war – auf seine ganz eigene Art. Und auch er würde dies nie wieder tun – und zum Teil verdankte er dies dem Mut dieses jungen Mannes. O'Neil lächelte ihn zum Abschied an.

Als sich das Team den Stufen näherte, die zu dem Tor hinaufführten, wandte sich Feretti zu Daniel um.

»Hey, was ich dich noch fragen wollte«, schrie er, um das gewaltige Summen des SternenTores zu übertönen. »Hast du diese Bücher je wiedergefunden?«

»Hab' ich. Nur eines war ein wenig . . . zerfetzt.« Er warf

O'Neil einen kurzen, jedoch vielsagenden Blick zu. »Danke, daß du gefragt hast, Feretti.«

Feretti nickte, beugte sich vor und flüsterte ihm verschwörerisch zu: »Ich ... ähm ... wollte, daß du weißt ... Also, ich habe immer gewußt, daß du uns zurückbringen wirst.« – Womit er die Wahrheit ganz gewaltig schönte.

»Yeah, ganz recht«, brummte Kawalsky, der die letzten Worte mitbekommen hatte.

Er schüttelte Daniels Hand und sagte nur: »Danke.«

Daniel nickte verlegen.

Dann wandte er sich O'Neil zu.

»Du wirst es nicht bereuen?« fragte der Colonel, obwohl er die Antwort bereits kannte.

Daniel blinzelte Sha'uri zu und lächelte. Sha'uri, die nahe genug bei ihnen stand, erriet, über was sie redeten. Daniel wandte sich wieder O'Neil zu.

»Ich werd's nicht bereuen. Und du, O'Neil?«

O'Neil wußte genau, auf was Daniel anspielte – und dieses Mal konnte er ihm antworten. Der Junge war der Wahrheit sehr nahe gekommen, damals, in dieser Höhle. Doch *heute* hatte O'Neil es nicht mehr eilig mit dem Sterben. Heute dachte er an Sarah und daran, so schnell wie möglich zu ihr zurückzukommen. Vielleicht war es noch nicht zu spät. Vielleicht gab es noch eine Chance, ihre Ehe zu retten.

Nach all diesen Jahren war er endlich bereit, es zu versuchen. Es zu versuchen und wieder zu leben.

»Yeah ... Ich denke, ich werd's auch nicht bereuen«, sagte er schließlich. Und Daniel wußte, daß das die Wahrheit war. O'Neil würde wieder Tritt fassen.

»Dieser Ort paßt zu dir, Jackson. Ich seh' dich vor mir, wie du die nächsten sechs Monate in diesen Katakomben herumhockst.«

»Du könntest vorbeikommen – was meinst du?« Ohne es zu wollen, lächelte er bei diesen Worten. Wie selbstverständlich er seinen neuen Freund einlud, ihn zu besuchen ... nur ein paar Millionen Lichtjahre von zu Hause. Erstaunlich!

»Was soll ich dir sagen?« rief O'Neil. »Die Entscheidung liegt nicht bei mir. Die liegt bei meinen Vorgesetzten.«

»*Military Intelligence?*» erkundigte sich Daniel.

»Ein gottverdammter Widerspruch in sich« lächelte O'Neil.

»Tu mir einen Gefallen.« Daniel gab ihm Catherines Medaillon. »Gib es Catherine, und sag ihr, es hat mir Glück gebracht.«

»Darauf kannst du Gift nehmen!« Bevor das Ganze in ein zu großes Rührstück ausartete, wandte O'Neil sich ab, ging die Stufen hinauf und geradewegs in das Lodern des SternenTores hinein.

Kawalsky und Feretti folgten ihm; ihre Gestalten hingen noch sekundenlang mitten in der Bewegung erstarrt vor dem Gleißen des Tores, dann vergingen auch sie in einem Flirren.

Daniel, Sha'uri und Skaara warteten, bis der Ring des Tores sich drehte und schloß und die Tiefen der Pyramide nur mehr von dem warmen Halblicht der Fackeln erhellt wurden. Dann führten sie die Prozession der Nagadianer durch die Pyramide und hinaus in die Wüste, wo bereits die letzte der drei Sonnen über dem Horizont hing.

Als sie sich auf den langen Marsch zurück in die Stadt machten, trabte *Kleines bißchen* auf eine hohe Düne und stieß, nur mehr eine Silhouette vor dem eigenartig unförmigen Mond des Planeten, ein wunderschönes, wehmütiges Jaulen aus.

ENDE